谷长春／主编

○满族口头遗产传统说部丛书○

# 鳌拜巴图鲁

鳌拜是顺治、康熙皇帝的辅助大臣之一，也是重要内阁大臣，素有"满洲第一巴图鲁（即英雄）"的美称。该说部主要讲述鳌拜在青年时期，如何积极投入努尔哈赤和皇太极的反明斗争，为建立大清王朝英勇杀敌、浴血奋战的故事。

富育光／讲述　王慧新／整理

吉林人民出版社

# 满族口头遗产传统说部丛书

爱新觉罗·溥杰题

满族说部是我国非物质文化遗产的瑰宝

周毓峙题 丙戌年

满族说部是北方民族的百科全书

九十三翁贾芝

丙戌之春

清太祖努尔哈赤朝服像

皇太极朝服像

孝庄皇太后朝服像

赫图阿拉汗宫大衙门

赫图阿拉汗宫大衙门全景

金銮殿——努尔哈赤议政殿（原载于《清前故里》）

沈阳故宫皇帝宝座（荆宏 摄）

满族神偶（荆宏 摄）

沈阳故宫堂子祭（荆宏 摄）

后金向蒙古地区传达谕令的信牌

鳌拜朝服像

清永陵启运殿（荆宏 摄）

蒙古族的敖包

满人住的房子

科尔沁草原

清初为催征粮草等宫廷信使用的信牌

# 满族口头遗产传统说部丛书编委会

主　编：谷长春
副主编：林　君　马少红　吴景春
　　　　荆文礼

编　委：（以姓氏笔画为序）
　　　　于　敏　马少红　孙桂林
　　　　邢万生　邵　干　谷长春
　　　　吴景春　林　君　林　毅
　　　　金旭东　荆文礼　赵东升
　　　　曹保明　富育光

编辑部主任：荆文礼（兼）

# 总序

《满族口头遗产传统说部丛书》在文化部和中共吉林省委、省人民政府的领导与支持下，经过有关科研和文化工作者多年的辛勤努力和编委会的精选、编辑、审定，现在陆续和读者见面了。

中华民族大家庭中的满族，同其他民族一样有着自己独特的文化源流，作为非物质文化遗产的满族传统说部，是满族民族精神和文化传统的重要载体之一。"说部"，是满族及其先民传承久远的民间长篇说唱形式，是满语"乌勒本"（ulabun）的汉译，为传或传记之意。20世纪初以来，在多数满族群众中已将"乌勒本"改为"说部"或"满族书"、"英雄传"的称谓。说部最初用满语讲述，清末满语渐废，改用汉语并夹杂一些满语讲述。在漫长的历史进程中，满族各氏族都凝结和积累有精彩的"乌勒本"传本，如数家珍，口耳相传，代代承袭，保有民族的、地域的、传统的、原生的形态，从未形成完整的文本，是民间的口碑文学。清末以来，我国社会发生了翻天覆地的变化，由于历史的、社会的、政治的、文化的诸多原因，满族古老的习俗和原始文化日渐淡化、失忆甚至被遗弃，及至"文革"，满族传统说部已濒临消亡。抢救与保护这份珍贵的民族文化遗产已迫在眉睫。现在奉献给读者的《满族口头遗产传统说部丛书》，是抢救与保护满族传统说部的可喜成果。

吉林省的长白山是满族的重要发祥地。满族及其先民世世代代在白山黑水间繁衍生息，建功立业，这里积淀着深厚的满族文化底蕴，也承载着满族传统说部流传的历史。吉林省抢救满族传统说部的工作始于20世纪80年代初。在党的十一届三中全会解放思想、拨乱反正精神的指引下，民族民间文化遗产重新受到重视，原吉林省社会科学院有关科研人员，冲破"左"的思想束缚，率先提出抢救满族传统说部的问题，得到了时任吉林省社会科学院院长、历史学家佟冬先生的支持，并具体组织实施抢救工作。自1981年起，我省几位科研工作者背起行囊，深入到吉林、黑龙江、辽宁、北京以及河北、四川等满族聚居地区调查访问。他们历经四五年的艰辛，了解了满族说部在各地的流传情况，掌握了第一手资料，并对一些传承人讲述的说部进行了录音。后来由于各种原因使有组织的抢救工作中断了，但从事这项工作的科研人员始终怀有抢救满族说部的"情结"，工作仍在断断续续地进行。1998年，吉林省文化厅在从事国家艺术科学规划重点项目《十大艺术集成志书》的编纂工作中，了解到上述情况，感到此事重大而紧迫，于是多次向文化部领导和专家、学者汇报、请教。全国艺术科学规划领导小组组长、中国文联主席周巍峙同志，文化部社文图司原司长陈琪林同志，著名专家学者钟敬文、贾芝、刘魁立、乌丙安、刘锡诚等同志都充分肯定了抢救满族传统说部的重要意义，并提出许多指导性的意见。几经周折，在认真准备、具体筹划的基础上，于2001年8月，吉林省文化厅重新启动了这项工程。2002年6月，经吉林省人民政府批准，省文化厅成立了吉林省中国满族传统说部艺术集成编委会，团结省内外一批专家、学者和有识之士，积极参与满族说部的抢救、保护工作。

这项工作，得到中国民间文艺家协会以及黑龙江、辽宁、北京、河北、吉林等省市民间文艺家协会和有关人士的认同与无私帮助，特别是得到了文化部和有关部门的鼎力支持。2003年8月，满族传统说部艺术集成被批准为全国艺术科学"十五"规划国家课题；2004年4月，被文化部列为中国民族民间文化保护工程试点项目；2006年5月被国务院批准为第一批国家级非物质文化遗产名录。这使我们增强了责任感、使命感和克服困难的信心。根据文化部和中国民族民间文化保护工程国家中心有关指示精神，我们对满族说部采取全面的保护措施，不但要忠实记录，保护好文本，还要保护传承人及其知识产权；不但要保护与说部的讲述内容和表现形式相关的资料，还要保护与说部传承相关的文物，从而对满族说部这一口头遗产进行整体保护。我们坚持保护为主、抢救第一的原则，以只争朝夕的精神，组织科研人员到满族聚居地区深入普查，扩大线索，寻源探流，查访传承人，利用现代化手段，通过录音、录像、文字记录等方式采录传承人讲述的说部。在记录整理过程中，不准许增删、编改，只是在文法、句式、史实方面作适当的梳理和调整，严格保持满族传统说部的原创性、科学性、真实性，保持讲述人的讲述风格、特点，保持口述史的原汁原味。

几年来的工作，使我们深感"抢救"二字的重要。目前健在的传承人多已年逾古稀，体弱多病，渐渐失去记忆。就在二三年前，我们刚刚采录完傅英仁、马亚川讲述的说部，还没来得及进一步发掘其记忆宝库，他们就溘然长逝了。一些熟悉往昔满族古老生活的长者和说部传承人，如二十多年前我们曾经访问过的黑龙江省的富希陆、杨青山、关墨卿、孟晓光，吉林省的何玉霖、许明达、关士英、赵文金、胡达千、张淑贞，辽宁省的张立忠，北京市的陈氏兄弟、富察·庄净，河北省的王恩祥，四川省的刘显之等先生都已相继谢世，使其名传遐迩、珍藏在记忆中的说部无以名世，成为永远的遗憾。今天出版这套丛书，也是对他们最好的纪念。

《满族口头遗产传统说部丛书》所选的作品，都是满族各氏族传承人讲述的优秀传统说部的忠实记录，反映了满族及其先民自强不息、勤劳创业、爱国爱族、粗犷豪放、骁勇坚韧的民族精神，具有很强的思想震撼力和艺术感染力，可以说是我国民间文学中的宝贵珍品，具有较高的科学价值。它的出版，不仅是对弘扬我国优秀民族文化遗产，建设社会主义先进文化的贡献，而且也为世界非物质文化遗产保护工程增添了一分光彩。

## 一、满族传统说部产生的历史渊源

满族及其先民是一个有着悠久历史的古老民族。满族的先民肃慎人自古就在白山黑水一带繁衍。据《山海经》载："东北海之外……大荒山中有山，名曰不咸，有肃慎氏之国。"据《孔子家语》卷四载：肃慎就以"楛矢石砮"为信物贡服于周天子。而后，汉、魏、晋、南北朝之挹娄、勿吉，隋唐之靺鞨，辽宋之女真，明清之满洲，这些同属于肃慎族系，只是不同朝代称谓不同罢了。唐朝初年，靺鞨人曾建立"渤海国"，是北方少数民族的地方政权，史称"海东盛国"。辽代以降，满族先世黑水女真部迅速崛起，其首领阿骨打，承继祖业，敏电韬晦，扫平有二百余年历史的桀骜恃强的庞然大国——辽王朝，建立了雄踞北方的大金王朝。到金世宗乌禄时代，在文化和经济等诸方面均达到了鼎盛时期，史称"小尧舜"。明末，建州女真首领努尔哈赤统一女真诸部，建立中国历史上又一个东北少数民族地方政权"后金"。其后人又从建立大清国，到打败明王朝，定鼎中原。满族及其先民绵长的一脉相承的历史，是满族传统说部赖以产生的客观基础。

满族是一个创造源远流长、光辉灿烂文化的民族。满族及其先民女真人作为北方边远的游牧、渔猎少数民族，能够两度逐鹿中原，建立政权时间长达420年，对统一中国版图，形成多元一体的历史格局产生了深远影响，做出了重要贡献，这是与其以自己的文化养育顽强、坚毅的民族精神分不开的。一方水土养一方人。满族及其先民历经三千余年的风雨沧桑，世代生活在广袤数千里的山林原野，征伐变乱的砥砺，苦寒环境的锤炼，培育了自己的民族精神与品格，使他们成为粗犷剽悍、质朴豪爽、善歌尚勇、多情重义，"精骑射，善捕捉，重诚实，尚诗书，性直朴，习礼让，务农敦本"（引自《盛京通志》）的民族。渤海的武人颇喜角斗，以骁勇为荣，有"三人渤海当一虎"（引自宋·洪皓《松漠纪闻》）之谚。靺鞨人盛行歌舞之风，其渤海乐不仅传入中原王朝和日本，而且在民间不断延续流传。金太祖完颜阿骨打在对辽作战相当激烈的时候，便命开国元勋完颜希尹创制女真文字，在金朝建国不久的太祖天辅三年（1119年）正式颁行，当时被称为国书。女真有了文字，促进了文化的发展，以歌伴舞在民间广为盛行。有些贵族子弟为求佳偶，常"携尊驰马，戏饮其地，妇女闻其至，多聚观之，间令侍坐，与之酒则饮，亦有起舞歌讴以侑觞者"（见《三朝北盟会编》卷三）。这说明，女真民间一直保持先祖古朴的风俗习惯。随着北宋灭亡，金人大量入关，女真民间歌舞很快传遍中原大地，甚至在金、元杂剧中广为传唱。满洲统治者从建立后金到入主中原，注意保持满族及其先民尚武骑射和语言风俗方面的独立性，努尔哈赤时期创制满文，皇太极时期改革老满文，推动了民族文化的发展。康、雍、乾等几代皇帝，在强调"国语骑射"为治国之本的同时，也注意各民族之间的文化交流与融合，特别是积极吸收汉文化。这是满族传统说部得以滥觞的文化根源。

几度争战几度崛起，几度鼎盛几度衰落，漫长的历史充满着可歌可泣的英雄人物和壮烈悲怆的故事，构筑了深厚的文化根基，从而孕育和产生了古朴而悠久的满族民间口头文学——传统说部。满族说部的形成与传播，历史相当久远。满族先民，在从肃慎、挹娄到靺鞨以及创建大金国的历史过程中，各氏族、部落迁徙、动荡、分合频繁，到明中叶以后，随着女真社会内部矛盾日益尖锐，强凌弱，众暴寡，各部落之间互相争雄，连年战乱，及至进入清代，内部争斗不断，外患与内祸迭起，这使各个氏族都无法选择地交织在历史的漩涡里，涌现众多的英雄人物和感人的业绩。满族及其先民凭借自己对善恶美丑的感受和对社会现象的审视，把一桩桩、一件件值得传诵、讴歌的人和事，详细地记载在各个氏族世代传袭的口碑之中，以此谈古论今。为此，不遗余力地随时积累、记录、采集、传扬本氏族的英雄故事，以光耀门楣，激励族人。满族诸姓氏间，都以据有"乌勒本"而赢得全族的拥戴和尊重，"乌勒本"令族众铭记和崇慕。

满族传统说部的广泛流传得益于"讲古"的习俗。满族及其先世女真人，是一个讲究慎终追远，重视求本寻根的民族。他们通过"讲古"、"说史"、"唱颂根子"的活动，将"民间记忆"升华为世代传承的说部艺术。讲古，就是一族族长、萨满或德高望重的老人讲述族源传说、家族历史、民族神话以及萨满故事等。元人宇文懋昭所撰的《大金國志》中说，女真金代习俗，"贫者以女年及笄，行歌于途。其歌也，乃自叙家世"。这说明在女真时期就有"行歌于途"，"自叙家世"的讲古习俗。据《金史》卷六六载："女真既未有文字，亦未尝有记录，故祖宗事皆不载。宗翰好访问女真老人，多得祖宗遗事。"从中可知，金代初期民间讲古的习俗就很盛行，已引起上层统治者的重视。据《金史·乐志》载：世宗不令女真后裔忘本，重视女真纯实之风，大定二十五年四月，幸上京，宴宗室于皇武殿，共饮乐。在群臣故老起舞后，自己吟歌，"上歌曲道祖宗创业艰难……歌至慨想祖宗音容如睹之语，悲感不复能成声"。世宗及群臣参与"唱颂根子"的活动，势必张扬民间讲古的习俗。满族先人的故事在"讲古"中传播，在传播中又不断被加工、修改或产生新的故事。讲古不单单是本氏族内部的事，各氏族间互相比赛，场面十分热烈。据《爱辉十里长江俗记》中记载："满洲众姓唱诵祖德至诚，有竞歌于野者，有设棚聚友者。此风据传康熙年间来自宁古塔，戍居爱辉沿成一景焉。"由此可见，满族早年讲唱"乌勒本"，是相当活跃的，甚而搭棚竞歌，聚众观之。此景与我国南方一些民族的歌圩相类似。

满族及其先民将"讲古"、"说史"、"唱颂根子"的"乌勒本"，推崇到神秘、肃穆和崇高的地位，考其源，同满族先民所虔诚信仰的原始宗教萨满教的多元神崇拜观念，有着十分密切的关系。原始先民在漫长的社会劳动和生活中，由于生产力的极端低下，无力与强大的自然力抗衡，于是幻想在人的周围有一种超自然的力量主宰一切，并认为自然的东西都有灵魂，是他们控制着人类，给人类带来幸福，也带来灾难。正如恩格斯所说的，"由于自然力被人格化了，最初的神产生了"。这就是万物有灵论和原始神话。原始先民有了原始信仰和原始神话，便利用各种方法举行祭祀，向神灵祈祷、膜拜，于是产生了原始宗教，即萨满教。在萨满教诸神中，除自然神祇、动物神祇（包括图腾神祇）外，最重要而数目繁多者便是人神，即祖先英雄神祇。宗教与民俗从来就是形影相随的，"讲古"的习俗与萨满教的祭祀仪式结合了起来。满族及其先民以讲唱氏族英雄史传为中心主题的说部艺术，正是依照传统的宗教习俗，对本族英雄业绩和不平凡经历的讴歌和礼赞。人们对祖先英雄神，供奉它，赞美它，毕恭毕敬，祈祷祖灵保佑族众，荫庇子孙。萨满教极力崇奉祖灵，亦包括对本族历世祖先和英雄神祇的讴歌与缅怀。所以，在萨满祭祀中，有众多歌颂和祈祷祖先神祇的神谕、赞文、诗文和祷语，亦有叙事体的长篇祖先英雄颂词。满族及其先民的"颂祖"、"讲祖"礼俗，世代承继不衰，是因为把勉励子孙铭记祖先创业艰难，承继祖德宗功，继往开来，奋志蹈进，作为祖先崇拜的根本目的和信条。特别是乾隆十七年颁布的《钦命满洲跳神祭天典礼》，统一了萨满祭规，使萨满祭祀变成家族祭祖活动，把祖先崇拜推向高峰。经年累世，各氏族在集体智慧的滋育下，赞文日益丰富扩展，情节愈加凝炼集中，使之逐渐升华为长篇祖先颂歌。这也成为满族传统说部的一种源流。

**二、满族传统说部的本体特征**

满族传统说部经过千百年来的创作、传承和演变，形成了独特的表现空间和表现形式。满族先民自古"无文墨，以语言为约"（《太平御览》卷七八四），所以，说部是以口头形式产生和传承的，讲唱内容全凭记忆。最初记述手段，用一缕缕棕绳的纽结、一块块骨石的凹凸、一片片兽革的裂隙，刻述祖先的坎坷历程。这便是说部的最古老的形态，也叫"古本"、"原本"、"妈妈本"。满族人将这种"妈妈本"尊称"乌勒本"特曷。古人就是通过望图生意，看物想事，唱事讲古的。随着社会的发展，氏族中文化人的增多，满族说部的"妈妈本"逐渐用满文、汉文或汉文标音满文来简写提纲和萨满祭祀时赞颂祖先业绩的"神本子"。讲述人凭着提纲和记忆，发挥讲唱天赋，形成洋洋巨篇。

满族传统说部内容丰富，气势恢宏，它包罗天地生成、氏族聚散、古代征战、部族发轫兴亡、英雄颂歌、蛮荒古祭、生产生活知识等，每一部说部都是长篇巨著。满族说部之所以如此厚重，主要有以下三个方面的因素：

（一）关于记录和评说本氏族所发生的重大历史事件的说部，具有极严格的历史史实约束性，不允许隐饰，以翔实的根据来讲述；

（二）说部由氏族中德高望重、出类拔萃的专门成员承担整理和讲述义务，整理和讲述时吸收了众人谈资，所讲内容全凭记忆，口耳相传，无固定文本拘束，因而愈传愈丰愈精，是群体创作的累积；

（三）具有民间口头文学的生动性。说部多由一个主要故事为经线，辅以多个枝节故事为纬线，环环相扣，错综复杂，又杂糅地域、民俗的奇特情景，加之口语化的北方语言，因而有深厚的文化积淀和感人的艺术魅力。

据我们掌握的三十余部满族说部来分析，从内容上可分为四种类型：

（一）窝车库乌勒本：俗称"神龛上的故事"，是由氏族的萨满讲述，并世代传承下来的萨满教神话和萨满祖师们的非凡神迹。窝车库乌勒本主要珍藏在萨满的记忆与一些重要的神谕及萨满遗稿中，如黑水女真人创世神话《天宫大战》、东海萨满创世史诗《乌布西奔妈妈》、爱辉地区流传的《音姜萨满》、《西林大萨满》等。

（二）包衣乌勒本：即家传、家史。如富察氏家族富希陆、傅英仁从爱辉、宁安传承的姊妹篇《萨大人传》和《萨布素将军传》（又名《老将军八十一件事》），黑龙江省双城县马亚川先生承袭的《女真谱评》，河北石家庄王氏家族传承的《忠烈罕王遗事》，乌拉部首领布占泰后裔赵东升先生承袭祖传的《扈伦传奇》，富氏家族传承的《顺康秘录》、《东海沉冤录》，傅英仁先生传承的《东海窝集传》等。

（三）巴图鲁乌勒本：即英雄传。满族说部有关这方面的内容很丰富，可分为两大类：一是真人真事的传述，如金代的《金兀术传》，明末清初的《两世罕王传》（又名《漠北精英传》）、《雪妃娘娘和包鲁嘎汗》，清中期的《飞啸三巧传奇》等；一是历史传说人物的演义，如《乌拉国佚史》、《佟春秀传奇》等。

（四）给孙乌春乌勒本：即说唱故事。这部分主要歌颂各氏族流传已久的历史传说中的英雄人物，如渤海时期的《红罗女》、《比剑联姻》，明代的《白花公主传》以及民间说唱故事《姻缘传》、《依尔哈木克》等。

满族传统说部在长期流传中形成了自己独特的风格，凝聚了有别于其他口头文学的鲜明特征。主要表现在：

（一）讲述环境的严肃性。各氏族讲唱"乌勒本"是非常隆重而神圣的事情。一般在逢年遇节、男女新婚嫁娶、老人寿诞、喜庆丰收、氏族隆重祭祀或葬礼时讲唱"乌勒本"。讲唱"乌勒本"之前，要虔诚肃穆地从西墙祖先神龛上，请下用石、骨、木、革绘成的符号或神谕、谱牒、族众焚香、祭拜。讲述者事前要梳头、洗手、漱口，听者按辈分依序而坐。讲毕，仍肃穆地将神谕、谱牒等送回西墙上的祖宗匣子里。这一系列程序表明有严格的内向性和宗教气氛。不像平时讲"朱奔"（意为故事、瞎话）那样随便地姑妄言之，姑妄听之。

（二）讲述目的的教化性。满族传统说部与萨满祖先崇拜的敬祖、颂祖、祭祖观念密切相关。讲述祖先过去的事情，都是真实地记述，是对祖先英雄业绩的虔诚赞颂，不允许隐瞒粉饰和随意编造，否则则认为是对祖先的不敬。讲唱说部的目的，不只是消遣和余兴，而是非常崇敬地视为培育儿孙的氏族课本和族规祖训，是对族人进行爱国、爱族、爱家的教育，起到增强氏族凝聚力的作用。因此，讲述内容、目的以及题材艺术化程度，均与话本、评书有较大区别。

（三）讲述形式的多样性。满族传统说部多为叙事体，以说为主，或说唱结合，夹叙夹议，活泼生动，并偶尔伴有讲叙者模拟动作表演，尤增加讲唱的浓烈气氛。从《萨大人传》和《飞啸三巧传奇》中我们可以看出，有说有唱，甚至还记录了讲唱的曲谱。讲唱说部关键在于说，说讲究真、细、险、趣四个字。真，即真实，故事情节合情入理，真实可信；细，即细腻，绘声绘色，细致入微；险，即惊险，突出关键的地方，有悬念，有艺术魅力；趣，即语言要风趣幽默，使人发笑。说唱时多喜用满族传统的以蛇、鸟、鱼、狍等皮革蒙制的小花抓鼓和小扎板伴奏，情绪高扬时听众也跟着呼应，击双膝伴唱，构成跌宕氛围，引人入胜。

008

（四）传承的单一性。满族传统说部的承继源流，主要以氏族中的一支或家庭中直系传承为主，虽有师传，但多半是血缘承袭，祖传父，父传子，子子孙孙，承继不渝，从而保持了说部传承的单一性与承继性。《萨大人传》是富察氏家族的祖传珍藏本，其传承顺序是：富察氏家族第十一世祖、清道光朝武将发福凌阿传给长子、爱辉副都统衙门委哨官伊郎阿将军；伊郎阿又传给长子富察德连；富察德连又传给其子富希陆和其侄富安禄、富荣禄；富希陆又传给长子富育光。一般来说，讲唱人大都与说部所宣扬的事件及其主人公有直系血缘关系，他们既对本氏族历史文化有一定的素养，又谙熟说部内容，并有组成说部题材结构的卓越能力和创作才华。《扈伦传奇》的传承就是很好的证明，其最早的传承人乌隆阿，纳喇氏第十一代，他把家史传给曾孙德明（五品官，通今博古），德明经过梳理后传给其侄十六辈霍隆阿（笔帖式），再传给十七辈双庆（五品官，精通满汉文），下传伊子崇禄（八品委官），二十辈的赵东升继承祖父崇禄先生，对家史进行整理。这些传承人都有高深的文化和创作才能。他们把记忆和传讲自己的族史视为己任，当做崇高而神圣的事情，世代不渝。他们在氏族中自行遴选弟子或由自己的后裔承继传诵。传承的方法是口耳相传，心领神会。所以，传承人在满族说部的纵向传承与横向传播的过程中，为保存民族文化遗产做出了应有的贡献。可以说，没有传承人，就没有满族说部。

（五）流传的地域性。满族说部在一些地域流传过程中，深受广大群众喜爱。因此，有的说部逐渐脱离原氏族的范围，被众多氏族传承诵颂，如《尼山萨满传》、《红罗女》、《飞啸三巧传奇》、《双钩记》（又名《窦氏家传》）、《松水凤楼传》、《姻缘传》等，在长期传诵中，已成为该地域更多姓氏甚至外族群众讲述的书目，并代代传承。

满族传统说部和其他口头文学一样，在流传过程中也有变异性。在传播中，传承人根据自己对讲述内容的认识和理解，不断加工、升华，从而产生新的故事纲目。特别是，随着氏族的繁荣，分出各个支系，每个支系都有自己的传承人，在讲述内容和形式上也有了变化。所以在不同的支系、不同的地域出现了不同的传本，如《红罗女》在黑龙江省牡丹江一带流传《比剑联姻》、《红罗女三打契丹》，而吉林省的东部就有《银鬃白马》、《红罗绿罗》等不同传本，这是正常的现象。说部在传播中演变，获得新的发展，并吸收汉族的评书和明清小说章回体的特点，这正是满族传统说部具有顽强生命力的表现。

### 三、满族传统说部的价值和意义

满族传统说部，是满族及其先民在一定历史时期、一定社会中的一种意识形态的反映，其中蕴藏着丰富、凝重的社会、历史内容。

满族传统说部具有历史学价值。满族传统说部大都是以古代英雄人物为中心、以历史事件为背景编织而成的，是述说满族及其先民各个部落、氏族的兴亡发轫、迁徙征战、拓疆守土、抵御外患等"先人昨天的故事"。如《萨大人传》、《东海窝集传》、《扈伦传奇》等所讲述苦难的经历，不朽的宗功，都从不同的侧面反映了各个氏族充满血泪、卓绝斗争的雄浑壮阔的历史。从各个氏族的说部中，能使人更好地了解到满族及其先民是怎样从遥远的过去走过来的，经历了哪些曲折坎坷和历史沧桑，而且比起正史有更多底层人民群众的历史活动和当时社会各层面的具体细节。高尔基说："如果不知道人民的口头创作，那就不可能知道劳动人民的真正历史。"说部的历史价值在于它是原生态的历史记忆，是"那时"民间留存下来的口述史。满族的先世在没有文字时，许多史实都靠各个氏族的说部代代相传，据《金史》卷六六载："天会六年（1128年）诏书求访祖宗遗事，以备国史。命勖与耶律迪越掌之，勖等采撷遗言旧事，自始祖以下十帝，综为三卷。"金代统治者重视采集民间遗闻旧事，并根据民间传说给始祖以下十帝立传，编入金史，这是满族说部为民间口述史的很好证明。满族说部是满族及其先民用自己的声音记述自己的历史，对各个部落、氏族重大事件的生动描写，细致记录，很多实事是鲜为人知的，有的补充了史料之不足，有的供专家研究或可匡正史误。说部以浩瀚的内容、恢宏的气势展示北方民族生动、具体的历史画卷，提供了各个历史时期活生生的人文景观。在《两世罕王传》、《扈伦传奇》、《雪妃娘娘和包鲁嘎汗》中记述了明朝与女真的交往、马市的内幕、东海窝集部与乌拉部的关系、扈伦四部争锋角逐、努尔哈赤创建八旗对女真的分化等等，都是各部族祖先的亲身经历。这对满族史、民族关系史、东北涉外疆域史的研究，都有见证历史的特殊价值。

满族传统说部具有文学审美价值。满族传统说部之所以能够世代传承诵颂，因为它具有独立情节，自成完整结构体系，人物描写栩栩如生、有血有肉，是歌颂克难履险、不畏强暴、能征善战、疾恶如仇的英雄的壮丽诗篇，充满了对英雄的崇敬，对美好生活的向往。说部中讲述的故事曲折生动，扣人心弦，语言朴实无华，简洁明快，具有感人至深的艺术魅力。许多说部都展现了浓郁的民族风韵，朴素、剽悍的独特风格，贯穿了反抗强权、除暴安良、保家卫国、急公好义、扶危济贫、知恩必报的积极主题，突出体现了满族及其先世的人文精神。它对启迪人们的智慧，端正人们的品格，鼓舞爱国主义思想，增强民族自豪感，有着潜移默化的作用。满族传统说部中反映的内容，与人民息息相通，因而受到北方各族群众的欢迎和享用。像《尼山萨满传》、《萨大人传》、《雪妃娘娘和包鲁嘎汗》、《松水凤楼传》等故事早已在达斡尔、鄂温克、赫哲、鄂伦春、锡伯以及汉族中广泛流传，只是过去没有被发掘而已。说部的创作不排除有被流放到北疆的高官和文化人的参与，如《飞啸三巧传奇》把北方民族抗俄守边的斗争与宫廷斗争相联系做了具体生动的描写，就可见流民文学的影子。满族传统说部创世神话《天宫大战》，反映了原始先民与自然力的抗争，歌颂了掌管日月运行、人类繁衍的三百女神与恶神进行惊心动魄地鏖战，是我国史前文化的重要遗迹，可以同世界诸民族的古神话相媲美，丰富了世界神话宝库。满族传统说部中的史诗《尼山萨满传》和有着六千余行的萨满史诗《乌布西奔妈妈》，以北方民族的独特语言，瑰丽神奇的情节，宏伟磅礴的气势，歌颂了萨满的丰功伟绩，具有很强的震撼力。可以说，满族说部是满族及其先世的史诗，是民族文化的精华和古卉，是我国和世界学术界研究满族及其先民历史和文化的不可或缺的宝贵资料，填补了我国民间文学史的空白。

　　满族传统说部具有民俗学价值。满族及其先世，在长期社会生活中，主要靠口碑传承生产、生存经验。在《飞啸三巧传奇》、《雪妃娘娘和包鲁嘎汗》中介绍了用桦树皮造纸、皮张的熟制、不同兽肉的制作和保鲜、鱼油灯的制作过程等古老工艺，还介绍了北方各种草药的药性和采集，北方少数民族的海葬、水葬、树葬等民俗。在《天宫大战》中介绍了祭火神，"跑火池"，在《两世罕王传》中记述了明末清初一种娱柳活动——"跑柳池"等等。因此满族传统说部，为我们展现了满族及其先民等北方诸民族沿袭弥久的生产生活景观、五光十色的民俗现象、生动的萨满祭祀仪式和古时的天文地理、航海行舟、地动卜测、医药祛病以及动植物繁衍知识等，特别是有关生产知识，操作技艺，往往通过故事中的口诀和韵语得以传承。这为研究北方诸民族的人文学、社会学、民俗学、宗教学等学科提供了具体、真实、形象的资料，使这些学科得到印证、阐明和补充。所以，有些专家称满族传统说部是北方诸民族的"百科全书"，其言不为过誉。

满族及其先民，数千年来，在亚洲阿尔泰语系乃至通古斯文化领域里，做出了不可泯灭的贡献。特别是有清二百六十余年来，为世界文化保留了浩瀚的满学典籍及各种文化遗产，满语的翻译历来为世界各国学者所青睐，满学已成为民族学、语言学的重要学科。满语因久已废弃，现存满语仅是清代书面语的沿用。近年来，我们采录了黑龙江省孙吴县78岁的何世环老人用流利的满语讲述的《音姜萨满》、《白云格格》等满族说部，它向世人重新展示了久已不闻的仍活在民间的活态满语形态，这对世界满学以及人文学的研究是弥足珍贵的。除此，在满族传统说部中还保留着大量的环太平洋区域古老民族与部落的古歌、古谣、古谚，故而具有丰富世界文化宝库的意义。

满族传统说部作为民间口述史，其中对历史的记忆也会有不真实、不准确的地方，但它毕竟是民间口头文学而不是史书，作为信史虽不排斥传说但不可要求口头传说与史书一样真实可信。满族及其先民由于受历史的局限和各种思想的影响，在说部中难免有不健康的东西和封建糟粕的成分，但这不是主流，它和所有非物质文化遗产一样，自有其存在的价值。我们把满族传统说部原原本本地奉献给广大读者，相信在批判地继承民族文化遗产的原则指引下，一些不健康的东西会得到剔除。我们在采录、整理、校勘、编辑过程中难免有所疏漏，敬请读者批评指正。

我们抢救、保护和编辑、出版《满族口头遗产传统说部丛书》，是为了贯彻落实党的十六大精神和"三个代表"重要思想，传承中华文明，发展社会主义先进文化，为建设社会主义精神文明和构建和谐社会尽绵薄之力，希望这套丛书的出版能发挥它应有的作用。

2006年6月

# 目 录

《鳌拜巴图鲁》传承概述……………………………………… 001

引　　子 ………………………………………………………… 001

第一章
　　　　卫齐受命 ………………………………………… 014

第二章
　　　　佛祖护佑 ………………………………………… 081

第三章
　　　　草原拜师 ………………………………………… 113

第四章
　　　　三英授计 ………………………………………… 159

第五章
　　　　动荡辽东 ………………………………………… 208

第六章
　　　　高山学艺 ………………………………………… 242

第七章
　　　　祖氏佳婿 ………………………………………… 344

第八章
　　　　一代枭雄 ………………………………………… 452

后　　记 ………………………………………………………… 498

# 《鳌拜巴图鲁》传承概述

富育光

满族著名传统说部《鳌拜巴图鲁》,在中国北方满族等诸民族中已流传百余年。它最初的流传故事,多被称为《痴虎传》《白鳌传》,又叫《白虎记》《白虎传奇》,也就是《鳌拜巴图鲁》或《鳌拜传》。这些称谓大约成书于雍、乾、嘉时代,生动地揭示了清开国初期一段鲜为人知的女真后金创业史,讲述了以主人公鳌拜为中心的一群在当年清史中颇有盛誉的满、蒙、汉、僧等英雄业绩,智勇多谋、风云跌宕,富有传奇色彩和脍炙人口的艺术魅力,为后世喜闻乐道。

满族著名传统说部《鳌拜巴图鲁》的产生和流传有着漫长的历史形成过程。据调查,《鳌拜巴图鲁》最早源自清康熙朝初年在民间普遍皆知的《智擒鳌拜》的动人故事,后来渐渐发展成为泱泱巨篇的满族说部《鳌拜巴图鲁》。大家知道,鳌拜从小便跟随其父卫齐玛法,大半生辅佐努尔哈赤父子,在清初太祖、太宗、世祖三朝,为大清国定鼎中原联络八方,传递秘书,血拼疆场,功勋卓著,是大清开国初期最早享誉"巴图鲁"赐号的勋臣之一。顺治元年,考诸臣功绩,鳌拜忠勤勤力,晋一等公。世祖亲政擢领侍卫内大臣累加少傅兼太子太傅。顺治十八年,受顾命辅佐八岁的康熙帝玄烨继位,列辅政四大臣之一。鳌拜因骄纵自恃,满朝惧慑。康熙八年,玄烨亲政,首先便巧使身边护卫,以"结党专擅,勿思悛改"之由列大罪三十,智擒武功盖世的鳌拜。玄烨念其效力年久,不忍加诛,终死于禁所。

鳌拜威名一世,到头来落得家破人亡,震慑了朝野。于是,社会上便生成《智擒鳌拜》的有趣故事,这个故事不胫而走。对年轻有为的小皇帝的盛赞,对居功抗上的老臣鳌拜的蔑视,一时成为世人街谈巷议、人人乐道的话题。这便是《鳌拜巴图鲁》满族说部最初产生之源。可是,英名盖世的鳌拜,素有"大天雕"的美誉,在大清立国中的贡献与影响甚大，确确实实不易被泯灭或遗忘。故事当然亦不会就此完结。俗话说得好："塞翁失马，焉知非福。"鳌拜想当年风流倜傥，到如今折戟沉沙，是一个颇富戏剧性和传奇式的人物。凡事总有两极发展，鳌拜因此倍加引起更多世人对他的关注与同情，声名大振。短短的《智擒鳌拜》故事，反而成为民间口碑的最好酵母。鳌拜本人的历史，清史仅仅记载其父卫齐名讳和他投身八旗充任巴雅喇壮达之事，文字寥寥。鳌拜乃出身于大将费英东望族，再加之鳌拜生前友好襄助，在康乾以后诸朝满族中，他的事迹仍被日益丰富起来。

满族说部的生命力和文化价值，向来以能够最生动揭示某些英雄人物的坎坷命运和神秘历程而著称于世。满族传统说部《鳌拜巴图鲁》的传世，恰好说明了这一特点。说部开篇便深情地述说，努尔哈赤建州部初兴时一段鲜为人知的艰难创业史。为了自身的强大与发展，努尔哈赤和费英东设计分化和结交蒙古上层头领，争取一致反明。鳌拜之父卫齐玛法受命，潜身投靠蒙古科尔沁部，以智慧的口舌和忠诚的献身，赢得明安贝勒的信任，成为知己和智囊，把身边义女赐嫁卫齐为妻。鳌拜兄弟便这样降生在蒙古大草原，身穿蒙古袍，腰系吉祥带，胯下小走马，全书由此展开了鳌拜波澜壮阔的迷人故事，听众们也自然而然地被吸引入说部旋涡之中。满族说部，最大限度地迎合了民众对鳌拜的追求心理，将鳌拜这个人物从小儿蒙医巫闾山歪脖妈妈护佑、拜圣僧学艺、与"辽东一只虎"祖大寿家族的姻缘、只身勇夺觉华岛、皮岛大败毛文龙、率八旗兵直捣大明京师德胜门、清太宗皇太极赐名"鳌拜"等传奇经历汇聚成书，传播于世。鳌拜本人一生豁达开朗，从小因其父长时间生活在蒙疆地区，为努尔哈赤刺探军情，联络部众，鳌拜的几个兄弟都生长在沙漠的蒙古包之中，像大半个蒙古人。鳌拜平生又好结交天下豪杰，社交广泛，后来回到皇太极身边，才有鳌拜这个名字。所有这些鳌拜的身世和坎坷经历，在大清国好长一段时间里并不为人们所知，直到鳌拜被康熙制伏死于狱中，这位大英雄的前世生平才一宗宗地被人们传述出来。

满族说部《鳌拜巴图鲁》得以广泛传播，与清代皇室对鳌拜的重视也有密切关系。康熙圣祖玄烨，既有叱咤风云、威武不屈的性格和精神，又有远见卓识、奖惩分明的秉赋。他虽然疾恶如仇，但对祖先勋业建树有卓越功劳的人，从来褒贬有加，对人对事富有深厚的情感。特别是他非常崇敬和孝顺圣母孝庄皇太后，恭听训诲，太皇太后喜欢回忆往事，多次在公公、宫妃、答应中，讲述鳌拜身中利箭如刺猬、杀敌如虎护太宗，深情犹在，给康熙帝留下烙印。据萨布素将军回忆，康熙二十一年，康熙帝东巡吉林，接见吉林将军巴海和副都统萨布素时，为抵御北方罗刹的凶悍南侵，激励八旗将士秣马厉兵，抵御外侮，忆起大清立国之艰辛，当思早年赴汤蹈火、慷慨无畏之猛虎卫士巴图鲁，言中竟提到了鳌拜此人："虽有忤逆，皇太后常念其勇耳。"又据萨布素将军回忆，康熙帝还一往情深地说："朕宠爱者英雄也。为我大清社稷视死如归之人，皆朕最崇仰之巴图鲁。罗刹犯边嚣嚣，盼有霍去病驰骋疆场。常思有鳌拜挺身而出，朕至今系念耳。"康熙帝既处置了鳌拜，又是他最早在众臣中屡屡提及鳌拜。康熙五十二年，念其旧劳，追赐"一等阿思哈尼哈番"，由从孙苏赫袭。雍正朝赐祭葬，复一等公世袭。乾隆四十五年改"袭一等男"爵，子孙承袭。康熙朝以及后来雍正、乾隆历朝对鳌拜的重视，都对满族说部《鳌拜巴图鲁》的形成与发展，起到了推波助澜的作用。特别值得提及的是，鳌拜子孙不辱祖德，对鳌拜的弘扬也起到了圆融作用。自康熙五十二年颁旨复鳌拜巴图鲁声誉，皇恩浩荡，确是鳌拜子孙重睹天光的福音。被籍没、沉寂了四十余年的瓜尔佳氏原望族，重新召集残散族众，鳌拜从孙苏赫率众匍匐涕泪，叩谢宫阙，然后徐行郊野，拜天祭祖立庙，重塑一等阿思哈尼哈番鳌拜尊像，僧道齐来诵经，阖族焚香盛祭九日方收。苏赫勤奋忠厚，素有壮志，叩访街邻官宦，废寝忘食，为撰书族史，乃至咳血亦不知歇息。鳌拜家族为激励自己的子孙后代，每逢祭祖或鳌拜忌日，都要焚香敬酒，日积月累，留下众多鳌拜的轶文轶事。此外，通晓大清国史的文武重臣，有不少人非常敬慕鳌拜家族，喜讲鳌拜，尚有一些吟咏鳌拜的诗文传世。

说来，满族说部《鳌拜巴图鲁》能够留传下来，应该感谢吉林一批满族文化有心人。1983年夏，笔者从中国社会科学院民族文化研究所贾芝先生身边进修归来，遵照他与诸先生的指导和要求，投入东北地区满族古文化遗存的系统调查。我们首先便从本省乌拉街满族镇入手，在该镇聂司马、旧街、韩屯、北兰等满族聚居村屯，与满族诸姓群众同吃同住同劳动月余，结交了傅忠周、关忠煜、关柏荣、关世英、罗汝中等许多知心好友。满族著名说部《鳌拜巴图鲁》《松水凤楼传》等，就是通过结识他们而得以了解并熟悉的。据满族著名人士罗汝中先生介绍，《鳌拜巴图鲁》是他青年时代从两位热心人口中学来的。罗汝中每讲此事都特别兴奋。说来真是幸运，一位是他的本家族萨满太爷，绰号"罗秀才",在伪满时期就是当地出了名的文化人,有一手好书法并擅写满文字,知多见广,空闲时经常给族人宣讲家族里发生的陈年轶闻古趣,其中就有鳌拜巴图鲁的沉浮遗恨。罗汝中的阿玛是个故事迷,为鳌拜的坎坷叹息而不岔,听后常常亲口学说给罗汝中,久而久之,罗汝中深受其染。罗汝中,满族老姓罗关哈喇,镶红旗,追溯满族罗关氏部族血缘,系源于瓜尔佳哈喇望族中古氏族部落中的一支,在部族争战离合中,归服并糅入了罗佳氏小部落的零星人口。在漫长的社会历史进程中,两支部落渐生血族通婚,最终新生成为庞大的罗关哈喇部落,但满洲罗关哈喇与瓜尔佳哈喇仍有根深蒂固的原始血缘联系。鉴于此,在家族婚姻禁忌中,满洲罗关氏家族与瓜尔佳氏家族双方严禁通婚。从清代中期至今,满洲罗关氏家族与瓜尔佳氏望族仍交往密切,重要的寿诞与祭礼常有亲密的聚会。故此,对于满洲瓜尔佳氏家族所涌现的鳌拜巴图鲁故事,也为满族罗关氏后裔所时刻系念,自然而然地在传颂着许多慷慨激昂的佳话。青年时代的罗汝中就是一位富有血气的求知者,不仅爱讲鳌拜巴图鲁的故事,而且希望能探求更多的鳌拜轶闻,有志成为另一个"罗秀才"。凡事皆属机缘,他出于民族情结,特别是对鳌拜巴图鲁的由衷敬仰和崇拜,他结识了吉林江城一位"遗老"刘福来先生,他可是很有名气的大家。刘福来人称"刘铁嘴",早在光绪、宣统年间,在京师天桥下坎一个书肆里说书卖口艺,最拿手的段子就有《鳌拜巴图鲁》。民国年间讲到天津卫,后来又来到沈阳,最后在江城吉林扎了根。他最大的嗜好是抽大烟,一贫如洗,死时连个棺材都没混上。他死后,江城很多人都感到非常惋惜。大家以为,从此再也听不到《鳌拜传》了。其实,不必担心。吉林省永吉县乌拉街满族镇北兰村的罗汝中,成为传承人。罗汝中的老家是沈阳,伪满的时候,他跟随家父到了吉林。他的阿玛在牛马行附近一家卖马具的店铺里当账房先生,没事的时候,就教他识字。中华人民共和国成立以后,罗汝中的爸爸故去,罗汝中就到了吉林郊区永吉县的北兰村,并在那里娶了媳妇。罗汝中追求进步,乐于助人,是农民中的骨干,很快加入了中国共产党。20世纪70年代,罗汝中当时虽然已尼六十九岁了,但很擅长做群众工作,每到歇工时,就常给生产队的老少爷们讲上一段评词,像《三国演义》《水浒传》等,大伙儿都很爱听,有时还把他的拿手好戏《鳌拜传》讲上几段。罗汝中怎么会讲《鳌拜传》呢?原来罗汝中在幼年的时候常听他的妈妈讲娘家人传下来的《鳌拜传》。罗汝中妈妈的娘家人指的就是罗氏女,也就是刘铁嘴的三夫人。罗汝中是个有心人，他非常聪明，记忆力又好，什么事又都爱刨根问底。就这样，他今天问几句，明天问几句，把整个《鳌拜传》都记下了。

罗汝中凡事用心，又访问到刘铁嘴在蛟河的一位弟子唐福顺，外号"唐大胖子"，俩人交情甚厚。罗汝中又将唐福顺的好段子学到一些，使《鳌拜传》的内容丰满了许多。我曾为了解《鳌拜传》满族说部传承与故事细节，赶到蛟河镇探访福顺老人。福顺满头白发，肺气肿病使他的身体很消瘦。据老人回忆，当年在吉林江城和师父在一起的时候，见到刘铁嘴师父还有不少文字材料，多是他最后的心爱妻子罗氏女誊抄的，其中包括一些书和记账的账簿，都散失殆尽。唐福顺先生于1983年冬去世。

笔者在乌拉街满族镇调查中发现，当地满族人家的民俗传统也与黑龙江省爱辉、宁安、依兰及吉林省珲春聚居区满族的很相似，素喜族中讲述故事。笔者发现在满族中，有《百花公主和巴拉铁头》《德英断案》《松水凤楼传》等长篇故事的流传。关于《鳌拜传》的传讲，在旧街的许明达、燕德林、赵文金，北兰的罗汝中、罗治忠、关士英等，都能谈叙成章，互有千秋。罗汝中和许明达都是共产党员、生产队长，他们把说部一度看成"封建糟粕，三十来年不过问不敢说"，大部分早都遗忘了。关士英，农民，中学文化，是北兰当地著名文化传承人，擅讲书，口才好，又是闻名的满族秧歌手，每年他的秧歌走遍全镇，颇受好评。该家族谱书就记载其家族最早为满洲瓜尔佳镶黄旗，后分拨正红旗。但他们始终认为与鳌拜巴图鲁同宗，总为鳌拜打抱不平，也特别喜欢讲《鳌拜巴图鲁》。1984年7月初至7月23日，在乌拉街满族镇关晓颜镇长的鼎力帮助下，笔者在北兰村大队安排和组织了民间故事会，许明达、燕德林、关士英、罗治忠都参加了此次活动。会上，首先请罗汝中老先生边回忆边说重要环节，燕德林、关士英、罗治忠众位故事家补充。本说部便是在罗汝中讲述的基础上，关士英、罗治忠等人对其进行丰富，从而记录下来。1988年吉林省民间文艺家协会的年会上，笔者讲述过此次收获。在汪玢玲等诸先生的鼓励下，笔者将早年讲给王慧新之父王万桐先生一家的《鳌拜巴图鲁》的故事内容和存留的笔记本，进行了认真的汇总和整理。2003年在吉林省文化厅满族说部编委会的积极重视下，由王慧新精心整理成书。在此更令笔者怀念已故的罗汝中、关士英、罗治忠、燕德林等诸位师友——满族说部的忠实哺育者和传承人，是他们火热的激情激励着笔者。《鳌拜巴图鲁》的问世，实现了他们的夙愿，笔者坚信他们会在九泉之下感到欣慰的。

2011 年 10 月 1 日

## 引　子

　　**现**在，我给各位阿哥讲述一部满族传袭已久的奇人传说，这个故事的名字叫《痴虎传》，或叫《白鳌传》，又叫《白虎记》《白虎传奇》，也就是《鳌拜巴图鲁》或《鳌拜传》。

　　有这么多个名字的满族说部，主要传自于清代雍、乾、嘉三朝之间。说起鳌拜这位大英雄，可惜生年未载入正史，不过我们从他所经历的戎马生涯来推算，鳌拜大约生于明朝万历三十年。当时正逢罕王努尔哈赤在建州崛起，鳌拜的阿玛①卫齐玛法②在罕王帐下听令。在费英东的保举下，卫齐玛法打入当时桀骜不驯的蒙古诸部，笼络了科尔沁部和喀尔喀部，开创了罕王父子与蒙古贝勒通婚之例，使罕王努尔哈赤声威大震。童年时候的鳌拜跟罕王努尔哈赤的儿子们非常熟悉。罕王爷努尔哈赤死后，鳌拜来到皇太极身边，并且凭着他的机智和勇猛，几次使皇太极转危为安，成为清太宗皇太极的左膀右臂。在和明朝的殊死搏斗中，鳌拜于马下三救皇太极于危难中，而鳌拜的脊背被马钉踏烂百处。鳌拜战功显赫，被皇太极封为保命"巴图鲁"。皇太极驾崩以后，鳌拜又受命保护孝庄皇太后和福临母子。在立谁为新皇的问题上，他力挽众贝勒欲推多尔衮承继汗位的危境，使年幼的福临顺利地承继大宝，成为顺治皇帝。

　　鳌拜深得孝庄皇太后和顺治皇帝的宠信，是孝庄皇太后和顺治皇帝身边最亲近的爱臣，并且是大清宫中年岁很轻、爵位却最高的第一权臣。可惜，顺治帝寿命不永，因天花而早逝。在孝庄皇太后的一再主张和说和下，孝庄皇太后的爱孙、年幼的玄烨承继了顺治爷的皇位。玄烨自幼聪颖过人，性格倔强，遇事颇有主见，在他未继承皇位之前，曾因在宫内贪玩过度，除受祖母孝庄皇太后的耐心规劝外，还多次受到鳌拜的指责。年幼的玄烨虽不动声色，但却存记在心。玄烨即位后，既敬畏鳌拜的功业，又看不惯鳌拜居功自傲的神态，更看不惯他随意申斥群臣的语锋，为周围臣子见鳌拜如遇虎狼而忿忿不平。特别是鳌拜过高地估

---

①　阿玛：满语，即父亲。
②　玛法：满语，即爷爷。

计了自己的权势，根本没把乳臭未干的康熙帝玄烨放在眼里。年轻气盛的康熙帝玄烨即位以后，为了平抚宝鼎，挽回皇家的面子，也为了显示自己的威风，不顾太皇太后的阻拦，用计擒拿了鳌拜，并将鳌拜禁锢在囚所。可惜鳌拜这位大英雄，只活到六十多岁，就在狱中抑郁而死。

康熙帝对鳌拜还是很怀念和怜惜的。在康熙四十多年，康熙帝常在群臣面前提起鳌拜。康熙五十二年癸巳夜，康熙爷梦见鳌拜哭拜在自己龙榻前表诉衷肠，回想起鳌拜对大清朝所做出的贡献以及后来的下场，康熙爷心中深感不安，怜惜其才，系念其功，重追鳌拜为一等"哈思哈尼哈番"，也就是"一等男"爵位，并由鳌拜的重孙苏赫承袭其功名。苏赫去世以后，鳌拜最小的孙子达福承袭爵位。康熙爷驾崩后，雍正爷即位。雍正时期，雍正帝重新给鳌拜祭葬礼，恢复他原袭的"一等公"爵位，加封"超武"。其实，由于鳌拜的卓著功勋，早在顺治年间就曾被封为"一等公"。乾隆四十五年庚子，乾隆爷又给鳌拜恢复康熙朝时的"一等男"爵位。从此以后，鳌拜家族的子孙蒙受皇恩，逢年忌日在鳌拜灵堂前焚香磕头，敬献祭牲、祭品，拜祭鳌拜。礼乐声声，日夜不息。鳌拜家族的子孙们在每次的祭祀中还要讲述先翁鳌拜的功业，勉励子孙们要慎终追远，继往开来，以振家风。

想当年，大英雄鳌拜死后，不少有识之士为此偷偷感到惋惜和不平，但在当时那种皇恩浩大的历史情形之下，谁还敢去过问鳌拜的事情呢？那个时代皇上是金口玉牙，皇上让你三更死，你不能活到五更天。谁要敢反驳皇上的话，那就是犯了抗旨之罪，是要杀头的，所以也就没人敢替鳌拜说话，大清国的史官更是不敢写。所以有关鳌拜的事情，人们知道得很少。更何况鳌拜晚年居功抗上，欺戮同僚，真可谓咎由自取。当然，也有一些人认为鳌拜是一个有野心的权臣，是大清国的害群之马，并传了若干年。

几十年后，鳌拜被正了名，当年那些为鳌拜鸣不平的人才敢仗义执言，为鳌拜鸣冤。俗话说："英雄的故事多，奇人逸闻更易传讲。"像鳌拜这样铮铮铁骨的汉子，坏事做了无数，可功劳也立了不少，否则他也不会得到几代皇帝的器重。这就像古语说的："秃子头上的虱子——明摆着的。"正可谓"仁者见仁，智者见智"，一时间，鳌拜成为大清国国人议论的街头佳话。这其中有的人就专讲鳌拜的功劳，专讲鳌拜的故事。英雄的故事靠传讲。鳌拜的故事经过千人传讲、万人丰富，越来越生动，越来越奇特，越来越完美。奇妙迷人，颇为壮观，成为一部传世佳话。大家都愿意在茶余饭后听听《鳌拜传》，讲讲《鳌拜巴图鲁》。鳌拜成为大清国各朝街谈巷议的第一位英雄人物，传袭古远，弥久不失。

由于讲的人多了，所以故事的名字也就多了。除了《痴虎传》《白鳌传》《白虎传奇》《鳌拜巴图鲁》《鳌拜传》等等，其中还有一个故事，它的名字叫"大辟传"，讲述人究竟是谁，我们已经无从考究。"大辟传"讲的是鳌拜受刑的事。话说鳌拜被禁锢以后，康熙爷当时给他拟了三十条大罪，并且准备给鳌拜"论劈"执行，但是太皇太后没答应，康熙爷也不好太违拗太皇太后的意愿，所以就没执行。什么是"论劈"？"论劈"就是刀劈。"劈"是当时的三大刑罚之一，就是刽子手用刀从人的头顶开始把人一劈两半，活活给劈开，非常惨。还有一种刑罚就是绞刑。绞刑就是把人的脖子用绳子勒上，再吊起来，活活勒死。这种刑罚相对来讲不算太遭罪，而且死后能落个全尸。还有一种刑罚是凌迟处死，这招更厉害。凌迟处死是施刑者用小牛刀一点一点往下割肉，直至把人割死。人受之于父母，人的身体是爹娘给的，死了以后应当有个全尸，可鳌拜却要被"论劈"执行，所以有人写鳌拜的时候，单独强调了这一点，说鳌拜这个大英雄，为大清国立了这么多功，辅佐了几代皇帝，死后差点儿连个全尸都没落着，这皇上也太狠心了。总之一句话，都是为鳌拜鸣冤的。就这样，写鳌拜的书多了，讲鳌拜的人也多了，而且故事越讲越细，越讲越丰富，动人心肺。

各位阿哥，对于鳌拜故事的传讲，我大致归纳了一下，主要有三大来源：

第一个来源是鳌拜家族的子孙们留下来的。这都是在鳌拜被正名以后，他的家族为了激励自己的子孙后代，这里包括鳌拜的儿子、孙子以及他的族人们。这些人每逢祭祖或鳌拜忌日的时候，都要在祖先的灵堂前，焚香叩头敬酒，讲述祖先鳌拜所受的屈辱，讲述祖先鳌拜为大清国所做出的贡献，告诫子孙不要自卑气馁，不要自暴自弃，应该心高气扬，大讲特讲他们的祖先鳌拜，为他歌功颂德，为他评功摆好。就这样，日积月累，鳌拜的子孙们留下了一些关于鳌拜的轶文轶事。这便是鳌拜故事的第一个来源。

鳌拜故事的第二个来源，是从康熙朝以后，甚至到乾隆以后的嘉庆、道光、咸丰年间，历朝通晓大清国史的文武重臣，都有自己对鳌拜的议论和评价。不少人非常敬慕鳌拜家族，鳌拜的祖上自从追随罕王爷就一直效力于罕王家族，鞠躬尽瘁，忠勇为国。到了鳌拜这一代也不例外，挺身救太宗皇帝皇太极于危难之中，忠心辅佐太宗之子顺治皇帝定鼎中原，收服吴三桂，建立了大清朝的统一江山。顺治皇帝驾崩以后，他的儿子玄烨继位，鳌拜成为辅政大臣，与八大臣一起同理朝政。可惜，鳌拜后来被康熙爷治罪，捉拿入监死去。若干年后，鳌拜被恢复了名誉，朝中有些人士感叹鳌拜的坎坷经历和沧桑的生活，经常讲述鳌拜，并写出了一些关于鳌拜故事的小册子，借以表达对鳌拜的缅怀，这又是一个主流。代表人物有乾隆朝以来的戴均元、英和、富俊等。

第三个来源是民间的乡俚传说。大清国到了道光、咸丰年以后，国事日衰，奸臣当道，忠良不被重用，百姓的生活愈加艰难。于是，便有人讲起了鳌拜这位大英雄，主要是借讲鳌拜的故事以表示对朝廷的不满。这方面的故事不像前两个来源那样有理有据，有所遵循，它属于街谈巷议，有很多的揣测和传说。不过，它反映了民众的思想，以及民众对鳌拜这个大英雄的敬仰。时间一长，就形成了俚语风闻传奇佳话。

本说部——《鳌拜巴图鲁》，就是民国年间在沈阳、吉林一带民间流传下来的。民国二十年间，在沈阳故宫的南角门旁有个小书场，书场的老板外号叫"天桥扇子刘铁嘴"。刘铁嘴原名刘福来，刘铁嘴是人们后来给他起的外号。早在同治、光绪两朝，直至宣统年间，他都在京师天桥下坎一个书肆里说书卖艺。刘铁嘴这个人很有特点，常常上身穿着白衬衫，下身穿着大宽筒的肥裤子，腰上系着个大黑腰带，敞胸露怀，手里拿着一把三尺长的大竹扇子。扇子一打开像一扇门似的，哗哗直响，十分威风。刘铁嘴嗓音洪亮，如雷贯耳。每当他讲到来劲儿的时候，往往是把惊堂木往桌上一拍，袖子一挽，大扇子一摺，走下台来，边走边讲，非常生动活泼。以前的说书肆里都是一排排的大长凳子、大长桌子。听客们一边儿品着茶，一边儿嗑着瓜子，一边儿听他说书。他一边儿说着书，一边儿跟听客交流着。大伙儿可以随便提问，他有问必答。就这样，连讲带答，书肆里的气氛非常热闹。有时候，屋里坐不下了，有的人干脆就提着个小板凳，坐在屋外听，照样听得清清楚楚。这可挺好，既不用花钱，还能听着书，真是一举两得。刘铁嘴不仅能说，还能唱，扇子耍得更好，因为他这把扇子是从天桥带来的，所以大伙就叫他"天桥扇子刘铁嘴"。

刘铁嘴讲得最拿手的就是《鳌拜巴图鲁》，因为故事的内容生动，刘铁嘴又讲得声情并茂、惟妙惟肖，所以大伙儿都愿意听，听的人也非常多，一些八旗子弟、士农工商也都来听。他那里每天晚上都灯火通明，热闹非常。大伙儿一边儿吃着干果，一边儿听着书，日子过得倒也自在快活。后来，军阀混战，北京待不下去了，刘铁嘴便来到天津卫。刘铁嘴到天津卫以后，照样租个有门脸的房子讲他的《鳌拜传》，当时仍有不少人来听。后来，刘铁嘴一家因当地地痞、丐帮不时勒索搅闹，天津卫待不下去了，便把铺盖卷一卷出了关，来到了沈阳。就这样，刘铁嘴在沈阳城又扎下了根。

后来，刘铁嘴被吉林省的督军张学相看中了，把他从沈阳小西关请到了吉林城，并在吉林的牛马行一带说书。刘铁嘴到了吉林之后，就专讲他那本拿手的说部《鳌拜白虎传》，其内容实际上还是他原来讲的《鳌拜传奇》《鳌拜巴图鲁》，只是增加了一些内容。可这一改，故事就显得比原来更生动、更新鲜了。刘铁嘴的名字一下子就传遍了江城。有的人听他的书简直上了瘾，一天不听，晚上就睡不着觉。

刘铁嘴这个人没什么嗜好，就好抽口大烟。他抽大烟不像别人用烟枪抽，而是把一块大烟掐成几骨碌，拿一块往嘴里一扔，用白开水咕咚一下送进去，这就行了，他实际上是吞大烟。烟瘾一过，他能一连气儿在台上表演和讲唱两个时辰，口若悬河，听众连连叫好。刘铁嘴每讲完一段，台下伺候的伙计们就拿着小竹笸箩挨桌去收钱。刘铁嘴这个人非常大方，他从不主动管你要钱，而是凭赏。你有钱就给，没钱就不给。你不给钱他也不撵你，照样让你听书。所以，刘铁嘴的人缘相当好，大伙儿都愿意到他那个说书馆里去听书。就这样，刘铁嘴在吉林的牛马行一带很快就出了名，名声比在沈阳城和天津卫还要大、还要响。

刘铁嘴的祖上原来住在京师，是个汉人，后来被抬了旗，成了旗人。嘉靖年间，东宫娘娘把他的祖上选进宫内，做了阉人，就是太监。要知道，那时候当太监也不是件容易的事，并不是什么人都能当的，因为太监不但个头、气派、长相要好，而且家族里必须清清白白、干干净净，是经过千里挑一、万里挑一，挑出来的。大明朝的时候，当太监很吃香。当时有句嗑儿："宦官爷比过穷知府。"为啥说当太监要好过当知府呢，因为太监不但能得到朝廷供奉，衣食无忧，而且整天待在皇上和嫔妃们身边，是皇上身边的近臣，对朝中及宫闱中的事情知道得多，见的世面也广，而且什么人都能接触上。如果你把他得罪了，他不用跟皇上说，就是跟后宫的哪个嫔妃说句话，都够你喝一壶的。所以，当时很多地方官吏把他们比作五殿阎君，格外地怕上几分。于是，有的人给他们送财宝，有的人给他们送府邸，还有的人为了满足他们的虚荣心，给

引子

他们送去了只能看不能用的所谓夫人。总之一句话，就是想尽一切办法拍他们的马屁，打他们的溜须。故此，朝廷内外形成了一股很盛的"太监风"。很多穷人家的年轻后生都盼着进宫当太监，虽说阉官那场刀割罪是令人难熬难受的，有的人甚至为此失去了性命，可如果过了这道关，可就一步青云了。

在这些太监当中有专门说"贫口"的。什么是说"贫口"？就是讲故事的。当皇上和嫔妃们闲来无事或者有个喜庆日子的时候，就把这些说"贫口"的找去，给讲上一段解解闷、舒舒心。刘铁嘴的祖上当年就是干这个的，而且他很聪明，也很善讲，肚囊儿宽，故事的包袱也多，是个很出名的角儿，所以他家里就留下了许多故事段子。刘铁嘴继承了祖上的特长，讲的故事大伙儿都爱听。各位阿哥可能要问："刘铁嘴的祖上不是太监吗？怎么留下的后代呢？"我们在前面说了，那时的太监公公们可不能小瞧，他们谁家不趁个万贯雪花银，哪家没有个金银财宝库。他们这些人为了把家产传下去，纷纷置办田产，收养义子。刘铁嘴的祖上就属于这类人。到了大明崇祯年间，刘铁嘴祖上开了赌局，钱财一多，就出了败家子。到了清代，田产输尽，祖业赌光。好在刘铁嘴的祖父没有扔掉祖上说一口"贫嘴"的能耐，就重打锣鼓另开张，开起了"兴隆茶社"，靠说书卖水把小日子又支撑了起来。

刘铁嘴祖上的生活还是不错的，可刘铁嘴的生活却是不幸的。他共有三房夫人，大房常氏，京师人，跟刘铁嘴结婚后生了一个孩子。常氏温柔贤惠，勤劳肯干，可惜寿命不永，年刚三十就去世了。后来，刘铁嘴又娶了二房黄氏。这个黄氏女可不简单，是个烟花中人。据说当年刘铁嘴在天桥说书出了名，引起了不少女人的爱慕，这其中也包括刘铁嘴当时常去的妓院里的一名妓女。这个小巧的南方妓女看中了刘铁嘴，说啥都要嫁给他。由于刘铁嘴当时还有一些积蓄，大房常氏也去世了，自己领着孩子过也确实挺不容易的，再加上黄氏女百般温存，刘铁嘴一时心动，就把她给赎了出来，两个人在一起就这么过上了。虽然黄氏女嫁给了刘铁嘴，可她过去的一些嫖客还常去找她，起初黄氏女还算规矩，说："我已经从良了，跟了刘先生，你们不要找我了。"可那些嫖客不干，照旧去找她。后来，黄氏女架不住这个勾那个找的，慢慢地，与过去的那些老相好又勾搭上了。刘铁嘴也不能什么都不干老在家看着她呀，没办法，刘铁嘴只好把家搬到了天津卫。搬到天津卫以后，刘铁嘴照样说他的书，可渐渐地，找黄氏女的人又多了起来。最终，黄氏女在一个阔公子的勾引下，离开了刘铁嘴，改嫁到那个阔公子家当了小妾。刘铁嘴和黄氏女的这段婚姻只维持了十年。

刘铁嘴晚年的时候，娶了第三房夫人罗氏女。这个罗氏女是沈阳小河沿人氏。罗氏女的父母很本分，他们看刘铁嘴为人正派，心眼儿也好，又常接济一些穷人，罗家夫妇就准备把他们在女子中学读过书的小女儿嫁给刘铁嘴。刘铁嘴心里虽然非常乐意，可不免还是有些担心，自己已经是四十多岁的人了，人家姑娘刚十七八岁，而且又识文断字，能愿意嫁给自己吗？其实刘铁嘴的担心都是多余的，不仅老两口看中了他，就是人家姑娘也看中了他。就这样，刘铁嘴找了个媒人上门提亲，此事一拍即合，很快就定下来了。

喜事办得很简单，老两口给姑娘扯了几尺布，做了两床被、褥。刘铁嘴把屋子简单收拾了一下，给姑娘做了身新衣裳，又请了几家邻居和朋友在一起吃顿饭，喜事就算办了。老两口儿对刘铁嘴说："我们什么也不求，只求你把大烟戒了，好好地跟我姑娘过日子。"刘铁嘴爽快地答应了。

罗氏女自从嫁给刘铁嘴以后，在闲暇之余帮助他分门别类地整理了不少文字材料，这其中包括鳌拜的一些传奇故事。刘铁嘴根据夫人整理出来的材料讲书，倒也省去了很多事。罗氏女不仅会写字，而且过日子也是一把好手。她把刘铁嘴的生活料理得井井有条。刘铁嘴也非常喜欢罗氏女，夫妻二人相敬如宾，日子倒也过得去。可有一点令人遗憾，那就是刘铁嘴的大烟不仅没戒成，而且烟瘾越来越大。

在一开始的时候，刘铁嘴吞上一小段大烟就能说上一两个时辰的书，后来说不到半个时辰，烟瘾就上来了，鼻涕、眼泪一个劲儿地淌，浑身像抽筋扒骨一样难受。这时候，他就得赶紧吞口大烟过过瘾。刘铁嘴起初是一小段、一小段地吞，后来是两段、两段地吞，再后来也不掰成段了，干脆把一大块都吞进去。最后，吞烟也满足不了他的欲望了，他就把大烟水往肉里扎。就这样，连吞带扎，贤惠的罗氏女把家里的钱都用到刘铁嘴抽烟上了。

刘铁嘴的烟瘾越来越大，身体也越来越不好，接二连三地生病，好长时间讲不了书。刘铁嘴这一病可把罗氏女累苦了。他们的家境本来就不富裕，刘铁嘴不能上书摊说书，还得买药治病。罗氏女既要侍候丈夫刘铁嘴，还得外出打零工挣钱养家糊口，买来的粮米自己又舍不得吃，都省下来给刘铁嘴。于是，罗氏女的身体越来越差。这也是刘铁嘴的祖上积了阴德，让刘铁嘴在晚年娶了一个如此贤惠的媳妇。只可惜罗氏女由于太过劳累，营养又跟不上去，终于一病不起。

罗氏女在垂危之时对刘铁嘴说："夫君，我不行了，可能要先走一步了。"

刘铁嘴的眼泪哗哗直淌，哽咽地说："夫人，夫人，你不能说这些话。你走了，我怎么办？"

罗氏女有气无力地说："为妻我的寿命到头了，咱们俩的缘分也尽了。你呀，以后别抽烟了，多活两年，好好讲讲你的书。我给你整理的书稿都放在炕头的柜子里了，你身体好的时候看上几眼。夫君，为妻我还有一事相求。"

刘铁嘴眼含热泪，哽咽地说："夫人，你有什么话尽管说。"

罗氏女抓着刘铁嘴的手，挣扎着说："现在我最想的就是我的爹娘，可惜他们两位老人早都走了。夫君，我想求你在我死后，把我的尸首运回沈阳城，埋在我爹娘身旁。我这里先谢谢夫君您了。"

刘铁嘴的心像有万把钢刀在扎一样难受，说道："夫人，你放心吧。你走后，我一定把你的棺柩运回沈阳，和爹娘安葬在一起。"很快，罗氏女一命呜呼，撒手人寰。

罗氏女和刘铁嘴在一起生活了二十多年，扔下刘铁嘴一个人先走了。刘铁嘴失去自己心爱的女人，悲痛万分。他心力交瘁，在罗氏女死后的第三年，刘铁嘴也撒手而去，死后葬在了沈阳。

各位阿哥可能要问，刘铁嘴不是住在吉林吗？他怎么没葬在吉林，而葬在沈阳城了呢？说起来是这么回事，在罗氏女生病的时候，刘铁嘴他们两口子住在吉林的牛马行一带。罗氏女去世以后，刘铁嘴挣扎着讲了几天书，也就是讲了几天"鳌拜传"。你别看大烟鬼上堂讲"鳌拜传"，但因为"鳌拜传"当时在百姓中挺出名，另外说书人刘铁嘴在吉林也是赫赫有名的角儿，所以来听书的人还真不少。大伙儿对刘铁嘴十分敬重，对他的处境也非常了解和同情。于是，这个多给他几两银子，那个多给他点儿茶钱，也有不少热心肠的老头、老太太来伺候刘铁嘴。就这样，刘铁嘴挣扎着讲了几天，挣了一些银子。后来他实在讲不动了，而且大烟抽得太厉害，他就用剩下的银子雇了个车，把罗氏女的棺柩运回了沈阳，埋到他岳丈、岳母大人的坟旁。刘铁嘴在坟前足足跪了三天三夜。最后，还是好心人把他搀了回去。

刘铁嘴回到吉林以后，下决心要把大烟戒掉。刘铁嘴也真是条汉子，烟瘾没上来的时候，他就抓紧时间讲上一段，烟瘾上来的时候，他就咬紧牙关挺着，有时他被折磨得死去活来，头直往墙上撞，大伙儿看了都心疼得直掉眼泪。有时他实在挺不过去了，就又抽上一口。就这样，他断断续续地戒了三年，也断断续续地讲了三年。最后，家里一贫如洗。据说刘铁嘴在死的时候，连个棺材都没混上。可叹刘铁嘴一世风光，不说挣下万贯家财，却也是金银无数，就因为抽鸦片，落得个家徒四壁。好在刘铁嘴在江城的人缘还是不错的，他死后，几个丐帮的朋友把他的卷席小棺，按他的夙愿送回沈阳罗氏墓地，与妻罗氏女合葬。他死后，江城很多人都感到非常惋惜，这些人不仅为刘铁嘴惋惜，也为《鳌拜传》惋惜。大家以为，从此以后再也听不到《鳌拜传》了。

各位阿哥不必担心，《鳌拜传》并没有从此失传，而且流传越来越广。究竟是怎么传下来的呢？听我说书人在这里给你细细道来。

我前面讲了，对于鳌拜故事主要有三大来源，这第三大来源就是民间的乡俚传说，还可分为三大枝，也就是三大源流。第一个源流就是刘铁嘴夫人罗氏家族传下来的。本书的一部分内容，就是罗氏家族的传人讲述的。这位传人住在吉林省永吉县乌拉街满族镇北兰村，姓罗，叫罗汝中。罗汝中的老家是沈阳，在伪满的时候，他跟随父亲到了吉林。他父亲在牛马行附近一家卖马具的店里当账房先生，没事的时候，就教他识字。中华人民共和国成立以后，罗汝中的父亲去世了，罗汝中就到了吉林郊区永吉县的北兰村，并在那里娶了媳妇。因为罗汝中有些文化，乐于助人，而且很勤奋，所以很快就入了党。20世纪70年代，罗汝中当时已经六十九岁了，在歇工的时候，罗汝中常给大伙儿讲评书、评词，像《三国演义》《水浒传》《红楼梦》等，大伙儿都很爱听，有时还把他的拿手好戏《鳌拜传》讲上几段。罗汝中怎么会讲《鳌拜传》呢？原来罗汝中在幼年的时候，常听他的母亲讲娘家人传下来的《鳌拜传》。罗汝中母亲的娘家人指的就是罗氏女，也就是刘铁嘴的三夫人。前书说过，罗氏女曾经帮助刘铁嘴整理过《鳌拜传》，知道其中的一些故事，后来不知什么原因，这些故事就传到罗汝中母亲的耳朵里，他母亲有时候就给儿子讲一段。罗汝中是个有心人，非常聪明，记忆力又好，什么事又都爱刨根问底。就这样，他今天问几句，明天问几句，结果把整个《鳌拜传》都记下了。罗汝中非常能讲，又善于发挥，大伙儿都爱听。一来二去，《鳌拜传》就传开了。

还有一枝，是刘铁嘴的弟子留下的。前书说过，刘铁嘴在世的时候,曾经在吉林的牛马行一带说书。那里有一个卖水的,长得比较胖,大伙儿管他叫"唐大胖子",外号"大碗茶"。唐大胖子在茶摊前搭了一个小棚子,放上凳子、桌子,过路的人渴了就在那歇歇脚,买上一包茶叶,沏上一壶茶,一边歇脚,一边喝茶。这个唐大胖子非常爱听书,经常去听书,就认识了刘铁嘴。后来他好说歹说,把刘铁嘴夫妇请到他那里去了。唐大胖子当时还有一个朋友,大家都叫他"陈警尉",他是伪满洲国的一个警尉。陈警尉也非常爱听书,另外也好抽口大烟,唐大胖子常帮他几吊钱,他也常帮着唐大胖子摆平一些来调皮捣乱的混混儿,另外他能帮着唐大胖子办一些地方上的事,他俩就成了朋友。在陈警尉的帮助下,唐大胖子把原来喝茶的茶棚变成了说书的茶馆,起名叫"四海茶社"。

刘铁嘴看唐大胖子为人仗义,另外他那里也挺安静,没有警察、国军和混混儿们捣乱,所以刘铁嘴就接受了唐大胖子的邀请,来"四海茶社"说书。在这里,刘铁嘴照样讲他的《鳌拜传》。有时候为了多招揽些听客,刘铁嘴还把书名改成《痴虎传》《白鳌传》,其实都是《鳌拜传》。刘铁嘴除了说书,还帮唐大胖子卖水。这唐大胖子也知道刘铁嘴的嗜好以及他和罗氏女生活的处境,在分红的时候,他都多给刘铁嘴点抽头,所以刘铁嘴挣得也不少,至于为什么没攒下钱,那是因为他把钱都抽了大烟。刘铁嘴对唐大胖子非常感激,大哥长、大哥短的,两人关系处得非常好。有时唐大胖子就说:"刘老板,我就爱听你讲的《鳌拜传》,干脆我给你当徒弟得了。"刘铁嘴谦虚地说:"那怎么能行?我怎么敢让大哥你给我做徒弟呢?"话虽如此,唐大胖子还是把刘铁嘴当师父一样看待。

由于唐大胖子醉心于听《鳌拜传》,所以刘铁嘴每次说书,他听得都非常仔细、认真,铭记在心。

真是有心栽花花不开,无心插柳柳成荫。在罗氏女病逝以后的三年里,刘铁嘴挣扎着说书,当他病入膏肓,实在说不下去了,眼看"四海茶社"要关门的时候,唐大胖子把大衫一穿,扇子一拿,登台亮相,续说《鳌拜传》。因为听众都愿意听《鳌拜传》,被《鳌拜传》迷住了,也都知道刘老板身体欠安,为了能把书听下去,所以也不管是谁说,只要能说就行。所以,当刘铁嘴不能说的时候,这唐大胖子就接着说,大家都来捧场。这"四海茶社"还真挺了一段时间。后来,由于陈警尉抽大烟,而且私通抗联,被日本宪兵队给抓走了,这一走就没了消息。一些朋友悄悄告诉唐大胖子："你别在这儿待了，赶紧跑吧。"这唐大胖子也怕牵连到自己，就卷起行李卷儿溜之大吉。这一逃，就逃到了蛟河，在蛟河山里躲了起来，并改名叫唐福顺。

中华人民共和国成立后，唐大胖子从蛟河山里回到了吉林，在吉林火车站附近，租了一个地方，又开起了"四海茶社"，说《鳌拜传》，可惜生意一直不好。一年以后，"四海茶社"黄了。唐大胖子又把行李卷儿一卷，来到蛟河的乌林一带，靠种水田度日。尽管这样，唐大胖子仍没有把《鳌拜传》扔掉，他在种地歇气儿的时候，常给大伙说上几段。民俗学者富育光先生在20世纪70年代初，为了了解满族的传统说部，在蛟河访查到了这个唐大胖子。当时唐大胖子年岁很大了，满头白发，镶着一颗金牙。据唐大胖子回忆，当年他在吉林江城和刘铁嘴在一起的时候，刘铁嘴有不少文字材料，有的还是罗氏女誊抄的，其中包括一些书和记账的账簿。中华人民共和国成立以后，这些材料都散失殆尽。唐福顺一直活到1983年冬天才去世。

后来，又经富育光先生等人细查，吉林还有人能说《鳌拜传》，像旧街的燕得林、赵文金，北兰的关士英、罗治中等，他们都能讲《鳌拜传》。

最后还有一支，是富育光先生等人在20世纪80年代初期调查得知的，在敦化、延吉、辉南、梅河口，也有人能讲《鳌拜传》。后来，富先生一行在沈阳民协了解到，他们那里也有人收集到了零散的《鳌拜传》资料。看来《鳌拜传》在北方还是流传很广。这就是《鳌拜传》《鳌拜传奇》《鳌拜巴图鲁》的传承过程。

《鳌拜巴图鲁》《鳌拜传》后来之所以这么丰富，成为一部大书，这是众人的心血和智慧的结晶。各位阿哥，咱们在前书介绍了，《鳌拜传》的书名很多，本书就依照最初的讲述人刘铁嘴最喜欢用的名字《鳌拜巴图鲁》，这也是罗氏女生前向她的丈夫提的建议，她认为最好听的名字，定为本书的书名。

现在，我就向各位阿哥正式讲述《鳌拜巴图鲁》。

各位阿哥可能不知道，过去讲说部，每个说部前面都有个书引子，叫定场诗。《鳌拜巴图鲁》也有定场诗，它的定场诗叫《赞鳌公》，一会儿我给各位阿哥念一遍。在这里，我先把刘铁嘴为了怀念他的亡妻，自己用《水龙吟》的词牌填的词，置于书前，作为本书的开头，也是定场诗。

## 水 龙 吟
### ——罗女亡故周年坟头奠酒

北国千里寒霜,
雪压青枝冬无际。
遥岑远目,
献愁共恨,
玉簪螺髻。
晓月凄窗,
哀鸿声里,
孤魂浪子。
把残灯点了,
冷床抚遍。
无人会,
全是泪。

休言衿被堪温,
尽西风,
罗女归未。
求天叩地,
只愿重见,
连理同栖。
可惜流年,
忧愁风雨,
倾心如此。
情断奈何路,
灰飞烟灭,
唯倩文慰。

　　这首《水龙吟》写得多么悲凉,多么有感情,真是催人泪下,表达了刘铁嘴思念亡妻的悲痛心情。接着,咱们唱讲另一首定场诗,也是他原来讲《鳌拜传》《鳌拜巴图鲁》的那个定场诗,叫《赞鳌公》。别看这首《赞鳌公》文字不多,但写得非常有气派,把鳌拜这位大英雄、大丈夫的豪迈气概刻画得淋漓尽致。据说《赞鳌公》是刘铁嘴在最初讲《鳌拜传》的时候，一位听书人被《鳌拜传》里面的故事内容所感动，更为刘铁嘴活灵活现、妙语连珠的表演所征服，即兴写了一首《赞鳌公》，称赞鳌拜勇猛无敌、气贯山河的英雄气概，表达了人们对鳌拜无比敬仰的心情。至于这位先生姓甚名谁，却无稽可考，但《赞鳌公》就这么传下来了。这首诗写出来以后，刘铁嘴非常高兴，就把它作为《鳌拜传》的定场诗。诗的内容如下：

　　　　腾空蔑龙蛟，
　　　　入海化神鳌。
　　　　猛兮大丈夫，
　　　　壮豪廓穹颢。

　　本说部咏过一首《水龙吟》，又咏了一首《赞鳌公》，现在应该言归正传了。各位阿哥，我现在就开始给您唱讲鳌拜玛法乌勒本，乌勒本的名字叫《鳌拜巴图鲁》。各位阿哥，要想讲鳌拜，得先从鳌拜的家事说起。所以，我们首先得讲讲鳌拜祖上的事情，我们讲谁呢？俗话讲："有其父必有其子。"我们就从鳌拜的阿玛——卫齐玛法讲起。

# 第一章 卫齐受命

卫齐，姓瓜尔佳氏。此人虽为一介草莽，但在大清国前期的后金国里，却起着举足轻重的作用。此人其貌不扬，个子不高，留着一缕大胡子。他不喜欢把头发卷起来，而是把头发散着，中间用皮条一扎。可笑的是，他四肢奇短，如同初入人世的褓褓。这是由于他常年住在山里，喝山泉水的缘故。山泉水又凉又硬，所以人喝了以后，常得大骨节病，骨关节鼓得像小棒槌一样，人走起路来拐拉拐拉的，像鸭子一样。他虽走相难看，但爬起山路常人却不如他，他能像猿猴一样蹿跃前行，非常之快，他还能在树枝上蹿来蹿去，也正因他常年野居山林，才练就了如此本领。别看卫齐玛法相貌不堪，却是一个聪明绝顶、有着大智大勇之人。下面，听我说书人慢慢道来。

卫齐玛法的家在长白山下纳音河口五子河部落。万历十九年，罕王爷努尔哈赤身边的大将费英东征服了五子河部落。卫齐玛法和他的阿玛它坦玛法带着他们部落的二百多人，归降了努尔哈赤，受费英东管辖。建旗以后，他们隶属于镶黄旗。这时卫齐玛法的阿玛它坦玛法已经去世，卫齐玛法成了光棍一人。入旗后，卫齐玛法跟随费英东大将转战各地，立下汗马功劳。后来，费英东受罕王之命，把卫齐玛法派到西部草原，他长期吃住在那里。卫齐玛法吃了不少苦，遭了不少罪，最终得到了蒙古兄弟的信任，成为他们的知心人，并在那里扎下了根。通过他从中沟通，蒙古科尔沁草原明安贝勒将自己的女儿嫁给了赫图阿拉首领努尔哈赤，使蒙古人和建州女真人最早建立了联盟，赫图阿拉从此不再孤立。过去赫图阿拉只有弹丸之地，四周被哈达部、叶赫部、辉发部、乌拉部等女真部落包围着，它在中间不得施展。努尔哈赤和蒙古人联手以后，犹如龙得行云鱼得水，赫图阿拉的力量大大增加。从此，大明朝也不敢小看赫图阿拉了，其他女真部落也不敢欺负他们了。赫图阿拉的人都对卫齐玛法刮目相看。

说来那是大明万历四十年壬子年春天的事。赫图阿拉喜讯频传，听说走失了十多年的卫齐玛法今天要回来了，卫齐玛法不但自己回来，还给赫图阿拉老城带来了一位最尊贵的贵人。这位贵人可不寻常，她就是罕王努尔哈赤即将迎娶的蒙古科尔沁部明安贝勒的女儿博尔济吉特氏卢哲其其格。卢哲其其格年满十三岁，不但聪明美貌，而且箭法和马术都格外高强，犹如草原上一只苍健的雄鹰。促成这段美好姻缘的月下老人就是卫齐玛法。今天，就是他亲自陪着明安贝勒以及他的女儿和儿子，赶着牛羊骆驼，长途跋涉，来到了赫图阿拉。

这可是吉祥欢乐的日子啊！是罕王爷努尔哈赤迎娶蒙古科尔沁部明安贝勒之女为妻的喜庆日子，又是久别多年的卫齐玛法和自己的主子努尔哈赤、费英东大人及众位兄弟有幸相聚的日子。赫图阿拉到处张灯结彩，到处篝火熊熊，到处鼓乐喧天，到处欢声笑语。总之一句话，赫图阿拉变了样，连周围的小道，周围的山山水水都变了样，满天飞翔的喜鹊，遍野奔跑的麋鹿也都来凑热闹。更招人喜爱的是，松树枝上窜出来那么多可爱的小花鼠和小松鼠，它们站在树枝上，小前爪往回一勾，小尾巴翘得挺高，挺直了腰板儿，瞪大了眼睛，往远处瞭望，互相唧唧地叫着，招呼着，快看啊，怎么这么多人呢？多热闹啊！

各位阿哥，咱们现在暂且不说小动物们是何等兴奋，再回过头来说说这场婚礼的主角——新郎官努尔哈赤。努尔哈赤一改往日的戎装，穿上了绛青色透着金花、绣有寿字和福字的锦缎长袍，腰系彩带，上身还套了件绣着团花的银丝镶边的坎肩。罕王努尔哈赤满面红光，神采奕奕，他左手拉着费英东，右手拉着额亦都，后面跟着何和礼，小儿子皇太极在后面扯着他的衣襟，代善、莽古尔泰、扈尔汉也都跟在后面。罕王努尔哈赤亲自出城，步行八里之遥，去迎接喜车。现在赫图阿拉通往蒙古的路上已经笼起了两排篝火，这叫"喜旺火"，还叫"迎亲火"。据说火越旺，火苗越高，象征夫妻的日子过得越好、越红火。道两旁还插着彩旗，一直插到很远，很远。

不一会儿工夫，一队传报的哨官骑马跑来，向总侍官额亦都禀报。

报："明安贝勒的喜车离这儿有十里远。"

报："明安贝勒的喜车现在已过苏子河。"

报："明安贝勒的喜车离咱们不到五里路了。"

明安贝勒一行人离赫图阿拉越来越近，大伙儿心里非常高兴。现在的赫图阿拉真是热闹异常，漫山遍野都是迎亲的队伍，就连附近山寨的诸绅①也都赶来瞧热闹，大家都想看看蒙古人到底长什么样？有些好信

---

① 诸绅：满语，意为皇太极谕定满洲为族名前对满洲人的称呼。

儿的人干脆爬到树巅，手搭凉棚观看。

下面的人不住嘴地仰脸问："哎，我说阿浑[①]看没看见送亲的人啊？"

上面的人说："没看见。"

一会儿，下面的人又问："阿浑，来没来呀？你是不是眼神不好，看不见啊？要不你下来，我上去吧。"

上面的人说："我眼睛好着呢，你着什么急呀？来了我就告诉你们了。"

又过了一会儿，树上的人兴奋地说："来了，来了，他们来了。他们来了挺多人，还有好多马，那些脊梁上有两个包包的家伙可能是骆驼。对，一定是骆驼！他们还带来了骆驼。可那些脊梁上有一个包的是什么呢？我从来没见过。"

下面站着的人急切地问："你看没看到蒙古的贝勒？看没看到新娘子？他们都穿什么衣服？长什么样？你看清没看清啊？"

又有人问："我说这位阿浑，你告诉我，他们赶来多少骆驼？多少马？"

树上的人手搭凉棚说："太多了，都看不着边儿呀。"

大家一听，这个高兴劲儿就甭提了，又有不少人争着爬到树上去看。

额亦都大将最理解罕王爷此时的心情，他知道罕王爷现在最盼望的不只是迎娶新娘，而是通过跟蒙古联姻，达到南北联合的目的，所以他命令扈尔汉和杨古利："你们赶快去迎接蒙古贝勒，快去！"

扈尔汉和杨古利接到命令后，立刻打马前去迎接明安贝勒的送亲队伍。

送亲的队伍渐渐露面了。这时候，赫图阿拉的一百面迎亲的大鼓擂响了，一百把喜庆的琵琶弹起来了，唢拉器、各种管弦乐也都奏起来了。随着欢快的乐曲，蒙古科尔沁草原的送亲队伍浩浩荡荡地走过来了，走在队伍最前面的是几十个蒙古姑娘。这些蒙古姑娘个个头戴塔式彩帽，身穿系着彩带的长袍，喜气洋洋，笑容满面。她们打着彩旗，向赫图阿拉的诸绅微笑致意。接着，走过来的是蒙古科尔沁部明安贝勒亲自挑选，以扎布总管为首的护亲马队，足足有二三百人。这些蒙古骑兵

---

[①] 阿浑：满语，即哥哥。

身背弯弓、利箭,手拿刀矛,身穿铠甲,那么剽悍、魁伟,训练有素,把赫图阿拉的人都看呆了,特别是蒙古兵骑的马那真叫漂亮,一个个滚瓜溜圆,长鬃抖抖,非常精神。

赫图阿拉的兵士不住嘴地夸赞道:"这马太好了,我要是能骑上这样一匹马跑上一圈,该有多美呀!"

罕王爷努尔哈赤看后也直竖拇指:"好,好,你看人家蒙古兵多带劲儿,多威风。"

马队过去以后是骆驼队。骆驼的身上驮着的是一些礼品、嫁妆。接着就是成群的牛群、羊群。牛羊的叫声响成一片,热闹得很。

送亲车队过去以后,大家就见几个骑在马上的壮汉,护拥着一位老者,扈尔汉和杨古利在前边引路。大家一下就猜到了,这老者一定就是科尔沁部明安贝勒。明安贝勒头戴金冠,身披烫金的驼绒斗篷,长髯飘洒,满面红光。只见扈尔汉跟明安贝勒说了几句话,明安贝勒向努尔哈赤这边摆了摆手,然后下马,向努尔哈赤站着的方向走来,随行的人也纷纷下马,紧随其后。努尔哈赤领着自己的众兄弟和儿子们急忙迎了上去。

努尔哈赤和明安贝勒俩人见面以后,互相单膝跪倒、碰肩,行抱见礼。明安贝勒说:"罕王爷,本王有幸见着您,我真是高兴啊。"

努尔哈赤也说:"老贝勒,我努尔哈赤能见着你们蒙古的英雄,草原的雄鹰,我也非常高兴啊。欢迎你,欢迎你们啊。"

礼毕,明安贝勒又与额亦都、费英东等大将行拥抱礼。努尔哈赤的儿子代善、莽古尔泰、皇太极及扈尔汉、杨古利等人也都给科尔沁明安贝勒磕头,行大礼。在鼓乐声中,喜车慢慢地往赫图阿拉城里走去。

要说这明安贝勒送女儿也和别人不一样,光喜车就有十辆,其中头两辆喜车里坐的是侍女,第三辆用金银装饰有彩凤的喜车里,坐的才是明安贝勒的女儿博尔济吉特氏卢哲其其格,也就是罕王努尔哈赤马上要迎娶的新沙里甘[①]。后面七辆喜车里坐的也是陪伴她的侍女。因为蒙古人有讲究,说新人必须进到内室以后才能下车,所以喜车一直进到内室。明安贝勒拉着努尔哈赤的手,俩人说说笑笑地跟在后面,其他人相随。一行人热热闹闹、高高兴兴地来到正殿。

大家坐好以后,司仪官额亦都首先宣布:"欢迎科尔沁明安贝勒驾

---

① 沙里甘:满语,即媳妇。

第一章 卫齐受命

临我们赫图阿拉，欢迎各位来宾。"

努尔哈赤走到明安贝勒跟前，他们重又单膝跪地，行抱见礼。

努尔哈赤抱着明安贝勒的肩膀说："贝勒爷，从今以后咱们相互帮助，相互扶持。"

明安贝勒说："罕王爷，能跟您结交，也是我们草原之幸。我代表我们科尔沁草原所有的蒙古人向您问好，向您贺喜了。"

礼毕，额亦都又说出了大家最期盼的心声："请新人上殿。"

大家都焦急地等待着明安贝勒小女的出现，准备一睹其芳容。片刻，美丽非凡的博尔济吉特氏卢哲其其格身穿蒙古彩袍，头戴金银冠，由众侍女陪同，在百乐齐鸣声中，妩媚动人、婀娜多姿地走进殿来。

卢哲其其格走到了努尔哈赤面前，款款下拜。努尔哈赤面露柔情，请卢哲其其格起身。然后，额亦都命赫图阿拉的五位侍女手捧金饰、银饰，给卢哲其其格献礼。这是努尔哈赤送给卢哲其其格的结婚纪念品。这些首饰个个都价值不菲，有的绣有百颗上等东珠，有的由金银和玛瑙镶嵌而成。

卢哲其其格又一次给努尔哈赤跪下，说："谢罕王赏赐。"

这时，努尔哈赤看见卢哲其其格后面跟着一大、一小两个男孩儿，就问明安贝勒："这两个孩子是谁呀？"

明安贝勒坐在一边自豪地说："那个大的是卢哲其其格的哥哥，小的是卢哲其其格的弟弟。他们都是我的儿子。"

努尔哈赤命男侍拿来两副兵铁宝弓给明安贝勒的两个儿子，作为晋见之礼，明安贝勒的两个儿子给努尔哈赤磕头。

努尔哈赤的爱妃阿巴亥走过来，搀起了卢哲其其格。努尔哈赤向明安贝勒和他的爱女卢哲其其格介绍："这位是我的大妃阿巴亥。"

卢哲其其格早就听说过阿巴亥的名字，也知道努尔哈赤对她宠爱有加，她是努尔哈赤的掌上明珠。阿巴亥不仅年轻美貌，而且聪明干练。努尔哈赤非常相信她，把后妃们的事情都交给她安排处理。卢哲其其格深知这个人非比寻常，不能小瞧，自己以后会经常跟她打交道，所以马上又给阿巴亥下拜行礼。

阿巴亥笑着把她搀了起来，说："好妹妹，快起来，不要客气，以后咱们就是一家人了，姐姐要是有照顾不周的地方还请妹妹多担待。"阿巴亥又转身笑着对努尔哈赤说："罕王爷，妹妹这一路上车马劳顿，也够她受的了，一会儿还要举行大宴，晚上又要拜堂。我先领她去后堂休息一会儿，众姐妹还等着呢。你们在这里唠着，我们就不奉陪了。"

努尔哈赤考虑爱妃说的话很有道理，从蒙古科尔沁部到赫图阿拉有几百里的路程，是够姑娘受的，便点头答应道："还是你想得周到。好，你们去吧。"阿巴亥挽着卢哲其其格，亲亲热热地走进后堂。

各位阿哥，咱们暂且不说卢哲其其格怎样去后堂休息，接着说说努尔哈赤这边的情况。额亦都看阿巴亥把小夫人引到后堂休息，又宣布："请蒙古科尔沁部明安贝勒晋献方物。"什么是方物？方物就是地方的土特产。这就是说科尔沁明安贝勒把他所管辖的草原上所出的特产晋献给赫图阿拉的罕王努尔哈赤。

明安贝勒话音刚落，只见在蒙古客人中间，站起一位身穿蒙古袍，腰扎彩带，面色红润之人，此人是蒙古科尔沁部明安贝勒身边的大管家扎布。扎布大总管缓步走到大殿中央，整理一下衣袍，掸掸肥袖，然后很有气派地站在努尔哈赤和坐在一侧的明安贝勒的前面，双膝下拜，跪倒匍匐磕头，口中喊道："扎布托明安老贝勒之福，特意带来我们科尔沁一方水土的珍稀特产，敬献给罕王爷，祝罕王爷和赫图阿拉万事如意！祝罕王爷和我们的小格格新婚志喜！大喜！大喜！大大喜！"

罕王爷努尔哈赤爽笑着站了起来并走了过去，两手把扎布总管扶了起来。只见扎布总管从左大襟里掏出一个用红绸子彩带写的礼单，用蒙语念叨着："献上科尔沁骏马百匹，犁牛百头，白羊五百只，狩鹰二十架，上等骆驼二十头，其中十公、十母，另有黄羊三百只，老鹧十只，锦鸡十只，献给罕王爷，略表我们草原人的一片心意。敬祝罕王爷永远快乐、吉祥幸福，衷心祈愿腾格里天神护佑赫图阿拉日益昌盛、日益富强。"

站在后面的卫齐急忙走过来，把扎布说的话用女真语向努尔哈赤慢声细语地复述了一遍。扎布总管起身，将手里捧着的红绸子礼单恭恭敬敬地举过头顶，放在额亦都手中捧着的红枣木托盘上。然后，额亦都转身传递给后面几个身穿箭服的英俊侍卫们。

努尔哈赤谦恭地欠了欠身子，不失身份地说："感谢明安贝勒带给我们这么丰厚的礼物。"

扎布总管回到明安贝勒的身边，安坐在披着豹皮的红漆方椅上。

额亦都总司仪兴高采烈地宣布："现在，请龙虎大将军给明安老贝勒回敬谢礼。"额亦都话音一落，鼓乐响起，大厅里众多女真彩女们手舞足蹈地跳起玛克辛①,一排侍卫依序手捧银盘、银盒缓步走进来,站在努尔哈赤面前。努尔哈赤从虎皮椅上站起来,走近明安贝勒,明安贝勒也站了起来。

努尔哈赤说:"贝勒爷,我们赫图阿拉没有什么像样的方物献给您。我想了想,还是把我到大明朝朝贡时皇上赏给我的宝贝转赠给您,略表我的一片心意。"说罢,努尔哈赤一手拉着明安贝勒的手,一手点着礼单,一件一件地指给明安贝勒:"这头一宗礼物,是我从大明朝新买回来的小麦籽十担,成色不错。你们回去种上,明年就可以打粮了;这第二宗,是我从大明朝江南买来的绢帛二十匹,这东西可比麻布漂亮得多啊;第三宗,是京师藏宝斋的一幅伯牙鼓琴的画轴;第四宗,是这件江西景泰蓝珐琅山水侍女方瓶;第五宗……"

明安贝勒望着眼前的这些珍贵礼物激动不已,种子是草原最渴求的宝贝,是他们活下去的根本,绢帛也是他们非常想拥有的东西,还有那些他过去连听都没听说过的宝物,明安贝勒也不用努尔哈赤再劳心劳力地讲解了,一把将他拉坐在虎皮椅上,说:"谢谢罕王爷,谢谢罕王爷,请不必再念了,我们都领了。"努尔哈赤和明安贝勒俩人拥抱着,真像亲兄弟,全场气氛十分热烈。

但明安贝勒的心里还是被这些奇特的礼物所诱惑,在努尔哈赤的陪同下,来到苫着红大绒、堆满礼品的长条大桌前,仔细欣赏着这些精美漂亮的稀世珍宝。景德镇的珐琅山水侍女方瓶虽不太高,但精巧别致,工艺超凡,色釉艳丽。瓶身上绘的捕蝶侍女宛如貂禅在世,栩栩如生,惟妙惟肖,简直把明安贝勒给看呆了。明安贝勒命扎布总管率众随从把礼物小心翼翼地接过去,一件件用灰鼠皮裹好,装进几个大皮囊里,准备由骆驼驮载回去。

额亦都看看周围一切事务办理完毕,向着满厅的众人宣告:"迎宾礼仪到此结束,请主宾们到鹤鸣厅小歇。少时,还要举行新婚大宴。明月当空、北斗升天之时,赫图阿拉将举行合卺大礼,恭请众位驾临。"这时,扈尔汉和杨古利引导着蒙古客人,络绎走进了鹤鸣厅。

等蒙古客人都走了,努尔哈赤说:"今天咱们都挺高兴,可不能忘了我的兄弟啊,是他给咱们带来了这个吉祥的日子。我的兄弟在哪里?卫齐在哪里?卫齐呢?卫齐何在?"

---

① 玛克辛:满语,即舞蹈。

努尔哈赤这么一喊，大伙儿都注意到了，是啊，今天的喜事是卫齐给撮合成的，吃水不忘挖井人，咱们不能忘了卫齐啊。卫齐在哪儿呢？

各位阿哥，你们知道这时候卫齐在哪儿吗？卫齐就在人群里呢。这个其貌不扬的小老头，一声不吭，坐在费英东大将身边，跟他咬着耳朵说话呢。费英东跟卫齐已经十多年没见面了，这期间卫齐曾经回来过，但费英东整天东征西讨的，没在家，所以他俩没见着面。现在卫齐坐在主子费英东大将身边，跟主子悄声地唠着。精力太集中了，罕王喊他，他没听见。

费英东听到了，马上捅了他一下，说："罕王爷叫你。"

卫齐一听，马上起身，走到努尔哈赤跟前，双膝跪倒，说道："奴才卫齐给罕王爷磕头了。祝罕王爷新婚大喜，鸿福齐天。"说罢，卫齐"砰、砰、砰"磕了三个响头。这时大伙才注意到罕王爷前面跪着的这个老头原来他们认识，而且是他们非常熟悉的人，只是模样与原来大不一样。十多年前的这个人，穿着武将的袍服和盔甲，个子虽然不高，却很精神。可现在这个人，穿的是蒙古袍服，腰间挎着小匕首和小腰刀，满脸皱纹，而且有点驼背，一副很苍老的样子。

这时，努尔哈赤眼含热泪，走到卫齐面前，把卫齐搀了起来。他上下打量着自己的爱将，感慨地说："卫齐兄弟，为了我，为了咱们赫图阿拉，你费尽了心血，你是咱们赫图阿拉的恩公，你的功劳不小啊。我代表赫图阿拉的上上下下，给你跪下了。"说着，努尔哈赤扑通一声，单膝跪地。

卫齐吓坏了，也赶紧跪下，慌乱地说："罕王爷快快请起，快快请起。罕王爷，您这不是折煞奴才吗。奴才只是尽了微薄之力，但那是奴才应该做的，要说功劳，罕王爷，那是您的功劳，是您运筹帷幄，指挥有方，费英东将军才派我到蒙古草原，跟蒙古兄弟建立的关系，要说功劳，是您二位主子的功劳啊。"

他俩在这儿这么一跪，费英东、额亦都和努尔哈赤的众儿子们也坐不住了，赶紧站了起来。

费英东和额亦都走过去，把努尔哈赤搀起来，说："起来吧，大哥。今天是您大喜的日子，先别说这些了。"努尔哈赤站起来以后，卫齐还跪在那里。

额亦都把卫齐也搀了起来，说："卫齐兄弟，你也赶紧起来吧。你要是不起来，罕王爷心里更过意不去了。起来，咱们慢慢说话。"努尔

第一章　卫齐受命

哈赤坐到自己的座位上，把卫齐安排在额亦都原来坐的位置。护卫又给额亦都拿来一个太师椅坐下。

大家一一坐好以后，努尔哈赤看着坐在自己旁边的卫齐，满意地说："卫齐兄弟，你以前回来过几次，可我只顾着忙政事，也没问问你的情况。老哥哥我在这里给你赔礼了。兄弟，你现在的日子过得可好哇？"

卫齐感动地说："谢罕王爷关心。托罕王爷的福，我的日子过得挺好。我现在已经有三个儿子了，刚才您赏给他弓的那个孩子，就是我的小儿子。"

努尔哈赤吃惊地问："刚才那个不是明安贝勒的儿子吗？"

卫齐说："那个大的是明安贝勒的儿子桑革尔赛台吉，小点儿的是我的小儿子。明安贝勒非常喜欢他，收他做了干儿子，这不把他也一块儿带来了。罕王爷，您放心，我现在的生活很好。您的事儿够多的，就不要为我的事情操心了。"

努尔哈赤听了非常高兴。

接着，卫齐说："罕王爷，过些日子，我就到莽古思贝勒那里去走走，我还要到扎鲁特部的几个部转一转。我准备多选些蒙古美女，咱们还有这么多小贝勒等着呢。"卫齐的一番话，乐得努尔哈赤合不拢嘴。努尔哈赤的儿子们也都很高兴，一个个捂着嘴直笑。

努尔哈赤说："卫齐，这次咱们赫图阿拉能够与蒙古科尔沁部通婚，你首推一功。我现在升你为'二等阿思哈尼哈番'。另外，赏给你奴仆百名及白银五百两，下去领赏吧。"

卫齐扑通一声给努尔哈赤跪下，说："感谢罕王恩赐，但我还得回蒙古，所以您赐给我的奴才我就不要了，但金银财宝我得带走，我要把它送给科尔沁部和扎鲁特部的那些贫苦的兄弟，我要告诉他们是您赏给他们的。"努尔哈赤非常感动，握着卫齐的手不放。这时，卫齐手搭凉棚，四处张望，他想让自己淘气的老儿子给罕王爷和费英东等将军磕个头，可连孩子的影儿都没见着。

努尔哈赤、额亦都、费英东等人看透了他的心思，笑着说："好兄弟，让孩子们玩吧，以后再见也不迟。"

额亦都小声在一旁说道："大哥，该入席了。"额亦都的话提醒了努尔哈赤。努尔哈赤马上命在座的各位分头准备。额亦都、费英东、何和礼，还有努尔哈赤的几个儿子陪着努尔哈赤到了蒙古贵宾正在休息的鹤鸣厅。此时，明月当空，天上的北极星星光闪耀。报时官敲响金锣，努尔哈赤和博尔济吉特氏卢哲其其格隆重的大婚之礼——阿察布密合卺礼开始了。

这是赫图阿拉最喜庆的时刻，人人欢声笑语，喜气洋洋，锣鼓喧天，一个个像过年一样。说来，这个日子来得真是不容易呀，努尔哈赤运筹了十几年，也盼了十几年，终于迎来了赫图阿拉和西部草原真正拥抱和好的这一天。大宴一直办了三天三夜。婚庆后，明安贝勒的送亲队伍在努尔哈赤和卢哲其其格夫妻双簪陪送下，在热烈友善、难舍难离的气氛中，离开赫图阿拉，返回科尔沁部。

各位阿哥，讲到这里，我们不能不首先引出本书的一位重要人物，那就是罕王爷努尔哈赤身边的重要军事爱将，大清国的开国元勋，后来成为五大臣之一的费英东大将军。费英东，姓瓜尔佳氏，他的先世是苏完部人。费英东生长在战乱频生的年代，正是努尔哈赤以十三甲胄起兵的时候。那时努尔哈赤的力量还非常弱小，除了明朝外，他周围还有强大的哈达部、辉发部、叶赫部、乌拉部，形势非常严峻。后来，努尔哈赤通过和赫哲、叶赫联姻的办法，得到了这些大部落的支持和帮助，同时他恩威并施，顺者以德服，逆者以兵临，逐渐收缴和招抚了周围的弱小部落。努尔哈赤的力量才越来越强大起来。

在万历十六年四月份的时候，那一年是戌子年，也是努尔哈赤起兵的第六年。当时苏完部的部落长叫苏尔固，他看中了努尔哈赤的豪爽仗义，就带着自己的儿子费英东和部落里的五百多口人投奔了努尔哈赤。在那个年代，五百多口人可不是一个小数目，对努尔哈赤那是多大的支持、多大的帮助啊。努尔哈赤的军事力量一下就增强了，队伍也一天比一天壮大。苏完部部落长的儿子费英东，长得魁伟英俊，力大无穷还善于骑射。目光锐利的努尔哈赤料定费英东以后一定能成为一个栋梁之材，而且把整个建州部的军权都交给他掌管，由此可以看出努尔哈赤对费英东是多么信任。

俗话说："山大什么兽都有，林子大什么鸟都有。"在那些归顺努尔哈赤的人里有这样一些人，他们到赫图阿拉一看，觉得赫图阿拉这地方挺穷，要吃没吃，要穿没穿，而且天天训练打仗，特别是努尔哈赤治军严明，对那些犯了规法的人惩罚的办法也挺厉害。时间一长，那些早年饿了打只鹿，饱了晒肚皮，过惯懒散日子的人，可就受不了了，凑一堆儿一核计，想要造反。其中，闹得最凶的就是费英东的姐夫兑钦，他煽

第一章 卫齐受命

动一些人跟他一起反水，想杀了努尔哈赤。费英东发现以后，大义灭亲，亲手杀了自己的姐夫。费英东的这一举动，震慑住了那些想要造反的人，平息了一场即将发生的叛乱。当时上兑钦当的，就有卫齐和他的阿玛它坦玛法。费英东得知这一情况以后，找到卫齐和他的阿玛，对他们动之以情，晓之以理，苦口婆心地劝导他们，使他们认清了是非，重新归降了努尔哈赤，得到了努尔哈赤的信任。卫齐父子很感激费英东，敬佩费英东为人正直、忠诚，懂得事理，跟着这样的人，错不了。

努尔哈赤通过这件事也更加信任费英东，封他为"扎尔固齐"。"扎尔固齐"是军中管军事、行政及财权和治权的将领的官衔。什么是治权？就是你做错了事，怎样处罚你，都由"扎尔固齐"来定。

努尔哈赤把权力交给费英东以后，费英东恪尽职守，竭尽全力，辅佐努尔哈赤平服了赫图阿拉周边的一些弱小部落，使努尔哈赤的名声一天比一天大。

赫图阿拉的迅速发展，吓坏了叶赫、哈达、辉发、乌拉等部。他们联合起来，在万历二十一年六月向建州的布察寨发起了进攻。努尔哈赤率兵迎战，大败四部。可他们还不死心，九月份，叶赫部贝勒布斋、纳林布绿又纠合九部联军共三万多兵马，再次攻打建州。努尔哈赤在费英东大将及身边众将领的帮助下，以少胜多，打败了九部联军的再一次进攻。在这九部联军里，既有叶赫部、哈达部、辉发部、乌拉部的兵马，还有蒙古科尔沁部和朱舍里等部的兵马。九部联军虽然人多，但仍没打过努尔哈赤的建州部。努尔哈赤巧妙布局，不仅斩杀了叶赫部的首领布斋贝勒，还擒拿了乌拉部的头领布占泰，辉发部的损失也很大。接着，努尔哈赤又乘胜前进，夺取了赫舍里部，攻克了松花江畔江源纳音部的一些山寨。十月份的时候，又取得了佛思恩库。冬子月的时候，又攻占了纳音部的呼督赫山城。

万历二十一年，罕王努尔哈赤原本打算在这年的冬天发兵攻打辉发部。可是这年冬天雪特别大，所有的道路都被雪封上了，道路难行，这场大雪打乱了努尔哈赤这一宏伟计划。因为在九部联军遭到努尔哈赤的沉重打击的时候，乌拉部曾派人到哈达、辉发去求援，请他们赶紧帮忙救出布占泰，辉发部的首领也想趁努尔哈赤不备，再次发兵攻打赫图阿拉，替乌拉部和叶赫部，也为他们自己报仇。只是不知什么原因，也可能是他考虑到自己势单力孤，不是努尔哈赤的对手，发兵的事也就不了了之了。可后来这桩事还是被罕王爷探到了，罕王爷发誓再让辉发部吃点苦头，所以他打算在大雪封山的时候，带兵攻打辉发部，挫一挫他们的锐气，即使灭不了他们，起码还可以掠回一些人口和财产。

没想到，这年冬天，天降大雪，大雪连续下了半个来月。雪太大，把路都给盖上了，根本找不着道。望着日益渐少的粮食和并不强大的兵力，努尔哈赤忧心忡忡。努尔哈赤的担心并不是多余的，因为这时的建州部孤立无援，没有朋友，也没个帮手，大明朝还时时处处监视着自己，自己必须谨小慎微，不敢有一点越轨之事。要是有一点越轨之事，大明朝就会派人来指责，而且辉发、乌拉、叶赫、哈达等部并没有服输，他们还在等待时机卷土重来。努尔哈赤整日里紧锁眉头，茶饭不思，想着制敌的计策。

单说这天，努尔哈赤因昨宿未眠，今晨挺晚还没起来。门外有侍卫传报："费英东将军在门外等候。"

努尔哈赤一听费英东来了，忙起身披衣，命侍卫请费英东进来。不大一会儿，费英东进门。努尔哈赤请他坐到炕上说话。费英东也没客气，把皮乌拉一脱，穿着狍皮袜子就上炕了。努尔哈赤坐到了一边，把热炕头让给了费英东。

没等努尔哈赤说话，费英东从自己左边的腰囊里拿出了一把短剑，交给了努尔哈赤，说："大哥，你看这物件好不好？"

努尔哈赤接过来一看，这是一把用骨头做成剑柄的短剑，就连剑鞘也是用骨头做的。剑鞘上镶着金边，上面还镶着红玛瑙、绿玛瑙，剑把上还系了两条大红穗。努尔哈赤把弹簧一按，嘣棱一下，短剑就弹出来了。宝剑寒光耀眼，咄咄逼人。努尔哈赤非常喜爱，用手轻轻地摸了摸剑刃，连说："好剑，好剑，这真是一个价值连城的宝贝。你在哪儿淘弄来的？"

费英东说："这还不算是最好的，你再看。"说着，他又从左边的皮囊里拿出十一把小宝刀。这些宝刀有的镶着银把，有的镶着金把，有的镶着色木把。有的把上刻着卧虎，有的把上刻着奔鹿，有的把上刻的是跳跃的鱼，有的把上刻的是一只飞翔的鹰，而且剑鞘上都绣着花，做工都相当好。宝剑的形状也不一样，有的上边是尖的，有的是直的，有的像锥子。虽然形状不一，但做得都非常精细。

努尔哈赤问："这是哪儿出的这么好的刀剑？快都拿出来，给我看看。"

费英东干脆把自己的貂皮大衣解开，把身上挎着的一个大皮囊拿下来，交给了努尔哈赤。努尔哈赤一看皮囊就知道，这是蒙古人专用的护身东西。皮囊非常特殊，是用鞣好的老虎皮拼做成的。这种皮子柔软美观，特别耐用，有放刀叉和匕首的地方，还有专放小铜壶、小铜碗、小骨筷的地方，这些都是草原游牧人随身携带的防身武器和日常生活用品。

努尔哈赤说："这是蒙古人用的东西。"

费英东笑着说："你说对了，这是蒙古人用的东西，你喜欢吧。大哥你看，这不是一般的兵刃，这都是用好钢打造出来的宝贝，是上天赐给我们的力量。咱们要是有了这些宝物，就会如虎添翼，战无不胜。"费英东坐在热炕头上说的几句话使努尔哈赤茅塞顿开。他明白了，费英东知道我现在心里犯难，他这是在开导我，给我出主意。

努尔哈赤高兴地把所有的宝器、兵器往炕上一放，双手抓住费英东的手说："费英东啊，费英东，你说到我的心里去了。我明白了你的意思，你是让我跟蒙古人交朋友，跟他们联手。对不对？"

费英东高兴地说："我就是这个意思。大哥，我知道您这些日子犯愁。这外头的大雪总是下个不停，您的心也像这天一样不开晴。我今天给你拿来这些物件，就是想让你高兴高兴。"两个人真不愧是心心相印、肝胆相照的挚友。在努尔哈赤一筹莫展的时候，费英东给他出了一个绝妙的好主意，跟蒙古人联手，壮大自己的力量，共同对付敌对部落，使大明朝不敢小瞧自己。费英东给努尔哈赤出的这个主意，可不是一般的小主意，他指出了努尔哈赤前进的方向。

方向是指出来了，可跟蒙古哪个部联手呢？真可谓英雄所见略同，努尔哈赤和费英东不约而同地想到了科尔沁部。因为科尔沁部地处长城以北，是蒙古最大的部落。他们世代生活在嫩江流域的西部草地，大半部分跟扎鲁特相接。从地理位置来看，它和赫图阿拉属于近邻，它下面有哈达部、叶赫部，东边有乌拉部。赫图阿拉如果跟塞北的科尔沁部联手，就会切断蒙古大草原东西的联络，科尔沁部就会成为赫图阿拉在北部的一个屏障。所以说这是一个很明智的选择。

说来科尔沁部是属于蒙古哲里木盟的一个游牧地。哲里木盟游牧地在辽东一带面积很大，它包括科尔沁部、扎鲁特部、杜尔古特部、郭尔罗斯部。咱们这里单说说科尔沁部。科尔沁部地域广阔，在长城喜峰口东北八百七十里，到京师是一千二百八十里，东西距八百七十里，南北距二千一百里，东至扎赉特界，西至扎鲁特界，南至盛京边墙界，北至索伦界。秦汉时属辽东郡的北境,后汉时属扶余的鲜卑境,南北朝隋唐的时候属于契丹靺鞨地。辽代和金代的时候,属于上京东界、东京的北界。元代的时候属于开原路北境。明代初年的时候,属于扶余外卫。元代后期,社会动荡,这里归兀良哈督指挥使管辖。大明朝洪熙年间,有个叫阿鲁台的蒙古人,常被韦拉特蒙古人欺负。这伙人在他们头领塔斯哈拉博尔济吉特氏的率领下,常袭扰阿鲁台。据蒙古塔斯哈拉博尔济吉特氏家族的人讲,他们祖上是元太祖的弟弟哈布图哈萨尔十四世孙子,是一位挺有名望的后裔。阿鲁台斗不过韦拉特蒙古人,就逃到了嫩江一带。过去嫩江又叫"妹江",或叫"脑温江",还叫"难水""那河""忽刺温",名字虽然不同,但指的都是一个地方。嫩江发源于宜呼尔山,在黑龙江之南兴安岭下,江流自北而南,抵卜魁城,一千四百余里,汇入松花江。这里的蒙古人属兀良哈人,因他们同族有阿鲁科尔沁,故此,自己号称嫩科尔沁。

这个部落靠着肥沃的土地和丰饶的草原,发展牛羊牧业,人口越来越兴旺,很快就形成了蒙古科尔沁部的几个大部落,并分出了科尔沁左右旗共六个部。科尔沁左右旗包括科尔沁左翼前旗、科尔沁左翼中旗、科尔沁左翼后旗;科尔沁右翼前旗、科尔沁右翼中旗、科尔沁右翼后旗。努尔哈赤和费英东最关注的,就是距离最近的科尔沁左翼中旗和科尔沁左翼后旗。科尔沁的左翼后旗在肇州、昌图一带,左翼中旗在开原、铁岭和长春堡一带。这两个旗跟辽东不少的部落关系都很密切,而且离哈达部、叶赫部、乌拉部、建州部很近。由于这两个旗的地理位置优越,哈达部、叶赫部、乌拉部也都想把他们拉过来,借以壮大自己的力量。咱们前面已经说了,在万历二十一年九月份的时候,叶赫部、哈达部、辉发部、乌拉部和周围的一些小部落,包括蒙古科尔沁部的左翼中旗和左翼后旗在内的九个部落,他们组成了九部联军,共同攻打努尔哈赤,攻打建州部。后来,努尔哈赤在费英东等众兄弟的帮助下,以少胜多,打败了九部联军,使九部联军受到重创。

当时科尔沁部的左翼后旗在昌图一带,那里原来是蒙古塔它河多罗郡王的游牧地,后来被明安贝勒接收过来。当叶赫部、乌拉部的首领找到明安贝勒,劝他和他们一起攻打努尔哈赤,并许诺得胜后与他们平分苏子河一带肥美的宝藏时,明安贝勒还很犹豫,怕打不过努尔哈赤,但乌拉部的首领布占泰坚信他们能赢,并得意地说:"咱们九部合到一起能有多少人?他努尔哈赤才有多少人?他能打过咱们吗?你放心,咱们

第一章 卫齐受命

肯定能赢。"明安贝勒相信了他们的话，出了兵，也出了马。没想到，建州部的努尔哈赤真厉害，他带着他的父子兵，浴血奋战，所向披靡，把九部联军打得落花流水。明安贝勒一看自己的人死了不少，赶紧掉转马头往回跑。哪成想，道路崎岖，胯下马根本不听使唤。在一段险峻的山路上，明安贝勒骑的马打了一个趔趄，后腿大胯掉下来，马瘸了。他身边的众护卫赶紧把他抱到另一匹马上，仓皇逃跑。没想到，努尔哈赤的兵马一直追到柴河南边，把明安贝勒给追上了。明安贝勒吓得赶紧下马，跪倒投降。由于努尔哈赤给建州兵马下的命令是只抓叶赫部、乌拉部的头领，其他人先放过。因为这九部联军的统帅是他们，这个事是他们挑起来的，抓贼要抓赃，擒贼先擒王，所以建州部的人就把明安贝勒放了。明安贝勒吓出一身冷汗，领着几个残兵败将，仓皇逃命去了。

咱们再说说科尔沁部左翼中旗。科尔沁部的左翼中旗在铁岭的东北、开原的南边一带，在辽代属信州地界，过去是蒙古扎萨克·达尔汉和硕亲王游牧的地方，后来被莽吉尔杜贝勒和莽吉古善贝勒哥俩占据着。当时的莽古思贝勒尚处中年，还不太管旗里的事情，所以兵权、财权和族权都在他阿布和他大爷的手里，也就是在莽吉尔杜贝勒和莽吉古善贝勒哥俩手里。莽吉尔杜贝勒和莽吉古善贝勒两人也挺聪明，都不白给，而且力大过人，弓箭使得也非常好，并且他们兵强马壮，所以当时在蒙古一带很有名气，谁也不敢惹。这哥俩跟明安贝勒的关系比较好，明安贝勒的左翼后旗虽然没有他们的左翼中旗强大，但明安贝勒的阿布是个非常有资历的人，而且明安贝勒足智多谋。一般草原上发生什么事，人们都去找明安贝勒，让明安贝勒帮着出主意，由明安贝勒来决策。所以，明安贝勒在草原一带比莽吉尔杜贝勒和莽吉古善贝勒更出名。这几个人要是凑到了一起，连大明朝都得惧怕三分。

莽吉尔杜和莽吉古善哥俩听了叶赫部和乌拉部的挑唆和怂恿后，也觉得这是一件好事，如果灭了建州部，把赫图阿拉及苏子河一带占了，我们蒙古今后不但有草原，还有山地，各种山货咱们可以随便采、随便拿，那该有多好。可这老哥俩又一商量，不行，咱们也不能光听叶赫部和乌拉部的，他们也不是咱们本族，能不能把咱们往窟窿桥里领？咱们得留个心眼儿。特别是莽吉古善，这小子挺滑，他说："弟弟，咱们不能蛮干。这样吧，明天咱俩到科左后旗去，找找咱们的老哥哥明安贝勒，听听他是怎么说的。他要是同意，咱们就参加；他要是不同意，咱们就不参加，可千万别上当。"

莽吉古善贝勒和莽吉尔杜贝勒哥俩商量妥了以后，第二天天还没亮，就骑上骏马，带了五个骁勇善战的弓箭手做护卫，不到半天工夫，就到了科左后旗明安贝勒府。

　　明安贝勒见是自己的老朋友来了，非常高兴，对他们也没客气，笑着说："你们哥俩是无事不登三宝殿啊，说吧，为什么事来的？"

　　老大莽吉古善佩服地点了点头，站起身来，谦恭地说："老哥哥，我们哥俩确实碰到难事了，想跟你商量商量，让你给拿个主意。"

　　明安贝勒问："什么事啊？"莽吉尔杜就把叶赫部、乌拉部怂恿他参加九部联军，一块攻打建州部的事说了。

　　明安贝勒听完笑了，说："我就知道你们俩是为这事来的。"

　　其实明安贝勒早就知道这事，因为他也参加了九部联军。这就是人们常说的聪明一世，糊涂一时。明安贝勒那么精明的一个人，却犯了一个致命的错误，他把这盘棋也看错了，一个是他受叶赫部和乌拉部怂恿，另外他自己也想贪个小便宜，错误地低估了努尔哈赤的实力，认为努尔哈赤没什么大能耐。所以，当叶赫部和乌拉部的贝勒来联络他的时候，他也觉得这是个好事，就同意了。现在莽吉古善、莽吉尔杜哥俩来找他商量这事，明安贝勒出于自己的目的，又添油加醋地帮助叶赫部和乌拉部来煽动："不用怕，咱们一定能赢，一定能打败努尔哈赤。努尔哈赤有什么能耐？他能有几个人？他那地方又那么穷，肯定不是咱们的对手。咱们有这么多人，兵强马壮的，还打不过一个小小的赫图阿拉？真成笑话了。你们放心吧。我把我最强的将士、最好的马匹都献出来了，你们俩就别犹豫了。"

　　莽吉尔杜贝勒和莽吉古善贝勒哥俩听明安贝勒这么一说，心也塌实了，点头应道："好，我们参加。"哥俩拜别了明安贝勒。

　　临行前，明安贝勒还嘱咐他们："把马预备好，再选些精兵强将，咱们战场上见。"事情的经过就是这样。所以，莽吉尔杜贝勒和莽吉古善贝勒的科尔沁中旗也来了不少人。没想到，结果大大出乎他们的意料。九部联军没赢，不仅输了，而且输得落花流水。莽吉尔杜贝勒和莽吉古善贝勒也好悬没战死沙场。莽吉古善贝勒回来以后，一病不起。

　　九部联军被建州部打败这件事，后来成为一些蒙古人、叶赫部和乌拉部人心里的一个阴影。渐渐地，草原上出现了一种怪病，什么病呢？"怕建州"。只要有人一提起建州，一提起努尔哈赤，就吓得胆战心惊，头上直冒凉风，腿肚子直哆嗦。

努尔哈赤和费英东俩人一分析这形势，心情特别激动。对呀，现在的形势对咱们有利呀。

费英东说："大哥，现在的赫图阿拉可不是往日的赫图阿拉，您也不是往日的大将军，您现在是大明朝堂堂的都督佥事。在辽东，还有哪个首领有你这样的头衔，有哪个首领有你这样的威风。这不仅证明大明朝信任你，也证明你有这个实力。叶赫部也好，辉发部也好，哈达部也好，乌拉部也好，他们谁也不敢再小瞧你了。蒙古科尔沁部的左翼后旗明安贝勒也好，还是左翼中旗莽吉尔杜贝勒、莽吉古善贝勒也好，他们对咱们也是刮目相看。他们现在是各揣心腹事，再也不敢像过去那么张扬，那么目中无人。现在只要一提起赫图阿拉，一提起你的名字，他们就得掂量掂量自己的分量。他们现在都想办法和咱们亲近，大哥你想，现在的形势对咱们有利，咱们要掐住这把蒙古刀。"说着，费英东又把皮囊里的蒙古刀拿出来，抓了一把，说："跟蒙古人联盟，跟他们结成兄弟之谊，咱们就真正有了铜墙铁壁。唯有这样，赫图阿拉才能够真正强大起来，真正立足于世。"

努尔哈赤考虑了一会儿，又叹了口气，说："唉，我说兄弟，你说的不是没有道理，可这事办起来却不那么容易呀。蒙古人有他们自己的习俗，有他们自己的生活，有他们自己的语言。他们以游牧为生，分散在各地。咱们怎么跟人家联系？又怎么得到人家的信任？咱们去跟人家说人家能信得过咱们吗？何况这中间又有大明朝和叶赫人的挑拨。这事要想办成，也真难啊，难啊。"

费英东还在坚持自己的看法，说："大哥，'有志者事竟成'。好事多磨，十年磨一剑。慢慢来，这也不是求快、求急的事。大哥，人心都是肉长的，事在人为。我相信，只要咱们诚心，这事就不会办不成。"

努尔哈赤问："依你看，这事应该怎么办？"

费英东说："大哥，我给你推荐一个人，此人可担当此任。"

努尔哈赤忙问："谁呀？"

费英东一个字一个字地说："卫齐。"

努尔哈赤诧异地问："卫齐？"

费英东肯定地回答："对，卫齐。卫齐跟了我这么些年，我早就看出这个人忠诚肯干，话不多，而且非常有头脑。他不仅会给人、畜看病，而且他还会说汉话、蒙古话。我看此人可以重用。"

各位阿哥，咱们在前书说了，卫齐的家原来在长白山下，松花江上游纳音河的支流五子河一带,那是一个不大的小支流,纵横交错,流淌在群山翠谷之中,它的上源可以通到抚松、靖宇。后来,五子河又叫"蒙江"。"五子"是满语,"蒙江"也是满语,只不过是音转时间过长,音变了而已,意思都是潺潺的小溪流。卫齐跟他的阿玛它坦玛法,也就是它坦巴彦居住在那里,以渔猎、采参、采珠子等维持生活。它坦玛法有时把打来的兽皮和采来的山参、土药等收拾好,用木夹子夹好晾干以后,再用马驮出山,到明朝边关一带换取银两,买回粮米、布帛和日用品。它坦玛法这个人自幼就跟随自己的父祖以狩猎、采药为生,终年累月在深山老林里转悠。他的脑袋就是一本记满山山水水、沟沟岔岔的活地图。他甚至能将什么山、什么河、什么时候产什么果、什么时候出什么鱼,都能给你讲得清清楚楚。正可谓,龙生龙,凤生凤,老鼠的儿子会打洞。它坦玛法的长处让儿子卫齐全继承过来了。卫齐也有逛山的习惯。他为了逛山,把自己的腿走短了、走粗了,甚至走成了罗圈形。他们父子就这样不仅熟悉土生土长的家乡一带的地情地貌,就连方圆三百多里的锡霍特阿林窝集部一带的崇山峻岭、羊肠小路,以至西到辽东内地的一些路都非常熟悉。

　　卫齐从小就受阿玛的严格管束,毫不夸张地说,他的前半生,就是用他的小短腿一步一步量出来的,唯有年节、阿玛生日、身患急症时,阿玛才允许他回到自己夏天的木屋、冬天的穴室小住三五日,算歇歇身子。女真人有个习惯,认为自己是"林中人",就是"山神"。凡是山上的一草一木、一滴水、一捧土,都要像熟悉自己身上的汗毛孔一样,多大、多小、多圆、多深。如果不熟悉,说不清道不明,就不是山神的子孙,就不配做"林中人"。这也成了它坦玛法家族的家规。正因如此,它坦玛法父子在东海女真部落里,包括在费英东父子眼里,都非常敬佩和信赖他们,把他们父子看作部落里的"山神",是"东海通"。

　　它坦玛法和他的儿子卫齐还非常熟悉通往图们江、布里雅特河、嘎牙河等地方的山路。他们父子可以千里迢迢,绕道南下,一直到西安(今辽源)、开原、昌图一带,甚至到盛京招揽生意,卖自己的土货。你别看他是山里人,却很会做买卖。他还会跟汉人、女真人和有钱人家讨价还价,所以日子过得比较富有。当地一些土著兄弟和部落里的人一看它坦巴彦挺有办法,就在打了皮子以后,也学着它坦巴彦的样子把皮子包装好,求它坦巴彦一块儿给卖了。渐渐地,求他的人越来越多。后来,它坦巴彦干脆不再狩猎,而是领着儿子卫齐专门做采购、运输和到外头以物换物、换取生活用品和衣食用品的营生。买卖做得越来越好，他的威信越来越高，名声也越来越大。

万历十九年，费英东受罕王爷努尔哈赤之命，跟当时的大贝勒褚英、二王爷苏尔哈齐，还有额亦都大将等，分头领兵进取长白山地区和鸭绿江部，恰巧是费英东领兵来到它坦玛法的部落里。费英东为人正直，又会做工作，何况他跟它坦玛法很早就熟悉，很谈得来。他心里有数，大雁靠头雁，它坦玛法父子那是"东海通"，附近大小部落渔猎、征战，处处由他们父子引领。所以，它坦玛法父子在部落里威望很高，部落里的男女老少、上上下下，没有人不敬重他们的。不过，这几年它坦玛法日趋年迈，儿子卫齐在部落里日渐崭露头角，声名日振。费英东明白，要劝五子河的山民实心实意地归顺赫图阿拉，归顺努尔哈赤，关键在于它坦玛法父子的态度。于是，他找到它坦玛法父子商议此事。

只见卫齐蹲在地上，双手拄着膝盖，谁也不瞅，瞪着个大眼睛，脖子往上一仰，瞅瞅这个树，瞧瞧那座山，晃悠着脑袋，一声也不出。费英东觉得挺奇怪，哎，这个人有什么毛病还是怎么的？

过了好半天，卫齐站了起来，大声讲道："我说罕王爷派来的这位使者，我觉得你说的是件好事。我们在这里受苦，更主要的是乌拉部的人天天跟我们要猎物、要贡品，而且把我们的人说抓走就抓走，弄得我们每日躲在山沟里不敢出来。如果我们跟了赫图阿拉，我们就有靠山了。我认为这是我们的一条好出路。阿哥们，咱们就干脆跟着罕王爷干吧。你们都说说，好不好？"

卫齐的几句话，令坐在一旁的它坦玛法着实高兴，儿子的话真说到自己的心坎上了。这些年来，自己没白操心，儿子成熟了，真真正正地站立起来了。

不说它坦玛法心里甜蜜蜜地高兴，单说卫齐的这些话也正合山民们的心意。所以卫齐这么一喊，很多山民都说："对，对，卫齐说得对，咱们就随赫图阿拉，随罕王爷努尔哈赤了。"最终，它坦玛法领着他的儿子卫齐，还有部落里近二百多口人，带着生活用品，离开了朝夕与共、生活了多少代的祖先的土地，浩浩荡荡地来到赫图阿拉，归降了努尔哈赤。

到了赫图阿拉以后，它坦玛法和他的儿子卫齐，还有从五子河来的这些人都统受费英东管辖。后来，费英东的姐夫兑钦串通它坦玛法和卫齐他们闹事，想反努尔哈赤。

咱们在前书也提到了，费英东大义灭亲，把他的姐夫给杀了。它坦玛法和卫齐他们吓坏了，都怕自己的小命不保。费英东宽宏大量，不但没有治他们的罪，反而对他们以诚相待，和他们成了挚友。它坦玛法和卫齐等人感激费英东不杀之恩，对费英东的话言听计从。后来，卫齐成为费英东身边最得力的心腹。

另外，费英东向努尔哈赤举荐卫齐，还有三个方面的原因。

第一，卫齐是狩猎人出身，常在窝集部、长白山里转，对当地的各种草药非常熟悉，能给人治病。另外，他有不少土药方，非常有效。谁有个头疼脑热、醉酒、生不下孩子或者中毒什么的，吃点他的土药，马上就有效，简直像个神人一样。正因如此，他跟他阿玛它坦玛法在部落里很有威望。如果派他到草原去，他通过给人看病，能认识不少人，联络不少人，人家也能相信他。

第二，他长期跟它坦玛法带着土药、皮张等物，到中原地区变换银两，购买生活用品。他们还常到草原买牛马，作为驮载之用。正因为他们常跟马匹牛羊打交道，所以，马匹牛羊等牲畜一旦有点什么毛病，或出现什么病症，不管是红伤还是内病，卫齐琢磨琢磨，用点药，就能把病治好了。如果派卫齐到蒙古草原，那里是牧群聚集的地方，马匹牛羊多得很。他通过给牲畜看病，也会受到当地牧民的欢迎，能很快和当地的牧民打成一片，融入他们当中去。

第三，卫齐还有一个长处，就是精通满、蒙、汉各种语言。别看他这个人其貌不扬，个子不高，可他很好学，遇到什么不懂的事他都想办法弄明白，而且他对什么事情都特别留心，往心里去。别看卫齐是女真人，说的是女真话，但因为他常到山外头去，常和汉人打交道，所以，他汉话说得相当好。后来，他听说要买大牲畜，得到蒙古草原去，那里的牛马不仅高大、肥壮，而且价钱便宜，他又到蒙古去。为了能和蒙古人交谈，他又开始学蒙古话。后来见到蒙古人，他也能说上一口流利的蒙古语。致使不了解他的人都不知道他是什么地方的人。

费英东对它坦玛法家族的介绍，使努尔哈赤发自内心地对它坦玛法家族从内心产生敬佩，刮目相看。努尔哈赤心里非常高兴，庆幸自己得到了一位天上难找、地上难寻的好帮手。

他激动得双手搭在费英东的肩上，高兴地说："太好了，这真是老天有眼，天助我也，帮我找到这样的能人。好，兄弟，就按你说的办，让卫齐到蒙古去，结交那里的头领和牧民。具体的事宜，兄弟，就全托付你了，把它办好吧！"

两个人还就具体的一些细节商谈了很久，谈得非常投机。努尔哈赤又命人送来茶点、肉干和酒，两个人小酌起来，谈到很晚。当夜，费英东留在努尔哈赤都督府里安歇。

次日天明，费英东离开了都督府。回到家里，他把卫齐叫来。卫齐见到费英东大将，马上打千儿下拜。

费英东说："卫齐呀，我有件事想和你商量。"说完，费英东就把他和努尔哈赤商定的事情详详细细、原原本本、从头到尾地跟卫齐说了。

费英东又说："卫齐呀，罕王爷准备派你作为咱们赫图阿拉的使者到蒙古去。你要把那些陌生的人团结过来，把他们当成自己的兄弟和手足。你要像一滴水珠，滴到大海里，就能化成大海中的一滴水；你要像一棵小树苗，落入草地上，就能长成草原里的一棵树。卫齐呀，这要吃不少苦、费不少心，你觉得你能行吗？"

卫齐这个人就是这样，话语不多，遇到什么事他不马上表态。只见他两手拄着膝盖，瞪着两个大眼睛，摇晃着脑袋，东瞅瞅，西看看，好半天没说话。费英东一看就知道，卫齐这又是在琢磨事儿。

等了老半天，卫齐才从嘴里蹦出一句很简短的话："遵命。我会办好交给我的差事，不会辜负罕王爷对我的期望。"

费英东也停了停，寻思了一刻，体贴地问他："卫齐呀，这可是个重任啊。你看看，还有什么该急办的事，需要我们帮忙，尽管提出来，要人、要物、要银两，你直接跟我说。卫齐兄弟，这次你孤身一人到那么远的地方，可不同以往去贩马、卖药，何况没有一个亲朋挚友帮你，一切急难险阻可都要靠你一个人应付了，一旦遇到个为难遭灾的事，你现跑回来找我都不赶趟啊。"

卫齐说："将军，你放心吧，我能应付得了。"

费英东又说："卫齐，罕王爷还说要赏你一个家口，你们两个一块儿去，遇事也好有个照顾。"

卫齐寻思了一会儿，说："将军，我不要家口，我什么都不要。到那么一个人生地不熟的地方，我再带一个人去，多累赘，不如我自己一个人轻车熟路，脚板上抹油，更方便。只要我成了他们中的一员，我什么都不用愁，什么都不会缺。将军，你就看着吧。"

费英东想了想，从自己的皮囊里拿出一个用红布包着的包裹，接着，拉过卫齐的手，说："卫齐呀，我没什么送你的，这是我的饷银，你把它拿走，留着路上用吧。"

卫齐马上推辞道："不行，将军，这我不能拿。你的家口过世了，你现在身边也没个人，你还得成个家呀。我没什么，我一个人到哪儿都能混口饭吃。"

费英东说："不，不，不，你一个人出门在外也不容易，拿着吧。好了，不要再说了，就这么办了。"

卫齐一看大将军执意要给，自己也不好再说什么，叩头拜谢说："那就谢谢大将军了。"卫齐把银子接了过来，又问："大将军，您想让我什么时候走？"

费英东说："时间由你自己定。哎，卫齐，我想起来了，还有一件事，你的玛法是在今年秋天过世的，你再到坟前看看，看还有什么需要安置的。"

卫齐说："没什么，那些事我都安排好了。"

费英东又说："卫齐，你记住，这件事不要跟任何人提起，明白吗？"

卫齐领会了费英东的意思，点头应允。

卫齐是在万历二十二年春天出发的，由于此次行动属于机密，所以他走的时候任何人都不知道，以至于后来大家都以为他失踪了。

卫齐悄悄地离开了赫图阿拉，一个人骑在马上。后来他觉得大冷的天，骑在马上不动弹，怪冷的，还不如在地上走着活动活动好。因为卫齐是东海窝集部的人，东海窝集部地处长白山发源地，那里属于山区，马匹在那里根本不实用，所以那里的人练就了一身行走的本领。他们跳山涧、过山崖，像山狸子似的非常快捷机灵。卫齐也是如此。

只见他把马背上的东西卸下来，把马屁股一拍，说："你走吧，愿意到哪儿去就到哪儿去，你自由了。"这马很有灵性，知道主人不要它了，咴儿咴儿地叫了几声，跑进林中，不知去向。

卫齐把褡裢上的东西背到肩上，又找个皮条子把这些东西往自己身上绑了绑，以便行走起来更方便。然后，他就开始往西走。

那时候，赫图阿拉的四周全是山，山上全都是树木莽林，哪有什么道啊，根本没有道可寻，到处是苍松翠柏，树又大又粗，有的两抱都抱不住。树周围都是像胳膊那么粗的细柳条子。那些柳条子连在一起，迈都迈不过去。卫齐就背着这百十来斤的东西，在没有道的树林子里连滚带爬，从早晨走到晚上，从黎明走到黄昏，一点也不闲着。渴了就在小溪边舀点水，饿了就在山里找点野果子吃，日夜兼程地往前赶。他那双

第一章　卫齐受命

乌拉被山道、树枝、石头刮碎了，像雪片一样，好在脚上包了好几层裹脚布，脚没受伤。卫齐经历了千辛万苦，终于走到了科尔沁草原。

这一天，卫齐看见了远处有一个蒙古包群。在这群小蒙古包中间有一个大蒙古包。卫齐急不可耐地向蒙古包群奔去。可他还没跑几步，不知道从哪儿一下子蹿出几十条大狗，把他团团围住，并冲他汪汪直叫。不一会儿，他周围就已经围了有上百条狗了。那时候，蒙古草原都归王爷管，每个王爷手下还有很多个台吉，每个台吉掌管着自己的庄园，每个庄园都有上百条猎狗看护着。

卫齐被这些狗给围得一步也动不了了。可奇怪的是，这些狗既不伤他，也不咬他，就冲他叫唤，不让他动弹。卫齐把随身带的干粮和肉干掏出来扔给它们，想把它们打发走，可这些狗连闻都不闻。卫齐实在没办法，只好坐在那里，等着人来救他。卫齐被这些狗活活困了五天五夜。他水壶里的水早就没有了，干粮也早已经吃完了。卫齐奄奄一息地躺在地上，一动不动。

还是卫齐命不该绝。因为庄园里的狗老叫唤，所以牧民们觉得很奇怪，其中一个年轻人说："我去看看怎么回事？"他骑上马，顺着狗的叫声，穿过一片小树林，来到了一片开阔地，结果看见荒草甸子里有一个人被上百条狗围住了。那时候，蒙古草原各庄园之间经常打仗，而且都骑着马打，马是他们必不可少的工具和武器，所以偷马的马贼特别多。另外像哈达部、乌拉部、叶赫部、辉发部等不少女真部都想把蒙古人拉到自己这边来，所以他们常派出奸细到蒙古草原来察看蒙古人有什么举动，看看他们是不是和别的部落联系了，哪个部落的人到他们那里去了，等等。这使得蒙古人对外来人特别注意。今天这个蒙古牧民一看被狗围住的这个人自己并不认识，就下马端详起了卫齐。

这时候的卫齐闭着眼睛，张着嘴，微微地喘着气，他身边放着一个破水壶，水壶盖开着，里面已经空了。蒙古牧民看卫齐的装束就断定他是一个经过长途跋涉、历尽千辛万苦的人，并不像是偷东西的人，而且不像他们每次抓住的探子。蒙古牧民用手在卫齐的鼻子底下试了试，感觉有微微的呼吸。他赶紧在自己的腰间拿出一个小水壶，把盖拿下来当茶碗，向小壶盖里倒了点水，然后给卫齐的嘴里慢慢倒了点水。半天，卫齐才把这点水喝进去。接着，他又给卫齐喝了两口水。

过了一会儿，卫齐哎哟、哎哟地叫唤几声，渐渐苏醒过来。

蒙古牧民一看卫齐醒过来了，非常高兴。他又倒了点水，给卫齐喝下去。这时候卫齐真正醒过来了，可能是因为太渴了，卫齐一点也没客气，咕咚、咕咚地把牧民水壶里的水都喝了。

卫齐的精神渐渐恢复过来。他睁开眼睛一看，蹲在自己面前的是一个身材魁梧的蒙古小伙子。卫齐明白了，是这个蒙古小伙子救了他。这个蒙古小伙子一看卫齐醒过来，也挺高兴，扶着他坐了起来。

卫齐仔细打量着眼前这个陌生的蒙古小伙子，只见他中等身材，体态魁梧，面色红润，戴着一个狍子皮帽子，穿着白板皮蒙古袍子，袍子上绣着各种花饰，非常漂亮。

卫齐握着蒙古小伙子的手说："好兄弟，谢谢你呀，谢谢你，谢谢你的救命之恩。"

蒙古小伙子问他："你是哪里人？叫什么名字？怎么到我们这儿来了？"

卫齐回答道："我叫卫齐，是一个整天要粥喝的苦命人，打南边过来的。"卫齐光说自己是从南边来的，没说具体是哪儿。那南边可大了，反正当时社会非常乱，逃难的人也非常多，这个蒙古小伙子见卫齐不像坏人，现在又是这么个情况，也就没细问。

卫齐喘了口气，又说："我给人家干活没挣着钱，老人又去世了。我就到处流浪，没想到给困这儿了。"

这位蒙古小伙子心地非常善良，听了卫齐的话，说："你先到我家养几天，好了以后你再走。"

蒙古大草原上的人心地都非常宽厚、善良，愿意帮助穷人，而且这些年到大草原来的人非常多，哪个族的人都有，有些逃难的人到这里以后，给这里的王爷、台吉当奴才，放羊、放牛、割草，为的是混一口饭吃，所以卫齐到这来也是很司空见惯的事情。这个蒙古小伙子并没有多想，就请他到自己的家里去。

卫齐虽然被狗围了这么多天，受了这么多罪，但是总算到了蒙古草原，还碰到好心人收留他，心里非常高兴，说道："那就叨扰了。"

这位蒙古小伙子热心地让他骑上自己的马，可卫齐哪能这么做呢？他忙说："不用，谢谢，我能走，这些天都没走动，我得走走。"

蒙古小伙子一看卫齐不肯骑马，说："也好，反正我家离这也不太远，不过你身上的这些东西得放在马背上。"蒙古小伙子帮助卫齐把东西放到马背上，两个人边走边唠往庄园里走去。

咱们前书说过，卫齐的阿玛活着的时候，卫齐和他阿玛为了贩卖马

第一章　卫齐受命

匹、购置各种生活用品，走南闯北，到过的地方特别多，对各地方的风土人情也非常熟悉。卫齐不但会女真语，会东海窝集部的土语，还会汉语、达斡尔语和蒙语，所以卫齐跟这个蒙古小伙子沟通起来不费劲儿。

蒙古小伙子见卫齐非常爽快，非常高兴。他主动介绍自己，说："我叫巴特尔，是个牧手，给孔果尔贝勒放马、放牛，有时候还照看照看羊群。"

卫齐也自我介绍说："我过去一直给人干活，后来我们那里遭了灾，我一路逃难逃到了这里。"

这个叫巴特尔的小伙子非常热情，说："不要紧，你就跟我走吧。这方圆几百里都是明安贝勒管辖的地方。你要是愿意，等你养好了，就在我们这里找个活儿干。咱们前边的那片蒙古包是明安贝勒的二儿子孔果尔贝勒的。这位孔果尔贝勒心地善良，待人和气，我就是他家里的奴才。"

卫齐顺着牧民手指的方向往前一看，只见前面的这片蒙古包，就像绿海中的花朵一样，一个挨一个，能有三四十个，周围到处是牛群、羊群、马群，一片一片的，真像绿海中的翡翠一般，耀眼夺目，让人看了心旷神怡。他俩说着唠着，很快就来到了帐包群附近。

巴特尔领着卫齐绕过十几个帐包，到了左侧一个用羊毛毡苫着的蒙古包前。巴特尔喊道："乌力吉在家吗？乌力吉。"

这时，从帐包里走出来一个十八九岁穿着蒙古袍子、系着红布腰带的小伙子。

巴特尔对他说："乌力吉，你把马放一放。另外，家里来客人的事，不要对别人说。"乌力吉点头答应。巴特尔把马背上的褡裢卸下来，挎到肩上。乌力吉把马牵走，解下笼头。这马撒欢儿似的边跑边扬鬃叫着，很快融入马群里。

然后，巴特尔领着卫齐走进帐包。卫齐看见帐包里坐着一男一女两位老人。一位是满面胡须、白发苍苍的老翁，另一位是白发苍苍的老奶奶。他们俩正在喝奶茶。两位老人见有客人进来，忙站起身来迎接。

巴特尔说："你们坐，你们坐。这是位遇难的人，我让他到咱们家来了。"巴特尔又让卫齐坐好，对卫齐说："你到这里就像在自己家一样，不要客气。我给你介绍一下，这位是布赫爷爷，这位是娜仁奶奶。"卫齐向布赫爷爷、娜仁奶奶施礼、问候。两位老人请卫齐坐下，并捧过来奶茶。卫齐此时肚子也挺空，接过奶茶一口气喝了下去，又吃了几块奶油做的点心。然后，巴特尔在布赫爷爷和娜仁奶奶耳边说了几句话。两个人点了点头，出去了。

屋里就剩下巴特尔和卫齐。巴特尔请卫齐坐下说话，巴特尔对卫齐说："这位远方来的客人，不瞒您说，我也是一个苦命的人。我原来不是这地方的人，我是个孤儿。我额吉、阿布在我很小的时候因为闹灾荒去世了。你刚才看到的乌力吉也是个孤儿。我们俩是在讨饭的时候认识的。那两位老人不是我们的亲爷爷、亲奶奶。他们见我和乌力吉无家可归，就让我俩住在了他们家里。"

卫齐问他："你到这儿多长时间了？"

巴特尔说："我只记得是十几岁的时候到这儿的，具体什么时间我已经记不清了。唉，别提了，我小时候得过一场病，后来瞎了，是孔果尔贝勒给我弄了一个偏方，布赫爷爷给我采来的草药，治好了我的眼睛。我这才重见天日。"

卫齐握住巴特尔的手说："巴特尔，我的好兄弟，说起来我也是个苦命人。我家老人去世以后，又遇上一场大火，烧得片瓦不留。我没办法，只好四处流浪。我一共去过很多地方，反正走到哪儿，哪儿就是我的家。"

巴特尔非常相信卫齐说的话，也从心里喜欢卫齐，说："原来你和我一样，咱们都是苦命人。要不咱们这么办吧，大哥，反正你的家也没了，你也没地方去，干脆你就留下来吧。"

卫齐说："那就给你添麻烦了。"

巴特尔大咧咧地说："不要紧，不就是多双筷子、多个碗吗，好吃的咱没有，但总能让你吃饱。何况我看你的身子骨还不错，还能干活。大哥，说了这么半天，我还不知道你多大岁数了？"

卫齐说："我今年快四十岁了。"巴特尔说："我叫你大哥还真叫对了。大哥，咱俩以后就以兄弟相称吧。"卫齐当然高兴。

巴特尔让卫齐坐下，说："大哥，有些事我得告诉你。咱们这个草原叫巴延努赉草原，方圆三百多里，都是明安贝勒的。明安贝勒心眼儿还挺好，对我们这些奴才不那么刻薄，可他身边有一个管家叫扎布，我们都叫他扎布大管家。这个扎布大管家武艺高强，对我们奴才非常狠。我们谁要是犯了错，他就把谁的衣服扒下来，拉到太阳底下暴晒，让蚊子、瞎蠓叮死你。我们最怕的就是扎布大管家。扎布大管家对我们这儿管得非常严，他从不让我们带生人进来。大哥，你的事得瞒着这个扎布大管家。刚才我让布赫爷爷和娜仁奶奶出去,就是让他们到外面看着去了。如果扎布管家和他的人来了,你就得藏起来。如果让他知道你在这儿,你的命没了不说,就连我们几个也活不成了。所以大哥,在这儿你得听我的。"卫齐一听心里咯噔一下,心想:这里的人这么善良,我不能为了自己,把这些人连累进去。不行,我不能在这里待。

卫齐站起身来,握着巴特尔的手说:"巴特尔兄弟,谢谢你的救命之恩。我不能待在你们这里,你们好不容易找着一个温饱之地,我不能连累你们。"说着,卫齐就去拿他放在桌上的褡裢。

巴特尔急忙说:"大哥,你不能走。你人生地不熟的,再说你的身体又这么弱,我怎么能让你一个人走呢?何况草原夜里的狼群都是上百条、上百条的。没走多远,你就得化成狼粪。"巴特尔边说,边跟卫齐抢他手里的褡裢。这时卫齐也被巴特尔很管用的话锁住了脚步,何况巴特尔真诚的话语感动了他,使他犹豫起来。

这时,正巧乌力吉从门外进来了,听到了他们争执的话语,便对巴特尔说:"巴特尔,别让这位大哥走,把他留下。"

乌力吉说着边上前帮着巴特尔抢卫齐手里的褡裢,嘴里连连说:"留下吧,留下吧,陌生的客人。大雁过我们的草原,从来都是要落脚的,哪有草原驱赶外来的大雁呢?"

卫齐一连多少日子没进饭食,精疲力竭,一个人怎么能抢过巴特尔和乌力吉两个小伙子呢,何况他们的岁数都比他小得多。褡裢早被他俩抢了下来。

巴特尔用小笸箩似的大巴掌往卫齐肩上一按,就把卫齐按坐下了,说:"你坐下。我既然把你请来了,你就得听我们的。大哥,如果我逃难到你那里去了,你能让我走吗?你能那么狠心吗?"

卫齐一想,对啊,巴特尔真要是逃难到我那里了,我能让他走吗?不能啊。可要是因为我,连累了他们怎么办?卫齐打了个咳声,说:"唉,巴特尔,你的心意我心领了,可扎布要是知道了怎么办呢?"

乌力吉说:"这位大哥,这事你就听我哥哥的。我哥哥是最聪明的人,什么事都能扛过去。只要咱们抱成团,就不怕扎布。"

巴特尔说:"大哥,我兄弟说得没错。兵来将挡,水来土屯。不要管那套,天塌下来,咱们想办法顶着。现在我已经知道你的情况,是腾格里天神把你送到我们这里,让我保护你的。你说我能让你走吗?大哥,你就留下吧,跟我们住在一起。"

其实卫齐打心里不想走，他就是受命到蒙古，要跟蒙古人建立友谊联系的，只不过是怕连累到巴特尔他们才执意要走的。但他见巴特尔和乌力吉一再诚心挽留，而且眼下自己确实没有别的好办法。卫齐就这样留下没走。

世上还是好人多呀。自打卫齐留下以后，在巴特尔、乌力吉、布赫爷爷和娜仁奶奶的热心款待、照顾和帮助下，卫齐在这里住得很安稳、舒适。

一晃儿，卫齐到巴延努赉草原已经四个多月了。这期间，卫齐有时也到附近草原走走、转转。布赫爷爷找来一些奴才们穿过的旧衣裳，让卫齐穿上。卫齐这一打扮，还真像一个蒙古人。就这样，卫齐跟着他们一起放羊、放牛，有时候也遛遛马，但他们不让他放马，怕把这个小罗圈腿给摔着了。卫齐本来就是下层人，心地非常善良，没什么说道，又能吃苦耐劳，所以大伙对他的印象都格外好，卫齐跟这些奴才们处得像一家人一样。

单讲有这么一天，卫齐骑着一匹小骒马，因为大伙考虑他是罗圈腿、罗锅腰，又不是蒙古人，对烈性马不熟悉，所以就给他选了一匹小骒马。卫齐骑着小骒马，赶着三百多只白羊去放牧。白花花的羊群在肥美的草原上一边走，一边吃草，走走停停，像银珠滚动，真好看。走着、走着，有两个小羊羔光顾着吃草，结果掉队了。一只老母羊看见了，立刻停下来，守在这两只小羊羔的身边。卫齐发现这一情况后，急忙叫头羊停下。可卫齐喊了半天，头羊也没停，而且照样往前走。卫齐着急了，赶紧掉转马头来到母羊跟前，挥舞着鞭子撵这只母羊。谁料想，母羊根本不听他指挥。卫齐情急之下，赶紧下马，推着母羊的屁股往前走。说实在的，那时候，草原上的羊丢一两只根本不算啥，因为放牧的时候，常有野狼偷偷地在羊群后面跟着，吃掉那些掉队的和体弱的小羊。可卫齐这个人心地善良，不想把它们扔下。于是，他一会儿推推母羊，一会儿撵撵小羊，忙得满头大汗。

这情形恰巧让巡视到此的大管家扎布看见了。扎布在远处一看，乐坏了。哎呀，我头一次看见草原上还有这么笨的人，连几只羊都管不住，有意思。我不走了，看看他到底怎么把它们弄走。扎布骑在马上，看卫齐怎么处理这几只羊。卫齐不懂，其实这个问题很好解决，只要用鞭子狠狠地抽打母羊，母羊一疼，马上就会跑了。母羊一跑，小羊也就跟着跑了。可卫齐哪懂啊，他手里拿着个鞭子，跟羊说好话不行，说赖

第一章 卫齐受命

041

话也不行，攥不行，推还不行。卫齐累得筋疲力尽。后来，他干脆把袍子脱了，把两个小羊羔抱在怀里。母羊一看小羊被抱走了，也跟在后面走了。

扎布始终跟在卫齐后面看着。他心里想：这个笨人也挺好，要是换成别的奴才早就不管了，可他为了庄园不受损失，他宁可把羊羔抱回来。这样的奴才才是个好奴才。

这边的卫齐只顾着自己的羊群了，根本不知道扎布大管家正看着他。他攥上羊群以后，把羊羔放下，刚想骑上马，后面就有人叫他："站住，前头的奴才。大管家到了，还不快过来磕头。"

卫齐回头一看，只见后面跑过来三匹马，上头坐着三个人，中间坐着的那个人非常魁梧，宽红大脸，龇口大黄牙，耳朵上戴着两个大耳环，黑胡须挓挲着。卫齐一看就知道，糟了，这回自己要遇上麻烦了。因为他听巴特尔和乌力吉他们多次讲过扎布的模样，自己虽然没见过，但扎布的特征卫齐早就知道了。没想到，冤家路窄，今天自己被扎布碰上了。别看卫齐个小，心眼儿可不少，要不然的话，费英东也不能派他来。卫齐心想：是福不是祸，是祸躲不过。沉住气，千万不能乱了阵脚。

卫齐按照草原的礼节，跪地磕头，说："总管家大人在上，小的给管家大人磕头了。小的有眼无珠，不知道管家到此，罪该万死，罪该万死。"

这时候，扎布下了马，那两个随从也下了马。扎布走到卫齐跟前，说："起来吧。"卫齐一边磕头，一边想着对策，所以起来的就慢了些。

那两个随从狗仗人势，一边走，一边吼："大管家让你起来，你没听见吗？"抬腿就想踹卫齐。

就在这时，扎布大声喝到："住手，狗奴才，谁让你们踢他了？多好的一个奴才，要是换成你们两个，早把羊羔扔下不管了。混蛋，把他搀起来。"

那两个随从吓得一边嗻、嗻称是，一边把卫齐搀了起来。

卫齐装出一副奴才样，战战兢兢地站在一旁。扎布这时反倒从心里喜欢上了卫齐。他觉得卫齐挺好，别看笨，但挺老实，对主子恭恭敬敬，而且对庄园的财产这么关心。奴才要是都像他这样，我就不用这么累了。

扎布走到卫齐跟前，抬起卫齐的下巴颏，说："抬头，让我看看你。"

卫齐抬起头来让他看。

扎布问道:"你叫什么名字?"卫齐一声不出。

扎布又大声喊道:"我问你名字,你怎么不出声?你有没有名字?"卫齐不回答。别看卫齐不回答,扎布并没有生气,因为在牧场里很多奴才都没有名字,个别有名字的,多半是主子赏赐的,叫什么石头、狗蛋、马蹄子,等等。扎布看他半天没出声,就以为这个奴才也没有名字。谁知道,他把卫齐的下巴颏掐疼了。

卫齐憋不住了,喊了一声"朱布罗,冬布罗"。"朱布罗,冬布罗"是东海女真语"哎呀,疼啊"的意思。扎布没听明白,在蒙古草原哪听过这句话啊。好在他知道草原的奴才像风刮来的野草,来自四面八方。这个"朱布罗,冬布罗",肯定也是从什么地方流浪来的野草,今天成了王爷的奴才。所以,扎布一点也没怀疑,就以为卫齐的名字叫"冬布罗"。

于是,扎布问道:"什么?冬布罗?啊,你叫冬布罗。"可这"冬布罗"是什么意思他不在意。扎布心想:只有主子才能给奴才起名字,难道他的名字是老贝勒起的?怎么起这么个名字呢?

扎布又问:"你的名字是老贝勒给你起的吗?"卫齐知道扎布错以为自己刚才说的"冬布罗"是明安贝勒给自己起的名字。这真是天助我也,我何不顺杆往上爬,谁名声大,谁能吓住扎布,我就往谁那里靠。

卫齐眼珠一转,马上说:"对、对、对。"扎布心想:连我的名字都不是贝勒爷给起的,这个奴才的名字却是贝勒爷给起的,这可不得了,这说明这个人不是一般的奴才呀。他是谁呢?嘿,先不想那么多了,只要是主子说的话,就一定是对的。

他高兴地说:"这名字好,这名字好。这是世上最好听的名字。起得好,起得好。"说着,自己还拍着巴掌。

扎布自早晨出来巡逻,走了好些地方,也挺累。他看见旁边有一个木头墩儿,顺势坐在了上面,并掏出烟口袋,往烟袋锅里装了一些烟,又拿出火镰,砸出了火,把烟袋锅点着,吧嗒吧嗒地抽上了。他边抽边寻思:我来了这么长时间了,怎么不知道有这回事儿呢?而且这里我都走遍了,也没看见过这个人啊。看这个人的样子又不像是我们草原的奴才,奴才们都会放羊,他连羊都不会放。可看他对贝勒爷那么负责、尽心,他又好像是贝勒爷的人。难道他是老贝勒派来监视我的人?对,这个人不能小瞧,要留心,说不准是明安贝勒的心腹呢。

第一章 卫齐受命

扎布这么琢磨也有他的道理，因为明安贝勒这个人非常有心计，这也正是他的科尔沁草原能在周围草原众部落里一鸣惊人、鹤立鸡群，让草原人都暗暗地佩服、羡慕、竖大拇指的缘故。明安贝勒有个座右铭："正人先正己，御外先御内。"所以，他治家有方，从接管阿布的草原家业三十多年来，从没按他阿布的嘱咐，也没顾及阿布的情面，方圆三百余里的草原，方方面面都是由他自己精选四梁八柱，各领一方。这还不算，他为了了解外面的情况，派出了一帮耳目，不但在科右前旗、科右中旗、科右后旗有他的人，就是大明朝和蒙古其他部也有他的人。所以，扎布对明安贝勒是惧怕万分的，事事谨慎小心，生怕有什么闪失。

扎布这个人也是个很难斗的人尖子，他能在明安贝勒身边做总管，讨得明安贝勒的器重和信赖，那可真是针尖对麦芒，可见扎布非一般人。他眼珠一转，不知迅生多少道眼。此刻，他盯着卫齐，上下打量这个很不起眼的放羊人，越来越怀疑起来，心想：我天天都在这三百里草原上转悠，哪怕多几个狗粪蛋子，少几个小羊崽子，我都能看得出来。这个人的出现我怎么就不知道呢？扎布感到这件事确实很蹊跷，不过，这个人能进入草原，又承蒙老贝勒给起名字，绝非一般，怀疑这个"冬布罗"是老贝勒派来的人是有一定道理的。扎布在这里正想着事。

卫齐站在一旁心里也直犯嘀咕，真怪呀，都说扎布大管家心狠手黑，不是杀，就是砍的，可是我就喊了一句"冬布罗"，他对我的态度咋就变样了呢？怎么回事呢？又看他一会儿皱眉，一会儿摇头，还一个劲儿地抽烟，卫齐心想：他在那琢磨什么呢？是不是我哪儿露出了破绽？要不然他看出我不是草原的人？唉，也怪自己太笨了，光顾着赶羊，没看看附近有没有人。卫齐这时也没了主意。

各位阿哥，你们听我说到这里，不必为卫齐担心，我前书向各位讲了卫齐这个人，说来他是真正的人尖子，不管是明安老贝勒，还是扎布大管家，要跟我们的卫齐比，那还要逊色三分呀，卫齐才是世上最有心计的人尖子。要不努尔哈赤和费英东也不会选上他，去碰当时连明朝都非常棘手的"鬼门关"。

卫齐临危受命，他也犯了不少寻思，但为了不给自己的大恩人费英东丢脸，对得起努尔哈赤的知遇之恩，他还是毅然决然地只身独闯老虎口。自从受命以来，他并没有闲着，每天不见任何熟人，甚至忘了美酒宴食，专心投入对科尔沁草原和明安贝勒这个人的了解。卫齐凭着自己的智慧和勤奋，掌握了明安贝勒的几代家事和身边的嫔妃及格格们的喜好与嗜好，就连他所宠爱的扎布管家的为人及品行也了如指掌。所以此刻，卫齐心中是有数的，但卫齐还佯装不知，静观动向。

只见扎布往四周撒目了一下，然后把旁边的一个随从叫过来，说："你趴下，让他坐上。"那个随从听话地趴在地上。

扎布又对卫齐说："您请坐。我还不知道怎么称呼您呢？"

卫齐开始觉得挺不自在，后来一想，可能扎布把我当成什么贵人了，要是这样，我何不将计就计。于是，卫齐也没客气，扑腾一屁股，坐在了那个随从的身上，并且挺着腰板，板着脸，摆出一副很有派头的样子。

卫齐一边坐，一边说："我叫冬布罗卫齐，你叫我卫齐就行。"

扎布自以为是地说："卫齐，你放心好了，我懂得规矩，这事我绝不会往外说的。"

扎布满以为自己很聪明，这样说，是想证明自己在贝勒爷面前还是很有身份的，贝勒爷的事情自己都知道。其实，他同卫齐相互斗智的心理仗，在这时就已经彻底失败了。

卫齐心里暗暗高兴，看来他确实把我当成非常人物了。卫齐明白，在草原里，贝勒爷的事从来都是单线联系，任何家人包括扎布、奴才们都是不允许过问的。卫齐深深知道，自己要像一粒种子在这危机四伏的大草原上落地生根，还不那么容易啊，还不知道要经过多少难以预测的磨难呢。所以，他在扎布大管家面前取得暂时的胜利，丝毫没有使他轻松起来，他的心里照样一刻也没闲着。卫齐知道自己事事处处都要比扎布大管家想得细、想得远。他想：我暂时把扎布唬住了，但光靠唬也不是个办法。而且别看扎布嘴上这么说，可他肯定还心存疑虑。他一旦弄清了真相，照样不会放过我，照样还要刨根问底，纠缠我的底细，他会到老贝勒面前告密，去讨好老贝勒。若是那样，事情可就更麻烦了。所以，我必须在气势上压过他，让他听我摆布才行。

卫齐望着满嘴喷着酒气的扎布，眼珠一转，计上心来，说："扎布，你是不是喝酒了？"扎布一听，吓得脸色都变了，扑通一下，给卫齐就跪下了。

他为什么这么害怕？书中暗表，这位明安贝勒对奴才们还真挺好，心地也非常慈善，但对他们要求还是很严的。明安贝勒有三大忌，谁要是违反了这三大忌，绝不轻饶。第一，不许酗酒打架。因为一些蒙古人非常爱喝酒，而且一喝起酒来就爱耍酒疯，借着耍酒疯打仗。由于他们

第一章 卫齐受命

手里都有刀、枪、箭、矛，所以一打起来就是一片血仗，常常是自残骨肉，损失太大。明安贝勒和他的儿子们一再提出：除非有重要的盛宴，否则不准过度酗酒。第二，不准奸淫女人。因为草原很多有钱有势的人看见漂亮女人就祸害，也不管这女人有没有主，只要自己相中了，就抢家去，所以常常因为女人引起纷争，大打出手。第三，不许互相杀掳，抢夺财物。孔果尔贝勒受明安贝勒的影响，很注意治理和发展自己的部落。而且，他为了加强力量，还让扎布大管家跟他一起抓这件事。开始的时候，扎布大管家勤勤恳恳、兢兢业业，深得孔果尔贝勒的赞许，并多次得到明安贝勒的嘉奖。但时间长了，扎布就有些得意忘形了，在老贝勒和孔果尔贝勒不在身边的时候，他常常喝酒，有时甚至喝多了。他今天就喝了不少酒，跟着他的那两个小子也喝不少，所以他们的酒味儿特别大。卫齐在进入大草原之前，就对大草原的情况了解了一些，特别了解明安贝勒最关心什么，最喜欢什么，最痛恨什么，等等。

　　卫齐站起身来，装作很气愤的样子，说："难道你们把老贝勒的话都忘了吗？"

　　扎布吓得直打自己的嘴巴子，边打边说："请大人手下留情，千万别告诉老贝勒和小贝勒。小的这条命就掐在您老人家的手里了。只要您饶了我，从今往后，我就是您老人家的奴才。饶命啊。"

　　那两个随从一看老管家这么敬重卫齐，更露出了一副奴才相，连连说着："请大人饶命，请大人饶命。"

　　卫齐心想：不行，我不能放过他们。我要是放过他们，他们回过头来反咬我一口怎么办？抓住就不能放，我得让他们彻底怕我。

　　卫齐继续问道："扎布，你说，你除了喝酒，还干了什么事？你说清楚了，我还有可能饶了你。要不然，我就把你带到老贝勒那里去，让老贝勒亲自问你。"

　　扎布一听吓坏了，跪着往前爬了几步，抱着卫齐的大腿，哀求道："大人，大人，你不能这么做。你问什么我都告诉你，绝不敢有半点欺瞒。大人，我真的就喝点酒，别的什么也没干。"

　　卫齐仔细瞅了瞅跪在眼前的扎布，然后拍拍他的脑袋，说："你还敢跟我犟嘴？你身上带些什么？"卫齐说这话是什么意思啊？原来卫齐注意到，扎布袍子上的腰带上面除了挂着烟荷包和香囊荷包以外，还有三个皮条子。皮条子上面串着七八个镏子，还有几个镯子，有的是银的，有的是玉的。

扎布早把这事忘到脑后去了，听卫齐这么一说，一下想起来自己身上还带着这次出门搜刮来的东西。他以前出门都是这样，每出来一次，就搜刮一圈，从不走空，就像贼一样。你说他一年得搜刮多少，可以说金银财宝无数。

经卫齐一提醒，扎布赶紧解下皮条，双手递给了卫齐，又对那两个小子说："把你们两个的也赶紧拿出来。"

那两个小子吓得也赶紧把自己抢的东西拿出来，有一个拿出来的是一只银手镯，有一个拿出来的是小金锞子和银元宝。

卫齐说："扎布大管家。"

扎布赶紧说："不敢当，不敢当。我现在有罪在身。"

卫齐说："你说这事怎么办吧？我看咱们还是一块儿去见老贝勒，见到老贝勒再说吧。"说完，卫齐若无其事地背着手就要走。

扎布管家和那两个随从吓得爬着在后面追，说："大人，您不能去。您就饶了我们吧。"

卫齐转过身来说："我就是一个奴才，怎么能要你们的命？"

扎布说："您老人家别唬我们了。我们知道您是有身份的人，您是下来暗查的。大人，我现在已经栽在您手里了，求您高抬贵手，留我一条狗命吧。"说完，砰、砰、砰地猛劲儿磕头。

卫齐大声喝道："别磕了，像什么样子。行了，天色不早了，我得先把羊赶回去，你们的事以后再说。"卫齐手一摆，意思让他们先走，他自己好赶紧溜。可扎布敢走吗？他认定卫齐是老贝勒的人，心想：以后再说是啥意思？你以后再告我去呀，这事要是让老贝勒知道了，还有我的好吗？还不得把我也拉到草原上晒死啊。不行，我可不能让他走。扎布赶紧起来，让一个随从赶羊，另一个随从背卫齐。那时候，草原上有钱有势的人行走，一般都是骑马或坐轿，再尊贵一点的就是坐人。坐人就是坐在人的肩膀头上，下面的人抱住上面的人的双腿，上面的人把住下面的人的脑袋。这种方法走得也相当快、相当稳。扎布一说，一个随从马上过去，请卫齐止步。卫齐也没客气，往那一站，那小子就把他驮起来了。他们几个人往蒙古包走去。

这情景被蒙古包里的人看见了。原来，扎布大管家一来到草原，就被放牧的牧民看见了。这些牧民赶紧告诉其他牧民藏起值钱的东西。后来，有人看见布赫爷爷家来的客人被扎布大管家碰着了，就吓得赶紧通知布赫爷爷。布赫爷爷又赶紧告诉巴特尔、乌力吉等人。大家都非常害怕,这事要是露了馅,不但咱们的朋友要遭难,就连咱们这些人也都别想活了,这可怎么办才好?巴特尔赶紧出去联络人,准备跟卫齐有福同享,有难同当,大伙儿一块去求老贝勒。

就在牧民们正做准备的时候,奇怪的事情发生了,只见老管家扎布拿着个小羊鞭子,旁边还有一个人,是他的随从,他们俩一块在赶羊,另一个随从驮着卫齐。牧民们都挺纳闷,这是怎么回事呢?卫齐大哥怎么把大管家给制服了呢?这真是太阳打西边出来,多稀奇古怪的事都在草原上出现了。

不一会儿,卫齐他们几个人走近了。牧民们赶紧跪下磕头,口称:"大管家吉祥,大管家吉祥。"扎布什么也不说,照旧赶着羊群。有的牧民把扎布手里的鞭子接过来,大伙帮着把羊群赶到了羊圈里。

扎布大管家对牧民们说:"今天我非常高兴,腾格里天神给我们送来了吉祥,明亮的太阳给我们送来了光辉。我们最尊贵的明安贝勒把他的心腹派来了,这位是卫齐老爷。"说着,扎布手捂胸膛,向站在一旁的卫齐深深地鞠了一躬。

扎布又看了看周围的人群,说:"卫齐老爷,您是尊贵的人,这么肮脏的地方怎么能让您待呢。咱们还是回贝勒府吧。"说完,又向卫齐鞠了一躬。旁边的两个随从过来,两手一交叉,让卫齐坐"人轿"。

卫齐一看扎布要把自己弄走,心想:扎布这是要干什么?我刚才要带他去见老贝勒,他不去。怎么现在又要去了呢?莫非他看出什么破绽了?他表面上欢迎我,实际上他还是怀疑我到底是不是明安贝勒的人,可我还不能不去,我要是退缩,就露馅了,我必须理直气壮地跟他去见明安贝勒。周围的牧民们都吓坏了,怕卫齐此去凶多吉少。大家都想要冲过来,留住卫齐。卫齐怕把事情闹大,连累这些蒙古兄弟,对巴特尔使了个眼色。巴特尔非常聪明,马上暗示大家先不要动。

卫齐说:"各位兄弟,这些天承蒙老人家和各位兄弟姐妹对我的照顾,卫齐我非常感谢。你们放心,腾格里天神会永远赐福给你们,再见。"就这样,那两个小子抬着卫齐,扎布牵着马,他们几个人就走了。

扎布要把卫齐带到哪儿去呢?原来扎布这小子也不白给,他在帮助卫齐赶羊的时候心里就一直在想:今天事情发生得有些突然,怎么就这么寸,碰到老贝勒的人了呢?我在老贝勒身边待了这么长时间,也没听说有这样一个人啊?更没听说老贝勒给哪个奴才起过名字呀,这事我怎么一点儿都不知道呢?能不能是假的呢?干脆,我把他带到老贝勒那去，让老贝勒来验明正身。可他又一想，不行，他万一是真的呢？老贝勒不得气坏了，我派人去查你，你却把人给我带回来了，我这不是没事找事嘛。他要是再把我的这些事抖落出来，老贝勒还能饶了我吗？怎么办呢？对，我先把这小子弄到我那里去，控制住他，我再暗地里察看动静，看他到底是不是老贝勒的人。如果他真是老贝勒的人，我就把他供起来，好吃好喝好待承，想办法把他收买过来；如果他不是老贝勒的人，我就把他捆到老贝勒那里去，让老贝勒看看我扎布能耐不能耐，替他抓了个奸细，他得对我刮目相看。现在关键是我要在这小子的肚子里抠出东西来，看看里头的东西是白的还是黑的。

主意打定以后，扎布就把卫齐安排到自己的一个不太大但却非常阔气的帐包。每天有五个女奴照顾，屋外还有十个体格健壮的奴才伺候。如果卫齐出去散步、上茅房，马上就会有三四个奴才跟着。卫齐明白，扎布这是不让我跟别人接触，把我控制起来了。扎布虽然没在跟前，但这些男男女女会把自己的任何一点举动都告诉他，所以卫齐格外小心，以免让他们抓住把柄。卫齐知道自己一时半会儿是出不去了。唉，既来之则安之，慢慢想办法吧。卫齐每天吃香的、喝辣的，日子过得倒也逍遥自在。

单说有这么一天，卫齐听到外面吵吵嚷嚷的，来了不少人。他掀开门帘想要出去看看外面发生了什么事，门口站着的两个奴才挡住了他的去路，意思很清楚，不让他出去。卫齐只好坐下。

这时，就听外面有人喊道："快躲开，快躲开，贝勒爷来了，赶紧让路。"

卫齐把窗帘掀开，看见有十几个人骑着骏马朝中间的大帐包走去，走在最前面的那个人穿着蒙古贵族的袍子。蒙古贵族的袍子和普通牧民的袍子不一样，牧民的袍子虽然也有刺绣，但贵族家的袍子上的刺绣更多、更好看，而且都是用金线和银线缝制的，人们用肉眼就能分辨出来。他又看见扎布大管家跟在那个人后面，一副毕恭毕敬的样子。是谁来了呢？明安贝勒来了？不像，听费英东大将介绍，明安贝勒能有五十多岁了，而这个人看样子也就三十多岁，而且明安贝勒身材较胖，此人身材虽健壮却不臃肿，所以说从年岁和体态上看都不像，那是谁呢？

这时候，走过来一个女奴，给卫齐倒了一碗茶，说："老爷，请喝茶。"

卫齐只好回过身来，说："好，好。"

卫齐接过茶碗，那个女奴过去把窗帘放下，并站在窗户下，意思也很明白，不让卫齐看。卫齐没办法，只好坐下喝茶。

咱们再说说帐包外到底是谁来了呢？是明安贝勒的二儿子孔果尔贝勒来了。孔果尔贝勒今年三十多岁，机敏、沉着、干练，在草原的几个年轻贝勒中是数一数二的。

这天，孔果尔贝勒受明安贝勒之命，到庄园各处走一走，看一看。因为最近一段时间，附近几个部落为了扩大自己的势力，都想把明安部拉过去，做他们的合作伙伴，以便帮助他们，即使做不了自己的帮手，也不让他帮别人。所以他们纷纷派人到科尔沁草原，查看明安贝勒有什么举动。明安贝勒稍有不对他们意思的动作，他们便会给明安贝勒施加压力。面对他们的软硬兼施，明安贝勒左右为难，拿不定主意。

没办法，明安贝勒便把孔果尔贝勒叫来，告诉孔果尔："孩子，现在外面不太平，你要多留点心眼儿，没事的时候到各处转转。"

孔果尔贝勒说："阿布，不要紧，您不是已经把扎布管家派出去了吗？我看扎布挺忠心的。"

明安贝勒说："孩子，扎布对咱们家倒是尽心尽力，可他贪财、好色还爱喝酒，是个有短处的人，容易被表面的现象所迷惑，再说他毕竟是外人，所以你还是亲自看一看吧。"

这天，扎布正在家里发愁。自从他把卫齐这个来历不明的人接到家里以后，一直不知该怎么办好，把人放了吧，还怕卫齐万一是老贝勒派来调查自己的人，出去以后到老贝勒跟前添油加醋地胡说一气，自己可就麻烦了；可要是不放人，时间长了也不是个事儿呀，再说这个人也不能干啊，他要是闹起来怎么办呢？

他在这儿正愁着，奴才来报："小贝勒到。"扎布赶紧穿上鞋，踢里趿拉地跑出去，跪迎孔果尔贝勒。卫齐刚才看见的恰好就是扎布迎接孔果尔贝勒的这一幕。

扎布把孔果尔贝勒让进了自己住的帐包。孔果尔贝勒说："扎布管家，现在外面挺乱的，老贝勒不放心，命我前来看看。这儿怎么样？"

扎布说："这儿挺好的，什么事也没有。小贝勒，您就放心吧。我会竭尽全力效忠老贝勒，为他老人家看管好草原。"虽然扎布这么说，但孔果尔贝勒是一个非常精明的人，他从扎布心事重重的表情看出事情绝非这么简单，扎布好像有事瞒着他。

于是，孔果尔贝勒站起身来，说："管家，你带我到各处走一走。"

扎布一愣神儿，忙说："小贝勒，忙什么？您先歇一会儿，稍后我再带您去。"

孔果尔贝勒说："我不累，走吧。"

扎布还不死心，说："小贝勒，我让每个帐包里的人过来向您禀报不成吗？您这样走挺累的。"

孔果尔贝勒说："不要紧。"说完，孔果尔贝勒抬腿就走。

扎布家的院套是用柳条围起来的，里面有一个大帐包和十几个小帐包。大帐包里住着他和他的家人，有的小帐包里住着他的妾室和奴才们，还有的小帐包是做各种吃、穿、用的作坊。院套周围还有很多帐包，这些帐包有的是粮仓，有的是肉仓，还有的是皮库。总之一句话，明安贝勒家族用的衣食住行用品几乎都在这里。所以这里是很重要的地方，有很多家丁守卫着。

扎布老管家一看孔果尔贝勒非要到各个包里看看，就想把他先领到粮库、肉库和皮库那边去，可孔果尔贝勒却指着相反的方向说："先从这边看。"

扎布一看，坏了，为什么呢？因为孔果尔贝勒要看的那一片就包括卫齐待的地方。孔果尔贝勒为什么非要到处看看，而且从这边开始呢？这不是没有道理的。

临来之前，明安贝勒一再嘱咐他："凡事一定要亲自过目，不能光用耳朵听。"另外，孔果尔贝勒以前到过扎布的家，对他家的情况十分了解，知道右边的帐包是贵人安歇的地方，而且他以前来的时候，扎布都把他领到那里去，可今天没把他往那里领，而是把他领到自己家了，这是为什么？孔果尔贝勒刚来的时候就注意到贵人室的外面站了好几个奴才，这说明帐包里住着很重要的人或有很重要的东西需要保护。另外，他说要一个帐包一个帐包地看看，在以前，扎布唯有服从听命的份，但这次扎布先是横扒拉竖挡着的，后来实在挡不住了，又舍近求远地把他往左边远处的帐包领，这又是为什么？孔果尔贝勒断定，右边的帐包里一定有猫腻。

孔果尔贝勒直接就奔卫齐待的帐包来了，扎布一见，汗刷地一下就下来了。孔果尔贝勒就问他："扎布，你怎么了？"

扎布马上说："小贝勒，也不知怎么回事，我这两天一到这帐包脑袋就疼。我看，咱们还是到别的帐包去吧。"

孔果尔贝勒说："是吗？我看看怎么回事？"把门的奴才一见孔果尔

第一章 卫齐受命

贝勒来了，马上跪地请安。孔果尔贝勒进去以后，见屋里坐着一个人，旁边站有几个女奴。随后进来的扎布大管家忙让几个女奴退了出去。

卫齐一见来人的气派和岁数，另外，外面吵吵巴火的他也都听着了，就知道是孔果尔小贝勒来了。

只见卫齐不慌不忙、不卑不亢地站了起来，说："小贝勒吉祥。"说罢，给孔果尔贝勒施礼磕头。

孔果尔贝勒背着手，围着卫齐转了一圈。孔果尔贝勒边转边想：扎布啊，扎布，我说你怎么不让我到这屋来呢，原来你这屋真的有人啊。看来这个人一定是你私通的外人，要不然你怎么不敢让我见他呢？孔果尔转念又一想，我们家也对得起他呀，他的权力除去我阿布不说，仅在我们兄弟之下。他怎么还能背叛我们家呢？真不可思议。

扎布一看小贝勒的脸青一阵、白一阵的，就知道小贝勒一定把自己往什么地方想了。扎布觉得挺冤屈，他心想：我对得起你们家，你小时候淘气，追打野狗，野狗被追急了，要咬你，是我扑上前去，把你救下来，我却被狗咬伤了。你的孩子有病，我在雷雨天连夜骑马接来郎中，治好了孩子的病。我对你们家忠心耿耿，你们却信不着我，派人偷着查我，这也太让我伤心了。唉，现在说什么也没用了，小贝勒已经看见我把老贝勒派来的人给关起来了，瞒也瞒不住了，要杀要剐随你们的便吧。

扎布老管家扑通一声跪在地上，眼泪在眼圈儿直打转。他委屈地说："小贝勒，我扎布在你们家干了几十年，可以说是忠心耿耿、兢兢业业，可你们却信不过我，还派这么个人监视我。小贝勒，你们要是觉得我扎布有什么不对的地方，就明说嘛，这样做多伤我的心啊！"

扎布说完，大哭起来。这一哭，还把孔果尔贝勒给弄糊涂了，这是怎么回事呀？扎布说这个人是我们派来查他的，可我怎么不知道呢？

孔果尔贝勒觉得很奇怪，说："扎布，你先别哭。我问问他，这到底是怎么回事？"

扎布吃惊地问："小贝勒，难道您不认识他吗？"

孔果尔贝勒摇了摇头。

扎布小声地嘟囔着："那他就是老贝勒派来的。"

孔果尔贝勒让扎布管家先退到一旁，然后问卫齐："你是何方人士？姓甚名谁？到这儿干什么来了？你要如实回答我的问题，要是敢有一句谎话，我打断你的狗腿。"

卫齐施礼说道:"小贝勒,我久闻您的大名,今日得见,真是三生有幸。回小贝勒的话,我不是什么奸细,也不是什么歹人,我叫卫齐,是你们的放羊人。"

孔果尔贝勒说:"扎布管家怎么说你是我阿布派来监视他的呢?"

卫齐说:"这你得问扎布管家,再说了,我也没说我是老贝勒派来的呀。"

孔果尔贝勒问扎布:"扎布,你根据什么说他是我阿布派来的呢?"

扎布就把那天他骑马巡游,看见卫齐赶羊的经过说了。

孔果尔贝勒说:"这也不能说明他是我阿布派来的呀?"

扎布老管家吞吞吐吐地说:"小贝勒,他还说了一个名字。咱们草原的奴才一般都没有名字,即使有名字也都是主子给起的。所以,我就以为他是老贝勒派来的。"

孔果尔贝勒问卫齐:"什么名字?"

卫齐这时候不承认了,说:"我没说什么呀。"

扎布老管家说:"不对,你说了。你说你叫什么'冬布罗'。"

卫齐听了哈哈大笑,说:"闹了半天,你说'冬布罗'是我的名字。我告诉你吧,我以前在女真人那边儿待过,'冬布罗'是女真语太疼了的意思。你想想,当时你掐住我的下巴,问我叫什么。我被你掐疼了,就说了一句'冬布罗'。你就以为我的名字叫'冬布罗',我想你愿意叫就叫吧,对我也没什么,谁成想你以为那就是老贝勒给我起的名字。"

扎布大管家摸了摸脑袋,卡巴着眼睛没话说了。

孔果尔贝勒又问扎布:"扎布,你怎么仅凭一个名字,就把他和我阿布联系到一起了呢?"

卫齐趁机说:"小贝勒,扎布老管家他糊涂了。第一,我从来没说我是明安贝勒派来的人;第二,我也没说是明安贝勒给我起的名字;第三,凭什么他把我和明安贝勒联系到一起了?这事要是传出去,不让人耻笑吗?"

扎布老管家越听越泄气。是啊,当时自己是怎么想的呢?孔果尔贝勒也非常生气。他以为能在这个陌生人身上抠出点儿什么东西来,可听了半天,什么也没听出来。

扎布大管家怕小贝勒不高兴,赶紧解释说:"小贝勒,当时我就想,他一个奴才,怎么能有名字呢?我就以为是老贝勒给起的。我以为老贝勒对我有什么看法,怕我不忠于他,就派人来查我。"

第一章 卫齐受命

孔果尔贝勒一听非常生气,说:"一派胡言。"说罢,站起身来,拂袖而去。

扎布老管家赶紧去送,孔果尔贝勒走到帐包外停住脚,想了一会儿,悄声吩咐说:"问清他究竟是什么地方人?为啥来的?你要好好查问,要是没什么问题,就把他放了吧。还有,我看这个人不像是什么坏人。如果他愿意,就让他留下。"

把孔果尔贝勒送走以后,扎布转身回到屋里。扎布气坏了,好哇,我好吃好喝地待承你,弄了半天,你什么都不是。他把眼珠子一瞪,桌子一拍。手下人就明白了,上来两个人用皮条子把卫齐五花大绑地绑上了。

各位阿哥,说书人在这里交代一下,扎布的手下人在绑卫齐的时候,把卫齐的衣服给脱了。卫齐的衣服一脱,一下就露出了脖子上戴着的一个佩件。这是一个珠子,非常大,也非常亮。扎布看见了,上去就要拽。

卫齐马上说:"别碰,这是你们祖宗的东西,你不能动。你打我可以,但你不能碰它。你要是敢碰它,将死无葬身之地。"这些拿着鞭子准备抽他的下人,听卫齐说他戴的是自己祖宗的东西,以为卫齐是在唬他们,所以根本没听卫齐那套,举起鞭子还想打卫齐。

扎布老管家听了卫齐的话,觉得此事非同小可。他命手下人先不要动手,看住卫齐,自己急匆匆地跑了出去。

扎布跑到孔果尔贝勒身边,告诉孔果尔贝勒:"那个人脖子上戴个东西,他说是咱们祖宗留下来的。"

孔果尔贝勒一愣,问:"什么东西?"

扎布说:"一个珠子,挺大挺亮,他不让碰。小贝勒,这个人来路好像不一般。咱们不能小瞧,得小心点。"

孔果尔贝勒把手里的茶杯放下,说:"我过去看看。"

孔果尔贝勒进入帐包,见卫齐已经被脱光吊到了大梁上,他忙让手下人把卫齐放下来。

孔果尔贝勒说:"你们这是干什么?不管是什么地方来的人,都是我们的客人,我们都要以礼相待。"遵照孔果尔贝勒的命令,下人们把卫齐放了下来,并给卫齐穿上了衣服。

孔果尔贝勒问:"这位客人,你到底是谁?到我们这儿有什么事?"

卫齐瞅了瞅孔果尔贝勒及周围的人,说:"我究竟是谁?到这儿干什么来了？这都不能告诉你们，我要见明安。"

卫齐这一句话把周围所有的人都吓呆了。直呼老贝勒的名字，这在草原是犯大忌的事情，一般人都叫明安贝勒或老贝勒，还没有谁敢直呼老贝勒的名字。卫齐的话一出口，那些卫士和奴才们都吓得跪在了地上，瑟瑟直抖。

扎布老管家气得大声喝道："大胆，竟敢直呼我们尊敬的老贝勒的名字，简直是不想活了。来人，把他给我拖出去杀了。"跪在地上的下人们马上起身，冲卫齐就过来了。

还是孔果尔贝勒见多识广，遇事冷静。开始的时候他也很生气，自己长这么大，也没听谁敢叫自己阿布的名字，今天这个人简直是不要命了。后来他又一想，眼前这个人脑子不像是有什么问题，可他怎么敢直呼阿布的名字？莫非他真的有来头？哎呀，他能不能是明朝皇帝派来的人？如果他真是明朝皇帝派来的人，我们把他杀了，那麻烦可就大了。

孔果尔贝勒马上大喊一声："住手。"

下人们见小贝勒发话了，都站在原地没动。

孔果尔贝勒围着卫齐转了一圈，上下打量着他。卫齐面不改色，一声不出。

扎布管家气不过，说："小贝勒，这个人口出狂言，居然敢直呼咱们老贝勒的名字，应该杀了他。"

孔果尔贝勒说："不要急，把事弄明白再说。这位客人，我问你，你为什么要见我阿布？另外，你脖子上戴的是什么？你把这些都说清楚，你要是说不清楚，可别怪我对你不客气！"

卫齐说："孔果尔贝勒，我此番前来，是为了你们家族的事情来的。我脖子上戴的这个东西是你们家祖传下来的，已经有三百多年的历史了。当然了，这些事情你们不知道。你们现在把明安贝勒请来，有些话我要跟他当面说清楚。等我把话说完了，要杀要剐随你们的便。"

孔果尔贝勒见卫齐不像是在唬人，看来要想把事情弄清楚，只能把自己的阿布请来。于是，孔果尔贝勒命扎布赶紧去禀报老贝勒。

孔果尔贝勒命下人给卫齐搬来椅子，请卫齐坐下，并命人献上喷香的奶茶。两个人一边儿喝，一边儿聊，一边儿等着老贝勒。当然，他们两个说的都是无关紧要的话。

其实卫齐并没想现在就亮出自己的身份，要不刚才见孔果尔贝勒的时候就把实话都说了。他本想在下面多了解些情况后，再找机会见明安

第一章　卫齐受命

贝勒，把一切都告诉他。只是后来自己被扎布等人绑起来了，而且扎布要抢他脖子上的大宝珠。宝珠要是被抢走，自己的计划就全落空了。被逼无奈，卫齐这才提出要见明安贝勒。

单说扎布老管家命人牵来快马，带了两名下人，打马就往明安贝勒府去了。

扎布很快来到了贝勒府，见到了老贝勒。他把事情原原本本、一五一十地禀奏了一番。明安贝勒觉得挺奇怪，心想：这个人能是明朝皇帝派来的吗？到这来干什么呢？可要不是明朝皇帝派来的，一般人谁有这么大的胆，敢直呼我的名字，除非这个人是个疯子。如果不是疯子，此人一定大有来头。哎呀，如果来者真是明朝皇帝派来的，我得前去迎接呀。明安贝勒不敢耽搁，马上命人给他换好衣服，备下快马。明安贝勒虽然已经是五十多岁、快奔六十的人了，身体却非常壮实。他从来不坐轿，不管到哪儿都骑马去。

明安贝勒带着十几个护卫，很快来到扎布大管家的帐包。

扎布对卫齐说道："你不是要见我们老贝勒吗？我们老贝勒来了，有什么话你就说吧。"

卫齐马上双手抱拳，恭敬地给明安贝勒施礼问安。明安贝勒上下打量着卫齐，只见来人穿着蒙古衣服，个头不高，相貌虽然比较丑陋，但却一脸正气。

明安贝勒紧走一步，把卫齐搀起，说："请起，请起，不要客气。远方的客人，见到你我很高兴。"

接着，明安贝勒命众奴仆退出，身边只留下孔果尔和扎布。他与卫齐一左一右分宾主落座。

明安贝勒说道："方才听扎布管家说，我的科尔沁草原吉星普照，来了位尊贵的客人，这可是件喜事啊！我现在特意赶来欢迎你的光临。"明安贝勒那是久经世面的人，明朝天子驾前都曾有几次晋见，在蒙古众贝勒中也是声名赫赫的。明安贝勒还没等卫齐站起来，首先屈躬地站了起来，用蒙古人的礼节，施礼问候。

卫齐也赶紧抱拳施礼，说："老贝勒不要客气。我这次能见到您，也是我三生有幸。"

明安贝勒说："贵客请坐，有话慢慢说。"坐下以后，明安贝勒问："请问贵客，您找我有什么事？"

话说卫齐自从见到明安贝勒以后，通过明安贝勒的言谈举止和他那慈祥的面孔，就断定此人不是奸诈小人，确信自己在赫图阿拉以及蒙古牧民中所听到的关于老贝勒是个可信之人的传言不虚。

于是，在听到明安贝勒的问话后，卫齐说："明安贝勒，我受人之托专程来拜访您。你们家有一个祖传的宝贝，在去年丢了。"

在坐的人一听卫齐提起去年那件事，脑袋都嗡地一下。为什么呢？因为去年九月，也就是万历二十一年九月，包括明安部在内的九大部组成了九部联军攻打赫图阿拉。由于他们没有统一的指挥，步调不一致，九部联军很快被赫图阿拉的女真兵打败了，而且败得很惨。明安贝勒在侍卫的拼死保护下，总算保住了一条命，可是明安贝勒回到家以后，着急上火，差点儿没死了。为什么？是因为没打过努尔哈赤吗？不是，是因为他们祖上留下来的一件宝贝被他给弄丢了。当时他以为是因为自己和那八个部落以多欺少，干了一件缺德的事情，所以天神发怒，惩罚了我们，不仅让我们打了败仗，还让我把祖上留下来的护身符给弄丢了。更加令他惶恐不安的是，他怕天神进一步惩罚自己。

老贝勒回到家后总是闷闷不乐，这事他不能跟别人讲，又不敢跟自己的同族说，因为这件护身符已经传袭了几百年了，被族人看作是庇护他们博尔济吉特氏家族、庇护牧业兴旺、庇护草原风调雨顺的吉祥物。如果部族的人知道庇护他们的宝物丢了，就得人心惶惶，无法正常生活，外部落的人就有可能趁机抢占他们的地盘、牲畜和牧民。明安贝勒暗恨自己是个败家子，对不起祖宗，对不起先人。他天天祈祷，哀求腾格里天神早日赐降失去的珍宝，保佑我博尔济吉特氏家族和部落平安吉祥，草儿青青，羊儿肥壮。

明安贝勒就为这件事，真可谓熬白了头发。他锦衿不寐，茶饭不香，消瘦得厉害。今天，听管家扎布说来了一位客人，带来一样东西，而且非要他亲自接见。明安贝勒心里就想：难道有人给我送宝贝来了？但马上又一摇头，不能，不能，绝对不能。但既然这个人非要见我，我就去见一见，看他究竟有什么事？

卫齐的话刚一出口，明安贝勒心里一震，忙问："什么东西？"

卫齐用手拿出了脖子上戴的佩件。明安贝勒看清楚了，哎呀，这正是自己日思夜想的宝贝呀，怎么会在他的手上？

明安贝勒马上站了起来，想用手接过宝物。

卫齐用手一挡，说："慢，明安贝勒，东西你可以拿回去，可不是这么个拿法。有些事咱们得当面锣、对面鼓地说清楚。先说说你丢的是什么东西？在什么地方丢的？"

明安贝勒是个爱面子的人，让他当着儿子及下人的面把自己办的丢脸的事说出来，他有些不好意思。但事已至此，他也不得不说了。

明安贝勒站了起来，深深地叹了口气，命扎布摆香案。然后，把孔果尔叫过来，说："儿子，过来，给恩人磕头。"

孔果尔没明白怎么回事，但阿布让磕头，他哪敢不听。孔果尔扑通一下给卫齐就跪下了。明安贝勒也把袍子一撩，给卫齐跪下施礼。卫齐落落大方地俯身搀起明安贝勒，请他起来。

明安贝勒紧攥着卫齐的手，深情地说："蒙古人有句俗话说得好：两朵白云相见，虽然互不相识，但同为太阳的子孙，终归要融到一起；兄弟相遇，心心相印。贵人啊，我不问你家住何方，是尊是卑，是友是敌，只要是太阳下的子孙，就都是亲兄弟。何况是你送来我们祖上的珍宝，你就是太阳的使臣，是我们博尔济吉特氏家族的大恩公。尊贵的客人啊，挂在你身上的那颗宝珠已经告诉了我，你一定是我们科尔沁草原又气、又恨、又怕、又敬的大明朝的都督佥事努尔哈赤派来的亲信使者了。"

卫齐笑着握紧明安贝勒的手，别看他个子小，力气却很大，双手一提，把老贝勒拉了起来，说："哈哈哈，哈哈哈，这可真是有缘千里来相会，无缘对面不相逢啊。老贝勒，正像你说的，你们最气、最恨、最怕的人来了，现在就站在你面前。该怎么发落，你看着办吧。"卫齐边说边站了起来，双脚一叉，双臂一展，昂首挺胸，拿出一副等人来绑的架势。

明安贝勒忙把卫齐拥抱到他自己原来坐着的那张太师椅上，亲热地说："恩公啊，恩公，可别折腾我这个对不起自己祖上的人了。我们有怠慢您的地方，还请多多海涵。"然后，回转身来，郑重地说："我告诉你们俩，这位尊贵的客人就是赫图阿拉努尔哈赤大都督派来的。你们也都知道，去年九月份那场大战，我成了赫图阿拉的阶下囚，可人家努尔哈赤宽宏大量，不仅没杀我，还放了我。这还不说，回来后，最使我伤心懊恼的事就是我从小戴在身上的祖传护身宝珠也在这场混战中丢失了。这事直到我回到家中，定了神儿后才发现的。这是咱们祖上的东西，传到我这儿，已经有三百来年的历史了，却让我给丢了。丢宝珠就像丢了我的魂儿，这可是咱们家族的象征啊，有多少个夜晚我跪在祖宗神堂前懊悔自责。这些事你们都是不知道的。真是腾格里天神有眼，怜爱我这可怜的老人，在我朝思暮想的时候它竟然回来了。看啊，就是这位贵人胸前戴的那颗闪闪放光的大宝珠。宝珠回来了，这就预示着咱们博尔济吉特氏家族日子过得将会越来越繁荣兴旺！"

卫齐说："正如你所说，我奉大都督之命，专程给你们送宝贝来了。但我有几个条件，你们要是答应了，我将宝物奉还。你们要是不答应，尽管你们说得天花乱坠，怎么讨好我卫齐，也没用，我也不会把宝珠还给你们。别以为我人单势孤，只身闯入你们的一亩三分地，可我卫齐是顶天立地的男子汉，多么大的杀场我都经历过。你们要是硬抢，我就毁了它，然后我也死在这里。"卫齐话一说完，气氛马上紧张起来。

蒙古人个个是火性的汉子，生来还没有人敢在自己的家门口说如此藐视人的话。孔果尔贝勒气得脸色煞白。他暗暗地用手碰了碰自己怀中、臀部、腿上暗藏的三把匕首，只等阿布一声令下，哪怕就是一个眼色，他都会马上抽出匕首，制服这个狂妄的小子。就连扎布也气得够呛，想收拾卫齐。可明安贝勒不发话，谁也不敢动。他们俩都屏住呼吸，不停地盯看老贝勒的眼色，盼他发话，铲除这个不速之客。

就这样，静啊静，等啊等，足足有半袋烟的工夫，明安贝勒才起身缓步走过来，谦恭地问："什么条件？你说吧。"

卫齐说："明安贝勒，咱们应该把丑话说在前头，这不是我们赫图阿拉人小气，不讲情面。正如你说，咱们是两朵白云相见，头一次。双方互不熟悉，互不知根底，何况，多少年来所造成的猜疑和积怨，都不能一眼看透对方的心。即使我们信着你们了，你们也不一定信着我们。所以，对不起了，我得讲讲我们的条件。老贝勒，这可不是我掐着你们的宝贝，奇货可居。我讲我们的理，你们也可以讲你们的理，只有想到一块儿了，咱们才会成为亲兄弟。就是没有宝珠，任何歹人也拆不开我们。我们的条件是：一、你们发誓和我们赫图阿拉永远和好，不背叛我们赫图阿拉。二、如果哪个部和我们起冲突，你们要站在我们这边，帮助我们。"

其实，卫齐即使不这么说，明安贝勒的心也已经完全跟赫图阿拉连在了一起。明安贝勒也是很有骨气的蒙古汉子，从不卑躬屈膝，宁折不弯。可说真的，这些年赫图阿拉的变化和努尔哈赤父子的功绩是有目共睹的，使他不能不敬佩，也不能不惧怕努尔哈赤日益强大的力量。他也在时刻盘算着自己的未来将何去何从，是应该与大明朝或其他蒙古部落连手呢？还是找机会与赫图阿拉打通联系，与这个大明朝都日益感到胆

第一章　卫齐受命

059

怯的赫图阿拉和好呢？长此以来，他一直观望着，举棋不定。

明安贝勒听了卫齐的话后，想了想，然后点头应道："尊贵的客人，你说的话有道理。我们蒙古人有句俗语：'天空大小是大雁飞出来的，草原大小是马儿走出来的。'我们的友谊是经过日积月累，相互熟悉，相互帮助，慢慢处出来的。我敬佩你的胆识和智慧。你举目无亲，只身一人来到我们草原，也很佩服你的为人，你能千里送宝珠，表现了对我们草原人的信任和钟情，就冲你的为人，你提出的条件我们完全答应。其实这也是我们早就定了的事。只可惜，我还没有选到像你这样可心的使者。既然咱们两家都有这种想法，那这是必成的事。"

卫齐高兴地说："好。既然老贝勒如此有诚意，我就将宝物送还。"

明安贝勒又说："慢，恩公，为了表示我们的诚意，也为了向祖宗报喜和忏悔，我们要举行一次大祭，按祖宗的规矩把宝物接回来。"

各位阿哥，到现在我还没详细跟大家说说这个宝物为什么这么重要。说来这个宝物并不是什么值钱的东西，它是用山里的水晶石打造而成的八面球体，玲珑剔透，非常好看，他们叫它"玲珑珠"。为防损坏，工匠们又在外面用金丝包上，下头系着九彩穗，上头系上彩线，后来怕丢，有人又用皮条系上。这个水晶球很神奇，里面有一条自然形成的龙。说这个水晶球神奇，更主要的是这个水晶球传下来已经三百余年了，据讲它是蒙古人的祖先铁木真在征战西域的时候，一个被打败的部落酋长献给他的。铁木真把它留了下来。后来，铁木真死了，就把它传给了弟弟，再后来又传到了忽必烈的手里。就这样不知传了多少代，传到了明安贝勒的先人手里，所以说这东西是个宝贝，是传世之宝，是蒙古人的根。它见证了蒙古人民开疆扩土、浴血争杀的历史，见证了蒙古祖先的足迹。蒙古人把它看作力量、吉祥、幸福、希望、驱邪的神器，所以明安贝勒把它看得比自己的生命还重要。

明安贝勒此时对卫齐完全刮目相看了，他没有把卫齐看作赫图阿拉努尔哈赤派来的一个一般使者，也不是一个简单的送宝珠的人，而是拯救博尔济吉特氏家族、拯救自己的人。明安贝勒对待卫齐就像对待天神一样，即使把自己草原上的羊群、牛群、马群、驼群、满窖的珠宝，甚至把家业的一部分献出来，他也心甘情愿。

这时，明安贝勒抬头看了看天色，已经不早了。卫齐也被众人缠绕了好几个时辰，何况又让坏扎布给捆绑、折腾了老大一气儿。

明安贝勒的肚里觉得有些饥饿，于是，他向卫齐说："恩公，我有千言万语想跟你诉说，这里不是说话的地方，也不是你大贵人应该安歇的地方。"说着，他叫起还跪在那里的儿子孔果尔和扎布大管家："你们选两匹最好的马，套上迎宾轿车。我要和卫齐将军回府邸去。"

明安贝勒陪卫齐坐上轿车，孔果尔和扎布骑马跟随，回到了明安贝勒的府邸。老远处，府邸总管庆克布老人带着两个亲随，前来迎接老主人。庆克布总管自打扎布接走老贝勒，时辰过了大半天，也没见老贝勒的影儿，就知道老贝勒必是遇到了什么难缠的事。他本想带着亲随去接迎一下。没想到，刚一出门，就看到了贝勒爷的轿车和孔果尔贝勒与扎布大管家的身影。见到这个架势和派头，庆克布总管料定老贝勒一定是遇到喜事了。各位阿哥，庆克布总管的猜测是有道理的，在巴延努赉草原，最盛典的迎宾习俗就是用彩车接送宾客，这在蒙古草原各部落中独此一份。

前书说过，明安贝勒受他阿布影响，不仅讲礼仪、讲排场，而且处处模仿大明朝的做法。他们蒙古人不管接送什么高贵的客人，清一色都是马接马送，只不过用迎送马匹的多少来表示自己部落的强弱和客人的身份。明安贝勒到京师以后大开眼界，明朝的汉官汉将，迎宾送客清一色是用雕刻精美的马拉轿车，车里摆有香炉、漱盂、暖炉、干果。这可把明安贝勒喜爱坏了，他摸来摸去，不忍离开。后来他仔细一打听，原来中原王朝自打汉唐以来就是如此。于是，他请京师的汉匠选最好的木料、玉料、绢料、宝镜、色漆，打造了两辆只有皇家品级以下的贵人才能坐的轿车。费时一年，带回草原。从此，巴延努赉草原增添一景，多少蒙古头人齐来观赏明安贝勒的大轿车。卫齐今天所乘坐的车，就是明安贝勒在京师定做的两辆中的其中一辆。

再说庆克布总管把明安贝勒和客人接进迎宾大厅。稍事休息，遵照明安贝勒之命，迅摆熊掌飞龙宴，款待卫齐。孔果尔贝勒作陪。帐外，五十位蒙古少女翩翩起舞，五十位蒙古琴手奏起了马头琴。

宴后，明安贝勒为表示自己对卫齐的亲近，手拉着卫齐走进自己住的金碧辉煌的内室，并请他在此安寝。卫齐一再谢让。

明安贝勒说："恩公，这可是我们家族的老规矩，凡对博尔济吉特氏家族有卓树功勋的人，从我祖上开始就享得同贝勒爷首夜同宿的荣耀。今天你一定赏我们这个脸。"

旁边站着的孔果尔贝勒也帮着解释，一再请他随老贝勒共住一宵，在一起谈谈知心话。

第二天，蒙古科尔沁明安部举行了隆重的蒙古族祭祀——博祭。"博"是蒙古族传统的萨满祭礼的祭司。他（她）受到蒙古族人的虔诚尊重。明安贝勒亲自参加祭祀，主祭人是明安贝勒的姨母博尔沁"博"。老人家虽然已经七十多岁了，但身板却非常硬朗。明安贝勒专意邀请尊贵的赫图阿拉客人卫齐一同参加草原最神圣的祭奠。这样的祭礼对从小儿生长在东海窝集部的卫齐来说，已经参加过不计其数了，但进入蒙古大草原参加蒙古威武的"博"祭，则还是头一遭。那雄健的蒙古族舞蹈、激昂慷慨的蒙古赞歌、惊心动魄的迎神技艺、被宰杀牛羊的呼叫和血腥气味，令人感到那么新鲜、奇特、迷人、震撼，使他越来越敬慕蒙古人、赞叹蒙古人。只有他们，才是世上最主张正义、叱咤风云、不可征服的英雄，跟这些人在一起，必须以诚相待，绝不能巧使心计。

咱们先不说卫齐如何感慨万分，单说说此时的明安贝勒，显得那么精神、干练，整个儿祭祀全由他与他尊敬的姨母博尔沁"博"合议主持，从早到晚，没看到老贝勒有什么疲惫的样子。明安贝勒甚至不用手脚有些迟缓的扎布，而是由自己的儿子孔果尔贝勒亲率几个剽悍的牧民，深入茫茫草原，挑选最健壮、最体胖的献牲牛羊。黎明前赶回来，把它们拴在祭坛的木桩上。

在鼓乐咚咚、长号呜呜声中，博尔沁"博"点鸡血献牲。然后，明安贝勒命人宰杀了被点血的十头牛、百只羊。奴才们骑上马把这些牛和羊的牲血点撒到所有的帐包，撒遍山冈、草原、河流，请大地同赏供奉；把牛肉剁碎，往树林里撒，送给众鸟，请众鸟同享美味；撒到野外，送给群兽，请群兽同品佳肴；撒到河里，送给鱼群，让天上地上的群鸟群兽和他们一道欢乐。

大祭仪式上，卫齐恭恭敬敬地从身上摘下宝珠。明安贝勒接到手后，把它捧送到神堂的神案上，享牲血、美酒。美酒是用草原百花蕊粉烧制的烟香九个时辰而成，又经过夜祭七个时辰，姨母博尔沁"博"将宝珠从神案上请下，挂在明安贝勒的胸前，受宝珠的仪式才算圆满结束。

祭祀一连搞了七天七夜，直到太阳从东方升起，早霞染红了东天，花儿在阳光下绽放清香，云雀在高天翩跹舞唱，明安贝勒的祭祖"博"礼才在这片欢乐声中圆满结束了。

祭祀完毕，明安贝勒和他的儿子们又把卫齐请到贝勒府，拜谢卫齐。

卫齐说:"我受命于罕王爷,你们应当谢他才对。"

明安贝勒连声称对,并马上请人画像,其实他们早就有一个努尔哈赤的画像,只不过那个比较小。那还是在去年,他们九部联军被努尔哈赤打败以后,明安贝勒被努尔哈赤的部下抓住了。努尔哈赤非但没有杀他,还命人给他选了一匹好马,并护送他一程。明安贝勒当即给努尔哈赤下跪,谢努尔哈赤不杀之恩,并保证:"我永远记住您的救命之恩,发誓以后和你们永世和好。"

明安贝勒是个说话算话的人,从不耍两面派。他敬佩努尔哈赤的为人,觉得努尔哈赤才是真正的大英雄,自己这么大岁数不应该受人挑拨,为了一点利益,竟和人合起伙儿来欺负人家,真是惭愧得很。

明安贝勒回来以后,就让身边的人根据自己的记忆在皮子上把努尔哈赤的像画了下来,用香火供奉。现在,明安贝勒又命人画了一幅比原来大一点的画像,众人给努尔哈赤的画像下跪磕头。博尔沁又唱了一首祝祭歌,祝罕王努尔哈赤万事如意、赫图阿拉事事吉祥。

拜谢完毕,明安贝勒对卫齐说:"恩公,我们选出了良马百匹、牛羊五群、骆驼三十头、野鸭、野鸡、鸟类五笼献给罕王爷,以表我们连好之情。恩公,本贝勒有一件要事跟你商量。"

卫齐问:"什么事?老贝勒请说。"

明安贝勒说:"我真诚地希望你不要走了,留在我身边。从今往后,凡有什么事理,我都能及时和你联系,马上沟通。你帮我们出主意。你放心,我亏待不了你,会像对待亲兄弟一样对待你的。不知恩公意下如何?"

卫齐没想到,明安贝勒会主动提出让他留下来,这正是他梦寐以求的事情。卫齐想了想,说:"我代表罕王爷,代表赫图阿拉的女真人对明安贝勒对我的信任表示感谢。老贝勒,您有什么盼咐尽管说,卫齐我万死不辞。"

明安贝勒见卫齐爽快地答应了自己的请求,非常高兴。从此以后,卫齐就被明安贝勒留在身边,成为明安贝勒最亲密的谋士。

俗话说:"吉人自有天相。"各位阿哥,真是凡事难以预料。不久前,在费英东大将和罕王爷努尔哈赤共同商议派遣卫齐北上,进入蒙古草原之策时,真可说是费尽了心计,他们把去草原的路想象得比登天还难。谁想到,有福气的卫齐,这个不被世人所看上眼的普通人,竟像一场儿戏似的,很容易地把这事办成了。他不仅顺利地进入了草原,还直接与当时大明朝都非常重视、在整个蒙古部落中有着举足轻重地位的人——明安贝勒交上了朋友，得到了信任。

明安贝勒为了表示自己的诚意和心情，不仅给赫图阿拉送去了礼物和谢表，还赏了手下所有的奴仆每人白银一两。草原上的牧民都非常感激赫图阿拉，感激努尔哈赤，也更感谢卫齐大人，是他给草原带来了吉祥，给他们带来了福分。

万历二十三年，明朝皇帝下旨，晋封努尔哈赤为龙虎将军。

这个消息传到明安贝勒的耳朵里以后，明安贝勒就问谋士卫齐："咱们怎么办？"

卫齐说："咱们应该派人去送贺表，祝贺大罕王爷得此封号，以表咱们之间的亲密关系。"

明安贝勒完全同意，立刻派儿子孔果尔贝勒做代表，带着牛羊马匹若干和贺表，到赫图阿拉去了。

孔果尔贝勒到了赫图阿拉以后，受到了罕王努尔哈赤的热情款待和欢迎。在对大明朝与其他诸部的态度上，双方交换了彼此的想法和建议，最后达成了共识。孔果尔贝勒这次到赫图阿拉，对进一步加深赫图阿拉与科尔沁之间的关系起了很大作用。实际上，明安贝勒早在万历二十二年正月的时候，也就是他们刚被努尔哈赤打败的第二年，为了讨好努尔哈赤，也为了表示他愿意跟赫图阿拉和好，曾亲自到了赫图阿拉。他到赫图阿拉的时候卫齐不在，因为卫齐这时候正前往明安部。那次明安贝勒来到赫图阿拉，受到努尔哈赤的热情款待，努尔哈赤还送给他一些礼物。那时他们的关系就已经很近了。

万历二十四年，灾难降临到了巴延努贲大草原。整个春天滴水不下，到了夏天还是没见雨星。野菜、野草都枯死了。草原上到处都是饿死的牲畜，到处都能见到饿死的牧民，可以说尸横遍野，惨不忍睹。紧接着不多日子，又出现了瘟疫，而且蔓延很快，就连贝勒府森严的大帐里也没能逃过这场劫难。明安贝勒和孔果尔贝勒他们两人心爱的妃子也突生重疾，一个个病倒在炕上。草原上络绎不绝的男女牧民，扶老携幼走进草原深处，匍匐叩拜，祈祝天神降赐怜悯的心，快快送来祛病伏魔的恩人吧。

俗话说得好："人到关键时，也能忙糊涂。"卫齐见到老贝勒父子在帐包中日夜祭祀，为爱妃们虔诚祈祷，"博"驱邪的鼓声不断，又见周围帐包送葬的牛车、马车一串串，心绪烦乱得很。对明安家族来说，眼下最需做的不是劝说、不是安慰、不是探望，而是救命。

几天来，卫齐为明安贝勒的科尔沁草原所受到的灾难焦虑得全身瘦弱，像患了重病一般，不仅不吃、不睡，而且不说。这可把明安贝勒派来的侍人吓坏了，以为卫齐也染上了瘟疫。其实，善良的卫齐比草原人心里还焦急万分，他是在想救命的法子呢。卫齐知道，人类生存最大的杀手并不是刀枪剑戟，也不是人心的叵测，而是瘟疫，它可以使方圆几百里的富饶生活转瞬间化为乌有，使身强力壮的男男女女顷刻间悲离人世。自己初进草原，便承蒙草原人信任，又得到明安老贝勒的宠爱。现在草原人遇难了，自己只有露出真本事，救草原人于水火之中，才能赢得草原人对自己的信赖，真正如计地在草原落下脚，完成费英东大将军交给自己的重托。

真是阿布卡恩都里怜爱自己的子孙。卫齐在睡梦中，似乎见到自己的阿玛它旦玛法手里摇晃着一棵闪光的小草。卫齐突然醒来，原来是南柯一梦。他顿感惊奇，坐了起来。这时，草原外面明月西沉，远处仍传来送葬的哀声。卫齐这时眼前闪亮，似乎在茫茫的草原里发现了一条通往太阳的路。卫齐想起自己从小儿跟随阿玛它坦玛法在东海时，就经历过如此大的祸患，那也是瘟疫蔓延，当时全仗他的阿玛发现了一种叫"都鲁督"的草药，救活了东海窝集部的人，才使部落转危为安。

卫齐想：难道这"都鲁督"草只有东海才有吗？草原里就不能寻到它的家族吗？卫齐这个人从来是一不做二不休的，只要是想到了，就想办法办成。他马上领着几个人，四处寻找这种"都鲁督"草。这种"都鲁督"草专门长在石碰子里，草根扎在石缝里。它的生命力非常顽强，像藤子一样，石崖有多高，它就能爬多高。治病就用草上的小花，把它熬成汤，或者生嚼都可以。

上天不负有心人。经过两天的寻找，卫齐他们终于在脑温江旁边的山崖上，发现了这种"都鲁督"草，并采摘回来。

回来以后，卫齐又交代扎布："扎布管家，你看见这种草了吧，它叫'都鲁督'草，只有它开的花能治咱们这儿的病。你赶紧找些年轻力壮的小伙子来认识认识这种草，然后分头去找。多找些人，越多越好。"

扎布说："大人你尽管放心，我马上就去办。"

扎布找来了一些身体健康的年轻人，能有一百来人。他们有的骑马，有的步行，分头去找"都鲁督"草。人多力量大，到了晚上的时候，他们真找回了不少"都鲁督"草。

第一章　卫齐受命

065

大家把采回的草药放到一起，卫齐亲自过目筛选。他把选出的小花泡到水缸里，然后又命人找来车前草、小花蛇、黑蚂蚁等，先把小花蛇和黑蚂蚁熏死、焙干，再在碾子上压成面。把这些程序做完以后，卫齐又命人把小花洗干净，放在锅里熬，熬了两三个时辰，再把小花蛇、车前草、蚂蚁、蜘蛛以及其他十几种草药统统放进去熬。他们一共熬了七锅汤药。药熬好了以后，卫齐又领着人把这些汤药装到提桶里，一家一家地送。这个药还真管用，连着喝了几次，得病的人就好多了。在卫齐的精心调治下，草原上的瘟疫很快就被止住了，草原上的人很快就恢复了健康。

　　他们这里是没事了，可离他们五百里的喀尔喀部的一个部落，就因为传染上了这种瘟疫，一个部落的人几乎都灭绝了。明安贝勒知道以后，命扎布给那里的人们送去了草药，治好了一些患病的人。后来，他们又把整个部落都接收了过来。

　　这件事过去不久，又发生了一件令明安贝勒十分头疼的事情。一天，大明朝抚顺关边关大将陪着京城吏部的一位官员来了。

　　明安贝勒一听天朝来人，马上把卫齐叫到身边，说："兄弟。"

　　卫齐赶紧说："老贝勒，实在不敢当，咱们俩怎么能称兄道弟呢？您是贝勒爷啊。"

　　明安贝勒说："不要紧，不要紧，在我心里，我早已经把你当成我的兄弟了。兄弟，你说大明朝派人干啥来了？我听说他们已经走了好几个地方了，这究竟是怎么回事啊？"

　　卫齐说："老贝勒，不要慌，也不要怕。您先带着两位小贝勒出去迎接，然后听他怎么说。他说什么，您都不要跟他们翻脸，您就说我们会顺应天朝的旨意，不辜负皇上对我们的恩待。您就先这么应付着，完事以后咱们再商量。老贝勒，千万不要慌。"

　　明安贝勒说："我要是说得不对，您就给我递个眼色，怎么样？"

　　卫齐说："老贝勒你放心吧。"

　　明安贝勒带着两个儿子和卫齐，一同迎接天朝官员。他们杀牛宰羊，款待明朝官员。

　　吃过饭，明朝官员传达了圣意：皇上知道各部落的情况，为了巩固边疆，使各部落安宁，准备派官员和兵马来你们这里，帮你们安抚靖边。你们有什么事跟他们奏请就行了，省得千里迢迢地去抚顺关，挺麻烦的。

明安贝勒听了以后，按照卫齐所说的哼哈答应着，说："天朝的意思我们一定尊重，我们一定使天朝满意。"

明朝官员对明安贝勒的答复很高兴，也就没有什么异议了。

明安贝勒除宴请明朝官员，给他们献蒙古的歌舞和宝物，还领他们观赏大草原的牧群和美景，想办法让他们高兴，使他们这两天过得像神仙一样。

明安贝勒嘴上虽然回复了明朝官员，可实际上却急得像热锅上的蚂蚁，焦躁不安。为什么呢？因为明朝官员这次来还带来另一个圣意，就是如果你不同意明朝派官员和兵马吃住在你们这里，你就必须派一个小贝勒到京师去，吃住在那里，不回来了。你们放心，他们在那里不仅吃得好、玩得好、住得好，还可以学习大明朝的礼仪和文化，了解中原的历史，将来回到自己的本部，可以更好地治理自己的部落。说得非常好听，实际上明朝就是怕蒙古这些部落联合起来反对他，所以他必须分而治之，把蒙古的这些部落控制住。现在，两条道摆在你的面前，不管你走哪条道，你都跳不出大明朝的掌控之中。你要是同意大明朝派官员到你们这里，那么你的一言一行、一举一动，大明朝都会了如指掌。你如果有什么反叛的行为，他们的兵马立刻就会把你斩尽杀绝；如果你同意把儿子送到他们那里，那么你的儿子就会被作为人质，如果你们有什么不轨之事，朝廷要是知道了，就拿你的儿子来治罪。一般来说，自己的儿子要是在人家手里，你还敢和他闹翻吗？你不得处处听他的。

明安贝勒听了以后，吓得出了一身冷汗。他心想：如果我把儿子送到京师去，我儿子一旦有个三长两短，那我怎么受得了啊！不行，这不行；可我也不能让他们派兵马驻扎在我们这里呀，那不等于在我怀里塞个刺猬猬吗！这也不行。可明安贝勒又不敢公开回绝大明朝，因为明安贝勒知道，蒙古有些部落力量也相当强，像喀尔喀部、察哈尔部，他们早就垂涎科尔沁部的富有，常想侵占科尔沁部，其中全仗着明朝从中斡旋，他们才不敢欺负自己，而且自己的部落一旦有点啥事，像闹个灾害了，得个瘟疫什么的，明朝还会拨些银两接济他们。所以，明安贝勒也不太敢得罪大明朝。

明安贝勒寝食难安，一宿的工夫，嘴上就起了大泡。第二天天刚亮，明安贝勒就把卫齐和孔果尔贝勒找来商量这些事。

孔果尔贝勒一听，说："阿布，我可不能上京师去，要是把我圈禁到那儿，不得把我憋死呀。阿布，你千万不能答应。"

明安贝勒说:"我知道,我能让你去吗,就是你弟弟我也不能让去呀。可咱们也得想个法子呀。卫齐兄弟,你说这事怎么办好?"

孔果尔贝勒也说:"是啊,卫齐叔叔,你快帮我们想想办法,救救我们家吧。"

别看卫齐其貌不扬,但他还真有办法。卫齐想了想,说:"有一个办法,就是不知道你们愿不愿意干?"

明安贝勒父子说:"什么办法?你快说吧。只要不让我们上京师,我们能有自由,怎么都行。你说吧,什么办法?"

卫齐说:"贝勒爷,当今天下,朝廷最惧者就是赫图阿拉,而且未来最有发展的也就是罕王努尔哈赤,这些明朝都知道。最近朝廷总边关的几次卸任不都是跟罕王爷有关嘛。罕王爷自十三副铠甲起兵以来,势力一天比一天强。朝廷这次之所以这么做,其目的就是想通过控制蒙古来控制罕王爷。依我看,咱们现在唯一的办法,就是公开地站在罕王爷一边,让罕王爷做咱们的后台,怎么样?"

明安贝勒没出声,细细品味着卫齐说的话。是啊,自己这两年吃了这么多亏,就是因为听叶赫贝勒和乌拉贝勒的话,胡闹一气。现在看来,最有势力的还真就是罕王爷努尔哈赤。

卫齐又说:"大明朝最近又封罕王爷为'龙虎将军',这在辽东来说是多么风光的事情,谁能比得了啊?这证明明朝最怕的还是罕王爷。咱们要是和罕王爷有了关系,朝廷再想要让咱们干什么就得掂量掂量了。"

明安贝勒问:"咱们怎么说啊?"

卫齐说:"您就说前些日子罕王已经派了十员大将到咱们这里来了。他们帮助咱们驯养骏马、驯养骆驼,还帮咱们训练骑兵,你已经跟罕王结成了兄弟之盟。您这样一说,朝廷就会对咱们刮目相看了。"

第二天,明安贝勒在跟明朝来使交谈的时候,就把卫齐教给他的话一五一十地说了。

明朝的官员一听,态度马上大变,说:"有龙虎将军代我们管你们这里的事务,我们也就放心了。好吧,你们这里先不用去人了,待我们回去把你们这里的情况向皇上禀报,朝廷再下旨定夺。"

明安贝勒做梦也没想到,这事就这么顺顺当当地过去了。

通过这件事,明安贝勒更加感激和敬重卫齐,也更加敬重罕王努尔哈赤。就这样,在卫齐的沟通下,明安贝勒和罕王努尔哈赤的关系越处越近。所以说,蒙古科尔沁草原和赫图阿拉最早建立联系的人,实际上并不是莽古思贝勒，而是明安贝勒。

大明万历二十四年，罕王努尔哈赤的第四任妻子衮代生了他的第十个儿子德格类。卫齐把此事告诉了明安贝勒。明安贝勒赶紧四处张罗礼品。他选出上等麝香五十个，獭皮百张，白狐皮百张，派人送到赫图阿拉。罕王努尔哈赤非常高兴，设宴款待蒙古客人，并回赠礼物。从此，赫图阿拉的女真人和巴延努赉草原的蒙古人的关系更加亲近了。

说实话，现在明安贝勒最佩服的就是罕王努尔哈赤，并从心里感激卫齐。他觉得卫齐孤身一人到草原来，勤勤恳恳、兢兢业业、全心全意为自己办事，而且不挑吃、不挑穿。那次遇到大瘟疫，要是没有卫齐，我们部落就有可能像喀尔喀部的一个部落一样灭绝了；要是没有卫齐，我们巴延努赉草原也不能有今天的繁荣；我明安贝勒能有今天，我的命、我儿子和我妃子的命也都是人家给保下来的。这个恩情比天高、比地厚，是一辈子报答不完的。

于是，孔果尔贝勒出主意说："咱们给他银两，给他修个最好的大帐包。"

扎布大管家说："老贝勒、小贝勒，我觉得卫齐大人不稀罕那些东西。我问过卫齐大人，卫齐大人连家口都没娶，到现在还孤身一人。"

明安贝勒和孔果尔贝勒说："是吗？我们不知道啊。"

扎布老管家说："我知道。说句不好听的话，二位贝勒爷别生气，你们都是几妃几妾，就连老奴我身边还有几个人伺候呢。人家卫齐大人没有人陪、没有人伺候。依我看，老贝勒，你赏他一个奴才，才是最重要的。"

明安贝勒和孔果尔贝勒都觉得扎布说得有道理。对呀，咱们怎么就没想到这些呢？咱们对卫齐关心得太不够了。

明安贝勒说："扎布，你说得对，这事都怪我。咱们太对不起卫齐大人了，要是见到罕王爷，咱们都没法交代，太说不过去了。"

孔果尔小贝勒说："扎布，你说赏给他一个奴才，我看不行，怎么能赏给他一个奴才呢？那样的话，也没瞧得起人家呀，不能赏给人家一个奴才，赏几个都不行。阿布，你说是不是？"

明安贝勒说："儿子，你说得对。这样吧，孔果尔，你的妹妹赛赛年纪不小了。我曾经想把她嫁给莽古思贝勒，你妹妹不同意。你说我要是把她嫁给卫齐，行不行？"

扎布老管家一听，说："老贝勒，你太英明了。卫齐大人要是成为

第一章 卫齐受命

您的女婿，那咱们就是一家人了，他更会替咱们办事的。英明，英明，太英明了。"扎布边说边鼓掌。

孔果尔也非常满意。几个人把事情就这样定下来了。

明安贝勒把卫齐请到贝勒府。明安贝勒说："卫齐呀，我听扎布说你到现在连个家口都没有，我想把我的小女儿嫁给你，做你的陪伴，不知道你能不能给我这个面子？"

说来卫齐也是年近四十的人了，年轻的时候，他跟随阿玛走南闯北地讨生活，日子过得比较艰难，再加上他又是个罗圈腿，所以没人愿意嫁给他。后来，他又跟随努尔哈赤东拼西杀，转战各地，根本无暇考虑这些事，只是他阿玛在病重的时候跟他提过这件事，当时卫齐跟他阿玛说："您老多养病，我的事以后再说。只要您身子骨硬朗了，我们做儿女的就高兴了。"他阿玛去世以后，这事也就再没人给他张罗过。

卫齐也是一个有着七情六欲的人，他哪能不想自己有个家口，有个安宁的生活，有个美满的家庭，可卫齐为了完成费英东大帅交给他的任务，根本没有心思想这些事。没想到，今天明安贝勒和孔果尔贝勒父子替他想到了，这使他非常感动。

卫齐马上站了起来，双手一抱拳，说："感谢老贝勒和小贝勒对我的抬爱，卫齐我没齿难忘。不过话又说回来了，您二位提到的这个事，我看还得再商量商量。"

孔果尔贝勒说："这有什么好商量的？你要是同意，我就去跟我妹妹说。你要是不同意，就当我们什么都没说。"

卫齐说："小贝勒别急，我不是这个意思，您等我把话说完。"卫齐接着说："老贝勒，您能把您的亲骨肉赏给我，卫齐我真是三生有幸啊！老贝勒，赛赛的品行我很清楚，不仅正直、善良、长得美，而且能唱、能跳，箭法还好，可以说赛赛是咱们巴延努赍草原一轮最明亮的太阳、最皎洁的月亮。能够成为你们家的人，卫齐我当然非常高兴。但是，老贝勒，有些话我不能不说一下，咱们的当务之急是什么？什么事使您现在最难，最不好办？老贝勒，这才是咱们现在应该考虑的。"

卫齐发自肺腑的一番话，真说到明安贝勒的心里去了。明安贝勒暗叹卫齐对事物观察得真是细致入微，是个眼观六路、耳听八方、了不起的人。

怎么回事呢？原来，赛赛姑娘年方二十一，早就到了该出嫁的年龄。可是，赛赛的眼光很高，她能看上眼的人没有几个，这是其一；其二，也是更主要的一点，她现在是巴延努赉草原方圆几百里的第一美女，长得像天仙一般，人见人爱。很多部落的贝勒、王爷、台吉都在追求她，到这儿来求亲的人、送彩礼的人、说媒的人是应接不暇。明安贝勒躲都躲不开，不知怎么办才好。明安贝勒是个挺安分的人，从不争强好胜，跟谁处得都挺好，谁都能跟他联系上，谁都想跟他联合。另外，他所处的地方正是蒙古草原的一个中心地，它是进入科尔沁草原的第一站，想要进入草原的深处到莽古思父子那里去，得先在他这里经过，得到他就等于得到科尔沁草原。而且，他这里的土质好，物产又非常丰富，所以蒙古的一些部落，像喀尔喀部、察哈尔部等，都想跟科尔沁结交，都想巴结明安贝勒，更何况明安贝勒家中还有这样一位貌似天仙的小姐。你说，谁不想向他家求亲呢？

各位阿哥，我告诉你们实话吧，求亲的人那可真是多了去了。一般的人家咱就不说了，数得上数的就有四位，听我说书人在这里跟你们细细道来：一个，是大明天子万历皇帝的侄子。这小子到草原来了一趟，看见了赛赛，一下就被赛赛姑娘的美貌给惊呆了，回去以后失魂落魄，一心想娶赛赛姑娘。万历的弟弟就跟他哥哥说了，想让他哥哥帮忙促成这门亲事。万历皇帝的弟弟跟万历皇帝的关系相当好，万历皇帝长年吃斋念佛，不上朝，朝廷上的很多事情都是万历的弟弟帮助料理。所以，万历对他这个弟弟挺宠信的。现在弟弟求自己这么点事，自己哪有不帮忙的道理。于是，万历命大臣给李成梁写了一封信，让李成梁把这事给说和一下。

明安贝勒接到信后，不知道怎么答复好。其实明安贝勒并不愿意把姑娘嫁到那么远的地方。皇家的规矩那么多，不仅言行举止要有分寸，更不准随便外出，就连明安贝勒要见自己的女儿，也必须得到皇家的允许，非常不方便。况且那些个纨绔子弟，今天相中这个，明天又看好那个。你这两天是朵鲜花，说不定过两天你就变成了烂草，被踢一边儿去了。自己的姑娘从小在草原长大，骑马射箭地跑惯了，要是把姑娘关到那里去，姑娘能受得了吗？那不是把姑娘给坑了吗。不能去，说啥也不能去。另外，明朝皇帝是个心胸狭窄之人，我们蒙古人不能和他连在一起。再说，他的两个儿子孔果尔贝勒和桑革尔赛也不同意把赛赛送到那里去。而且赛赛姑娘瞅那小子长得圆古隆咚、娇里娇气的样儿，就觉得闹心，说什么也不同意嫁给他。可明安贝勒又不敢公开拒绝大明朝。一时间，明安贝勒左右为难，不知所措。

还有两家求亲的,一家是喀尔喀部贝勒的二儿子,他看中了赛赛。喀尔喀部贝勒当时提出:"你们要什么都行,你是要马啊,要羊啊,要骆驼啊,还是要奴才啊。你要什么,我给你什么。只要让我儿子娶你家的赛赛姑娘就行。"在当时的蒙古草原,喀尔喀部也是相当厉害的一个部,他们不仅兵强马壮,而且势力强大。除了喀尔喀部,还有一家,就是察哈尔贝勒的小儿子,他也看中了赛赛。察哈尔贝勒曾经几次拿着彩礼来求亲,把好话都说尽了。察哈尔部也是挺了不得的一个部,其占据的地理位置也很重要。他们的部落位于长城边上,在赤峰那块,上京师必须路过他们那里,那也是兵家必争之地。虽然土地比较稀薄,但是兵力非常强,而且他们跟明朝的关系也挺好。这使得明安贝勒非常头疼。

后来还有一件令明安贝勒更加头疼的事,就是扎鲁特部的贝勒也掺和进来了,他也想娶赛赛姑娘,想让赛赛姑娘做他的王妃。听说扎鲁特部王爷的王妃正在病重时期,已经到了病入膏肓的地步。他想把赛赛姑娘娶过去,等他的王妃死后,让赛赛姑娘做他的王妃。扎鲁特部和明安部是邻居,扎鲁特部也是一个勇猛、剽悍的部落,力量也相当强大。

这四家现在都在争赛赛姑娘。明安贝勒把赛赛姑娘嫁给谁,都得得罪其他几家,而且那些家的力量都比自己强,你说让明安贝勒怎么办吧?明安贝勒没办法,对来求亲的人不是推着不见,就是说不在家,或者装病。

后来,明安贝勒实在没办法,就说:"干脆我这个姑娘谁也不嫁,留在自己身边算了。"

扎布老管家说:"那怎么行呢?王爷,您可不能那么想,您那不是坑了自己的姑娘吗?老贝勒,奴才有句话,不知当讲不当讲。"

明安贝勒说:"有什么话你就赶紧说吧。"扎布老管家说:"依老奴之见,那些家咱谁都不嫁,咱就在跟前找一个人嫁了,这样赛赛姑娘也就不会离开您了。"

所以当扎布请明安贝勒赏卫齐家口的时候,明安贝勒一下就想到了把女儿嫁给卫齐得了。对呀,我干脆把姑娘嫁给卫齐。卫齐的人品和才智都是一流的,我要是把闺女嫁给卫齐,卫齐会更加一心一意地帮我,那四家人家也就没啥争的了。没想到,当他把想法跟卫齐说了以后,卫齐却不同意。

卫齐说:"老贝勒,您的好意我心领了,卫齐我在这里谢过老贝勒了。但是老贝勒和小贝勒你们想没想过,您要是把赛赛嫁给我,那要得罪多少人啊。再说了,您的赛赛,那是千金之躯啊,从小娇生惯养,在蜜罐里长大。我年岁这么大,又是一个懒懒散散、不修边幅的人。您要是把赛赛给了我,您不是坑了赛赛姑娘吗?贝勒爷,这事不行,根本不行。"

孔果尔贝勒说:"卫齐叔叔,我阿布也实在没办法了,才想出这么个主意。"

卫齐说:"老贝勒,不要愁嘛。俗话说:'兵来将挡,水来土屯',没有过不去的火焰山。这点事要弄不明白,咱们还怎么治理草原?"

明安贝勒一听,立刻睁大了眼睛,问:"怎么?卫齐,你有办法?你有什么办法,快说来听听。"

卫齐说:"老贝勒、小贝勒,咱们几个先把当前的形势分析分析。我先说说我的看法:一、赛赛的年龄不小了,到了该出嫁的时候了。男大当婚,女大当嫁,总这么拖着也不是个办法。老贝勒,如果您真心疼她、爱她,就应该早点给她找一个门当户对的人家,把她嫁出去。姑娘有主了,您老人家也就安心了,这场风波也就平息了。二、从目前的情况来看,这事也不宜久拖。我先说说闹得最凶的这几家,我认为大明朝咱们可以不考虑,一个是离咱们太远,而且他们那里美女如云,他们也不会因为这点事跟咱们翻脸。等以后咱们给李成梁回封书信,就说赛赛姑娘早已经许配了人家。他们根本不会想到咱们会不同意这门亲事,这事也就过去了。"

卫齐接着说:"但是,最要紧的是如何处理好蒙古这几个部落的关系。老贝勒、小贝勒,你们想想,跟哪个部落联手,对咱们草原的发展最有利,咱们就先把它排在前头。依我看,扎鲁特部虽然离咱们比较近,但是它的力量不是太强,赶不上察哈尔部,更赶不上喀尔喀部。再说了,给扎鲁特贝勒当偏房,赛赛姑娘也不能答应,贝勒爷您也不愿意呀,更何况大家都知道扎鲁特贝勒挺好色,赛赛去了以后,万一也是他几天的新欢,那赛赛以后的生活怎么办?您能保证赛赛将来过上幸福、快乐的日子吗?老贝勒,赛赛姑娘今后的日子未卜难知呀。依我说,这个新郎不是什么太中意的人物,把他排除算了。不过咱们还得好说好散,把他们的礼还清了。再就是察哈尔部,察哈尔部的力量现在确实挺强,他家的小贝勒也挺追求赛赛,但是察哈尔部离咱们比较远,这样就威胁不到咱们。更主要的是察哈尔部的小贝勒和赛赛俩人没有什么感情,赛赛对他的情况也不了解,他也只是看到赛赛以后,才有这个想

第一章 卫齐受命

法。据我看，他们跟咱们联姻，是有他的野心和目的的。"

孔果尔贝勒问："什么目的？"

卫齐说："借道。"

明安贝勒赞许地点了点头。

卫齐接着说："所以我说，不能把他算在内。现在就剩喀尔喀部了。老贝勒、小贝勒，我认为，咱们主要考虑的应该是喀尔喀部。现在喀尔喀部在草原的声望越来越高，明朝对其投入的力量也挺大，它的力量远超过扎鲁特部，更超过察哈尔部。再说，这么多年来，咱们都是互相帮衬、互相提携着走过来的。前些日子，喀尔喀部闹瘟疫，咱们不是还救了他不少人吗？他们和咱们的关系亲如手足，如果咱们两个部能抱成团，那将是不可战胜的。所以说，为了发展巴延努赉草原，为了壮大老贝勒您的力量，把赛赛嫁给喀尔喀部是对您最有利的。另外，老贝勒，这事还得征求一下赛赛姑娘的意见。赛赛姑娘要是同意了，这事才好办。"

明安贝勒问："赛赛要是不同意怎么办？"

卫齐说："十有八九她会同意的。"

明安贝勒问："你怎么知道？"

卫齐说："哎，老贝勒，您还记得喀尔喀部举办过几次射箭比赛吗？"

明安贝勒说："记得，怎么了？"

卫齐说："赛赛被邀请去参加射箭比赛，还得了头名。"

明安贝勒说："是有这么回事。"

卫齐说："老贝勒，您可能不知道，赛赛在那里认识了喀尔喀部的小贝勒，赛赛还特意去过喀尔喀部几次。他们互相有意，我想赛赛会同意的。"

明安贝勒和孔果尔贝勒这才如梦方醒。

过了一会儿，明安贝勒转过神来，说："卫齐，你让我把赛赛嫁给喀尔喀部的小贝勒，那你怎么办？"

卫齐微微一笑，说："老贝勒，您既然提到了，那我也就不客气了，卫齐我在这里向您讨一个人。"

明安贝勒问："谁呀？你说吧。你说要谁，我就给你谁。"

卫齐说："前些日子，喀尔喀部闹瘟疫的时候，您不是派我们在那里收回不少患病的人嘛，其中有几个女奴被您收做了义女。"

明安贝勒想起来了，是有这么回事。

那还是喀尔喀部闹瘟疫的时候。一天,老贝勒出去散步,看到草棚子里有一些被卫齐他们从喀尔喀部救回来的奴才,当时蒙古包里已经住满了人,卫齐他们就用柳条子编了一些草棚,把一些难民安置在那里住。其中两个病重的年轻女人,吃了药以后还不见好,一直昏迷不醒。明安贝勒心地非常善良,杀羊祭天,祭拜天神腾格里。他自己亲自担任主祭萨满,跳神祭祀。

明安贝勒在祈祷中说:"我希望这些奴仆都尽快好起来。如果您把她们救过来,给了他们生命,我情愿把她们都收留下来,做我的女儿,跟我一起建设我们的草原。我虔诚地向天神请求,望天神保佑她们健康长寿。"

卫齐亲自为她俩采药、煎药,并把药送到她们的身边,看着她们喝下去。

有可能是由于卫齐的汤药配制得好,还有可能是由于明安贝勒虔诚的祈祷和祭拜感动了天神。没过多久,两个昏迷的女人真的醒了,并且很快康复了。这两个女人听说是由于明安贝勒的祈祷才把她们的魂魄招了回来,一定要给明安贝勒叩头。明安贝勒非常高兴,当即把她们收做义女。明安贝勒还告诉她们俩:"你们还要感谢这位卫齐大人,是他的药治好了你们的病。"她们两个又给卫齐大人磕头谢恩。

明安贝勒收的这两个义女长得都很美貌、端庄。明安贝勒把其中的一个许配给了一位蒙古猎手,他叫都因巴图鲁。另一个到现在也没有嫁人,还留在明安贝勒身边,这个女人就是卫齐刚才提到的,也是明安贝勒很喜欢的一个人,她叫塔嫩。

说起塔嫩这个名字,还是孔果尔贝勒给起的呢,因为明安贝勒收她做义女的时候,她还没有名字。孔果尔贝勒说:"就叫她塔嫩吧。""塔嫩"在蒙古话里是吉祥幸福的意思。

明安贝勒当时也想到要把她赏给卫齐,但又觉得不是那么一回事,人家卫齐是赫图阿拉罕王爷努尔哈赤派来的使者,是自己的救命恩人,自己把一个拣来的人给人家总有些不太礼貌。没想到,卫齐今天自己却提出来了。

卫齐说:"老贝勒,如果您非要赏给我一个人,就把塔嫩赏给我,做我的家口吧。"

明安贝勒说:"可她不是我的亲闺女呀。"

卫齐说:"老贝勒,她虽不是您的亲闺女,可您待她像亲闺女一样,

第一章 卫齐受命

075

再说我们俩都孤身一人，无依无靠，我们同命相怜。我不嫌弃她，愿意跟她成亲。"

明安贝勒听了非常高兴。明安贝勒接着问："你打算什么时候办婚事呢？"

卫齐说："老贝勒，我的事先不着急，咱们眼下还是先想办法把赛赛的事办好。"

明安贝勒点头说："好，你说得对。孔果尔，一会儿你就去问问你妹妹。她如果同意，这事就这么定了。"孔果尔贝勒点头答应。

孔果尔贝勒来到赛赛的帐包，把明安贝勒的意思跟妹妹说了，并询问妹妹的想法。结果还真让卫齐给说着了，赛赛姑娘面露喜色，点头应允。

各位阿哥可能要问了，卫齐难道就凭赛赛去过几次喀尔喀部，就判定这门亲事能成吗？不是，卫齐可不是那种望风捕影的人。他做什么事、说什么话都是有根据的。原来，卫齐观察赛赛已经很长时间了，他发现赛赛经常骑着马，带着身边的两个女奴出去。别人还以为她们是去野外打猎，或者到草原溜达玩儿去了，所以没太注意。可卫齐却留心了，赛赛姑娘为什么经常出去，而且早出晚归，悄声地去、悄声地回呢？是去打猎？可没见带回什么猎物啊，就连只大雁、野鸡、山雀什么的都没带回来呀。她们总是空手而去、空手而归啊。要说是没打着，那也不可能啊，赛赛的马术和箭术是一流的，即使是她的两个女奴马术也都非常高强，而且都是草原有名的弓箭手，三个人怎么可能一点猎物都打不着呢？怎么回事呢？更使卫齐感到奇怪的是，赛赛她们三个人骑的这三匹马，每次回来的时候身上总是汗水淋漓的，累得躺到马厩里就不动地方。卫齐心想，要是在草原里遛马绝不能把马累成这样，看来赛赛她们走的道一定不近。卫齐还发现，赛赛她们每次都往一个方向去，都是往西边儿去。她们到西边儿干什么呢？西边儿也没什么好玩的呀，只有离他们这七十里以外的喀尔喀部。难道她们是到喀尔喀部去了？到喀尔喀部干什么呢？喀尔喀部有什么好玩的？卫齐就找人了解。

扎布老管家说："那有什么好玩的地方，那里都是喀尔喀部的兵营。"卫齐就琢磨，她到兵营干什么呢？她去找谁呢？

卫齐知道，喀尔喀部没有什么有名气的女孩，只是喀尔喀部扎拉森贝勒的两个儿子非常有名。扎拉森贝勒没有女儿，只有两个儿子，一个是多尔沙图台吉，一个是吉尔沙图台吉。通过分析，卫齐料定赛赛一定是去找扎拉森贝勒的儿子了。因为从年龄上来说，多尔沙图台吉和吉尔沙图台吉两个人的年岁和赛赛都差不多，特别是小儿子吉尔沙图台吉的年龄和赛赛更加相仿。

俗话说："一母生九子，九子不一样。"扎拉森贝勒的这两个儿子性格差别特别大。大儿子多尔沙图台吉勇猛善战，非常有魄力，但却心狠手辣，诡计多端，对手下部将的要求也非常严。谁要是犯了错误，他一点儿情面都不留，所以很多部将都非常怕他。小儿子吉尔沙图台吉与他哥哥恰恰相反，吉尔沙图台吉忠厚善良，不仅人长得英俊，而且武术高强，特别是箭术，更是百发百中。在每次的那达慕大会上，吉尔沙图台吉都是夺魁手。吉尔沙图台吉是草原姑娘们心目中的白马王子。由于吉尔沙图台吉根本不在乎自己能否继承阿布的事业，更没有做统帅的野心，所以老贝勒扎拉森就把兵权交给了他的大儿子多尔沙图掌握。但由于吉尔沙图台吉的人品和箭术都非常好，所以很多蒙古箭手都愿意跟他比试，这其中就有赛赛姑娘一个。

卫齐断定赛赛是找吉尔沙图台吉比试弓箭、马术去了。他心想：两个青年男女在一起时间长了，能不产生感情嘛，看来赛赛姑娘心里有人了，而且这个心上人八九不离十是喀尔喀部扎拉森贝勒的二儿子吉尔沙图台吉。果不其然，没过多长时间，喀尔喀部扎拉森贝勒就来为他的小儿子吉尔沙图求亲，希望明安贝勒把自己的爱女嫁给自己的小儿子吉尔沙图。

咱们再说说明安贝勒父子。在得到赛赛的同意以后，明安贝勒就命儿子孔果尔去喀尔喀部拜会扎拉森贝勒，答应了他们的求婚。喀尔喀部贝勒喜出望外，杀牛宰羊，大摆宴席，招待孔果尔贝勒及随从。他的小儿子吉尔沙图更是喜上眉梢，忙前忙后地张罗。双方都很愉快。

没想到，喀尔喀部当天晚上就出事了。

半夜的时候，扎布老管家把孔果尔贝勒叫醒，并告诉他说："小贝勒，大事不好了。我巡夜的时候看见贝勒府里乱了套了，听奴才们说扎拉森老贝勒被他的大儿子多尔沙图台吉抓起来了，他的小儿子吉尔沙图台吉现在正准备领兵救他的阿布呢，看架势肯定得打起来。小贝勒，我看这地方不能久待，咱们还是赶紧回去吧。"

孔果尔贝勒一听，马上起身穿衣，带着随从，招呼也没打，连夜返回巴延努赉草原。

孔果尔贝勒回来后把情况禀告给自己的阿布明安贝勒。明安贝勒听

077

了大吃一惊，赶紧命扎布老管家把卫齐大谋士请来商议。

卫齐听扎布老管家和孔果尔贝勒把情况说完以后，微微一笑，说："贝勒爷、小贝勒，据我估摸，这事可能跟赛赛的婚事有关。多尔沙图这个人的野心非常大，他虽然已经有了妻子，但他还想把赛赛也霸占过去，他一听说咱们要把赛赛嫁给吉尔沙图，就急了，想强迫扎拉森王爷下令把赛赛嫁给他。吉尔沙图必然要以救他阿布的名义，保护自己的婚事。"

孔果尔贝勒说："对，是这么回事。我听他们的人讲多尔沙图这个人非常好色，这次内讧可能就是因为他要抢夺赛赛。"明安贝勒问卫齐："多尔沙图掌握着兵权，吉尔沙图也打不过他呀。再说赛赛喜欢的是吉尔沙图，她也不能愿意嫁给多尔沙图呀，这可怎么办？"

卫齐说："老贝勒，不要着急，这事好办。"

明安贝勒问："你有什么好办法吗？"

卫齐在他耳边说："咱们……这么办。"

明安贝勒面露微笑，点头同意。

两天以后，明安贝勒、孔果尔贝勒、谋士卫齐等人抬着花轿，带着礼物，鼓乐喧天、浩浩荡荡地直奔喀尔喀部而来。

喀尔喀部离明安部也就七八十里，人马很快就到了喀尔喀部牧区中心地附近。孔果尔贝勒派人传报，说："科尔沁部送亲的队伍来了，请扎拉森老贝勒出来迎接。"多尔沙图台吉大吃一惊，他做梦也没想到科尔沁部送亲的队伍来得这么快。扎拉森贝勒喜出望外，连忙起身往外走。

多尔沙图急忙拦住了扎拉森贝勒，说："我去吧。"

扎拉森贝勒没办法，转身又回来了。多尔沙图命令部下看住老贝勒。自己披挂整齐，带着兵马就出去了。

多尔沙图来到草原迎宾处，见明安贝勒率领的送亲队伍等在那里。

他赶紧下马，紧走几步，来到明安贝勒的马前，叩头下拜，说："老贝勒驾到，晚辈多尔沙图给您老叩头了。我受阿布之命，前来迎接您老人家和送亲队伍，请您和您的队伍进帐吧。"说完，他把手一挥，手下的部将分开两边，给明安贝勒和送亲队伍让出一条道来。

明安贝勒坐在马上一动没动，根本没理会多尔沙图说的话。

孔果尔贝勒下马过来，向多尔沙图施了个礼，说："多尔沙图老弟，幸会，幸会。当初是你们家老贝勒到我们家求的亲，现在我们家老贝勒来了，你们家老贝勒怎么不出面啊？我们比你们低一级怎么的？这也不像话呀，你们什么意思？难道我们家不配你们家吗？要是这样的话，我妹妹就不嫁了。"孔果尔贝勒脸一沉，命令队伍返回。

多尔沙图急忙拦住孔果尔，说："孔果尔贝勒，孔果尔贝勒，您别生气，请等等。我这就去请我阿布。"多尔沙图没办法，请出他的阿布扎拉森贝勒。

扎拉森贝勒喜气洋洋地走出来，和明安贝勒拥抱在一起。老哥俩见面非常高兴。就这样，送亲的队伍被迎进了大帐。

进帐之后，明安贝勒说："我说老贝勒，我把我的宝贝女儿给你们送来了，怎么没看见吉尔沙图呢？吉尔沙图在哪儿呢？得让他见见我这个老丈人啊。"

扎拉森望着多尔沙图，说："你弟弟上哪儿去了？快把他找回来。"

多尔沙图没办法，只好向部下使了个眼色，把被他关在后屋的吉尔沙图放了出来。

吉尔沙图叩见了明安贝勒，又拜见了孔果尔贝勒。

明安贝勒对扎拉森老贝勒说："老哥哥，我们已经请'博'给看了日子，'博'说今天是最吉祥的时候。我看，咱们今天就把喜事给办了吧。怎么样？早点把喜事办了，我们也好早点回去。"

此话正中扎拉森贝勒的下怀。扎拉森贝勒也希望此事最好快点办，以免多尔沙图这小子又使出什么花招来。只要生米煮成了熟饭，多尔沙图也就没法插手了。就这样，他们按照蒙古的习俗，大办喜事，双方拜堂成亲。

多尔沙图非常沮丧。他当初软禁扎拉森贝勒，只是想逼扎拉森贝勒改口，把赛赛嫁给他。多尔沙图以为多磨几天，扎拉森贝勒心一软，也就答应为他求亲了。没想到，明安贝勒这么快就把女儿给送来了。自己的如意算盘打错了不算，还眼睁睁地看着弟弟这么快把自己喜爱的女人娶进了家。多尔沙图心情很不好，喝了很多酒，当大家找到他的时候，他已经酩酊大醉地躺在地上，不省人事。人们把多尔沙图抬进了帐包，既给他喝醒酒汤，又给他灌药酒。多尔沙图一连醉了四五天。

自从明安贝勒和扎拉森贝勒结成亲家以后，他们之间的关系更加密切了，各自的力量也更加强大了。扎拉森贝勒通过这件事也非常感激明安贝勒，是他帮自己解了围。所以，扎拉森贝勒跟明安贝勒的关系更友好，更亲近了。

哪成想，好景不长。六年后，扎拉森老贝勒很蹊跷地身患重病，离开了人世。整个部落由多尔沙图来掌管。多尔沙图继任以后，跟科尔沁部的关系又紧张起来了。因为多尔沙图这个人野心非常大，他总想侵占别人的地方，让别人听他的指挥，可明安贝勒不理他那套，所以他跟明安贝勒的矛盾越来越大。最惨的是吉尔沙图，多尔沙图为了霸占赛赛，把吉尔沙图给杀了。赛赛想趁乱逃走，结果被乱箭射死。这些事情咱们以后在讲到多尔沙图罪过的时候还要提到，在这里就不多说了。

各位阿哥，咱们再说说自打明安贝勒把姑娘嫁给吉尔沙图台吉以后，明安贝勒的力量和声望大大提高，周围的几个部落也都不敢轻易欺负他了。明安贝勒和孔果尔贝勒对卫齐佩服得五体投地，觉得卫齐太聪明了，太有计谋了。爷俩一合计，决定趁着热闹劲儿，把卫齐的婚事也办了。

明安贝勒把扎布找来，吩咐他给卫齐大人准备婚宴和新婚的帐包，并挑选几个聪明伶俐的女奴。扎布很快给卫齐预备好了帐包，一共是五个，有卧室、吃饭的地方，还有卫齐办差的地方和奴仆们住的地方，另外还围出一个栅栏。明安贝勒又赏给卫齐一拨羊群，一拨牛群，一拨马群和十几个奴仆。那时候"一拨"一般指三百头。

一切准备完毕，万历二十四年十月，在科尔沁明安部一个金碧辉煌的蒙古包里，由明安贝勒做证婚人，举行了卫齐和塔嫩的结婚典礼。明安贝勒命人宰了三十只肥羊、两头肥牛，酿了五十桶马奶、羊奶，还准备了上百桶的米酒。这天，来参加婚礼的人很多，不仅有明安部落的人，还有科尔沁其他部落的人，就连莽古思贝勒和扎鲁特贝勒身边的族人也来了不少。明安部酒宴招待各方来客，他们热闹了三天。大家都非常羡慕明安贝勒，因为他最早跟赫图阿拉联姻，建立了蒙古人和苏子河畔的女真人真正的友好关系。

卫齐从此有了爱妻塔嫩，两人的生活非常幸福美满。塔嫩早就知道卫齐的大名，非常敬重卫齐的人品，也非常愿意嫁给卫齐。两人婚后恩爱无比，甜甜蜜蜜。

## 第二章 佛祖护佑

　　**光**阴荏苒，万历二十六年正月，塔嫩经过十月怀胎，生下了她和卫齐的第一个孩子——鳌拜的大哥穆达礼。穆达礼从小在草原长大。长大后，跟随阿玛卫齐来到赫图阿拉。费英东把穆达礼安排在赫图阿拉的武学堂，习学武功。他曾随卫齐参加征讨长白山等部的战事，成为大清国一名非常有名的将领。鳌拜被康熙帝囚禁，他也因此被株连入狱，直到在狱中死去。万历二十八年，塔嫩生下了她和卫齐的第二个儿子穆达其。他也是清代一位有名的大将，这在清史中都有记载。顺治年间，战死在长江口。本书主要讲述的是鳌拜巴图鲁的传奇故事，所以对他两位哥哥的事情仅做简单介绍，恕不赘述。

　　各位阿哥，讲到这儿，说书人我还得多啰嗦几句。自从卫齐只身来到科尔沁草原，表面看来是卫齐一个人安排各方的联络事务，其实还有一个秘密人物咱们没交代，那就是远在赫图阿拉的费英东，他可是一位心计最多、文武全才的大将军。他像放风筝一样，把卫齐远派到草原内地，可收缩的风筝线依然时时掐在他手上，他像能诊脉的郎中一样，无时无刻都能诊脉到草原的阴晴。所以，卫齐在科尔沁草原完成驱逐瘟疫、和喀尔喀部连姻、卫齐大婚生子等事情，费英东都了如指掌。费英东是通过什么渠道知道的呢？难道是卫齐亲自回去送的信？不是。负责卫齐与赫图阿拉之间秘密联络的人，实际就是孔果尔贝勒身边的一位谋士，是他在暗地里帮助卫齐，使他和赫图阿拉互通声息的。

　　俗语讲："子如其父"。孔果尔贝勒和明安贝勒一样，也是一位很精明、很有谋略的贝勒。他身边豢养着许多谋士，为他们父子刺探军情。聪明的卫齐看在眼里，记在心上，想方设法，利用一切机会，与他们友好相处，甚至以酒肉、银两馈送。这些事，当然得瞒着明安贝勒和孔果尔贝勒。后来，有的人就成了卫齐最可信赖的朋友，也就是赫图阿拉的眼目。卫齐能在科尔沁草原深深扎根，与这些萍水相逢的好朋友暗地相助，为他张扬名声、扩大影响等是分不开的。后来，费英东与努尔哈赤商议，科尔沁草原该办和应该办的事均已如期办妥，卫齐兄弟也该回来安顿些日子，享受天伦之乐了。于是，费英东写信让卫齐回来待些日

081

子。卫齐接到信后，将草原的事安排妥当以后，才返回赫图阿拉，住了一段时间。但正巧赶上费英东东征，所以他们二人没见着面。

话说万历二十八年，初露锋芒的罕王爷努尔哈赤正积极地组织兵力，他要攻打哈达部，把哈达部夺过来。因为哈达部的粮草和马匹除一部分来源于喀尔喀部外，主要来源于科尔沁草原明安贝勒这块儿。自从卫齐跟明安贝勒建立关系以后，明安贝勒周围牧场的马匹和牧草逐渐被卫齐控制在手里，提供给赫图阿拉。哈达部就弄不着了。哈达部没办法，只好求救于喀尔喀部。可又因为赛赛嫁给了喀尔喀部扎拉森贝勒的小儿子吉尔沙图，扎拉森贝勒跟明安贝勒是亲戚关系。明安贝勒跟赫图阿拉的关系好，扎拉森贝勒自然也向着赫图阿拉。虽然多尔沙图私下里跟哈达部的关系挺好，但多尔沙图当时的权力还不大，一切还都是老贝勒扎拉森说了算。所以，他也起不了多大作用。这就造成了哈达部兵源减少、马匹减少，战斗力越来越差的局面。趁此机会，罕王爷努尔哈赤调兵谴将，想把哈达部给灭了。

努尔哈赤把费英东找来商量此事。费英东说："卫齐现在在蒙古草原的名望很高，是否请卫齐回来商量商量，一来他对那边的情况熟悉，二来这个人挺有计谋，是个不可多得的人才，请他回来帮助您，岂不更好。"努尔哈赤点头同意。

就这样，努尔哈赤飞马传书到明安部，信函大意是这样的：我们现在有要事需请卫齐回来，待一切公干办妥后，让卫齐再回到贝勒爷您的麾下，助您办理一切事宜。

这个时候的卫齐已经在明安贝勒身边做事多年了，他不仅早已经习惯了蒙古人的生活习俗，和当地的蒙古人一模一样，把明安贝勒当作自己的主子一样忠诚。他帮助明安贝勒治理草原，给明安贝勒出谋划策。明安贝勒也非常信任卫齐，对他言听计从。由于明安贝勒身边有了卫齐，所以明安贝勒在蒙古科尔沁各部里的威信也相当高。卫齐不仅代表着赫图阿拉，更代表着努尔哈赤。当时科尔沁右翼前旗的谢尔钦贝勒和科尔沁中旗的莽古思贝勒都非常尊重明安贝勒，扎鲁特部的两个贝勒和三个台吉都和他结成拜把子兄弟。明安贝勒非常感激努尔哈赤。努尔哈赤求他这么点事，他当然很痛快就答应了。

就这样，卫齐回到了赫图阿拉，跟努尔哈赤一起商量征讨哈达部的事。经过近一年的准备，万历二十九年七月，罕王爷努尔哈赤一举发兵，灭了哈达部。哈达部的历史从此结束了。

就在这一年的十一月，努尔哈赤娶了乌拉部贝勒之女阿巴亥。说起这个阿巴亥在清史中也是一个有名的人物，她不仅人长得美，而且聪明绝顶，深得努尔哈赤的宠爱。那么，是谁帮助努尔哈赤张罗的婚事呢？我不说各位阿哥可能已经猜出来了，是卫齐。卫齐不仅帮助努尔哈赤准备结婚的喜宴，布置新房，邀请各方来客，还亲自到乌拉部把阿巴亥接了过来，使她和努尔哈赤入了洞房。

说来也奇怪，卫齐不在的时候，努尔哈赤的事也没耽误办，这回卫齐回来了，努尔哈赤还就指着他了，他觉得使唤卫齐挺顺手，什么事都让卫齐帮他办。总的来说，卫齐的事是一件接着一件。卫齐没时间回去，就飞马报信，把自己的情况告诉远在草原的爱妻塔嫩。塔嫩把自己的情况写在皮张上，传给丈夫卫齐。就这样，两人靠书信往来传递相思之苦。后来，努尔哈赤知道卫齐惦记他的妻子和孩子，让卫齐抽空回家看看，快去快回。

就这样，努尔哈赤的婚事刚办完，也就是在万历二十九年冬天，卫齐日夜兼程，回到了巴延努赍草原，看望自己的爱妻和儿子。这时他们的儿子一个已经四岁，另一个已经两岁了。卫齐望着他走的时候还在塔嫩的怀里嗷嗷待哺，现在已经满地跑的儿子，笑得合不拢嘴。塔嫩见到分别近两年的丈夫，更是喜上眉梢。两个人恩恩爱爱自不必说。

卫齐分别拜见了明安贝勒和孔果尔贝勒，转达了努尔哈赤对二位贝勒的问候，又在家里帮着塔嫩料理了一些家务。然后，卫齐再次拜别自己的爱妻。

塔嫩舍不得离开自己的丈夫，要跟他一起去。

卫齐安慰她说："你等我把那边安顿好了，再回来接你。"

塔嫩一想也对，自己要是硬跟着走，耽误卫齐的行程不说，现在天寒地冻的，也确实不方便，还是让他赶紧回去交差吧。

明安贝勒怕卫齐在路上有闪失，命扎布老管家安排十几个护卫护送。卫齐安全地回到了赫图阿拉。

咱们再说说塔嫩。正是由于夫妻俩这些日子的恩爱，塔嫩又怀孕了。第二年，也就是万历三十年夏天，塔嫩已经怀孕六七个月了。

自打卫齐走了以后，塔嫩没事的时候就领着两个孩子到大草原里晒太阳、抓蛐蛐玩儿。塔嫩这个人本是奴仆起身，所以，跟牧民们以及各贝勒、台吉的家眷们混得都很熟，常帮助这个，接济那个。卫齐平时常炮制一些草药，怕他一旦不在家时，家里谁有个头疼脑热、小病小灾的，以备应急之用。可塔嫩像卫齐一样，是个热心肠的人，只要有人求助，她从来不先惦记自己。这不，她因此交下了一位在草原非常有声望的贵夫人。

这位贵夫人本是西部草原科喇沁部耿格尔台吉之女，名叫咪咪。这个小咪咪不仅容貌俊美，而且是草原上一名远近闻名的女骑手，在方圆百里以内的姑娘中是数一数二的。在草原上一次著名的迎春比武大会上，被孔果尔贝勒看中。由于明安贝勒跟科喇沁允思痕贝勒的关系很好，咪咪又是允思痕贝勒的孙女儿。明安贝勒为了加深两家之间的关系，也为了壮大自己的力量，便亲自到科喇沁部提亲，促成了这段姻缘。

咪咪和孔果尔贝勒是前年结的婚。小咪咪不仅人长得漂亮，还会蒙古西部草原传统的长调，高亢的声音赛过云雀。她常跟草原的歌手们比歌，咪咪总是独占鳌头。她不仅歌唱得好，舞跳得也好。她会跳蒙古西部草原的古代面具舞。她跳起舞来铿锵有力，激情满怀，人见人爱。咪咪就是这么一个非常活跃的人，她走到哪儿，就把歌舞带到哪儿，这也是草原上下人们喜欢她的缘故。后来，草原上传出了一种咪咪舞，就是她那时留下来的。

孔果尔贝勒对咪咪非常疼爱，他俩也是如胶似漆，形影不离。可是腾格里恩都里不做主，快两年了，小咪咪仍没有身孕。这可急坏了孔果尔贝勒，也令明安贝勒夫妇十分牵挂。但咪咪每天照样是跳啊、唱啊，对怀孕的事根本不往心里去，甚至对孔果尔贝勒请来的喇嘛求神讨来的药丸，咪咪也只是笑着，不在意地应对。等孔果尔贝勒走后，侍人们劝慰咪咪服下时，药丸早不知被咪咪遗忘何处了。

前些日子，明安贝勒派他的儿子孔果尔贝勒到京师去催要钱款。因为明朝每年都给蒙古草原拨一定数额的钱款，来帮助他们解决一些困难，用明朝的话讲这是"羁縻"政策。实际就是笼络"夷人"，给你一些好处，然后让你听他的话。去年明朝的国库空虚，一时银两没拨下来。明安贝勒就让孔果尔去看看情况，最好是等到拨款。

孔果尔贝勒遵父命，在万历三十年四月份的时候，带着随从进京去了，家里只剩下了爱妃咪咪。小咪咪寂寞无聊，就常到塔嫩这里来。塔嫩与她一样，卫齐不在家，她也觉得没意思，也愿意有个人跟自己说说话。另外，她和咪咪挺对脾气。后来，两人拜了干姐妹。

转眼到了五月份，天暖和了。卫齐从赫图阿拉回来了。明安贝勒见到卫齐，非常高兴。

他拉着卫齐的手，问卫齐："卫齐兄弟，你这一走就是小半年，弄得我这心里空落落的。这次回来能不能多住些日子？"

卫齐说："实在对不住，老贝勒，罕王爷那边还等着我呢。老贝勒，我这次回来，是想跟您商量一件事。"

明安贝勒问："什么事啊？你就说吧。"

卫齐说："老贝勒，赫图阿拉今年大旱，庄稼长势不好。罕王爷让我跟您商量一下，看能不能串点粮种回去。"

明安贝勒笑着说："卫齐兄弟，这事好办，我正好储备了些种子，是预备大荒之年人吃马嚼用的，都是上好的粮谷，你要多少有多少。等下我让孔果尔给你办了就是了，啥串不串的，跟我还这么外道。"

卫齐说："那就谢谢老贝勒了。"明安贝勒马上吩咐孔果尔贝勒给卫齐准备。

明安贝勒还嘱咐孔果尔贝勒："孔果尔，你一定要把最好的、最新的粮谷选出来，可不能把旧粮谷给他们。那样的话，咱们对不起人家呀。"

孔果尔贝勒满口答应道："阿布放心吧，孩儿一定会办好的。"

孔果尔贝勒按照老贝勒的吩咐，仅用两天的时间，就选出了上等粮谷一百袋，其中有谷子、荞麦。选出以后，用袋子装好。因为卫齐还要把家里的事情安排一下，就让他从赫图阿拉带来的亲随陈宝，先押送这些粮谷回赫图阿拉。

咪咪本是好玩儿、好动的人，得知塔嫩这次要跟卫齐一起走的消息后，就急了。

她找到塔嫩，说："姐姐，你走了，就没人陪我了。我怎么办啊？"

塔嫩说："我到那里看一看，很快就回来。"

小咪咪说："那也不行。我得跟你一起去。姐姐，你带我一起走吧，我想出去散散心。小贝勒不在家，我一个人待得怪闷得慌的。"

塔嫩倒是愿意带咪咪去，这样自己在路上也不会寂寞，但她怕明安贝勒不同意。塔嫩说："带你去倒是可以，可你得问问老贝勒准不准。老贝勒要是准了，我就带你去。"

咪咪说："好吧，我去问。"

第二天，小咪咪找到了明安贝勒，把她要跟塔嫩到赫图阿拉的事说了。明安贝勒知道儿子在京师还没回来，儿媳妇在家待不住，而且塔嫩在那里也不会待太长时间,很快就会回来的,就答应了她的请求。小咪咪高兴坏了,赶紧跑去把这一消息告诉了塔嫩。塔嫩见明安贝勒答应得这么痛快,也非常高兴。

这两个女人在这里是高兴了,可卫齐却感到有些头疼,因为咪咪跟自己的媳妇不一样,人家是小贝勒的人,娇惯得很,路上要是出点啥事,自己回来怎么跟老贝勒和小贝勒交代。可要是不带着去,老贝勒那里已经答应了。没办法,卫齐只好带着爱妻塔嫩和小咪咪,踏上了去赫图阿拉的路。

他们这一行人是分乘两辆车走的。塔嫩和小咪咪,还有伺候她们的女奴坐一辆,卫齐及其几个贴身的护卫坐一辆。两辆大车的后面,还跟着十几个骑马的护卫。

话说万历三十年,是一个大旱之年,从春天开始就不见雨星,到了夏天,更是没下几场雨,越往南走,旱得越厉害。很多牲畜都饿死了,獐狍野鹿更是看不见,就是连只鸟都找不到。道两旁的小草也都长得不高,庄稼更是没长起来。牧民们换不起粮食,也换不到粮食,就割那些没长高的野草,拿回家里熬汤喝,人们的生活相当困难。草原上到处是饿死的人、病死的人和逃难的人。

卫齐和爱妻塔嫩以及孔果尔贝勒的爱妃咪咪等人,一路上也是非常艰难。由于闹灾荒,饭馆没米,店铺没柴,店主们都经营不下去了,干脆关上店门,逃难去了。卫齐他们没办法,渴了就喝自己带的水,饿了就吃点炒米、炒面、肉干什么的,困了就在车里对付一觉。

你别看卫齐回来的时候用了六七天的时间,可回去就慢了。卫齐原本想赶紧回到赫图阿拉,让爱妻把孩子生到那里,可他又不敢让车夫把车赶得太快,他怕颠簸大劲儿了,塔嫩受不了,再把孩子生在半道儿上。没办法,车夫只得择路而行,遇到坑坑洼洼的地方绕过去,遇到鼓包的地方绕过去,遇到石头多的地方还得绕过去,即使遇到塔头甸子也得绕过去,可以说这路走得是曲曲弯弯。

卫齐还常叮嘱车夫:"赶车要小心,眼睛要看细,躲过那些坑洼的地方。不要着急,不要着急。"

就这样,他们行进的速度非常慢,一天也走不出十几里地。一连走了五六天,也没走出草原。卫齐干着急,却想不出什么好办法。

可是你再看这时候的小咪咪,她像一只出笼的鸟儿一样,快活得不得了。小咪咪自从被孔果尔贝勒接进科尔沁部的巴延努赍草原,五百多个日夜，除了在草原上骑骑马、射射箭，还从没出过远门。她早听孔果尔贝勒说努尔哈赤有多么威风，赫图阿拉有多么神秘，咪咪总想去看看，可一直没有机会。这回可算能跟卫齐夫妇去赫图阿拉亲眼目睹一番，别提她有多兴奋了。

小咪咪仿佛回到了童年时期与自己朝夕与共的大草原。微风吹来草原的芳香，诱惑得她根本不想骑马，更不想坐车。她又是唱，又是跳，用她那虽然有些发胖但仍然灵便的身躯，一会儿跑上这个山头，一会儿又扑向那片草场，接着又起身跳入池塘，摸戏水的鱼。

她玩得倒是挺开心的，可把卫齐以及随行人忙得气喘吁吁、汗流浃背，在后面边喊边紧紧地追赶，生怕小咪咪在生疏的草原里被突然蹿出来的野兔、野狼什么的惊吓着，出现闪失，回去不好向贝勒们交代。

小咪咪还不解地嗔怪说："你们何必大惊小怪呢？"

这时，在前面领路的护卫过来，问卫齐："大人，前面有一条河，您看咱们是过了河休息，还是现在就休息。"

卫齐抬头看了看天，天马上就要黑了，而且大家都累了，这里好歹有点儿水，可以饮饮马，还可以到河里看看有没有鱼什么的，要是能找到点儿吃的就更好了。

卫齐同意道："好，就在这住下吧。"就这样，两辆车在河岸边就停下了。

这些护卫有的砍干枝，有的弄柴火，很快点起了篝火，还有的护卫到河里捉鱼，因为天旱，河水很少。说是河，实际也就是大沟，如果有鱼的话很容易捉到。结果护卫们没捉到鱼，却逮到一串蛤蟆。大伙儿把蛤蟆放在火上烤了烤，蘸点儿盐面吃，也许是没有东西吃的原因，大伙儿吃得还挺香。后来又有几个人，不仅逮着几串蛤蟆，还逮着几条蛇。大家就着河水，把蛤蟆和蛇炖熟吃了。吃饱以后，卫齐安排了几个护卫轮班巡逻，其余的人抓紧时间休息。

塔嫩和咪咪及两个女奴睡在一个车里，卫齐和护卫们睡在另一个车里。说来他们也走了挺远的路。特别是咪咪，忙活了一天，也都累了。他们几个睡得都非常香、非常实。睡到下半夜的时候，塔嫩就觉得有人拍她的脑袋，她醒了。咪咪也挺精神，塔嫩一动弹，她也醒了。

只见面前站着一位体态端庄、双目慈祥、浑身发光、脖子稍稍有点歪、头上包着草原人常用的包巾、挎着小柳筐的老太太。塔嫩心想：白天赶路的时候，也没见这附近有人家啊，从哪儿来的老太太呢？

第二章 佛祖护佑

087

咪咪吃惊地问道:"你是谁?怎么到我们车里来了?"

老太太走到她们跟前,笑眯眯地对她俩说:"姑娘,不要怕,我不是坏人。我姓鳌,是老鳌家的,就住在河边。你们不知道我,可我知道你们。你们是远方来的贵人,要上赫图阿拉去,对吗?姑娘啊,赫图阿拉离这太远了,就你们俩的身板,怎么能走这么远的路呢?大轱辘车颠簸得太厉害,你们俩受不了哇。我看,你们还是别往前走了,回去吧。"

咪咪说:"这位老人,你说对了,我们是要去赫图阿拉。你说不让我们去,可我们都已经走这么远了,怎么能回去呢?"

塔嫩用手碰了一下咪咪,意思是人家好心告诉咱们,你说话怎么这么冲呢?

可咪咪不管那套,依旧说:"我说不能回去,就不能回去。我们怎么能听你的呢?"

她这么一吵吵,吵醒了睡在另一个车里的卫齐。

其实卫齐并没有睡着。他这次回来主要是把自己的媳妇接回去,可孔果尔贝勒的爱妻——咪咪也要一同前去。他原想带咪咪出来玩几天,再把她送回来,不会出什么事。可没成想这个咪咪这么好动,一会儿也不闲着。他们几个累一点倒不要紧,要是出点啥事,我不仅对不起老贝勒,也对不起小贝勒,这哪行啊。所以卫齐一点也不敢放松警惕,就连晚上睡觉也是睁一只眼,闭一只眼。

就在他迷迷糊糊的时候,隐约听到有人在说话,接着又听到咪咪的声音,好像是咪咪在跟谁争吵什么。卫齐觉得很奇怪,这都大半夜了,她们不睡觉,吵什么呢?难道有歹人来了不成?想到这里,卫齐心里一机灵,马上披上自己的大斗篷,跟随车外巡逻的护卫,来到夫人塔嫩的车前。

卫齐在车外问道:"塔嫩,你们还没睡吗?"

塔嫩答道:"没有。"

塔嫩边说边和咪咪掀开帘门走下车来,老太太也跟着下了车。

咪咪看见卫齐来了,马上对卫齐说:"卫齐大人,这个老太太说啥也不让咱们走了。咱们不能听她的。她凭啥不让咱们走?"

老太太听了只是笑了笑,一点儿没有生气的样子。

卫齐仔细打量着站在塔嫩和咪咪身后的这位老太太,只见老太太穿着蓝色的蒙古长袍,系着紫色腰带,头上包着头巾。

卫齐向老人稽首打了招呼:"您老人家好。"

老太太回答道："我好，卫齐大人好。"

卫齐一看老太太能叫出自己的名字，就断定这老太太即使不是科尔沁部的人，也是蒙古草原里的人。

卫齐非常谦恭地抱拳说："老人家，您不知道，我的妻子已经怀孕多日了，我特意接她回老家去分娩。这位是她的干姐妹，同我们一道去的。您老人家就放心吧，不要紧。这路我们熟悉，而且有这么多人保护，不会出事的。"

老太太听完卫齐说的话，脸立刻板了起来，非常严肃地说："卫齐大人，你也不用瞒我了，我什么都知道，这位虽说是你夫人的干姐妹，可她也是孔果尔贝勒的夫人，我说的没错吧。我说卫齐大人，你怎么这么糊涂呢？你到草原已经多年了，这里的情况你都知道，草原的天像孩子的脸，一天八变，谁能猜得准呢？如果突然来了风，来了雨，来了冰雹，怎么办？冰雹一来，天一变，你的妻子冻病了怎么办？小贝勒的爱妻冻病了怎么办？你不心疼吗？再说你也担待不起呀。何况从科尔沁到赫图阿拉，路这么远，道又不好走，就凭你们这辆马车，得走多长时间啊？现在你们九成才走了一成，早着呢，路上一旦出点闪失，你后悔都晚了。听我的话，快回去。别看现在天这么好，我可以告诉你们，后天，这一带就将有一场暴风雨，而且相当厉害。如果你们现在马上往回返，还来得及。"

卫齐一听大吃一惊，老太太对自己的事情了如指掌，这使他感到非常意外，看来这个老太太绝非等闲之辈，不可小觑。他又一想，老太太讲得也对呀，草原的天真就是这样，早晨起来还是太阳当空，不知道什么时候从哪儿刮过来一片乌云，天立刻就黑下来，接着，铺天盖地的暴风雨就来了。大风刮得相当厉害，都能把人卷起来。

咪咪一听也傻眼了，她是草原人，从小在草原长大，比卫齐还要了解草原的情况。她一听人家说得对呀，就不出声了。

老太太语重心长但又非常严肃地对卫齐说："我说卫齐大人，你一心为草原，做了很多好事，草原人都非常佩服你、敬重你，可是你对自己家里的事想得太少，对女人家的事情想得就更少了。卫齐大人，要临盆的女人怎么能走这么远的路呢？这半道上要是出点啥事，怎么办？你后悔都晚了。卫齐大人，听我的话，赶紧回去，赶快离开这个地方，这是个是非之地。草原上虽然看不着刀枪剑戟，但你要知道风雷闪电比刀枪剑戟还厉害。卫齐大人，还有你的妻子，你们还敢把老贝勒的儿媳妇

第二章 佛祖护佑

也带出来，你们想没想这责任有多大呀？"

咪咪赶紧说："老人家，我没事。"

老太太把手一抬，打断了她，说："好了，丫头，你不要说了。你是身怀六甲之人，却不好好在家待着，整天只想着玩儿，你想没想过后果会有多严重？"

咪咪一愣，说："我，我，我也没怀孕啊。"

老太太生气地说："哼，这事你可以瞒着老贝勒，瞒着卫齐大人，你能瞒得了我吗？你多长时间没来'月信'① 了，你自己不知道吗？你的孕期比塔嫩的时间都长。孩子，我比你祖宗都大，我活了二百多岁，什么事能瞒得了我呀？"

老太太话一出口，把他们三个吓一跳。哎呀，这老太太活了这么大岁数了，这可不得了，这老太太是神仙啊。更让卫齐两口子吃惊的是，老太太说咪咪也怀孕了，而且比塔嫩怀孕的时间都长。

老太太还在那里数落着咪咪："快把你肚子上缠的带子给我解开。你要爱护自己的孩子，你的孩子不是一般的孩子，是个贵人哪。唉，这事我就不多说了，将来你会明白的。孩子，听话，快回去，别拿我的话当儿戏。"

老太太说完，又回过头来，对卫齐夫妇说："卫齐大人，有些话我就不多说了。你们要记住我说的话，你们两家的孩子都是贵子，要好生抚养，将来我还会来看你们的。"

说完，卫齐他们就觉得周围刮起一阵风，刮得他们睁不开眼睛。等他们再睁开眼睛的时候，老太太已不知去向。

在场的人都感觉这个老太太非比寻常。卫齐慌忙跪在地上，磕了三个头。咪咪和塔嫩也紧随其后跪下，双手合十，向天叩拜。磕完头，卫齐马上让侍卫们赶紧拢火做饭，垫补几口，好往回赶。

卫齐跟咪咪和塔嫩说："我看这位老人家不是一般人，她说的话咱们不能不信。为了咱们的安全，更为了部落的安全，咱们得赶紧回去，不能再往前走了。"咪咪和塔嫩都同意卫齐的安排。

咪咪本来挺高兴的，好容易跟老贝勒说好了，让自己跟着卫齐他们去玩儿，可还没走多远，就来了这么一位陌生的老太太，说了一些莫名其妙的话。不过人家说得真对，自己瞒了这么长时间的事，让她一下子

---

① 月信：汉古文，即例假。

给戳穿了。咪咪低着头，也不说话了。

塔嫩把她拉回了车里，责怪道："妹妹，这么大的事儿，你怎么能瞒着我们呢？"

卫齐是个男人，不好多讲话，只是说："咪咪呀，你太让我坐蜡了。你要是出点什么事情，哪怕有一点闪失，我都对不起老贝勒和小贝勒。幸亏上苍点化我，这还没出什么事，否则后悔晚矣。真是谢天谢地、谢天谢地。"

卫齐又对塔嫩说："塔嫩，你们赶快收拾一下，吃完早饭，咱们就返回科尔沁，回赫图阿拉的事以后再说吧。"

单说塔嫩和咪咪手拉着手，又上了轿车。塔嫩把咪咪扶坐了下来。

她拍了一下咪咪的肩膀，怪嗔地说："我的好妹子，你真把姐姐吓坏了，要不是神仙点化，我们还都不知道呢。妹妹，你怀孕了，怎么还不说呢？还这么没轻没重的，到处乱跑。你不是一般人，你是老贝勒最得意的儿媳妇啊，是孔果尔小贝勒的宝贝，要是出点什么差错，可怎么办？我们两个可担不起这么大的责任。"

咪咪没在乎，还开玩笑呢，两手把塔嫩就抱住了："我说姐姐，这是啥了不起的事。我不愿意听别人说我是怀孕的人，怪不自在的。"

塔嫩说："好妹子，现在你可不能由着性子来，光想着玩儿。你现在一定要保护好你身上的孩子。"

塔嫩猛地想起老太太说的话，赶紧用双手去摸咪咪的肚子，说道："你还缠着布呢？你怎么这么糊涂呢？这不把孩子勒坏了吗？赶快把布解开。"

这时候咪咪也想到老太太说的话，对呀，老太太说得对呀。她赶紧把衣服扣解开。塔嫩一看，可不得了，这个小咪咪为了不被大家看出来，用布把肚子一层一层地勒上了。

塔嫩帮着咪咪把布带打开，说："哎呀，妹妹，你真糊涂，这不把孩子勒坏了吗？你怎么能这么做呢？"

这时，卫齐在车外喊："塔嫩，饭做好了，出来吃饭吧。"

塔嫩和咪咪下了车，来到燃烧着的篝火旁，喝了护卫们在河里舀来的清泉水，每人又喝了一杯马奶。

他们吃饱以后，就掉转马头，顺原路往回赶。卫齐为了让明安贝勒早做准备，派一名护卫骑上快马，先行回去给明安贝勒送信。他们这里日夜兼程，加紧赶路。由于车夫对路径比较熟悉了，另外咪咪也不贪玩

第二章 佛祖护佑

儿了，再可能有神人相助，路也不像来时那么难走了，所以车走得也就快了。第三天早晨，他们就回到了科尔沁。

卫齐他们乘坐的这两辆轿车刚一进部落，就有人告诉了老贝勒和小贝勒。老贝勒和头天刚从京师回来的小贝勒孔果尔亲自出来迎接。卫齐他们下了车，咪咪和塔嫩给明安老贝勒下拜，然后回到帐包休息。

老贝勒也没注意咪咪体态上的变化，他一心只想着草原上要刮暴风雨的事，只顾拉着卫齐就近走进小贝勒的帐包，他要把事情的原委弄清楚。

老贝勒请卫齐也坐下。孔果尔命令下人赶紧献茶。卫齐知道明安贝勒心里惦记什么事，没等明安贝勒发问，卫齐就把夜遇歪脖老太太的事告诉了明安贝勒，但没告诉明安贝勒咪咪怀孕的事。他想让孔果尔贝勒跟老贝勒说。你想啊，咪咪多淘气、多任性啊，怕自己大肚子被别人看出来，不能出去玩儿了，用布带把肚子勒住。老贝勒夫妇多想自己有个孙儿或者孙女，孔果尔贝勒也盼着自己有个后代，可咪咪光想着自己。这事如果传出去，不仅会被人传为笑柄，明安贝勒也会非常恼怒。另外，明安贝勒也会指责孔果尔，会给他们之间造成不合。明安贝勒那么大岁数，再气出点毛病可怎么整。

明安贝勒说："接到信儿后，我就安排人做准备。现在，所有的帐包都已加固完毕，晾晒的皮张和肉干也都收进了大库，三百群牛群、马群、羊群也都已经进了圈。咱们宁可信其有，不可信其无。"

卫齐点头称是。

明安贝勒亲切地拉着卫齐的手，说："卫齐兄弟，人要是年岁大了，心里就装不住事，有句话我想问问你。"

卫齐说："老贝勒，有什么话你就问吧。"

明安贝勒说："你干吗非让塔嫩到赫图阿拉去生孩子，难道我这里不好吗？我们招待得不周吗？"

卫齐马上站起来说："老贝勒，您想哪儿去了。在建州我还有些事情没办完，我必须得回去。我心想让塔嫩在那儿生孩子，我顺便还可以照顾照顾，我没想别的。老贝勒，您多心了。"

孔果尔贝勒也在旁边说："是啊，就让嫂子在这里生产得了，别走了。草原离赫图阿拉这么远，路又不好走，一旦出点什么事，你也后悔，我们还惦记。我看还是不走为好。"

卫齐一想，二位贝勒说的也有道理，就点头答应道："那又给你们添麻烦了。"

老贝勒走了以后,孔果尔贝勒拉着卫齐来到自己的卧房。这里说的卧房,并不是指他和咪咪睡觉的内室。他这里的卧房也专有客厅、餐厅和客房,最里面一个红毡铺地,四周摆放花卉,帐包上绣有金花、兰花和黄花的大帐包,才是他和咪咪的卧房。因为孔果尔贝勒非常喜欢鸟,所以他卧房的客厅里养了不少鸟,有会唱歌的鸟,有会学人说话的鸟,还有叫得非常好听的鸟。孔果尔贝勒还在江南弄来一只大鹦鹉。这里除了他美丽的妻子,就是鸟了。

客厅里相当宽敞,摆设也很讲究,上百盆江南的盆花,开得非常艳丽、清香,各式各样的盆景,千姿百态,夺人眼目,流水潺潺,绿树盈盈,生意盎然,郁郁葱葱,每一盆花都是一个美丽的江南世界。不管你有多少劳累,多少愁烦,置身在这鸟语花香的地方,顿时心旷神怡,愁烦顿消。

卫齐过去和他阿玛曾经在京师看到的玩意,没想到,在这风吹草低见牛羊的地方,今天也看到了。

卫齐禁不住啧啧称赞:"哎呀,大草原还有这么好的地方,真没想到。"

这时,卫齐看到孔果尔贝勒想进内室去,他知道孔果尔贝勒可能去找咪咪,卫齐就把孔果尔贝勒叫住了,说:"小贝勒,您慢走,请过来。"

孔果尔没明白卫齐啥意思,说:"卫齐大人,我去把咪咪叫出来。"

卫齐说:"先不用叫,我有话跟你说。"

孔果尔贝勒说:"行,你说吧。"

孔果尔贝勒坐了下来,静等卫齐说话。

卫齐说:"小贝勒,我要告诉你一件大喜事。"

孔果尔贝勒问:"什么喜事?"

卫齐说:"这事说来我都有点后怕呀。小贝勒,你知道不知道,你的咪咪怀孕了,已经身怀六甲了。"

孔果尔贝勒一听,惊讶地张着大嘴,半天才缓过神来。他抓住卫齐的手,问:"真的吗?咪咪怀孕了?我怎么不知道?"

卫齐哈哈大笑,说:"小贝勒,你坐下来,听我慢慢跟你说。"

孔果尔急得像毛猴子似的,他哪里坐得住。卫齐一把就把孔果尔贝勒按坐下了,然后一五一十、原原本本地把他们在夜里遇到的神秘老太太点化他们的事,告诉了孔果尔贝勒。

孔果尔贝勒听了欣喜若狂,自己心爱的女人总算要给自己生孩子

第二章 佛祖护佑

了,他怎能不高兴。孔果尔贝勒知道小咪咪非常淘气、好动,而且任性,在科喇沁的时候就这样,科喇沁贝勒也非常宠着她。自从嫁到科尔沁以后,老贝勒夫妇都非常喜欢她。孔果尔贝勒对她更是宠爱有加,处处都由着她。孔果尔贝勒总想让她给自己生一个孩子,可小咪咪总撒娇地说:"我不想生孩子,我不想生孩子。"没想到,现在咪咪已经身怀六甲,他不久就要做阿布了,孔果尔贝勒高兴得手舞足蹈起来。

这时,内室的门开了,咪咪和塔嫩手拉手地来到了客厅。令人惊奇的是,咪咪已经换上了孕妇穿的大肥衣服。

咪咪笑眯眯地来到孔果尔贝勒面前,给孔果尔见了一个礼,说:"给小贝勒请安。"塔嫩也给孔果尔施了一礼。

孔果尔贝勒非常高兴,先请塔嫩起身,然后又把咪咪抱了起来,并笑着用手点着她的脑门说:"你真够淘气的,这么大的事你都瞒着我,这事多危险啊。一旦出了事,我怎么向阿布交代呀?"

咪咪撒娇地把身子一挺,说:"我已经宽衣薄带了,还不行吗?"说完,还故意把身子扭了两下,显得那么可爱。

咪咪又说:"小贝勒,我想请卫齐大人和姐姐跟咱们一块吃顿飞龙羹,怎么样?"

孔果尔贝勒非常高兴,连连点头:"好哇,好哇。"

就这样,由孔果尔贝勒和咪咪亲自摆宴,卫齐夫妇在孔果尔贝勒的府里吃了顿飞龙羹。席间,卫齐还嘱咐孔果尔贝勒一定要领着咪咪到明安贝勒那里请罪,请老贝勒原谅。孔果尔夫妇点头答应。

令人没想到的是,当明安贝勒夫妇得知咪咪怀孕的消息时,虽然也怪咪咪做事任性,不懂事,埋怨儿子粗心,可这老夫妇俩比儿子还高兴。老两口丢下手里的事情,忙里忙外地给未出世的孙子预备东西,给咪咪增加营养,忙乎的可起劲儿了,就连奴才们见了都偷偷直笑。

事情正如那位老太太所料,就在他们回到家的当天下午,天气突然大变。大风夹着豆大的雨点,雨点后来又变成鸡蛋大的冰雹,铺天盖地地向草原袭来,这在草原是百年都没遇到过的事。但因为他们事先已经做好了准备,牛羊马匹都已经进了圈,只是那些走得远的牧羊人因为没有及时得到通知,赶不回来,羊羔被砸死不少。一些破旧的帐包被大风吹跑了,那些没拴起来的马车被大风吹没影了。但总的来说,损失还不大。

明安贝勒非常感激卫齐派人给他们送来了信。咪咪和塔嫩更感激那天晚上的那个歪脖老太太，要不是老太太，她们两个身怀六甲之人，哪经得起那么大的狂风暴雨的折腾，到现在活没活在这个世上都很难说。就连一向任性的咪咪都不得不佩服老太太，那老太太真是神人，什么事情都知道，就连自己怀孕几个月她都知道。

咪咪就跟孔果尔商量："贝勒爷，我想在旁边屋的暖阁里设个佛堂，供奉那位老奶奶，每天早晚给那位老奶奶烧香磕头。"孔果尔当然答应了。

于是，孔果尔贝勒就在他的上屋，辟出了一块地方，将其作为供奉神像的地方。孔果尔贝勒请来老贝勒身边的济能大喇嘛，由他亲自指导建设神堂。

济能大喇嘛还请来了师父，按照咪咪、卫齐和塔嫩他们的描述，他们雕塑了一位二尺多高、栩栩如生的女神铜像。这尊铜像非常有特点，有什么特点呢？就是这尊铜像除了慈眉善目、体态丰满、身披黄袍之外，还有一个最大的特点就是头稍有点歪。

孔果尔贝勒看了以后，说："哎呀，这尊像挺有意思，脖子是歪的。我看就叫她歪脖妈妈吧。"大伙儿都说这名字起得好。

打那以后，"歪脖妈妈"就成了草原人对这位老太太的尊称。济能大喇嘛还在他们的神堂请了位"慈航普度观世音菩萨"。

说起这个济能大喇嘛还真有一段来历。济能大喇嘛原来是科喇沁部的，明安贝勒跟科喇沁允思痕贝勒的关系非常好，他们俩像兄弟一样。允思痕贝勒的上一辈是草原上非常有名的苏布地贝勒。咪咪是这个允思痕贝勒之子耿格尔台吉之女，后来嫁到科尔沁，给明安贝勒的二儿子孔果尔贝勒做了媳妇。这些咱们在前书都已经交代了。

允思痕贝勒在科喇沁部管辖着两千多牧民、一个山坡和三块草原，这里有一条道，东通科尔沁，西北方向通赤峰，顺赤峰再往西走，就进了关，直抵京师。明安贝勒几次去京师，都是从科喇沁部通过的。可以说允思痕贝勒这里是一个驿站。

允思痕贝勒身边有很多知名的喇嘛，一个个文韬武略，博学多才。科喇沁这些年既同明朝建立密切的关系，又同科尔沁等蒙古诸部有着亲密的关系，很少有刀兵之争，能够和谐相处。这些喇嘛帮助允思痕贝勒出了不少良策。明安贝勒历来是心谋远虑的人，允思痕贝勒这些年来把部落治理得井井有条，日益强大，他都看在眼里，记在心上。他一心想效仿科喇沁贝勒，把喇嘛请到自己的部落。于是，在明安贝勒的一再恳

第二章 佛祖护佑

求之下，允思痕贝勒与他尊敬的杜木钦德大喇嘛商量，把他的师弟济能大喇嘛派到明安贝勒身边。这位济能大喇嘛六十多岁，留着五缕长髯，两绺长眉，红光满面，非常精神，为人也特别好。自从济能大喇嘛来到明安贝勒身边，除了每天给明安贝勒讲经普法，还帮助明安贝勒出了很多主意，做了很多事。明安贝勒非常关心，也非常相信允思痕贝勒派来的这位济能大喇嘛。

孔果尔贝勒请济能大喇嘛又塑了一尊"歪脖妈妈"。为什么呢？因为卫齐屋里还没有呢，而且给卫齐夫妇请了一尊"慈航普度观世音菩萨"。现在，塔嫩屋里的佛龛上供的佛像，跟咪咪屋里佛龛上供的佛像是一样的。每天，咪咪和塔嫩朝夕焚香，敬拜磕头，祈佑观世音菩萨，祈佑"歪脖妈妈"，保佑她们母子平安，顺利分娩。

济能大喇嘛说："小贝勒，为了表示你的虔诚之心，你还应该举办一次法会，这样会更好一些。"

孔果尔贝勒就把济能大喇嘛的意思跟老贝勒说了。老贝勒非常赞同。什么是法会呢？就是佛像通过杀牲祭拜、开光，才能使佛像和金身塑像真正发挥神佛护佑的作用。

为了办好这次法会，孔果尔贝勒和卫齐把自己身边最得力的几个人都派来了。孔果尔贝勒派的人当然是扎布大管家，卫齐派的是刚到草原来的时候帮助过他的几个人，有娜仁奶奶、布赫爷爷、巴特尔和乌力吉等人。这些人都听济能大喇嘛指挥。

这里应该特别提出的是娜仁奶奶。娜仁奶奶在科尔沁明安贝勒的大草原里是非常有威信的。老太太今年已经七十多岁了，她白发苍苍，黑脸膛，大眼睛，浓眉毛，长头发，头上系朵小花，走起路来掷地有声，非常精神，一点也不像七十多岁人的样。这个娜仁奶奶可不能小瞧，她有八个儿子，四个女儿，更让人敬佩的是她生下来的孩子从来没有夭折过，而且这些孩子都是草原的顶梁柱。她的儿子不但在科尔沁有，在扎鲁特有，在奈曼有，就连敖汉也有。她的女儿也都已经出嫁了，最远的嫁到了察哈尔。她最小的女儿已经近三十岁了，和她额吉一样，生了三个孩子。这三个孩子都非常壮，像小牛犊子似的，从来不闹毛病，所以草原上的人没有不佩服的。

娜仁奶奶有一个本事，是什么呢？就是娜仁奶奶会采草药，会给小孩看病。她还有一个更大的能耐，会给女人接生。只要她的手往肚子上一搭，就知道里面的孩子是正、是歪，是男、是女，怎么个形状，断个八九不离十，简直是神人一般。所以，草原上方圆百里的人都请她来接生。每当遇到这样的事情，老太太不管黑天白天，还是刮风下雨，骑上马就跟人走。通过她接生的产妇和孩子，从来没出过事。

说书人我在这里还要多啰嗦几句，卫齐和塔嫩夫妇在草原上待得那么安生，也多亏了这位娜仁奶奶。娜仁奶奶和布赫爷爷对待卫齐夫妇像对待自己的亲人一样，给他管家，帮他照顾孩子。布赫爷爷管外面的事，娜仁奶奶管家里的事。大家都知道，塔嫩已经生过两个孩子了，大儿子属狗，今年四岁，叫穆达礼；二儿子属鼠，今年两岁，叫穆达其。这两个孩子长得都非常壮实。大孩子穆达礼骑马射箭的本事那就不用说了，就连两岁的小穆达其都能自己拿着根小柳条子，往腿中间一夹，跑起来像一匹小快马，摔了跟头也不哭，顶多是小嘴一咧，还没等哭出声来，马上又好了，非常招人喜欢。这两个孩子是谁给接的生？就是娜仁奶奶。

塔嫩这回又怀孕了，卫齐本想带着塔嫩到赫图阿拉去生孩子，这样卫齐自己也能照顾照顾，省得再麻烦明安贝勒一家。他们夫妻俩走了，儿子穆达礼、穆达其怎么办呢？是不是卫齐把两个孩子也一块带走呢？关于这些问题咱们前书也没提。在这里我给各位阿哥交代一下，卫齐没带走孩子，就是这个娜仁奶奶不让带。

娜仁奶奶说："卫齐大人、夫人，你们把这两个孩子交给我吧。他们都是我看着长大的，跟我熟了。你把他们带走了，一来给你们添麻烦，二来我还不放心。再说我的女儿也在这，她也有孩子，把这几个孩子放在一起，更好养活，就别让他们走了。你只管安心地带着夫人走，这边你就放心吧。"

就这样，卫齐的两个孩子就去了娜仁奶奶家。

咱们再回过头来说说孔果尔贝勒这边，为了感谢那位"歪脖妈妈"对他们的关照，也为了咪咪和塔嫩能顺利地生下孩子，济能大喇嘛让孔果尔贝勒举办一次法会。当然，也请娜仁奶奶一块儿筹备这次法会。娜仁奶奶主要的任务是照看好咪咪、照看好塔嫩，对她们吃些什么，注意些什么，大约什么时候分娩，等等，娜仁奶奶都要料理安排好。布赫爷爷主要是帮助跑前跑后，张罗一些事。巴特尔和乌力吉则带人到牧场挑选上等的肥羊，打猎、捕鱼等。一切都安排得非常好。

这次法会举办得很成功。大家都知道孔果尔贝勒的爱妻要生孩子，另外听说卫齐大人的妻子又要生孩子了，大家能不高兴嘛。所以，草原

第二章　佛祖护佑

上的人几乎都来了。不但有本部的，就是附近部落的人也来了，就连远处科喇沁部的人、喀尔喀部的人、扎鲁特部的人也来了。这些人有的赶车，有的骑马，有的步行，络绎不绝，所以法会办得特别热闹。

单说法会的最后一天，主祭家族向神堂叩拜，祈祷敬献。济能大喇嘛主持祭祀，参加的人只有孔果尔夫妇和卫齐夫妇，时间是在晚上星星出齐之后。整个过程很简单，扎布大管家和娜仁奶奶摆好了供品，一只野鸡、一只野鸭、一只天鹅、一条鲤鱼，都是烹饪好的，装在大坛子里。前头还有个香炉，在香炉里撒了阿查，酒杯里斟满了酒，香案两端摆放了两根烫金的大红蜡烛，是明代常用的敬神蜡烛，上粗下细，点着以后非常亮堂，一根蜡能点上一个时辰，这还是孔果尔贝勒专从京师买回来的呢。

这还不算，咱们再说说用香木雕镂的大佛龛前面，插香用的这尊小金香炉。其实这个小金香炉还真不小，有小盆那么大。它不是金的，是紫铜镏金的，上面雕着龙，画着凤。据说这个紫铜镏金大香炉是明安贝勒家的奴才在放牧的时候捡回来的，捡回来以后交给了老贝勒。老贝勒请明朝广宁的一个巡抚找来懂文物的人，给评鉴了一下。

这个人一看，说："老贝勒，恭喜您。这是辽代的东西，距今已经有千八百年了，是个吉祥的物件。老贝勒，它能到您家，说明您跟它有缘啊。"

明安贝勒就把它放在自己府邸的神堂里供上了。这回老贝勒听说自己要有孙子了，又有济能大喇嘛给办法会祈祷，他非常高兴，就把孔果尔贝勒叫去，说："你把这个金炉拿过去，放在你那儿。"

一切准备完毕，他们遵照济能大喇嘛说的，点着了阿查。阿查是什么呢？是草原灌木丛中的一种小野树，茎是红色的。到了秋天的时候把它采下来，剁成一骨碌一骨碌的，晒干以后点燃，香气扑鼻，令人神清气爽，提神醒目。你如果困了，把阿查点上，马上就能打两个喷嚏，精神起来；你如果干活累了，回家点上两骨碌阿查，马上就觉得浑身骨头节都松快了。它还可以驱邪、除秽、净化空气，蚊、蝇什么的都非常怕它。所以，牧民们都特别喜欢阿查，说它是腾格里赐给的神草。但由于地域不同，树长得也不完全一样，它们有大有小、有高有矮。北方几个少数民族都把阿查当香使。

阿查点着以后，济能大喇嘛让他们四个并排跪在佛像前。济能大喇嘛边敲木鱼，边诵经，先背《大悲咒》，又咏《百字铭》。他们几个叩头下拜，在心里默默地祈祷。

孔果尔贝勒当然祈祷咪咪能给自己生一个儿子，将来继承家业。咪咪喜欢女孩，她觉得草原里除了孔果尔贝勒的妹妹赛赛，再就是她最漂亮了。如果草原里的女孩都像她和赛赛一样漂亮，草原就更美了。所以，她祈求"歪脖妈妈"保佑她生一个健康、聪明、漂亮的小女孩，最好是能进大宝，到皇帝身边去。卫齐很简单，他只祈祷神主保佑塔嫩再给他生一个儿子，给赫图阿拉再生一个小英雄。塔嫩则祈求"歪脖妈妈"，保佑自己顺利生下孩子，保佑夫君平安健康，别太辛苦劳累。

就在他们各自祈求神灵保佑的时候，济能大喇嘛说道："阿弥陀佛。心诚则灵，你们看看，这烟着得多好。"

香烟在佛教的祭礼中非常有讲究，香主上了香以后，要根据烟的走势来预卜吉凶。咪咪和塔嫩应声抬头，看香炉里的香烟。只见烟往上走着走着就不往上走了，渐渐聚成了一个头部歪着的人形。

咪咪眼尖，脱口说道："你们看，多像歪脖妈妈呀。歪脖妈妈来了，歪脖妈妈来了。"

卫齐和塔嫩一看，也都觉得像。他们齐跪地上磕头。不大一会儿，烟散了。

济能大喇嘛让孔果尔贝勒和卫齐先起来，由咪咪和塔嫩再给神佛上香，而且要献酒，这次是要问一问孩子未来能怎么样。济能大喇嘛就有这个能耐，你只要上了香以后，他根据烟的走势，就能看出其中的奥秘。两个女人按照济能大喇嘛说的话，点上了香，跪在地上，祈求"歪脖妈妈"预示。说来也奇怪，只见香点着以后，冒起了两股烟。不大一会儿，塔嫩这边的烟飘到了咪咪那边的烟里，两股烟混到了一起，变成了一个大烟球。大伙都觉得挺奇怪，不知是怎么回事。

济能大喇嘛手打佛号，开始诵经。

塔嫩小声地说了一句："我这边的烟怎么跑到你那边去了呢？"

咪咪爱说话，就说："姐姐，这说明你的孩子到我这儿来了，归我了，我养着。"

咪咪有口无心的一句话使站在旁边的卫齐听了心里觉得非常不是滋味，但又想：咪咪就是这样一个人，也就没往心里去。

在济能大喇嘛的指导下，孔果尔贝勒夫妇和卫齐夫妇的祝祷很顺利地办完了。

祝祷结束以后，咪咪就问济能大喇嘛："大师父，我什么时候临盆？

孩子以后怎么样？请师父明言。"

济能大喇嘛犹豫了一会儿，然后手打佛号，说道："各位施主，你们的孩子以后都很好，不会有事的。你们只要记住：心诚则灵。阿弥陀佛。"

就这样，济能大喇嘛拜别了他们几个人后，先走了。

话要简断截说，卫齐把家里的一切料理好以后，又嘱咐布赫爷爷和娜仁奶奶以及巴特尔和乌力吉等人，请他们多照顾塔嫩和孩子们，并嘱咐自己的爱妻塔嫩："你要多保重身体，别累着。"

塔嫩说："你也要注意休息。我这边的事你就不用惦记了，有娜仁奶奶她们呢，你就放心吧。"夫妻俩互相叮咛嘱咐。

第二天，卫齐拜别大家。塔嫩、布赫爷爷、娜仁奶奶、巴特尔和乌力吉等人出来相送，一直送出很远。卫齐骑在马上，身边有几个护卫陪同，离开巴延努贲大草原，回赫图阿拉了。

各位阿哥，咱们再说咪咪。孔果尔贝勒自从知道咪咪怀孕以后，派了很多人在身边伺候。咪咪也不能像以前那样到处跑、到处跳了。人就是这样，身上闹点小毛病，你要是不在乎，就不觉得咋样，一旦你要是拿这点儿毛病当回事了，这事儿就多了。咪咪现在每天待在家里，不是觉得这儿不舒服，就是觉得那儿不得劲儿，一会儿想吃辣的，一会儿又想吃甜的，而且非常懒，不愿意动。

时光如梭，光阴荏苒。万历三十年七月，咪咪分娩了。咪咪分娩的时候是娜仁奶奶给接的生。真像当初祈祷的那样，咪咪生了一个又白又胖，非常漂亮，生下来就会笑的小女孩。孔果尔贝勒虽然没能如愿，但孩子毕竟是自己的亲骨肉，他自然也非常喜欢、非常高兴。贝勒府张灯结彩，大摆宴席。不少贵族头人前来祝贺，热闹了好几天。

过了一个多月，娜仁奶奶又给塔嫩接生。塔嫩生下的是一个又胖又结实的黑小子。大伙都说这孩子怎么这么结实，像石头蛋子似的。

娜仁奶奶抱在怀里就舍不得放手，说："我接了这么多孩子，还没有一个像这孩子这么结实的。你们看他的小脚丫，胖乎乎的，真招人喜欢。"

布赫爷爷跟塔嫩说："塔嫩啊，咱们应该通知大人一声。"

于是，塔嫩就让布赫爷爷请济能大喇嘛代写了一封书信，捎往赫图阿拉，给卫齐报喜。

单说塔嫩生完孩子以后，也不知什么原因，下阴经常流血，即使满月以后,这种现象也没好转。娜仁奶奶非常着急,她自从给人接生以来,还从没遇到过这样的事。没办法,她只好求助济能大喇嘛。济能大喇嘛懂些医术,接到信儿后赶紧来到塔嫩的病榻前,给塔嫩摸了摸脉,翻了翻眼皮,又摸了摸肚子。然后,济能大喇嘛把塔嫩排的尿拿过来看了看。

济能大喇嘛告诉塔嫩:"你现在血亏得厉害,需要静养。如果你再劳神、劳心,你的病情会更加严重。"

塔嫩微微地睁开眼睛,看着济能大喇嘛,点了点头,然后把眼睛闭上了。

济能大喇嘛出来以后,对娜仁奶奶说:"夫人的病不轻啊,她现在是下血妄行啊。"

俗话说:"气是血之帅,气运则血行,气旺则血畅,气滞则血凝,气散则血妄行。"什么是下血妄行?就是人身上的血本来是在周体循环而行的,可塔嫩现在周身的血却不按照常规走,而是积聚在下体,从下阴流出来了。这是气虚的显症,如此下去,气弱、体虚、血亏,体格多壮的人都会受不了的。

娜仁奶奶擦着眼泪说:"我接了这么多孩子,还从来没遇到过这样的事。夫人的命怎么这么苦呢?"

孔果尔贝勒也听说了这个事,急忙找到济能大喇嘛,问究竟是怎么回事。济能大喇嘛如实地向孔果尔贝勒说了。孔果尔贝勒听了以后,也非常着急,求济能大喇嘛救救塔嫩。

济能大喇嘛说:"我给她开几服药,都是补血补气安神的药,可卫齐夫人的病不是一两服药就可以治过来的。她现在需要静养,没别的办法。"

孔果尔贝勒又问:"她的病有没有危险?"

济能大喇嘛手打佛号,说:"阿弥陀佛,这事不好说。现在只能求佛祖保佑她。小贝勒,为了防止万一,我看还是尽早通知卫齐大人吧。"

孔果尔贝勒说:"那好办,我马上派人通知卫齐,请他回来。"

孔果尔贝勒把这件事又禀报给明安贝勒。明安贝勒便命人每天给塔嫩做鸡汤、鱼汤、龟汤,给塔嫩补养身子,并派卫齐从赫图阿拉带来的护卫陈宝,骑了匹最好的快马,再到赫图阿拉请卫齐大人早点回来。

塔嫩可能知道自己的身体快不行了,心情非常不好,经常流泪。娜仁奶奶每天到塔嫩这里来照看她、安慰她。娜仁奶奶还经常到济能大喇嘛那里去,请济能大喇嘛给开药。药凑不齐的时候,娜仁奶奶和布赫爷爷就到山里去,按照济能大喇嘛的方子采药。药凑齐以后,娜仁奶奶亲自熬药,并拿到塔嫩的病榻前,一勺一勺地喂塔嫩。塔嫩一连吃了几服药,血还真止住不少,尿也不那么红了,不那么折腾,还能睡觉了。娜仁奶奶非常高兴,赶紧告诉济能大喇嘛。济能大喇嘛又给开了几服药。在娜仁奶奶的精心调理和济能大喇嘛药物的治疗下,塔嫩的病情虽有所好转,但没有彻底治愈。

咱们再说说比塔嫩早分娩一个多月的咪咪。孔果尔贝勒为了不让咪咪产后受到刺激,曾特别嘱咐娜仁奶奶及奴才们:"不能把塔嫩的事告诉咪咪。"

娜仁奶奶也知道孔果尔贝勒的用意,说:"小贝勒放心吧,我们不会说的。"所以咪咪一直不知道塔嫩生病的事。

这天,咪咪给孩子喂完了奶,闲在家里无事,另外她很长时间没看见她的塔嫩姐姐了,就想到塔嫩这里来看看。奴才们得到过孔果尔贝勒的指令,不敢让她到塔嫩这里来。

咪咪急了,大声喝道:"大胆的奴才,还敢挡着我的去路,滚开。"

奴才们你瞅瞅我,我瞅瞅你,都不知道怎么办好。咪咪一看,就知道这里有事。

她用手指着一个奴才说:"你,过来。"那个奴才战战兢兢地走到咪咪跟前。

咪咪问她:"说,这到底是怎么回事。你要不说,我把你扔到甸子里喂狼。"那个奴才也知道咪咪的脾气,她要是急眼了,什么事都干得出来。没办法,那个奴才就把塔嫩生病的事告诉了咪咪。咪咪知道后,赶紧就往塔嫩这里跑,边跑边喊:"姐姐,姐姐。"

一进屋,咪咪就扑到了塔嫩的怀里,说:"姐姐,我不知道你生病了。姐姐,你这是怎么了?"

塔嫩睁开眼睛瞅了瞅咪咪,说:"好妹妹,姐姐我怕是不行了。"

咪咪说:"姐姐,不要紧,让我阿布找最好的喇嘛和最好的郎中给你看病,没事的。"

塔嫩说:"好妹妹,我心里清楚,我的病治不好了。妹妹,我死了不要紧,我最不放心的就是这个孩子。"塔嫩看了看躺在自己身边的小儿子。

咪咪明白塔嫩的意思,说:"姐姐,你放心,孩子我会照顾的。再说了，姐姐你吉人天相，不会有事的。"

咪咪既惦记又心疼塔嫩和孩子，天天来看他们母子俩。孔果尔贝勒怕她跟着上火，不让她来，可咪咪说什么也不干。孔果尔没办法，只好由着她的性子。咪咪来了以后，帮助娜仁奶奶她们伺候塔嫩，给塔嫩喝点水，喂点药，擦擦身子。由于塔嫩身体不好，奶水已经没有多少了，孩子根本就不够吃。咪咪每次回来，都要给孩子喂几口奶，让孩子吃饱。还别说，这小家伙嘴还挺壮，也不管是谁的奶，只要给吃就行。

娜仁奶奶常劝咪咪："主子，您不用来了。您现在正带着孩子，不能累着，也不能上火，您的奶要是回去了，夫人心里会不安的，小贝勒也会着急的。"可咪咪不放心这母子俩，照样天天来照看塔嫩。大家看情形，也都知道塔嫩没有几天了，都盼着卫齐大人赶紧回来。也不知道这卫齐大人上哪儿去了。当初陈宝先押送粮谷回到赫图阿拉，卫齐回去以后，把陈宝又派了回来，为的就是夫人这边要是有什么事，陈宝好及时回去通知卫齐。可陈宝去了两次也没见着卫齐的人影，估计卫齐大人没在赫图阿拉，被派到别的地方做事去了。这不，陈宝又受小贝勒之命，去赫图阿拉找卫齐了。

万历三十年秋天的时候，塔嫩的病情加重。娜仁奶奶赶紧找来了济能大喇嘛。

济能大喇嘛看情形，说："夫人这两天可能要过不去。"济能大喇嘛拿出自己的银针，给塔嫩的身上、头上、脚上扎了二十多针。塔嫩稍微好了一些。济能大喇嘛又在她心口窝扎了三针，这三针真有用，塔嫩能出声了，嘴里不停地叫着卫齐的名字。

济能大喇嘛说："夫人，卫齐大人快回来了，他现在正在道上呢。你就安心静养吧，别说话了。"

济能大喇嘛知道塔嫩正在弥留之际。他刚才给塔嫩扎的那三根针是他最后一招，这一招用上以后，塔嫩能缓过来则缓，要是缓不过来，那他也就没办法了。

三针扎下以后，塔嫩稍稍清醒了一些，嘴里不停地叨咕着："卫、卫、卫、卫……"下面的话就说不出来了。

由于塔嫩精力衰竭，很快又陷入昏迷状态。太阳落山的时候，塔嫩身子一挺，带着她无尽的牵挂走了。

孔果尔贝勒领着扎布管家、布赫爷爷、巴特尔和乌力吉等人把塔嫩收殓了起来，安葬在她做姑娘的时候放牧的地方。那里有个小山丘，春

第二章 佛祖护佑

103

天的时候，各种颜色的鲜花开遍小山，各种各样的鸟叫得特别好听，环境非常优美。山底下还有一条小河，里面有小鱼、青蛙，塔嫩生前很喜欢这里。

不知道各位阿哥忘没忘，济能大喇嘛给咪咪她们开法会的最后一天，孔果尔贝勒夫妇、卫齐夫妇祈祷祝愿，香点着以后，塔嫩这边的烟飘到了咪咪那边的烟里，两股烟合到了一起。塔嫩还问了一句："我的烟怎么跑到你那儿去了？"当时咪咪有口无心地说了句："你的孩子到我这来了，归我了，我养着。"卫齐听了还觉得不是滋味。天意或许如此，咪咪的这句话，现在还真应验了。这个出生不到两个月就没娘的孩子，果真由孔果尔贝勒抱到了家里，由咪咪养育。

万历三十年冬天的时候，卫齐回来了。他完全没理会奴才们的恭迎，一进家门，就赶紧找自己的夫人，可几个帐包都找遍了，也没见塔嫩的人影。

卫齐急忙问布赫爷爷："夫人呢？夫人到哪儿去了？"布赫爷爷眼圈一红，低下了头。

卫齐着急地问："你快说呀，夫人到哪儿去了？"

布赫爷爷哽咽地说道："夫人她去了。"卫齐只觉得脑袋嗡地一下，无力地瘫坐在地上。

这时，打外面进来两个小孩，是卫齐的两个儿子，一个是穆达礼，一个是穆达其。两个孩子见自己的阿布突然回来了，很是惊讶。穆达礼毕竟大一些，懂事了。他一下扑到卫齐的怀里，放声大哭起来。小穆达其见哥哥哭了，他也跟着扑到阿布的怀里哭起来。卫齐见到了自己的孩子，两行热泪也止不住流了下来。这爷仨抱成一团，哭得非常伤心难过。旁边的人见了，也都落了泪。

孔果尔贝勒得到卫齐回来的消息后，急忙赶来了。

孔果尔贝勒一见卫齐就问他："卫齐大人，你怎么才回来呀？"

卫齐说："别提了，我被罕王爷派出去了。等我回来以后，他们告诉我说陈宝来找过我好几次。我就知道家里肯定出事了，这不赶紧回来了。陈宝就是不找我，我也得回来看看塔嫩怎么样了。我算计着她早该生了。唉，没想到，这次她没挺过来。"卫齐说完，又哽咽了起来。

孔果尔贝勒安慰卫齐说："卫齐大人，你要节哀。事情已经这样了，保重身体要紧，这两个孩子还需要你呢。"孔果尔贝勒的一番话起了作用。卫齐止住了眼泪，并哄着两个孩子，不让他们哭了。他把两个孩子抱了起来，三个人一起坐到了塔嫩生前躺的炕上。

各位阿哥可能要问了，卫齐明知道塔嫩要生孩子，怎么到现在才回来呢？原来，罕王爷并不知道塔嫩怀孕并且即将临盆的事。卫齐回去也没讲，他也不让陈宝讲。所以，卫齐回去以后，罕王爷就派他和一个叫希福的文臣出去了。这个希福通晓汉、蒙、满文，是罕王爷努尔哈赤身边的一个重要谋士。罕王爷常把他派到蒙古地区或到明朝联络事情。这次罕王爷让他陪着希福到海拉尔一带，后来又到了察哈尔，跟那些与赫图阿拉不友好的蒙古部落建立关系去了。其实卫齐知道夫人塔嫩要生孩子的事，可罕王爷的事情在他心里占第一位，他不能扔下不管。所以他只能强忍着，为罕王爷做事，而且一走就是好几个月。

当他回来以后，有人就告诉他陈宝来找过他好几次，因为陈宝是他从赫图阿拉带来的，所以大家都认识陈宝。卫齐知道家里一定出事了，他向罕王爷告了假，马不停蹄地赶回科尔沁。

这时，娜仁奶奶把他的小儿子也抱来了。卫齐伸手把儿子接了过来。这个虎头虎脑的小家伙，像懂事似的，瞪大了眼睛看着卫齐，看着看着，竟咧嘴笑了。本来很沉闷的气氛，被他一笑，立刻变得轻松了许多。

说来在塔嫩去世后，孔果尔贝勒夫妇就把卫齐的小儿子接到他们那里抚养。咪咪对卫齐的孩子像对自己的孩子一样，关怀备至。因为娜仁奶奶伺候孩子有经验，咪咪就让她也留在府里，帮着自己一块儿侍候两个孩子。娜仁奶奶抽空回卫齐的府里，看看卫齐的另外两个孩子。

第二天，由布赫爷爷带着卫齐来到安葬塔嫩的地方。离老远，卫齐就看到两棵柳树的中间有一座新坟，坟上没立墓碑，只有三块石头戳到那块儿，前面还有一些烧剩下的纸灰。不用说，卫齐就知道这是爱妻塔嫩的坟。

卫齐来到塔嫩的坟前，扑通一下就跪下了，说："夫人，对不起，我来晚了。没想到，你走得这么早。你为什么没等我回来呢？"

卫齐趴在塔嫩的坟上，用手抓着坟头上面的土，呜呜地痛哭起来。卫齐和塔嫩的感情实在是太好了，他们之间虽然没有海誓山盟、没有花前月下，但却心心相印、生死相许。天都黑了，卫齐还不愿离去。最后，布赫爷爷没办法，把卫齐强拉了起来，卫齐这才恋恋不舍地离开了爱妻塔嫩的墓地。

因为卫齐还得回建州部，所以他准备把三个孩子都带走。孔果尔贝

第二章 佛祖护佑

勒夫妇和布赫爷爷、娜仁奶奶以及巴特尔、乌力吉等人都不同意。

孔果尔贝勒说："你要带就把那两个大的带走吧。那两个孩子大了，好侍候，再说孩子们也该出去学点本事了，走就走吧。这个小的还太小，再说他跟我们都熟了。你硬要把他带走的话，到那以后你得现找人不说，孩子也上火，就把他留在这吧。"

事实也真是如此，由于塔嫩身体不好，孩子生下以后一直由娜仁奶奶她们带着，所以孩子跟娜仁奶奶非常熟悉，每天抱住娜仁奶奶的脖子不放，就连卫齐都要不过去。卫齐想：这可能是天意。既然这孩子跟草原有这么深的感情，离不开这边的人，就依他们的意思，把孩子留在这吧。

娜仁奶奶又说："大人，孩子现在还没有名字呢，你给起个名吧。"

卫齐说："你看我都忙糊涂了，怎么能把这事给忘了呢？"

卫齐想了想，说："老大叫达礼，老二叫达其，这孩子就叫达库吧。"

就这样，我们的大英雄有了自己的名字——穆达库。

三天后，卫齐满怀悲痛的心情，带着自己的两个孩子，告别了明安贝勒，离开了科尔沁。明安贝勒和孔果尔贝勒知道卫齐公事太多，也就不再挽留。布赫爷爷陪他们爷几个走了一程。

卫齐说："老人家，你们回去吧，不用送了。你们放心，我对这一带非常熟悉，没事的。"布赫爷爷又叮嘱卫齐路上要多注意安全，别走夜路，别让孩子着了凉等。一一嘱咐个遍，这才和卫齐一家人告别。

卫齐领着孩子们先到塔嫩的坟前看了看，让两个孩子给他们的额莫[①]磕个头，告诉额莫自己要跟阿玛回赫图阿拉了，你要是在天有灵，就保佑我们平平安安地到达赫图阿拉。

卫齐这次离开科尔沁，一走就是八年。

万历三十五年九月，努尔哈赤发兵吞并了辉发部。紧接着，又进攻叶赫部、乌拉部。眼见努尔哈赤的力量越来越强大，蒙古很多部落都怕自己被努尔哈赤吞并，急切地想跟努尔哈赤建立关系。明朝对此也有所警觉。

万历三十六年三月，明朝大学士有个叫朱赓的曾经奏称："建酋桀骜非常，旁近诸夷，多被吞并，恃强不贡。"意思是说：建州头领努尔哈赤桀骜不驯，他周围的部落都跟他拉关系，而且多数都已经被他吞并

---

[①] 额莫：满语，即母亲。

了。现在他仗着自己势力强大，也不来向咱们进贡了。又说努尔哈赤现在已有精兵三万，非常厉害。咱们明着要拉拢他们，暗地里又要对他加以防范，拉拢他周围的那些小部落，不让他们亲近努尔哈赤。另外，他又嘱咐明朝边关巡抚："你们少惹事，别让努尔哈赤抓住咱们什么把柄。"

万历三十八年闰三月，明朝任命杨镐为辽东巡抚。杨镐，商丘人，万历八年进士，在明朝也是一位有名的大将。这个人做了辽东巡抚以后，极力想笼络蒙古人，来对付建州部的努尔哈赤。后来，蒙古人不听他那套，他就向蒙古发兵。当时有一个跟他非常好的朋友，就是明朝大将李成梁的小儿子李汝梅。说起李成梁可不能小瞧他，他在明朝可是一个举足轻重的人物，不仅沉着果敢，而且勇猛善战，深得明朝皇帝的赏识。他的小儿子李汝梅继承了他的衣钵，不仅勇猛善战，而且非常聪明，像他父亲李成梁一样有名。杨镐看好李汝梅，推荐李汝梅到辽东，做了他的左膀右臂。万历三十八年秋末，也就是杨镐任辽东巡抚七个月的时候，杨镐向蒙古头人炒花所在地发兵。他们在黑山一带打了一场仗，明兵取得了胜利。杨镐还扬言要向奈曼、敖汉和科喇沁等几个蒙古部落继续发兵。

炒花打了败仗，就赶紧去搬救兵。他搬谁去了呢？他搬科尔沁部明安贝勒去了。为什么呢？因为科尔沁部明安贝勒的娘舅家就在炒花所辖之地。炒花找到明安贝勒以后，奈曼、敖汉等几个部落的贝勒也都跑到了明安贝勒那里，求助于明安贝勒。这时候，科喇沁贝勒也来找他，求他帮忙。咱们前书说过，明安贝勒在草原非常有威望，有号召力，是当地百里草原内出类拔萃的人物，很多部族首领都听他的话。在九部联军攻打努尔哈赤时，莽吉尔杜贝勒和莽吉古善贝勒就是听了他的话，才参加进来的。

早在很多年以前，远离科尔沁五百多里的科喇沁有一座元朝成吉思汗时建起来的庙宇。里面的僧人虽不算多，但收藏的经藏却颇为丰富。特别是随着西域黄教的传来，喇嘛的影响越来越大，这座庙宇成为辽西一带有名的喇嘛庙。明安贝勒因为娶了科喇沁贝勒的女儿，所以常到科喇沁去。于是，就结识了一些博古通今、学识渊博的喇嘛。明安贝勒常向他们请教，并且跟他们习学武术。

各位阿哥，我在前书也说过，明安贝勒干脆请来科喇沁的济能大喇嘛，帮他一块儿治理草原。他的这些做法，极大地影响了科尔沁其他部

第二章 佛祖护佑

落。莽古思贝勒就是效仿明安贝勒,较早迎请喇嘛为部落之师的其中一个。

这座喇嘛庙里的喇嘛不仅精通佛法,而且还自创武功。科喇沁喇嘛的功法主要以气功和软功见长。所谓的"以气化石、化木、化坚、化水",即运气可使山石俱颓,化木为粉,化坚成棉,化水为气,使整个武林界惊叹。明安贝勒因有友人相传,得其精髓,所以武功非常好。壮年的时候,明安贝勒曾在草原上与青牛比劲儿,与三四个壮汉比试布库,这些人都很难抵住他。明安贝勒还有一个长处,就是他长得非常标准,是蒙古人中的美男子。中等身材,浓眉大眼,红红的脸膛,体形匀称美观。他的妻子最多,儿子也最多,据传他有十几个儿子。

有一次,他与邻近的一个部落比试武功,那个部落里没有一个能抵得过他的人,这个部落主非常佩服他。临终的时候,他把自己的两个女儿都嫁给了明安贝勒,并把自己的儿子和部落也交给了他。明安贝勒很感激这位部落主对他的信任,不仅厚葬了部落主,还把他的孩子收为义子,并且接替他阿布,继续管理那个部落,不过一切都得听明安贝勒指挥。这个孩子,就是我们现在经常提到的孔果尔贝勒。由此可以看出,明安贝勒是一个心胸非常大度的人。

现在,奈曼、敖汉等几个部落的贝勒都来求助于明安贝勒。

明安贝勒在听了这些人的表述后,说:"不要紧,我去求努尔哈赤。要是努尔哈赤肯出兵帮助咱们,杨镐就不敢把咱们怎么样。"

明安贝勒让儿子孔果尔亲自飞马到赫图阿拉,求见罕王努尔哈赤。罕王得知蒙古科尔沁孔果尔贝勒来了,立即召见。孔果尔贝勒见到罕王爷就把草原发生的一切跟罕王爷讲了,请求罕王爷能够支援帮助他们。另外,还请罕王爷准许卫齐大人回草原一趟,明安老贝勒找卫齐大人有事商量。

努尔哈赤听了孔果尔的话,说:"既然明安贝勒求到咱们头上了,咱们就不能不管。卫齐,明安贝勒不是还找你有事嘛,你就先跟孔果尔贝勒回去一趟,这里的事情你就不用管了。你转告明安贝勒,就说我努尔哈赤不会坐视不管的。"

卫齐得令,带着自己的亲随陈宝,跟孔果尔贝勒一块回到了科尔沁,见到了明安贝勒。

明安贝勒见卫齐回来了,心里立刻就有了底,脸上的皱纹也舒展开了。卫齐望着日渐苍老的明安贝勒,感慨万千。

他安慰明安贝勒，说："老贝勒，你们这里的情况罕王爷都已经知道了。您放心，罕王爷一定会帮你们的。"

明安贝勒激动地拉着卫齐的手，说："卫齐，有了你这句话，我也就放心了。唉，这些年净给你添麻烦了。"

卫齐说："老贝勒，您这是说的哪里话，咱们不是一家人嘛。"

明安贝勒说："说得对，说得对，咱们是一家人，是我老糊涂了。卫齐，好几年没见你了，你过得怎么样啊？"

卫齐说："老贝勒，我过得很好。虽然忙了一些，但罕王爷对我照顾得很周到。您就放心吧。"

明安贝勒突然想起了什么，转身招呼扎布，说："还在这愣着干什么？快去准备酒宴，再到小贝勒府，让娜仁把卫齐的孩子抱来，让卫齐看看。卫齐，你是不知道，那小家伙现在长得可壮实了。"

怎么到小贝勒府去抱孩子呢？原来自打卫齐走后，小儿子穆达库就被孔果尔贝勒接到府里，而且把娜仁奶奶也接了过去。孔果尔贝勒还专门给娜仁奶奶预备了一个帐包，并有人伺候。娜仁奶奶只负责看护两个孩子，更主要的是看护穆达库。

那年，孔果尔贝勒的爱妻不是也生了一个孩子嘛，是个丫头，而且比穆达库早生了一个多月。老贝勒给那个丫头起名叫乌嫩。可男孩子长得快，所以穆达库比他的小姐姐乌嫩长得高、长得胖，也比她有劲儿。乌嫩小丫头挺懂事，跟穆达库两个人挺合拍。这两个孩子经常在一起玩儿，从来不打架。孔果尔贝勒和咪咪也非常喜爱小穆达库，对穆达库像对自己的孩子一样疼爱，抱不够，也亲不够。小达库跟孔果尔贝勒也特别亲，一见到孔果尔贝勒，就把两个小手一扬，搂住小贝勒的脖子不放。

就在明安贝勒和卫齐唠嗑的当口，扎布管家已经在后堂安排好了酒宴。明安贝勒和孔果尔贝勒陪着卫齐，一块儿来到了后堂。

这时，咪咪领着乌嫩，娜仁奶奶领着小达库，都已经等候在这里了。屋子里一共摆了三张桌子，一张桌子上坐着明安贝勒、孔果尔贝勒和卫齐，另一张桌子上坐着咪咪和乌嫩，再一张桌子上坐着娜仁奶奶和达库。

明安贝勒招呼小达库，说："来，达库，让你阿布好好看看。"

其实小达库这么多年没见卫齐，早已经不认识他了，但听见明安贝勒招呼自己，就听话地走到卫齐身边。卫齐望着已经长高、长大了的儿

第二章 佛祖护佑

子，心里非常不好受。自己的爱妻就是为了生这个孩子，才失去了性命的。

卫齐抱起孩子，对着孩子的小脸蛋儿亲了一口，然后放下孩子，说："先到那边去吧，阿布这里还有正事要办。"小达库又听话地回到娜仁奶奶身边。

吃饭的时候，卫齐看着儿子狼吞虎咽的小样儿，打心眼里高兴。吃过饭，咪咪领着乌嫩，娜仁奶奶领着达库，向明安贝勒等人告退。

屋子里一下安静了下来。明安贝勒说："卫齐，我让孔果尔把你请回来，主要是想跟你讲讲我的一件心事，也是我晚年最想做的一件事。"

卫齐忙问："老贝勒，什么事这么严重，说出来我听听。"

明安贝勒说："我明安这辈子有幸认识了您卫齐大人，我非常敬佩您的为人和胆识。您使我们和赫图阿拉连上了手，得到了罕王爷的帮助。现在，我周围的那些部落再也不敢欺负我们了，大明朝也不敢欺负我们了。我非常感谢罕王爷，总想报答他对我们的这份恩情，但怎么报答呢？我想来想去，觉得要是把我的姑娘卢哲其其格嫁给他，让他俩结百年之缘，才是最好的报答。所以我让孔果尔把你请回来，跟你商量一下。你看这事可行不可行？"

卫齐听了老贝勒的自肺腑之言，非常高兴，说："老贝勒，这是好事呀。卢哲其其格不仅聪明漂亮，能歌善舞，而且马上的功夫也好。罕王爷知道了一定高兴。贝勒爷，我这就回去向罕王爷禀报，您老就等着听我的喜信儿吧。"

吃罢饭，卫齐由孔果尔贝勒陪着，到了后厅娜仁奶奶住的地方，看了看自己的儿子，并向老奶奶问安、致谢。这时，卫齐从娜仁奶奶那里听到一个使人非常伤心难过的消息，前不久，布赫爷爷因病去世。卫齐带着酒，到布赫爷爷坟前吊唁。

卫齐也没休息，马上又带着亲随陈宝返回赫图阿拉。到了赫图阿拉，卫齐立刻求见罕王爷，把明安贝勒的心意和想法跟罕王爷讲了。罕王爷和众将领以及他的几个儿子听了，都挺高兴。这是求之不得的事情啊。多少年来，罕王爷就希望打通和西部的联系，这才把卫齐派到蒙古草原。好在卫齐这些年的努力没白费，现在明安贝勒亲自跟卫齐表明要把自己的女儿嫁给罕王爷，这就说明他们是真心向着赫图阿拉的，这是一件大好事。

罕王爷跟众兄弟及儿子们商量，大家一致同意跟明安贝勒联姻。

罕王爷又告诉卫齐："你转告明安贝勒，就说我同意跟他们联姻。但联姻是件大事，不能马马虎虎、匆匆忙忙的，一定要办得热闹、办得有排场。我跟我的几个兄弟商量了，现在是万历三十九年，万历四十年，也就是明年春天办喜事。你跟明安老贝勒讲一下，他如果没什么意见，就这么定了。"努尔哈赤命扈尔汉把酒端上来，大家举杯祝贺。

卫齐带着罕王爷的诚意，马不停蹄地回到科尔沁，见到明安贝勒，并把罕王爷的想法一五一十地转告给了明安贝勒。明安贝勒非常高兴，自己终于如愿以偿了，罕王爷努尔哈赤不仅接受了他的联姻请求，而且把时间都想好了。

明安贝勒说："卫齐大人，请你转告罕王爷，我同意他的想法，事情就这么定了。明年春天，我一定亲自把我心爱的女儿送到赫图阿拉。罕王爷说得对，一定要把婚礼办好，这是我们科尔沁和赫图阿拉有史以来最好的事情。"

就这样，卫齐为了办好这次婚礼，昼夜不停地往返于赫图阿拉和科尔沁之间。

双方对这次联姻都很重视，都下了很大功夫，做了充分的准备，不但礼品准备得充分、珍贵，就连司仪都跟以前不一样。明安贝勒这边由老贝勒亲自督办。明安贝勒谁都信不过，一定要亲自为女儿置办嫁妆。他绞尽脑汁，想着要为女儿带什么嫁妆好。我一定要把我们草原最好的东西带去，让赫图阿拉的人看看，我们科尔沁也是殷富之地，让他们对我们竖大拇指。

咱们再说说建州部赫图阿拉。努尔哈赤更重视这次联姻。因为蒙古地域分布很广，从东北的北边一直绵延到京师的北边，又从京师北部延伸到山西、陕西、甘肃的北部，地域广阔。仅在东北就占据西部广阔的地域。蒙古是一个特别富有的民族，剽悍勇猛，能征善战，蒙古的马历朝都出名。元亡以后，明朝就重视蒙古，到了明嘉靖和万历年间，辽东女真诸部崛起，相互争取蒙古的势力。蒙古就成为各部落生存安危的重要支点。谁要是把蒙古争取过来，谁就算得到三分天下了。当时北方各部落之间的纷争，包括和明朝之间的争斗，首先要争的就是蒙古。明安贝勒占据的地方又是蒙古科尔沁要地，而且明安贝勒非常有人缘，蒙古人有什么事，都愿意找他商量。所以，明安贝勒也是大家要争取的人，这点努尔哈赤非常清楚。

长期以来，努尔哈赤就千方百计想与明安贝勒通好。努尔哈赤曾通

第二章 佛祖护佑

111

过扈尔汉了解到明安贝勒有一个心爱的女儿，是明安贝勒的掌上明珠，只可惜明安贝勒已经同喀尔喀部喝了喜酒，订了亲。

额亦都、费英东、扈尔汉等身边的谋士们与努尔哈赤商议，额亦都就说："兄弟，能不能成为明安的乘龙快婿，就看你的本事了。"

于是，努尔哈赤派出希福等人交友明安，然而明安贝勒顾及明朝的威势。另外，建州部当时是正在发展的时候，名声还不太大。明安贝勒也没太瞧得起建州的实力，虽没有直接回绝，但却搪塞推托，既不答应也不接纳，这使努尔哈赤曾几度为此事彻夜难安。后来，蒙古诸部组成九部联军攻打赫图阿拉，被努尔哈赤的父子兵打了个落花流水。明安贝勒这才转变对努尔哈赤的看法，也想结交努尔哈赤了。现在，明安贝勒不仅愿意把同族早订的娃娃婚慨然辞去，又主动地从他的嘴里说出要把爱女许配给建州努尔哈赤的想法，努尔哈赤听了怎能不喜出望外。

努尔哈赤决心要把这次喜事办得风光，办得有名堂，让大明朝和蒙古诸部落都知道。努尔哈赤更知道这次建州与明安的联姻，实乃万分不易之事，把婚礼办得体面，不仅是给大明朝和蒙古诸部看，也是向一生非常仗义的明安贝勒表述他的衷肠。

努尔哈赤把额亦都、代善、莽古尔泰、费英东、杨古利、何和礼，包括扈尔汉等众人找来商量。听说阿玛要商量结婚的事，小皇太极也跑来凑热闹。

额亦都说："大哥，我看何和礼办事认真细致，让他帮着办这件事吧。"

何和礼说："我看还是额亦都大哥最合适。"

费英东说："我也这么认为。额亦都大哥办事既周全又细致，额亦都大哥行。"努尔哈赤也认为额亦都在料理生活上的事情办得很好。大家一致推举额亦都总理努尔哈赤和明安贝勒联姻一事。

双方就这样暗中较劲儿，都想把这次婚礼办好。

全书的开头描述的就是努尔哈赤率众兄弟及儿女，迎接明安贝勒的爱女博尔济吉特氏卢哲其其格嫁到赫图阿拉成婚的场面。

## 第三章　草原拜师

**各**位阿哥，本书利用很长的篇幅，介绍了蒙古科尔沁和赫图阿拉之间由不认识到认识，再由认识到亲密，最后成为亲家的全过程。各位阿哥不要忘了，当时跟明安贝勒一起来送亲的，除了明安贝勒的二儿子孔果尔贝勒和小儿子桑革尔赛台吉，还有一个孩子，后来卫齐说那是自己的小儿子。当卫齐想让儿子给赫图阿拉各位英雄见礼的时候，孩子不知道去哪儿了。这个孩子就是卫齐打入科尔沁以后，在那里娶妻生的儿子，并且在孔果尔贝勒家长大的小儿子，也是本书的主人公穆达库——后来的鳌拜。

咱们现在讲的是万历三十八年发生的事情。各位阿哥都知道，穆达库是万历三十年生的，属虎，现在已经八岁了，是个小大人了。

说来这个八岁的孩子穆达库在草原上已经小有名气了。草原上的人没有不夸他的，说他是草原的大力士。你别看穆达库从小在孔果尔贝勒家长大，但他非常像他的额吉，有着朴实无华的性格。孔果尔贝勒感到非常奇怪，这孩子怎么不像我兄弟桑革尔赛呢？桑革尔赛比他还大，却没有穆达库懂事。桑革尔赛每天早晨醒来，自己不穿衣服，而是让女奴给他穿，穿不得劲儿了他就吵吵。穿完衣服又要尿尿，这些女奴就赶紧一人拿一个小盆。什么盆呢？是用牛皮和马皮压出来的盆，用手捧着。小桑革尔赛淘气啊，他从不对准一个盆尿，而是这儿呲一下，那儿呲一下，把尿呲得哪儿都是，他还觉得挺好玩。吃饭他也不好好吃，连玩儿带吃。奴才们只好端着碗，跟在他的屁股后面。他玩儿够了，就把嘴一张，奴才们就赶紧喂上一口。就这样，一顿饭得吃半天。可人家小达库就不这样，每天早晨起来，小达库不仅自己穿衣服，吃起饭来也不那么费劲儿。吃完了饭，就跟着娜仁奶奶到外面玩儿。娜仁奶奶身体非常好，还能骑马放牧。小达库从二三岁开始，就待在娜仁奶奶的背上或怀里，跟娜仁奶奶去放牧。你看他的两个小手紧紧地搂住娜仁奶奶的脖子，任凭马匹怎么跑，怎么颠，他就是掉不下来。马跑得越快，他越高兴。小达库也因此练就了一身的力气。

万历三十三年的一天，娜仁奶奶放牧回来，跟孔果尔贝勒说了这样

113

一件事。

娜仁奶奶说："小贝勒，这孩子真神了。我长这么大岁数，也没看见过这样的孩子。小贝勒，你听我跟你学。那天我出去放牧，接近晌午的时候，我正拢火热饭，就听远处吱哇吱哇地直叫。我赶紧压好了火，跑过去一看。小达库正撅着小屁股，把手伸到山坡前的一个小洞里，使劲儿地往外薅什么玩意呢。我就喊：'达库，干什么呢？干什么呢？'小达库也不吱声，使劲儿地薅着，洞里吱哇吱哇地直叫唤。我怕达库被咬着，让达库快把手拿出来。这孩子挺听话，把手拿出来了，可却满手是血，手里还拿着一个血淋淋的东西。我吓一跳，以为达库的手受伤了呢。结果我一看，他哪是受伤了，他拿的是兔子的尾巴。原来他把兔子尾巴薅掉了。小贝勒，你想想，那得多大的劲儿啊，他才是三四岁的孩子啊。哎呀，你说这小兔子也够倒霉的了，被他给逮着了。实在拽不过他，就把自己的尾巴给他了。"娜仁奶奶说完哈哈大笑。

孔果尔贝勒也乐起来，夸道："这孩子了不得，将来准有出息。"

时间一天天地过去了，转眼到了万历三十六年，小达库已经六岁了。这一年，巴延努赉草原出现了一个很奇怪的现象，就是有两只刚长角的小牛犊折了牛角尖。牧民们不知道是怎么回事，私下里胡乱猜疑，议论纷纷。这牛犄角怎么折了呢？打架打的？也没听说过牛打架把犄角打折的呀。让野兽咬的？可野兽为什么不吃肉，单把犄角咬折了呢？莫不是草原要有灾祸降临，这些牛提前给咱们个征兆？要真是这样的话，咱们可怎么办啊？一时间，草原上人心惶惶。

一天晚上，娜仁奶奶坐在小达库的身边。小达库干啥呢？正在练手劲儿呢。在草原上有一种石头叫页岩石，这种石头的石质不太硬，有劲儿的人使劲儿一捏，就能把石头捏成粉，但是没有劲儿的人是捏不动的。小达库挺有意思，他拣来不少页岩石，用手捏着玩儿。只见他把石头拿过来，使劲儿一攥，就把石头攥成粉末，然后扔到一边儿。再拿一块接着捏，捏碎了，再扔一边儿。就这样，他玩儿得挺高兴。

娜仁奶奶看着看着，突然想起一件事。她招呼穆达库，说："达库啊，达库。"

小达库一边儿捏着石头一边儿说："奶奶，什么事啊？"

娜仁奶奶说："我问你一件事，你知道不知道，咱们小牛犊的犄角没了？"

小达库头一抬，说："知道啊，都是让我给掰的。"

娜仁奶奶说:"什么?你给掰的?"

小达库说:"是啊,是我给掰的。怎么了,奶奶?"

娜仁奶奶虽然问他的时候脑子里也闪过这样的念头,可还是有点儿不相信。她接着问:"牛那么大劲儿,你怎么能掰动呢?"

小达库说:"我要跟它们比劲儿,它们晃头不答应,我俩就较上劲儿了。我一使劲儿,它的犄角就折了。"

娜仁奶奶还是不相信,问:"真的是你掰的吗?"

小达库说:"真是我掰的。奶奶,我不骗你。"

娜仁奶奶又问:"你是怎么骑到它的背上的?有人帮你吗?"

小达库说:"没有。我趁它们趴在地上倒嚼的时候,骑上去的。它们要是站着,我根本够不着。"

后来,娜仁奶奶把这件事跟孔果尔贝勒说了。

孔果尔贝勒也不相信,说:"他那么点个小孩,能有那么大劲儿吗?"

其他人听了也觉得挺稀奇,包括巴特尔、乌力吉他们,都说:"这孩子这么小就这么大劲儿?能是真的吗?"

孔果尔贝勒说:"也许是这孩子干的。这孩子从来不说瞎话。这样吧,娜仁奶奶,明天你让孩子给咱们当众表演一下,咱们看看他是怎么掰的。"

第二天,娜仁奶奶就把小达库领到了牧场,这里早已聚集了很多牧民。因为过去在草原里,牧民们也都经常跟牛比劲儿玩儿,也有很多人掰过牛角,但一般都掰不过牛,偶尔有一些力气大的人,能把牛掰倒,但牛角也掰不折。所以当大伙听说六岁的小达库要掰牛角,都放下自己手里的活计,来看热闹。

孔果尔贝勒来到小达库跟前,说:"达库,来,你把巴特尔和乌力吉牵的小牛犊的犄角掰下来,让我看看。"

小达库说:"它们也没跟我比赛呀,我不跟它们掰。它们得跟我比赛,我才跟它们掰。"

孔果尔贝勒说:"它们不跟你比,你跟它们比,让我看看你是怎么掰它们的牛角的。"

乌力吉说:"达库,我这头小黑牛好,挺有劲儿。"

巴特尔说:"达库,我这头小黄牛壮。你看,它瞪着大眼睛瞅你呢,想跟你比试比试。"

小达库来到乌力吉牵的那头小黑牛跟前。大伙都紧张地看着小达

第三章 草原拜师

115

库，怕他出事。特别是娜仁奶奶，紧紧地领着小达库，怕牛踩着他。

孔果尔贝勒把小达库抱到小黑牛的背上。

孔果尔贝勒还不放心地问乌力吉："你这牛怎么样？性子烈不烈？别把孩子给摔了。"

乌力吉说："放心吧贝勒爷，不要紧。这牛老实着呢。"

乌力吉嘴上虽然这么说，但他也怕出事，手里紧紧牵着牛缰绳。

小达库这时候已经骑到了牛脖子上。他两条腿紧紧地夹住牛脖子，两只小手握住两只牛犄角。没跟牛打过交道的人可能不知道，牛有时候愿意让人摆弄它的角，或者它们自己互相撞撞，它觉得挺舒服。但你要是使大劲儿扳它的时候，它就不干了。所以当小达库紧紧地抓住两只牛角，扳它的时候，牛就使劲儿地晃动脑袋，不让达库扳。但任凭黑牛怎样晃动，小达库就是不撒手。晃着晃着，只听达库啊的大叫一声，与此同时，手上加大了力气。咔的一下，牛角被掰下一段。牛疼得嗷地一叫唤，一尥蹶子，把达库撅起多高。

巴特尔吓得赶紧把小达库从黑牛背上抱了下来，说："好样的，孩子，你真行，真行。怎么样，我这头黄牛的牛角，你能掰下来吗？"小达库什么也没说，让巴特尔把自己抱到那头小黄牛的背上。他像刚才跟小黑牛打仗一样，两只手抓住了牛角，双方就较起劲儿来。也不怎么一个寸劲儿，小达库又把黄牛的角给掰折了。在场的人一齐鼓掌叫好，没有不佩服的。

孔果尔贝勒、乌力吉、巴特尔三人心里始终在画魂儿，心里想：这个孩子这么小，就敢跟牛比试。自己也是在草原长大的，却从来没想过和牛比个高低，达库却想到了。这孩子，长大了一定是块料。可是，我们在草原活了这么些年，也没听说过有谁把牛角掰下一块来。这孩子这么小，就能把牛角说掰折就掰折，其中必有奥妙。还是乌力吉脑瓜转得快，从娜仁奶奶怀里把正扑在老人家怀里偷着笑的小达库抱了过来，边抱边啃他的小脸蛋儿，还用手胳肢他的小肚皮。胳肢胳肢，乌力吉突然从小达库的裤兜子里摸到了一个硬东西。小达库急忙双手按着肚皮，不让他揭开这个秘密，可他怎么能抵得过乌力吉的劲头儿呢。

乌力吉顺手从他小裤裆里抓出一片晶体页岩，说："孩子，你蒙了我们这么长时间，这是你掰折牛角的秘密兵器吧？"

孔果尔贝勒等人过来仔细一看，原来是一个长方形，磨得很光的，一边儿有锯齿的石头。石头虽然不大，但要是掐在手心，用带有锯齿的一面猛力磨压牛角，牛角便会出现裂痕。牛疼痛，必然猛晃牛头。随着牛头晃动，再加上外部力量，牛角尖上面的细部便很容易折断了。乌力吉等人突然想到：在古代的草原，曾经有不少盗牛人，就用坚石磨角的办法，折断牛角，制服凶牛，再将牛乖乖地牵出圈棚盗走的例子。也有驯牛的家主，预防公牛在发情期为了争夺母牛，用坚硬的牛角觝死与其争斗的另一只公牛，甚至伤及牛犊和母牛。所以，驯牛人也常用坚石磨折牛角，以维护牧群的安全。小达库这么小小的年纪，从没有草原的驯牧生活，竟有这样聪慧的头脑，怎能不让孔果尔贝勒等人赞不绝口？

他们异口同声地说："这孩子是腾格里天神送来的小英雄啊！"

小达库的名字就这样传出去了。

孔果尔贝勒觉得小达库将来必有发展，就找到了科尔沁道行高深、精通武术的济能大喇嘛，说："大喇嘛，我看卫齐的这个孩子不一般，是个可造之才，就让他跟你去吧。"

济能大喇嘛也非常喜欢小达库，特别是听了达库的这些故事以后，就更喜欢他了。济能大喇嘛心想：小达库是块练武的料，而且现在正是他学武的好时候。既然小贝勒让自己教，那就教吧。济能大喇嘛爽快地答应了下来。

小达库舍不得离开娜仁奶奶。娜仁奶奶就劝他："孩子，你不是愿意练功夫嘛。咱们这儿最厉害的人就是济能大喇嘛，你跟他学，将来的能耐一定比现在的还大，多好啊。"

孔果尔贝勒也说："是啊，达库，你就跟大喇嘛在一起练武吧。大喇嘛的禅堂就在我院子的后面，离这儿挺近，娜仁奶奶还可以去看你。听话，孩子。"

孔果尔贝勒的这几句话，说到了小达库的心里。就这样，小达库从六岁开始，离开了把自己带大的娜仁奶奶，住进了济能大喇嘛的禅堂，跟济能大喇嘛学功夫。

小达库每天天不亮就起床，两腿绑上沙袋，跟济能大喇嘛练气功、练轻功、练手力、练腕力、练臂力。也许达库天生就是练武的坯子，喜欢舞刀弄棍的，所以他非常愿意练武，练武的时候也从不偷懒。济能大喇嘛也愿意教他，并且倾其所有。转眼间，穆达库跟济能大喇嘛已经练了两年的时间。

咱们前书说过，长期以来，明安贝勒最感到棘手的就是如何能和在苏子河畔，力量一天比一天壮大的努尔哈赤联系上。现在自己不仅和努

第三章　草原拜师

117

尔哈赤联系上了，努尔哈赤还成了自己的姑爷，他能不高兴吗？

为了把喜事办好，明安贝勒亲自督办。

孔果尔贝勒说："阿布，您的事儿这么多，就别操心了，我来替妹妹办吧。"

明安贝勒说："不行，不行，这事儿不同于别的事儿，这是我现在唯一的心事，我一定得把它办好。"

老贝勒让扎布选出了一些膘肥体壮、牙口好的骏马，另外选了一些品种好的绵羊和他们自己繁殖出来的单峰骆驼。这种单峰骆驼非常善走，跑起来的速度也非常快，不次于一匹马，而且非常有劲儿，比双峰骆驼要好。明安贝勒还让扎布准备一些上等的羊毛、羊毡等。总之，明安贝勒准备得很充分。

万历三十九年的除夕，赫图阿拉来信："一切准备就绪，请明安贝勒择选送亲的吉日。"

明安贝勒听到信儿后很高兴，领着老福晋、孔果尔和卢哲来到庙堂焚香叩拜。明安贝勒在祖先堂前说了自己和努尔哈赤联姻的事，请求神灵保佑一切顺利，又请济能大喇嘛诵经。最后，由"博"在神前占卜，择选日子。神示，送亲日子订为万历四十年旧历三月初五。

到了三月初五，鼓声震天，号角齐鸣，科尔沁的送亲队伍浩浩荡荡地出发了。送亲人中的第一位就是明安贝勒，然后是孔果尔贝勒、桑革尔赛台吉、济能大喇嘛和他的徒弟穆达库也在送亲的队伍中。明安贝勒的福晋没随他们一起来，因为一家人如果都走了，部落就没人管了。要说明安贝勒的福晋也不是一般人，不仅会骑马射箭，管理部落也是一把好手。她对下人比明安贝勒要求得还严格，你要是真犯错了，她一点儿也不留情，下面的人没有不怕她的。但是她的心地又非常善良，你要是真有困难，只要去求她，她都会给你帮助。所以，她对下人们要求虽然很严，但是威望却很高。

咱们前书说过，这个济能大喇嘛非同一般，不仅精通佛法，武功高强，而且懂得医道，在科尔沁也算得上一位举足轻重的人物。卢哲其其格的名字就是他根据西方一位叫比卢遮那吉祥佛的谐音，给格格起的名字。这次济能大喇嘛亲自随行，做送亲人，更加壮大了队伍。当然，从蒙古族的传统习俗来讲，卢哲其其格到赫图阿拉和努尔哈赤举行合卺礼之后，还有十天诵经的过程，所以济能大喇嘛作为诵经的喇嘛也不能不去。

还有一个人，就是促成这段姻缘的月下老人卫齐，也是必不可少的人物。他不仅是努尔哈赤派来的迎亲使臣，更是明安贝勒的重要谋士，而且对于双方的人他都熟悉，所以卫齐是很重要的人物。让小达库跟着去，是明安贝勒的意思，这样不仅卫齐大人心里高兴，而且经过这些年的苦练，小达库已经变成了有着神力的小神童。明安贝勒想借此机会让努尔哈赤的众弟兄们看一看，一个刚十岁的孩子，就被我培养成了小英雄，必要的时候还可以让小达库给他们表演一下。

除此之外，还有侍奉卢哲其其格的侍女二十名，护卫二百名，驭手二十名。扎布不仅给卢哲其其格准备了喜车十辆，还给明安贝勒、孔果尔贝勒、桑革尔赛台吉、济能大喇嘛和他的徒弟穆达库等人各自准备了一辆轿车。卢哲其其格的轿车有三辆是装载她和侍女们的，还有两辆是装载她随行用的物品的，其余五辆车装的都是她的嫁妆。这还不算，后面还有随行人员休息用的车。/总的算起来，有近百辆车，声势大极了。扎布为了避免出现意外，还带着活猪、活羊、活牛、炒面、炒米什么的，并且带着水，一切准备得非常周全。

这一路上，最忙的要数扎布管家了。每到休息的时候，扎布管家就赶紧组织后面的人杀猪宰羊、砍柴打猎、架锅做饭，吃完饭又安排大家休息，他又继续忙着安排休息后上路的事宜，一点都不耽搁。

就这样，大队晓行夜宿，走了整整二十五天，旧历三月三十，一行人来到了赫图阿拉。

早有先行官骑马到赫图阿拉通报了队伍将至的消息，所以在离城四十里处，努尔哈赤派出来的迎亲队伍等在了那里。为首的是罕王爷努尔哈赤的二儿子代善、四儿子莽古尔泰、干儿子扈尔汉，还有额附杨古利。这些人见送亲的队伍到了，骑着马就迎上来了。

代善一看中间一位骑马的老者身材魁梧，面带慈祥，身穿蒙古贵族的袍服。不用问，这肯定是科尔沁部的明安贝勒了。代善等人赶紧下马，上前几步。

卫齐给大家介绍："这位是科尔沁部的明安贝勒。"代善等人给明安贝勒施礼。

这时，明安贝勒已经下了马，他忙说："请起，请起，不要客气。"双方见礼，客气了一番，然后上马，并辔而行。

他们走了没多长时间，就看见了赫图阿拉的山岭和雕楼。努尔哈赤站在中间，他的心腹爱将额亦都、费英东、何和礼等人分列两旁。卫齐

第三章　草原拜师

给明安贝勒一一介绍，相互行抱见礼。寒暄以后，努尔哈赤陪着明安贝勒和孔果尔贝勒等一行人进了大殿。

各位阿哥，本书开篇的时候，讲的就是这一段。恕不赘述。

我要接着往下讲的是，努尔哈赤见到卫齐以后，关切地询问起他的生活。

卫齐说："我的生活很好，我的小儿子都已经十岁了。这次他也跟着送亲的人来了。"

努尔哈赤一听非常高兴，忙说："是吗？快叫过来给我看看。"卫齐寻找达库，结果找了一圈儿也没找到，因为当时还有很多事要办，所以大家也顾不过来找孩子，这事就放下了。这些咱们在前书都已经讲了。

我再给各位阿哥说说，小达库当时到什么地方去了呢？说来非常有意思。小达库从小在草原长大，从来没离开过明安部。这回他突然到了一个新环境，眼睛就有点不够用了。在努尔哈赤和卢哲其其格举行婚礼的时候，开始他站在济能大喇嘛的身边，可后来他觉得没啥意思，就偷偷溜了出去。他东瞅瞅，西看看。街两面随风飘舞的八旗兵的大旗，被风一吹呼啦啦直响，非常好看。一排排的旗兵大帐，像联营似的，一个挨着一个。刀枪剑戟、斧钺钩叉随处可见。八旗兵们也都身挎大刀，手拿兵刃，精神极了。

小达库一边走，一边看，忽然远处传来"叮叮当当"的声音。他顺声来到声音发出的地方，见一位头发苍白的老师父，正夹住一块大铁块子放进烧红的炉子里，过一会儿再拿出来，几位光着膀子，围着皮围裙，手抡大锤，站在红通通的炉膛前的铁匠们，依序抡着铁锤乒乒乓乓地一顿砸。灼热而鲜红的大铁块子，一会儿就被砸成了一块铁饼，只瞧夹铁的老人边夹铁嘴里边喊着什么，几个抡锤的小伙子一声不吭地按照老人的口令，砸呀砸，砸呀砸，连累带热，一个个汗流浃背。不一会儿，砸出了一把又宽又长的大砍刀。小达库长这么大，还从来没见过这个场面。他敬佩这位老爷爷和这些大哥哥们，真像在变戏法。再看那边，有几个磨剑的师父，还有一些人正在做弓呢。

小达库一个作坊一个作坊地看。走着走着，有几个八旗兵从他身旁经过，就听一个旗兵说："走，上演武场看看去，现在去正好有人。"

另几个人附和着："走吧。"几个人说着就走过去了。

虽然小达库从小在草原长大，但因为卫齐是女真人，所以达库不仅会说蒙古话，也会说女真话，所以几个人说的话他听懂了。他一听：怎么,这里还有比武的地方?这可挺好玩。说来小达库自从跟济能大喇嘛学武,到现在已经近四个年头了。小达库从小儿就天不怕、地不怕,非常闯荡,现在一听有练武的地方,他更高兴了。

小达库紧跑几步,跑到那几个人跟前,问道:"哥哥,哪块儿有练武的地方?"这几个人回头一看,见是一个穿着蒙古袍子的小孩,就知道肯定是科尔沁来送亲的,是咱们的客人。

几个八旗兵就告诉他说:"就在前头,你敢去吗?"

小达库小头一扬,说:"我敢去。"

八旗兵说:"好,我们领你去。"就这样,小达库跟着这几个八旗兵来到了演武场。

演武场很大,四圈是用木桩围成的,门旁有两个卫兵把守。因为达库是跟这几个八旗兵一块儿来的,所以那两个卫兵也没阻止他进去。达库进来以后,看见里面练武的人挺多。有三十多人在跟着一个武师练拳,还有二十几个人在耍大刀,那边还有几个人在练剑,红色的剑缨子甩起来犹如彩霞飞舞,非常好看。再往前走是舞棍的,大长棍耍得呜呜直响,令人耳边生风,那边还有人练翻墙越脊的、爬杆子的。小达库真是开了眼界了。他在科尔沁仅是在禅堂里跟济能大喇嘛学武,地方小不说,从没见过这么多人在一起练武。再说了,这地方要啥有啥,有的兵刃他过去从来没见过,有的武功架势他也没练过。小达库越看越爱看,早忘了阿布那边的事了。小达库在这里看了一会儿,又继续往前走。前面是一片小树林,小树林里的一棵槐树下,有一个年轻人,上身穿着白缎褂子,下身穿着绿缎裤子,一身练武之人的打扮。

只见那位双腿做马步式,双膝微蹲,挺胸收腹,微闭双眼,双手手心向内照射丹田,正在站桩。小达库走到那个人跟前,前后左右观察了好几圈。他觉得这个人的功力还不行,为什么呢?因为练武之人必须坐如钟,立如松。而这个人不仅肩膀有时晃动,脚有时还站不稳。

小达库毕竟是孩子,看着看着,双手往那个人的肚子上一推。那个人噔噔噔后退了几步,好悬没坐地上。那个人大吃一惊,睁眼一看,面前站着一个小孩。这小孩自己不认识,看样子也就十来岁,胖乎乎的,小团脸,浓眉大眼,戴着蒙古帽,穿着蒙古的彩缎袍服,蹬着一双蒙古绣花的小皮靴,非常精神。

那个人问达库:"你是从科尔沁来的小客人吧?"

小达库也不回答他的问题,只顾说:"你站得也不行啊。人家站桩

第三章 草原拜师

不许动,你怎么还动弹呢?"

那个人问他:"你也懂站桩?"

小达库说:"当然了。我给你做一个。"

说罢,小达库也没客气,先是两手一抱拳。然后,两手手心照住丹田,站在那不动了。你别说,他的这一套动作还真像那么回事。

小达库又招呼那个人:"你推推我,看能不能推动。推呀,快推呀。"

这个人一看这孩子非得让推他,就朝他后脊梁稍用劲儿推了一下,还真没推动。而且,这个人感到自己手碰的不是这小孩的身上长的胖乎乎的小肉,而是像碰到小铁疙瘩一样,挺硬。他又掐住小达库的肩膀,推了几下。小达库还是没动。

这个人非常佩服,连说:"好,好,好。不错。"

就在这时候,从远处过来两个人。这个人回头一看,其中一个人他认识。谁呢?卫齐。卫齐和一位穿着袈裟的喇嘛匆匆忙忙地走过来了。

小达库看见来人,急忙跑了过去,抱住那个喇嘛的胳膊,说:"师父,你们怎么来了?"

喇嘛手打佛号,说:"我找你来了。孩子,你怎么到这儿来了?让我好找。阿弥陀佛。"

小达库说:"师父,我在那儿待着没意思,就出来溜达溜达。师父,这有不少练功的人,可好了。"

这时,卫齐没顾得跟达库说话,而是上前给那个人深施一礼,说:"拜见八贝勒。八贝勒,我给您介绍一下,这位就是科尔沁著名的济能大喇嘛,这是我的儿子。"然后又向济能大喇嘛介绍,说:"大师,这位是罕王爷的八儿子皇太极贝勒。"

济能大喇嘛熟知罕王爷努尔哈赤的情况,对他几个儿子的状况也都了如指掌,马上手打佛号,说:"阿弥陀佛。贫僧有礼了。小徒缺乏管教,搅扰了八贝勒,得罪,得罪。阿弥陀佛。"

皇太极说:"哪里,哪里。这孩子功夫不错,我挺愿意跟他在一起玩儿玩儿。大师,这恐怕都是您教的吧?"

济能大喇嘛谦虚地说:"哪里,哪里。小徒初学,什么都不懂,见笑了。"

卫齐招呼小达库,说:"达库,在那儿傻站着干什么?还不快过来见过八贝勒。"

小达库不知道八贝勒是干什么的,但他知道一定是个大人物。

于是，达库也学着卫齐的样子，叩头施礼说："见过八贝勒。八贝勒吉祥。"

皇太极哈哈大笑，摸着达库的头说："小子，好好练，将来准有出息。"

卫齐对皇太极说："八贝勒，您怎么没去参加婚礼呀？"

皇太极说："我练完功就去。你们怎么出来了？"

卫齐说："罕王爷和众兄弟们想要见见我的孩子，我出来找他来了。"

皇太极："好哇，我跟你们一起去。"

几个人说说笑笑，往努尔哈赤的罕王府走去。路上，皇太极一直领着小达库的手。他觉得这孩子敢说话，虎头虎脑的，练起功来还真是那么回事儿，以后能有发展。小达库也挺愿意跟皇太极接近，愿意让他领着。皇太极当时二十岁，小达库十岁，这是这二位君臣的第一次见面。

皇太极和卫齐等人很快到了罕王府。进屋以后，卫齐施礼说道："罕王爷，我把孩子领来了。"

卫齐又回头招呼小达库，说："达库，过来，给众位贝勒和将军磕头。"

达库先是到努尔哈赤前面，给努尔哈赤磕头，然后又给众位小贝勒和将军磕头。

努尔哈赤把小达库叫过来，问："你叫什么名字？"

小达库说："我叫穆达库，是我阿布的老儿子。"

小达库这么一回答，把大伙都逗乐了。努尔哈赤把小达库揽到了自己的怀里。

皇太极走过来，说："阿玛，这孩子可了不得。你别看他小，功夫还挺深呢，刚才我已经领教了。"

努尔哈赤笑着说："是吗？练一个给我们看看。"

明安贝勒知道达库这些年在济能大喇嘛的传授下，武功确实不错。他带达库来，也有意让达库露一手。

于是，明安贝勒说："达库，来，给罕王爷和各位将军练一个。不要怕，练得不好，请各位将军给指教指教。来，练一个。"

明安贝勒这么一鼓励，小达库就来劲儿了，说道："好。那我就献丑了。"

达库看见旁边有一个大铁架子，就让济能大喇嘛把他抱起来。他两

第三章 草原拜师

123

手抓住铁架子上的横梁，济能大喇嘛双手一撒，达库就吊起来了。

济能大喇嘛对众人说："各位有谁过去，看能不能把他拽下来。"济能大喇嘛这么一说，把大伙儿造一愣。

莽古尔泰说："怎么？还拽不下来吗？"

济能大喇嘛说："不信你试试看。"

莽古尔泰不相信，朝手里吹了两口气，抓住小达库的腿就往下拽。小达库连声都不出，就像焊在铁架子上一样，一动不动。莽古尔泰都快打提溜了，也没把小达库拽下来。

莽古尔泰撒开手，站起身来，说："哎呀，这小孩还真挺有劲儿。"

扈尔汉有点不相信，就走过来，双手抓住小达库的脚脖子，使劲儿一拽，也没把小达库拽下来。要知道，扈尔汉的腕力很大，他这一拽，起码能有八百斤的力量。

扈尔汉服气了，连说："行，行，这孩子挺有劲。"

额亦都也走了过去，说："孩子，大爷我可要拽了。你小心点，别把你摔下来。"额亦都伸手抓住小达库的双腿，往下使劲儿拽了几下，没拽动。

这时，费英东说话了："好了，好了，都别拽了，这么多大人欺负人家一个孩子，不丢人吗？"一句话把大伙儿说得哈哈大笑。

济能大喇嘛抱住小达库，说："达库，下来吧。大爷们都夸你了。"

小达库下来后，面不改色，心不跳，两手一抱拳，说："罕王爷，各位叔叔大爷，我做得不好，请多指教。下面，我给你们再练一个。"

说完，小达库双手倒立，然后用双手的中指和食指支撑着整个身子，像蝎子一样在地上转着走，共转了十多圈。小达库的表演引来罕王爷和大伙的阵阵掌声，都说这孩子的臂力、腕力非同一般，连大人都比不了。这孩子要是长大了，将有万夫不当之勇。大家都为卫齐有这么一个好儿子而高兴，也祝贺济能大喇嘛教出这样一个好徒弟。

努尔哈赤更加高兴，他走到明安贝勒跟前，一把搂住明安贝勒，说："谢谢你，老贝勒，你为我们赫图阿拉培养了一员虎将。哈哈哈……"

明安贝勒说："罕王爷，不要客气，能为罕王爷做点事，我感到非常荣幸。再说了，这孩子的额吉①死得早，他是在我家长大的，我也非

---

① 额吉：蒙古语，即母亲。

常喜欢他，把他当成了我自己的孩子。"明安贝勒这么一说，在座的各位都感到非常吃惊，因为卫齐从来没跟他们说自己内室早已去世的事。

额亦都马上问道："怎么回事？我们怎么不知道呢？卫齐，这到底是怎么回事？"

卫齐本来不想说，所以就支支吾吾地半天没说出来。孔果尔贝勒见此情景，就把卫齐到草原后，娶了夫人塔嫩，塔嫩在生完儿子达库以后，因流血过多而死的事说了。并说当初卫齐大人想把孩子带到赫图阿拉。他们考虑卫齐大人事务繁忙，孩子又太小，便决定留下小达库，把他抚养长大，并请济能大喇嘛教他武术等经过说了一遍。

大家这才知道是怎么回事。

额亦都拉着卫齐的手说："卫齐兄弟，这些年太委屈你了。我们一点儿也不知道，你怎么不早说呢？"

努尔哈赤也说："卫齐，你是个大功臣，谢谢你。"

然后，努尔哈赤回过身，对身边的侍卫说了一句什么。不大一会儿，侍卫拿来一个小盒子，交给了努尔哈赤。努尔哈赤把盒子打开，从里面拿出一条金项链，项链上挂着一把小金锁。金锁下端穿着彩穗，非常好看。

努尔哈赤把项链给小达库戴上，并对达库说："孩子，这是我这次到京师，大明皇帝赏给我的，叫'保命锁'。就是说只要是皇帝把它给了谁，以后就不能杀谁。现在我把它给了你，你可要好好留着啊。"

卫齐一听，马上给努尔哈赤跪下，说："谢罕王爷赏赐。"

小达库也跪下叩头谢恩。就这样，小达库有了努尔哈赤送的一把保命的锁。

几天后，努尔哈赤为明安贝勒等送亲人举行告别宴会。出席宴会的有罕王爷和他的几个儿子以及额亦都、费英东等大将。盛宴后，明安贝勒带着孔果尔贝勒及随从回到科尔沁。按照蒙古人的习俗，济能大喇嘛还要给出嫁的卢哲其其格诵经十天。所以济能大喇嘛留了下来，小达库也就又在这里玩儿了十天。这十天里，小达库跟代善、皇太极等人越来越熟悉。十天后，小达库跟着济能大喇嘛返回科尔沁草原。卫齐因为在赫图阿拉还有事，并未随儿子和大喇嘛一块儿回去。卫齐就这样和自己的小儿子穆达库离别了。

小达库随师父回到科尔沁以后，继续跟师父学武术。万历四十二年秋天，娜仁奶奶去世了。小达库身穿孝服给奶奶送葬。

第三章　草原拜师

大家都知道，在万历四十年的时候，明安贝勒亲自把自己的女儿卢哲其其格送到赫图阿拉，把她嫁给了罕王爷努尔哈赤。时隔三年，孔果尔贝勒又把自己的女儿送到赫图阿拉，把她嫁给了努尔哈赤。

这是怎么一回事儿呢？原来，明安贝勒的女儿卢哲其其格很有个性。她到了赫图阿拉以后，看努尔哈赤有好几房夫人，不能常陪伴在她左右，心里就不高兴，所以常顶撞努尔哈赤。努尔哈赤对她就不怎么好。最后，干脆不理她了。她抑郁成病，卧床不起。明安贝勒知道以后，心里非常着急，几次派儿子前去看望女儿，但仍旧不见好转。万历四十二年冬天，卢哲其其格因病去世。

为了能够和赫图阿拉建立永久的关系，明安贝勒和儿子孔果尔商量，把孔果尔贝勒的女儿乌嫩其其格嫁过去，和罕王爷努尔哈赤再结良缘。孔果尔贝勒同意阿布的建议。在万历四十三年春天，赫图阿拉又举办了一次婚礼，其热闹场面跟上次一样，不同的是上次是明安贝勒送女儿，这次是孔果尔贝勒送女儿。

这场婚礼同样办得很热闹，一点也不次于万历四十年举办的那场盛会。婚礼结束以后，罕王爷考虑为了不使乌嫩其其格感到孤独，就留下了从小跟她一起长大的小达库，让他陪陪乌嫩其其格。就这样，小达库在赫图阿拉住了近一个月的时间。这期间，小达库和八贝勒皇太极等人的关系处得很好，他们经常在一起切磋武艺。

各位阿哥，孔果尔之女博尔济吉特氏乌嫩其其格自从嫁给努尔哈赤之后，因为她为人宽厚，在众妃中不争不妒，所以深得罕王爷宠幸。她是清太祖努尔哈赤众妃中寿命最长的一个。康熙皇帝即位以后，尊她为"皇曾祖寿康太妃"。就是这个老太妃，在鳌拜的成长及为官以后，给了他很大帮助。这是后话，这里暂且不表。

咱们再说说小达库自从回到科尔沁以后，一边习武，一边帮着老贝勒做事。现在的小达库不仅武艺好，马术也高强，他还常帮助牧民们照顾牧群。牧民们也都很喜欢小达库。天命二年，蒙古科尔沁部明安贝勒在济能大喇嘛和小达库的护卫下，去赫图阿拉朝拜已登上汗位的努尔哈赤，顺便看看自己的孙女儿，还可以吊唁一下自己的女儿。明安贝勒这是最后一次去赫图阿拉。罕王爷努尔哈赤等众位英雄都非常感动，盛情接待。努尔哈赤还把自己在江南买回来的绢布和在京师买回来的粮谷，送给明安贝勒。明安贝勒在赫图阿拉住了十多天，就要回去了。努尔哈赤觉得过意不去，便委托卫齐代表自己，送一送明安贝勒和济能大喇嘛。

卫齐把自己的两个儿子安排了一下。这两个儿子现在都已经参加了旗兵，一个在费英东的帐下听令，一个在代善身边做事。他们都做得不错。卫齐安排完以后，告别了罕王，陪着明安贝勒和济能大喇嘛及儿子小达库，离开了赫图阿拉。

各位阿哥，卫齐一生曾经多次来往于赫图阿拉和科尔沁之间，没想到，这是他最后一次到科尔沁。人生的事真是难以预料，多年以来，由于卫齐不辞辛劳，鞠躬尽瘁，忘我地为罕王办事，所以身患多种疾病，特别是一进入冬天就开始咳嗽不止，偶尔还能咳出血来，但他谁也不告诉，只是自己悄悄把血往地里一埋，就过去了。

万历四十五年，也就是天命二年，卫齐本打算陪明安贝勒和济能大喇嘛回到科尔沁以后，到爱妻塔嫩的坟前吊唁一下，再回到赫图阿拉。没想到，他到了科尔沁以后，身体越来越不好。明安贝勒让孔果尔贝勒找来济能大喇嘛，请他给卫齐配制草药。济能大喇嘛用遍了所有的偏方，亲自炮制草药，给卫齐服下去，可卫齐仍旧不见好转。万历四十五年冬天，卫齐的病越来越重，吐出的痰里都带着血。

到了万历四十六年春天的时候，也就是天命三年的时候，那年春天，风刮得特别大，气候也反常得厉害，卫齐的病情更加严重了。明安贝勒来看恩公卫齐，卫齐勉强睁开眼睛。

明安贝勒眼泪哗哗直淌，说："恩公啊，恩公，这些年把你累坏了。你放心，我已经派人给你张罗药去了，快些把你的病治好，咱们还得在一起好好干一场呢。"

卫齐只是睁着眼睛，张着大嘴，说不出来话。没过三天，卫齐就去世了，享年已近古稀。

草原上的人没有不为这位默默无闻为草原操劳的人的去世而悲伤的。小达库身披重孝，痛哭不止。孔果尔贝勒安排治丧事宜。卫齐的棺椁被抬到了他的爱妻塔嫩曾经牧羊的地方，和塔嫩合葬到了一起。

明安贝勒特别嘱咐儿子孔果尔贝勒，用最好的木料为卫齐夫妇竖起了一座碑，并在外面架盖起一个高大雄壮的木制祠堂，请汉匠在上面雕龙画凤。后来，常有人去那里拜庙，成为当时草原上人际不绝的地方。可惜三十多年后，祠堂在刀兵烽火中被毁坏。即使这样，草原的人也没有忘记这里，人们传讲着这片湿地，管这里叫"卫齐塘"。在卫齐塘边，出现了一座宏伟的敖包，一年四季鹤群声声，四面八方的牧民来此虔心

第三章 草原拜师

叩拜。

各位阿哥,说书人已经在本书的前一部分,详细地介绍了科尔沁草原。说起来,在科尔沁各部中,明安贝勒所管辖的巴延努赉草原还不算大,它比莽古思贝勒所管辖的部落小很多,跟其他一些大点儿的部落也比不了。但是,在明安贝勒的精心管理和经营下,他的部落发展很快,而且非常有影响。很多大部落都不敢小瞧他,都愿意跟他结成秦晋之好。为什么呢?主要就在于明安贝勒。各位阿哥可能也看出来了,明安贝勒是一位非常有远见的人。他知道眼下的关键人物是赫图阿拉的努尔哈赤。谁跟努尔哈赤搞好关系,谁就有靠山,谁就能发展。所以,他千方百计地跟努尔哈赤把关系搞好。先是把自己心爱的女儿嫁给了努尔哈赤,后因女儿心胸狭窄,抑郁而死。他马上又让自己的儿子把女儿嫁给努尔哈赤,使这个姻缘关系不断。明安贝勒还有一个最大的特点,就是广交天下豪杰。他跟周围部落的关系都很好,像奈曼、敖汉、扎鲁特等蒙古部落都跟他很好。不仅如此,明安贝勒跟西部科喇沁部的关系更亲密,他的大福晋原来就是科喇沁部的。他们两个部落相互照顾、相互支持,这才能在当时群雄纷争的情况下站稳脚跟,立于不败之地。

在任何一个地方,办任何一件事,关键是看掌舵的人。掌舵的人要是把舵掌稳了,事情就能办好;掌舵的人要是不行,多大的家业最后也得变成烂摊子一个,收拾不了。在明安贝勒家族里,孔果尔贝勒也好,桑革尔赛台吉也好,包括博尔济吉特氏卢哲其其格在内的所有兄弟姊妹,他们靠的都是明安老贝勒。随着明安贝勒年事渐高,孔果尔贝勒、桑革尔赛兄弟之间就开始出现了矛盾。其实他们俩过去也不是没有矛盾,因为明安贝勒让孔果尔贝勒掌管家业,从不让桑革尔赛插手,桑革尔赛当然就有意见,但桑革尔赛又不敢跟老贝勒说什么,就把火发到孔果尔贝勒身上。当孔果尔贝勒和桑革尔赛之间出现争执的时候,老福晋往往向着小儿子桑革尔赛,责怪孔果尔。

有些事在这里还得再交代一下,在万历四十三年的时候,努尔哈赤娶了孔果尔贝勒之女博尔济吉特氏乌嫩其其格。婚事办完以后,努尔哈赤给了孔果尔贝勒很多金银首饰、江南的瓷器、玉器和各种丝绸、布帛。桑革尔赛看了心里很不舒服,就找老福晋去要。后来老福晋没办法,就跟明安贝勒说了。

明安贝勒就答应桑革尔赛:"我让扎布派人到牧场给你挑选二百匹好马,再给你选上几个精悍的牧手。你赶着这些马,去赫图阿拉拜见罕王。"

桑革尔赛台吉一听高兴了。

就这样，在这年秋天的时候，桑革尔赛台吉带着随从，赶着二百匹骏马，去了赫图阿拉。陪同他的有一个叫那木坦的人，是老福晋从科喇沁带过来的。那木坦原来在喀尔喀部，后来又到了科喇沁部，而后又随着老福晋一起嫁到了科尔沁部。他的年岁虽然不太大，但这个人见多识广，会察言观色，非常有智谋。所以明安贝勒挺喜欢那木坦，孔果尔贝勒也挺喜欢他，老福晋就更不用提了。老福晋心想：儿子要去赫图阿拉，我得派一个得力的人跟着去。派谁去呢？扎布现在身体不好，不能去。对，让那木坦去，让他陪着桑革尔赛，他会把桑革尔赛照顾得非常周到。

那木坦也一再表示："请老福晋放心，我会让小台吉平安回来的。"

桑革尔赛到了赫图阿拉以后，努尔哈赤设宴款待，回赠了很多礼品，并且给了桑革尔赛四个非常漂亮的女奴。可桑革尔赛并不认为努尔哈赤这是看在明安贝勒和孔果尔贝勒的面子上。所以他回来以后，故意在孔果尔贝勒面前显摆，只是瞒着明安贝勒。

这个事后来让卫齐知道了。卫齐就跟明安贝勒和老福晋说："惯子如杀子，对孩子不能太放任。"这话后来不知怎么传到了桑革尔赛的耳朵里，桑革尔赛打心眼儿里记恨卫齐。

现在明安贝勒年岁大了，孔果尔贝勒掌管整个部落。桑革尔赛就气不公，总觉得孔果尔也不是阿布亲生的儿子，凭什么大权独揽，所以他总是跟孔果尔闹别扭。孔果尔贝勒没办法，尽量躲着弟弟，可桑革尔赛却步步紧逼。桑革尔赛为什么闹得这么厉害呢？那是因为那木坦在背后撺掇的。那木坦表面上一副忠厚老实的样子，见着谁都点头哈腰"嗻、嗻"称是，但这个人的心里却非常故懂，也就是坏。他一看桑革尔赛没啥心眼，就鼓捣桑革尔赛分家。直到后来老福晋都被他气病了，他也没善罢甘休。第二年冬天，老福晋去世了。由于孔果尔贝勒的一味忍让，再加上那木坦在背后鼓求，部落是越闹越散、越闹越乱。

万历四十八年，是一个多灾多难的年头。这年的三月，赫图阿拉传来一个令人悲痛的消息，一等大臣费英东病逝。咱们话往前说，在头一年，也就是万历四十七年，额亦都大将也去世了。孔果尔贝勒知道消息以后，派亲随到赫图阿拉吊唁。

天命六年，明天启元年，努尔哈赤的力量越来越强大。三月份，努

第三章 草原拜师

尔哈赤的大军首先攻打沈阳。沈阳的守兵死伤一片，血流成河。拿下沈阳以后，大兵又继续西进，很快又占领了辽阳，辽河东岸一百七十多个城市全都归属努尔哈赤。明朝皇帝害怕了，他找来大臣们商量对策。

花开两朵，各表一枝。各位阿哥可能都想不到，自从孔果尔贝勒掌管整个部落以后，桑革尔赛就整天地跟他哥哥孔果尔贝勒闹意见。孔果尔贝勒也没法管事了。

咪咪就数落孔果尔贝勒："桑革尔赛的背后一定是有人指使，他们这是想把老贝勒爷的家底给败坏了。他们一定有不可告人的目的。应该揭开这件事，不能让弟弟上这些人的当。你为什么不把事情跟阿布和额吉说清楚呢？"

可孔果尔贝勒不仅自己不去说，也不让咪咪说，并劝慰咪咪，说："这事不能说，咱们也没抓住人家的把柄，说什么呀？再说了，阿布本来就看不上桑革尔赛，我要是去找阿布，好像我这个做哥哥的都容不下自己的弟弟似的。"

咪咪说："怎么能是那么回事呢？给他权可以，给他东西也可以，但不能这么闹啊。这不是要把家给闹黄了吗？"

无论咪咪怎么劝，孔果尔贝勒都不肯跟阿布说。结果桑革尔赛越闹越凶，直到后来老福晋被气死了。

各位阿哥可能要问：这和明朝的西退、努尔哈赤的东进有什么关系呢？各位阿哥不要着急，这当然有关系了，要不我说书人说这么多干什么。我们前面说过，那木坦这个人是有来历的，他原来是喀尔喀部的人，后来又到了科喇沁部。在科喇沁部站住脚以后，因为会来事儿，哄骗住了科喇沁部老贝勒。科喇沁老贝勒的女儿出嫁的时候，他就随着一块儿到了科尔沁部。到科尔沁以后，也一直跟着老福晋。

科喇沁部有三个贝勒，大贝勒已经去世，只剩下二贝勒和小贝勒。现在部落里是二贝勒管事，但小贝勒也挺有权。科喇沁部跟明朝的关系很好，明朝供给他马匹，供给他银两，供给他粮食。科喇沁部位于锦州的北边，大凌河上游，大青山附近。那里的土质非常好。科喇沁部最重要的一点就是它东通科尔沁部，西接承德，然后到关内，进京师，是一个重要的交通要道。很多商贾来往都走这条道，明朝的官员也走这条路。所以，科喇沁这里是很繁华的地方，也是兵家必争之地。明朝很清楚这一点，所以非常重视科喇沁。他们不仅用"羁縻"政策来笼络科喇沁部的人，还派些人出来在科喇沁找事做，表面上在科喇沁做生意，实际上是明朝派过来的色刻①,是刺探科喇沁部情况,操纵科喇沁,通过科喇沁了解蒙古其他部落情况的人。不仅如此,明朝还把科喇沁部的很多人也收买过去了。他们发给这些人优厚的奉饷,甚至给他们官做,你要是不愿意当官也可以,只要你帮着明朝干事,照样按照你的官职领奉饷。所以在科喇沁,有很多人心向大明朝。这个那木坦就是被明朝收买过去的。他表面上是科喇沁部的,实际上他是大明朝的人,操纵他的是大明朝。

明安贝勒也不简单,他知道科喇沁部是一个非常关键的地方。所以,他一方面注意跟努尔哈赤搞好关系,另一方面注意跟科喇沁部搞好关系。通过科喇沁,了解明朝的动向,了解大明朝对科尔沁部的态度。科喇沁成了明安贝勒了解大明朝的晴雨表。另外,努尔哈赤也想把手伸进科喇沁部,但他伸不进去。从地理条件上来说,科喇沁离他有几百里,太远,况且中间多数是被明朝占领的重要据点,鞭长莫及,联络不上。努尔哈赤知道科尔沁部跟科喇沁部关系好,就千方百计地笼络科尔沁部,通过科尔沁部了解科喇沁部,也就知道了大明朝的动向和情况,以及明朝对辽东各部的一些政策。大明朝也非常注意科尔沁部。因为他们知道,明安贝勒跟努尔哈赤走得很近,所以大明朝通过科尔沁部了解赫图阿拉的动向。科尔沁部也就成了大明朝的一个重要晴雨表。当时辽东各部落之间的关系就是这样你中有我,我中有你,相当复杂。

后来,明安贝勒年岁渐渐大了,权力都交给了孔果尔贝勒。科尔沁部发生了变化。因为大明朝为了削弱努尔哈赤的力量,首先要先分化和瓦解科尔沁部,使科尔沁部像一盘散沙,群龙无首,便派那木坦鼓动桑革尔赛和他哥哥反目,以便达到他们的目的。

但那木坦也不敢明目张胆地煽动桑革尔赛和他哥哥斗,而是悄悄地采取挑拨离间的方法,让他们兄弟之间不和。这是为什么呢?因为明安部落还有两位大英雄,他不敢惹。一位就是明安贝勒从科喇沁请来的济能大喇嘛。济能大喇嘛武艺高强,在草原威望很高,牧民们都把他当神一样崇拜。

还有一位,就是济能大喇嘛的得意爱徒,卫齐的小儿子穆达库。穆达库现在已经长成了一个壮汉,是一位了不起的大英雄,力大过人。他使的一根大镔铁棒,长五六尺,重一百多斤。这两位师徒在一起,那木

---

① 色刻:满语,即探子。

坦能不害怕吗？害怕。所以，那木坦做啥事都捅捅咕咕地不敢公开，就怕被济能大喇嘛和他的爱徒穆达库抓住把柄，这师徒俩不得像抿虱子一样把自己抿死呀。桑革尔赛从小就讨厌卫齐，认为卫齐说他坏话，穆达库是卫齐的孩子，所以他也挺讨厌穆达库。但桑革尔赛从小就是一个纨绔子弟，没什么能耐。他知道穆达库是挺仗义的一个人，手也挺黑，要是真让他抓住什么把柄，那非置你于死地不可。所以桑革尔赛也不敢太放肆，只有想办法把济能大喇嘛和穆达库赶出科尔沁，哥哥孔果尔没有了靠山，自己才能独揽大权。

　　果不其然，在大明天启元年，也就是后金天命六年冬天的时候，济能大喇嘛突然收到从科喇沁传来的师兄杜木钦德大喇嘛的手书信函，信的大概意思是说：寺院有歹人捣乱，愚兄被砍伤右臂，命在旦夕，盼你速速回来主持禅堂之事。济能大喇嘛一看非常着急，师兄之缘那是佛前之缘，禅堂出事，师兄遇难，我不能不管。

　　济能大喇嘛就把自己的爱徒穆达库招呼过来，把师兄信里所说之事，原原本本地向穆达库讲了，并告诉穆达库："孩子，禅堂现在没人主事，我得回去看看。看来咱们师徒要分开了。"

　　穆达库一听非常吃惊，他没想到师父要把自己留在这里。穆达库急切地说："师父，你走到哪儿，我跟到哪儿。就是走到天涯海角，我也要跟着你。何况师父你年岁大了，大师伯又遇害，我不能让你一个人去冒险。师父，带我一起走吧。"

　　济能大喇嘛考虑了一下，点头答应到："好，你跟我一起走吧。"

　　就这样，他们把这个事情向孔果尔贝勒讲了。孔果尔贝勒听后，也觉得这是件很重要的事情，无奈地说："事已至此，我孔果尔不敢挽留，也无法挽留。一切谨尊师父之命。唉！"

　　其实穆达库是个非常通情达理、懂人情的孩子，啥事都明白。他从小是在科尔沁长大的。科尔沁是养育他的土地。他也像其他蒙古人一样，对科尔沁有着深厚的感情，舍不得离开科尔沁。他最崇敬的有这样几个人，一位是明安贝勒，再有就是像他阿布和额吉一样的孔果尔贝勒夫妇，还有一位就是娜仁奶奶。更主要的是他的阿布和额吉的坟墓就在科尔沁。自打穆达库从懂事的时候起，通过咪咪和娜仁奶奶，他知道额吉是因为生了他以后出血不止才离开的人世。所以他对额吉充满了愧疚之情。随着年龄越来越大，他对额吉的感情越来越深。只要一有时间，他就到额吉的墓地来看看，给额吉磕几个头，陪额吉唠唠嗑，把自己的心事跟额吉讲一讲。他因为常去墓地，就砍了一个小树墩放在坟前。树墩上又蒙了一块绵羊皮，一坐就是一宿。济能大喇嘛常来这里把他找回去。后来，他阿布也去世了，并且和额吉葬到了一起，穆达库来得就更勤了。

听了师父的话以后，达库当晚又来到了阿布和额吉的坟前，给他们磕了头，然后坐在树墩上，把自己将要离开这里，跟师父到科喇沁的事告诉了阿布和额吉，请求阿布和额吉原谅自己。穆达库在这里整整坐了一宿。天都亮了，他才起身向阿布和额吉告别。

临行前，济能大喇嘛为草原举办了一次盛大的法会。法会的目的主要为草原祈福。这是大家都非常盼望的事情，是草原的一件大喜事。据说参加法会的好处很多：只要参加法会的人，身上所有的妖魔鬼怪，所有的邪晦都会被驱走；有病的人只要参加了法会，身上的病魔立刻就会去掉一大半；岁数大的老人，只要参加了法会，就会觉得自己比原来年轻了许多；特别是孕妇，天天老怕肚子里的宝贝出点什么事，动也不敢动，跑也不敢跑，但只要是参加了法会，肚子里的孩子就会平安无事，越长越结实，临产的时候也安全；小孩要是参加了法会，就会越长越聪明、越长越机灵。所以，草原上的人都愿意参加法会。

法会开始的那天，各地的牧民蜂拥而至，男的、女的、老的、少的，有骑马的，还有步行的，络绎不绝，比举办任何一次法会来的人都多。孔果尔贝勒和他的福晋咪咪带着众侍女来了，桑革尔赛带着那木坦和众侍卫也来了。整个大草原上坐满了人。

济能大喇嘛诵经祈祷，大家一起唱喜歌，从早上唱到晚上，非常虔诚。牧民们只有一个心愿：请众神庇佑我们这片肥美的土地、牛羊，让我们的儿孙更健康，日子过得一天比一天好。

诵经结束以后，济能大喇嘛用手打佛号，对众人说："众位施主，老僧我因有要事必须回科喇沁去。你们以后如果有什么事，可以到科喇沁去找我，我和我的徒儿还会帮你们的。老僧我最后送给你们一句话，'齐心谋福，精诚团结。'科喇沁的喇嘛永远为科尔沁的各位施主祈福，阿弥陀佛。"济能大喇嘛饱含深情用心祈祷，说出了自己的肺腑之言，令在场的人非常感动。

济能大喇嘛坐下以后，小英雄穆达库站了起来。实际上这个祭祀是他主张开的，他怕他和师父走了以后，桑革尔赛他们再闹事，所以他就让师父临走前再开一次法会，给孔果尔贝勒他们打打气、壮壮胆。济能大喇嘛也赞成徒儿的想法。

单说穆达库站起来以后,手里捧着一个用木头刻成的盘子,盘子里装了不少白雀蛋。那时候草原上的雀可多了,一到春天,各种各样的雀漫天飞舞,雀蛋也到处都是,有的雀下的蛋是白蛋壳,有的雀下的蛋是蓝蛋壳,还有的雀下的蛋是带花点的蛋壳。

只见穆达库把雀蛋放到地上,说:"各位爷爷、奶奶、叔叔、婶婶,你们等着,我一会儿给大家变个戏法看看。"

大伙还挺奇怪,穆达库今天怎么变样了呢?要变戏法,头一次听说他会变戏法呀。大家都看着穆达库。孔果尔贝勒和咪咪也伸着脖子往地下看。

不一会儿,穆达库又拎着一个皮兜子过来。他把皮兜子往地下一倒,一条大蟒蛇从里面掉了出来。书中暗表,这条蟒蛇已经被穆达库抓来四五天了,一直被装在牛皮口袋里,饿坏了。今天它一被放出来,就看见了放在盘子里的雀蛋。蟒蛇非常愿意吃雀蛋,雀蛋是它的主要食品。这条蟒蛇也不顾周围有许多人看它,爬过去就把雀蛋一个一个吞了下去。

穆达库见蟒蛇吞吃雀蛋,举起了自己的镔铁倒木棒照着蛇头啪的就是一棍子,嘴里还骂着:"你个害人虫,敢吃我的雀蛋。"这条蟒蛇的脑袋当时就被砸个稀巴烂,躺在地上,一动不动。

大伙都被吓呆了。

只听穆达库说道:"这个雀蛋,就是咱们的草原,就是咱们的科尔沁。咱们要好好保护它,谁要是敢打它的主意,我穆达库决不答应。"穆达库的话说到大伙儿的心里去了。

大家都振臂高呼:"腾格里,腾格里。"

法会开得很成功,震慑了那木坦等人,他们消停了好长一段时间。

自法会结束以后,孔果尔贝勒就命乌力吉接替已经患病在家的扎布管家,巴特尔做了护军统领。见济能大喇嘛真的要走,孔果尔贝勒命乌力吉安排了大小轿车十几辆,除济能大喇嘛自己用一辆,装载佛事用的东西一辆以外,其余车上装的都是孔果尔贝勒送给科喇沁贝勒的粮谷、皮张和鹿肉、狍子肉和牛肉的肉干等。乌力吉又选出了几名最好的驭手,巴特尔挑选了几个壮汉。济能大喇嘛带着自己心爱的徒儿穆达库起程了。

听说大喇嘛要走,大家都来送别济能大喇嘛,送别他的徒儿穆达库。孔果尔贝勒和咪咪也前来送行。

咪咪拉着穆达库的手,流着泪说:"孩子,婶娘舍不得你走。"

达库说:"婶娘,我也舍不得你们呀。"

咪咪嘱咐道:"达库,你可别忘了草原,忘了婶娘。常回来看看婶娘,省得婶娘惦念。"

穆达库说:"婶娘放心吧,我会常回来看你们的。"

他们在路上一直走了七天七夜,才到了科喇沁。济能大喇嘛带着自己的徒儿达库,首先到后室看望大师兄杜木钦德大喇嘛。

两个徒儿进去通报杜木钦德大喇嘛说:"济能师叔回来了。"

杜木钦德大喇嘛马上请师弟快快进来。济能大喇嘛轻轻地走进去,看见自己的大师兄面色憔悴,半躺在床榻上。右胳膊用布带兜着,布带的另一端套在脖子上。

杜木钦德大喇嘛看见师弟来了,非常高兴,说:"师弟,你可回来了。师兄想你呀。"说罢,杜木钦德大喇嘛流下了眼泪。

济能大喇嘛叩头下拜,关切地说道:"参见师兄。师兄,自接到你的信儿后,我就盼着回来看你,无奈那边还有些事情没料理完,所以耽搁了几天。师兄,你这是怎么了?"

杜木钦德大喇嘛止住了哭声,说:"唉,别提了。"说罢,侧了侧身子,把左手伸过来,请济能大喇嘛起来。

济能大喇嘛起身,坐到旁边的凳子上,并伸出双手握着杜木钦德大喇嘛的左手。

这时,打门外进来一个喇嘛,济能大喇嘛一看,自己认识,是小师弟元吉,忙招呼道:"元吉师弟,来,过来坐。"

元吉师弟给师兄济能大喇嘛见礼后,济能大喇嘛又冲门外喊道:"徒儿呀,进来,来拜见你大师伯。"

站在门外的穆达库听见师父招呼自己,开门进来,跪倒在地:"徒儿穆达库参见大师伯,祝大师伯身体健康。"说着,在地上连磕了三个响头。

穆达库常听师父提到大师伯杜木钦德大喇嘛,对他的为人,对他的能力,对他的人品都非常敬重。这次亲眼见到杜木钦德大喇嘛,他非常高兴。坐在炕上的杜木钦德大喇嘛见穆达库那么使劲地给他磕头,而且说出的话使他非常高兴,杜木钦德大喇嘛边笑边说:"阿弥陀佛,好孩子,我看见你非常高兴,快起来吧。"

第三章 草原拜师

穆达库又给元吉师叔见礼。

元吉喇嘛把穆达库搀了起来，说："好了，好了。达库，我们早就知道你的名字。欢迎你来，欢迎你来啊。"

杜木钦德大喇嘛也说："孩子，你的名字我们早就听说了。你师父跟我提过，明安贝勒也跟我多次说起过。他对你阿布非常佩服，我也知道你阿布的为人。卫齐玛法是个顶天立地的大英雄，是科尔沁的大恩人。你是他的后代，准保没错。你会像你阿布一样，受到我们蒙古人的钦佩和喜欢。阿弥陀佛。"

济能大喇嘛说："师兄，不要太激动。我现在已经领着徒儿回来了，一切都听师兄你的。师兄，是谁把你伤成这样的？告诉我，我去找他报仇。"

杜木钦德大喇嘛摇摇头说："谁也不是，是我自己不小心弄的。唉，这事儿以后就不要提了，只要你们回来就好啊。"

济能大喇嘛说："师兄，你就别瞒我了。自己怎么能伤成这样呢？咱们出家人本来是普度众生，惠及世人。可现在竟有歹人伤害咱们，这些人是世上的魔王，必须铲除。师兄你告诉我，这到底是谁干的？我一定报这个仇。"

杜木钦德大喇嘛举起他没受伤的左手，拍了拍济能大喇嘛的肩膀，说："我的好师弟，师兄我谢谢你了。咱们出家之人应以宽大为怀，心通天地，心通四海，不要斤斤计较，受点伤算什么。我现在最惦记的就是禅堂里的佛事，现在你回来了，我就把这些事都交给你了。师弟，你记住，一切都要按规制执行，不能耽搁，其他事不要理会。阿弥陀佛。"

济能大喇嘛知道师兄讲得对，可他心里有他自己的想法。因为师兄有伤在身，他不愿意顶撞师兄，所以也就没说什么。

杜木钦德大喇嘛叫小师弟元吉："你赶紧到后堂安排膳食，再把你师兄的房子收拾一下，让他们师徒住得舒服些。"又回过头来告诉济能大喇嘛："师弟，你原来住的那间房子我始终都给你留着呢，里头的东西也都没动。我让你师弟他们每天都给你打扫。达库就住在你隔壁，你们师徒俩随时都可以见面。"

济能大喇嘛连连说："谢谢大师兄，谢谢大师兄。"

杜木钦德大喇嘛又告诉穆达库："达库啊，你记住，以后这就是你的家。在这儿就像在科尔沁一样，有什么要求你尽管说，一会儿我再让你元吉师叔看看你屋里还缺啥不，要是缺啥东西，就赶紧给你安排一下。达库啊，禅堂的后面就是习武厅，你每天可以在那里练武。达库，我还得嘱咐你一件事，你要是没什么事儿的话，待在屋里不要出去，要是想出去，必须告诉你师叔一声。科喇沁可不是科尔沁，这里非常乱，啥人都有。咱们是佛家人，一定要求清净，不要惹是生非，不要恋世上俗事，这也是我一生的座右铭。希望你们谨行其言。"

杜木钦德大喇嘛讲得非常严肃，济能大喇嘛和徒弟达库点头答应。

元吉领着济能大喇嘛师徒用完膳以后，又回到杜木钦德大喇嘛这里。杜木钦德大喇嘛对元吉耳语了几句，元吉点点头，然后急匆匆地走了。他们俩神秘的样子被穆达库看在眼里，别看穆达库不吱声，但杜木钦德大喇嘛和师叔元吉的一举一动他都注意了。达库心想：这里除了师叔伯，就是我跟师父，他们这是防谁呢？我和我师父没来之前，他们也这样吗？不能啊。很明显，他们这是在防备我和我的师父啊。难道大师伯他们还有什么事情瞒着我师父？难道他们还秘密地干了什么勾当，我师父不知道？我师父那么尊敬大师伯，对他那么信任，难道大师伯信不过我师父？那他把我师父找回来干什么？达库越想越不明白，越想越觉得这里挺奇怪。别看穆达库年轻，刚接触这神秘的社会，但他头脑却非常聪明，他觉得科喇沁是个谜，不但像大师伯说的那样各方面的人士都有，非常乱，连非常信任的大师伯他们都让我们难以相信。

达库在自己的小屋里，转磨磨地想，后来又躺在炕上翻身打滚地想，怎么也想不明白。他想把这事告诉师父，但又一想：不行，我不能告诉师父，一个是我没弄明白是怎么回事，再一个我跟师父说什么呢？我说我怀疑大师伯他们？师父肯定指责我，再说这样说也解决不了什么事。达库想来想去，也没想出什么办法。看来，我只有先出去踅摸踅摸，看能不能探出点什么名堂。如果真像我想的那样，再告诉师父也不晚。对，就这么办。穆达库想清楚以后，就安心多了。此时天色已晚，外面传来喇嘛诵经时敲击木鱼的声音。

穆达库穿好外衣，顺后门出去进了一个大院。院里非常宽敞，种着糖槭树和一些花草，从一排明亮的木房子里传出僧人习武的声音。穆达库断定这就是大师伯跟他说的习武厅。他没进屋，而是顺着林荫小道，围着屋子转了一圈，他要看看院子究竟有多大。走着走着，他看见了一扇小门，门上有个铁销。他一推，门没锁，他想出去溜达一圈再回来。

他刚要推门出去，就听有人说："达库，你干什么去？你大师伯不

第三章 草原拜师

是告诉你不能出去吗?"

穆达库这时才发现,糖槭树下站着一个人。他仔细一看,此人是元吉师叔。穆达库一惊,我也没看见院里有人啊,师叔什么时候站那儿的呢?

穆达库马上说:"我不出去,我就是看一看,看一看。"元吉师叔笑了,说:"达库,你是不是想出去走走啊?达库啊,外面太乱,什么人都有,你又初来乍到,到外面马上就会被人认出来,你要出点啥事咋办?好孩子,听你大师伯的话,别出去了。"

一席话说得达库满脸通红,他马上说:"师叔,我就是出去溜达溜达,没啥事。放心吧,师叔,我不出去了。师叔,你也操劳了一天,快回去休息吧。"

元吉喇嘛说:"那你也早点安歇吧。阿弥陀佛。"

达库进屋以后,屋里已经点着了蜡烛,估计是禅堂里的徒弟们给点的。达库心里就寻思,师叔为什么这么注意我的活动呢?我刚一出去就被他发现了,怎么回事呢?他坐着坐着,突然发现透过窗纸上的窟窿眼儿,他看见了外面的月亮,还隐约听见外面有人说话的声音。他凑到窗户跟前,把窗棂上的纸又撕开一点,看见远处一处木板房的门大开着,旁边还有几个正在建但还没建成的房子。一帮和尚正往开着门的木板房里搬东西呢。达库心想:反正我也没事,出去帮他们干点活,也好趁机看看是怎么回事。小达库很好奇,也没听师伯和师叔告诉他的话,把门一开就出去了。

只见这些僧人抬的都是外面涂着黑漆的木箱子,有的是一个人搬,有的是两个人抬。达库刚想去搬箱子,就有人拍他的肩膀。他回头一看,又是元吉师叔。

元吉师叔说:"达库,白天走了那么远的路,挺累的。这里的事不用你管,回去休息吧。"

达库说:"师叔,我睡不着,干点儿活我还觉得好受点儿。没事,师叔,我有的是劲儿。"

元吉师叔也不好硬推他走,达库就这样留下了。

达库想自己抬一个箱子,从旁边走过来一个僧人,说:"你一个人抬不动,咱俩抬吧。"

达库掂掂箱子,确实挺沉,是什么东西呢?不知道。达库就跟这个僧人两个人抬一个箱子。把箱子抬进屋以后,他这才发现,这间大木板房里面已经装了不少这样的箱子。穆达库也不好意思问，只顾往屋里搬东西。

门口站着两个手拿单刀的兵士，板着脸孔，直大声吆喝着："快点搬，快点搬。"那态度简直就像对奴才一样，一点没有尊重的意思。

达库心想：这里是寺院，怎么被官兵给占了呢？真奇怪。

单说元吉喇嘛不愿意让达库参与进来，但又撵不走他，就赶紧催促众僧人："快搬，快搬。"等达库再回来想要搬东西的时候，东西已经搬完了。只见两个官兵把门一关，三把大锁头一锁。

一个官兵对元吉师叔说："老和尚，记住了，以后这里谁也不准来。要是出了事，就拿你是问。"

元吉喇嘛手打佛号，说："阿弥陀佛，贫僧记住了。"

元吉喇嘛对众人说："各位都回禅堂诵经去吧。"

众僧都走了。小达库叉个腰站在这儿没走，他还没看明白是怎么回事。

元吉师叔过来了，说："达库，你怎么还不走呢？快走，快走。达库，我不是告诉过你嘛，没事就在屋里待着，不要到外面来。"

说完，元吉师叔把达库推进了屋。

达库进屋以后，心里就觉得不是个滋味儿。这两个官兵怎么这么横呢？这里究竟发生了什么事情？想着想着，他就有些困了。就这样，他合衣而卧，睡了一小觉。

天亮的时候，元吉师叔叫他去吃早饭，并拉住达库的手，说："达库，你一定要记住，昨天晚上的事不要对任何人说，也不要告诉你师父。你师父脾气不好，要是惹出事就不好办了。"

达库说："师叔，你能不能告诉我，这是怎么回事啊？师叔，你要是不告诉我，我这心里也放不下。师叔，咱们昨天晚上搬的是什么东西？那两个官兵是哪儿的？他们为什么在咱们寺院里盖了那么多房子？他们这不是搅扰神佛嘛，这太有伤佛堂谦恭之礼了。咱们也不能答应啊。师叔，你告诉我，这到底是怎么回事？"

元吉师叔说："孩子，不要问了，赶紧吃饭去吧。孩子，你大师伯不是告诉你要一心诵经习武，不问世间俗事嘛。那些事都交给你大师伯去处理。你要是参与进来，就更麻烦了。"

达库心想：看来大师伯肯定有憋屈事，只是他不敢说，怕惹麻烦。我一定要把这事弄清楚，替我大师伯出出这口恶气。哼，我长这么大还

第三章　草原拜师

139

没怕过谁呢。

达库打定主意以后，显得比原来听话多了。他吃过早饭，就回到自己的禅室，想自己的道眼。不过达库还是尊重师叔之言，没有向师父讲明此事。

各位阿哥，小达库从小虽然没在卫齐身边长大，但因为他是卫齐之子，明安贝勒把他当作自己家族的成员，像自己的子孙一样爱护。孔果尔贝勒夫妇也把他当作自己的孩子，对自己的孩子什么样，对小达库就什么样，有时都超过对自己的孩子，所以小达库在科尔沁也是说一不二，想干啥就干啥，由着性子来的。明安贝勒是个非常仗义、眼里不揉沙子的人。孔果尔贝勒更是疾恶如仇、有正义感，如遇豺狼虎豹，拼死也要跟他争的人。在这样的环境中长大的孩子，当然也是这样。小达库到了科喇沁以后，看到大师伯和小师叔好像有很多话不敢说，一个个委曲求全、担惊受怕的样子，小达库能受得了吗，能习惯吗？小达库非常敏感，马上就感觉不对，这地方好像有一股凶残的力量在威胁着大师伯他们，压得他们喘不过气来。小达库好像受到很大的欺辱，他要打这个抱不平，替大师伯他们主持公道。可我怎么办好呢？怎么能把事情圆满地解决呢？这事又不能跟师父说，师父现在够忙的了，每天除了诵经、训徒、打坐，还要主持佛堂之事。去问大师伯？大师伯也不会告诉我，到头来照样是无济于事。看来这事只能是我穆达库一个人去办了。可怎么办呢？达库眼望窗外，突然想出了一条妙计。计策想出来以后，他的心里也就安稳多了，躺在炕上就睡着了，一直睡到天黑。

再说元吉喇嘛非常惦记小达库，怕他出去惹祸，所以他一直不错眼珠地盯住达库。他一上午都没看见达库到外面来，就悄声地把达库的门打开，见达库在屋躺着睡觉呢。他心想：这孩子可能是累了，别吵吵，让他睡吧。到了下响的时候，他还没看见达库，就又来到达库的屋前，这次他没开门，而是把窗户纸捅了一个窟窿眼儿，往里看看。他看见达库还在睡觉呢，上回看的时候是仰着睡的，现在又趴着睡了。

元吉喇嘛非常高兴，颠儿颠儿地跑到杜木钦德大喇嘛那里，说："师兄，达库挺老实，没出去惹祸，在屋里睡觉呢。"

杜木钦德大喇嘛一听，说："好，就让他在屋里好好睡吧。咱们就要这样的孩子，别给我出去惹乱子就行。告诉他们都给我小声点，别吵醒他。他要什么，你们就给他什么。"

元吉喇嘛点头答应，然后出去了。到了晚上，元吉喇嘛看达库吃过

鳌拜巴图鲁

饭以后，又回到自己的屋里，哪儿也没去，觉得达库真的听话了，不会给他们捅娄子了，也就不再看着他了。就在这天夜里，接近亥时的时候，也就是半夜的时候，万籁俱静，整个科喇沁的人都进入了甜蜜的梦乡，只有巡夜的马队在外面巡逻。

小达库白天睡了一天，晚上又吃了满满一盆子的饭。他吃饱喝好，精神头也足了。这些，都是小达库计划中的一部分。我们的小达库要干一件伟大的事情，他要夜探神秘的木板房。

咱们前书说过，济能大喇嘛是很有名的世外高人，他们师兄弟受西域一些宗派的影响，自创武功。他们有一套禅功，那是相当厉害。什么是禅功？就是佛堂之功。佛堂之功主要是软中有硬，硬中有软，软硬兼施。完全以气为主，气养身，气运身，气壮身，气润身。

达库从六岁开始就跟着济能大喇嘛练功，现在已经十八九岁了，也就是说他已经练了十二三年了。他每天没啥事儿，除了练功就是练功，所以他把师父的功夫几乎全学到手了。达库有几大技能，一个是他力大过人。他的气运上来以后，几千斤的力量压到他身上，他都一点儿不在乎。达库不愿意使刀、使剑，他觉得那玩意儿太轻，像掏耳勺似的，不过瘾。他使的兵器叫镔铁倒木棒，是一根很粗的大圆铁棍子，有一百多斤，一般人扛不动。什么叫倒木棒？就是棍子一抡起来，不管是树还是木头，人就不用提了，都挡不住，都得倒下，而且一倒倒一片。他使棍子不是瞎抡，每一招一式，都是有说法的。第二个他会轻功，他的轻功很好，他能站在小孩身上，小孩一点儿也不感到沉，小达库还能在水面上行走。

在这里，我给各位阿哥讲一个故事。小达库自从跟济能大喇嘛学武以后，虽然他跟孔果尔贝勒一家人前后院住着，但他只顾一心学武，从不到前院闲逛。所以，咪咪婶娘挺长时间没看见他了，挺想他的。另外，咪咪常听孔果尔贝勒说："达库专心学武，很有长进，济能大喇嘛对他非常满意。"咪咪听了以后非常高兴。为了让达库专心学武，咪咪从来不到后院去打扰小达库，她也不让乌嫩去打扰弟弟。乌嫩毕竟是孩子，小达库走了以后，她缺少了一个跟自己一起长大的小伙伴，所以她很想念弟弟达库，总吵着要去找达库玩。后来，咪咪被她吵得没办法，另外她自己也很想念达库，就答应乌嫩把小达库叫回来一趟。

一天，咪咪让奴才们做了很多菜，并亲自到后院把达库叫了过来。孔果尔贝勒当时没在家，只有她和乌嫩跟达库在一起吃饭。

第三章　草原拜师

141

吃饭的时候，乌嫩问："达库，你跟大师父学武累不累呀？"

达库说："咋不累呢。不过我不怕累，累我也愿意学。"

乌嫩又问："那你都学啥能耐了？练一个给我看看。"

达库说："也没学啥能耐，反正师父让练啥，我就练啥呗。"

咪咪也说："达库，我听说你的武功学得挺好。来，给我和你小姐姐比划一个，让我们看看你学了什么本事，有什么能耐。"

小达库说："婶娘，我真没啥能耐。"

咪咪说："行了，你就别谦虚了，给婶娘和你小姐姐练一个。"

乌嫩也在旁边说："是啊，达库，我也想看看。"

小达库架不住咪咪婶娘和小姐姐撺弄，另外，小孩的心理都这样，都愿意表现自己。小达库把筷子撂下，站到地当间儿。

他看看四周没什么兵器，就跟乌嫩说："姐姐，你躺地上。"

咪咪问："躺地上干什么？"

达库说："我站她身上。"

他这一说可把咪咪吓坏了，咪咪忙说："哎呀，我说达库啊，你那么大个子，长得又那么胖。你姐姐长得那么瘦弱。你把她踩坏了怎么办？她可是你的姐姐，你不想要姐姐了？你这孩子，练什么不好，怎么能练这个呢？"

乌嫩也说："我要看你练武，你怎么还要踩我呢？"

达库说："婶娘、姐姐，你们不要怕。你们不是要看看我有什么本事吗？婶娘你放心，我用的是轻功，不会踩坏姐姐的。"

咪咪想了想，说："好吧，你踩吧。"

咪咪又问乌嫩："你敢不敢让他踩呀？"

乌嫩还真没在乎，说："敢。达库，你踩吧，我不怕。"乌嫩说罢，躺在了铺着绒毛地毯的地上。

达库说："你把眼睛闭上。"

乌嫩问："闭眼睛干吗呀？"

达库说："让你闭，你就闭吧。"

乌嫩把眼睛闭上了。咪咪一听，也用手把眼睛捂上了，不过她还惦记自己的孩子，就把手指头露点缝儿，从手指头缝儿里看着达库的举动。

小达库对自己的功夫还是充满信心的，他想：既然婶娘和姐姐想看看我有什么能耐，我就把我最拿手的本事让你们看看。达库走到乌嫩身边,深吸了一口气。然后,双手回照丹田,双脚站到了乌嫩身上。开始的时候,咪咪始终用眼缝儿看着小达库,等小达库运完了气,站到乌嫩的身上的时候,乌嫩没什么反应。咪咪这才敢把手拿下来,睁大眼睛看着小达库。大约数了有百个数的工夫,小达库才从乌嫩的身上下来。

乌嫩还在那闭着眼睛,嘴里还说着:"达库,你倒是踩呀,你怎么还不踩呢?我都等着急了。"

咪咪说:"傻孩子,起来吧。你兄弟都下来了。"

乌嫩这才睁开眼睛,站了起来。

咪咪搂着小达库,拍着他的屁股说:"孩子,你学得好啊,学得好,真成了小神人了。"

乌嫩也高兴地拉着达库的手又蹦又跳,并吵着让达库把这套功夫也教给她。这事在科尔沁就传开了。大家都知道小达库的能耐了不得。后来,这事被济能大喇嘛知道了,济能大喇嘛把他狠狠地训斥了一顿:"以后不许这么做。学本事是为了立国安邦,不是为了显示自己。你要是不听话,我就什么都不教你了。"从那以后,小达库再也不敢显露自己的能耐了。可这回就不同了,小达库心想:师父,请你原谅。为了咱们寺院的安危,也为了科喇沁的安危,徒儿我不得不这样做。达库给他屋里佛龛上的佛祖上了炷香,又磕了几个头,在心里默默地祈祷佛祖保佑他平安无事、马到成功。

咱们再回来说小达库睡醒以后,换上了夜行服,又带了两把匕首。一把匕首带有弯钩,便于撬个东西什么的,另一把就是普通的匕首。两把都插在小腿外侧的皮兜里。另外,他还带了一头带钩的绳索和一把小短锯等东西。东西带好以后,时间差不多就到了亥时,也就是快到半夜的时候。外面已经漆黑一片,没有一点声息。达库悄声绕到白天他们往里放东西的木板房后面的一片树林里。他观察了一会儿,四周没有动静。他又拣起一块小石头,往远处一扔,以此试探一下周围有没有人埋伏。他听了听,还是没有动静。他绕到一棵杨树下,查看木板房周围的情况。他突然发现木板房的左侧和右侧都有一堵女儿墙。这堵女儿墙是这个木板房旁边另外搭建的小耳房的山墙。

小耳房不太大,可能是给看护这所房子的人住的。小达库心想:这两个小耳房里的人是我的眼中钉,我只有拔掉这个眼中钉,才能接近木板房。对,我先把这两个房里的人杀了。他刚想接近小耳房,转念又一想,不行,我不能这么做。如果我把这两个房里的人惊动了,就得跟他们打起来，杀几个人倒不在话下，但势必就得拖延时间，天就快亮了，那我什么事都办不成了。再说了，杀了两个耳房里的人，官兵就会向大师伯他们施加压力，我等于给我师父和师叔伯他们带来麻烦。不行，这个办法不行。看来我只有神不知鬼不觉地进入这个神秘的板房探清情况，才能救师叔伯他们于危难之中。对，就这么办。主意拿定以后，达库就在树底下撒目。他要想办法绕过这两个耳房，接近木板房。

达库看了半天，发现这个木板房的后房山头有棵非常粗的大杨树，估计至少有二百年的历史了，旁边还有两棵，但没它粗。看着，看着，他眼前顿时一亮。怎么回事呢？原来这棵大杨树非常高。木板房就在树底下，有的树杈都快伸到木板房的房檐上去了。小达库心想：这是天助我也。我就利用这棵居高临下的大树，爬到木板房上去。想到这儿，他把自己的身上重新检查了一下，一切都挺好。然后，用白猿攀树腾身功，噌、噌、噌地爬到树上。上树以后，他又选择一个距离木板房最近的粗树枝，爬到最前头，纵身噌地一纵，像箭一样射过去了。通常情况下，抛出去的东西落到地上的力量是很大的，何况要是落到木板上，声音会很大的，如果是在夜里，声音就更大了。

我们的英雄小达库，说书人我习惯叫他小达库，实际他不小了，已经是个大小伙子了。他用自己学到的轻功，从树尖扑到了房脊上。为了确保万无一失，他没用脚着地，而是头朝下，用自己双手的手指尖支撑着整个身体，先来个倒立，然后一个鹞子翻身，轻轻地坐在了房脊上，像树叶飘落到房顶上一样，一点儿声音都没有。小达库这一连串的动作，是在一刹那间完成的，非常迅速，我说书人说得慢了一些。小达库轻轻移到了左侧的房山头，房顶都是用木板拼成的，拼得不怎么紧，有缝隙。他把着一块木板晃了晃，木板都是木削子钉的，不结实。他这一晃，就把木板晃掉了。不过这也就是他晃，你要是去晃，那可晃不动。达库把这块木板轻轻地放到一边，房顶露出个窟窿，恰巧他能侧着身子钻进去。

达库敏捷地钻进去以后，站在山墙往下看，只见黑洞洞的屋里摆放着一摞摞的大木箱子。小达库用轻功从房山跳到木箱上，这时他才发现，木箱子上都有锁。达库的手像个小钳子一样，用手一拧，咔吧一下，锁就折了。他打开箱子，借着从房顶木板缝隙透过来的月光一看，里面装的都是刀。他又连续打开几个箱子，有的箱子装的是刀，有的箱子装的是匕首，有的箱子装的是铠甲，大多数装的都是刀，看起来是装

鳌 拜 巴 图 鲁

144

备兵员用的。达库又摸索着往里走，在最里边发现了一个小铁门。达库在外面仔细听了听，里面鸦雀无声，一点儿动静也没有。他又轻轻推了推，门没锁。达库觉着挺奇怪，为什么在房子里又建了一个这样的地方呢？这个地方是干什么用的呢？带着这些疑问，达库推门进去。

门开了以后，里面有亮光。借着亮光达库看清楚了，这里原来是个暗室。为了以防万一，达库一手扶墙，一手拿着匕首，顺着石阶一步一步地往下走。台阶不多，也就十几阶。他越往下走，就越亮，下到最底下，往左一拐，他才看清，这里面原来是一间不大的砖砌的小屋，有一人多高。地上放着一大盆蜡油，每面墙上都掏出了一个坑，坑里放着瓷碗，里面装有蜡油和几根用棉花捻成的蜡捻子。有两盏灯点着，有两盏灯没点。亮光就是从这里发出来的。这样洞里面既不黑，而且看得挺真切。达库看见地中间放着一个木板台，木板台上放着四个雕刻得非常好看的楠木箱子。他把其中一个箱子打开一看，里面装了整整一箱子的小金元宝，能有五十多个，另外三个箱子里装的都是银元宝。达库又打开旁边两个稍扁的箱子，里面装的都是用紫铜铸成的铜佛。达库觉得挺奇怪：佛家的东西怎么都到这儿来了呢？这里面又潮又霉，怎么能让佛祖在这里受委屈呢？不行，我得把它们救出去。还有这些财宝，也不知他们是从哪儿搜掠来的，我也得拿回去，不能给他们留着。

主意打定以后，达库就四处撒目装财宝的家伙。他还真找到一些皮囊兜子，可能是他们往这儿运这些财宝时用的。就这样，他把金元宝装了满满一兜子，银元宝装了满满一兜子，又把三个小铜佛揣在了自己的怀里，那个大一些的实在没法拿了，就没拿。达库把装有元宝的两个袋子一系，搭在了自己的肩上，把箱子盖好，就出来了。他关好门，顺原路返回。虽然他身背这么重的东西，但是他走起路来依然很轻，像没背一样。达库攀缘着木箱，蹬上房顶，从木板缝钻了出去。然后，把自己刚才掰下来的那块木板按原样放回。达库又仿照如来坐莲花的办法，盘腿坐下，用轻功将身体移到房檐边上，然后飞身上到房檐边上的粗树枝，通过粗树枝到树干，然后腾身跃下，迅速隐入树林。这时天色还没放亮，远处传来公鸡啼鸣之声。

小达库回到了自己的小屋，把身上的皮兜子摘下，妥善地放好。又换上了自己平时穿的衣服。刚喘口气歇会儿，元吉师叔就推门进来了。

元吉师叔边往里走边说："达库，别睡了，快起来吃饭了，吃完饭好练功。"

第三章　草原拜师

达库装模作样地狠狠伸了个懒腰，说："这宿觉睡得太好了，比哪宿睡得都香。"

元吉师叔听着那个高兴啊："好孩子，这就对了。好好睡觉，养好你的小身板。走，跟我赶紧吃饭去。"就这样，达库和师叔一起用了早膳。

吃完早膳，他们一起拜见了济能大喇嘛。大喇嘛听说自己的徒弟很听话，也挺高兴的。他们师徒在元吉喇嘛的陪同下，又一起去拜见杜木钦德大喇嘛。

杜木钦德大喇嘛见他们进来，面露微笑，跟两位师弟寒暄了几句，然后笑着跟穆达库打招呼："达库，睡得好吧？我听你师叔说你昨天挺听话。这就对了，咱们寺院的人一定得听我的话，只管静心做好你们的佛事，练好你们的功夫，保护好你们的身体，其他事有我呢。好了，你们忙自己的事去吧。我只要每天能见见你们就行了。"

济能大喇嘛、元吉喇嘛拜别了师兄，几个人就出来了。

达库这才知道，每天早上用完早膳，师父和师叔伯级的人，都要给寺院里的住持大喇嘛见礼、问安，还要恭敬聆听全寺住持传述佛经大法，这是他们这个寺院多少年传下来的规矩。一般寺院里的和尚喇嘛还享受不到这种殊荣呢。现在，这个寺院里尊位最高的人就是大师伯杜木钦德大喇嘛，他们就要给大师伯见礼。小达库乍进寺院里，名微权疏，本不在这个名分里，这全仗他的恩师济能大喇嘛。

从大师伯屋里出来，是一个挺长的嵌花走廊。花廊的尽头分开两条路，一条是通向大雄宝殿去的，另一条是通往后面套院去的。后套院专有花墙围绕，这个布局一看就很清楚，这是全寺众僧人生活起居、吃喝拉撒睡的地方。此外，便是寺院存藏粮米和衣物的仓房。

元吉喇嘛是主管寺院生活的住持，他望见后套院后，便跟自己的师兄说："二师兄，我得到后院去看看，还有不少给寺院供献粮米的车辆要我去安排呢。"

济能大喇嘛说："好，师弟，你去吧。我得到禅堂去，不少徒弟等着我讲经呢。"

师兄弟二人就此分手。元吉喇嘛往后院去了，济能大喇嘛往大雄宝殿方向走了。

达库看自己的小师叔走了，心里非常高兴，这正是他盼着单独和师父唠唠心里话的机会。他忙扯着师父的袍襟，小声说："师父，师父，你先别走，我有话要禀告师父。"

济能大喇嘛回头望着自己徒儿一本正经的样子，问："达库，你不赶紧回去练功，又捣啥乱？达库啊，你刚到这来，可别给你大师伯他们添乱子，知道吗？"说完，径直往大雄宝殿走去。

小达库可急了，赶紧跑几步，又把师父的袍襟扯住，小声又神秘地说："师父啊，我不是添乱子，真有事。你跟我到我屋去，我有话跟你说。"

济能大喇嘛问道："什么事啊？还非得到你屋里去说，在这说还不行吗？"

达库说："不行，师父。你必须到我屋去，我给你看些东西。"

济能大喇嘛说："是不是你咪咪婶娘给你带的吃的，你没舍得吃。达库，我不要，你自己留着吃吧。"

达库着急地说："哎呀，师父，不是这事。你跟我去就知道了。走吧，师父。"边说边拉扯着师父。

济能大喇嘛为什么说出这番话呢？原来，他们师徒在科尔沁的时候，孔果尔贝勒赏给达库东西的时候，他都先给师父看。咪咪给达库送吃的东西的时候，他也给师父留一份。济能大喇嘛以为可能是他们临来的时候，咪咪给达库送的东西，他没舍得吃，现在把自己拉过来一块儿吃。济能大喇嘛也非常喜欢小达库，你想啊，在自己身边长大的孩子，虽然不像娜仁奶奶那样，一把屎一把尿地拉扯大的，但要是赶上孩子憋尿了，就得赶紧帮孩子把裤子解开，让孩子撒尿，有时达库要拉屎，师父就得帮他把裤子解开，再给他擦个屁股什么的，这些事都没少干。有时候师父打坐，他就趴在师父的大腿上睡着了。济能大喇嘛就像伺候自己的孩子一样伺候小达库，但师父要是真生气了，达库也挺害怕。眼下，达库撒娇似的拽着师父，济能大喇嘛心里也挺纳闷，他知道自己的徒儿聪明，眼睛里好装事，这是他喜欢小达库的主要原因。现在他见这小子神秘的举动，心中早起了疑团。这孩子从来不办云山雾罩的事，想来其中必有缘故。于是，济能大喇嘛跟着达库，来到了孩子住的屋子。

进屋以后，达库请师父坐下。

济能大喇嘛着急地说："我不坐了。你把我叫来有什么事儿？"

达库说："师父，你别着急。"

说罢，达库往门外看了看，见门外没人，这才回身把房门关上。然后，从他的卧榻底下拽出来两个皮兜子。他把皮兜子拽在济能大喇嘛的

第三章　草原拜师

脚前放下，又从床底下拽出一个夜行服。这夜行服济能大喇嘛认识，那是自己赏给徒弟的。达库把夜行服抱着放到旁边的桌子上，并把夜行服打开。他这一打开，把济能大喇嘛吓一跳，马上站了起来。夜行服里包着金光闪闪的三尊佛像，一尊是佛祖释迦牟尼，一尊是手执金刀的文殊菩萨，一尊是千手观音佛。这是科喇沁喇嘛庙里的镇院之宝，平时都放在禅院后面一个宝塔形、外面涂着红漆的三层角楼的最上层。那里是神圣的藏佛楼，建有二百余年，一般僧众根本就接近不了。因为这三尊佛像非常珍贵，是寺庙的镇院之宝，所以这三尊佛像就放在那里，没放在大雄宝殿。

济能大喇嘛吓得眼睛都冒花了，他吃惊地说："达库，你在哪儿弄来的？这事儿要是让我大师兄知道，不得把他气死啊。达库，我自打三十岁到寺院，已经四十年了，我都没敢碰一碰它们。达库，这是元太祖成吉思汗赐给咱们这座寺庙的，是这庙里的传家之宝，也是镇院之宝。这座寺庙就是因为有这三尊佛像，各地的僧人和香客才不远千里前来朝拜。你现在把它们请出来了，犯的可是死罪啊，是要被大火烧死的。哎呀，这可怎么办好？"

达库一看师父着急了，马上说："师父，你别着急，先请坐。你还没看完呢，等看完了我再告诉你。"

小达库又把两个袋子打开了，一个袋子里装的全是金元宝，另一个袋子里装的全是银元宝。

济能大喇嘛头一次看见这么多元宝，他更傻眼了，马上站了起来，把金元宝拿在手里，用嘴牙咬了咬，真是金子，不是假的，忙问："快说说，你在哪儿弄来的？"

小达库说："师父，徒儿自从跟师父学徒以后，从来不敢做违规之事。这次我跟您老到禅院以后，见了我大师伯和我小师叔，我总觉得他们讲的不是实话，有些话他们总是话到舌边留半句，吞吞吐吐，好像有什么忌讳，不敢讲似的。我就觉得奇怪。师父您记不记得，咱们来以后，大师伯总是嘱咐我不要出去，不要惹事。他们为什么那么怕我出去呢？刚来的那天晚上，我开开后门，到后院走了走，正巧看见有一个门通向外面，我就想出去溜达溜达。没想到，我刚想摸那个门，我小师叔就出现了，原来他在暗处监视我呢。我小师叔不让我出去。我就奇怪了，我也不招谁惹谁，出去看看还不行吗？师父，您肯定也能看出来，大师伯他老人家德高望重，他的伤是怎么受的，他一直没告诉咱们。他

148

好像有很多难言之隐。师父，咱们既然来了，就应该查出真相。师父，就是有天大的事，我穆达库也敢顶上去。师父，我是您教出来的，您告诉我要做正义的人，要敢于面对邪恶，不能做胆小鬼，不能做软骨头。师父，您先别着急，我告诉您这些东西是怎么来的，您听了以后会气炸肺……"

达库就把他晚上睡不着觉，帮助元吉师叔他们搬东西，发现了神秘的木板房，以及他夜探木板房，发现兵器以及财宝和佛像的经过，原原本本地统统告诉了师父。

最后，达库说："师父，我不能让佛像在那么阴暗潮湿的地方受罪。为了保护佛像，我把它们请回来了。再说了，师父，这么多元宝怎么藏到这儿来了？是从哪儿来的？为什么要藏到这儿？咱们谁也不知道。所以我就给拿回来了。师父，徒弟长这么大，头一次没经过师父的允许办事，我有罪。师父，一旦大师伯怪罪下来，徒儿我一人承担，绝不连累你。"

济能大喇嘛仔细听了徒儿达库的陈述，感到很欣慰。达库啊达库，你真长大了、成熟了。不错，好样的，是我济能的徒弟。其实，济能大喇嘛也不是麻木不仁之人。这些天来，他不是什么都没看出来，也不是真的就忙着禅事，对寺里的一些奇怪现象没注意，其实他看到的比自己徒弟看到的还多。他打看到师兄的第一眼，就觉得师兄有事瞒着他。以前他跟他大师兄是无话不谈、无话不说的，像一个地人一样。可这次回来，大师兄跟他说话，说半截就停住了，吞吞吐吐的，不说透，其中必有缘由。他自打回到科喇沁，每天晚上都睡不着觉，他的心思并不亚于他的师兄杜木钦德大喇嘛，而且要比他的师兄更痛苦万分。他深知自己的师兄一心向佛，心地良善，遇事只为别人着想，所有的苦他都一个人顶着。他早已预见到师兄把自己急速招回寺院，肯定有诸多难事无法排解，这才招他回来，盼他解决寺庙的危机。然而，济能大喇嘛通过观察发现，事情绝非像自己想的那么简单，要想解决这些疑难之事，必须慢慢梳理这些凌乱的头绪，把事情弄明白才行。所以，济能大喇嘛一直装做无事的样子，只是完成大师兄交给的任务。至于自己的小徒儿达库，他仍然认为他是个乳臭未干的孩子，只要他专心练功，少惹是非，也就随其所愿，没加干涉。此时，能令他钦佩的，是自己平时根本没放在眼里的徒儿，竟把他这几天来深思熟虑的疑问全给揭示出来了，怎能不使他欣喜万分，惊叹不已。

达库看师父半天不说话，以为师父生气了，因为师父曾嘱咐过他：办什么事都得事先跟他商量。特别是到科喇沁以后，师父更加嘱咐他，你要规规矩矩、老老实实的，不能到外面给我惹祸。小达库"嗻、嗻"称是。结果到这儿以后，达库不仅没有听师父的话，而且做出了这等令人吃惊的大事，看来自己只能等着挨罚了。

此时的济能大喇嘛手摸着元宝，看着佛像，考虑的很多。他想：既然达库把它们拿了回来，就不可能再让他送回去了。这事早晚得被官兵发现，他们一定不会善罢甘休。肯定得认为是寺庙里的人干的，必定要找我师兄兴师问罪，接下来，不知道将有什么灾难降临到寺院。第二，达库做的这个事，我得禀告我大师兄一声，让大师兄有个思想准备。另外，我也开门见山地问问他，这究竟是怎么一回事，然后我们一起坐下来想对策。只要我们寺院的人抱成团，什么邪恶之人我们都不怕。

济能大喇嘛把前因后果都想了一遍后，这才说话："达库啊，你这事办得挺好，不错。达库，我再问你，你在里面还发现了什么没有？"

达库说："没有啊，除了这些东西，我什么也没看见。"

济能大喇嘛又问："里面有没有机关？你检查了吗？"

达库想了想，说："没有，我发现了元宝和铜佛以后，就把它们装起来了，也没细看周围有没有什么机关。"

济能大喇嘛叹了口气，说："这就是你做事不细。你既然进去了，就应该仔细看看里头还有没有什么暗道，还藏着什么东西没有。这些你都得弄清楚。这是一。第二，两边的小耳房里究竟有几个人，这些都要弄明白才行。"

师父的一席话让达库很受启发，他一拍自己的脑门，说："对呀，师父，我怎么就没想到呢。师父，你放心，我今天晚上就去把它搞清楚。"

济能大喇嘛说："晚上我和你一起去。"

达库说："不行，师父，你不用去。我一个人就行了。"

济能大喇嘛说："多一个人就多一份力量。再说了，如果他们发现丢了东西，一定会严加防范的。"

达库想了想，说："师父，你如果一定要去，那也行，但你不能进去，就在外面帮我看着点。如果来人了，你就学三声狼叫。"

济能大喇嘛嘱咐道："你可要小心哪。"

达库把脸一扬，说："放心吧，师父。"

到了晚上星星出齐的时候，师徒俩人换好了夜行服，在黑暗中悄悄来到后院，接近了木板房。他们在密林里静观木板房周围的动向。只听四周只有风声和风吹树叶发出的沙沙声，偶尔还能听见几声虫子的叫声，其他什么动静也没有。济能大喇嘛从地上拣起一块石头，来到了板房的一侧。他用石头向耳房方向一扔，石头砰地一下，打在了耳房的墙上。一般来说，在寂静的黑夜中，石头打到墙上的声音也不小，如果耳房里有人，一定会听见，即使是他们不出来察看，起码里面也会有动静。可济能大喇嘛扔出的石头打到墙上以后，耳房里还是那么静悄悄的，什么动静也没有。这就证明耳房里没人。济能大喇嘛拉着达库，俩人悄悄接近小耳房。达库一脚把门踹开，两个人进去一看，里面确实什么都没有。看起来这是一个虚设的耳房，是用来吓唬寺院里的人的。他们又到了另一侧的耳房里，用同样办法把门打开，结果里面也是什么人都没有。

济能大喇嘛和小达库放心地点了点头，两个人走出了耳房。达库按照他上次来的路线，来到了那棵大树前，爬上了树干，又从树干纵到房上，在房顶的一侧，把木板撬开，钻了进去。济能大喇嘛隐藏在一棵大树下，给自己的徒弟放哨。

因为达库已经来过一次了，所以对于这里的情况比较熟悉。达库进去以后，直接就来到了暗道口把门打开，借里面的油灯发出的亮光，顺着石阶就下去了。到了下面以后，他就把随身携带的匕首拿了出来，按照师父的吩咐，用匕首轻轻地敲击着墙壁。敲着敲着，墙上突然发出咚咚咚的空响声。达库喜出望外，又接着敲了几下，发出的还是空声。达库仔细观察了一下，这才发现，原来在后侧墙上，开了一个不大的、椭圆形的、对开着的小洞门，由于做得相当隐蔽，所以不仔细看根本看不出来。达库心里不由暗暗赞叹，看来还是师父有经验，自己怎么就没想到呢。

达库侧着身子站在门旁边，使劲儿把门往里一推，然后赶紧往旁边一闪。一般练武的人都明白，开地道暗道要非常注意，地道的主人常在里面设置一些暗门机关，不知道内情的人要是不经主人同意，擅自闯入地道，刚一开门，就会被迎面射来的暗箭夺取性命。所以开地道暗门的时候要百倍警惕。由于里面光线不是很好，达库也没看见，他这一使劲儿，一下把插门的上下两个小门闩给别折了。门一开，从里面立刻钻出一股凉风，但没有暗箭射出。等了半天，达库才把洞里的油灯拿过来一盏。他一手端着油灯，一手拿着匕首，小心翼翼地往里走。里头是一条通道，面积不大，举架也不高，只能容一个人过去，但挺平坦。达库个子高，只好猫着腰往前走。走啊走，走啊走，走了很长一段路，又绕了两个弯，前面没路了。达库就想：怪啊，前面怎么没路了呢？这一路上我都仔细看了，也没有什么暗道啊，那他们挖这个洞有什么用呢？不对，我得好好看看。达库仔细地摸着四周的墙壁，并用匕首敲打着，都很硬，没有空声。他又跺跺脚，下面很结实，也不像是有暗道的样子。

由于达库猫腰时间长了，腰就有点酸了。他索性跪在地上，抬起头，直了直腰。他这一抬头，脑袋就顶到了洞顶。哎，他马上感觉自己的头不是碰到了凹凸不平的泥土上，而是碰到了一个非常平整又不是很坚硬的东西。达库马上举起油灯，仔细观察着洞顶。他发现洞顶有一块非常平整并且四四方方的那么一个地方。达库试着往上推了推，这个四四方方的地方还真动了，原来这里是一块木板。达库把这块木板使劲儿往上一推，木板就被推到了一边，露出了一个洞口。达库这才知道，原来这里是这条地道的一个秘密出口，怪不得自己刚才把小门一打开，有股凉风出来，原来风是从这里钻进来的呀。

达库把身子一直，整个肩膀往上全都露在了洞外。达库刚才在洞里憋半天了，现在冷丁一出来，吸了几口新鲜空气，觉得非常舒畅，特别痛快。达库仔细观察着周围的情况。他一看这地方选得好啊，周围都是一人多高的柳树，把这里遮挡得严严实实，外面人根本发现不了这里。这地方选得好、选得高。

小达库两手一支，从洞里跳了出来。达库乍到科喇沁，根本没离开过寺院，更没到过野外，根本不知道这里是啥地方。他仔细听了听，只有远处传来一阵阵的犬吠声和树上的乌鸦声，再没有别的声音，看来这里不是寺院。这是什么地方呢？师父要是问我到啥地方来了，我都不知道啊。我得好好看看，这是啥地方。

达库很有心眼，出来以后，就一直往东走。穿过这片柳树，往前走不远，是一片开阔地。地上长满了蒿草，也有一些小榆树、小柞树、小松树什么的。他又继续往前走，走着走着，脚底下被拌了一下，他低头捡起来一看，是一个死人的脑壳骨，眼睛那块儿露出两个吓人的大窟窿。他赶紧扔到了地上，再接着往前走，他又发现了死人的大腿骨，再往前看，就是一座座的坟墓。他大致看了看，足足有几十座。他知道自己这是走到坟茔地来了。有的坟可能因为时间很长了，又没有人经管，土包已经很小了；有的坟包上的土堆得很好、很高，坟前的石碑也非常气派，非常好看；有的石碑非常小，也非常矮；有的都已经没有石碑了。这是一座时间古老的坟圈子。达库胆挺大，就在这坟圈子里转悠来，转悠去。

达库把周围大致看了一遍以后，回到了洞口附近，把这里的环境又看了看，为了确保万无一失，他还特意在洞口旁边的一棵柳树上做了个记号。然后，他钻进地洞，并把木板放到洞口附近。这块木板很有意思，它不是一块普通的光秃秃的木板，这块木板上面不仅有泥，泥上面还有土，土里还长着草。木板只要一盖上，除了底下的人和熟悉情况的人知道，外人根本找不到洞口。达库先跳进洞里，然后把木板拿过来，身子往下一蹲，手举木板，对准洞口一撒手，木板把洞口严严实实地堵上了。然后，他屏住呼吸，转过身子，爬着出来了。很快，他就爬到了地室。到了地室，他又仔细检查了一遍，里面确实没什么东西，他就出来了。

这回他没像上次那样，出来以后从房檐上到树上，再从树上下到地面。因为他已经知道了这里的耳房是虚设的，里面没人。所以就直接从房上一纵而跳，一下就跳到了地面。他回到了柳林，找到了自己的师父。

济能大喇嘛拉着他的手，师徒俩啥也没说，回到了达库的屋子。俩人坐好以后，达库就把他二探地道怎么钻的地道，怎么发现的洞口，怎么出去到坟圈子里转了一圈，以及回到地室后又详细地搜查了一遍的整个经过，原原本本地禀告给师父。

济能大喇嘛听了很高兴，说："孩子，你做得很好。情况我已经完全知道了，没你什么事了。你呀，今天晚上就给我好好睡觉吧。还有，这事儿不要跟别人说，知道吗？"

达库说："知道，师父。"

济能大喇嘛让达库早些休息，然后回到了自己的屋子。

第二天早上，用过早膳以后，元吉喇嘛领着他们按常例去拜见杜木钦德大喇嘛。杜木钦德大喇嘛跟往常一样，还是那么没精神。元吉喇嘛也没有什么反常的举动，看来他们对昨天晚上的事情一点也不知晓。简

第三章 草原拜师

单寒暄以后，杜木钦德大喇嘛一边喝着茶，一边询问着禅堂里的事情，济能大喇嘛向师兄一一进行回禀。杜木钦德大喇嘛听了不断地点头称对。

济能大喇嘛回禀完以后，杜木钦德大喇嘛说："师弟呀，你做得都很好，有你照料禅堂里的事情，我就放心多了。唉，都是为兄不争气，让你受累了。"

济能大喇嘛说："师兄，咱们本是同门师兄弟，佛堂的事，就是我的事，这都是我应该做的。师兄，我今天有要事要和您商量。"

杜木钦德大喇嘛一听，便吩咐众人："你们都先回去吧。我和济能有话要说。"

济能大喇嘛也嘱咐达库："达库，你也回自己屋去。"

元吉喇嘛和达库等人退下。

禅堂里就剩下杜木钦德大喇嘛和他的师弟济能大喇嘛。济能大喇嘛心疼地摸着杜木钦德大喇嘛受伤的右臂，说："师兄，这么多年没见，你老多了。你看你血管暴这么高，人也瘦了。师兄啊，这些年你一定吃了很多苦，遭了很多罪吧。"说着说着，眼泪掉了下来。说实话，他们师兄弟在一起风雨同舟、患难与共了几十年，没有吃的，两个人化一碗粥，没有盖的，两个人盖一床被，铺一个床板，枕一个枕头，他们亲如手足。要不是明安贝勒把济能大喇嘛请去，济能大喇嘛也不会离开自己的师兄。实际上，他也是受师兄之命去的科尔沁，现在自己总算回来了，老哥俩在一起甭提有多高兴了。特别是杜木钦德大喇嘛，把自己最喜欢的师弟派出去，就像割去自己的臂膀一样难受。但明安贝勒是他的好朋友，既然好朋友提出来了，他只好忍痛割爱，把师弟派出去。但他的心里无时无刻不在挂念自己的师弟，特别是他经过这场劫难以后，更加惦记身在他乡的师弟。杜木钦德大喇嘛非常刚强，什么话也不说。老哥俩就这么手拉手，泪眼相对，一言不发。

过了一会儿，济能大喇嘛起身给师兄擦了擦眼泪，并且说："师兄啊，我知道你心里有很多憋屈事，有什么话你都说出来吧。师兄，这里究竟发生了什么事儿？难道你还想瞒我吗？"

杜木钦德大喇嘛听师弟这么一说，以为师弟是在套他呢。他也知道师弟聪明过人，看见自己受伤，肯定得起怀疑，但如果自己不说，师弟不可能知道这事儿。我不能告诉他，我不能让他和我一样憋憋屈屈地熬日子。于是，杜木钦德大喇嘛说："师弟，你想哪儿去了，这里什么事儿也没有，就是我被误伤了。师弟，你只管安心主持佛堂之事，别的什么都不要想。知道吗？阿弥陀佛。"

济能大喇嘛看师兄不说，无奈地摇了摇头，说："师兄，我看你今天精神头挺好，咱哥俩一块出去走走咋样？"

他们俩正说着，元吉喇嘛急匆匆跑进来，也顾不得礼数了，看了一眼坐在一旁的二师兄，也没说话，而是跑到大师兄杜木钦德大喇嘛跟前，举着右手，俯到大师兄耳边，想要说什么。济能大喇嘛不出声地静静地盯着师弟，眼神里的意思是：我的傻师弟呀，都到了什么时候了，你们还想瞒我吗？

坐在旁边的杜木钦德大喇嘛这时已经不像原来那样忐忑不安了，他似乎感到自己的二师弟已经看出了什么破绽，再隐瞒下去也没什么意思了。于是说："元吉啊，有话就直说吧，不用再藏藏瞒瞒的了。"

元吉喇嘛愣了愣神，然后拿下俯在杜木钦德大喇嘛耳边的右手，恭敬地站在一旁，禀报说："大师兄，方才明兵传来了口信，山海关总兵官限咱们今明两日说出跟明安和努尔哈赤都有怎样的秘密联系。总兵官还说：如再有搪塞，就……'"元吉喇嘛说着，痛哭流涕，捶胸跺地，说不下话去。

济能大喇嘛气得蹦了起来，右手狠狠地捶了一下身边的桌子，水碗都被震倒了，说："元吉，你哭什么？这么胆小如鼠。快说，他们还说了什么？"

杜木钦德大喇嘛长长地叹了口气，低头不语。

元吉喇嘛非常怕二师兄的脾气，就再没有什么顾忌地说："山海关总兵官传下口信，大师兄要是再敢敷衍搪塞，就砍掉他的另一个胳膊。"

元吉说完，哽咽了起来。室内一片静寂。

济能大喇嘛板着铁青的脸孔，在屋里踱来踱去。他昂着头，像肩上在支撑着千钧重压一般，有一种从不服输的气概。他看了看大师兄和小师弟，突然换了一个口气，说："咱们不唠这些晦气话。大师兄、小师弟，走，我领你们溜达溜达，看几样好东西。"

杜木钦德大喇嘛见事已至此，与其再这样悲愤和不安也无济于事，还不如按二师弟的话去散散心呢。身边的元吉喇嘛在大师兄面前历来唯命是从，也没有什么其他主张，见大师兄无声无语地站起来，他也悄悄地跟在后面。

就这样，济能大喇嘛在前面引路，杜木钦德大喇嘛和元吉喇嘛在后

第三章 草原拜师

155

面一声不吭地跟着。他们慢慢地穿过长廊和济能大喇嘛的禅房,来到了杜木钦德大喇嘛专为小达库安排的卧室。

此时,穆达库早已静静地在自己的室内静待。他很聪明,因为师父事先已经嘱咐过他,在屋里歇息别动,他就知道师父肯定是去大喇嘛那里通报消息了。听到外面传来了脚步声,达库忙走到门口,把门打开,说:"恭迎师父们驾到,徒儿有礼了。"说完,站在一侧。

杜木钦德大喇嘛在济能大喇嘛的陪同下,后面跟着的是元吉,几个人鱼贯进屋。小达库事先早已摆好桌凳,请各位师父依序坐好。然后,献上热茶。杜木钦德大喇嘛向四周看了看,室内的陈设依然如故,心想:我的二师弟呀,你把我叫到这儿来,是在耍什么把戏?难道只是想让师兄我排解愁闷吗?

不说杜木钦德大喇嘛心事重重,只见济能大喇嘛站了起来,很严肃地向自己的徒儿达库说:"达库,过来,跪在这儿,把这些日子你看到的和你所做的事情,向你大师伯和三师叔说一说。"

达库口称:"是。"然后走过来,跪在杜木钦德大喇嘛面前,会意地按照师父事先嘱咐的话语,把自己自从到科喇沁以后,所看到的发生在木板房里的事情,以及他夜探木板房,发现财宝与佛像,并将之拿回来的经过,详详细细地向大师伯以及三师叔禀报一番。

他这一讲,可使杜木钦德大喇嘛和元吉喇嘛大吃一惊。他们简直惊呆了,一声不吭,屏住气,睁着大眼睛,不错眼珠地盯着地下跪着的小达库,简直不像是在听自己的徒弟禀报什么,似乎是见到救星降世、菩萨驾临。

杜木钦德大喇嘛踉踉跄跄地站了起来,走过去,用一只断臂把达库搀了起来:"孩子,难为你了。站起来说,站起来说。"

小达库听话地站了起来,笑着说:"大师伯,我已经禀报完了。我奉师父之命,已经预备了不少让您老人家惊奇的东西,请过目。"

在旁边一言不发的济能大喇嘛以为让达库禀报完以后,把袋里的东西拿出来看看,就可以了,谁想达库办得更神秘、庄重,这些是他事先都没有想到的。

只见穆达库回转身,手指着西墙上两个罩着红布的佛龛,说:"师父们,请往这里看。"

站在一边的元吉喇嘛笑着说:"达库,这两个佛龛里的佛像都是你没来之前,我和你大师伯请来的,还用看吗?"

达库说："要看，一定要看。"

穆达库走了过去，首先将左侧神龛的红帘打开，只见里边正中摆放的是他们原来请来的佛祖释迦牟尼观世音菩萨，两边却又多出了两尊诱眼的铜佛，一尊是手执金刀的文殊菩萨，一尊是千手观音。达库又把另一个神龛上的红帘打开，里面也多了一尊佛祖释迦牟尼铜像。这是令杜木钦德大喇嘛和元吉喇嘛朝思暮想、日夜为之祈祷，丢失多日的镇院之宝啊。没想到，如今佛光普照，降临寺院，怎能不使他们惊喜万状。

杜木钦德大喇嘛呼喊着："请佛祖恕罪。贫僧有罪啊，有罪啊。"说着，扑了过去，匍匐倒地，连连不断地念着阿弥陀佛。

济能和元吉两位喇嘛怕师兄伤着，左右搀扶。三位师兄弟就这样在众佛面前，长跪不起。

还是穆达库说道："三位师父，请起来吧。你们再看。"说着，从床底下拽出两个皮囊，把带子解开，露出两袋子耀眼夺目的金元宝和银元宝。达库把袋子底朝上往起一提拉，把元宝倒在地上，并且数了数，一共有金元宝一百二十锭，银元宝二百八十四锭。

杜木钦德大喇嘛和元吉喇嘛吃惊地走过来，捧起元宝一看，元宝下面都刻着嘉靖的年号，正是自己寺院珍藏多年，且丢失数月的香火钱。

济能大喇嘛望着激动万分的大师兄，安慰地说："现在宝物全都回来了。这是佛祖的保佑，是大师兄你积德行善的结果。大师兄，只请你好好将养身体，争取早日康复。寺院的事由我和元吉来主持，你就放心吧。"

杜木钦德大喇嘛眼含热泪，点头应道："我一定好好养伤，好好养伤。"

济能大喇嘛又说："过些日子我再让达库乔装出寺，探探四周的动静。兵家说：'知己知彼，百战不殆。'眼下至关重要的是摸清辽东总兵的动向，不用怕，他们是不敢轻易动弹咱们寺院的。"

济能大喇嘛让达库帮着元吉喇嘛，将三尊佛像和金银元宝如数按样放归寺院的供奉和存藏之处。当然，这期间又有归佛的隆重祭礼。焚香诵经，一番繁缛的礼仪，本书不再赘述。济能大喇嘛又让元吉喇嘛筹办几桌素席喜宴，组织寺里的喇嘛一起喜庆佛祖归来。

杜木钦德大喇嘛一朝被蛇咬，十年怕井绳。

他悄悄地跟济能大喇嘛说："师弟，此事不要太过声张，小心隔墙有耳。"

济能大喇嘛胸有成竹地说："不用怕，一切有我。"

其实，济能大喇嘛早已做好了打算。他要委派穆达库暗中查巡，使明色刻原形显露。

# 第四章　三英授计

各位阿哥，前段我讲了济能大喇嘛让师弟元吉喇嘛筹办几桌"素席喜宴"，阿哥们不要以为这是一件简单的事。所说的"素"席，我们都可以理解。"素"者就是没有荤腥，是出家之人平时吃的菜肴，包括主食，等等，如果菜多一些的话叫席、叫宴。可这回济能大喇嘛说的并不只是"素席"，还有"喜宴"两个字。各位阿哥要注意了，这里有个"喜"字，那就是说虽然吃的菜都是素的，但是必须要表现出喜庆的意思来。其实济能大喇嘛还有另外一层意思，就是通过吃喜宴，把僧人们涣散的心重新聚到一起，情绪都调动起来，大家拧成一股绳，共同把寺院保护好。

元吉喇嘛按照二师兄的吩咐，到后院亲自跟灶房师父们准备了丰盛的菜肴，但由于老住持受了伤，寺院的镇院之宝神不知、鬼不觉地被人拿走了，虽然被达库找回来了，但能不能再次被人拿走，大家心里都没底，所以一个个都挺压抑的，喜宴上倒没有多少喜庆的气氛。

杜木钦德大喇嘛在弟子们的帮助下，很快吃完了饭，然后回房休息去了。

送走了大师兄，济能大喇嘛也跟师弟元吉告辞。

达库跑了过来，说："师父，我跟你一块儿回去。"

达库陪着师父从斋房走了出来。师徒二人穿过走廊，来到住所。

济能大喇嘛说："达库，你先回去休息，我有事再唤你。"

达库听话地说："是，师父。"

就这样，他们回到了各自的房间。

单讲济能大喇嘛回到自己的房间以后，喝了一杯小僧人给他新沏的红茶，然后闭着眼睛，靠在椅子上，他要一个人静静地想一想。他想什么呢？各位阿哥，他想的可多了，他自从回到了自己的寺院以后，就像回到了自己的家一样，这里的每一个人基本上他都熟悉，这里的一草一木他更清楚。他跟寺院有着很深的感情，可眼见大师兄受到那么大的伤害，寺院里被人挖了地道，自己却全不知情，这使得他内心很是不安。他一直在想：是谁挖的地道？为什么挖的地道？科喇沁这么大个地方，他们为什么不在别的地方挖，单在我们寺院里挖？难道和我们寺院有什么关系不成？另外，这些人究竟是什么人？是朝廷的人，还是和我们寺院有过节儿的人？这些人现在在哪里？再有，为什么这些人对我们寺院的情况这么熟悉。藏宝楼不是一般小僧人能进去的。我自打来到寺院，都没进过藏宝楼，只是听师父们说过，听说里面有好几道门，门都上了锁，而且有机关、暗箭等。再说了，虽然寺院挺大，但是藏宝楼像塔一样，要是算上塔尖一共是四层，在寺院里也算得上是鹤立鸡群了，要是明着上去，寺里的人一下就能看到。而且开门的钥匙在大雄宝殿莲座下的一个小孔里，得把胳膊伸进去才能够到，何况这个秘密只有他和大师兄、小师弟知道，其他人根本不知道。这样看来，明着进去是根本不可能的事；要是暗着进去，这个人必须得越过下面设伏的重重暗道、机关，才能把宝贝偷出来，那可是非常不容易的事。可这个人不仅把宝贝偷了出来，还没被人发现。还有更加令人费解的是，他把三尊珍贵的佛像和财宝偷走以后，并没有拿走，而是藏在寺院的地道里了。难道这些人当时遇到了什么事情，或者是他们没来得及把这些宝物运出去，暂时放在了地道里？还是有什么别的企图？

济能大喇嘛越思越想，越觉得这里面有文章。俗话说：苍蝇不叮没缝的蛋"。正人先正己，查清寺院内部有没有他们的人，是我们眼下要办的事。只有寺院干净了，才会是铁板一块，才能一致对敌。

想到这儿，济能大喇嘛站起身来，开门招呼道："达库啊，达库。"

再说达库在吃饭的时候，看见师父一副心事重重的样子，就知道师父一定得找他。他干脆坐在屋里等着。果不其然，没多一会儿，师父就喊他了。他马上起身，出门来到师父面前。

济能大喇嘛说："达库，你到后院把你师叔给我找来。注意，不要让别人知道。"

达库痛快地答道："知道了，师父。"

一会儿的工夫，达库就把师叔元吉喇嘛请来了。

几个人坐好以后，济能大喇嘛说："这些日子咱们这儿发生了这么多的事儿，这是过去多少年都没遇到过的。大师兄被砍掉胳膊不说，咱们寺院的镇院之宝丢了，咱们居然都不知道。这说明事情已经很严重了，虽然达库把东西找回来了，但这事儿没完啊。这伙歹人是谁，他们下一步打算干什么，对咱们寺院有没有危害，咱们都不知道。依我看，咱们得好好琢磨琢磨了。"元吉喇嘛和达库都点了点头。

济能大喇嘛问元吉喇嘛:"师弟,那天我在大师兄屋里,达库也在,你慌慌张张地跑进来,跟大师兄说的那些话,是听谁说的?怎么把你吓成那样?"

元吉喇嘛冷丁一下忘了是怎么回事儿,问道:"哪些话呀?"

济能大喇嘛说:"你说:'大师兄如果不按他们说的办,就把大师兄的另一个胳膊砍掉。'想没想起来?"

元吉喇嘛回忆了半天,然后说:"噢,我想起来了。那天,我正在后屋和色空师兄商量第二天给大师兄做些补养的早膳,突然从外面跑进来两个人,是色楞额和恩特格莫。这两个人师兄你不认识,是色空大师前年新收的徒弟。他们俩听了外面的传言,跑回来告诉我的。我一听就赶紧跑去告诉大师兄。怎么,你怀疑色空师兄?"

说起这个色空大师,济能大喇嘛当然知道。色空大师在寺院里也是一位德高望重的高僧,已近古稀之年,他除了钻研佛法,还善于研究养生之道。他自告奋勇,要到素膳房去帮助做膳食。

杜木钦德大喇嘛说:"大师兄,您年岁这么大了,哪能劳烦您呢。"

色空大师说:"多活动活动对身体有好处,再说我对素食有些研究,我去了以后,多培养几个弟子,将来咱们寺院要是来个客人什么的,咱们也能招待招待。"

就这样,在色空大师的一再坚持下,杜木钦德大喇嘛就同意了色空大师的要求。色空大师到了素膳房以后,帮助素膳房的小师父们出了些个点子,并亲自制定了一些菜肴的做法。这些事情济能大喇嘛都知道,而且色空大师在济能大喇嘛到寺院之前,就已经是寺院里的人了。济能大喇嘛当然不会怀疑色空大师。

所以,济能大喇嘛并没正面回答师弟的问话,而是问道:"为什么色空师兄要收他们俩做徒弟?他们是怎么到寺院来的?"

元吉喇嘛回答道:"二师兄你问这事啊,我知道,要说起来,他们两个还是大师兄收的呢。"

济能大喇嘛问:"怎么是大师兄收的呢?"

元吉喇嘛说:"唉,说来话长,这都是二师兄你走以后的事了。你也知道,大师兄这个人就是爱面子。他跟科喇沁的王爷关系挺好,他们之间常有些走动。前年的一天,这个王爷把山海关的总兵官杨麒给领来了。大师兄想做顿素席款待这位总兵官。席间,大师兄说:'总兵官驾临寒寺,我们特备素食喜宴款待大人。小寺没有什么名厨,菜做得也上不了台面，让总兵官大人见笑了。'杨麒大将军说：'这事好办，我给你推荐两个人，这两个人都是从西域来的。我请他们做过素席，做出来的菜那简直像龙肝凤胆一样，好吃。我把他们介绍给你，怎么样？'科喇沁王爷也在旁边说：'那好哇！你们寺院有名，要是再有好的厨子那就更有名了。我看这事儿行。'不等大师兄点头答应，杨麒就把这两个人叫进来了。大师兄没办法，只好硬着头皮把他们俩收下，并交给了色空师兄。色楞额和恩特格莫就这样拜色空师兄为师父。现在想起来，他们这是早有准备的。"

说起色楞额和恩特格莫，说书人在这里还要多唠叨几句。这两个人自从到了寺院以后表现得还不错。他们俩做事勤快，能说会道，对人也有礼貌，而且他们给寺院的僧人每人做了一双僧鞋，作为见面礼。大伙都挺感激他们俩。他们俩还隔三岔五地给杜木钦德大喇嘛问安，后来慢慢熟悉了，就一天去一趟了，有时候一天去两趟，早也问安，晚也问安，把杜木钦德大喇嘛弄得都有些过意不去了。

由于开始的时候杜木钦德大喇嘛是硬着头皮收下的，所以对他俩的印象不怎么好，可通过后来发生的几件事，杜木钦德大喇嘛对他俩的看法彻底转变过来了。

到底是怎么回事呢？一件事，就是咱们前书说过的，杜木钦德大喇嘛他们待的这个寺庙在科喇沁一带是相当出名的，原因就是庙里珍藏有三尊镇院之宝，也就是那三尊佛像。这三尊佛像在这里供奉有几百年了，据说是很灵验的，凡是到北方来的人几乎没有不到他们这里来拜祭的，所以这里的香客非常多。

由于当时后金的力量一天比一天壮大，而且后金的兵马正在南进，已经过了沈阳，直逼山海关、锦州等地，蒙古各部纷纷讨好后金，大明朝显得非常孤立，江山岌岌可危，所以明廷非常害怕。他们见寺院来往的人挺多，怕科喇沁的喇嘛庙成为后金的一个据点，按他们的说法叫"藏污纳垢"。于是，他们隔三岔五就派人来做一些登记。登什么记呢？就是登你们院里有多少僧人，有多少佣工。佣工就是雇来帮助他们种地的，或者是打柴的，或者是帮助他们做僧服的这些人。问得非常详细，而且每次都是带着兵马来，要是名字稍微有点差错，或者人数差个一两个，那就了不得了。州里、府里、县衙的人就都来了，把他们认为可疑的人都抓起来拷问。为什么错了，错在哪，必须说清楚。所以，他们每次来查的时候，杜木钦德大喇嘛都提心吊胆的，非常害怕，很怕出事。

可自从色楞额和恩特格莫来了以后，情况就不一样了。只要他们俩跟这些官员说上几句悄悄话，那些人就不查了，寺院的麻烦也就少了。杜木钦德大喇嘛觉得这俩人来的挺好，帮助寺院解决了不少麻烦。

第二件事，说书人在前回书也说过，由于寺院地处交通要道，而且寺庙又很出名，建筑又非常宏伟，所以来的人就非常多，就连寺外摆摊的都连成了片。这么多人凑到一起，难免就会有磕磕碰碰的事，也就常常出现流血事件，有些心怀叵测的人还趁机哄抢财物。每次出事以后，官府的人都找寺院算账，说是因为寺院的存在才惹出这么多的麻烦，让寺院关门。杜木钦德大喇嘛有嘴也说不清，很是头疼。自从色楞额和恩特格莫来了以后，再有官府的人来了，只要他俩一说，事情就过去了。杜木钦德大喇嘛非常高兴，把他俩当成寺院的大恩人、保护神。

特别让杜木钦德大喇嘛感激的是第三件事，什么事呢？各位阿哥，你们可能不知道，过去的寺院要想生存下来，主要靠的就是化缘，但是化缘才能化几个钱啊。寺院的僧人要吃、要穿，寺院要建设、要维修，何况有些云游的僧人也都要在这里吃、住，加到一起也是一笔不小的开销。他们靠什么呢？靠的就是寺院的田亩。那时候每个寺院都有百十垧地，用这些收成来支付寺院的开支。当然他们这里也不例外，周围数十垧地的庄田都是他们的，很多的壮劳力都给他们种地，做他们的雇工。春种秋收，把收成换成银两，维持寺院的正常开销。杜木钦德大喇嘛他们主要靠的就是这些收成，才能养活寺院众多的僧人。

有了地以后可以使人活下来，但是也容易遭殃。这里所说的遭殃，一个是说官祸。那些个达官贵人、州府衙门的官员一看你寺院有钱了，就都伸出手来管你要。寺院也不敢得罪这些人，就想办法满足他们，所以一到秋天收粮食、收租子的时候，就得先满足这些官员。你要是满足不了，那还是得惹乱子。另外一个是匪祸，到了秋天收粮食的时候，各道上的土匪也纷纷跑来抢夺粮食和财物。这些人个个武功高强，身怀绝技，心狠手辣。你要是不给他们，他们就会杀人放火。近些年常闹灾荒，收成不好，土匪就闹得更加厉害，杜木钦德大喇嘛每天都提心吊胆，日子非常不好过。但自从色楞额和恩特格莫来了以后，情况就发生了变化。这俩人跟官府混得很熟啊，每到秋天收庄稼的时候，官府就会派兵来保护他们，有了官兵的保护，那些胡子也就不敢太造次了。就冲这些，杜木钦德大喇嘛认为色楞额和恩特格莫是有功之臣，简直就是功高盖世，干脆管色楞额和恩特格莫俩人叫先生、大人。一个叫色大人，

第四章 三英授计

163

一个叫恩大人。

这些事情济能大喇嘛事先是不知道的，因为他很多年以前就离开寺院到科尔沁去了，而且自他回来以后，事情又很多，杜木钦德大喇嘛也没来得及跟他说这些。现在听了元吉师弟的介绍，他完全明白了，看来这是大师兄引狼入室的结果。

这时候，元吉喇嘛也不再吞吞吐吐了，痛快地说："现在大师兄出门带的都是色楞额和恩特格莫，来客人的时候，像我和色空师兄都上不去桌，都是色楞额和恩特格莫陪着。色楞额和恩特格莫成了不是住持的住持，所有的事情，大师兄都听他们俩的。"

济能大喇嘛点头说道："明白了，我全明白了。"

济能大喇嘛又问自己的徒儿："达库啊，你是新到科喇沁来的，对这里的情况不了解，看问题没偏见，你把你想说的话如实地向师父和你师叔说一说。你有什么想法，都说出来，师父不会怪罪于你的，说吧。"

达库是个非常爽快的人，听师父这样一说，心里特别高兴，就说了："师父，我刚才听师叔这样一说，我也有些明白了。师父，说实在的，开始的时候我对您也有些想法，您提出要办素席喜宴，我就有意见，素席可以，为什么要办喜宴呢？咱们有什么可喜的呢？喜从何来？咱们无喜可言啊。现在我明白师父您的意思了，您是要看一看究竟是谁在高兴、谁在哭了。"

济能大喇嘛高兴地站了起来，拍着达库的肩膀说："好孩子，你说对了，为师就是这个意思。我就是想通过办素席喜宴，好好看一下，看看谁在悲伤？谁在欢喜？这不就泾渭分明，亲仇自分了吗？"

济能大喇嘛的这些话像一把火一样，把元吉喇嘛的心给点亮了。

元吉喇嘛非常激动，站了起来："二师兄，你说得对呀。这些天来，我确实有不少话憋在心里要说，就是说不出来。我也感到有些事挺蹊跷，可我又不敢说，怕说出来给大师兄添麻烦。现在听师兄您这么一讲，我心里透亮多了。我现在也不管那么多了，把我要说的话说出来。二师兄，你知道你是为什么回来的吗？"

济能大喇嘛说："不是大师兄给我写信叫我回来的吗？"

元吉喇嘛说："二师兄啊，其实那不是大师兄的本意，这里头有不少事呢。"

济能大喇嘛说："师弟，你快说，这到底是怎么回事呀？"

元吉喇嘛一字一板地说："这事我得跟你从头说起。师兄，你也知道，自从袁应泰任辽东经略以后，这小子就大权独揽，不可一世。"

说着，元吉喇嘛又给济能大喇嘛讲起了这之后发生的一件事：一天，寺院的人正在诵经，外面突然来了好些官兵，把寺院给围住了。他们根本没敲门，不是用刀砍，就是用枪砸，把庙门硬给砸开了。杜木钦德大喇嘛他们一听是袁应泰来了，赶紧出去迎接。这袁应泰和他部下的那些人，一个个铁青着脸，怒气冲冲地就进来了。

袁应泰进来以后，也没说话，而是直接进到正堂坐下，然后"啪"地一拍桌子，大声喝道："谁是住持？给我过来。"

杜木钦德大喇嘛上前回话："贫僧是本院住持。不知大人驾到，有失远迎，请大人见谅。"

袁应泰"啪"地又拍了一下桌子，骂道："老秃驴，你知不知道你犯了什么罪？"

杜木钦德大喇嘛说："贫僧不知身犯何罪。"

袁应泰大吼道："你私通后金，罪不容赦。"

杜木钦德大喇嘛分辩道："大人，贫僧历来奉公守法，从来没有什么与后金私通之事，就是小寺的僧人也绝无此事啊。大人，这肯定是有人想加害我们，给我们安上这些子虚乌有之罪名，请大人明察。"

袁应泰连拍了几下桌子，说："什么？你是说我在陷害你？"

杜木钦德大喇嘛说："贫僧不是这个意思，贫僧是说大人是受了奸人的欺骗。"

袁应泰说："哼，我看你是不见棺材不掉泪。我问你，你们寺院是不是有一个叫济能的？"

杜木钦德大喇嘛如实说道："禀大人，我是有个师弟叫济能，但他现在不在寺院里呀。"

袁应泰马上接话说："我知道他不在寺院，他现在是不是在科尔沁？"

杜木钦德大喇嘛回答道："是，是在科尔沁。"

袁应泰紧追不舍地又问："科尔沁已经和后金勾搭到一起了。后金跟朝廷作对，就等于科尔沁跟朝廷作对，这你不知道吗？你师弟和他们一起，就等于跟我们作对，难道和你毫无干系吗？依我看，你这个寺庙肯定也是后金的一个据点。我这次来就要铲平你们这个寺庙，你听清没有？"

寺院的僧人们一听都吓坏了，一齐喊冤枉。

第四章 三英授计

袁应泰更生气了，说："大胆刁僧，你们有何冤枉？你们口口声声说自己是佛家弟子，我看你们是借着佛家的名义，干着叛乱之事。"

杜木钦德大喇嘛正义凛然地说："我们乃佛家之人，谁对民以爱、以善、以恤，即吾之施主，诚敬诚尊，否则，不为主也。"

袁应泰一听气坏了，说："难道皇家到这儿颁圣旨，你还不听吗？你还敢抗旨吗？"

杜木钦德大喇嘛不卑不亢地说："出家人敬佛不敬皇。阿弥陀佛。"

袁应泰更来气了，大声喊道："来人哪，把我的尚方宝剑请下来。"

旁边的人把皇上赐给他的尚方宝剑拿来，交给了袁应泰。

袁应泰大步走到杜木钦德大喇嘛面前，大喊一声："大胆刁僧。"

只见袁应泰手起刀落，一道寒光而过，杜木钦德大喇嘛的右臂被砍了下来，鲜血立刻喷涌而出。

杜木钦德大喇嘛立刻疼得昏了过去。色空师兄见状赶紧把他珍藏多年的红伤药取来，给大喇嘛敷上。袁应泰一看事情闹这么大，也就没再说什么，领着他的人马走了。

说起这个袁应泰，说书人在这里还得给各位阿哥多介绍几句。这个袁应泰，字大来，凤翔（今属陕西）人。万历二十三年考中进士，被授职到临漳（今河北南部）做了知县。有一年发大水，因他积极组织人搭建帐篷，准备粥饭，安排受灾的百姓住宿、吃饭，得到百姓的拥护。明皇帝朱翊钧非常高兴，就将他升职为工部主事，掌管兵部武选郎中之事。过了几年，朝廷又将袁应泰调任淮徐兵备参议。万历三十五年，又是一个灾荒的年头。山东久旱无雨，地旱得都裂开了口子，庄稼颗粒无收。由于闹饥饿，老百姓纷纷背井离乡。当时已升为副使的袁应泰组织人搭盖粥棚，赈济流民。袁应泰还多方收集税金数万两，发放给灾民。灾民拿着这些银两，高兴地返回故土，生产务农。消息传到朝廷，有人就弹劾袁应泰，说他擅自挪用官税。袁应泰被朝廷免官，返回京城。万历四十七年，朝廷又让他做河南右参政，以按察使的职位在永平治兵。

当时，努尔哈赤率后金军进攻辽东，战事十分吃紧。袁应泰积极组织练兵，准备军用物资，修建堡垒，整顿楼橹（用以侦察、防御或攻城的高台），对关外所需要的物资，往往指令刚发出去没多久，袁应泰这边就准备好了。因此，时任辽东经略的熊廷弼对袁应泰非常信赖和赏识。泰昌元年九月，袁应泰被升为右佥都御史，出任辽东巡抚。过了一个月，熊廷弼被免去职务，袁应泰晋升为兵部右侍郎，代熊廷弼为辽东经略。有了熊廷弼的前车之鉴，袁应泰丝毫不敢松懈，但他毕竟是文官出身，对军事方面不是太懂，缺乏军事指挥才能，所以做事急躁。这才有一气之下，砍掉大喇嘛手臂一事。

元吉喇嘛把事情的经过给济能大喇嘛讲完以后，又接着说："二师兄，事情过后我就一直在想，色楞额、恩特格莫平时跟大师兄形影不离，为什么在关键的时候他们俩就不在了？他们俩到哪去了？而且袁应泰讲的这些事情，只有咱们寺院的人知道，他是怎么知道的？为什么色楞额、恩特格莫跟明朝的官员都认识，会不会是他们告的密？"

济能大喇嘛听完，一下就把自己的师弟抱住了，说："元吉师弟，你说得好啊。过去我总认为你唯唯诺诺，胆小怕事，整天稀里糊涂，我的小师弟，你的眼睛不是挺亮的吗？师弟，你说得对，非常对呀。"

达库说话了："师父，我虽然跟色楞额、恩特格莫不熟，但我来了几天就认识他俩了。这两个小子挺隔棱子，一看就不是咱们佛门中人，我挺讨厌他俩。我刚来的时候到膳房用膳，他俩老用贼眼盯着我，盯得我浑身不得劲儿。就拿今天师父你说的办素食喜宴这件事来说吧，我也感到这两个小子跟别人不一样，吃喜宴的时候别人都那么消沉，可这俩小子嘻嘻哈哈，一副阴阳怪气的样子。我觉得他俩很不正常。"

元吉喇嘛说："达库，你说得对。我也看出来了，他们两个的眼神和表情跟咱们都不一样。二师兄，色空师兄也跟我说过，说他们俩从来不受寺院院规的约束，他们俩既不诵经，也不打坐，更不做功课，而且常常出去，一宿一宿地不回来。"

听到这里，济能大喇嘛说了句："好了，别说了。我明白了。达库，你现在知道自己该做什么了吧。"

达库说："知道了，师父。"

济能大喇嘛说道："那好，你们俩先回去吧。我还有些事情要办。"

元吉喇嘛和达库起身告辞，分别回到了自己的屋子。

咱们现在说说本书的主人公小英雄穆达库是怎么领会师父这句话的。小达库特别聪明，悟性很高。他在济能大喇嘛身边待了这么多年，对师父的脾气、禀性非常了解。济能大喇嘛只要稍加暗示，达库就能领会其中的意思。所以，他们师徒之间说话很简单，常常像说暗语一样，别人还不明白是怎么回事，他俩就已经把话说完了。小达库明白，师父是让自己跟踪这两个人，摸清他们俩的底细。其实达库早就有这个想法，他刚来的时候，就看这两个人隔路，鬼里鬼气的，给人一种说不出

第四章 三英授计

167

来的感觉。现在看来，师父也有同感，达库挺高兴。

达库把师父送给他的夜行服找了出来，又准备了一根绳子。这可不是一根普通的绳子，它的用处可大了。你想啊，半夜三更的，又没有人帮忙，要是爬个墙、上个树什么的，那么高怎么上啊，就用这根绳子来帮忙。这根绳子的一端有个铁钩，只要把带钩的一端往上一搭，钩子挂住上面的障碍物以后，下面的人利用绳子就可以攀缘上去了。达库又准备了蜡烛和一些探路用的石子儿。一切准备完毕，达库看看天色还早，就把自己的行动方案和行走路线又在脑子里转了一遍。

达库想得很细，第一，自己刚到科喇沁，人生地不熟的，连寺院里都没走全，更不要说寺院外头了，也就那次顺着地道来到野外，到坟圈子转了一圈，看了看。所以他对科喇沁这块儿究竟是什么样，哪里有山，哪里有水，哪里有店铺，哪里有房舍以及市井等情况，一概不知。第二，色楞额、恩特格莫肯定也不是什么等闲之辈，自己还要多加小心。

现在，我们的小英雄达库要夜探两位贼人的住处和行踪，那我说书人在这里就不能不把寺院的环境再介绍一遍了。这座寺院坐落在科喇沁部的西部，寺院的前面是一条大路，往东是去锦州的路，往西是去赤峰、承德的路。寺院占地面积比较大，房舍也比较多。寺院前门的台阶两边有两个石狮子，顺台阶上去是正门，正门旁边有两个侧门。顺正门进去以后是正殿，再往后是后殿，后殿的左侧是偏殿，再往后是一道围墙。这道围墙把寺院分成了前后院儿，前院主要是佛家做佛事的地方。后院儿虽然没有前院儿大，但也挺宽敞，主要是僧人们生活的地方。后院儿的房子分为几等，住持和各位大喇嘛住的房子是一等。众僧人住的是另外一等，客人们住的又是一等，除此之外，还有素膳房、仓房和杂役住的屋子。另外，后院的门也比较多，最大的北门一般不开，僧人们进出都走那些角门。

色楞额、恩特格莫他们俩住的屋子紧挨着后门。他们俩刚来的时候，那几间屋子被当作仓房，装的是寺院用的粮米。后来，他们俩仗着帮杜木钦德大喇嘛办了几件事，就管大喇嘛要了那几间房子。自从他们俩住进去以后，屋子从来不让寺院的徒儿帮助打扫，钥匙也由他们俩自己掌握着。所以他们俩的屋子只有他们自己进出，别人根本进不去。

达库来了以后，为了熟悉院里的情况，曾经在这个房子的门前走过，他看着这个房子挺特殊，问过元吉师叔。

元吉喇嘛说:"那是两位师父住的地方。"

他当时也没细问。这回倒好,他要探清这两个人的虚实,摸清他们的底细,必须要进去看个究竟。好在那个时候的房子都是纸窗户,窗户分上下两扇,非常好开,只要把上扇撬开就可以进去了。

天黑了,达库穿好了夜行服,带上绳子,走出了屋门。天空上虽然星光灿烂,但因为寺庙里古树参天,枝繁叶茂,所以院子里显得有些阴暗,何况已经到了黑夜,僧人们都进入了梦乡,院子里没有人走动,也很安静。达库很顺利地接近了寺院北门左侧的三间青砖瓦房,也就是色楞额、恩特格莫住的地方。他仔细听了听四周的动静,除了风声和柳树被风吹动发出的沙沙声,其他什么声音也没有。达库估计这两个人一定会住在东西两间房子里,就来到东侧房子的窗户下。他把耳朵贴近窗户,仔细听了听,里面什么声音也没有。他又用舌头舔了一下手指头,然后用手指头把窗户纸按了个小窟窿,又仔细听了听,里面还是什么声音也没有。达库又从兜里拿出一块小石头,顺窟窿眼塞了进去,石头掉到窗台上,啪的一声,然后滚到了地上。按理说石头掉到窗台上的声音也不小,里面要是有人的话应该能听到,但里面还是没有声。达库断定这间屋子里没人。那么,西边的房子里有没有人呢?他俩会不会住在一间屋子里呢?达库又顺后墙绕到西山房的窗户底下,用刚才的办法试探之后,里面也没有声音。他最后断定:这两间屋里没人,这正应了师叔那句话,他们俩这一夜又无影无踪了。这怎么办?自己来晚了,扑了个空。小达库脑子一转,这也好,我先进屋踅摸踅摸,看看里面有没有什么可疑的东西。

达库用匕首把西窗户上的木销别开,然后轻轻一推,窗户就开了。接着,达库纵身一跃,跳了进去。达库点亮了手里的蜡烛,借着光亮,达库看见,屋子里挺整齐,除了摆着一张木板床、一张桌子,其他什么东西也没有。达库看看桌子上没有什么可疑的东西,又看了看床下,在床下发现了一个小铁盒,小铁盒上锁着两把将军锁。他一看这个小铁盒打造得挺精致,心想:我干脆把小铁盒拿回去让师父看看。达库又撒目了一圈,再没见到什么可疑的东西,就又来到了东屋。他在东屋没发现什么可疑的线索,就从窗户跳出来,把窗户关上,然后用匕首把木销拨好。达库很快回到了自己的屋子。

天亮了,达库估计师父早已经诵经打坐完毕,就把铁盒用包裹包好,夹到腋下,来到师父的屋前,轻声叩门。

济能大喇嘛早料到徒儿得来向自己汇报，所以一听见有人叩门，马上就把门打开了。济能大喇嘛看见达库，并没有说什么，而是冲达库点了一下头。达库也会意地点了点头，走进屋内，济能大喇嘛转身把门关上。

达库把腋下夹着的包裹放到了桌上，然后说："师父，昨天晚上那两个家伙又走了，这是我在他们的床底下发现的。"

济能大喇嘛仔细端详着这个小铁盒。这个铁盒是用白铁打造成的，八成新，做工精致，转圈刻着花纹。济能大喇嘛把小铁盒拎起来，掂量掂量，不太重。济能大喇嘛到里屋拿来了两根细铁条，七整八整，就把两把锁给打开了。打开以后，露出了里面的木头，原来这是一个木质的盒子，只是外面包了一层铁皮。

盒子里面放有两块宫牌，一个上面写着王财，一个上面写着孙祀，隶属袁应泰管辖，均任游击之职。"游击"，是明代的军衔，相当于清代的校骑校，是领兵马的武将。这两块宫牌是这两个人在明朝任职的一个证明，是表示身份的东西。这就说明这两个人可能并不叫什么色楞额，也不叫恩特格莫，而是叫王财和孙祀。色楞额、恩特格莫只不过是他们为了掩人耳目，临时起的名字。他们是大明朝秘密派来的两个奸细，正是由于他们提供的线索，才有袁应泰到寺院指责杜木钦德大喇嘛投靠后金，用尚方宝剑砍掉大喇嘛右臂的事情发生。

济能大喇嘛看过以后，把东西放回原处，把盒子盖上，又把两个锁头重新锁好，然后交给达库，并且吩咐道："达库，你今天晚上再把东西给他们放回原处。另外，你今天一定要盯住他俩，看他俩到底到什么地方去了，什么时候回来。抓贼要抓赃，只有把他们的罪证拿到手，才能想办法收拾他们。达库，你也折腾一宿了，回去休息吧。"

话要简说。这天晚上，达库按他原来的办法，把小铁盒放回原处。这件事就这样神不知鬼不觉地办完了。

再说小达库听从师父的吩咐，跟踪色楞额、恩特格莫。但是，自从达库送回小铁盒以后，一连两天，他都没见着这两个人的影儿。达库到素膳房问了一下色空大师。色空大师和众僧人们都说没见着这俩人。这俩人到底到哪儿去了呢？能不能跑了呢？要不说达库的脑袋聪明呢。到了晚上，他穿着夜行服，带了两把匕首。他没带长刀、短剑，怕不方便，来到了他顺地道走到的那个坟圈子。他找到了那次在地道口做的记号以后，就蹲在了附近的一个草窠子里。他要来个守株待兔。

一连等了三天晚上，都没有动静。到了第四天晚上接近黎明时分，达库隐约听见洞口方向传来了声音，不一会儿，洞口上面的草鼓了出来。达库知道来人了，他轻手轻脚地蹲在了洞口边上，两只大手做好了准备。不大一会儿，从里面钻出来一个人。还没等那人看清周围的情况，达库两手一掐，就把那个人的脖子给掐住了。那个人只能从嗓子眼里往外发出啊、啊的声音。达库也没管那套，使劲儿往上一拽，把那个小子就给拽出来，扔到了一边。那小子一边"妈呀、妈呀"地叫唤，一边大口大口地喘着粗气。

小达库也没理他，还在洞口这儿等着，等了半天，也没再见着人。

那小子明白了达库的意思，一边"哎呀妈呀"地叫唤，一边说："还想再抓一个呀，没有了，就我一个。哎呀妈呀，可憋死我了，憋死我了。"

达库走了过去，抬腿一脚把他踢了个仰八叉。达库细看了看，这个人既不是色楞额，也不是恩特格莫，自己根本不认识。

达库楞住了，大声喝道："你是谁？你怎么跑洞里去了？你是干什么的？"

那个人一看达库膀大腰圆的，长得那么魁梧，知道自己不是人家的对手。好汉不吃眼前亏，他赶紧坐起来，给达库跪下磕头，直呼："壮士饶命，壮士饶命。"

达库说："什么饶命不饶命的？你先说说你是谁，干什么的，怎么到这来了，快说。"

这小子连磕头带作揖地说："是，是，我说，我说。回这位壮士，我叫丘五，打朝阳来，是王大人手下的传令兵。我受王大人之命到这里查点一下里面的兵器。"

达库问："你是什么时候来的？我怎么不知道？"

丘五赶紧回答："昨天白天。"

达库明白了，自己只是晚上到这里来，他是白天进来的，难怪自己没看见。

达库又问："你说是王大人让你来的，哪个王大人？"

丘五说："壮士您不知道吗？王大人是袁经略手下的游击王财啊。啊，我忘了告诉你了，他现在的名字叫色楞额。"

达库暗喜，这真是踏破铁鞋无觅处，得来全不费工夫，但他脸上却不动声色，继续问："除了这个王财，是不是还有一个姓孙的？"

第四章 三英授计

171

丘五点头应道:"对,是游击孙祀孙大人,他们俩是一起的。"

达库又问:"他们俩现在在什么地方?这两天我怎么没看见他们?"

你还别说,这个叫丘五的传令兵这时候还挺老实,达库问他啥,他就回答啥。

他一听达库打听王财和孙祀,赶紧回答:"壮士您要找他们啊。哎呀,他们俩没在这,他们俩这两天泡在窑子呢。"

达库也不明白他说的窑子是什么意思,就问他:"什么是窑子?"

丘五解释道:"壮士你连这个都不懂啊,窑子就是玩女人的地方啊。"

达库问:"这地方在哪儿?"

丘五眉飞色舞地说:"在朝阳北边,有个叫边杖子的地方,那有个新开的窑子哎呀,那里的女人是真美呀。"

达库一听,气得瞪了他一眼,吓得丘五把到了嘴边的话咽了回去,没敢继续往下说。达库这才明白为什么色楞额、恩特格莫晚上常常出去,原来他们是去逛什么窑子去了。

达库又问丘五:"你告诉我,这个边杖子离这儿远不远?怎么走?"

丘五说:"不太远,也就能有五六十多里地吧。壮士你不知道啊,边杖子现在已经成了朝廷抗金的后方了。唉,说起来也不行了,现在后金闹得挺厉害,他们的兵马已经打过了沈阳,估计很快就到这来了,也不知道还能挺几天。"

达库厉声喝道:"你啰嗦什么?我没问你这些。我就问你怎么找王财和孙祀?"

丘五连忙说:"壮士,你要找他们俩呀,好找。你只要到边杖子一打听,没有人不知道的。"

达库又把丘五的身上翻了一遍,什么也没有,只在他怀里翻出一块木牌儿,上面写着"莺莺阁"三个字。

达库问道:"这是什么玩意?干什么用的?"

丘五说:"壮士,我告诉你。这块木牌儿是游击王大人给我的。因为王大人住在莺莺阁,那里有官兵保护,一般人是进不去的,只有持这种牌子的人才能进去。"

达库心想:虽然没抓着王财和孙祀,但我正好可以通过这个传令兵多了解些情况。

达库语气稍缓地说:"我再问你点事,你要如实地告诉我。你要是撒谎，我就掐死你。"

丘五慌忙跪下，说："不敢，不敢。壮士，你放心，我说的都是真的。我要是撒谎，天打五雷轰。你问吧，壮士，我把我知道的全告诉你。"

达库说："你说的那个莺莺阁有多大？在边杖子的什么地方？"

一听达库问这些，丘五立刻来精神了，说："我告诉你，壮士。这个莺莺阁就在边杖子的南头，顺大道就能走到它门口。王大人和孙大人每次回去都到莺莺阁后楼的西暖阁，有个叫'菊花楼'的，那是莺莺阁里最漂亮的地方了，听说连皇上都去过。王大人就住在菊花楼二楼的第三间，孙大人住在第四间，可好找了。壮士你要去呀？我领你去。"

达库没搭理他，而是接着问："他们为什么要你来查这里的兵器？你们要干什么？"

丘五见达库没接他话茬，只好收敛起刚才的奴才相，规规矩矩地回答："壮士，是这么回事，朝廷为了抵抗后金，正在招募新兵。袁大人已经招了有十多万人，还在招呢。这些兵器就是给刚招来的新兵预备的。"

达库又问："那为什么都放在这儿呢？"

丘五说："放在别的地方怕走露了风声，被后金的人知道给抢了去，再说谁也想不到我们会把兵器藏在寺院里，寺院的和尚又不管这事。"

听丘五这么一讲，达库恍然大悟。难怪他们把兵器藏在寺院里，原来他们怀有这样一个不可告人的目的。

达库觉得问得差不多了，就对丘五说："我不杀你，你走吧。不过我劝你还是离开他们，大明朝蹦跶不了多长时间了，你要是继续跟他们在一起，早晚难逃一死。"

丘五赶紧给达库跪下磕头，说："谢谢壮士，我听你的话，我不干了。其实我早就不想在那儿干了，我这个传令兵在那里是猪狗不如，一个月得不着几两银子，还吃不饱，我也受够了，早就想离开了。"

达库看他说话挺实在，像个正儿八经的老实人。他一摸自己身上还有些碎银子，就掏出来给了他，说："我只有这些银子，你拿去吧，路上应应急。"

丘五一见，又给达库"砰、砰、砰"地磕了几个头，说："壮士，我永远不忘您的大恩大德。"

达库说："好了，别说了，你走吧。"就这样，丘五起身拍了拍身上

第四章 三英授计

173

的尘土,给达库鞠了个躬。然后转过身,一溜烟儿地跑了。

达库非常高兴,自己虽然没找到色楞额、恩特格莫,但是抓到了他们的传令兵丘五。从丘五的口里,了解了不少情况,更主要的是确定了自己要找的色楞额和恩特格莫就是王财和孙祀,而且知道了他们的藏身之处。达库想:既然我已经知道了他们俩在哪儿,何不一鼓作气盯上去,抓住这两个家伙。达库想好以后,匆匆离开坟圈子,回到了寺院。

达库简单地梳洗一下以后,便把自己的长衫和腰带找了出来,并把头上按照当时中原人的习俗扎上了一个发辫。简单地收拾打扮完毕以后,达库悄悄溜出了寺院,就直奔去朝阳的大路。

这是一条直通东西的大路,路西边通京师、赤峰、承德,东边通锦州、义县,然后到沈阳。路很宽,也挺好走。达库边走边打听,接近晌午的时候,远远地看见前面出现了一个屯落,有些楼阁和青砖绿瓦的房子,很整齐。

这时候,迎面走过来一个推车的老者,车子上装着木板。达库走过去问:"老人家,打搅你了,请问这是什么地方?"

老人家抬起头,看了看达库,非常热情地说:"你问这儿啊,这叫边杖子,再往前走就是朝阳了。"老头告诉完以后,推着小车继续走了。

达库一听自己已经到了边杖子了,非常兴奋。他什么都没想,直接就奔闹市街走去。进街以后没走几步,就闻到了一股豆浆味,随之又传来了小贩卖豆浆的吆喝声:"豆浆,豆浆,热乎的豆浆,新鲜的豆浆。"

达库循声来到了一个由母女俩摆的小摊前。小摊上面支了根竹竿,上面蒙了块白布,挺干净,下面摆着一张桌子、两把椅子,旁边放着一个炉子,炉子里点着很旺的火,炉子上面放着一个装满豆浆的铁皮桶,旁边的凳子上放着一个盆,里面装着炸好的果子和炸糕。

达库在椅子上坐了下来。那位妈妈走了过来,问道:"客官,您来点什么?"

达库说:"给我来一碗豆浆,三根儿果子。"

姑娘很快就把豆浆和果子端了上来。

达库边吃边和这母女俩聊着:"老妈妈,我问你件事儿,你知道这附近有个叫莺莺阁的地方吗?"

那位妈妈说:"有哇。哎呀,那可不是一般的地方啊。"说着,她从小棚子里走了出来,用手指着前面说:"你往前看,这条街的头上有个大门脸、大院套,花墙围着,门口有当兵的把着的就是。我说这位客官，你打听那儿干啥呀？你要去呀？"

达库赶紧摆手说："不，我不去，我要到朝阳去。听说这儿有个莺莺阁，随便问问。"

老妈妈说："啊，是这么回事呀。孩子，这个莺莺阁可不得了呀，到那儿去的都是有钱有势的人，一般人别想往跟前凑合。"

这时候，又有两个人走了进来，是一位壮汉搀着一位老太太。达库把银子放到桌子上，跟老妈妈打了声招呼，就走了。

达库顺着老妈妈刚才手指的方向往前走，很快就看见了围墙。这是一个粉红色的花墙，墙上开有一个个不同形状的窟窿。门脸很大，门上面写着黑色包金边的"莺莺阁"三个字，很大气，下面是金黄色的落款：万历御笔。达库明白了，难怪这里这么有名气，原来万历皇帝真的来过。只见门外除了有窨子里的人看着，还有兵丁把守。

各位阿哥，咱们现在先不说达库如何只身来到边杖子，见到了想要找的莺莺阁，再说说色楞额、恩特格莫这两个人。说起色楞额、恩特格莫，这两个人也是智勇双全的，要不袁应泰怎么能派他俩去做暗探呢。这两个人也知道，杜木钦德大喇嘛武术高强，他们的喇嘛庙不是谁都可以混进来的。所以，他们俩做事也是非常谨慎、小心的。特别是济能大喇嘛领着徒儿达库回来以后，他们也知道济能大喇嘛的能耐，不仅武功比他师兄高，而且有心计，所以他们俩更是百倍警惕。

咱们前书也说了，让济能大喇嘛回来是明朝采取的一个计策，为的是削弱明安贝勒的力量。明安贝勒的力量一旦被削弱，他也就无暇顾及后金了，也就等于削弱了后金的力量。可是，如果硬逼着杜木钦德大喇嘛写信让济能大喇嘛回来，杜木钦德不一定干。另外，济能大喇嘛就是真回来了，也不一定能长期待下去，因为明安贝勒那里也需要他。可用什么办法把他调回来而且能待住呢？

色楞额这小子是真坏呀，他就跟袁应泰说了："经略大人，我有一计，不知行不行？"

袁应泰瞅了瞅色楞额，问："什么计？你说出来我听听。"

色楞额恶狠狠地说："那得看你手黑不黑，心狠不狠，你只要手黑、心狠，这事就准行。"

袁应泰又问："怎么个手黑、心狠法？"

色楞额说："把杜木钦德弄伤。济能这个人是个讲义气的人，如果他师兄受伤了，他肯定得回来，而且不会走。"

第四章 三英授计

袁应泰想了想，说："行，就按你说的办。"

几个人在一起商量好了以后，他们就带着队伍直奔喇嘛庙而来，这才出现了袁应泰用尚方宝剑砍掉杜木钦德大喇嘛胳膊一事。

咱们现在把话再说回来，济能大喇嘛回来以后，色楞额、恩特格莫，也就是王财和孙祀，秘密地监视着济能大喇嘛的动向，看他每天都说些什么，做些什么。因为他们非常清楚，杜木钦德大喇嘛已经是受他们制约的人了，现在最要紧的就是控制住济能大喇嘛。所以他俩对济能大喇嘛百般注意。由于济能大喇嘛的很多事情都得通过他的徒弟穆达库来完成，于是，色楞额、恩特格莫也监视着穆达库。穆达库就是济能大喇嘛的晴雨表。了解了穆达库，也就了解了济能大喇嘛。当然这一切都是在悄悄地进行着的，咱们只是没提到而已。

其实穆达库夜探地道这件事他们早就知道了，只是故意没出声，装作不知道。后来，他们又发现有人进过他们的卧室。另外，寺院里的人非常杂，特别是色楞额、恩特格莫很会笼络人，也拉拢了不少人。素膳房的有些人就成了他们的耳目。达库打听他们俩的行踪，早有人告诉了他们。

话说到此，有些事还得再交代一下，自袁应泰接任辽东经略以来，后金军南下的速度非常快。天启元年三月十九日，努尔哈赤领后金兵已经陆续占领了沈阳、辽阳，明兵战死数万人。辽阳失守以后，袁应泰觉得自己无颜面圣，自尽而死。这是在他砍伤杜木钦德大喇嘛不久以后发生的事。

袁应泰死了以后，色楞额、恩特格莫就投靠了新的主子巡抚王化贞。

王化贞，字肖乾，山东诸城人，万历年间的进士。这个人非常奸诈，他当了巡抚以后，为了扩大自己的势力，就把色楞额、恩特格莫叫回去为他招兵买马，监视济能师徒二人的差事就另外找人干了。所以元吉喇嘛和达库他们有很多天见不着这两个人了，原来他俩忙这事儿去了。

王化贞为了不被后金发现他的这一举动，还把据点偷偷挪到了朝阳附近的边杖子，目前来说这里属于后方，离后金的兵马比较远。另外，王化贞也是一个好色之徒，乐得每天有美女陪伴。大明朝的很多官员都这样，这也是大明灭亡的原因之一。色楞额、恩特格莫发现济能派徒弟监视他们以后，就非常注意自己的言行了。后来，他们知道达库已经发现了地道，并把地道里的财物拿走了，断定达库过不了多久也会搜查他们的房间，俩人悄悄商量着对策。

色楞额说："王大人要咱们给他招兵去，咱们很快就走了，也不用怕他们了。"于是，他们俩特意弄了一个铁匣子，把他们俩的身份牌儿放进去，以便达库搜到。

咱们前书说过，达库在坟圈子里碰到一个叫丘五的人，那个丘五也是他们特意安排的。那个人根本不叫丘五，也不是王财的传令兵，而是王化贞手下的一员干将，任游击之职。那天那个叫丘五的人跟达库分手以后，很快就回到了边杖子，见到了王财，并告诉他俩要做好准备，穆达库已经在打听他们俩的行踪了。另外，边杖子附近也有不少明朝的奸细。方才咱们说到那个卖豆浆的母女俩，就是王化贞的手下人装扮的。穆达库刚走，那两个人马上就派人飞马传信，告诉了躺在温柔乡里的王财和孙祀。

说实话，达库到底还是年轻、阅历少，根本没把事情想得那么复杂。他觉得这是非常轻松的一件事，根本就没在乎。他光顾着大摇大摆地仰着脖子找莺莺阁了，却不知自己早已被四周的明朝奸细给盯上了。

就在达库掏出丘五给他的那个小木牌儿刚要进门的时候。

就听旁边有人大喝一声："穆达库，你好大的胆子，敢到我这里来，不要命了。来人，把他给我拿下。"

达库循声望去，才看见不知什么时候，大门旁站了两个人。真可谓冤家路窄，这不正是自己要找的色楞额和恩特格莫吗。只是他们俩身穿铠甲，手拿大刀，旁边还站了一些兵丁。这些人也都一个个手拿刀棒。他们这一喊，周围一些看似百姓的人，有的放下了肩上挑的挑子，从筐里拿出了刀，有的从旁边的店铺里走出来，手里也拿着家伙。就这样，这些人把达库就围上了。

这些人嘴里还喊着："抓贼人啊！冲啊，杀呀。"

"穆达库赶快受降，省得我们动手。"总之喊啥的都有。

达库一看，事情已经这样了，怕也没有用了。

他紧忙从腰里掏出两把匕首，大声喊道："王财、孙祀，我找你们报仇来了。"

说完，也没管周围围着他的那些人，直奔王财、孙祀就冲过去了。他往上这么一冲，周围的那些人能让吗，刀和枪直接就冲他砍过来了。达库左右开弓，和这些人就打到了一起。

第四章 三英授计

177

各位阿哥要知道,小达库是济能大喇嘛带出来的徒弟,不仅不怕死,而且勇猛无比,蹿蹦跳跃、闪转腾挪样样都行。打着打着,他觉得自己的匕首太小,到不了人家近前,就把手里的匕首扔了,从明朝兵勇的手里夺过了两把大刀,跟众明兵打了起来。这些明朝的兵丁在王财、孙祀的指挥下,下手都非常狠,当然达库下手也毫不留情,双方展开了一场恶斗。无奈王财和孙祀的人越来越多,他总归是一个人,他就是有再大的劲儿,时间长了也不行啊,好虎还架不住一群狼呢。渐渐地,达库有些坚持不住了。

这时,听到有人喊:"躲开、躲开,绊马索来了,绊马索来了。"

围着达库的那些人听了这话,马上闪开了一条道。十几个人拽着绊马索奔达库就兜了过来。达库根本没想到对方会使绊马索,况且他这时候已经打得筋疲力尽了。绊马索一下就缠住了他的双脚。拽索的人使劲一勒,一下就把他给拽倒了。

各位阿哥可能不知道,由于莺莺阁是达官贵人和乡绅们经常出入的地方,为了便于行走,莺莺阁的人就把门前的地上都铺上了小石子儿。可怜的达库被拽倒之后,脑袋"啪"地一下就磕到了这些石头上。达库只觉得脑袋嗡地一下,就什么也不知道了。这些明兵使劲勒着绊马索,拖着他往前走,地上立刻留下了一道血印。

王财的心更狠,嘴里还直喊着:"拖死他,拖死他。"

就在这危急关头,从旁边的树林里冲进来四员勇将,照这些明兵就是一顿神砍,有的嘴里还骂着:"你们这帮畜生,这么多人欺负一个孩子,算什么能耐?有本事冲我们后金使。"

就这么几句话,把这帮小子都吓出尿来了。他们现在就怕听到"后金"二字,没想到,在这里怎么还能听到这俩字呢?他们这些人刀不会使了,枪也不会用了,拿绊马索的也愣在那里不动弹了。过了一会儿,明兵回过味儿来,马上扔下达库四散而逃。王财和孙祀一看后金的兵马来了,也吓坏了,赶紧跑进院子,把大门一关,不出来了。

达库这时已经昏迷不醒了。只见那四个壮汉杀开一条血路,冲了进来。一位壮汉从怀里掏出一个小葫芦,打开葫芦盖,往达库嘴里放了几粒止痛安魂丹,然后把达库轻轻抱了起来,用从自己衣服上撕下来的布包住达库的脑袋。

一位老者仔细地翻开达库的眼皮,看了看,匆忙地说:"不要紧,没事的。"于是,一个人背着达库,其他三个人保护着他俩,就这样在混乱中向南跑去。

南街的尽头是一片树林，只听那位老者说："过了前边这片树林，到了七道泉子就好办了。"

这时，又有一位壮汉忙说："现在最紧要的是赶紧找到郎中，给他把伤治好。可咱们在这举目无亲，到哪去找郎中呢？"

各位阿哥，咱们在前文书说过，自袁应泰在辽阳死了以后，朝廷又派熊廷弼任辽东经略，这熊廷弼可是一个文武双全的人物，不仅思维敏捷，而且排兵布阵有一套，努尔哈赤非常怕他。努尔哈赤本打算夺下辽阳以后继续西进，可一看熊廷弼又回来了，他就一直没敢动弹。

我们在前文书也说了，努尔哈赤天不怕、地不怕，唯独怕这个南蛮子熊廷弼。过了一年多，努尔哈赤派到辽东的探子密报说，辽东巡抚和辽东经略不和。努尔哈赤心中暗喜，他认为这是一个进军广宁的好机会，刚才这四位壮汉就是前书所说的后金著名将领，他们是奉罕王爷努尔哈赤之命，为大军西进下龙潭、入虎穴，刺探辽东的军情密事来了。这四位分别是罕王爷努尔哈赤的八儿子皇太极贝勒，罕王爷身边重要的谋士、蒙古通、大将希福，第三位是罕王爷的干儿子、赫赫有名的大将扈尔汉，第四位是机灵勇敢的乌力吉，他可是科尔沁部明安贝勒爷府里新被任命的总管。这四个人之中，当然皇太极贝勒是首领了，而希福大人在这些人里年龄最大，进蒙古部落秘密谋事的时日最长，当然也算是这个刺探小组的主要决策人。

当时，沈阳西南还是明朝的军队在把守着，为了安全起见，他们只好走山路来到大凌河河岸。到了大凌河以后，正赶上涨水。大凌河的水面非常宽，浪也非常高。他们几个人以渔翁的身份，瞒过了明兵的盘查，租用了一条渔船，顺着大凌河到了义县，乌力吉的好几个叔叔家都在义县。通过对他们的了解，得知辽东的巡抚王化贞穷兵黩武，刚愎自用。他为了保命，不在广宁待着，而是把指挥部悄悄挪到了朝阳的边杖子，把整个菊花楼给占了，过着白天商议军情，晚上搂着美女进入温柔乡的生活，十分荒淫糜烂。

希福把这件事禀报给了八贝勒皇太极。皇太极说："不入虎穴，焉得虎子。咱们现在就去边杖子，看一看究竟是怎么回事，必要的时候咱们给他来个瓮中捉鳖。"

八贝勒为什么这么有把握呢？各位阿哥还不知道，这个莺莺阁的老鸨子和大茶壶早已经被后金给笼络过去了，八贝勒他们要是到了那里并

第四章 三英授计

179

不是孤军作战，而是有内应的。希福和扈尔汉完全同意八贝勒的意见。就这样，他们几个人挑着鱼，划着船，从义县来到边杖子。因为莺莺阁门前挺热闹，摆摊的人也特别多，所以几个人就把鱼摊摆到了莺莺阁门前的几棵大柳树下，这样他们可以一边观察周围的情况，一边等待老鸨子和大茶壶的出现。

事也凑巧，就在这一天，皇太极等几个人刚把鱼摊摆好，达库就来了。

乌力吉是最早发现达库的一个人，他马上招呼皇太极和扈尔汉："你们看，那不是达库嘛，他怎么到这儿来了？"

皇太极一看，确实是达库，也感到奇怪："真是他呀，这小子长这么高了。"

只见达库两只眼睛紧盯着莺莺阁的大门，上下打量着。看着看着，他们就发现事情有些不对头，几个形迹可疑的人正紧盯着达库，并且慢慢向达库围拢了过去。

扈尔汉说："不好，达库被他们盯上了。"扈尔汉说着，就站了起来，想要冲过去。

希福一把把他按住了，说："先别忙，看看再说。"

几个人干脆不卖鱼了，就盯着达库，特别是达库周围的那些人。就在他们静观动向的时候，莺莺阁的大门开了，色楞额、恩特格莫从里面走了出来。只听色楞额一声令下，在一旁埋伏的明兵立刻冲了出来，把达库围上了。达库非常勇敢，一个人跟他们就干起来了。

我们都知道达库的师父是济能大喇嘛，而这个济能大喇嘛的武功非常了得。按理说，达库继承了师父的衣钵，功夫也是相当不错的，跟他们打个一时半会儿还是没问题的。可是没想到，明兵拿出了绊马索。当时大明朝的官兵跟后金的人打仗常使用绊马索，因为后金的人都骑马，速度当然就相当快。你这边的刀还没拿起来呢，人家那边的马就过来了，还没等你反应过来，你的脑袋就搬家了，所以大明朝的官兵非常怕后金的马队。后来他们想出来一条对策，就是用绊马索。在道上拦几根绳子，当马跑过来以后，冷不丁被拦一下，根本站不住，就得折跟头，有的都折几个跟头，起不来了，所以说绊马索对骑马的人来说是要命索。现在他们对达库就用上了绊马索。达库根本没有防备，一下就被拽倒了，脑袋磕到了石头上。

皇太极他们几个人一看达库受伤了，不顾一切地蹿出来跟明兵干起来了。扈尔汉非常聪明，想出来一个办法。

他报号道："后金兵来了。"

这一嗓子真管用，比千军万马都厉害。明朝的兵勇最怕后金兵，后金兵要是来了，那就是阎王爷来了，勾死鬼来了。他们一个个都吓坏了，哪还顾得上打仗了，纷纷四下逃窜。几个人趁此机会把达库救了下来。几个人怕路上遇到明兵，引起麻烦，就没敢走大道，也没敢坐船，而是绕过朝阳，沿小路马不停蹄地走了一天一宿，到了上园子。这里正是大凌河的上游，入夏以来，大凌河的水势一直都很丰满，来往船只也挺多，岸上早有摆渡的篷帆船等在那里，迎接着来往过客。几个人把达库放了下来。乌力吉去找船家租船，扈尔汉则小心地看护着昏昏沉睡的达库。

皇太极对希福使了个眼色，俩人凑到了一起。

皇太极说："叔叔，你得尽快想个办法，把这孩子送个稳妥的地方。咱们军务在身，不能陪着他，你知道哪儿有可靠的郎中吗？"

希福想了想，然后小声地说："贝勒爷，附近三百里都是王化贞的兵营驻扎地，暗探多如牛毛，除非咱们到山里去，才能躲开他们的眼线。"

皇太极说："那里有郎中吗？"

希福说："有，医巫闾山下牵马营子的杏林里住着几户人家，都是治红伤的高人，也是咱们的谙达①，我想请他们给达库疗伤。您看怎么样？"

皇太极说："好，就按你说的办。"

俩人商量好以后，乌力吉已经租好了船，回来叫他们了。

几个人背着达库，装作没事儿似的，进到了船仓里面。希福把身上的外罩斗篷脱了下来，把它轻轻盖在达库身上，嘴里还大声说："这孩子，觉真大，困成这样，让他好好睡一觉吧。"

小船行驶得很快，很快到了义县。艄公猛摆着船棹，船靠了岸。

上了岸以后，皇太极问希福："这条道你熟吗？"

希福说："我熟，这几家郎中不但我熟，扈尔汉也是他们的常客。"

扈尔汉说："希福大哥，杏林沟离这挺远啊，山里没有人家，我还是先就近去买袋饽饽吧。"

---

① 谙达，满语，即朋友。

第四章 三英授计

话刚落地,扈尔汉已经走出去了。扈尔汉是个步行仙,也真有些机灵办法,他不仅买回了饽饽,还不知什么时候和乌力吉俩人砍回一抱粗柳条,编起来一个席子。席子四角有四个立架。乌力吉到附近马市挑了一匹上好的膘满肉肥的小红马,牵了回来。俩人竟在马身上架起一个柳编卧榻。皇太极和希福又高兴又怕出事,把身上带的所有绳子全都拿了出来,把卧榻紧了又紧,绑了又绑。四人很快在卧榻上铺上斗篷,然后把达库安稳地放到上面,打马进入山林之中。达库因为吃了希福的安魂散,什么也不知道,任人摆弄。话要简说,这几位英雄好汉疾步匆行,爬山涉水,不知走过了多少密林古道,熬过两个流星飞逝的黑夜,很快赶到了牵马营子。牵马营子又叫牵马岭,在义县的东边,医巫闾山脚下。就这样,他们很快来到了医巫闾山脚下的一个茅草屋前。

几个人边跑边喊:"来人啊,快来人啊。"

很快,从屋里跑出来两个人。一位是老太太,一位老爷爷,看样子都能有六七十岁了,但腿脚却非常麻利。

老太太一看四个小伙子抬着一个受伤的人,赶紧招呼他们,说:"快进屋,快进屋。"

四个人把达库抬进了屋,放到了炕上。

老太太走过来打开达库头上包着的血布,看了看,吃惊地问:"这孩子怎么伤得这么重?"

其中一个人说:"老奶奶,你赶紧想办法救救他吧。"

老太太翻开达库的眼皮看了看,又摸了摸达库的脉搏,然后起身打开靠墙的炕柜,拿出里面的瓷瓶子,边开瓶盖边吩咐他们几个:"把他翻过来,让他脸朝下趴着。"

几个人赶紧按照老太太说的,把达库翻了过来。此时达库脑袋上的血已经凝成血块子了。

老太太拿过一把剪子,咔、咔、咔几下子,把达库的头发就给剪掉了。人们这才看清,达库后脑勺上的头皮已经被拖得揭开了一大块,里边的肉都露出来了。老太太先用盐水把伤口冲了冲,然后用酒喷了喷。就是这么折腾,达库也只是在嗓子眼里"啊"了一声,但还是没有醒过来。老太太又给达库上了些红伤药,老爷子进里屋,把生南星、生川乌、生半夏等草药碾成细末,用酒拌上,抹到了伤口周围,这些药可以起到麻醉、消肿的作用。老太太又把针在火上烤了烤,然后把揭开的头皮用针缝上了。经过近一个时辰的处理,好歹算是把达库的伤口缝上了，血也止住了。

一个壮汉问老太太："怎么样，要紧不要紧？"

老太太说："不要紧，只是出了些血，不碍事的，让他先睡一会儿。过一会儿我再给他调一些治红伤的药，让他吃了。你们不用担心，只要是到了我这儿，他就死不了。"

几个壮汉非常高兴。就这样，达库在这个昏暗的茅草房里睡了一天一宿。第二天，达库醒了过来。他睁开眼睛朝四周看了看，没看出这里是什么地方。达库仔细回忆了一下，想起自己本来是去找王财和孙祀来着，可怎么跑到这儿来了？这是什么地方？他想起身坐起来，可刚一动弹，脑袋就像炸开了一样疼，达库又无力地闭上了眼睛，躺了下去。达库这一动弹，惊动了在旁边看着他的老爷爷、老太太及四个壮汉。

一个壮汉走到达库的跟前，把手轻轻地搭到了达库的肩膀上，轻声唤道："达库，你醒了？达库，你睁眼看看，我是谁？"

达库听声音非常耳熟，睁开眼睛一看，他大吃一惊："乌力吉叔叔，你怎么在这儿？"

乌力吉紧紧地握着他的手说："好孩子，我们是来这儿办事的，结果遇到你了。孩子，你怎么也到这儿来了？"

达库说："我是来抓王财和孙祀的。叔叔，你还好吗？明安贝勒他们都好吗？"

乌力吉说："他们都挺好的。达库，别说话了，你身上有伤，等伤好了咱们再唠。"达库听话地闭上了眼睛，一会儿又睡着了。

经过两位老人家近两天的精心治疗和调养，达库已经完全苏醒过来了，精神也很好。他们几位非常感谢两位老人家，可是问题又摆在他们面前，下一步怎么办？几个人都看着八贝勒皇太极。

皇太极说道："众位兄弟，达库现在已经没有危险了，可咱们的事还没办。我想再去一趟边杖子，一来看看能不能抓到王化贞；二来看看能不能抓到王财和孙祀。"

希福说："咱们刚刚大闹了一场，他们已经知道咱们的人来了，一定会有所戒备，要是扑空了怎么办？"

皇太极想了想，说："他们自从丢了沈阳、辽阳之后，就已经成了惊弓之鸟。另外，即使他们想走，我想也不可能这么快，他们会以为咱们把达库救走了，就不会再回去了，所以咱们就趁热打铁，钻他这个空子。等咱们的事办完了，再来接达库。"几个人都表示同意。

第四章 三英授计

皇太极他们几个所说的话，被躺在炕上的穆达库听得真真切切。他们几个讲完以后，达库扑棱一下坐了起来，把几个人吓了一跳。达库说："贝勒爷，你讲得好，咱们就是要乘其不备，趁热打铁，但有一件事我不同意，我不能留下，我得去。这事是因我而起，错都在我。我师父多次跟我说过，办事要多动脑筋，遇事要谨慎，可我根本没记住师父的话，把他们看得太简单了，上了他们的当。再说色楞额、恩特格莫不仅是我的仇人，也是我们喇嘛庙的仇人。他们用尚方宝剑砍伤了我大师伯的胳膊，这个仇还没报。他们现在又用绊马索把我绊倒，还说要拖死我。这个仇我一定要报，你们放心，我穆达库受的这点伤，就像被蚊子叮了一下，不碍事的。"

皇太极听了达库说的一席话，不由得暗暗敬佩，并且打心底里喜欢查库。他走到达库身边，关切地问道："达库，你行吗？"

达库说："贝勒爷你放心，就是破了点皮，出了点血，没什么大事，不要紧的。"

说着，达库把自己的胸脯拍得啪啪响，说："看，贝勒爷，我结实着呢。贝勒爷，快别耽误了，咱们赶紧走吧。"

扈尔汉也走了过来，说："八贝勒，这孩子就这么倔，让他去吧。你要是不让他去，他也待不住。"

希福说："是啊，让他一块儿去吧。"

站在旁边的老太太笑了笑，说："你们要去也可以。我给你们杀了只鸡，你们吃完再走。"

达库说："奶奶，谢谢你。你把鸡给我们留着，等我们抓住王财和孙祀，喝喜酒的时候再吃吧。"达库的话逗得大伙哈哈大笑。

众人七手八脚地把东西收拾好，达库也穿戴整齐。老太太又从她的药罐子里倒出一些药面儿，一包一包地包好，给达库带上，几个人很快就上路了。等他们赶到边杖子的时候，天已经黑了，几个人来到了莺莺阁对面的柳树林子里隐蔽了起来。

希福悄声说道："你们待在这里先别动，我和扈尔汉先去联系一下，要是听到三声乌鸦叫，你们就出来。要是叫一声，就说明事情还没办妥，或者有巡夜的，你们就小心点。明白吗？"

几个人异口同声地回答："你就放心吧。"

希福和扈尔汉俩人猫腰儿从另一个方向钻了出去，穿过几条街巷，来到了一座平房前面。房子不太大，房顶用草苫着，房子前面有一个小院套，外面用木头障子围着，院子收拾得挺利索，连只狗都没有。这里是莺莺阁一个打更人住的地方，由于这个更倌儿挺能干，得到了老鸨子的器重，老鸨子就让他管事，所有的更倌儿谁值早晨，谁值晚上，谁什么时辰接班，都由他来定。这个人长得极丑，眯缝着小眼睛，右腮帮子上长着一颗黑痣，黑痣上还长出一撮黑毛。大伙都叫他"一缕毛"。

见里面的灯亮着，希福推门就进去了，扈尔汉则隐蔽在门后头。"一缕毛"一看希福来了，忙起身请希福坐下。

希福说："不坐了，走，我领你去见几个人。"

"一缕毛"一听，忙起身穿衣，跟希福出来。扈尔汉跟他寒暄了几句，三个人就往回走了。

在离那片柳林不远的地方，扈尔汉他们几个停下来观察了一会儿，见没有什么异常动静，才把两只手放在嘴边，学了三声乌鸦叫，并且连续叫了两次。不大一会儿，从柳林里闪出几个黑影，走近一看，是皇太极他们。几个人聚到一起以后，由"一缕毛"领着，来到了莺莺阁最后面的围墙处，那里也有一片树林，林子外侧是一个水泡子，院墙上有一个小角门，是莺莺阁里的杂役出入的地方，也是"一缕毛"他们这些人出入的地方。这里当然不受官兵的管辖，所以出入比较方便。何况"一缕毛"是打更人的总管，那些人见了他都点头哈腰的，一口一个爷地叫着。所以他带进去的人没人敢阻拦，也不敢问爷领的人是干什么的。就这样，几个人非常顺利地从小角门进入了莺莺阁。

在这里打更的两个人已经睡着了，因为平时这里没什么事儿，也没人管他们，所以他们比较随便，都觉得没事儿，也就麻痹了。"一缕毛"把几个人带到了一个小屋。这个小屋里只有一张床，是"一缕毛"在莺莺阁休息的地方。刚才的那个屋是他的家，以前很少回去，因为最近他和建州建立了关系，为了方便接头，他才回去的。

"一缕毛"请建州来的几个人坐好以后，希福悄悄地对"一缕毛"说："你把王化贞这些日子招兵的情况跟我们爷说说。"

"一缕毛"说："王化贞这些日子确实招了不少的兵，大概有十多万人，不知被他拉到什么地方练兵去了。我打听了几次没打听出来，这家伙狡猾着呢。"

皇太极说："你能了解到这些情况，就已经很不错了。"

希福又说："你再去看看大货和三号、四号的情况。记住，千万要小心，别让他们发现。"

第四章 三英授计

希福所说的大货就是指广宁巡抚王化贞，三号、四号指的是王财和孙祀，这是他们之间的暗语。

"一缕毛"说："你们就放心吧。"说罢把门一关，出去了。

"一缕毛"走了以后，皇太极又布置道："达库，一会儿你不要轻举妄动，等'一缕毛'回来咱们看情况再定，如果王化贞在，咱们就先想办法拿下王化贞。拿下王化贞以后，咱们再抓王财和孙祀。"

扈尔汉也嘱咐道："是啊，达库，你身上有伤，一定不能感情用事。"

达库答应道："放心吧。"

不大一会儿，"一缕毛"就回来了。希福问道："怎么样？我们要的货在吗？"

"一缕毛"说："大货不在，走了。听说他家里有事，派人把他叫回去了。"

扈尔汉接着问："三号、四号在不在？"

"一缕毛"回答："他们在，都睡着呢。"

大家一听王财和孙祀这两个淫贼都没走，非常高兴。

希福问："我们现在可以动手吗？"

"一缕毛"说："可以，但是要快。"

扈尔汉布置道："希福大人，你陪贝勒爷在这儿等着。我们几个人去就行了。"扈尔汉带着达库、乌力吉走了。

他们一路上还挺顺利的，没碰到什么人。几个人迅速来到了菊花楼楼下，并且很快接近了三号王财住的屋子。扈尔汉用手示意：达库和他一起进去，乌力吉在门口守着。扈尔汉悄悄地用匕首把门闩拨开，两个人就进屋了。

屋子里虽然很黑，但借着月光仍可以看清屋子里的摆设。屋子里有桌子、衣柜，还有床，床上有幔帐，并且已经放下来了，这证明里面有人。他们俩悄悄来到床帐跟前，把幔帐一掀，见里面的人睡得正实沉。扈尔汉手拿短刀压在那个男人的脖子上，那个人一下子就被惊醒了。他刚想伸手往枕头底下摸，扈尔汉低声喝道："别动，要是动一动，就把你的脑袋砍下来。"

躺在他旁边的窑姐吓得张着大嘴想要叫唤，扈尔汉又说："别出声，谁出声我杀了谁。"

那个窑姐都吓哆嗦了，搂着被退到了床角，一动不敢动。

扈尔汉告诉达库："把他的衣服给他拿过来。"

达库找到一堆衣服，扔到了床上。

王财刚说了一句："老爷，饶……"

扈尔汉说："不许说话，你要再说话就砍掉你的胳膊，快穿衣服。"

王财吓得再也不敢出声了，赶紧穿衣服，慌乱之中还穿错了，把窑姐的衣服穿身上了，还是达库给他找到了袍服，也来不及穿袜子，光着脚就穿上了鞋。扈尔汉从兜里掏出了一个事先预备好的、带有窟窿眼的布兜往他脑袋上一罩，然后把口一勒，把脸就蒙上了。达库又把他的双手在后面绑好。这一切都进行得非常快。

扈尔汉又告诉那个女的："你在这儿待着，别说话，你要是说话就要你的命，知道吗？"那个女的吓得只是点头，出不来声。

扈尔汉让达库抓住男子的两只手，三个人就出来了。扈尔汉又把旁边屋的门弄开了。这个屋里的格局跟那个屋是一样的，也有桌子、衣柜和床。扈尔汉又用刚才的办法把孙祀抓住了，也用布兜把他的头蒙上，手也绑上了。

这时，王财想喊人救命。他刚说出一个来字，扈尔汉过去，照他耳朵的部位一扎，一下就扎个眼，把他疼得"啊地"一叫。

扈尔汉说："别叫，你再叫，我就砍掉你一只胳膊。"

扈尔汉又拿过一根麻绳顺自己刚才扎的那个眼穿过去，系了一个扣，把王财疼得"啊、啊"直叫唤，鲜血把布兜子都湿透了。这叫"扯耳绳"，是专门为了对付那些不老实人想的办法。要是被抓人不老实，就拽绳子，被抓人就会钻心地疼，也就不敢捣乱了。扈尔汉如法炮制，把孙祀的耳朵也扎了一个眼，系上一根绳子。就这样，王财和孙祀俩人被带到了"一缕毛"住的房子里。

"一缕毛"又到外面查看了一圈，然后回来告诉他们："外面没什么情况，你们可以走了。"就这样，他们几个人押着两个贼人，出了小角门，进入树林。在那里，他们见到了皇太极和希福大人。

要说这希福考虑得就是周到，就在扈尔汉他们进屋去抓王财和孙祀的时候，他让"一缕毛"预备了几匹马和一辆轿车。

见几个人回来了，希福安排道："扈尔汉，咱们三个每人骑一匹马。乌力吉和达库押着这两个贼人回科喇沁去，他们骑马不方便，就让他们赶车回去吧。"

说完，希福又从背囊里拿出五六个银元宝给了"一缕毛"。"一缕

第四章 三英授计

毛"非常高兴地接了过来，并一再感谢。一切停当，皇太极、扈尔汉、希福三人骑上了马。穆达库和乌力吉把王财和孙祀塞到了轿车里。这两个小子一直吓得哆哆嗦嗦，没想到，穆达库没死，而且又回来把自己抓住了。他们俩心想：完了，完了，落到他手里，我们俩算是没命了。安排好了以后，乌力吉把鞭子一甩，轿车紧跟在那三匹马的后面，一行人就出发了。这是一辆两匹马拉的轿车，所以走得挺快。

出了边杖子，前面出现了两条岔道，一条是往东去的，一条是往北去的。几个人在此告别。

皇太极握着达库的手说："达库，咱们这次有缘相见，我非常高兴。达库，有句话我早就想对你说，这也是我父汗的意思。你不是说想像你阿玛那样做一个大英雄，为赫图阿拉建功立业吗？达库，你的机会到了。"

达库一听，非常兴奋，说："贝勒爷，你说吧，想让我做什么？无论你们让我做什么，我穆达库都万死不辞。"

皇太极说："我们想让你像你阿玛那样在科喇沁、山海关、察哈尔一带多结交一些朋友，你能做到吗？"

达库说："八贝勒，不就是结交朋友吗，这太简单了，我达库就有这个本事。说吧，想让我和谁交朋友？"

扈尔汉说："有一个人，是大明朝的一员大将，明朝非常重用他，这个人叫祖大寿，你想办法跟他成为朋友。"

希福接过话说："达库，你不是爱英雄嘛。这个祖大寿外号叫'辽东一只虎'，武功高强，在辽东这块儿还没人能打得过他呢。"

达库说："是吗？那好啊，我一定会会这'辽东一只虎'。"

皇太极说："等你和'辽东一只虎'成了朋友，就到赫图阿拉去找我。"

达库说："行，贝勒爷。这事儿就这么说定了。"

皇太极又说："达库，记住，以后遇事一定要多动脑筋，不要莽撞行事。记住了吗？达库，我相信，你一定也会成为'辽东一只虎'的。"

就这样，皇太极等人骑上了马，双方就此告别，并很快隐入夜色之中。

乌力吉赶着轿车走得很快，天还没亮，他们就到了科喇沁，来到寺院。

咱们再说说寺院的情况。自从杜木钦德大喇嘛听说达库没在寺院以后，愁得连饭都吃不下去了，他多次责怪师弟济能大喇嘛："济能啊，济能啊，你怎么这么糊涂呢？你一向办事谨慎，想事周全，怎么这次没跟我商量一下就把达库派出去了呢？达库要是有个三长两短，你说咱们能对得住明安贝勒吗？能对得住死去的卫齐大人吗？唉，你叫我说你什么好呢？"

杜木钦德大喇嘛又责怪小师弟元吉喇嘛："元吉啊，元吉，我跟你说过多少次了，让你看着点达库，看着点达库，你怎么就没看住呢？"

其实济能大喇嘛也为徒弟的安全担心，但他又怕加重师兄的心理负担，所以嘴上不能说。

他们就这样从早晨盼到晚上，又从黑夜盼到天明。

这一天，忽然从外面跑进来一个把门的僧人。他边跑边高兴地传报："大师父，大师父，达库回来了，达库回来了。"杜木钦德大喇嘛和济能大喇嘛以为自己听错了。

济能大喇嘛又追问了一句："是达库回来了吗？"

僧人说："是达库回来了，他现在已经到了大门口。您要是不信，就自己看看去。"济能大喇嘛起身就往外走，杜木钦德大喇嘛也破天荒地由两个僧人搀扶着跟了出来。

他们到大门口一看，一辆两匹马拉的轿车停在那里。轿车四框都刷着新漆，轿帘上都挂着珠穗，非常好看。轿车前站着两个人，济能大喇嘛一看，一个是科尔沁部的乌力吉总管，另一个就是自己想念的徒弟穆达库。济能大喇嘛心里纳闷：达库怎么和乌力吉凑到一起去了呢？他又是在哪儿弄的轿车呢？杜木钦德大喇嘛一看达库非常精神，也挺壮实的样子，所有的担心都消失了。

穆达库一看两位师父来了，急忙走过来，抱拳说："师父，师伯，你们好。达库在这里给您二老见礼了。"

杜木钦德大喇嘛说："回来就好，回来就好。"

这时候，乌力吉也走过来，给济能大喇嘛抱拳施礼，说："大师父，你好啊。"

济能大喇嘛还礼，说："我好，我好。你们好啊，明安贝勒的身体可好啊？"

乌力吉说："好，好，明安贝勒的身体很好，孔果尔贝勒的身体也很好。托您的福，我们都很好。"

济能大喇嘛听了以后非常高兴，然后转身跟自己的师兄介绍说：

"大师兄，这不是外人，是明安贝勒府上的总管乌力吉。"

杜木钦德大喇嘛一听是明安贝勒那里的人，马上热情地上前施礼，说："欢迎，欢迎，欢迎到我们这里来。"然后，招呼刚走过来的元吉喇嘛："元吉啊，你过来，我给你介绍个客人。"

元吉喇嘛走到他们跟前，达库先给元吉喇嘛施礼问安。

杜木钦德大喇嘛给他们双方介绍说："元吉啊，这位是明安贝勒的总管乌力吉。乌力吉总管，这位是我的小师弟元吉。"双方施礼。

杜木钦德大喇嘛又说："元吉，你先把客人和马匹都安排到后院休息。"元吉点头答应，下去安排去了。

达库说："两位大师，我这次行动的详情容徒儿以后再禀，我车上有两个你们非常想见的人。"

济能大喇嘛问："什么人啊？"

达库一掀轿帘，说："师父请看。"

杜木钦德大喇嘛和济能大喇嘛走到轿门跟前，往车里一看。里面有两个人，低着头，蜷缩在那里。达库把两个人脑袋上戴的口袋拿了下来。杜木钦德大喇嘛和济能大喇嘛一看喜出望外，没想到，这孩子把他们日夜期盼抓住的贼人给抓住了，这可是为寺院又办了一件大好事啊。

杜木钦德大喇嘛抬起王财的下巴颏，说："大人，好多日子没见，一向可好啊。"车里的王财吓得一声没敢出。

达库说："大师伯，他们根本不是什么僧人。他们是明朝巡抚袁应泰手下的两员武将，一个叫王财，一个叫孙祀。色楞额、恩特格莫是他们的假名字。"

杜木钦德大喇嘛瞅着车里的这两个人，沉思了一会儿，然后转身对师弟说："济能啊，你跟三师弟把他们带到安全的地方去吧。"济能大喇嘛点头答应。

达库愣眉愣眼地瞅着大师伯和师父，不知道他们俩在说什么。

济能大喇嘛当然明白大师兄话里的意思了。原来，这个寺院有一个非常安全的地方，这还是在建寺院的时候专门修建的。这是一所青砖绿瓦结构的房子，非常坚固，窗户上安有铁栏杆，当时是为了关押那些违犯僧规而且屡教不改的僧人而建的。寺院的人管它叫"刑事房"。杜木钦德大喇嘛说的安全的地方指的就是这个"刑事房"。

济能大喇嘛和元吉喇嘛带着达库，乌力吉赶着马车，一行人来到了后院的"刑事房"。说起来也挺有意思，咱们前面说过，后院靠门的这块儿单独有一处房子，原来被当作仓房，后来被色楞额、恩特格莫给要去了，在这个房子的旁边就是那间"刑事房"。

济能大喇嘛和元吉喇嘛等人押着王财和孙祀，来到"刑事房"门口。两位看管"刑事房"的人一看济能大喇嘛他们来了，马上走上前来迎接，并且给各位师父见礼。元吉喇嘛让他们把"刑事房"的门打开。济能大喇嘛又叫看管"刑事房"的人拿来一把剪子，把穿在两个人耳朵上的绳子剪开，并告诉色楞额和恩特格莫："你们俩好好在这儿待着，别有什么非分之想。"意思就是你们俩别想跑，也别想寻死什么的。

济能大喇嘛又告诉看管"刑事房"的人："对他们俩要严加看管，别让他们跑了，但不要难为他们。他们俩有什么要求，你们尽量满足他们，一会儿我再给你们派几个人过来。"就这样，这两个人被关进了"刑事房"里面的水牢里。

一切安排妥当，几个人才回到前面的佛堂，乌力吉被安排到客房休息。

杜木钦德大喇嘛招呼道："达库，来，到我这儿来，坐我旁边。哎呀，你这孩子，可把我惦记坏了，外面兵荒马乱的，我真怕你出事。你要是出点啥事，我怎么对得起明安贝勒，怎么对得起故去的卫齐大人。"

达库说："大师伯，不用怕，我好着呢。"

达库说着，紧挨着杜木钦德大喇嘛坐下了。

济能大喇嘛说："达库，把这两天的情况跟你大师伯说一下吧。"

达库点头应道："是，师父。"

达库就把自己开始受师父之命，跟踪色楞额和恩特格莫，但因为看不见他们俩的人影，自己进屋查看，结果发现了铁匣子，并且从铁匣子里发现了色楞额、恩特格莫的秘密，以及自己为了追查色楞额、恩特格莫，来到边杖子，被明兵包围，后来被绊马索绊倒，多亏八贝勒皇太极他们出手相救，自己才逃过一劫的经过原原本本地学了一遍。

听完达库的叙述，杜木钦德大喇嘛关切地问："快让我看看你伤在哪儿了？"

达库说："就是脑袋蹭破了点儿皮，没事。"

杜木钦德大喇嘛师兄弟一看，可不是嘛，达库的脑袋上到现在还有血块了，还有些红肿呢。

济能大喇嘛心疼地说："孩子，你受苦了。"

达库咧嘴笑了笑，说："没事，师父，这算不了什么。"

杜木钦德大喇嘛接着问:"那你们后来怎么办了?"

达库说:"我们到了医巫闾山。乌力吉认识那里的一对老夫妇,是那两位老人家给我上了药,我才缓了过来。我醒了以后,我们就又返回了边杖子。哼,让王化贞那老小子拣了便宜,他没在。我们只抓住了色楞额和恩特格莫。师父、大师伯,这次多亏八贝勒他们出手相助,要是没有他们,我达库现在还不知道会是什么样呢?也怪我遇事不够冷静,太大意了。"

杜木钦德大喇嘛一听,达库这孩子心胸这么坦荡,而且善于总结经验教杜木钦德训,心里非常高兴。

大喇嘛安慰道:"达库,你也不要过于责怪自己了,有些事我也有责任。"

济能大喇嘛见师兄很内疚的样子,连忙打岔道:"师兄,达库他们已经把色楞额、恩特格莫抓回来了,咱们是不是考虑一下怎么惩治他们俩。"

达库也非常同意师父的话,说:"大师伯,我师父说得对,咱们得抓紧时间审问,然后处治了他们。"

杜木钦德大喇嘛沉思了半天。杜木钦德大喇嘛这个人就是这样,一涉及具体的事情,就爱优柔寡断。他想了半天,然后说:"阿弥陀佛,咱们是出家之人。出家人要以宽大为怀,以慈悲为怀。只要他们真心改过,咱们还是原谅他们吧。"

杜木钦德大喇嘛的话一出口,把济能大喇嘛和达库急坏了。

达库是个性子非常直率的孩子,马上说:"大师伯,这可不行,他们这么欺负咱们,咱们不能放了他们。"

杜木钦德大喇嘛说:"胳膊拧不过大腿,还是把他俩放了吧,要不你说怎么办?"

达库坚决地说:"不行,我为了抓这两个人,差点儿没了命,说什么也不能放了他们。"

杜木钦德大喇嘛见达库执意不肯的样子,立刻把眼一瞪,说:"怎么?你还敢跟我顶嘴?"

济能大喇嘛一看情形,马上接过话茬,说:"达库,怎么跟大师伯说话呢?这么没规矩。"

达库见师父说话了,也不好再说什么了。

杜木钦德大喇嘛站起身来,说:"好了,你们先下去吧,我要诵经了。"

济能大喇嘛赶紧招呼达库说:"达库,咱们走吧,别耽误你大师伯诵经。"

达库没办法,只得起身跟师父走出大师伯的禅房。

达库回到自己的禅房以后,一直坐在那儿生闷气。自己拼上了性命来到了莺莺阁,又多亏八贝勒他们帮忙,才把这两个贼人抓住并带回来,为的就是想给大师伯报仇,为寺院雪恨。哪成想大师伯的心肠这么软,要把这俩人给放了,可自己又说服不了大师伯。他无奈地一头扎到了炕上,把大被往脑袋上一蒙,再也不动弹了,躺着躺着,竟睡着了。等他醒来的时候,天已经大亮,外面传来了敲门声。

元吉喇嘛在外面高声叫道:"达库,用早膳了。"

达库答应了一声,起身简单地梳洗一番,就跟着师叔到素膳房扒拉一口饭。吃完饭,达库悄声地问:"师叔,那两个人现在怎么样?"

元吉喇嘛说:"达库,你放心,他俩跑不了,昨天晚上我一宿没睡,就看着他俩了。"

两个人信步来到济能大喇嘛的房前。达库轻轻地叩门,济能大喇嘛也是刚用完早膳,正喝茶呢。听到外面有人叩门,忙招呼道:"进来吧。"元吉和达库一前一后就进来了。

济能大喇嘛请他们俩坐下。元吉喇嘛把他昨天晚上领着刑事房的几个人,轮流看管那两个小子的经过学了一遍。元吉喇嘛还告诉自己的师兄,今天早晨给那两个小子送去的饽饽、粥和小菜,这两个小子还吃了不少。达库心想:哼,我看你们还能欢实多久?大师伯实在要放你们,我就偷偷把你俩拉到郊外去,一刀一刀地宰了。

济能大喇嘛说:"元吉、达库,事不易迟。咱们现在就审审王财和孙祀,一定要把谁派他们来的,他们的居心何在,为什么伤害大师兄,让他们都讲出来。"

达库听了师父的话非常高兴,马上说:"师父,我听你的。"

元吉喇嘛也说:"二师兄,你讲得对,我也是这意思。"

不说他们师徒研究如何突审王财和孙祀,就在这时,远处传来了咣、咣、咣的铜锣声,而且有嘈杂的叫喊声。济能大喇嘛师徒一听就纳闷了,这是谁来了呢?因为这声音大家都非常熟悉,这叫"开路锣"。一般的情况下,只要铜锣一响,就说明有朝廷的命官来巡,沿路所有闲杂人等都得马上躲闪避让。几个人马上警觉起来。

元吉喇嘛说:"二师兄,咱们这里好长时间没听见铜锣响了。那次铜锣响是袁应泰那小子来了,难道又是这伙歹人来了不成?"

济能大喇嘛一听坐不住了,马上站起来,把僧袍披好,说:"走,咱们出去看看。"

三个人刚走出屋,外头把门的小僧来报:"从东边过来一队官兵。"

济能大喇嘛点头表示自己知道了。就这样,济能大喇嘛在前,元吉喇嘛在后,达库和另外几位僧人紧跟在后面,他们一块来儿到了寺院的大门口。

只见远处有一支队伍正缓缓地往这边走着。前边有二十几个人敲着铜锣,有的人一边敲锣还一边喊话:"闲杂人等,速速回避。""肃静。"紧跟在后面的是浩浩荡荡的明兵队伍。队伍走到庙门口停了下来。

一个小校跑过来,告诉庙门口把门的僧人:"快去告诉杜木钦德,辽东巡抚王大人来了,让他赶快出来迎接。"

僧人说:"小僧这就去通禀,请大人稍候。"

不一会儿,杜木钦德大喇嘛在两个僧人的搀扶下走了出来。济能大喇嘛急忙走上前去搀扶大师兄,其他众位僧人跟在后面。达库看见这一切,心想:怎么?你们还想熊我们。哼,这次有我穆达库在,你们谁也别想再欺负我们。达库转身进屋把他那一百多斤的镔铁倒木棍拿了在手里,紧跟在师父们的身后。

辽东巡抚王化贞在众人的簇拥下,大摇大摆地走进了寺院,直接到了大雄宝殿前面的正堂,旁若无人地坐到了正座上,两边站满了他手下的官员,随行的兵马则把寺院围了个水泄不通。

杜木钦德大喇嘛手打佛号,高声说道:"小僧不知大人驾到,迎接来迟,请大人恕罪。阿弥陀佛。"

只见王化贞从椅子上站了起来,掸了掸袍服上的尘土,假惺惺地笑着,说:"大师何必这么客气。我今天闲来无事,出来走走。大师您德高望重,不仅在科喇沁,就是在辽东,您也都是很有名望的,能够见上您一面,是我王某人三生之幸事啊!"

他这么一客气,把他身边的那些跟随弄得还都挺纳闷,王大人今天这是怎么了?怎么这么客气呢?在座的很多人都知道,大明朝是宦官专政,有个大太监叫魏忠贤,这家伙飞扬跋扈,权倾朝野,顺我者昌,逆我者亡。王化贞是他最得意的门生,也是他的干儿子。魏忠贤喜欢的人,谁敢得罪呀,所以王化贞走到哪儿都是一个威风八面的主儿,从来没和谁说过客气话。

跟随他来的有个叫孙德功的，是个中军。这小子特别会见风使舵，深得王化贞赏识。孙德功一看王化贞这样子，也马上换下他刚才那副目中无人的面孔，让手下人找来不少长条凳子，在客厅的一侧排好，让僧人们坐下。这样，大堂里就形成了一边是朝廷的命官，另一边是以杜木钦德大喇嘛为首的寺院的众僧人这样一个阵势。

王化贞起身走到杜木钦德大喇嘛身边，并紧挨着大喇嘛坐了下来。大伙都觉得挺奇怪，不知道他这葫芦里到底卖的是什么药。

达库一直手拿着棍子，平视着前方，威风凛凛地站在杜木钦德大喇嘛的后边。他心想：不管你们耍什么鬼点子，要是再想害我大师伯，得先问问我手里的这根棍子。

王化贞把这一切看在眼里，他斜眼瞟了达库几眼，心想：看这小子这样儿，就不是个好惹的主儿。孙德功也偷着瞟了达库几眼。

再说王化贞坐下以后，把手一摆，跟随他来的乐师们马上吹起了笙箫，这道风景在当时是少有的。王化贞这个人是万历时候的进士，多才多艺，爱讲排场，而且会见风使舵、逢迎官长。你想听什么，他就会来什么。他出门的时候不像别的官员那样光带着武将和护卫，他还带着鼓乐队，到了目的地以后，总要先吹拉弹唱一番。

鼓乐响起来以后，从队伍里走出来几个兵士。他们每个人的手里都捧着一个楠木的大礼盒，随着阵阵微风，楠木礼盒发出的清香飘进人们的心房，使人神清气爽，只见这些人在王化贞面前站好。

王化贞起身介绍说："大喇嘛，皇上和魏大人听说你受了不少的苦，特命我带来一些山野草货，给你补养补养身子。"

孙德功接着说："大喇嘛，这是我们巡抚大人特意给您预备的，有鹿茸九挂、长白千年老山参五苗、布帛十匹，请大喇嘛笑纳。"

他的话刚一说完，那几个兵士把手里捧着的楠木礼盒摆到了大喇嘛面前，一共摆了两大排。

鹿茸九挂，所说的挂是指在一个公鹿的鹿茸完全成熟以后，把鹿杀死，把整个鹿茸砍下来，这样的鹿茸算一挂。一挂鹿茸在炮制、凉晒好以后，要用很多的药来煨，煨出来的鹿茸金茸茸的，饱满肥壮，非常好看。炮制一挂鹿茸要经过半年左右的时间，炮制好以后，用长方形的楠木箱子装上，里面铺上彩绢，然后把鹿茸放到里头，上面盖上玻璃罩，很是气派。

第四章 三英授计

要说长白的千年老山参，在那个时候专有人到长白山里去采参，在采参的时候必须小心再小心，谨慎再谨慎，每支山参不仅要保留它的全身，就连参须子也都得保留得完好无缺。一棵山参要是摆好了能有一人多高。山参采回来以后先要进行干燥，干燥好以后，再把楠木匣子里铺上绢丝，把人参放到里面，用彩线钉上，最后用玻璃盖罩上。

杜木钦德大喇嘛见王化贞送来这么多礼物，就问王化贞："请问大人这是何意呀？"

王化贞说："这些东西你先用着，要是不够，我再给你们送。"

杜木钦德大喇嘛想了想，说："老僧何德何能受此殊荣？"

王化贞把杜木钦德大喇嘛右边空着的僧袍袖子提起来，假装痛心地说："大师父，说实在的，您遭这么大的罪，我心里也不好受啊。上次我向皇上奏报的时候，皇上听了都动容啊，皇上怪大来办事欠妥。唉，说来我跟大来也算是莫逆之交了，大来这个人什么都好，就是有一个毛病，头脑简单，遇事爱冲动，容易受人挑拨。我跟大来也唠过这事，他也后悔了，觉得对不住您。现在大来已经不在了，我替大来给您赔个不是吧。请大师父您多多包涵。说来这个事儿也是事出有因的，要不是因为建州部目无国法，兴兵南进，侵犯朝廷，朝廷也不会这么大动干戈。所以，大师父，你要看在国家的利益上，原谅大来吧。"

达库心想：你这是打个巴掌给个甜枣吃，猫哭耗子假慈悲，少来这套。哼，上次我没抓到你，让你多活了几天，现在你又跑这儿装人来了。达库气得呼哧呼哧直喘粗气。

杜木钦德大喇嘛不知这只老狐狸又想干什么，所以并没有让小僧们接下礼物，而是不动声色地看着王化贞。王化贞非常狡猾，他看杜木钦德大喇嘛不收他送的礼物，就让孙德功领人来到右侧的客房，把礼品拿到了放香火的柜上，这样就等于寺院接受了。

咱们在这里还得说一下，寺院一共有两个院，前院是做佛事的地方，有佛堂。佛堂的左右两侧是客房，是为进香的香客休息用的。因为进香的香客一般都带着香烛和供果，所以屋里有一个长条大柜，专门用来盛放香客们带来的东西。

孙德功按照王化贞的命令领人把东西摆好以后，又让随行的人拿来他们自己带的茶水和茶碗，给王化贞倒了一碗，也给杜木钦德大喇嘛等几位德高望重的大喇嘛每人倒了一碗。这时，王化贞才开始进入正题，也就是杜木钦德大喇嘛猜想的他们的真正用意。

王化贞说:"杜木钦德大喇嘛,我这次来一是看望你,二是转达我的好友大来的一片心意。另外,我还想求你帮我一个忙。"

杜木钦德大喇嘛问:"贫僧能帮你什么忙啊?"

王化贞说:"当今圣上以宽大为怀,以善心待人,对女真人一忍再忍,一让再让,可他们却得寸进尺,步步紧逼。他们现在不仅占了沈阳,而且把他们所谓的'罕王宫'建到了辽阳,离咱们这里只有几百里地了。朝廷下旨,让我率军抵御后金。我想咱们只有联合起来,齐心协力,才能打赢这场仗。"

杜木钦德大喇嘛问:"王大人,我们寺庙能有什么能耐呀?"

王化贞说:"大喇嘛,此言差矣。你们庙在咱们辽东可不是个小庙,你们可是赫赫有名啊!"

杜木钦德大喇嘛说:"王大人,你就直说吧,你想让我们干啥?只要我们能做的,我们一定尽力。"

王化贞说:"好,干脆,大喇嘛,我想管你借一样东西。"

杜木钦德大喇嘛问:"我一没兵,二没刀,最多我们有几个喇嘛,你管我借什么呀?"

王化贞说:"我不会随便说的,我借的东西你们肯定有。"

杜木钦德大喇嘛奇怪地问:"什么东西?"

王化贞嘿嘿一笑,说:"我要借你们的镇寺之宝用用。"

杜木钦德大喇嘛和在场的僧人们听了,心里都咯噔一下。

王化贞继续说:"我实话告诉你吧,当今圣上已经下旨,要在大辽河一带与后金决一死战,我们要开抗金大会,所以想借你们的镇寺之宝鼓舞一下士气,希望你们顾全大局。大喇嘛,我拿脑袋担保,绝对不会弄丢的,要是弄丢了,我王化贞负责。说实话,上次你的宝贝是大来找的人给借走的,结果你们连个招呼都不打,就给拿回去了,这事你们做得不对呀。"

他的话一出口,把在座的喇嘛们都气坏了,你们拿我们东西的时候打招呼了吗?我们把自己的东西拿回来有什么不对?但大家都忍住没说。达库气得眼珠子瞪得溜圆,真想冲上去揍他一顿。

王化贞还在那厚颜无耻地接着说:"好了,过去的就让它过去吧,我们也不追究了。大喇嘛,我还有一事相求。大喇嘛,你别看我是辽东的巡抚,朝廷的正三品官员,可却穷得叮当响,兜里没银子啊。人常说:'不当家不知柴米贵'。我这家实在是难当啊。现在后金的力量一天

第四章 三英授计

197

比一天强大,南下的速度也越发地快。我们只有招架之功,没有还手之力。为了抵抗金兵,朝廷想要在辽东这一带招募二十万新兵。大喇嘛,要想招集二十万新兵谈何容易啊,得给他们饭吃,给他们衣穿,还得给他们兵器,另外这些人都拉家带口的,他们的儿孙、老人如何生活,不都得拿银子安抚嘛,可关键是朝廷现在没银子啊。我王化贞身为朝廷的命官,我得为朝廷负责,为辽东的黎民百姓负责,当然也得为你们负责啊。大喇嘛,我想了这样一个办法,你看怎么样?你们寺院的名声过去一直不太好,有人说你们跟后金有瓜葛。我想,大喇嘛你的心情也和我一样,想要摆脱这嫌疑。我知道,你们有祖传的财宝,放在寺院里没有用。你何不把它借给朝廷,一来洗清了你们通后金的嫌疑,二来也让它发挥作用。大喇嘛,你是佛家人,一向以慈悲为怀,你就把它拿出来,帮助帮助我们吧。我相信你也不会卷我这个面子的,还是那句话,等我打败了后金的兵马,我会加倍奉还的。"

杜木钦德大喇嘛沉思了半天没吱声。

王化贞并不理会杜木钦德大喇嘛是何态度,继续说道:"我还有第三件事要你帮忙,这件事是最近刚发生的。我有两个心腹爱将,昨天被你们抓来了,具体是怎么抓的,我就不多说了。我这次来,就是要把他们接回去。怎么样?杜木钦德,我跟你说的这三件事,你听清了吗?"

在场的人上至杜木钦德大喇嘛,下至端茶倒水的僧人,谁没听清啊,都听得清清楚楚。说实在的,王化贞提出的这三条够厉害的了,简直是掏杜木钦德大喇嘛的心窝子啊。

三尊古佛是寺院二百多年来的镇院之宝,前些日子让人偷走了,结果被穆达库给找了回来。现在王化贞用这种软硬兼施的口气,又要拿走古佛,那能行吗?

杜木钦德大喇嘛气坏了,但又不能直接顶撞,只好好言说道:"巡抚大人,请您开开恩吧。这三尊古佛是我们的镇院之宝,历代先师没有一个敢轻易碰它们,这是我们寺院的寺规。所以,王大人,这三尊古佛您就不要再动了。如果王大人要办佛事,我给王大人另请一尊;至于说到元宝的事嘛,王大人,您说为了抵御女真兵马要筹集资金。王大人,我们出家人向来以慈悲为怀,与世无争,您让我们资助你们出兵打仗,大人,那将有多少无辜的生灵死于涂炭,罪孽啊,罪孽。再说了,我们寺院的那点银子对您来说简直是杯水车薪,无济于事啊;至于说我们寺院昨天关押的那两个人,那是我们寺院的人,不是朝廷的命官,更不是您王大人的手下。他们是山海关总兵官杨麒大人介绍给我的两位僧人,叫色楞额、恩特格莫,已经在寺里近两年了。他们俩违犯了佛法,我们按照戒规惩治他们俩,是我们寺里的事情。王大人,您说我们关押了朝廷的命官,小僧实不敢当。"杜木钦德大喇嘛委婉地推了王化贞提出的三个要求。

没想到,王化贞听了杜木钦德大喇嘛的回话,立刻把脸一绷,说:"杜木钦德,我这次是以辽东巡抚的身份来的,我求你看在老朋友的面子上,帮我一个忙,你别给脸不要脸。现在我重新声明三点:一、三尊古佛你必须给我,不给也得给。二、你不要管我辽东有多少银子,你只要把你的那些给我就行了。三、把我的爱将王财和孙祀,就是你说的色楞额、恩特格莫交给我。大喇嘛,你是佛家人,出家人不说谎话。你说你不认识王财和孙祀,可能以前你不知道,但从昨天以后你就知道了,既然你已经知道了却还装作不知道,你还能说出家人不打诳语吗?大喇嘛,我话既然说出去了,就收不回来了。你看着办吧。"

杜木钦德大喇嘛当时气得血往上涌,真想豁出老命跟他们拼了,但他一看王化贞身边的那些蠢蠢欲动的兵将,再一看已经把寺院包围得水泄不通的官兵,情绪稍微冷静了一些。他心想:自己搭上一条命不要紧,要是连累众位僧人和寺院,自己就成了千古罪人了。想到这,杜木钦德大喇嘛面不改色心不跳地说:"王大人,你想要那两个人,可以。说实话,昨天他们俩刚回来,我还没来得及跟他俩见面,大人您就来了。哦,既然他们是大人您的手下,那就把他们交给您,这没问题。"

说完,杜木钦德大喇嘛命师弟元吉喇嘛:"你领着几个人把色楞额、恩特格莫带来,交给王大人。"元吉喇嘛遵命领着几个僧人走出厅门。

元吉喇嘛来到刑事房,给王财和孙祀松了绑,然后把他们俩带到了前院,交给了王化贞。王化贞让孙德功检查一下二人身上有没有伤。孙德功上下检查了一遍,除了耳朵上有两个眼,其他地方都挺好。

孙德功禀奏:"回大人,他们身上没伤,都挺好。"

王财和孙祀见到王化贞,慌忙走过来,给王化贞磕头。王化贞让他们俩起来,坐到了一边。

王化贞收起刚才板着的面孔,哈哈大笑,说:"大喇嘛,谢谢你。你这件事办得利索、仗义,咱们办事就应该这么侃快。大喇嘛你放心,我不能忘了你。大喇嘛,咱们言归正传,前两件事怎么办呢?你是不是也快点儿给我个答复呀?大喇嘛,如果你把前两件事给我办了,我保证

第四章 三英授计

199

以后绝不骚扰你们寺院。如果你不答应，哼哼，杜木钦德，那我就不客气了。"

王化贞软硬兼施的几句话使大厅里的气氛顿时又紧张了起来。怎么办？要是把宝贝给了他们，自己就违背了寺规；要是不给，对方肯定不答应，势必就得打起来，可自己庙里的这点儿人根本不是人家的个儿。杜木钦德大喇嘛一时左右为难，举棋不定。

王化贞猜透了杜木钦德大喇嘛的心思，说："我说大喇嘛，你也别磨蹭了，我约摸你们也不会违背寺规，更不敢把古佛从塔里请出来。这样吧，我派人去请，也让你们长点见识。放心，我们只是借，用完了会还给你们的。"

说罢，王化贞把手一挥，站在院里的众兵将立刻往旁边一闪，闪出了一条道来。从道的另一端走来了一位少年将士。这位少年将士来到了王化贞的面前，抱了一下拳，然后把身上披的蓝斗篷解下来，交给了旁边的明兵。他把斗篷这一脱，把大家都惊呆了，原来这位年轻的将士是一员女将，而且是一位非常漂亮的姑娘。

只见这位姑娘头扎孔雀朝阳珍珠冠，披着猩猩红的闪金的英雄氅，上身穿金丝镶嵌的粉红色水浪式的壮士襟，腰系金黄英雄缎带，下身穿紧身壮士裤，上面盘着金线，裤子是和靴子连到一起的，而且用连环索的绳系着，从上到下搭配得非常好看。这是谁呀？

各位阿哥，在这里我不能不向你们介绍一下，她是明朝大将祖大寿的宝贝千金，名叫祖天霞，也是大明朝的一名重要大将，现在是辽东经略的得力干将。说起祖大寿在明朝是非常有名的，他不仅力大过人，而且拳脚非常厉害，人送外号——"辽东一只虎"。祖大寿最擅长的就是祖传的"祖家拳"。

说起这个"祖家拳"，它有几大特点：一、它是一套综艺拳。什么是综艺拳呢？就是把一些动物生存的技法融汇到祖家拳法当中去，所以他的拳法灵活、奇特，变化多端，让你想不到、摸不着，更没法防。二、它把闪转腾挪融合到了一起，就是说打着打着，使拳人突然蹿起多高；打着打着，使拳人又突然在地上打起滚来；打着打着，突然跑出多远，一会儿又回来了，让人摸不着头绪。所以，很多门派都怕"祖家拳"，跟会"祖家拳"的人打仗很容易失手。三、他非常有耐力，你跟他打多长时间，他都不累。因为他变化多。你这边正使劲儿打，他那边一个纵跃躲过去了，没影儿了；你这边正找着，他又突然不知从哪里冒出来给你一击，使你防不胜防。"祖家拳"中有"鹰式拳""鲸式拳""猿式拳"，就是说使拳人把空中、陆地、海上的动物的一些动作都融入他的拳法当中，有九九八十一拳。

当祖天霞长到八九岁的时候，这个祖大寿就开始教她打拳，并把家传的"祖式拳法"传给了她，所以现在这个小丫头虽然年岁不大，刚十八岁，但拳法相当的厉害。她不仅在辽东有名，就是在科喇沁也非常有名，几乎是家喻户晓，人人皆知。只要她把红衣服一亮，人们就知道"红衣女"祖天霞来了。杜木钦德大喇嘛一看她来了，心想：糟了，糟了，怎么把她给整来了呢？济能大喇嘛见此情景也知道大事不好。

再说站在这里的小达库一直看着，对面队伍中闪出了一员女将，他没当回事，等这红衣女一亮相，一抱拳，达库就知道这红衣女不一般。因为练武的人都知道，真把式、假把式，真武术、假武术，一亮相，就知道你有几年的功力。穆达库立刻不敢小看眼前的这位姑娘。

只见祖天霞在场子里打了一套拳，打着打着，突然手一扬，扔起了一把扇子。扇子在半空中转了起来，而且越转越高。人们的眼球不约而同地跟着扇子往上走，等扇子下来的时候，人们再看祖天霞，祖天霞已经不见了。大家赶紧四处寻找，不见踪影。直到从古塔方向传来了声音，人们才发现祖天霞已经到塔上了，只见她从二层跃到三层，从三层又到了四层，三纵两纵，一会儿又不见了。

大伙儿正纳闷呢，祖天霞又出现在人们的面前，并且说："各位请看，我已经把佛爷请出来了。"说完，把斗篷打开，斗篷里包着三尊古佛。

王大人马上站起身来，给三尊古佛施礼，说："请三位佛祖见谅。我把您三位请下来暂时借用一下，等我们打退了后金的兵马，会请您三位回去的。"

王化贞又跟杜木钦德大喇嘛他们说："各位师父，我们姑娘已经把佛祖请下来了。你们在座的各位谁要是能像我们姑娘这样，这么快就把佛祖请下来，我们就不拿走，怎么样？你们谁想试试啊？"在座的人谁也没出声。

王化贞接着说："大喇嘛，你也看见了，你们寺里的东西我们随时可以取走，也随时可以送回来。我看你何不送我个人情，把我说的这几样东西借给我，我用完了就还给你，怎么样？杜木钦德，还愣在那里干什么，还不快去拿。"

杜木钦德大喇嘛无话可说，其他几位大喇嘛也没办法。事已至此，他们只好忍气吞声地同意了。穆达库张着嘴愣在那里，他还没看明白怎么回事呢，自己在地道里请回来的佛祖，就这么眨眼之间被这个小女子像变戏法似的，变到她手里去了。穆达库这才暗叹自己的武艺跟人家比简直差远了。

　　杜木钦德大喇嘛说："巡抚大人，我这就让我师弟把银两取来，给大人您拿去，但愿大人不失前言，日后还给小寺，一来你们留下个好名声，二来也不使我永背骂名。"

　　王化贞走了过来，说："大喇嘛，你这样做就对了，放心吧，我王化贞说话是算数的，等我办完事，一定如数奉还。要不要我给你立个字据呀？"

　　杜木钦德大喇嘛说："巡抚大人，您这说的是哪里话？您是皇上身边的重臣，一言九鼎，贫僧怎么敢不信。阿弥陀佛。"

　　王化贞也算是个守信用的人，他在临走前命令手下把已经建成和尚在建设中的木板房全部拆掉，把放在里面的兵刃全都搬到车上拉走，还把地道口堵上了。没到半天的工夫，寺院就完好如初。

　　一切完毕，王化贞带着队伍浩浩荡荡地开拔了，队伍向边杖子方向走去。杜木钦德大喇嘛领着僧人们到大门外送行。

　　这件事就这样平息下来了。说实在的，杜木钦德大喇嘛和众师兄弟们的心情相当沉重，济能大喇嘛也只能劝自己的师兄别上火，要注意自己的身体。兄弟间互相安慰着往院里走去。啰嗦话咱们就不多说了。

　　单说咱们的小英雄穆达库，这孩子现在已经不小了。自从他跟着师父离开科尔沁部到这里来，日子虽然不多，但是经历的事情太多了，很多事是他过去从来没有想到的，更是没遇到过的，特别是今天所发生的事情，对他来说是个强烈的刺激。原来他以为自己跟着师父学了一些功夫，又是个大力士，就很了不起了，而且到了科喇沁以后，他对自己办的事情是宗宗满意。不仅他满意，大师伯也满意，师父更满意。就是在到边杖子擒拿色楞额、恩特格莫这件事上遇到了一些麻烦，受了伤，但由于有皇太极他们帮助，也很顺利地把色楞额、恩特格莫，也就是王财和孙祀给抓了回来。他以为自己现在能够为寺院和师父们撑腰了，能够捍卫喇嘛庙的权利了，所以当王化贞带着兵马浩浩荡荡地来了以后，他根本没在乎，而是回到自己屋里把镔铁大棒取来。他心想：有我穆达库在，有我的镔铁大棒在，你们敢把我们怎么样？所以他昂首挺胸地往那儿一站,以为这样就能镇住朝廷来的那些兵将。他万万没想到的是,王化贞他们在那里飞扬跋扈、目空一切、施展淫威,根本没把他放在眼里,就连大师伯和师父也没有一点反抗的意思。达库的心里窝老火了,不过达库又想:是啊,师父们这么做也不是没有道理。王化贞带来的人太多了,寺里的这几个人搁到一起也不够人家眨眼之时杀的呀。自己要是硬拼,那无疑是以卵击石。所以,他只能看着大师伯他们受王化贞的摆布,这对他来说是一个相当大的打击。

第二个打击就是他见到了祖天霞。他虽然不认识祖天霞,但一看人家小丫头不仅长得美,年岁比自己小,轻功还这么好,到塔上取古佛如探囊取物一样轻松。自己学的这点功夫根本没办法跟人家比,不用说对付这么多的明兵,就是对付眼前的这个小女子,自己也是甘拜下风啊。看来师父说得对呀,真是人外有人,天外有天。所以当王化贞领着大队人马离开的时候,穆达库并没有跟着师父他们出去送行,而是站在原地,瞪着眼睛看着那座塔,心里还琢磨祖天霞是怎么上去的?说实话,穆达库虽然挺佩服祖天霞,但他又咽不下这口气,八贝勒他们帮我抓的人,让王化贞又给要回去了。达库越想越生气,不行,我必须撵上去,趁他们不注意,把这俩小子宰了。

穆达库打定主意以后,趁着大伙儿都在忙乱的工夫,悄悄从庙角门溜了出去。没想到,明兵们走得还真挺快。达库撵出了能有近五里地,才见到了前面黑压压的明兵队伍,为了不被明兵发现,达库走在道两旁的树林子里。他边走边撒目王财和孙祀。好在王财和孙祀的衣服跟别人不一样,穿的是便装,所以一眼就能认出来。走着走着,达库突然发现了前头两个穿着彩缎袍服、骑在马上的人。达库一看就认出这两个人是王财和孙祀。达库拼命地往前撵,他想先找一块平整的地方,然后冲上去把大棍子一抡,像王财和孙祀他们用的绊马索那样把马绊倒,然后就把他俩宰了。自己的棍子那么厉害,别说是两匹马,就是四匹马也能抡倒哇。要不怎么说达库太年轻,阅历太浅,想问题简单呢。他就没想想队伍里有多少高手,能让你把人轻易就宰了吗?再说了,你自己有多大能耐你还不知道吗?

这时正好是上坡,所以队伍走得就慢了,这就给达库创造了机会。他从树林子里跑出来,蹿进蒿草地,旁若无人地直奔那两个骑马的就去了。还没等他穿过蒿草地,达库就觉得自己的右手好像被蚊子叮了一下,接着手就开始发麻、无力,一会儿的工夫,就麻到胳肢窝了。他一

第四章 三英授计

哆嗦，棍子就掉到地上了。紧接着，达库觉得自己的后脑勺被叮了一下，然后头就有些晕。他摇晃了一下脑袋，只觉得天旋地转，再往后就什么都不知道了。

各位阿哥，这些都是在一瞬间发生的事，时间非常短，也就一眨眼的工夫，达库就倒下了。因为他待在蒿草地里，也没喊出声来，所以这里所发生的一切外面人根本不知道。大队人马很快就过去了。

不大一会儿，达库醒过来了。他睁开眼睛看了看，只见一双很温柔的眼睛正看着他。此人头扎孔雀朝阳珍珠冠，身披猩猩红的英雄氅，柳眉、鹰眼、杏唇。达库一看，怎么会是她呢？谁呀，那个"红衣女"呀。

只听红衣女天霞说："对不起，小壮士，让你受惊了。"

达库奇怪地问道："你不是那个'红衣女'吗？你怎么在这儿？"

天霞说："我怎么不能在这儿？请问，你是穆达库吧？"

达库感到非常奇怪，问道："是啊，你怎么认识我？"

天霞笑了笑，说："我不仅知道你叫穆达库，我还知道你是从科尔沁来的，你的师父是济能喇嘛，对吧？"

达库点头答应："对，你是怎么知道的？"

天霞没理会他的话，继续问道："刚才在寺院里你拿的就是这个棍子，站在你师父后面，对吧？"

达库说："对呀。"

天霞说："怎么？你送我们来了？送人有拿着棍子、猫在草棵里送的吗？"

达库被她这一问，脸上立刻红一阵、白一阵的。他站起身来，拍了拍身上的泥土，气急败坏地说："你别说那些没用的了。我就问你一句话，你想怎么着吧？"

天霞说："你有啥不服气的？有能耐咱俩比试比试。"

达库知道自己打不过她，只好不出声了。

天霞接着说："穆达库啊，穆达库，有本事才能走遍天下，就凭你的莽撞劲儿，别说抢一个棍子，你就是抢十个棍子，也抢不出一个天下来呀。你知道你是怎么倒下的吗？你又是怎么醒的吗？"

穆达库头不抬眼不睁地说："不知道。"

祖天霞把脸往旁边一扭，扑哧一下笑了，说："穆达库，你刚才做的事情多莽撞啊。你怎么敢劫持朝廷命官呢，你这犯的可是死罪呀。再说了，你有这个本事吗？"

达库不服气地说："那有什么？我趁他们不注意，上去就把他俩杀了。"

天霞无奈地摇了摇头，说："你就没想想，这里这么多人，能让你走到近前吗？再说了，这么多人凑到一起，就是一人一枪头，也都把你扎零碎了。那时候，你还能杀了王大人和孙大人吗？"

穆达库觉得人家姑娘说得确实有道理，可他还是觉得有些窝囊，便小声嘀咕道："就这么让他俩走了，那我不是白抓了嘛。"

祖天霞说："只要你功夫学到家，抓两个人那还不是轻而易举的事吗？"

达库一想也是这么回事，说道："多谢姑娘出手相救。我想问一句，你刚才为什么要救我？"

天霞说："因为我和我父亲早就知道你父亲的为人，我们都挺敬佩他，所以我才救你。"

达库追问道："你是谁？你的父亲又是谁？"

天霞卖起了关子，说："我是谁并不重要，但我父亲的名字想必你听说过。"

穆达库问："谁呀？"

祖天霞把脖子往上梗了梗，很骄傲地说："家父的名字说出来能吓死你。"

达库说："那你说呀，你不说怎么能吓死我呀？"

天霞敬重地答道："家父名叫祖大寿。"

达库当时就愣住了，他以为自己没听清，紧接着又问了一句："谁？"

天霞提高了调门，说："祖大寿。怎么，没听说过？用不用我给你介绍介绍？"

提起"辽东一只虎"祖大寿，在辽东这一带那可是无人不知，无人不晓，就连后金的人对他都竖大拇指，说他是顶天立地的大英雄。上次抓王财和孙祀的时候，八贝勒皇太极还曾特别嘱咐他要多结交一些朋友，特别是像"辽东一只虎"祖大寿那样的人。当时达库就想：我上哪儿找这"辽东一只虎"呢？没想到，自己要找的人的女儿就在眼前，特别是刚才看了祖天霞的轻功，他感到非常震惊。达库心想：人家女儿的功夫都这么了不起，那当爹的能耐不就更大了。穆达库原来的不服气顿时化为乌有,他现在是心服、口服,完全服了。

穆达库过去给祖天霞施了一个礼,说:"姑娘,我想拜你父为师。请告诉我,怎么才能找到他?"

祖天霞说:"你想拜家父为师,还不知道家父愿不愿意收你这个徒弟呢。"

穆达库只得起身,说:"收不收我是他的事,但我一定要拜祖大将军为师。请问姑娘,怎么才能见到令尊?"

祖天霞并没理会他的话,而是笑着说:"我问你,你都会什么?"

达库说:"我力气大,小的时候连牛都怕我。你看,我这根棍子有一百多斤,一般人根本拿不动,就是拿动了他也抡不起来,不信你试试。"

祖天霞听了笑得前仰后合的,觉得这个穆达库真是太有意思了。

穆达库还问:"姑娘,你笑什么?我真的有劲儿。"

祖天霞说:"古人有话:'优者习巧功,蛮者靠力功。'你使的就是蛮人之功。山里人有句话叫:'一只熊斗不过一只蚂蚁。'武术靠的就是巧中取胜,智中取胜。人要是像个大熊瞎子似的光有一身蛮力,充其量只能是个武夫。"

穆达库又说:"我还会轻功。"

祖天霞说:"什么样的轻功?轻功有轻浮于天,有轻浮于水,你会的是哪一种?"

穆达库说:"我能上到十几丈高的树上。"

祖天霞抿嘴笑了笑说:"你的这点本事算不得什么。穆达库,你一定要记住,这也是家父告诉我的。轻者有两种轻:一者身轻如毛,则瞬时;一者身浮如毛,则持久。就是说学轻功的人如果身轻得像毛儿似的,在那立着,那是暂时的;如果身子轻得能像毛儿似的在空中飘着,这样才能持久,才能把武功都发挥出去。所以古人讲:'一者身轻如毛,则瞬时。自慰焉焉,络鼠耶耶。习功者,轻者,身浮如毛,则持久。力辐广域,万物附焉。'"

达库听了半天,也没明白其中的意思。

祖天霞说:"这些话你一时半会儿理解不了,我也就不多说了,你回去慢慢想吧。咱们能在这儿认识,也是姑娘我的福气,我要走了,你也赶紧回去吧。你记住,如果王大人用完你们的东西没还,你就去找我的父亲,他老人家会还你们一个公道的。好了,你回去吧,你师父他们可能正找你呢，你别再给他们添乱了，他们也够懊恼的了。"

达库一听，觉得祖天霞的心肠还真挺好，对我们寺院也没有什么敌意，就给祖天霞深深地鞠了一躬，说："多谢姑娘赐教。"

祖天霞微微一笑，转身向树林走去。达库这才发现树林里拴着一匹枣红马。只见祖天霞走到枣红马跟前，一骗身上了马，说了句："达库，咱们后会有期。"然后勒转马头，打马就走了。

穆达库连忙叫住天霞，说："姑娘，你还没告诉我怎么能见到令尊呢。"

祖天霞将马停了下来，想了想说："达库，我告诉你一首诗。到时候你可以按诗索冀，找我父亲。"

祖天霞说完，吟诗一首："百鸟鸣啼报春晓，流泉溪水送燕归。歪脖老母慈相盼，青岩崖暖剑生辉。达库，再见。"

说罢，祖天霞两腿一蹬马肚子，这匹大红马扬起四蹄，嘚、嘚、嘚地飞驰而去，很快隐没在树林之中。

穆达库像傻子一样看着这片红云越走越远，越走越小，直至看不见为止。他的脑子里一直在想着天霞刚才说的那首诗，琢磨着那首诗的意思。

俗话说得好："有缘千里来相会，无缘对面不相逢。"穆达库通过这件事，有幸认识了巾帼英雄祖天霞，他的生活也从此发生了变化。

第四章　三英授计

## 第五章　动荡辽东

**各**位阿哥，咱们前一章主要讲了穆达库从出生到他离开科尔沁，随穆父到了科喇沁部，在科喇沁他屡建奇功，得到了师父们特别是杜木钦德大喇嘛的赞许，而且他又有幸认识了女中豪杰、祖氏家族的名媛——祖天霞。祖天霞的出现使他心里为之一动，不仅是祖天霞的美貌打动了他，更主要的是祖天霞的武功和为人，使他佩服之至。从送走祖天霞的那一刻起，他就呆呆地站在那里，像木墩子似的一动不动。祖天霞都走没影了，他还傻呼咧地站在那儿瞅呢。为什么？因为达库是个很有个性、从不服输的人。他原来以为自己学的这点儿功夫就能保住喇嘛庙，保护众位师父和师兄弟们不受歹人的欺负，就能看住这个家。这次见到祖天霞，他才知道自己身上这点儿功夫那是差远了，不仅赫图阿拉的众位英雄，像皇太极、扈尔汉这些人的功夫胜他一筹，就是老祖家的人那也是很了不得的。自己过去光听别人说"辽东一只虎"的功夫了得，但那只是听说，并没放在心上，这回他是真见识着了。这老祖家不光祖大寿是"辽东一只虎"，就是他的女儿也够厉害的。达库心中突然萌生了一个念头，那就是拜祖大寿为师，学祖家功夫。

达库就这么一路想着，回到了喇嘛庙，还真让祖天霞给说着了，寺院里的人正惦记他呢，因为他们都知道达库是个很倔强的孩子，他一定不会服输，他要是做出点什么事，或者跟人家打起来，受了伤怎么办？特别是济能大喇嘛想得更多。济能大喇嘛为什么想得更多呢？因为他从明安贝勒那里把达库带出来的时候，老贝勒、小贝勒、包括咪咪都一再嘱咐他："一定要带好卫齐大人的后代，千万不能让他出点什么事。"济能大喇嘛也多次下保证："请贝勒爷放心，达库就像我自己的孩子一样，我会很好地照顾他的。"所以济能大喇嘛对达库生活上非常关心和照顾，就怕他有什么闪失。王化贞他们走了以后，济能大喇嘛就发现达库不见了，于是他赶紧让师弟元吉四下找找，可元吉找了半天也没找着。

他们正在着急的时候，达库推开大门进来了。只见达库噘着个嘴，嘟噜个脸，一声不出地往自己的屋子走去。

济能大喇嘛当时就把他叫住了："达库，你干啥去了？你大师伯找你呢。"

元吉喇嘛走到达库近前，用手托起达库的下巴颏，问："咋的了，孩子，又出啥事了？来，跟我说说。"

达库也不说话，跟着师父进了杜木钦德大喇嘛的禅室。

杜木钦德大喇嘛正在禅堂坐着呢，见达库回来了，非常高兴，说："达库，你回来了，我们正惦记你呢，回来就好，回来就好啊。阿弥陀佛。"

达库光顾着生气了，也忘了礼节了，扑通一屁股就坐那儿了。济能和元吉也都各自坐在了凳子上。

杜木钦德大喇嘛笑着说："达库，两兵相争必有输赢，这是常事。我要像你似的就糟了，这些年欺负咱们喇嘛庙的人太多了，像王化贞这样的人有的是，即使他们不来，也会有别人来的。达库，心要宽，要能忍。咱们是出家人，要有忍让之心，切记，切记。"

济能大喇嘛也说："孩子，你大师伯说得对，不要想那些烦心的事了，只要咱们人没出什么事儿就行了。"

达库闷头憋了半天，然后突然起身给济能大喇嘛跪下，说："师父，我想拜祖大寿为师，我要跟他学功夫。"

济能大喇嘛和在座的几个人一愣，还是济能大喇嘛了解达库，他笑着说："达库，你要跟祖大寿学武我不反对。人外有人，天外有天，但这事不要急，你不就是想拜祖大寿为师嘛，好说，我和你大师伯都能帮你这个忙。说来你还不知道，想当年明安贝勒救过祖大寿的命，对他是有恩的，他们之间的关系非常近，过些日子我去求明安贝勒，请他把你领到祖大寿那去。我相信祖大寿会收留你的。"

杜木钦德大喇嘛也说："是啊，孩子，你师父说得对，我们会帮你的。哎，提起这个祖大寿我倒想起来了，前些年他到咱们这儿来过，我们还一起谈过经，可以说是有一面之缘啊。"

达库听了两位师父的话，脸上的愁云顿消，露出了喜悦的笑容。

他说道："那太好了，师父，我什么时候能见到祖将军啊？"

杜木钦德大喇嘛说："唉，孩子，你师父不是说了嘛，这事不能急。你放心，等我和你师父把寺院的事情安排好了，就领你去见祖大寿。孩子，放心吧，你跟祖大寿学武的事肯定能成。"

达库听了杜木钦德大喇嘛的话，乐得赶紧跪地磕头，感谢几位师父帮忙。

第五章 动荡辽东

杜木钦德大喇嘛笑着说："达库，才想起磕头啊。你刚才回来的时候噘个小嘴，一脸的不高兴，见到我们几个连个礼数都没有。哈哈，算了，我们也不怪你了，谁让你是我们的孩子呢。"

达库不好意思地挠了挠脑袋。

说起这个祖大寿，各位阿哥，说书人在这里确实需要好好讲讲，因为他也是本书里的关键人物，我们的主人公能够身怀盖世的武功，跟祖家人是分不开的。那么，祖氏家族是一个什么样的家族呢？

提起这个祖氏家族，那可不简单。祖家祖籍河北，世代以种地为生。有一年闹虫灾，漫山遍野是蝗虫，地里的庄稼和青草都被虫子吃没了，到了秋天颗粒无收，老百姓实在活不下去了，纷纷背井离乡，自谋生路。当时辽东这一带幅员辽阔，地大物博，人烟稀少，但由于天气寒冷，令人难耐，而且一年四季大都是冬天，所以很多人没法适应。可由于关内的人们当时实在无处可去了，没办法，有的人就逃难到了辽东。在这些逃难的人里就有老祖家的人，不过老祖家的人没全走，他们还有一支儿人留在了河北，走出来的这支儿就是祖大寿的祖先。

这人逃到大凌河出海口的时候正是夏天，祖家祖先一看，这一带绿草茵茵，河水潺潺，水清鱼肥，非常富有，是个不错的地方。于是，他们就在这里开辟了一块荒地，搭了所茅草房，暂时安顿了下来。

祖大寿的祖先是种地出身，勤劳能干，能吃苦，又会过日子，开垦了不少荒地。那个时候要想种地，全看自己能不能干，你要是有劲儿、能干，你想开多少地就有多少地，根本没人管。开出来的地连粪都不用上，庄稼长得特别茂盛，到了秋天，打下的粮食那是没比的。所以老祖家没用几年的工夫就发实起来了，瓦房也盖起来了，算起来当时应该是在宋代。后来，他们家的人口渐渐多了，日子过得也富了，就开始雇工给他们家干活。到了元代的时候，辽东一带的人越来越多，老祖家的地也更多了，大凌河出海口以西很多的田地都姓祖，很多种地的人都是他们家的雇工，祖家人把这里起名叫"祖家庄"。祖家人为了护地、护院，还专门在关内请来了武师父，训练了一批家丁护卫，而且请来了入事。什么叫入事呢？就是文师父，教四书五经的。他们请来入事教他们的孩子和家人读书认字。

由于祖家人的交际很广，脑袋灵活，经常和关内的人有来往，他们就想到：辽东虽然物产丰富，但遍地是森林、河滩和山谷，交通不便利，所以这里盛产的土特产根本运不出去，很多山珍野味都吃不了，像猴头蘑、山木耳、核桃、榛子等，都白白扔掉了。如果把这些东西运到关里，价值是非常可观的，可怎么能把这些货物运出去呢？

祖家人一下就想到了关里家的镖局。那时候运送货物，只需要你把要运送的物件交给镖局，再给他们一定数量的酬劳，他们就会把东西送到你想送到的地方。这一路上的安全都由他们负责，不能丢了，要是丢了就得照价赔偿。祖家人想：要是能开上一家这样的镖局就好了。

可镖局不是谁都能开的，没有实力是根本开不起的，你得养车、养马，还得养镖师，就算以后能挣到钱，但前期投入也要很大一笔开支，所以一般人根本开不了，但老祖家就有这个能力。于是，老祖家就开了家镖局。镖局开上以后，生意一直很好，他们又接二连三地开了几家，从沈阳城一直开到了锦州、山海关，直至关里。老祖家开了镖局以后，当然就得请不少的武林高手，像少林派的、峨眉派的、武当派的武师，总之哪派的武功高，他就花重金把这些地方的人请来，请他们训练自己的家丁。这样一来，祖家的势力越来越大。到了元代末年的时候，老祖家在辽东一带不说是一霸，也是个跺一脚地都得颤三颤的主儿。他们家成了元朝在辽东一带势力非常强大的一支地方武装力量。

当时有个叫那哈初的大将，是元朝皇帝的亲叔叔，他负责镇守江南。朱元璋起兵以后，很快就占领了大元的几个城池，把元兵打得四处逃窜。在一次征战中，朱元璋俘虏了那哈初。要说这个朱元璋非常有手段，要不他一个放牛娃怎么能当了皇帝呢。他有什么手段呢？他特别会收买人心。朱元璋曾经下了一道军令：除了那些顽抗到底的人必须杀掉之外，其余投降过来的和俘虏来的一个都不能杀。每次战后，他都把那些被俘的战将归置到一起，愿意做官的，他让你做官，给你银子，封你爵位，还赏赐你土地，让你做一地之王。不愿意留下，想回家的，他给你盘缠让你回家，但你以后不能再帮大元，否则他再见到你唯杀无赦。他的这个办法很有效，以至于后来很多元朝的官员和武将不打自降。朱元璋就是用这个办法把那哈初笼络过来的。朱元璋把辽东开原一带的地封给了那哈初，还给他不少金银财宝和美女，让他仍然过着王爷的生活。朱元璋哪知道，这个那哈初只是表面归降。他在金陵，也就是现在的南京领完赏以后，带着自己的家眷到了辽东。到辽东以后没过多长时间，他就变了，公开打旗号反对朱元璋。朱元璋又派兵镇压他，一直打了很长时间。在这里咱们就不多说了。

单讲这个那哈初到了辽东以后，马上派人四处招募兵马，积极扩大

第五章 动荡辽东

211

自己的势力。在他招募来的这些人中就有老祖家的人，那哈初非常看重老祖家，因为他们家兵马强壮，而且兵多将广。后来，朱元璋铲除了那哈初，把他的队伍整个收编了过来，祖家人也就跟着归降了。虽然是投降，但他们家的实力并没有被削弱，而是被完整地保存了下来。

到了明代后期万历年间的时候，祖家的实力更加强大。这时朝廷也知道祖家在辽东已成气候，而且祖家人有股天不怕、地不怕的劲儿。所以明朝皇帝和地方官吏对祖家也都很头疼，这些人非常歹毒，他们表面上怕祖家，但暗地里却想尽一切办法想整治整治祖家人，削弱他们的力量，无奈一直没有机会下手。

各位阿哥，就在这时，也就是明万历七年（1579年），祖大寿降生了。

万历十一年，努尔哈赤以其父塔克世遗甲十三副，率兵百人，在建州起兵造反。为了镇压建州部，明朝开始扩充队伍，这就需要大量的粮食供给那些打仗的兵马。怎么办呢？朝廷就加大赋税。开始几年还行，捐税还好收，可过几年就不行了。老百姓哪有那么多粮食啊，再说家底也都被掏空了。老百姓根本交不起，但不交又不行，要是不交就按违抗圣旨罪论处，就要被杀头，即便是这样，粮食也还是筹集不够。官府就派兵到处搜刮，老百姓怨声载道。辽东也是如此，粮食筹集不上来。怎么办呢？地方官就把眼睛盯到了祖家人身上，逼祖家多交赋税。

开始的几年祖家人还听吆喝，你让交多少我们就交多少。可时间长了也不是那么回事呀，每年一到交赋税的时候，地方官都像习惯了似的，别人家不去，就到老祖家来要，这回祖家人不干了，"怎么的，黑上我们家了，不交了，坚决不交了。"这下可捅了马蜂窝，官府就向皇上奏了一本，说："老祖家反明思想严重，他们家有那么多粮食，就是不交赋税。"而且说得有鼻子有眼儿的，非常详细。于是，朝廷就派吏部官员下来查办此事，结果在老祖家的院里确实发现了很多粮仓，里面有很多粮食。吏部官员就把此事禀奏给皇上。皇上下旨查办了祖家，把祖大寿的爷爷、祖大寿的父亲、祖大寿的叔叔等九人抓了起来，押解到京城，等候问斩。

当时祖大寿的母亲吓得不知所措，还是一个佣人脑袋转得快，帮她出了一个主意。这个佣人是谁呢？是科尔沁草原的一个奴才。早年的时候，祖大寿的父亲常到科尔沁去买马，认识不少蒙古王爷和贝勒，一个蒙古王爷跟祖大寿父亲的关系很好。有一次，这个王爷卖完马以后，还赏给他两个奴才。祖大寿父亲见这两个奴才不仅勤快能干，而且非常聪明，就把他们俩留在了自己身边。

这回祖大寿的父亲出事了，其中的一个奴才就说了："夫人，现在最好的办法就是你领着孩子到草原去，去找明安贝勒，求他帮忙想想办法。"

当时夫人正愁没辙呢，心想：现在也只能想这个办法。唉，死马当作活马医吧。就这样，祖大寿随他的母亲来到科尔沁草原，见到了明安贝勒。这时祖大寿已经十九岁了。

明安贝勒对祖家也是早有耳闻的，在听了祖大寿母亲的哭诉后，明安贝勒说："不要着急，这事我知道了。你和孩子先回去。你放心，我一定会帮你们想办法的。"就这样，祖大寿和他的母亲回到了自己的家里。

祖大寿和他的母亲走后，明安贝勒把科尔沁各部的几个王爷、贝勒召集到了一起。他把祖大寿家族发生的事跟几个王爷、贝勒说了，让大家帮助想想办法。众位王爷、贝勒想了半天，也没想出什么好法子来。

后来，还是明安贝勒说了："我看咱们就给他来硬的。大明朝欺软怕硬，咱们联名写奏折向朝廷要人，说祖家人是我们蒙古人的朋友，请皇上手下留情。"

有人说："贝勒爷，就怕明朝皇帝不听咱们的。"

明安贝勒说："不管怎么样，咱们得先试试。依我看，只要咱们抱成团，朝廷就得寻思寻思，他对咱们蒙古人还是惧怕三分的。"

众人商量好了以后，就派孔果尔贝勒等几个人赶到京师，把奏折呈了上去。

万历皇帝看了奏折，召集大臣们商量此事。

有的大臣说："不用管他们，蒙古人有什么了不起，大不了咱们发兵灭了他们。"

但大部分臣子却不同意这样的看法，他们说："皇上，千万不可轻举妄动。蒙古人强壮剽悍，勇猛好斗，非常抱团，咱们没必要因为这么点儿小事儿得罪了他们。另外，咱们抓老祖家主要是想杀一杀他们家的锐气，并不是真的想杀他们。现在蒙古人出面了，咱们何不送个人情给他们，咱们也好借机下台阶，不至于把事情闹僵。这样一来，咱们既给了蒙古人面子，又灭了老祖家的威风，让他们家也领教了朝廷的厉害，以后再也不敢对朝廷交代的事情敷衍了事。皇上，现在咱们主要是要安

第五章 动荡辽东

抚好百姓，安抚好蒙古人，对付建州部。"

万历皇帝觉得臣子们说得挺对，就按大臣们的建议，下旨放了祖家九口人，并把他们先行送回了辽东。万历皇帝又让臣子们款待了孔果尔贝勒等人，并赏赐给他们一些贵重的礼物。这件事就这样圆满地解决了。

由于此时的明廷矛盾非常尖锐，宦官和东林党之间钩心斗角、互相拆台，不知道什么时候就被对方罗织上什么罪名，锒铛入狱。何况这时建州都部的力量已经强大起来，已经封国号为"后金"了。很多明朝官员每天提心吊胆，战战兢兢，生怕什么时候不小心，被后金的人给盯上，丢了性命。再说大明的皇上对他的臣子们也不放心，把官员们像走马灯似的换来换去。辽东巡按熊廷弼在这个时候走马上任了。

熊廷弼，（1569—1629年），字飞白，湖北江夏人，也就是现在的湖北武昌。万历二十五年考中举人，万历二十六年又考中了进士，后升为御使，万历三十六年巡按辽东。他到辽东的任务主要是督察和检查当地的军政情况。熊廷弼这个人做事非常认真，有一腔爱国之心。自从皇上让他巡按辽东以后，他就积极地整饬军纪，核查钱粮，训练将卒，了解民风，倡导民俗。他每天早起晚睡，巡视前哨，勤勤恳恳、兢兢业业，可熊廷弼有个毛病，就是爱喝酒，而且脾气不好。每次喝完酒，脾气要是上来，对手下非打即骂，有时还可能因为一点儿小事就大开杀戒，所以有些人对他很不满意。我前面说了，当时朝廷里的官员们钩心斗角，互相拆台。于是，和熊廷弼对立的几个人就把他告到了皇上那里，说他草菅人命。皇上一听很生气，就把他撤了职。

万历四十七年，努尔哈赤率后金军接连攻下了抚顺、清河。面对后金的公然挑战，万历皇帝调集了四十七万大军，命杨镐率军兵分四路，讨伐努尔哈赤。这就是著名的萨尔浒大战，结果明朝兵败萨尔浒。

明朝兵败以后，有的臣子说："皇上，当初要是不撤熊廷弼就好了。熊廷弼是一员不可多得的干将，作战勇猛。陛下您想：作为一员大将，受皇命镇守边陲，吃不好睡不好的，一时憋闷，心情不好，杀个把人算什么呀。皇上，咱们缺的就是像熊廷弼这样的猛将啊。"

万历皇帝一想：对呀，死几个人算什么呀，那些兵丁哪能跟熊爱卿比呢？我当时怎么就那么糊涂，把他给撤了呢？于是，万历皇帝又重新派熊廷弼出任辽东经略，负责治理辽东，抵抗后金。

熊廷弼重新上任以后，又像往常一样整饬军纪、操练兵马，把一些贪官和懦弱的将士斩首示众。他还积极筹措粮饷，把饷银发给守城的官兵，并且安置逃难来的流民。熊廷弼还特别注意城墙的修缮事宜，亲自下去检查，哪块儿有个窟窿没堵上，哪块儿出了豁口，他都命人赶快修好。他又让匠役们把兵器、战车检查一遍，把坏了的盔甲、刀枪、器械统统修好，马匹预备好，兵勇训练好，所有吃的、喝的都备足了。熊廷弼还大胆任用辽官，激励兵士们的士气。

时光荏苒，岁月如梭。说话间万历皇帝已经去世，万历的儿子明光宗朱常洛登基当了皇帝。可惜这个苦撑了三十八年，经历了无数个风雨险阻，终于达成目标的人，在登基做了皇帝以后的一个月就意外死亡了。他的死真可谓一个遗憾，因为他虽然当皇帝仅仅一个月，却为朝中的大臣、守疆的将士及百姓干了不少好事。但既然他死了，我们也没什么好说的了，就让他的儿子继位吧。于是，他的儿子朱由校登基当了皇帝，改年号为天启。

咱们再说说努尔哈赤。努尔哈赤打下清河以后，本想一鼓作气接着打沈阳，可一听说熊廷弼做了辽东经略，他就吓得没敢动，而是等了一年多。你说怪不怪，努尔哈赤天不怕、地不怕，唯独怕这个南蛮子熊廷弼。可不知什么原因，就在熊廷弼整顿辽东颇有成效的时候，朝廷却把他调了回来，让袁应泰接替了他。袁应泰做辽东经略以后，努尔哈赤就不害怕了，他又发兵西进，很快占领了沈阳和辽阳。袁应泰一看自己这么没本事，辜负了皇上的重托，自觉无颜面圣，在辽阳自缢。后金的兵马又以摧枯拉朽之势，很快把辽东七十余座城堡都给占了。朝廷一看这也不行啊，再这样下去自己的江山就要没了。于是决定，再次启用熊廷弼。

咱们前书说过熊廷弼是一个很仗义的人。他非常喜欢祖大寿。祖大寿这个人仗义、豪爽、直率，有啥说啥，不会拐弯抹角，而且祖大寿爱喝酒，酒量非常大。这样一来，他和熊廷弼两个人处得就挺好。祖大寿觉得自己能和熊大将军在一起，做他的麾下，是非常荣幸的事情。他处处维护熊廷弼，帮熊大将军出主意、想办法，每天在前沿阵地巡视，有时候跟着兵士们一块儿修筑工事，常常是弄得一身土、一脸泥。祖大寿尽心尽力地辅佐熊廷弼，自打熊廷弼回来以后，辽东又消停了一阵子。

就在朝廷第三次重新启用熊廷弼任辽东经略的时候，兵部尚书张鹤鸣又提出了一个建议，他认为辽东是一个军事要地，而且远离朝廷，是

第五章 动荡辽东

一个山高皇帝远的地方，不能把这么重要的地方交给熊廷弼一个人，就推举王化贞做了辽东巡抚，掌管辽东的事务。

按理说辽东经略相当于辽东地区的一把手，辽东巡抚是辽东地区的二把手，巡抚得听经略的。可按照当时的制度，经略熊廷弼掌握五千兵马，而巡抚王化贞却掌握着十五万人，再加上当朝的宰相叶向高是王化贞的老师，兵部尚书张鹤鸣是他的好友，他又投靠了当时赫赫有名、权倾朝野的大宦官、大太监魏忠贤，所以王化贞根本不接受熊廷弼的节制。

各位阿哥，咱们在这里有必要介绍一下历史上非常有名的大太监魏忠贤。魏忠贤（1568—1627年），原名李进忠，河间肃宁（今属河北）人，曾随继父姓李。他结过婚，娶了一房妻，姓冯，并且生了一个女儿。这个李进忠从小就不读书，不做事，不务正业，但却脑瓜灵活，长大后虽然家中贫穷，但却喜欢赌博，而且常常是逢赌必输。有一次，赌输了，他饱受凌辱，一气之下，便自行阉割，入宫做了太监，将老婆改嫁他人。这是发生在万历年间的事。

李进忠入宫以后，先在司礼太监孙暹手下当差，后来又在甲子库办事，捞了一些油水以后，逐渐地富裕起来。后来，他结交了太子宫的太监王安。李进忠虽出身于市井无赖，但却十分伶俐，善于拍马奉承，因此得到王安的佑庇。后来，他又结识了皇长孙朱由校的奶妈客氏。由于他是成人以后阉的，虽不能生育，但也能行男女之事，所以他甚得客氏欢心，两人结为名义上的夫妻。泰昌元年（公元1620年），朱由校即位为熹宗皇帝。李进忠重新姓了生父的魏姓，熹宗赐名"忠贤"，李进忠从此改名叫魏忠贤。

熹宗朱由校，幼年丧母，由奶妈客氏抚养长大，因此他跟客氏的感情比较深。所以，当朱由校当上皇帝后不到一个月，就封客氏为"奉圣夫人"，同时提拔与客氏有暧昧关系的太监魏忠贤为司礼监秉笔太监，并封为"九千岁"。因为魏忠贤不识字，所以当魏忠贤当上秉笔太监后，就让王体乾和李永贞两个识字的太监为他干活，他却整日与客氏厮混在一起，并哄着熹宗到处游玩，使熹宗不愿理朝政。

由于魏忠贤生性爱猜忌、残忍、阴险、毒辣，而且他掌握着皇上的日常生活起居，很多朝臣想要见皇上都得先跟他打招呼。他说让见就见，他要说不让见你根本就见不着，就连皇上想见哪个大臣，也得听他安排。魏忠贤说谁好谁就好，魏忠贤要是说谁坏谁就坏。魏忠贤说好的人，皇上就得给他个官做；魏忠贤说不好的人，皇上就得把他免职。对那些曾经指责魏忠贤能力低下、出身卑贱的人，魏忠贤就给他们强加一些罪名，抓进大狱，有的被打得遍体鳞伤，奄奄一息；有的被铁钉贯脑，体无完肤。一时间，人们谈魏色变，谁也不敢与他作对，就连一些大臣也都纷纷投靠到魏忠贤门下。在很短的时间内，朝中形成一股强大的政治势力，人们称其为"阉党"。

魏忠贤对投奔他的人尽心尽力地栽培和照顾，许多人都获得了火箭似的提升。他自己也在民间收养了不少"义子"，数得上数的有号为"五虎""十狗""十孩""四十孙"等大小爪牙。各位阿哥，咱们前面提到的这个王化贞，就投靠了大太监魏忠贤。

话说王化贞受命当上辽东巡抚以后，在皇上面前夸下海口，说："陛下，您就放心吧。不出三个月，我就把努尔哈赤的首级给您带来。"

天启皇上听了以后，吃惊地瞪着眼睛，说："爱卿，朕听说这个努尔哈赤很厉害，先皇都没灭了他，你有那么大本事吗？"

王化贞说："陛下，不要听信传言。他努尔哈赤算什么？用不了多长时间我就能灭了他。"就这样，王化贞走马上任了。

要想和后金对抗，那可不是件容易的事情，王化贞哪有那么大本事，更何况他和熊廷弼根本整不到一起去，这两个人是水火不相容啊。在这一点上，很多朝廷大臣都看出来了。可熊廷弼为了不负皇恩，一心一意地要和巡抚王大人通力合作，完成万岁爷交给自己的差事，为万岁爷效尽犬马之劳，鞠躬尽瘁，死而后已。但王化贞却没这么想。王化贞想：后金有什么了不起的，有什么可怕的，他不就有几号人，几匹马嘛。你熊廷弼见到努尔哈赤如临大敌，枉为一员武将，没出息。按理说王化贞想得没错，可他哪知道后金的兵马是何等的厉害，何等的勇猛啊。当时民间流传那么一句话：后金兵十人顶一虎，并传说后金的马队一冲过来就像排山倒海一样，还没等你举刀，脑袋就搬家了。王化贞听了这些话根本不信，说这是后金在为自己吹嘘。

王化贞到了辽东以后，看不惯熊廷弼的那一套，认为熊廷弼不会指挥打仗，所以他根本瞧不起熊廷弼。王化贞经常怀里搂着美女，嘴上吃着宴席，夸着海口说："熊廷弼算什么经略，让后金吓得那熊样。怕什么？有什么可怕的？后金有什么了不起？现在努尔哈赤就是站在我面前，我也敢跟他斗上几个回合。他的儿子们不是厉害吗，我也不怕，我跟他们一个一个地干。努尔哈赤有一个脑袋，我也有一个脑袋。"在座

第五章　动荡辽东

的言官、武将哄堂大笑。

各位阿哥你们看看，堂堂的辽东巡抚王化贞就是这样一个素质低下的人，所以他的手下和他养的那些食客也不是都很佩服他。在这里我们就不多说了。

单讲熊廷弼和王化贞这两个人凑到了一起，那是水火不相容啊。熊廷弼说东，王化贞就说西。熊廷弼说南，王化贞就说北。反正就是拧着说，对着干，根本不听他指挥。你们说那还能有好吗？在这里我们简单举几个例子：

熊廷弼自从到辽东上任做了经略，就开始治理辽东。他把边防的城池、战壕重新巡查一遍，而且把所有的城楼、瞭望哨、烽火台都修整了一遍，准备严防死守。另外，为了团结所有能团结的力量，他只要是能联系上的，就都去联系。他曾主动拜访过科喇沁的杜木钦德大喇嘛，可王化贞怕杜木钦德大喇嘛和后金打连连，经常找他们的麻烦，并且每天派人监视他们、控制他们，就连熊廷弼熊经略去探望杜木钦德大喇嘛也要受到王化贞的盘问。熊廷弼为了辽东的稳定，只好强压怒火，不予理睬。

再说熊廷弼自到任以后，就听说了老祖家的事，他一直想登门拜访，可由于当时自己刚到辽东，很多事情需要处理、督办，实在是抽不出身来，就一直没有去。不久，祖大寿、祖大乐兄弟俩被广宁巡抚王化贞封为中军游击，归熊廷弼管辖，熊廷弼非常高兴，他亲自带着厚礼到祖家拜访。听说新任辽东经略熊大人到访，祖家人受宠若惊。祖老太爷带着自己的两个儿子祖大乐、祖大寿和弟弟的儿子祖大弼及家人出门迎接。

熊廷弼非常有礼貌，叩拜了祖老太爷和夫人，又和祖氏三兄弟行抱见礼。

祖老太爷说："我们家在辽东生活了几代，还没有见过一个像熊大人这样礼贤下士的朝廷官员，真是令寒舍蓬荜生辉呀。大人，我们祖家有何德何能，劳烦您亲自来一趟。"

熊廷弼说："祖老太爷说的是哪里话，我受皇上之命做辽东经略，就应当为皇上分忧解难。现在后金的力量越来越强大，辽东危在旦夕，我们应当携起手来，团结一致，同心同德，抵御后金，完成皇上的圣谕。"

熊廷弼大人的一番话使祖家人非常感动。祖老太爷爽快地说："熊大人，不必客气，有什么吩咐您尽管说。需要银子，我们捐银子；需要东西，我们捐东西；就是需要我老头子，我老头子跟您去。大人您别笑，我也会点把式，要不要我给您练练。"

说着说着，祖老太爷站了起来，走到了门外，拿起门旁边的一根擀杖舞了起来，脚步是那么的轻盈，气势是那么的威武。

熊廷弼连忙上前制止祖老太爷："老人家，请保重身体。您只要有这份儿心，我就很感激了。"

家丁过来把擀杖接了过去。熊廷弼拉着祖老太爷的手，两个人回到屋里重新坐好。

熊廷弼考虑了一下，说："老太爷，我有个建议。"

祖老太爷欠了一下身子，然后说道："大人您请说。"

熊廷弼商量道："我想把你们祖家军组建起来带在我身边。"

这次祖老太爷听了哈哈大笑，说："行，行，我看行。不过大人，有一点我老头子得事先声明：我们家人的所有盘缠经费，人吃马嚼的费用都由我老头子包下了，不用朝廷的一点官银。"

熊廷弼非常感动，马上起身给祖老太爷施礼。这件事就这样定下来了。

祖老太爷又命下人杀猪宰羊，设宴款待熊廷弼等随行人员。席间，祖老太爷把祖家兵的情况向熊大人介绍了一下，又让祖大寿点齐兵将，除祖大乐、祖大弼等人外，还有祖宽和祖方等下人。祖宽是祖家的一个下人，后随了祖家的姓。这小伙子非常年轻，二十多岁，学的是武当派和峨眉派的功夫。祖方是老祖家旧处的人，是个无依无靠的孤儿，投奔老祖家，随了祖家的姓。祖方学的是少林派的功夫，功夫也很好，而且年纪不大。除此之外，还有祖大寿的双胞胎女儿祖天霞和祖月霞姊妹俩。

说起祖大寿的双胞胎女儿，在这里我们还得多介绍几句。祖大寿对这对双胞胎女儿可谓是精心培育，付出了很大的心血。这两个女孩从小就跟着祖大寿练武，每天天不亮就起来，晚上练到星星出齐了才能睡觉。两个孩子累得浑身都像散了架似的，张着大嘴直哭。有时候老太爷、老夫人，包括女孩的母亲祁氏都看不下去了，心疼得直掉眼泪。祁氏不敢跟丈夫说什么，就偷偷地去求老太爷和老夫人，求他们给说个情，可老太爷和老夫人跟祖大寿怎么说也不管用。祖大寿照旧每天板着个脸，拿着个鞭子，天不亮就把孩子们叫起来练功。哪个女儿要是不卖力气,或者稍有松懈,他啪的就是一鞭子,打得孩子身上立刻肿起一道血檩子,可祖大寿还逼着孩子接着练。老太爷和老夫人也没办法,两位老人也都明白,真正的功夫就是这样练出来的。

说书人在这里再插上几句话,祖大寿的头房夫人祁氏由于身体不好,年纪轻轻的就病逝了。后来祖大寿又添了房佟氏,佟氏生了几个儿子。到了晚年的时候,祖大寿又添了房邢氏。邢氏又生了一个儿子。祖天霞、祖月霞姐妹俩是祖大寿的头房夫人祁氏所生。

咱们再说说祖天霞和祖月霞姐妹俩。这两个孩子在祖大寿跟前足足练了五年。祖大寿还不满意,又把她俩带到东部科尔沁草原明安贝勒那里。明安贝勒见老朋友领着孩子来了,以为他们是来玩儿的,非常高兴,马上设宴款待。哪成想,祖大寿并不是领着孩子来玩儿的,而是领着孩子到草原练功来了。

祖大寿管明安贝勒借了一匹快马,每天领着孩子们在草原上跑。他骑在马上跑,让两个女儿在后面追。跑得两个女儿的脚丫子都直出血,嘴里直央求:"爹爹,爹爹,跑不动了,歇一会儿吧。"祖大寿也不出声,依旧猛劲儿打马,两个丫头还必须得跟上,要是跟不上的话,祖大寿回身就是一鞭子。明安贝勒劝大寿手下留情。祖大寿说:"贝勒爷,我也知道孩子们苦,可不练不行啊。她们练就了一身好功夫,就不受别人的欺负了。"

明安贝勒也明白其中的道理,默默地点头同意。

经过一段时间以后,两个孩子已经练就了一双飞毛腿,跑起来像一阵风似的。祖大寿有时需要回家料理一下家事,就把两个孩子放到草原让她们自己练,两个孩子也不敢偷懒。就这样,祖天霞、祖月霞姊妹俩在草原上苦练了两年。祖大寿才把女儿接回了家。这时候俩姑娘已经十五岁了。俩姑娘到了十七岁的时候,各方面的功力已经练得相当不错了,不论是轻功、硬功、腿上功还是臂上功,都相当了得,各种兵刃也都完全会使,而且使起来得心应手,对于祖家祖传的剑法那就更不用说了。就这样,老祖家的两个姑娘被训练出来了,在辽东一带非常出名。祖氏双侠成了无人不知、无人不晓、鼎鼎有名的人物。

现在咱们把话再说回来。熊廷弼大人来到祖家庄,祖家庄的人欢喜得像过年一样,个个喜气洋洋。祖老太爷自然更是高兴,他忙让家人杀猪宰羊,大摆宴席,还把周围十里八村的亲戚朋友都请来,大家一块儿祝贺。

祖家有一个习惯,在每次办喜事的时候,总要有一次献艺表演。献什么艺呢?就是武术表演。在宽敞的大院子里,一边是酒席宴桌,一边是现搭的彩楼,献艺人在彩楼上表演武术。表演者有大人、有小孩,有老太太,也有老头,大家是八仙过海,各显神通。

说实话,熊廷弼长这么大还是头一次见过这样的场面,使他高兴的是不仅祖氏双侠上来表演了,后来还上来了一位白发女将,使着一把青龙偃月刀,看样子分量挺重。这位女将满头白发,身穿铠甲,披着斗篷,跟三四位年轻女将进行对打。她在中间闪转腾挪,腿脚非常灵巧,后来老太太又跟双侠打到了一起,双侠也被她打得有些慌乱,频频失误。

表演完毕,老太太把斗篷往旁边一扔,然后冲熊廷弼一抱拳,说道:"熊经略,老身我已经多年没上阵了,今天在这里献丑了,请熊大人不要见笑。"

祖大寿给熊廷弼介绍自己的母亲。熊廷弼马上站起身来,健步来到台上,抱拳向老太太问好:"老人家,您辛苦了。您的刀法如此精湛,就是末将也比不上您啊。"

老太太哈哈大笑,说:"熊经略说的哪里话?您太谦虚了,您是朝廷大将,老身哪敢跟您比呀。"

说完把右手一伸,身子往旁边闪了闪,很有礼貌地示意让熊廷弼先走,并说道:"熊大人请。"

熊廷弼也客气地请老夫人先行,两个人就这样互相谦让着,说着话,从台上下来。

话说熊廷弼来到祖家庄,见到了祖大寿一家人,祖家人的热情好客及一腔爱国之情使熊廷弼非常感动。大家推杯换盏,酒喝了一碗又一碗,喝了一坛又一坛。酒席宴后,熊廷弼和祖家人告别。

祖老太爷说:"大人,您以后有事可以直接找大乐他们。国家兴亡,匹夫有责。大人您什么时候需要我们祖家人出力,我们二话不说。"

熊廷弼说:"多谢老人家。"

寒暄过后,熊廷弼离开了祖家庄,祖大乐、祖大寿、祖大弼还有祖氏双侠等人,一直送出十多里地。

路上,熊廷弼对祖大寿说:"复宇,我走以后,你就赶快把你的庄兵组织起来建一个靖东营。你就是靖东营的总指挥,大乐、大弼辅佐你。等一切都安排妥当了,我再给你们加新人,你看怎么样?"

祖大寿说:"一切听经略大人的安排。大人放心,我过两天就带着弟兄们到大人的帐下听差。"就这样,熊廷弼和众人抱拳告别。

就当时的情况来讲,熊廷弼要以祖家的兵马为中心建一个靖东营,这件事是不是好事?当然是好事啊。因为当时大明朝非常需要人,熊廷弼要是能把祖家庄的人拉来,建个靖东营,那得给朝廷解决了多大的困难啊。可是,这件事却惹恼了一个人。谁呀?巡抚王化贞啊。王化贞气坏了:好啊,你个熊廷弼,你小子啥事儿都留一手。我推举祖大寿当中军游击,你就把祖家军拉来成立个靖东营。你为啥要拉来这么一伙人?啊,你知道老祖家人厉害,你就把老祖家拉过去,扩大你的势力。哼,没门。你还要建什么靖东营?我巡抚还没答应呢。

于是,王化贞把熊廷弼叫到巡抚衙门,以不知道祖家人和朝廷是不是一条心,祖家能不能是后金派来的卧底为由,指责熊廷弼不应该建立靖东营,更不应该没和他巡抚大人商量,就私自把祖家人收了过来。

熊廷弼解释说:"王大人,您多虑了。朝廷现在非常需要人,我把祖大寿一家人都动员进来,只能是增加咱们的力量,这是好事,是求之不得的事情。再说,我去过祖家庄,上至祖大寿的父亲祖老太爷,下至他们家的奴仆,我都见了。他们个个对朝廷忠心耿耿,根本不像有人说的那样,是土匪、强盗,或者说是后金的卧底,那都是无中生有的事,更何况咱们根本没什么证据。王大人,即使他们真的心向建州,咱们也还得想办法争取,不能往外推呀。"

王化贞一听气坏了,说:"老祖家花了多少银子买的你,让你为他们说话。"

熊廷弼是员武将,性子直率,脾气暴躁,他哪受得了这样的委屈,当时气得哇呀呀地一阵暴叫,恨不得把王化贞骑在跨下揍一顿,全仗旁边的手下人拼力拉住了他,王化贞才免受一顿皮肉之苦。熊廷弼气得拂袖而去。

就这样,熊廷弼和王化贞之间的矛盾完全公开化了。熊廷弼想:我是辽东经略,辽东的事我说了算。再说,辽东百姓的安危系于我手,辽东要是出差错,朝廷得拿我是问。你就仗着认识几个字,就想指挥我,我怎么能听你的。于是,熊廷弼不顾王化贞的阻拦,该干啥干啥。王化贞是个多么阴险的人啊,他看在眼里,记在心上。心想:好你个熊飞白,你别在那儿硬气,看我怎么收拾你。

我前书说过,王化贞的身边养了一些食客,这里面干什么的都有,有能偷的，有能摸的，有能帮助出坏点子的，还有的专门帮助他打探消息。所以他坐在家里，对外面所发生的事情是了如指掌。

单讲他身边有几个他非常得意的谋士，其中一个叫孙德功的，这个人我在前面也提到了。这个孙德功给他出主意，说："大人，他熊廷弼没什么了不起的，咱有办法对付他。咱们这么、这么、这么办……"

王化贞听了以后，觉得他这个办法挺好。

孙德功就说："大人，我一会儿去找几个人，这事今天晚上就办。哼，这事要是办成了，就够他熊廷弼喝一壶的。"

王化贞说："你们千万要办好，别露馅。"

孙德功说："您就放心吧，大人，我一定做得神不知鬼不觉。您就等着看热闹吧。"

他们要干什么呀？说起来这招也挺狠。说话的这天正好是八月十五中秋节，朝廷为了犒劳守疆的将士们，给他们送来了不少月饼和酒肉。这天晚上，除了留守一些巡逻的兵士，其余的人都可以尽情地喝酒，尽情地欢宴，这也算是朝廷对他们的恩典。熊大人特意命人把杀好的猪和羊及月饼等食物送到靖东营。祖大寿领着他的祖家兵一边儿赏着月，一边儿推杯换盏地喝着酒、吃着肉，气氛非常热烈。接近丑时的时候，天快亮了，酒也喝得差不多了，祖宽觉得脑袋晕晕乎乎的，就想回到营帐里去休息。他为了不扫大家的兴，一个人悄悄地走出大帐，到了外面，晚风一吹，祖宽的脑袋清醒了许多。他心想：我去查看查看那些巡逻的兵士们，看看他们是不是忠于职守，有没有什么事。

祖宽走着走着，看见了两个巡逻的士兵正在来回走动。祖宽见一切正常，就没出声，转过身又往回走。他刚一转身，前面过来两个黑影，祖宽看装束觉得这两个人不像是祖家庄的人。祖宽非常警觉，他刚要问话，那两个黑影一下就蹿了过来，把他的嘴给捂住了。紧接着，又往他嘴里塞了一团东西。然后，把一个黑口袋套在了他脑袋上。祖宽还没来得及反抗，就被人五花大绑，装到麻袋里拖走了，整个过程进行得干净、利落，一点儿声音都没有。

祖宽做梦也没想到，在自己的营地里会被人给绑走。就这样，他被拖着走了很长时间，后来又被扔到马车上，至于到哪儿了，他也不知道，只知道走了能有一天多的时间，车停下来了，自己被拽下车，然后好像进了一个山洞，接着被几个人揍了一顿。

那些人连打带喊："打死他，打死他。以后再看到你们这些明兵，我们就见一个打一个。"

祖宽心里挺纳闷：他们是些什么人呢？难道是后金的人？可是祖宽被蒙着头，什么也看不见。这些人一直打到祖宽不动弹了为止。

当祖宽醒过来的时候，发现自己身边围着几个喇嘛，这几个喇嘛都在关切地望着他。

祖宽刚想起身，被其中的一位喇嘛制止住，并告诉祖宽身上有伤，不能乱动。

祖宽非常奇怪，问道："师父，我这是在什么地方？"

各位阿哥，咱们花开两朵，各表一枝。话说杜木钦德大喇嘛这天吃完了斋饭，和师弟元吉喇嘛一起溜达，后面跟着达库和两个小僧。杜木钦德大喇嘛看见天上皎洁的月亮，觉得心里非常敞亮。

几个人走到院子的一侧，达库突然说："师父，师父，你看那是什么？"

几个人顺着达库手指的方向一看，在前面不远处，也就是王化贞他们原来建木板房的那块儿。各位阿哥要问了，木板房不是拆了吗？对，木板房是拆了。各位阿哥还记得，木板房里面有个小铁门吗？各位阿哥又要说了，小铁门不是堵上了吗？是啊，堵上了。可就在小铁门的前面，也就是原来建木板房的地方留有一个坑，这个坑始终没有填平。达库现在指的是这坑里的一团黑糊糊的东西。

元吉喇嘛说："达库，你过去看看是什么东西。"

达库赶紧上前几步，一看是一个人躺在坑里。达库仔细看了看，自己不认识。

他忙招呼杜木钦德大喇嘛和元吉喇嘛说："师父，是一个人。"

杜木钦德大喇嘛和元吉喇嘛一听，赶紧过去，只见一个壮士正昏迷不醒地躺在坑里。

元吉喇嘛蹲下身来，摸了摸这个人的脉搏，又在他鼻前试了试，发现他还有气，而且自己的手被沾湿了。他借着月光一看，手上都是血。

元吉喇嘛告诉杜木钦德大喇嘛："大师兄，这个人没死，但他身上有伤，怎么办？"

杜木钦德大喇嘛手打佛号说："善哉，善哉，真是罪过。这是谁干的事？元吉，咱们是出家人。出家人以慈悲为怀，救人一命胜造七级浮屠。达库，你们几个赶紧把他抬进屋，给他敷上药，先把他救过来再说。"

就这样,达库等几个人把受伤之人抬进了禅堂。

小喇嘛拿来了白细布,把受伤人脸上的血迹擦干。杜木钦德大喇嘛先掐了掐他的虎口,又用气功给他顺了顺气。

半天的工夫,受伤人才长出了一口气,"哎呦、哎呦"地叫了几声。

受伤人睁开眼睛,见身边站着几位喇嘛,就想坐起来,被元吉喇嘛伸手给按住了,说:"壮士,不要动,你现在身体虚弱,需要好好静养几天。"

受伤人听话地躺下后,问元吉喇嘛:"师父,我这是在什么地方?"

元吉喇嘛说:"这里是科喇沁的喇嘛寺。"

受伤人听了之后,明白地点了点头。

杜木钦德大喇嘛见他醒了,走上前来,问:"这位壮士,你是干什么的?从哪里来?怎么受的伤?"

受伤人就把自己受伤前后的情况,一五一十地说了一遍,并告诉杜木钦德大喇嘛自己叫祖宽,是祖大寿的部下。因为祖氏家族在辽东一带是非常有势力的,祖大寿更是赫赫有名,而且杜木钦德大喇嘛对祖家仰慕已久,所以杜木钦德大喇嘛对祖宽更加关照。经过杜木钦德大喇嘛的精心调理和治疗,祖宽的身体恢复得很快。祖宽好了以后,杜木钦德大喇嘛让元吉师弟带着两个小喇嘛,护送祖宽回到了靖东营。

咱们再说说八月十五那天晚上的事。祖大寿他们还没等喝完酒,就有人禀报说:"祖宽不见了。"

大家猜测祖宽可能是喝多了酒,出去溜达去了,就没当回事。可是过了一宿,祖宽还没回来。到了第二天,人还没回来,接着连续几天也不见人影。大家这才开始着急。

最着急的要算祖大乐,因为祖宽是在他身边长大的,一直跟着他,像他的亲人一样。

祖大乐这个人性格直率,他早就听下面的人说:"熊经略把咱们这些人请来,给咱们好吃好喝的,他是不是黄鼠狼给鸡拜年,没安好心啊。官府的人不可信,他们都是嘴上一套、心里一套。"现在一看,还真是那么回事,平白无故的,自己身边的人就丢了,肯定是熊经略派人干的,因为这附近除了靖东营里是我们祖家的人以外,其他地方都是熊经略的兵马,肯定是他派人把我的人给抢走了,别人不会干这事的,也不敢干这样的事。

祖大乐想到这儿,火噌地一下就上来了,就去找弟弟祖大寿。

第五章 动荡辽东

225

他把祖大寿的房门乓地一下推开，气呼呼地说："复宇，咱们上当了。这家伙表面上给咱们好吃好喝的，背后却整咱们。"

祖大寿急忙问："怎么了？"

祖大乐没好气地说："怎么了？祖宽丢了。"

祖大寿疑惑地问："祖宽丢了？光天化日之下，祖宽怎么能丢呢？咱们这四周都有熊大人的兵把守着，外人也进不来呀。他能不能是到哪儿去了？"

祖大乐说："根本不可能。祖宽要是到哪儿去，都跟我打招呼。再说了，他从来没私自出去过。"

祖大寿分析道："他能上哪儿呢？被后金的人给弄走了？咱们离后金这么远，而且跟他们没冤没仇的，他们也不能害咱们啊，可如果人不是被他们弄走的，能上哪儿去呢？"

祖大乐怒气未消地说："是啊，我也是这么想的呀。依我看，人肯定是被熊廷弼的人给弄去了。咱们管他要人去。"

祖大寿急忙阻止说："大哥，先不要急。我看熊大人这个人不像是苟且之人，而且他非常信任咱们，我觉得他不会做出这样的事情。"

祖大乐说："他们这些人都是弯弯肠子，你别喝了他几次酒，就被他迷惑住了。"

祖大寿说："大哥，我觉得这事儿没那么简单。这样吧，我明天就去找王大人和熊大人，跟他们说一下，看看他们能不能帮咱们查查这件事。"

祖大乐说："人就是被他们弄走的，你还让他们帮着找。我看你是痴心妄想，白日做梦。得了，要等你等吧，我可不等了。"

说着，把祖大寿往旁边一推，就想带兵到熊廷弼府上讨个说法。全仗祖大弼和天霞、月霞等几个人硬把他给拉住了，祖大乐气得坐在椅子上直喘粗气。

第二天一早，祖大寿就来到熊廷弼的府上，见到了熊大人。祖大寿就把祖宽丢了的事情跟熊廷弼讲了一遍。熊廷弼听了以后，也觉得挺奇怪，但又觉得祖大寿不像是在说瞎话。

熊廷弼安慰祖大寿说："等我把这事跟巡抚大人说一下，看看他有什么办法。复宇，不要急，咱们一定能找到丢失的人。"

送走祖大寿，熊廷弼直奔巡抚衙门而去。他干什么去了？去见巡抚王化贞。此刻的王化贞正大摇大摆地坐在巡抚堂内，捋着自己的八字胡,非常得意地等着熊廷弼来找他呢。他想:你不是把老祖家的人都弄到你手里了吗,现在老祖家的人丢了,看你熊大将军怎么交代?我要让祖家庄的人全都跟你作对,让你吃不了兜着走。

王化贞看着熊廷弼一脸焦急地来找自己,心中暗喜,但表面上却装作若无其事的样子。

王化贞问道:"熊经略,你到我这儿来有何贵干啊?"

熊廷弼说:"巡抚大人,出了一件奇怪的事,祖大寿身边的一个人在八月十五那天突然没了,怎么找也找不着。在咱们自己的地方,瞪俩眼珠子就把人给丢了,你说这事儿怪不怪?难道咱们这里还有什么奸细不成?"

王化贞脸色一变,一下就急了,说:"经略大人,你跟我说这话是什么意思?如果要说有什么奸细,那也只能到你那里去找,我这里是不可能有的。提起祖大寿这伙人我倒想问你,他们是谁给引进来的?不就是你经略大人嘛。你没跟我商量,就擅自做主把他们收到了靖东营。现在人丢了,你倒找我来了,你不觉得这话跟我说不着吗?"

王化贞说完以后,也觉得这话说得有点不在行,于是又赶紧把话收了回来,打了个咳声,说:"熊大人,想来这事也挺蹊跷,我看还是你带人四下找找,是不是喝醉酒了,在哪儿待着呢?"

正在这时,熊廷弼身边的一个副将悄悄走进来,小声把熊廷弼叫到客厅外面,并向熊廷弼说着什么。

听完以后,熊廷弼进屋对王化贞就说:"巡抚大人,你说怪不怪,人找到了。"

王化贞问:"在哪儿找到的?"

熊廷弼的副将答道:"禀大人,在喇嘛庙发现的。他被人打了一顿,给扔到了喇嘛庙。喇嘛庙的人发现了他,给送了回来。"

王化贞马上站了起来,问:"怎么,还有这样的事?"

熊廷弼说:"是啊,现在喇嘛庙里的人已经把这个人送还给靖东营,交给了祖大寿。请问巡抚大人,你们在喇嘛庙里挖地道,我怎么不知道?要是连我这个经略都不知道,外人就更不知情了。既然这样,是谁把人带到那里去的呢?"

熊廷弼的问话真可谓一针见血,很有分量。

王化贞一看不承认也不行了,就说了:"熊大人,既然话说到这份儿上了,我不妨跟你实话实说了吧,祖大寿的人是被我的人抓去的,怎么地吧?"

熊廷弼说:"你们抓人,总得有个理由吧。"

王化贞趾高气扬地说:"当然有。我们怀疑他是个色刻,叫来问问不行啊?"

熊廷弼一听,就知道王化贞这是在没理辩三分,自己再跟他说下去也没什么意思,何况前方正吃紧,后金的兵马不知道什么时候又要西进,哪有闲心跟这个昏官在这儿磨牙,瞎耽误时间,再说丢的人也找到了,熊廷弼就没再跟王化贞争论,只是说了句:"巡抚大人,我觉得你这事儿办得不妥,请三思。好了,我军务在身,没时间跟你多说,告辞。"说完了以后,没等王化贞继续辩解,熊廷弼转身就走了。

自从这事儿出了以后,王化贞可就有了借口了,他一再跟熊廷弼说他怎么不放心祖大寿他们这些人,怕他们惹事,还怕他们是后金的卧底。总之一句话,就是不放心。熊廷弼怎么解释也不行,熊廷弼一点办法也没有,他又不好张扬出去,怕祖大寿哥儿几个和他手下人知道,再疏远了朝廷。王化贞还一再坚持让熊廷弼把祖大寿交给他,在他的帐下听令,其他人可以继续留在熊廷弼手下,那样他才放心。熊廷弼心想:二虎相争,必有一伤。巡抚大人统领辽东,我要是为了这点事儿就跟他争个没完,对抵御后金也不利。行啊,我也别争了,就把复宇交给他吧。

说实话,熊廷弼非常赏识祖大寿。我前书也说过,他俩性格相似,脾气也相投,也就是俗话说的挺对撇子。可现在王化贞非要自己的爱将,熊廷弼为了减少内部矛盾,只好忍痛割爱,答应了下来。

就这样,祖大寿被调到了巡抚衙门,做了巡抚王化贞的中军游击。实际上,王化贞这样做也是为了能接近祖大寿、拉拢祖大寿,他想把祖大寿拉到自己这边,以便增加自己的力量,对付熊廷弼。其实这只是王化贞的一厢情愿,祖大寿根本不吃他这一套,他曾几次跟熊廷弼说要回到熊大人身边。

熊廷弼劝慰他说:"说心里话,我也不愿意让你去,可是巡抚大人想要你,我也没办法。再说了,这说明巡抚大人器重你,也是个好事。咱们还是从大局出发,去就去吧。"

熊大人还特别嘱咐他:"复宇,到了巡抚身边要忠于职守,全力辅佐巡抚大人。"

祖大寿嘴上应付道:"经略大人,您的话复宇字字记在心上。"

虽然熊廷弼没告诉祖大寿，祖宽是被王化贞的手下抓去的。可纸里包不住火，事后不久，祖大寿还是知道了事情的真相。他憋了一肚子的气，这算怎么回事呢？我们祖家世世代代忠心为国，为朝廷效力，可你巡抚大人还信不过我们，还殃及家将祖宽。现在王化贞又把自己调到了巡抚衙门，做了中军游击。很显然，这是在孤立我祖大寿，分散和削弱我祖家的力量啊。这怎么能行呢？不过祖大寿也知道，熊经略是一个非常耿直的人，一心为了朝廷，而且经略大人对自己又非常器重。唉，为了经略大人，我就忍了吧。不过，我祖家上上下下都是堂堂正正地做人，我们的骨头是硬的，腰杆是直的，从来没受过这欺负。哼，你王化贞敢欺负我的家将，薅我身上的毛，你还嫩点，你等着，我就是今天不收拾你，明天也得收拾你，这是早早晚晚的事。当然这些话他并没有跟熊大人讲。

祖大寿心里很不痛快，所以那天他跟熊大人两个人都喝了不少酒，祖大寿迷迷糊糊地回到靖东营。祖大寿不是被调到巡抚衙门去了嘛，怎么还回到靖东营了呢？

说书人在这里多说上几句，祖大寿离不开靖东营，那里有他的弟兄，有他的家将，有他的亲人。所以他每天只是白天到巡抚衙门听差，晚上照样骑马回到他的靖东营，回到他的兄弟们身边。

祖宽等人见主人喝多了，赶紧把主人扶到内室，伺候他躺下休息。祖大寿躺着躺着，就觉得心里一阵翻江倒海地折腾，哇哇地吐了起来。祖宽让仆人们收拾干净，又给主人擦了擦身子和脸，喝了些醒酒的汤，祖大寿这才安静地睡着了。

祖宽回到自己的大帐，越想心里越不是滋味。祖宽的脾气和祖大寿一样，是个天不怕、地不怕，说打就落的手儿，别看祖宽年纪轻轻，但武艺却非常高，自从自己无缘无故地被打以后，他心里就憋了一肚子火。

祖家的家将也都觉得窝囊，他们埋怨说："祖宽啊祖宽，你怎么受这欺负？真给我们丢脸。"

今天一看大人喝多了，祖宽心里更加觉得窝囊。

现在祖宽的伤已经好多了，虽然身上的嘎巴还没完全掉，但行动已经自如了。他回到大帐，选了几个身强力壮的家将，都是他平时非常要好的兄弟，又挑选了几匹快马。几个人换上夜行服，在天刚擦黑的时候，就悄悄溜出靖东营，直奔科喇沁而去。他们要干啥？他们要去

第五章 动荡辽东

229

报仇。

几个人快马加鞭,走得非常快,傍天亮的时候,就到了科喇沁。他们先拜见了杜木钦德大喇嘛。祖宽打着祖大寿的旗号,对喇嘛庙救了他,并把他送回靖东营一事表示感谢,并带了二百个银元宝作为谢礼,说这是祖大人的一点儿心意。

杜木钦德大喇嘛说:"救人一命胜造七极浮屠。阿弥陀佛。"

谈话间,祖宽特别问起喇嘛庙的人那天是怎么发现的他,在哪个地方发现的,他当时是怎么个情况等。杜木钦德大喇嘛告诉他是达库先发现的他,并把达库叫来。

在祖宽的要求下,达库又把祖宽等人领到那天发现他的地方。祖宽看了看地坑的情况。达库又把前些日子对地道暗访的情况一一告诉了祖宽。

达库告诉祖宽:"自从地道口被堵上以后,我就没再进去过,所以最近里面的情况我也不太清楚。"

祖宽见一时半会儿也回不去,就管杜木钦德大喇嘛借了两间房子,在喇嘛庙住了下来。这两间房子正好挨着达库住的屋。

达库通过几个师父知道了祖宽是祖大寿家的人,他非常高兴。俗话说得好:"爱屋及乌"。达库非常崇拜祖大寿,崇拜祖天霞,一心要拜"辽东一只虎"祖大寿为师,只是苦于无缘相识。真乃天随人愿,就在这时,祖大寿的家人祖宽到喇嘛庙来了,这可真是天赐良机。达库欢喜得不得了,他把祖宽看成自己的救命星,甚至把他看成自己能和祖家人联系上的引荐人和敲门砖。所以,自打祖宽他们来了以后,他就没离开过祖宽,围着祖宽身前身后地转悠,一口一个哥哥地叫着,他们俩很快就成了好朋友。

可是祖宽他们这次来是有秘密事情要办的,所以他不愿意身边有外人参与,可达库天天围着他,他根本就脱不开身。

祖宽急够呛,但又不好说什么,所以他一再说:"达库,你去忙你的吧,这里就交给我们吧。我们自己能行,要是有什么事,我再让他们去找你。"

达库一心想跟祖宽他们几个多待一会儿,没听出祖宽他们是在往外推他,坚持说:"没事儿,我师父说了,这几天我就陪你们,其他什么事儿也没有。"

祖宽一看,实在没办法,就跟达库说实话了:"达库,我们要去办点事儿，你先回去吧。你放心，如果我们需要帮忙的话，一定会去找你的。"说着，就把达库往外推。

达库说："哥哥们，我看你们是信不过我穆达库，难道你们还要让我把心掏出来给你们看看吗？你们放心，我不会拖你们的后腿的。你们要上山，我跟你们上山；你们要下海，我跟你们下海；你们要抓王八，我跟你们一块儿抓。"

达库的话把在座的几个人都逗笑了。

祖宽说："我们要办的事儿你办不了。"

达库说："什么事儿我办不了？哥哥，你是不是想报仇？那你更应该找我呀。首先，这个地道是我发现的，它一直通到哪儿我知道，哥哥你就是在地道里受的伤。你如果真的要报这个仇，就得找我。"说着，他把胸脯拍得啪啪响，说："我愿意给你做向导，不会说一个怕字。"

祖宽说："好兄弟，那就多谢了。这样吧，你先回去。我们几个研究一下行动方案，如果有行动，一定请你参加。"

达库见祖宽答应了自己的请求，高兴地转身走了。

达库回到自己的屋里，心里还是有些不落贴。他站也不是，坐也不是，后来看天已经黑了，祖宽哥哥他们还没有动静，就偷偷溜出屋，来到了祖宽他们住的屋子外面，并且蹲到了窗户底下。屋子里黑乎乎的，蜡烛也没点。达库把手指头上舔了点吐沫，在窗户纸上轻轻地揉了揉，捅出一个非常小的眼儿，然后把耳朵贴了上去。由于祖宽他们说话的声音很小，达库也没太听清，只听有一个人在说话，好像是说什么"地道……地道口什么的……"。

达库明白了，啊，原来你们是要探地道啊，那怎么不问我呢？何必费这么大事呢？达库起身来到房门外，乓地一下就把门推开了。

这时候，祖宽他们几个人正在一起咬耳朵呢。达库这么一推门，把这几个人吓了一跳。

达库说："哥哥们，我都听见了，你们还在为地道的事犯愁。哥哥，我对那地方熟悉，你们为什么不让我带你们去，非要自己找呢？"

祖宽一看这个穆达库是说什么也甩不掉了，只好说："达库，既然你都知道了，我们也就不瞒你了。来，你把暗道的情况再细说一说。"

于是，达库坐了下来，把暗道里的情况，哪一段是怎么回事讲得清清楚楚、明明白白、仔仔细细。达库又提出再去看看，看看这些日子里面有没有什么变化。

第五章 动荡辽东

231

祖宽笑着说:"不用了,达库,听你这么一说,我心里就有个大估景儿。达库,我跟你说句实在话,提起暗道,我们见得多了。不瞒你说,我们家就有暗道。达库,你要记住,明枪易躲,暗箭难防。暗道那就是暗箭啊,是凶多吉少的地方,不能为了我们,让你去冒这个险。"

达库说:"唉,我都进去好几回了,也没出啥事儿,挺安全的。"

达库的回答把几个人逗得哈哈大笑。

祖宽说:"达库,真正的武林高手、真正会武功的人是不会轻易下人家暗道的。兄弟,以后这事儿不能干,那是非常冒险的,知道吗?"

达库一听,觉得祖宽讲得真对,以前自己不明白,这要是真出点什么事,那多窝囊啊,看来江湖上的事还真是险恶呀。达库听话地点了点头。

祖宽为了了解地道的情况,又让穆达库领着,从喇嘛庙的院里开始勘察。

祖宽嘱咐达库:"达库,咱们不用进地道里去,你就按照地道的走向在外面走就行。"于是,几个人利用夜里好隐蔽的特点,从喇嘛庙的院里开始勘察。

他们几个人的行动非常顺当,一直走出了科喇沁,来到了一片柞树林中。

达库小声告诉祖宽:"哥哥,出口就在这片密林里。"

达库一边走着,眼睛一边撒目,走到一棵从树根开始分杈的柞树附近,达库停了下来,并且用脚在地下试探地跺几下。突然,脚下传来了空响声。

达库兴奋地招呼祖宽:"哥哥,快过来,这个地方就是出口。"

祖宽说:"能确定吗?"

达库说:"能,我记得非常清楚,就是这块儿。我还在这棵树上做了记号。你看,这不是吗?"

祖宽一看,旁边的这棵大树上果然有一块被刀削下的印记。

祖宽等人围拢过来,用脚在达库说的地道口跺了几下,底下传来"空、空、空"的声响。看来达库说得对,这就是地道的出口。接着,达库又领他们到坟圈子看了看。祖宽就要往回走。

达库说:"哥哥,你们也没进地道里头看看,能行吗?"

祖宽说:"达库,不用进去看,里面的情况我大致已经清楚了。"

各位阿哥你们不知道,祖宽说这话一点不吹牛,因为祖宽打从记事起就在老祖家待着，长大后又在祖家看家护院。祖家请了中原的一些武林高手当师父，其中有的人对地道就颇有研究。老祖家挖地道、修地道的时候，这些人都出了不少主意。祖宽当时也不小了，所以他也跟着忙前忙后地掺和来着，很自然就对修筑地道的知识掌握了不少。

祖宽的话一出口，把达库造一愣："怎么？哥哥，你不用进去，就能知道里面的情况，真的吗？"

祖宽骄傲地说："那当然了。"

达库吃惊地看着祖宽，简直像是在看奇人和神人一样，但达库又觉得好奇，追问道："哥哥，哥哥，你能不能给我讲讲？他们这地道修得怎么样？你是怎么知道的？"

祖宽说："兄弟，他们这不算是什么地道，真正的地道没有这么挖的，说起来他们这就是临时现对付的，只能算是一个隐蔽一点的地沟而已。"

穆达库说："这怎么能是地沟呢？"

祖宽解释道："兄弟，真正的地道要比这复杂麻烦得多。他们这个只不过是为了临时一用，挖的一个地沟，上面再盖些木板，并不是长久的地道。为什么说它是地沟呢？因为修地道是很有讲究的。地道共分为两种：明道和暗道，或者说是明穴和暗穴。明道是指选好地址，画好图纸，然后按照地势的高低、沙石的情况挖出地洞。明道一般是为了隐蔽自己，做一些外人不知道的事情。明道有长有短，根据自己的需要而定。明道挖好以后，里面没有什么机关、暗箭、陷阱之类的东西。总之一句话，没有害人的东西。还有一种，就是暗道，说得更具体一点儿，是一种凶穴，是江湖中常出现的地道。凡是这样的暗道一般都设在居住地，在房屋的下面，而且挖得很深，建这样的地道没有三年五年的工夫是建不成的。这样的地道一般都不是小鸡拉屎——一个肠子，它的里面是错综复杂的，生人进去以后很容易迷路，或找不着出口，这是它的一个妙处。还有一个妙处，就是在拐弯的地方或者重要的地方都安设了一些机关，或者挖了陷阱，人要是掉进陷阱很容易被扎死；或者被里面养的蠹虫咬死；或者你不知道碰到了什么机关，被飞出来的暗箭射死；或者你走着走着，从头上掉下来一块大石头，把你砸个稀巴烂。所以，一般情况下，生人是不敢进去的，即使进去了，也会九死一生。这样的地道在打仗的时候是最有用的，这叫凶道。达库，这个地道有没有这样的机关？有没有这些害人的东西？"

第五章　动荡辽东

233

达库说："没有。"

祖宽说："对呀，所以说它不是暗道，也不是像我们所说的那种挖得挺深的明道。它就是一个简简单单的地沟，明白了吗？"

达库佩服地点了点头。

祖宽又说："你们几个在这待着别动，我去看看里面有没有人。"

达库说："你不是说不能随便进人家地道吗？"

祖宽说："我自有办法。"

说完，祖宽从一个弟兄手里接过一个皮子做的面罩，又背上了一个背囊，手里拿了一根管儿。

达库问："这都是什么呀？"

祖宽说："这可是宝贝。"

祖宽拿着那根管儿，轻轻一按绷簧，管儿口刺地一下冒出一股白烟。

达库不知道是怎么回事，特意往前凑凑，还闻了闻，结果被呛得直流鼻涕、眼泪，还一个劲儿地咳嗽。

祖宽说："离它远点，这是毒烟，是探地道用的东西。一会儿你就知道是怎么回事了。"

祖宽戴好面罩，来到洞口，轻轻地把洞口上面的土坯挪开，把烟管儿插进去，然后把绷簧一按，只听刺地一声，祖宽赶紧把洞口盖上。他们几个人就在外面守着。

大约过了一个时辰，里面也没有什么动静。

祖宽说："看样子里面没人。走，进去看看。"

祖宽把洞口打开，把毒烟放干净后，几个人才一个个地跳进洞里，仔细看了看。里面确实像达库说的那样，什么东西都没有。不过，他们发现碗里有吃剩下的肉干等食物，而且很新鲜，这说明这里不久前还有人来过。他们又仔细检查了一遍，然后按原路返回了。

此时东方已经发白，祖宽他们几个人悄悄回到喇嘛庙。接连两天，祖宽和达库他们几个都来到那个洞口，但没发现任何情况。祖宽不甘心，他心想：里面明明有人来过，而且我就是在这个洞里被害的，现在怎么会没人呢？不行，我一定要等下去，直到把你们抓住。

后来，几个人干脆来到离洞口不远的坟圈子里，用树枝搭了一个小窝棚住了下来。渴了就在小河沟里舀点水喝，饿了就吃点元吉喇嘛给他们准备的干粮。

就这样，一直等了三天。在第三天傍晚，负责放哨的人发现有三条黑影进到林子里，并且在洞口附近消失了，估计这三个小子进了地道。

祖宽等几个人悄悄地把洞口包围住。祖宽拿出烟囊，向洞里释放完毒烟以后，盖好了盖，几个人就一声不出地等在那里。果不其然，没到半个时辰，就隐隐约约听见洞里传出来吵嚷的声音。

不一会儿，洞口上的门板被砰地一声推开了，接着从里面一个挨一个地爬出三个人来，一边咳嗽还一边"哎呀、哎呀"地叫着，并且大口喘着粗气。这三个小子一出来，就被等候在这里的祖宽等几人捆了个结结实实，并带到了他们搭建的小窝棚里。

三个人中有一个人年纪比较大，另外两个年纪比较轻。祖宽让手下人点亮了一支火把，他自己坐在了一块大石头上，达库站在他身后。另外两个人押着被抓的三个人来到了祖宽的跟前，抬脚一踹，把这三个人就踹跪下了。

因为当时后金的探子常常到明朝的地界来探听情况，所以他们几个以为自己是被后金的人给抓住了呢，根本没想到会是祖大寿身边的人。几个人吓得跪在地上，始终不敢抬头。

祖宽也猜到了他们的心思，决定来个将计就计，好好审审他们。

祖宽大声喝道："抬起头来，看着我。"

哪知道抬头一看，那个岁数大的吓坏了，马上像小鸡叨米似的直磕头，并且说："大爷，我该死，我该死。大爷，你听我说，那天抓你不是我的主意，我们只是受命而为，请大爷饶命啊。"

祖宽一听高兴了，这真是瞎猫碰着死耗子。他本来想通过这几个人了解一下地道的情况，然后再顺藤摸瓜，找出真凶。没想到，自己还没等问呢，这小子就不打自招了。这真是老天有眼，谢天谢地，谢天谢地。

于是，祖宽问道："受命，受谁的命？"

那小子一边磕头一边回话："受巡抚王大人之命。大人啊，我们吃的是王大人的饭，他让我们干什么，我们就得干什么，我们不得不为呀。请大爷饶命，请大爷饶命啊。"

祖宽噌的一下站了起来，厉声问道："你们为啥单抓爷爷我呢？谁出的点子？快说，你要是说不清，我就割了你的舌头，再把你的肉一条条割下来。"

说着，祖宽把匕首拿出来，往地下一插。

第五章 动荡辽东

这小子又是一顿磕头,并且说:"大爷息怒,大爷息怒。大爷,我全都告诉你。八月十五那天,我突然接到巡抚王大人之命,他让我带几个人去一趟靖东营,去抓祖大寿,不,不,抓祖将军手下的人,谁都行,抓来以后什么也不用问,就是一顿打,打死也没事。他为什么要这么办呢?主要是因为王大人跟熊经略不和,他嫉妒熊经略和祖将军的关系。要是祖将军的手下在熊经略的地界丢了,并且被打一顿。祖将军肯定怀疑是熊经略的人干的,祖将军就会对熊经略不满,而投靠他王大人。小人当时就是受命办这件事。"

这时,站在祖宽后边的达库突然发现说话的这个人他认识,是谁呢?是那木坦。

达库大声喊道:"哥哥,这个人我认识。他叫那木坦,这小子最坏了。他原来是喀尔喀部的人,后来也不知道怎么的,跑到了科喇沁。科喇沁老贝勒的女儿出嫁的时候,他又跟着到了科尔沁。明安贝勒身体不好,他就鼓捣桑革尔赛贝勒跟孔果尔贝勒闹分家,活活地把老福晋给气死了,这小子都坏透腔了。啊,我知道了,怪不得你当初窜蹬那么欢呢,原来你是大明的人啊。哥哥,不能留着这小子,杀了他。"

达库说着,就把匕首掏了出来,想冲过去一刀攮死他。

还是祖宽眼疾手快,一把把达库拽住了,说:"好兄弟,别着急,你让我先问问。"

祖宽问道:"那木坦,你说,修这个地道是干什么用的?你们为什么要在人家寺院里挖地道?你要从实说来,如果你有半点隐瞒,我就要了你的命。"

那木坦跪在那里,老实地说:"我说,我说,我全说。这个地道是山海关总兵官杨麒派人挖的。当时杨大人听到风声,说喇嘛庙里的喇嘛跟朝廷不是一条心。"

祖宽问:"为什么这么说?"

那木坦回答道:"他们说杜木钦德大喇嘛跟明安贝勒的关系好,明安贝勒又跟后金的关系好,所以他们就说杜木钦德大喇嘛跟后金一定有联系。为了控制和监视大喇嘛,他们就采取了软硬兼施的办法,一方面恐吓杜木钦德大喇嘛,告诉大喇嘛,如果违反大明朝的刑律,私通后金,就马上烧毁喇嘛庙,把大喇嘛抓去充军。另一方面想派兵住到寺里,名义上是保护寺院里僧人的安全,实际上是监视这些人的动向,后来考虑到在寺院里吃住不方便,就放弃了这个想法,但他们还是在寺院里建了一些木板房，一个是为了储备兵器，另一个就是让喇嘛庙的人以为朝廷的人随时都有可能进驻，不敢乱来。"

祖宽又问："你们挖那条暗道干什么用？"

那木坦说："那条暗道是为了给送情报的人预备的。前些日子听巡抚王大人讲，由于后金兵占了辽阳，还扬言要进军大凌河。王大人就聚集了十多万兵马，准备迎战后金兵，但王大人怕这些人聚到一起不好管理，就采取化整为零和乔装改扮的办法。他们平时把这些人分散在各地，一旦有了战事，马上聚到一起，穿上铠甲，披挂上阵。"

祖宽想了想，说："那木坦，我想让你做一件事，你敢不敢？"

那木坦说："你说吧，只要我能做的，我一定做。"

祖宽说："你不干也不行。你干不好还不行。"

那木坦说："您就说吧，想让我干什么？"

祖宽说："那木坦，你帮我想个办法，怎么能把这个地道给毁了？"

那木坦吃了一惊，说："这……"

祖宽把眼睛一瞪，说："怎么？你不想干？你要不想干也行。我先把你宰了，再找别人干。"

达库一听高兴了，马上举刀冲那木坦就过去了。

那木坦慌了，马上说："干，干，我干，我干还不行吗？"

祖宽说："这就好。你要是干好了，我就不杀你，还放你回去，只要你不说我不说，王化贞也不知道这事是谁干的。"

那木坦为了保命，没办法，只好听命。

那木坦也真挺有办法，马上说："靠咱们几个人的力量要想平了这个地道，可不是一件容易的事。我给大人出个主意。"

祖宽说："你说吧，什么主意？"

那木坦说："现在这一带的难民特别多。他们没吃没穿的，如果把这些人组织到一起，让他们把地道给平了，他们会很乐意干的。"

祖宽说："胡说。他们能愿意干吗？"

那木坦回答道："大人，我的话还没说完呢。咱们只要给他们每人几钱银子、管他们饭吃。他们就能干。"

祖宽说："我们从哪弄银子去，你有啊？"

那木坦说："我有一个办法，不知道大人能不能帮我一个忙？"祖宽说："你说吧，让我帮你什么忙？"

那木坦说："我有个好朋友，是王大人的心腹，掌管辽东兵马的部

第五章 动荡辽东

分粮饷，他就住在科喇沁。他的公开身份是饭馆儿掌柜的，实际上他跟我一样，也是一个游击。咱们到他那儿去，就一定能弄到银子。"

祖宽一听挺高兴，就问那木坦："他也不能乖乖地给我们啊。再说了，到哪儿去找他呀？"

那木坦说："我知道他住在什么地方，今天晚上，我就领你们去他住的小楼。他有三个夫人，都在那个小楼里住着。他受王大人之命，每天哪儿也不去，就在那个小楼里待着，守着那些粮食和银子。咱们只要把他给抓住，就能把银子弄到手。"

就这样，那木坦为了保命，把这么一个重要的秘密告诉了祖宽。

天黑以后，那木坦领着几个人直接就到了科喇沁北街的一个饭馆儿。这是一个二层小楼，门口挂着四个幌子，还挺热闹，全是一些明朝的官员在这里进进出出的。

祖宽他们几个人先是在馆子周围巡视了一番，然后来到了饭馆儿后院儿的二层小楼前，并且找了一个僻静的地方埋伏了下来。到了半夜，他们偷偷溜进小楼，在第一个屋子的窗户底下听了半天，里面一点儿动静也没有，又来到了第二个屋子的窗户底下听了听，里面还是没有动静。接着，他们又来到第三个屋子的窗户下，还没等走到窗户根儿，就听到里面传来沉闷的呼噜声。祖宽等几个人认定那木坦说的那个掌柜一定就在这个屋里。

于是，祖宽使了一个眼色，达库上前咣的一脚把门踹开。祖宽一个箭步冲进去，把刀架到了掌柜的脖子上，达库等几个人紧随其后进入屋内。

他的小夫人吓得张开大嘴刚一叫，达库粗声粗气地低声喝道："别叫，再叫就宰了你。"

这女人吓得哆嗦成一团，不敢叫出声来。

祖宽把这个掌柜的薅到了地上。这家伙也真够胖的了，祖宽薅得还挺费劲儿。祖宽让他把银子交出来。

这个掌柜的还挺狡猾，说："各位大爷，小店刚开张不久，也没有太多的活钱，您看能不能少给点？"

祖宽一听，气得一脚踩到他的后脊梁上，一手拿刀，唰的一下，在他的屁股上就割下一块肉来。这家伙疼得嗷嗷直叫。达库拽过一块布，一下堵住了他的嘴。

祖宽又问他："你给不给？你要是不给我还割。"说着，又割下他一只耳朵。

这小子这回可受不了了，马上说："给，给，给，我给。"

祖宽说："那就拿出来吧。"说罢，抬起脚来，把这家伙提拉起来。

这家伙疼得哆哆嗦嗦的，一只手捂着耳朵，一只手在上衣的里怀兜里拿出了两把钥匙，打开了一个匣子，从匣子里又拿出一把钥匙，用这三把钥匙打开了一个柜子，结果这里面装的全是银子。祖宽他们数了数，整整有两万两银子。

祖宽他们几个人拿着银子，由那木坦出面，招集了很多难民。没用一天的工夫，地道就全被填平了。那木坦也被放走了。

单说这件事出了以后，饭馆儿掌柜的跑到王化贞那里去哭诉。他说："来了贼人，把银子给抢走了。"

起初王化贞有些不相信，但一看他身上的伤，确实不像在撒谎。

另外，又有探子来报："科喇沁的地道全被毁了，是几个年轻人雇了一些难民干的。"这更加证实了饭馆儿掌柜的话。

王化贞气得暴跳如雷，高声怒骂，但是他又不敢太声张，怕熊廷弼知道以后禀奏圣上，那他就得吃不了兜着走，所以他只能吃个哑巴亏。

眼看祖宽他们几个人要走了，达库却有些舍不得了。这几天他跟祖宽他们几个在一起，真是开了眼界，学了不少东西，他也更佩服这些人，离不开这些人了。

达库跟祖宽说："哥哥，我想跟你们一起走。"

祖宽笑着说："你不留在你师父身边伺候你师父，跟我们去干什么？"

达库说："哥哥，实话跟你说了吧，我想拜祖大寿将军为师，跟他学功夫，你看怎么样？"

祖宽笑了，说："主意倒是不错，但就是祖将军不能收你。"

达库问："为什么？"

祖宽解释道："我们祖家有个规矩：功夫不外传。谁要敢私自将功夫外传，就要受到家规的严惩。所以，好兄弟，你就死了这条心吧。"

达库说："哥哥，你帮我说说还不行吗？"

祖宽说："兄弟，我只不过是祖家的一个下人，哪有那么大能耐？别说这事我不敢提，就是把你领回去，我就得挨罚。不行，不行，根本不行。"

祖宽一口回绝了达库。

祖宽他们走了之后,达库的心情非常不好,每天耷拉个脑袋,没精打采的。济能大喇嘛和元吉喇嘛等都看得非常清楚,他们都很心疼达库,知道他无精打采的秘密。达库这孩子一向好强,认准的事就一定要做下去,就是九头老牛拉,也不会回心转意的。自打他知道了祖大寿的威名,就一天也没有停止过一个念头:向祖家学艺,拜祖大寿为师。达库每天饭吃不好,觉睡不实,如饥似渴,像疯了似的,有时连早晨在佛堂里的诵经课都不去做。为此,杜木钦德大喇嘛曾想惩戒达库,但在师弟济能大喇嘛的解释下,此事也就不了了之。

杜木钦德大喇嘛知道达库为了寺庙的安危,不辞辛苦,拜师再造,这也是人生可为的幸事,于是跟济能大喇嘛说:"鸟要飞,笼子是圈不住的。这孩子看样儿是一定要离开你我,远走高飞了。人世命定,走就走吧。可惜,我和你一时无法脱身前去相送。济能啊,你什么时候告诉达库,该让他出去闯荡了。"

这段时间,由于杜木钦德大喇嘛身体不适,一直躺在屋里休息,寺院里的事就由济能大喇嘛来主持。

于是,济能喇嘛就跟师弟元吉喇嘛商量:"达库一心想拜祖将军为师,这是件好事,但不知道他有没有这个造化。如果祖大将军能收他做徒弟,把功夫传给他,使他百尺竿头更进一步,成为一名盖世英雄,也是咱们喇嘛庙的福分。只是这段时间庙里的事太多,咱们没有时间陪他到明安贝勒那里去,要不让他自己先去试试,实在不行,咱们再去求明安贝勒。"元吉喇嘛表示同意。

就在这不久以后的一天,杜木钦德大喇嘛让元吉喇嘛到素膳房准备一桌斋饭拿到禅室,又盼咐人把济能大喇嘛和达库叫来。

杜木钦德大喇嘛说:"孩子,自从你来到喇嘛庙,为我们做了很多好事,立了不少功,我们都非常感谢你。你要投奔祖将军,这是件好事,我们都很高兴。只是我们近一段时间都很忙,实在抽不出身来陪你去。你看这样行不行,你自己先去试试,看祖将军能不能收下你,要是不收,你就回来,我们大家再想办法。"

杜木钦德大喇嘛语重心长的话语使达库听了非常感动。他自从到了科喇沁,跟杜木钦德大喇嘛、元吉喇嘛以及众位喇嘛的关系都很好,他也舍不得离开这些与他朝夕相处的师父和师兄弟们。可他又不能不走,自己只有武功高强,才能保证他们不被欺负,才能保证喇嘛庙的安全。

达库眼含热泪,双膝跪倒,说:"我一定记住大师伯对我的教诲。

请师父们放心，我会用我的诚心去感动祖将军的。"

穆达库得到了住持杜木钦德大喇嘛及恩师济能大喇嘛的许可，他一刻也不想停留。第二天，就匆匆打点好自己的行囊，也没去见杜木钦德大喇嘛和师父济能大喇嘛，他不愿意看到二位那依依不舍的目光，只是托师兄弟代为告辞，然后离开喇嘛庙，投奔祖大寿将军去了。

在这里我要简单说两句，穆达库走后不久，辽东经略熊廷弼为了对付后金，在边杖子一带设了一个无人区，把那里的百姓都赶到了建平一带，并且放了一把大火。大火连烧了十几天，绵延百里以内所有的房屋都被烧毁了，喇嘛庙也没能逃过此劫，在大火中被焚烧殆尽。大火着起来的时候，杜木钦德大喇嘛坐在禅堂一动不动，任凭人们怎么劝说都无济于事。没办法，济能大喇嘛和元吉喇嘛带领着众位僧人硬是把杜木钦德大喇嘛架了出去。寺院被烧了，喇嘛们没处安身，无奈之下，杜木钦德大喇嘛只好带着众喇嘛来到了科喇沁左翼中旗大城子那块儿修建的喇嘛庙，暂时在那里安顿了下来。在这里咱们只是顺便提上几嘴，以后还会说到。下一章我们就要讲穆达库百里寻师，青岩寺"歪脖妈妈"显灵。

第五章 动荡辽东

## 第六章　高山学艺

　　**前**书咱们说到本书的主人公穆达库含泪离开了喇嘛庙，走上了通往广宁的大路。穆达库对这条路非常熟悉。各位阿哥应该还记得，他曾经到莺莺阁去抓王财和孙祀，那次走的就是这条路。所以这条路对他来说已经是轻车熟路了。由于达库年轻，又练过功夫，所以走得很快，一天下来，竟走出了百十来里路。

　　第二天，达库正走着，看见前面有两位拄着拐杖的驼背老者。

　　达库紧走几步，上前搭话说："老人家，你们这是上哪儿去呀？"

　　两位老者说："唉，我们哥俩闲着无事，朝佛去。"

　　达库问："上哪儿朝佛去？"

　　老者回头瞅着达库，有些奇怪地答道："去医巫闾山。那儿有个"歪脖妈妈"，很灵验的，我们每年都去。怎么？连这你都不知道吗？"

　　达库摇了摇头表示自己并不知情。

　　老人家遗憾地说："可惜呀，连这个你都不知道。小伙子，你这是要去哪儿呀？"

　　达库回答说："我要到广宁去。"

　　老者高兴地说："那好哇，医巫闾山就在广宁，你也能见到"歪脖妈妈"了。"

　　达库也非常高兴，说："是吗，我一定前去叩拜。老人家，您今年高寿了？"

　　老者有些骄傲地说："我们算什么高寿，只不过是到了古稀之年。我们那儿有挺多比我岁数还大的呢。"

　　达库听了心里不由暗暗佩服：这么大年岁都这么不服老，到医巫闾山去朝佛，我一个年轻小伙子还怕什么？对，我什么都不怕，前面就是有刀山火海，我也要一往无前，不达目的，决不罢休。

　　两个老人家的行动激励着达库继续向前走去。他的步子迈得更大了，劲儿也更足了。达库心情非常舒畅，兴致勃勃地往前走，就连从眼前掠过的人和物他都觉得那么好看、那么亲切。达库就这样走着，困了就倒在草窠子上睡一觉，渴了就在小河沟里捧几捧水，饿了就拿出自己随身携带的干粮嚼上几口。

咱们先不说穆达库如何拼命地往前走。单说这一天，达库走着走着，猛抬头看见前面的云雾之中出现了一片群山，山势非常峻美，偶尔还能从树林里飞出几只雄鹰。达库猜想自己可能是到了医巫闾山了。对了，他是到了医巫闾山了。我们在前书说过，达库为探莺莺阁受了伤，曾被八贝勒皇太极他们送到医巫闾山的山脚下疗过伤。

提起医巫闾山，在辽东一带是非常有名的，可以说是辽东的一处著名的旅游胜地，到辽东去的人没有不到医巫闾山去看看的。医巫闾山属广宁地界，它是从东北向西南延伸的，山上林木葱郁，风景秀丽。它的主峰叫望海山，海拔八百六十七米。其中，翠云屏、桃花洞、青岩洞等都非常有名。有史以来，医巫闾山以其独特的景致引来许多文人墨客来此吟诗作画，又引来许多高僧道士来此修炼。

达库一心想早一点赶到广宁，见到祖大将军，所以对于小山上的建筑和古刹无心观赏。他一刻也不停地走着。等他赶到广宁的时候，天色已经晚了，明兵们都已经结束操练，进营房休息去了。

达库径直赶到了巡抚衙门，只见把门的门官身挎腰刀，手掐刀把，威风凛凛地站在那里。达库没敢直接往里闯，因为当时大明朝和后金正在开战，火药儿味相当浓，不一定哪句话说不对了，就会被当作后金的探子给抓起来。于是，达库在巡抚衙门外观察了一会儿。他发现从正门进出的都是走着的和坐轿子的人，而从偏门进出的都是骑马的人。

达库正抻着个脖子看，一位把门的官兵发现了他，冲他喊道："快走，快走，闲杂人等不许在这里停留。"

达库根本就没听到，他还站在那想他自己的事：祖大人是个武官，那肯定得骑马呀。我注意看着点，看哪个骑马的像祖大人，我就过去问问。可看了半天，也没看见哪个人像祖大人，而且骑马进出的人渐渐少了，到后来竟然一个也没有了，只有几个坐轿的人从里面出来。

刚才撵达库的官兵见达库没动地方，气得过来踹了他一脚，嘴里骂道："混账东西，说你呢，你没听见啊？滚，快滚。"

穆达库冷丁被踢了一脚，吓一跳，他刚想挥拳揍这小子一顿，可又一想：不行，我是为了找祖将军来的，不能遇着点儿事就这么沉不住气。

这时，又走过来一个官兵，达库马上满脸堆笑，拿出临行前元吉喇嘛给他的银子，说："两位官爷，求你们帮帮忙。"

第六章　高山学艺

243

那两个官兵一看达库拿出银子来了，态度马上就变了，问："你有什么事儿啊？"

达库客气地说："请官爷帮忙，我想求见祖大人。"

门官问道："你找祖将军啊。你是他什么人？找他有什么事儿啊？"

达库说："我们什么关系也没有，我就是想见他。"

这两个官兵一听达库不认识祖大寿，脸色马上就变了，板着脸说："简直是无理取闹。堂堂的朝廷命官，是你想见就见的吗？今天你是遇着我们两个好说话的了，你要是遇着别人，还不把你抓起来，还不快走？"

说着，抬脚又想踹达库，另一个人拦住了他，说："算了，算了，看样子他是不懂咱们这儿的规矩。走吧，别跟他一般见识了。"

劝罢了那人，又转身对达库说："行了，你也别在这儿看了，快点儿走吧。"

天渐渐黑了，进出巡抚衙门的人也越来越少了，而且都是往外出的，没有往里进的。达库心里这个急呀，自己又不认识祖将军，问谁谁也不告诉，这可怎么办呢？

这时，他看见偏门那边又出来一群马队，趁撵他这两个小子一转身的工夫，达库噌的一下跑到了偏门，大声喊道："祖将军，祖将军，谁是祖大寿将军？谁是祖大寿将军？"

他这一高声喊叫，把这些把门的明兵可吓坏了，他们以为后金来人挑衅了呢。呼啦一下子，冲过来一群人，把达库就围上了。达库一边躲闪一边喊，可他毕竟是一个人，最终还是没能躲过这些人的围堵，被抓住了。

这些人把达库抓住以后，见他也不像是后金的人，以为他是个魔怔，也就没跟他过多计较，只是把他劈头盖脑地打了一顿，然后连推带搡地扔到一边去了。

达库满腔热情地求见祖大寿，结果没见着祖大寿，却挨了一顿胖揍，心里这个窝囊啊。眼看天已经黑了，自己也没找到祖将军，又不知道祖宽在哪儿，怎么办呢？没办法，只有等明天再说了。要不怎么说达库年轻、想问题简单呢，你要是临来的时候跟师父们说说，让师父们帮你出出主意，你也好办啊，结果他一会儿也不等，着急忙慌地就这么来了，碰了钉子不算，还挨了一顿揍。多亏人家看他不像是后金的探子，否则还不把他抓起来。

达库无精打采地低着头，背着行囊，信马游缰地沿着大路往前走。此时虽然是夏末，但是山风吹起来也挺冷的。他走啊走啊，也不知道走到什么时候，来到了一座山坡下。他抬头看了看天，天上已是满天的星斗，山林里传来野狼的嚎叫声，树上不知名的鸟儿们为了争窝，叽叽喳喳地叫着。达库想在山里对付一宿，就沿着山路往山上走去，走着走着，他看见前面有一座寺庙。达库走上前去，叩了叩庙门，没人答应，庙门却被他推开了。达库径直走了进去。

也许是天太晚了，僧人们都休息了，所以佛堂里一个人也没有。达库四下看了看，然后在佛堂右侧靠近墙角的地方找了一块空地方，把行李卷放了下来。

达库也没吃饭，就这样饿着肚子、枕着行李卷睡着了。恍恍惚惚地，他觉得自己好像来到了一个地方，隐隐约约地看到有一个老者在练拳，意思是说这老者就是祖将军。达库赶紧跑过去，结果那位老者一下又变成了自己的阿玛，一会儿又变成了自己的额莫。达库就这样稀里糊涂地睡着。

一会儿，达库又觉得有人在自己后面说话："哎呀，这孩子长这么高了。"

达库转身一看，是一位慈祥和蔼、体态丰满、穿着长袍的老奶奶。

这位老奶奶一边拍着达库的屁股一边说道："这孩子，一晃儿都长这么大了。唉，你早该到我这儿来。"

达库想仔细看看这位老奶奶到底是谁，可却看不清楚。

达库问她："你是谁呀？"

老奶奶笑着说："傻小子，就是我把你送给卫齐大人和塔嫩夫人的。你还问我是谁呢？我是谁，我是这家的主人。孩子，你到了我这里就什么都不用怕了，有什么事奶奶给你做主。"

达库听了老奶奶的话，心里一阵难受，说："奶奶，我要找祖将军，结果没找着，还被揍了一顿，我怎么这么没用啊？"

老奶奶笑着说："你还没用？孩子，不要急，你的前程好着呢。"

达库说："我连师父都找不着，还好啥呀？"

老奶奶说："孩子，别着急，到时候你的贵人就会出现，就看你小子有没有这个造化了。唉，孩子，你将来好者登天，一人之下，万人之上；坏者入地，被千夫所指。孩子，你要好自为之呀！"

穆达库琢磨半天，也没明白老奶奶这话是什么意思。不过，老奶奶

第六章　高山学艺

说自己有贵人相助,这话他听得挺高兴。

达库问道:"奶奶,我到哪儿能找到我的贵人呢?"

老奶奶笑着说:"不要急,明天父子松下见贵人。"

达库高兴地急忙给老奶奶跪地磕头。这一磕头不要紧,他一下子醒了。达库这才知道,原来自己刚才做了一场梦。

达库起身来到佛堂门口往外看了看,此时东方有些发白,天快亮了。达库回过头来再看大殿,他大吃一惊。原来自己进的并不是一坐小庙,而是一个高大的佛殿,怪不得自己昨天晚上来的时候觉得有根大柱子,原来那根大柱子是长廊里的立柱,再往里面一看,迎面是一排大供桌,供桌上摆着很多供果,供桌后面有一尊很高很高的大佛。这是一尊金黄色的铜佛,铜佛身披金黄色的缎子斗篷。

达库再看铜佛的面孔,很像观音菩萨,再仔细看,又像是自己梦中的老奶奶。达库心里一惊,难道这是佛祖在点化我,要我在父子松下见到我要找的贵人?

不管怎么样,宁可信其有,不可信其无。达库起身走到供桌前,给铜佛磕了三个头。

不大一会儿,打扫佛堂的僧人们来了。达库问一位年纪稍大点的僧人:"请问师父,父子松在哪儿?"

那位僧人指着大殿外面院子里的一棵松树说道:"那不就是嘛。"

这是一个两棵长在一起的千年古松,一棵长得粗壮挺拔,另一棵长得却非常矮、非常粗,是个短粗胖,就像是一个父亲和一个胖孩子,所以人们叫它"父子松"。

这时,达库看见"父子松"下有一个人正在打拳。他心里一惊:难道这就是我要找的贵人?于是达库走了过去。只见此人年纪在五十岁左右,身材高挑,体格偏瘦,大眼睛,长瓜脸,留着五缕长髯,下颏上的胡须稀稀的但非常好看,身穿一身白色缎子料的练功服。他的动作缓慢稳健,刚中有柔,柔中带刚。因为达库跟济能大喇嘛练过拳法,所以他能看出点门道。达库明白,这个练拳的人要是没有几十年的功夫,是练不到如此地步的。达库聚精会神地在那看着。

这时,看热闹的人越来越多。有人看见达库的样子,悄悄说:"你看这人多傻,你倒是把行李放地下再看啊,怎么还背着看呢?多沉啊。"

达库光顾看人练功了,看热闹人说的话他也没听见,依旧在那里看着。

这位身穿白衣服的练功人又练了一会儿,突然说了句:"你把行李放下。"

达库听此人冷丁说了这么一句话,造一愣,他往四周看了看,没见谁身背行囊,只有自己背着个行李卷,而且看热闹的这些人都在看他。达库挺不好意思,但同时感到非常惊讶,自从自己站到这里,这位练武之人看都没看过自己一眼,怎么就知道自己背了个包裹呢?达库一想人家说的也对,就把行李卷放了下来,照样在那里看着。

白衣人足足练了能有两个时辰,达库就这样站了两个时辰,直到走过来一个手提小竹筐、年纪能有八九岁的小孩叫住了他:"爷爷,爷爷,给您喝豆浆。"

白衣人这才停了下来,接过小孩手里的提筐。

白衣人喝了两碗豆浆,然后告诉小孩:"你回去告诉你奶奶,我再抻抻筋骨,一会儿就回去了。"小孩听话地走了。

达库见白衣人好不容易停下来了,紧忙走过去说:"请问,您是不是祖大寿将军?弟子穆达库特来拜见祖大人。"说着,就要下跪。

白衣人不慌不忙地问道:"等等,先别跪,你认错人了。你说的这个祖大寿我不认识,你到别的地方去找吧。"

说完,白衣人从树旁拿过一把宝剑练了起来。达库一看自己弄错了,一时不知道怎么办好了,但他转念一想:不是就不是吧,梦里说的话也不一定准,而且这个人的功夫也不错,多看看有好处。于是,达库又接着看。白衣人又练了能有一个时辰,这才把宝剑装进了剑套。

说来这把宝剑也挺有意思。它的剑把是弯弯的,要是不细看,还以为是根拐杖呢。白衣人又在树上取下一件衣服,套在了练功服外面,并系好腰带,然后向达库打了个手势,什么也没说就走了。

达库此时才觉得肚子饿了,就找了个地方,吃了两个烧饼又喝了一碗豆腐脑。因为这里的香客、游客特别多,所以有很多馆子和卖小吃的小摊,叫卖声此起彼伏,非常热闹。吃完以后,达库心想:也没找着祖将军,怎么办呢?出不出去找呢?不行。我还是应该相信佛祖奶奶说的话,多等两天,也许我的贵人明天才能来呢。对,我不能半途而废,再等一天。就这样,达库又在佛堂里睡了一宿。

第二天天刚蒙蒙亮,达库就起身了,远远地就看见父子松下又有一个穿白衣服的打拳人。达库走到近前一看,还是昨天的那个人。那个人也没看达库,更没跟达库说话,继续练他的拳。

练了一会儿,白衣人打了声招呼说:"朋友,你好啊。"

第六章 高山学艺

达库回答道："你好。"

白衣人继续练他的拳脚。达库在旁边就这么看着，又看了一天。到了晚上，白衣人收拾了一下，跟他打了声招呼，又走了。

达库心想：我这两天看见的都是他，他是不是我的贵人呢？看样子不像。我再等一天，看看明天我的贵人能不能出现。就这样，达库又在佛堂里睡了一宿。

到了第三天，达库在父子松下看到的还是那个白衣打拳人。接连几天下来，达库看到的都是那个白衣人。达库通过观察发现，这个白衣人的拳法和剑法，自己以前根本没见过，简直可以说达到了登峰造极的地步，就是后来几天练的走桩子也跟别人不一样。白衣人走的桩子，就是人们坐的石墩儿，其表面形状像鼓似的。每个石墩儿之间能有一人远。白衣人从这个石墩儿跨到那个石墩儿，从那个石墩儿再跨到另外一个石墩儿，跨越的速度非常快，而且一点儿声音都没有。达库简直都看傻了。他觉得自己这几天虽然没找到祖将军，可是也没白来，见到了这么好的功夫。达库不错眼珠儿地盯着白衣人，把他的一招一式都看在眼里，哪怕他举手投足之间一个微小的动作也不放过，有的时候还模仿着练两下。白衣人也不理他，继续练他自己的功夫。

这个白衣人也很有意思，每次见到达库只有一句话："朋友，你好啊。"然后就练他的功夫去了，到了晚上也是打声招呼就走，态度相当冷淡。可不管怎么样，达库算是开了眼界了，而且学了不少东西。达库就这样每天哪也不去，就在佛堂门前看白衣人练功。

一连六天下来，达库都只能看见白衣人走，却看不见白衣人来，因为不管达库什么时候起来，都没有白衣人到得早。达库感到非常奇怪：他什么时候来的呢？我怎么一点儿也不知道呢？明天早上我再早点儿起来，看他什么时候来，从哪个方向来？到了晚上，达库早早地就睡觉了。

第二天天还没亮，达库就起来了。他来到父子松下，坐在石墩儿上，等待白衣人的到来。他刚坐了不一会儿，就觉得脑后刮来一阵凉风。达库回头一看，白衣人已经站在了自己身后。

白衣人见达库早已等候在这里，非常高兴，说："朋友，来得早啊。对，练武之人就应该早起早睡，我喜欢早起的人。朋友，我冒昧地问一句，能告诉我，你为什么天天到这儿来吗？"

达库老实地回答说："大叔，我不妨告诉你，我叫穆达库，从科喇沁来。我到这儿来是想找祖大寿，我要拜祖大将军为师。"

白衣人瞅着达库，问："你为什么要拜他为师啊？"

达库说："听我师父说祖大将军武功高强，是辽东一带有名的高人。"

白衣人笑了笑，说："啊，原来是这么回事。朋友，告诉你一句实话，要想学武功不一定非得找祖大寿，他很忙，再说他的武艺也不见得比别人高多少。说句不客气的话，如果你真想拜师习武，祖家人个个都能当你的师父。小伙子，通过我这两天的观察，发现你很用心习武，我挺高兴，就冲这，我也要教你两招。"

达库非常高兴，马上跪地磕头，说："师父，请受徒儿一拜。"

白衣人急忙把达库搀起，说："不敢当，不敢当，论武功我可能是你师父，要论认真劲儿，你还是我师父呢。"

白衣人领着达库来到石墩儿前，说："学武术得先笨后巧，要想学好武术，就得不怕吃苦头。"达库点头应承。

于是，白衣人从站立开始教达库。达库按照白衣人说的那样把两手垂放在身体两侧，两眼平视前方，开始运气。不一会儿，达库就觉得自己的臀部开始有热感。又过了一会儿，腿部也感觉热了。白衣人非常高兴，让达库继续练。就这样，达库按照白衣人教的一步一步地跟着做。白衣人蹲，他也蹲；白衣人蹦，他也蹦；白衣人怎么抬脚，达库就怎么抬脚。总之一句话，白衣人怎么做，达库就怎么做。

天傍黑的时候，白衣人说："行了，今天就练到这吧，明天接着练。"

达库也收起架势，答应道："好吧，师父。"

白衣人穿好了外套，说："达库，我给你找了一个住的地方，离这不远有一处房子，是我朋友的，他没在家。你先住到他那里，到这里来也方便。"

达库高兴地说："多谢师父。"

白衣人摆摆手说："你就不要客气了。对了，我这两天可能要出去一趟，不过不要紧，会有人来教你的。你要记住，不管是谁到这儿来练功，你都跟他学，不要客气。我告诉你一句实话，凡到这里来练武的，都是老祖家的人，他们个个武功高强，身怀绝技。"

达库问："那您还来不来了？"

白衣人说："我当然来了，这是我练功的地方，怎么能不来呢？我

第六章 高山学艺

只是暂时有事出去一趟。"

达库又问："师父，恕我冒昧，请问您家住哪里？姓甚名谁？我有机会去拜访您老人家。"

白衣人哈哈大笑，说："你不用问我姓甚名谁，更不用问我家住哪里，你只要知道我是老祖家的人就行了。走，我领你到你住的地方认认门。"

说罢，白衣人取下树上的包裹，达库拿起地上的宝剑，两个人一起向山下走去。

说来达库还是挺有福气的，白衣人领他到的地方是在离父子松不远的城西。那里有很大的一堵青砖围墙，围墙很高，从外面根本看不见里面的情况。围墙外面有巡逻的兵士，把门的兵士都认识白衣人，所以并没有人阻拦达库，白衣人领着达库径直往里走。

从大门进去以后，达库这才看清里面原来有很大一片的青砖瓦房，迎面并排着三座房子，每座房子有四个屋。白衣人把达库领到头排最东头的那座房子。这座房子与众不同，它前面还有一个单独的小院儿。

达库跟着白衣人进了这个小院儿以后，走过来了一位老者。老者留着一缕长髯，很精神。达库看他那满头的白发，估计老者怎么也能有六十多岁了。

白衣人问这位老者："我让你准备的屋子收拾好了没有？"

老者说："收拾好了，您就放心吧。"

白衣人说："那好，我还有事，就不在这儿多耽搁了。达库，你就放心在这儿住吧，有什么要求你就跟这位老爷爷说，他会帮你的。我走了，咱们后会有期。"

白衣人走后，老者把达库领到最里头的一间屋子，说："这位客人，今晚你就在这儿睡吧。"老者说着，把房门推开。

达库还没走到门口，一股香气就迎面扑来。这是一间朝南的屋子，里面有一张很大的床，被褥洗得非常干净、整洁。

老者又把他领到中间的屋子，然后告诉他："这里是洗漱的地方，一会儿你先吃饭，然后洗洗身子，洗好以后，再换上我给你准备的衣服。你的衣服就不要穿了。"这间屋里的地上摆了好几个木槽子，槽子里放满了温水，旁边站着两个侍奉的下人，手巾、胰子也摆在了旁边。

达库按照老人说的先吃了顿饱饭，然后脱掉衣服，进到槽盆里，舒舒服服、痛痛快快地洗了一个热水澡。洗完以后，达库又穿上老者给他拿来的衣服。这套衣服跟白衣人回家时穿的那件衣服一样，都是红绿相间，镶着绦子的明兵制服。衣服穿好以后，老者又把他领到了为他准备的屋子，并让他睡上一觉。老者走后，达库躺了下来。被褥暄腾腾的，而且有一股香味儿。枕头上还绣着花，非常清香。达库觉得很奇怪，这是什么人住的屋子呢？怎么这么香呢？难道这是女人住的屋子？

达库突然看见枕头旁边放着两个荷包，荷包上还挂着一串珠穗。一般来说带珠穗的荷包是女人用的。达库心里一惊，哎呀，这真是女人的闺房啊，这可不得了。

达库马上起身来到外面喊起来了："爷爷，爷爷，快来呀，快来呀。"

老人听见达库的喊声，吓了一大跳，马上跑过来问："孩子，怎么了？"

达库急切地问："爷爷，这是谁的屋子？这是不是女人住的屋子？我怎么能住在这儿呢？不行，我不能住。"

老人长叹了一口气，说："这孩子，我以为是什么事儿呢，吓我一大跳。闹了半天就为这呀。哎呀，你就别管这是谁的屋子了。现在只有这么一间闲屋，也没别的地方安排你，我让你住你就住，管是谁的屋子干啥呀？真是的，快进屋睡觉吧。"

达库一看，现在也没有别的办法，人家让睡就睡吧。说实话，达库长这么大，还头一次枕这么香的枕头，盖这么暄的被，真是美极了。由于达库一连六七天没好好睡觉了，而且这小被窝也确实太暄乎、暖和了。达库很快就进入了梦乡。

达库一觉醒来，天已经大亮了，隐约听见外面有人在走动。达库赶紧坐起来，简单梳洗一番。

这时就听见门外传来一个女人的声音："怎么样？他睡得好吗？"

"挺好，到现在还没醒呢。"后者这一说话，他听出来了，正是那个看房老者的声音。那么，这个女人是谁呢？她怎么这么关心我呢？我住的是不是她的屋子啊？

达库赶紧踮起脚尖来到窗户边，把窗户纸揉出一个洞，往外瞧了瞧，见有一位女子背对着他，身上披着一个斗篷，腰中佩着剑，跟老者正说话呢。达库心想：这是谁呢？怎么瞅着这么眼熟呢？这时，那位女子一转身，达库看清楚了。哎呀，怎么是她呀？

这真是踏破铁鞋无觅处，得来全不费工夫。你们猜她是谁呀？各位

第六章　高山学艺

可能也猜到了。对，是祖天霞呀。达库这个高兴啊，他又惊又喜，哎呀，祖天霞怎么在这儿呢？她怎么来了呢？这太好了。达库刚想推门出去，突然又想起祖天霞跟他说的那首诗，伸出去的手又缩回来了。不行，我见到她以后说什么呢？让她帮我找祖大寿？她要是肯帮我找的话，那天就不会说那些话了。算了，我还是自己慢慢找吧。

只听祖天霞对老者说："他有什么要求你都满足他。"

老者说："放心吧，小姐，我会照顾好他的。"

祖天霞说道："好，那我就走了。"

祖天霞走了以后，达库推门出来，问老者："老人家，这人是不是祖天霞、祖小姐呀？"

老人一愣神儿，问道："你认识天霞？"

达库回答道："我和祖小姐有一面之缘。"

老人笑了笑，说："小伙子，你认错人了，她不是天霞，她是天霞的双胞胎妹妹月霞。"

达库满脸惊讶，说："原来她俩是双胞胎，我说长得怎么这么像呢。"

达库又问："我住的是不是小姐的闺房？明天我不在这住了，您给我随便找一个地方就行。"

老人说："我们怎么安排你就怎么住吧，客随主便嘛。"

达库一时没了主意，又问道："敢问老人家，您贵姓？"

老人回答道："我姓祖。"

达库又问："您和祖大寿、祖天霞是一家人？"

老人自豪地回答："当然了，一笔写不出两个祖字。"

达库有些明白了，自己可能来到了祖家的地方。达库又问："那我现在待的是什么地方？"

老人说："我要是说出来能吓你一跳。你现在待的是在辽东赫赫有名的靖东营。"

达库一听愣了，自己早在科喇沁的时候，就从祖宽的嘴里知道靖东营是祖家兵马集结的地方，没想到，自己现在真的到了祖家的老窝了。那么，那个白衣人究竟是干什么的？他为什么把我领到这儿来呢？

这时，打外面进来一个孩子，红红的脸蛋，胖乎乎的，眯缝着两个小眼睛，头顶上梳了个钻天锥儿，脑门儿上点了一个红点儿，身上穿着一身练功服，非常好看，小孩手里拿着一个盘子。

老人对达库说:"你该吃饭了,吃完了饭,你就跟他练功去吧。"

他又转身告诉那个小孩:"不许淘气。你姑姑不是告诉你了嘛,等客人吃完了饭,就领他去练功。"

那个孩子顽皮地说:"我知道了,四爷爷,你快去帮我们拿两个碗吧。"

老人笑着点了点小孩的脑袋,然后走了。

小孩招呼达库:"走,咱们进屋。"

说完,他先端着盘子进屋了,达库随后跟进去。小孩把盘子放到了桌子上。达库这才注意到这个盘子还真挺大,是个椭圆形的,里面装着两个刚烤好的小羊腿,还嗞啦嗞啦地直冒油呢。

小孩说:"过来,你一个,我一个,要是不够我再去拿。"

说完又把身上背着的一个水壶摘下来。老人拿来了两个碗,小孩把水壶盖打开,从里面倒出两碗热汤。

小孩说:"咱俩先对付对付,等练完了拳再让我叔叔给咱们做好吃的。"

老人家说:"你别说了,快招呼客人吃饭吧。这位客人,您慢慢吃,有什么事就叫我。"说完,老人退了出去。

小孩招呼达库,说:"过来,别客气,这是烤羊腿,不知你能不能吃得惯?我们家的人都爱吃这个。"

说起烧烤,达库在科尔沁的时候就吃过,这也是北方民族的一种饮食习惯,只不过做法不一样。蒙古人和满洲人一般都是把食物放在火上烤,然后用刀刮,刮完以后用水冲干净,再用火烤,烤完以后蘸着盐面就可以吃了。而汉人就不是这么个吃法,他们比蒙古人的吃法更绅士、更讲究。他们通常是把食物放在炉子上面烤,外面再刷上一层油,抹上一层酱,这样烤出来的食物的颜色是红黄色的,非常诱人,让人一看就有食欲,吃起来也有滋味。

达库也没客气,挽起袖子就拿起一个羊腿,那个小孩拿起另外一个。两个人就这样啃起了羊腿,喝起了热汤。

吃完以后,小孩问他:"怎么样?吃没吃饱?不够我再去拿。"

达库说:"不用拿了,我吃饱了。小弟弟,你叫什么名字?"

小孩歪着小脑袋,认真地说:"我叫祖海。祖宗的祖,大海的海。知道吗?我还有一个外号呢。"

达库见小孩这么天真可爱,非常喜欢,就问祖海:"你的外号叫什么呀?"

祖海站起身来,两只手掐着腰,骄傲地说:"钻天豹啊。"

达库乐了,说道:"呵,这名字响亮。好,谁给起的?"

祖海美滋滋地说:"谁给起的?我爷爷给起的。"

达库又问他:"你爷爷是谁?"

祖海故作神秘地说:"我不告诉你。我爷爷不让我告诉你。"

达库问祖海:"你几岁了?"

祖海又认真了起来,告诉达库:"我今年周岁十三,虚岁十四,属猴的。对了,我还没问你叫什么呢?"

达库回答道:"我叫穆达库,你叫我达库就行。"

达库又问:"你能告诉我,你的姑姑是谁吗?"

祖海问道:"你问的是几姑呀?"

达库问:"你有几个姑啊?"

祖海又开始神气起来,说:"那可多了,我有十三个姑呢。不过到靖东营来的没几个,剩下的都在我们老家。"

达库就问:"在靖东营的都有谁呀?"

祖海告诉达库:"在靖东营的是我的七姑和八姑。"

达库继续追问:"你七姑和八姑叫什么?"

祖海卖开了关子,说:"我七姑和八姑嘛,哎呀,那可出名了,告诉你得吓你一大跳。"

达库抓住了祖海的手,急切地问:"谁呀?快告诉我。"

祖海不知道达库为什么对他的姑姑这么感兴趣,但看达库不像是个坏人,而且他挺喜欢达库的,就告诉达库:"我七姑叫祖天霞,我八姑刚才来过了,叫祖月霞。她们俩对我可好了。"

达库一听更高兴了,原来祖天霞真的在这儿,这孩子是她的侄子。

祖海把嘴一撇,说:"我姑姑不让我告诉你,我们家人也不让我说,可不说我又憋得慌。"

达库笑了,逗他:"你说吧,说出来就不憋得慌了。"

祖海这时显得有些不高兴,达库就问他:"怎么了?"

祖海说:"我跟我朋友本来说好了要去翠屏山打擂比武,可我八姑硬把我给拽住了,说是我七姑让我陪你练武。这下可好,我还得陪着你,还得帮着你。"

达库问道:"你能帮我啥呢?"

祖海说:"帮你练功呗。告诉你,今天我就是你师父。"

达库一听,心想:呵,这小家伙口气还不小呢,不过他没说出来。

正在这时,老人家进来了,问那个小孩:"你还在这磨蹭什么?还不赶紧领客人练功去。"

祖海说:"我知道了。"

小祖海天真烂漫的性格和蹦蹦跳跳、活泼可爱的孩子气,使达库马上就喜欢上他了,他们俩很快就成了朋友。两个人说说笑笑地从靖东营出来,往青岩山上走去。

达库边走边想:可能是白衣师父有事来不了,而且别人又都很忙。他又不好把我一个人晒到这儿,所以就找个小孩来陪我。行啊,不管怎么说,这也是白衣师父的一片心意,我就跟这孩子玩一天吧。达库光顾着想心事了,祖海跟他说话,他也没注意。

等达库来到父子松下的时候,祖海已经掐着个腰,板着个脸,瞪着两个小眯缝眼儿正看他呢。达库还不知道怎么回事呢。

祖海说:"我说这位客人,咱们把丑话说在前头,你跟我学武,可不许三心二意,更不能思想溜号,必须认真,拿出劲头儿,知道吗?"

达库本以为跟这孩子混一天就完事了,没想到这小孩还挺认真。

达库说:"我本来是来学艺的。我想跟……"

祖海马上接过话头,说:"你想跟我爷爷学武,对吧?瞅你那样儿吧,还想跟我爷爷学武?我爷爷那么大的能耐,你能学得了吗?你呀,用不着跟我爷爷学了,就是跟我学,你也得拿出吃奶的劲儿来,要不你也学不成。怎么?你还不信呢?哼,都怪我爷爷和我小姑,要不我才不来呢,真气人。"说着,祖海还跺了跺脚。

达库说:"好吧。既然是你爷爷让你来的,我就跟你学了。不知咱们今天学点什么?"

祖海说:"咱们先打几套拳活动活动筋骨吧。"

说完,祖海就来了个骑马蹲裆式,然后打了一套如意拳。祖海在前面一招一式地教,达库在后面一招一式地学。别看祖海人小,还没到达库的肩膀,但一招一式做得都非常到位,令达库十分佩服。达库的心渐渐安稳了下来,筋骨活动开了以后,祖海才开始教他练功。

他们俩练了能有一个时辰,祖海领着他又走了。他们俩蹚过了一条小河,又穿过一片荒野和一片茂密的树林,最后来到了一座立陡石崖的石碴子下面。

第六章 高山学艺

祖海在石砬子底下站好以后，然后告诉达库："你先看我是怎么爬到石砬子上面的，你要注意看。"

祖海一脸严肃的样子，并把身上的衣服紧了紧，腰带扎了扎，然后说了句："注意了。"只见祖海背对石砬子，将双手平伸，屏住了呼吸，然后腾的一下跳跃而起，跳到了一个距地面有三丈多高的石砬子上。紧接着，他把手又往上一抬，跳到了再上面的一个石砬子上，他就这样接二连三地跳着。开始的时候，达库还能看清楚祖海是怎么跳的，可是看着看着，达库不仅看不清祖海是怎么跳的，就连祖海的人影他都找不着了，可以说祖海跳跃的速度相当的快，也就眨眼的工夫。等听到祖海声音的时候，祖海已经站在半山腰上的一棵松树枝上了。祖海招呼完达库，又来了一个旱地拔葱，接着往上跳。达库又看不着人了。不一会儿的工夫，祖海就跳到山顶上了。

达库不由得暗暗竖大拇指，祖家人真了不起，怪不得祖天霞去塔里取宝如探囊取物一般容易，原来这是祖家人从小就练出来的功夫啊。

达库在这正想着，有人在背后拍了拍他的肩膀，达库回头一看，祖海已经站在他身后了。

祖海说："你干啥呢？还瞅呢？我回来了。"

达库说："你在哪儿回来的？我怎么没看见？"

祖海笑了，说："怎么样？这回你还服不服气？哼，就你这两下子，还想跟我爷爷学功夫？说实话，你就是跟我学也得学上几年，就是学几年，你还不一定学得来呢。告诉你，要是没有两下子，能到靖东营来吗？敢到这前沿阵地来吗？"

达库这回可真服了，他马上说："是，是，是，师父，小师父，祖海师父。"

祖海说："你也不用叫我师父，你只要以后好好学就行了。来，咱俩坐下休息一会儿吧。"坐下以后，祖海把衣服扣解开。

达库问："小师父，我想问一下，你刚才练的这个功夫我能学吗？"

祖海说："你怎么不能学？我有个叔叔，小时候得了病，十八岁的时候病才治好，到了二十岁才开始练功，现在的功夫也非常了不起。记住，你以后每天都把沙袋绑到腰上、腿上。然后你就跑步、爬山，几年以后，你的身体就会像猿猴一样灵敏、矫捷。放心吧，只要你肯吃苦，就没有练不成的。"

祖海的几句话把达库造一愣。这真是"有志不在年高，无志空活百岁"。看来自己还真是小瞧了这个小家伙。

只见祖海站起身来，把衣服扣重新系好，说："走，我再领你去一个地方。"达库一听，二话不说，起身跟在了后面。

俩人走了很长一段路，来到了一片房舍跟前。祖海告诉他："这儿是我家养马的地方。"说完祖海跑进去，跟一位年有五十多岁，祖海管他叫十三叔的人说了几句话。

那人在马群里牵出了一匹黝黑的小黑马。小黑马不高，但很壮实，脖子上的鬃毛也挺长，非常漂亮。祖海告诉达库："这是有名的千里马，别看它个不高，但速度特别快，一般的马都跑不过它。我们家有一个规矩，要想练武，就要先练跑，练我们的飞毛腿之功。来，跟我走。"达库跟着祖海来到了马场。

马场周围夹了一圈障子，里面铺得很平整，一点杂草都没有。远处有几个人，其中也有小孩，有的人在练习骑马，有的人在练习跟马跑。祖海领着达库来到一个没有人的地方。祖海把马缰绳系在马的脖子上，又把自己的衣服上下紧了紧，然后蹦达了两下，觉得一切都挺好，告诉达库："你在这儿好好看着，不能溜号。三圈以后，我就骑到它身上去。"说完，祖海拍了拍小黑马的屁股，说："快跑吧，我要抓你了。"小黑马都被练出来了，马上撒开四蹄飞跑而去。

马跑出有小半圈了，祖海才开始撵。一般来说人是跑不过马的，那马跑得多快呀。可这会儿情形就不同了，只见祖海撒丫子地撵，两圈以后，祖海就快抓住马尾巴了。

祖海边跑还边喊："黑子，黑子，快跑，我快抓住你了。"这小黑子像能听明白话似的，拼命地往前蹽。就这样跑了三圈，把达库的眼睛都看花了。他长这么大头一次看见这样的情形。要说马跑得这么快还有情可原，可这个小祖海居然能跑这么快，他还真是头一次见过，这哪是在跑啊，简直就是在飞一样。

三圈以后，只听祖海说了句："黑子，我来了。"就见祖海先是腾空一跃，然后来了一个鹞子翻身，一下落到小黑马的身上。小黑马一边咴儿咴儿地叫着，一边扬起前腿。两个前掌离开了地面，整个身体竖了起来。小祖海紧紧地搂住马的脖子，身子贴在马背上，一动不动。小黑马一看甩不下来小祖海，没办法，只好站下了。

穆达库对马是特别熟悉的。他从小在草原长大，对马也非常亲。他一看祖海的马术这么高，而且就单从跑的这个快劲儿，自己也远远比

第六章 高山学艺

不上。

这时，给祖海牵马的那位老人过来了，叫祖海小心点。祖海从马上跳了下来，说："没事。十三叔，你把黑子训得真好。行了，我不骑了，你牵回去吧。"说完，祖海又抱着小黑马的头亲了亲。小黑马也像明白事儿似的，咴儿咴儿地叫了两声，用头蹭着祖海的脸。祖海的十三叔把马牵走了。

祖海对达库说："天不早了，咱们也该回去了。"

两个人往回走着，达库问祖海："我看刚才跑马场里还有几个小孩，也是你们家的吗？"

祖海说："是啊，都是我们家的。"

达库又问："你们家有几个像你这么大的孩子？"

祖海自豪地说："那可多了，光靖东营就有二十多个，在我们老家还有三十多个呢。"

达库惊讶地说："呵，你们家的人可真多呀。"

祖海把头一扬，说："那当然了。"

俩人就这样边聊边往回走。达库今天心里挺高兴，开始的时候他没把祖海放在眼里，可一天下来，看这孩子的武功和马术以及奔跑速度，都令达库非常佩服，他不由得暗暗竖起大拇指。看来真像这孩子说的，不用说跟祖将军学，就是这个孩子身上的功夫，也够自己学几年的。达库对祖海充满了敬意，他心想：我干脆也别找别人了，就跟祖海学算了。

祖海见达库非常诚恳、认真，而且很尊敬他，像是真正想拜师学艺的人，就想把自己身上的功夫都教给他，更何况他知道达库是七姑、八姑亲近的人，既然是七姑和八姑的人，那也是自己应该喜欢和亲近的人。

就这样，穆达库跟祖海在一起待了十多天。俗话说得好："近朱者赤，近墨者黑"。在这十多天里，达库学到了不少东西，也长了不少见识。但咱们也得说实话，要想在十几天的时间里把祖海会的功夫全都学到手，那是不可能的，不过他倒是领悟了其中的很多真谛，而且知道了自己以后要注意和发展的方向。

十多天后，祖海对达库说："我明天要到很远的地方出大差。"说书人在这里给大家解释一下，明代的时候，谁要是一说出大差那就是出兵差，就是要去打仗。

达库一听急了，说："你走了，我怎么办啊？"

祖海说："放心吧，早给你安排好了。你明天早晨还到父子松那去，我大哥在那里等着你。我大哥叫祖方，绰号叫'盘地虎'，你跟他学就行。等我出完了兵差，咱们再见。"

达库满意地笑着说："那就多谢了。"

现在的穆达库虽然没见着祖家其他人，可对他们早已经满怀敬佩之情了。既然祖家安排了由祖海的哥哥祖方来教自己，那功夫肯定也错不了。达库现在是一心一意地想跟祖家人学本事。

第二天早晨吃完早饭，达库跟看家老人打了个招呼就出了门。靖东营虽然戒备森严，但达库到靖东营有一段日子了，大家也都认识他了，知道他是位特殊的客人，所以见到他都笑脸相迎，跟他打招呼。

达库很快来到青岩寺前，离老远就看见父子松下站着一个人，正掐着拳头、叉着腿站在那里。他心想：这肯定就是祖海说的祖方了。

达库几步蹿过去，说："师父好，对不起师父，我来晚了，让你久等了。"

只见此人哈哈大笑，说："不晚，不晚。我就住在附近，所以到得比你早。"说着话，他走到达库的跟前。

因为头一天祖海已经跟达库说了，以后要由他的哥哥教他武功，所以达库有一些心理准备。既然是祖海的哥哥，那一定比祖海大，可现在一看，哎呀，祖海的哥哥怎么长这么高，这么大呀。自己就够高的了，可他比自己还高，根本不像一个十九岁的孩子，而是像一个三十多岁的壮汉。只见此人光着膀子，整个皮肤都被晒得黑红黑红的，胸前还长着护心毛。下身穿着一条跑裤，腰扎英雄壮带。更使达库吃惊的是，此人浑身长着一块一块的肉疙瘩，而且胸肌那块儿的肉还一动一动的。达库头一次见着这样的人，心想：挺好的人，怎么长一些疙瘩呢？达库瞪眼瞅着他。

来人被达库的表情逗乐了，笑着说："怎么样，看够了吧。自我介绍一下，我叫祖方，是祖海的哥哥，绰号'盘地虎'，他们还叫我'疙瘩祖方'。你要是肯吃苦的话，也会练出这一身疙瘩的。"

达库谦逊地给"疙瘩祖方"鞠了一躬，说："师父，我叫穆达库，以后还请师父多多指教。"

祖方粗声粗气地说："不要客气，咱们互相切磋。我听说了，你是名门之后，能跟你在一起练功也是我的荣幸，而且我七姑还特别嘱咐我

第六章 高山学艺

259

要保护好你,所以你就不要客气了。走,我领你去个地方。"

达库问:"咱们不在这儿练吗?"

祖方说:"这块儿不行,这块儿的小树像根草似的,一掐就折。咱们得找石头去。"

祖方领着达库顺山沟一直走出很远,来到了一个环境优美的山上。祖方告诉达库:"这叫翠屏山,再往前走就是咱们练功的地方了。"

他们俩继续往前走了一段路,隐约听见前面树林里传来一阵乒乒乓乓、喊里喀嚓的响声。穿过树林,达库见到很多人在玩石头,有扛石头的、背石头的、滚石头的、推石头的,还有用拳头打石头的。达库大致看了看,这里足足能有百十号人。

祖方告诉他:"这是我们靖东营专门练石头功的地方。"

达库问:"这都是你们祖家的人吗?"

祖方说:"是的,这都是我们祖家庄的人。"

祖方领着达库来到一个石头堆跟前。这些石头有的被凿成了圆的,有的被凿成了扁的,还有的被凿成了一个大长条,有的能有百八十斤重,有的能有二三百斤重,还有的能有千八百斤重。

祖方搬过一个小凳子让达库坐下。达库说:"不坐,不坐。"

祖方说:"不,你坐下,有些事情我得跟你讲。我们老祖家有个规矩,我讲话的时候你不许溜号,你要是溜号我就拿石头砸你。"

达库说:"不会的。"

祖方说:"那就好,你放心,只要你用心学,我一定认真教,也算对得起我七姑和八姑。"

达库心想:看起来这祖天霞、祖月霞对我是真好,安排了这么多人教我。唉,我怎么报答她们呢?达库正想着,"盘地虎"祖方给他搬来一个凳子让他坐下。达库坐下以后觉得屁股冰凉,低头一看,原来自己坐在了一块石板铺成的石凳上。祖方站在他对面,达库请他也坐下。祖方说:"不用,我站着就行,你注意听好了。我们祖家有步兵,有马队,还有我们石头军。当马队和步兵用不上的时候,就由我们石头军上去,到我们石头军来的人必须记住一点,就是不怕死。不知你怎么样?"

达库说:"我不怕死。"说完达库就要站起来。

祖方说:"不用站起来,你说吧,你只要说出你的心里话就行。我问你,你是真学还是假学?"

达库说:"当然是真学了,要不然能大老远儿地跑这儿来吗?"

祖方很高兴，说："那就好。因为这些石头都没长眼睛，要是碰上了、磕着了，就是骨头不碎，也得躺上个一年半载的，所以到这来的人必须能吃苦、不怕死。我就恨那些学到半路就逃跑的人。我就收过两个这样的徒弟，也是我们老祖家的人。他们两个就是因为受不了这里的苦，让爹妈领回去了。唉，丢人啊。"

达库一听，马上跟祖方师父表示自己一定学到底，绝不给祖方师父丢脸。疙瘩祖方听了很高兴，拿来一根挺粗的棍子，问达库："你看看，这是什么棍子？"达库看了看，这是一根石头做成的棍子，一丈多长，有碗口粗细，像个小石碡子似的。祖方让达库把棍子拿起来。

咱们过去讲过，达库也是使棒的人，对棍子情有独钟。达库非常喜爱地双手接过棍子，这根棍子比达库以前使的棍子要重得多，达库使劲儿把棍子举了起来。

祖方说："这就是我使的兵刃，重二百八十斤。达库，你使什么兵器？"

达库说："不瞒您说，师父，我也喜欢用棍子。"

祖方一听高兴了，说："哎呀，那咱俩一样啊。来，用我这根棍子练两下子，让我看看。"

达库心想：刚才我举的时候就已经挺费劲儿的了，要是再练几下，自己恐怕有些吃力，但既然师父让自己练几下，那就练几下吧。于是，达库就拿起棍子练了起来。练了能有十几招，达库就练不动了。达库停了下来，祖方也让达库歇歇。

达库实话实说："师父，不瞒您说，我使的铁棍子比您这根轻多了，也比您这根细，也就一百多斤。您这个比我的沉多了。"

祖方告诉达库："不要紧，只要你坚持练，一定能超过我。我还告诉你，不管是石头的也好，铁的也好，铜的也好，木头的也好，它的招数和用法大致相同，你看我给你比划比划。"

说着，祖方就拿起了这个二百八十斤重的石头棍子，也可以说是小石碡子，劈、点、撩、扫，上下翻飞地练了起来。

说起练武人用的棍子，说书人在这里介绍一下：棍子被称为百兵之首，是最原始的兵器。就算一个不会武功的人，在自卫防身的时候，也可以随心所欲地使用棍子，只不过是没有路数罢了。棍法讲究劈、崩、缠、绕、点、拨、拦、封、撩、扫。棍影如山，环护周身。俗话说："枪扎一条线，棍打一大片。"枪有尖，杀伤敌人靠的是枪尖扎刺。棍无

第六章 高山学艺

261

尖，杀伤敌人靠的是棍端的抽打。棍子虽然无尖，但无论身体任何部位被打，都有可能伤及内脏，所以一个会武功的人如果会棍法，那将是非常可怕的。

只见祖方有时在地上蓦地一下横扫而过，犹如秋风扫落叶；有时凌空劈下，力举千钧。祖方就这样一招接一招、一式接一式地练了起来。达库只看见棍子在祖方身上盘旋飞舞，根本看不清他人到底在哪里。

达库连说："好，好。"

祖方练完以后，把棍子放在一旁，然后面不改色心不跳地跟达库说："我再给你练一套'坐地生根'，这也是我们家传的功夫。什么叫'坐地生根'？就是我盘腿坐在地上，你就是来十个人、百个人，也拉不动我，我就像长在地里一样。我还能'立桩如石'。什么叫'立桩如石'呢？就是我两条腿叉开，双手背在后面，挺直站在地上。你就是来多少人推我，我也不会倒，像石柱子一样，有万人难撼，巍峨不动之功，所以叫'立桩如石'。我还能'揉石如粉'。什么叫'揉石如粉'呢？就是我把石头抓在手里以后能捏成粉末。"

说着，祖方拿起一块大石头往空中一扔，等石头快落到他面前的时候，祖方用拳头一击，石头啪的一下碎了。祖方又拣起一块拳头大的石头握在手里。他先是深吸了几口气，然后屏住呼吸，大喝了三声，等祖方把手打开的时候，他手里的石头已经变成了粉末。

祖方又说："我还能'点石探花'。看着，我给你比划比划。"

说完，祖方到旁边找来一块石板，这块石板有两指厚。祖方让达库用手点点试试。达库试了试，把手指头点得生疼，石头也没咋地。达库又用拳头砸了一下，石头还是没咋地，达库的手疼够呛。

达库说："不行，不行，师父，我不行。"

祖方把石板接过来，用中指在石头上钻了两圈，然后大喝一声："嗨。"只见石板上出了一个窟窿。

祖方让达库顺着窟窿眼儿往外看。达库说："师父，什么都能看见。"

祖方说："对呀，这就叫'点石探花'。石头在我们家人的手里就像泥一样，让它成什么形状，它就成什么形状，这就是我们祖家的功夫之一——石头功。我爷爷和我姑姑想让你学这门功夫，又怕你不愿意吃苦，所以我再问你一遍：你愿不愿意学？"

达库说："师父，我愿意学，愿意学，吃再多的苦我也不怕。"

祖方说:"那就好,走吧,我领你去个地方。"

祖方把达库领到了一座山崖下。

这里有一棵百年柳树,枝繁叶茂,它旁边有一座半人高的小庙,完全是用石头堆起来的,上面用石板搭着盖,两边写着红对子,还供着香炉碗、供果什么的,前面摆着一个圆形的、用羊毛织成的拜毡。

祖方说:"我们祖家有个规矩,如果想学祖家的石头功,必须先拜我们供奉的石头公公、石头奶奶。你要对他们说:天打不动,地撼不动,一定学到底,决不会半途而废。如果吃不了这个苦,学到半路就不学了,是会遭到报应的。不用怕,你只要肯吃苦,肯卖力气,石头公公、石头奶奶是会显灵帮助你的。"

达库二话不说,扑通一下就跪下了,双手抱拳说:"石头公公、石头奶奶,我是从草原而来,早就仰慕祖家的功法,想拜祖家人为师,特来请石头公公、石头奶奶帮忙,请石头公公、石头奶奶答应我跟祖家人学武,就是吃再大的苦我穆达库也不会变心,一定学到底,请石头公公、石头奶奶保佑。"说完,磕了三个头。

祖方挺高兴,给达库又拿过来三根香。达库把香点着,插到石头公公、石头奶奶面前的香炉里,然后才起来。

祖方说:"好,你说的我挺满意,你可不许说话不算数啊。我告诉你,我的石头军在靖东营里可是最苦的地方。"

达库说:"放心吧,师父,我能受得了。师父,我还没给你磕头呢。"

祖方说:"不用,不用,我是受家祖之命教你武功,你就不用给我磕头了。好吧,你跟我来吧,咱们现在就开始学。"

达库跟着祖方绕过一座小山,来到一片大平场。这里堆放的都是打磨出来的各种石材。达库看着这些石材感到很奇怪:祖家要在这里盖房子吗?他在这正想着,祖方把他叫了过去。祖方说:"从现在开始你就是我们石头军里的一员了,一切听我的指挥,我叫你怎么做,你就怎么做。你先练九十天的功,要是能把这九十天坚持下来,你就会变成另外一个人了。好好练,达库,石头公公、石头奶奶会保佑你的。"

达库说:"放心吧,师父,我既然来了,就一定好好学。"

祖方把达库领到一堆石头蛋子跟前。这些石头蛋子一个一个都溜圆,能有小盆那么大。祖方告诉他:"这是一千个石头蛋子。你把它们都背到山那边去,背过去以后像这边一样堆好,不能乱扔。"

第六章 高山学艺

说完，祖方又把他领到一堆石柱子跟前，这些石柱子都像祖方刚才舞动的那根石柱子差不多，轻也轻不了多少，每个都能有二三百斤。祖方告诉达库："把石头蛋子搬完以后再搬这些柱子，这里一共是五十根，你把它们也都搬那边去，按现在的样子摆好，记住没有？"

达库说："记住了。"

祖方交代完以后，又把他领到一堆石板跟前。这些石板都挺大，也挺沉，每块石板能有一庹半长，大约都在六七百斤左右，有几块大的，能有上千斤。祖方告诉他："把那两堆搬完以后，再搬这堆，这里一共是五十块石板。"

说完这些，祖方又把达库领到一堆石头块子跟前。石头块子大小不一，最小的能有百十来斤，最大的能有三四百斤。祖方说："这三十块石头不用往那边搬，是你顶脑袋用的，一天顶一块，三十天顶完。"

祖方交代完以后，很和善地问达库："你再好好想想，这九十天的苦你能不能受？要是不行，现在跟我说也可以，咱们刚才说的那些话就算白说。"

达库坚定地说："师父，请放心，我穆达库就是来学功夫的，任何困难也动摇不了我的决心，我说话算话。"

达库是个很要强的人，他一心想用功夫来武装自己，自己虽然没见着祖大寿，但是得到了白衣人的帮助，顺利地进入了祖大寿的靖东营。

刚才咱们讲了，"盘地虎"祖方也算得上是武林高手，是世上少有的大力士，表面看他练的是笨功夫，实际他练的是硬功夫，在这一点上跟达库很相似，所以达库挺高兴。

说练就练，达库送别了祖方以后，一声不吭地就开始练上了。

达库先来到石蛋子跟前，抱起一个，真沉，扑噔，掉地下了，差点儿砸了自己的脚。达库又抱起来，刚走两步，扑噔，又掉地下了。达库不服气，心想：我就不信我整不动你。达库憋足了气，一使劲儿，把石头又抱起来，这回石头没掉。达库就抱着这石头蛋子顺着羊肠小道，艰难地向山上走去。

达库好不容易走到了山顶上，开始往山下走了。哪成想，这下山比上山还要难，因为这是一座土石山，山上除了土，就是石头，磕磕绊绊的，还一走一出溜，稍不注意，就得滚下去，这要是滚下去还指不定摔成什么样呢。达库小心翼翼地捧着这块大石头，终于翻过了山。山那边有一片大空场，达库按照祖方说的把石头摆放好。

达库又开始搬第二个石头蛋子,接着搬第三个、第四个、第五个、第六个……他完全忘记了吃饭。还是一个伙夫模样的人过来招呼他:"这位客人,该吃饭了。"

说实在的,这时天色已经很晚了,星斗都出来了,到了该吃饭的时候了,达库也感到四肢无力了。

于是,达库掸了掸身上的灰土,说:"好,不搬了,吃饭。"

回来的路上,达库不好意思地说:"您瞧,我光顾着搬石头,忘记了吃饭,还劳您驾跑一趟。"

那位伙夫模样的人说:"嗨,客气啥呀,您一心只顾练功,忘记了吃饭,我们还应该向您学习呢。再说了,您是我们的客人,我们也应该好好照顾您。"

达库还问他:"您贵姓?是干什么的?"

来人说:"啊,我姓祖,是石头军的伙夫。"

达库吃了半盆带有糠皮子的馒头,喝了五大碗汤,看来他是真饿了。吃饱喝足以后,他又搬石头去了。一直搬到三更天,才打了个盹,又起来搬石头。

吃早饭的时候,还是昨天那位伙夫招呼他:"我说这位客人,您怎么这么早就来练功了?昨晚睡好了吗?"

达库说:"睡好了,睡好了。"达库就这样连续练了三天三夜。

单说这天,靖东营里炸了庙了,人们像翻花似的吵吵着:"大事不好了,客人丢了,快找人啊。"

怎么回事呢?因为穆达库自从那天跟着祖方学习,离开了靖东营以后就再没回去。祖方还告诉过他,让他每天晚上回去睡,可达库没当回事,他一心在这里学武,根本就没回去。可那边的人不知道是怎么回事,看房子的老者受命照顾达库、伺候达库。达库第一天没回来,老者没往心里去,以为达库练功练晚了,住到庙里头了。第二天达库又没回来,老者还是没往心里去。

第三天头晌的时候,祖天霞、祖月霞姊妹俩来到达库住所问老者:"穆达库现在怎么样?每天累不累?吃得习惯不?睡得好不好?"

老者突然想起来了:"哎呀,我的小姑奶奶,你要不问我都忘了,我都两天没看见他了。"

月霞奇怪地问:"祖海没把他领回来吗?"

老者说:"祖海不是出大差了吗,现在是祖方领他呢。"

第六章 高山学艺

265

月霞拍了一下自己的脑袋，说："看我这记性，祖海是出大差了，他现在跟祖方在一起。祖方这孩子怎么整的，把他领哪儿去了？你不知道吗？"

老者说："我不知道啊。他们也没跟我说呀。"

两个姑娘异口同声地说："那还不赶紧去找。"

老者赶紧放下手里的活计去找穆达库。他先来到青岩山上父子松下，没看见达库。他又来到祖方的石头军营，找到了祖方。祖方一看老者来了，还问呢："四爷爷，你来干什么？"

老头气得直骂："混小子，你把客人弄哪儿去了？自从那天你把他领出去，他就再也没回去，两个姑奶奶都急了，正找他呢。"

祖方一听纳闷了：我让他回去告诉一声，他怎么没回去吗？祖方领着老头赶紧去找，到伙房一问，伙计说："他这两天有时回来吃饭，要是不回来我就给他送去。这不，今天到现在还没回来呢。"

祖方明白了，他领着老头来到石场一看，石球子已经搬了将近一半了。祖方扯脖子喊，没有回声。

还是老头聪明，说："傻小子，喊啥？赶紧领人找吧，要是出点儿啥事儿，咱家的那俩小姑奶奶能答应吗？"

祖方一听，赶紧叫来几个人，大家一起找达库。找了半天，根本没见达库的踪影。

祖方说："他是不是到山那边去了？这样吧，咱们分开找。"

就这样，几个人分几路往山上走去。

大家边走还边喊："客人，你在哪儿？达库，你在哪儿呢？"

好在天色还不算太晚，也好找。祖方他们到了山顶上以后，刚下坡的时候，就看见在一棵松树旁边，恍惚有一个石蛋子，再往旁边一看，草窠里躺着一个人。几个人大步走到近前，见达库正抱着石蛋子呼呼地睡呢，睡得那个香啊。大伙这么喊他，他也没听见，估计实在是太累了。

老者走了过去，拍了拍穆达库的屁股，说："达库，醒醒，醒醒，怎么睡在这啊，会着凉的。"

达库被叫醒了，看见眼前站着看房老者，旁边站着自己称作师父的祖方，达库非常不好意思。

他扑棱一下起来了，说："哎呀，这事儿怨我，怎么练练功睡着了呢？这事儿整的。"说完也没跟大伙搭话，抱起石头又往前走。

祖方一把把他拽住了，说："别走了，这都什么时候了，你还搬？我们找你来了。"达库一下清醒过来了：是啊，这是啥时候了？

老者走过来，心疼地拍了拍达库身上的灰。达库这时候这个狼狈样儿呀，满身满脸的石粉，再出些汗，弄得脸上一道一道的，都看不清原来的模样来了。

老者说："多漂亮的小伙子，让这小子折腾成这样。"

说完，又拿出自己的手帕给达库擦了擦脸，嘴里还不停地叨咕："你走怎么也不跟我打声招呼？几天没见你，不知道你干啥去了，我们家里人都着急了，派我出来找你。我们哪知道你在这儿吃了这么些苦头。"

说完，又转身给了祖方一杵子："都是你这小子，不干好事，哪有你这么教徒弟的？你这不是折腾人吗？"

祖方说话了："我说达库，你这个劲头我着实钦佩，可你也不能不吃饭不睡觉啊，这样下去身子也吃不消啊。另外，我那天嘱咐你，让你回去打个招呼，免得他们惦记，你怎么忘了呢？"

达库不好意思地说："老人家，我看这有这么多石头要搬，我着急，想早点把它搬完，就忘了回去告诉老人家一声，让您老费心了。"

祖方说："唉，你怎么把它当活计干呢？我不是跟你说嘛，我们这里是军营，是学功夫的地方，不是让你来干活的，搬石头是练功，是咱们的作业，明白吗？功夫是一点一点练出来的，不能一天吃个胖子，赶紧回去吧，别让大家惦记。"

就这样，祖方和老人两个人连拉带拽地把达库拽下了山。一路上，达库一再地请二位原谅自己。

老人家见找着达库了，一颗悬着的心也就落下了。他跟祖方和达库打了个招呼，就回他的靖东营向他的二位小姐禀明情况去了。

祖方先把达库领到伙房，伙房里的人拿出了热气腾腾的大开花馒头，又给他盛了两碗热汤。接着，给他拿来了两根绿莹莹的黄瓜咸菜。达库一手拿着馒头，一手拿着咸菜。他咬一口馒头，吃一口咸菜，再喝一口热汤，吃得那个香啊。

达库吃完饭，祖方问他："你是不是光顾着搬石头，还没回营房睡过？"

达库不好意思地挠了挠脑袋，说："是，师父，我没回去过。"

祖方说："唉，这事儿也怨我，事儿一多把什么都忘了，是我

第六章　高山学艺

的错。"

　　穆达库跟着祖方来到一片石头房子跟前,这里一共有六七趟房子,每趟房子都有半里地长,房上面盖的都是石板,非常结实。这房子建得很有特点,都是山花子开门。什么是山花子开门呢?就是在房山那块儿开门,达库还是头一次见到。祖方把房门打开,达库才看明白。嘿,这房子有意思。为什么呢?因为这房子整个就是一房架子,从这边到那边一通到底,一点儿间隔都没有。南北都是炕,中间有一条过道。过道上有十几个装满油的油灯,照得屋里挺亮。

　　由于天早已经黑了,石头军的弟兄们除了巡逻的,其他人都睡觉休息了。祖方悄声地把达库领进屋,安排到中间的一个空地方。

　　祖方说:"你就睡在这吧。这是我早就给你预备好的,谁知道你这几天没回来睡。"

　　达库说:"对不起,师父,给您添麻烦了。"

　　祖方看着达库把衣服脱下来,挂在了头顶上的木桩子上。这里每一个人的头顶上都有那么一个木桩子,把衣服挂在上面,非常方便,而且要是夜里有行动的话不至于穿错。祖方安排完穆达库,才悄悄离开营房。达库躺在炕上,很快就进入了梦乡。

　　早晨起来,达库简单地吃了点早饭,又来到了练功场,照例搬起了石头。经过几天的锻炼,达库现在是比以前有劲儿多了。所以说人是有潜力的,只要你不懈地努力、锻炼,你的身上就会有无穷的力量。

　　就这样,穆达库很快就把石球子全都搬完了。接着,他按照祖方师父的要求开始搬石头棍子。要说这石头棍子搬起来可真不容易,它不像石头蛋子,石头蛋子每个都能有一百多斤,可这石头棍子每根都能有二百多斤,真沉啊。还别说,现在的达库真长本事了,别看石棍子那么沉,可他扛起来却没怎么费劲儿。

　　劲儿是长了,可每天回营房睡觉却耽误很多时间。达库就跟祖方说:"师父,你是还让我在这儿住吧,这样省得来回走路耽误工夫。"

　　祖方说:"这里连个棚子都没有,你怎么住啊?"

　　达库说:"不要紧,天也不凉,我用树枝搭一个窝棚就行。"

　　祖方一想也行,就答应了他的请求,便嘱咐达库不许没日没夜地练。

　　达库连说:"请师父放心。"

　　就这样,达库在石场住了下来。祖方每天都派人给达库送饭送水。

达库很快又扛完了石棍子，接着开始背石板。

咱们再说一下，祖方让达库搬这些石材，其目的都是让他锻炼身体、增强体力。这里既有智慧，又有耐力。算起来达库在这里练功已经五十多天了。日子虽然不多，但身上各部位的肌肉已经渐渐地显露出来了。抱石球子主要是锻炼臂力；扛石棍是提高肩膀的承受力，两个肩膀被磨掉了一层又一层的皮，后来结了一层厚厚的硬皮，再也不怕石头磨了；背石板是为了增加背部抗压力。总之，祖方让达库搬这些石材是有目的地锻炼他身体各部位的肌肉。

开始的时候达库觉得这日子真难熬，身上伤痕累累不说，浑身还酸疼得拿不成个儿。练了一段时间以后，身上不像开始的时候那么难受了，也比那时候有劲儿了。又练了一段时间，达库觉得身上轻松多了，走路也更加有劲儿了。两个月以后，达库已经把搬石头都不当回事儿了。

当达库按照祖方的要求把石头全都搬到山那边的时候，祖方来了。

他笑着说："达库，祝贺你。你做得很好。怎么样？身上长劲儿了吧？"

达库说："是，师父，开始的时候挺累的，现在看来没啥。"

祖方笑了笑，没说话，把自己使的石棍递给达库，说："练一个给我看看。"

咱们前书说过，达库刚来的时候，祖方把棍子给他，他觉得拿着挺费劲儿，现在一拿这根棍子，他觉得拿着挺顺手，比拿自己的那根铁棍子好使。达库拿着这根石棍上下翻飞地舞动起来，祖方看得连声叫好。

舞动过后，祖方问达库："你觉得这根棍子怎么样？"

达库说："比我那根铁棍子好使多了。"

祖方说："你如果喜欢，就把它送给你了，算是师父我给你的礼物。"

达库非常高兴，说："谢谢师父。"

祖方说："先别谢我，你还有三十天的时间，还得接着练。你不是想学坐地生根吗，那就必须先练顶石头。你每天坐在地上，把那些石头块子顶到脑袋上，一天一块，三十天顶完。顶完以后，你的坐地生根功就有基础了。在这基础上你再继续练，什么时候练到能把石头搬走，你也会像顶着石头一样，别人怎么推你也推不动，就像屁股底下有根一样，你的功夫就算练成了，你能坚持吗？"

第六章 高山学艺

达库连连点头说:"能,师父,我能坚持。"

这些日子穆达库认真刻苦的精神使祖方非常感动,祖方决定陪达库一起练。顶石头可不像搬石头那么简单,你必须坐好,把石头放到头上。要是坐不好,顶不住,石头掉下来,很容易砸到腿上,造成残疾,所以顶石头是一件非常危险的事情。

祖方先给达库做了一次示范。他首先选择了一块平坦的地方,把腰带扎紧,以保住自己的丹田之气,然后把一个盘好的布辫子在自己的脑袋顶上绕一圈,双腿盘好坐下,再把石头放在头顶。达库也按照祖方的样子坐在地上,双手支在盘好的双腿上,微闭双眼,开始运气,不过他做不到像祖方那样自己放石头,而是旁边有人帮忙把石头放到了他的头顶上。

开始的时候,祖方让徒弟们挑些稍小块儿的石头让他顶,达库只能顶半个时辰,就累得头昏脑涨,脖子酸痛,挺不起个儿来。渐渐地,达库顶的时间长了,石头块儿也越来越大了。

十天以后,祖方说:"从今天开始,咱们俩不用别人帮忙,自己放石头。来,达库,像我这样。"

达库按照祖方的吩咐摆好了石头,盘腿坐在地上,深吸了一口气,然后开始举石头。祖方目不转睛地看着他,只见达库把石头一下子抱了起来,举过了头顶,轻轻地放到了自己的头上。

各位阿哥,我这里讲的是祖家石头军练功的主要方法,还有一些辅助方法,比如:练跑步,练倒立,练翻跟头,包括治疗红伤等。从元代以来,祖家就开始练石头功,顶石头实际上练的是气功,其中有一些秘诀,只是在祖家内部流传。穆达库得到祖家族长的偏爱,而且祖天霞、祖月霞两姊妹又一再说情,祖方把自己的秘诀传给了穆达库,所以穆达库接受要领是相当快的,而且做得很到位。达库又练了十多天,祖方因有事要办,就让达库自己练。祖方走了以后,达库每天自己坚持练功。秋天的太阳照在身上火辣辣的,汗水顺着脸颊流下来,身上的衣服都湿透了,穆达库也不休息,仍然闭着眼睛、一动不动地坚持练。午饭也不吃,一直练到吃晚饭的时候。

以后的几天里,达库每天都是这样练。功到自然成,到了第五天,也就是练到第八十五天的时候,可能是老天爷想考验考验达库的毅力吧。早上起来,天就阴沉沉的,上半响的时候就下起了暴雨。这雨下得这个大呀,像瓢泼似的往下淌,对面都看不见人。

穆达库闭着眼睛、顶着石头坐在地上,任凭风吹雨打,依然纹丝不动。傍晌午的时候,雨停了,太阳出来了。火辣辣的太阳照在地上,好像是要把刚才下过的雨都给蒸发掉一样,热得人们都受不了。达库也不例外。他的身上都被晒冒油了,屁股都快被烤熟了,嘴里渴得直冒烟。突然,达库觉得后背非常痒痒,好像有一只蚂蚁在身上爬,这只蚂蚁一会儿又顺着脖子爬到了他的脸上,把达库刺挠得恨不得一巴掌拍死它。可达库不敢动,他怕自己一动弹,石头一歪歪,再出溜下来砸着腿。达库只好就这样硬挺着,后来达库实在没办法了,发出丹田之气,用气功把肉皮绷紧,可蚂蚁还是没下去,出溜出溜地又跑到耳朵根子那去了,把达库弄得实在是太难受了。

就在这时候,达库觉得有什么东西轻轻地在耳旁拂过,耳朵立刻不痒了。因为达库闭着眼睛,也没看是谁在替自己拨虫子。他以为是师父来看自己,替自己把虫子弄下去了。达库非常感激,心想:这大热的天师父不在屋里休息,还到这儿来陪我。这时达库又觉得有人在用手绢给自己擦脸上的汗,手绢上还有一股淡淡的香气。达库觉得挺奇怪:师父怎么还用香手绢呢?

各位阿哥,我前书说过,祖方把达库看成祖家的人,不只是因为家祖嘱咐他和两个姑姑给他说好话,更主要的是达库勤奋刻苦的精神感动了他,所以他在教达库练功的时候倾其所有,非常认真。就拿"坐地生根"来说吧,表面看只是顶个石头,实际上他是把几个功法结合在一起的。一、它把佛家的禅功结合进来了。二、衡定功。三、丹田功,把气运到丹田。这个功和气功是紧密相连的,把阴阳之气混在一起。天为阳,地为阴,用阴阳二气驭着大石块子,而且阴阳二气互相运动着,融成一个大的气团,这个气团的力量是无穷的,几万斤的力量都可以驭住,是一种气功。达库现在已经能从丑时就开始练,也就是天刚放亮的时候就开始练,一直练到酉时,也就是傍晚的时候。一天练六七个时辰,直到石头军吃晚饭的时候。

我们方才说了,有人给他赶走了蚂蚁,又给他擦了脸。因为祖方师父告诉过他:"练功的时候不许说话。"所以达库依旧闭着眼睛,没说话。

这时,石头军的铜锣响了,到了吃晚饭的时候了。于是,达库把石头取下,放松丹田,吐出一口长气,然后把眼睛慢慢睁开。他一睁眼大吃一惊,自己面前有两个人,一个坐在他对面,另一个站在旁边。坐在

第六章 高山学艺

他对面的这个人像他一样，盘腿坐在地上，双手扶着双膝，正冲他笑呢。达库一看，这个人自己认识，谁呀？祖宽啊。

达库高兴地抓住了祖宽的双手，说："哥哥，好久没见到你了，你怎么来了？你好啊？"

祖宽笑呵呵地说："我好，我好。兄弟，没想到你还真来了，像个男子汉，说到做到。我听祖海和祖方他们都讲了，他们说你练功很刻苦，恭喜你呀！"

这时，在祖宽旁边站着的人也蹲了下来，是那个看房的老者。老人说："达库，你好啊。"

达库高兴地说："老人家，您好啊。您怎么也来了呢？"

老者说："我来看看你。"说着话，达库站了起来。

达库问祖宽："哥哥，刚才是你给我把虫子拿下去的吧？又给我擦的脸？"

老人笑着说："不是他，有人给你擦。"

祖宽也诡秘地笑着，说："你小子有人疼，哪轮得着我们给你擦脸啊。"

达库说："肯定是我师父，怎么没见着他人呢？"

两个人谁也没吱声，你瞅瞅我，我瞅瞅你，笑了。几个人说着话，往营地方向走去。

快走到营房的时候，有一个岔路口，一条是往石头军的营房方向去的，一条是往外面去的。达库见他俩走的不是去营房的道，忙招呼道："咱们不是回石头军吗？你俩走错了，那条路不对。"

祖宽笑着说："你就跟着走吧，我俩在这儿这么多年了，还不比你熟悉。"

达库问："那咱们这是去哪儿呀？不吃饭了？"

老人说话了："有人要见你。"

达库又问："谁呀？"

祖宽说："你就别问了，到那儿你就知道了，走吧。"

达库就这样莫名其妙地跟着二人走了。

往前走不远，有一辆两匹马拉的轿车停在那里。这种轿车在明代的时候一般都是大家闺秀或有身份的人坐的，寻常百姓是坐不起的。这种车的四周是用木头做成的，每面有两个雕刻出来的花窗，车顶棚苫着金丝绒，金丝绒边上挂着彩铃，非常好看。

达库说："我师父要是看不着我会着急的。"

祖宽说："你师父已经知道了，他一会儿也去，你就放心吧。"

车里正好能坐两个人，祖宽让老人陪着达库坐在里面，可老人不干，他要亲自赶车。

祖宽说："您是主人，我怎么能让您赶车呢？再说了，我家老爷要是知道了还不得抽我呀。"

老人说："他凭什么抽你？是我自己要赶的，不用怕，回去我跟他说。哎，我好久都没赶车了，赶一会儿过过瘾。"

说罢，老人从车夫手里接过马鞭，坐在了车辕边上，车夫坐到了另一边。

祖宽见状，只好和达库坐进了车里。

车里非常舒服，后面有棉靠背，靠背上还绣着花，底下铺的也是绣花垫子，暄暄乎乎的。等达库和祖宽坐好以后，老人扬起马鞭，马车狂奔而去。

马车进了靖东营，来到最后面的那排房子前停了下来。祖宽拉着达库走进一间屋子。这间屋子收拾得相当整洁干净，地上铺着地毯。迎面的墙上挂着一个老人的画像，这位老人身穿元代的衣服，留着五缕长髯，戴着一副眼镜，没戴帽子，一看就是位慈祥和蔼的老人。老人画像的前下方摆着一张桌子，桌子上有两个一人多高的大胆瓶，桌子两边摆着两把太师椅。

祖宽指着画像说："这是我家先祖。"

达库走上前去，谦恭地叩拜。

这时，走过来两个女奴，对祖宽说："我家主人吩咐，请客人先到后面洗漱。"祖宽点头答应，领着达库来到厅堂左侧后面的一个屋子。

屋子装饰得很漂亮、整洁。屋里早已有几个男仆等候，一个男仆说："请客人先去洗澡，然后把衣服换了。"达库一想：对呀，我这些天整天在山上练功，衣裳就像在地上滚的一样，太埋汰了，该换换了。

就这样，达库和祖宽在几位男仆的伺候下洗了个澡，然后换上了祖家仆人拿来的衣裳。

各位阿哥，现在咱们的话题应该变变了。你们知道达库到什么地方来了吗？他到了祖大寿的府上啦了，刚才进的正是祖大寿的客厅。各位阿哥可能要问：穆达库怎么到了祖大寿的府上来了呢？祖大寿根本不认识他，怎么要见他呢？这就需要我说书人把事情的始末从头给诸位阿哥

第六章 高山学艺

273

讲一下：

达库要来拜师习武的事祖大寿早就知道了，他能不知道嘛，因为达库是自己女儿引来的人。祖大寿娶了大夫人祁氏以后，祁氏生下了双胞胎女孩，也就是天霞和月霞。这两个孩子生下以后，由于祁氏身体不好，就再也没生养过。自打这两个女孩生下来以后，祖大寿和夫人祁氏及全家人都喜欢得不得了。因为这两个孩子不仅长得一模一样，两只大眼睛毛茸茸的，非常讨人喜欢，而且这两个孩子都特别聪明，刚满月的时候，就会瞅着祖大寿笑了，把祖大寿高兴得心里乐开了花。夫人祁氏把两个孩子打扮得一模一样，两个孩子穿一样的衣服、一样的鞋子、一样的袜子，就连身上的佩饰、耳环、头花，手脖上戴的小金镯子、小玉镯子都一模一样，一点不差，以至于伺候她们的奶妈都分不清她们俩谁是谁，只是称呼她们姐俩为"对儿姐"。只有她们的妈妈祁氏知道哪个是天霞，哪个是月霞，因为天霞的腰上有块胎记，月霞的屁股上有块胎记。后来，祁氏为了让家人能更好地照顾她们俩，给天霞的手上戴了一个红玛瑙手镯，给月霞的手上戴了一个绿翡翠手镯。

还别说，这俩闺女的脾气、禀性还真挺对祖大寿心思的。俩闺女从小都不爱脂粉，就爱舞刀弄棒的。祖大寿练武的时候，两个姑娘就在一边看，看着看着还跟着比划两下。不是有那么一句话嘛："龙王爷的儿子会浮水。"这话一点不假，别看两个孩子小，可比划起来却有模有样的，把祖大寿欢喜得不得了。

两个姑娘虽然长得一样，但性格却不一样。姐姐天霞稳重、含蓄，遇事能忍让，有种古代女人的那种温柔娇柔的美。妹妹月霞就跟姐姐不一样，她活泼好动、爱说话、脾气暴躁、遇事要尖，小的时候姐俩常吵吵，吵吵的结果总是姐姐让着妹妹。后来由于祁氏身体不好，在俩孩子八九岁的时候她去世了。

祖大寿为了能一心照顾两个孩子，决定暂时先不娶二房。他自己一个人既当爹，又当妈，精心呵护、照料两个孩子，把她们俩当作心肝宝贝。当祖天霞、祖月霞长到十一二岁的时候，祖大寿娶了二房佟氏。由于天霞、月霞姐妹俩心地善良、聪明伶俐，而且长得漂亮，所以佟氏对天霞和月霞姐妹俩也是非常喜爱，视如己出。后来，祖家被朝廷收编，归到了熊廷弼的帐下。这些咱们在前书都已经说了。

祖家被朝廷收编的时候，天霞和月霞姐妹俩也要跟着父亲一块儿走，佟氏却不答应了，因为什么呢？她舍不得。按理说这佟氏嫁给祖大寿六七年了，她自己也生了几个孩子，不过都是小子，没一个丫头，当她听说两个姑娘要跟自己的丈夫从军时，她说什么也不干了。一边儿是要去，一边儿是不让去，怎么办呢？祖大寿左右为难。

后来夫妻俩商量来商量去，决定一人留一个。可是让谁走让谁留呢？还是佟氏主意多，她说："干脆让她姐俩抓阄吧。"抓阄的结果是天霞抓了个"走"。月霞抓了个"留"，就这样，天霞随父亲祖大寿来到靖东营，陪伴其左右。月霞则留在了佟氏的身边。那时候，从军是个非常苦的差事，常常是吃不饱、穿不暖的，所以祖大寿走了几个月以后，佟氏由于挂念自己的丈夫，在征得祖老太爷的同意后，来到靖东营看望夫君，于是月霞也跟着一块儿来了。

咱们前书说过，王化贞到科喇沁的喇嘛庙，天霞也去了，而且亮了相。穆达库才能得见芳容。天霞轻而易举地上宝塔取出镇寺之宝，达库颇为震惊，并对天霞产生敬佩之意。天霞也见到了憨厚可爱的穆达库，对他萌生爱慕之情。这也许是缘分吧，要说这天霞有多少人在追求啊，不光是因为老祖家在辽东一带名声显赫，要文有文、要武有武、要财产有财产、要势力有势力，而且天霞和月霞更是两朵娇艳美丽的鲜花，谁都希望能跟老祖家攀上亲，就连王化贞也对天霞另眼相看，可天霞却对任何人都没动过心。你说怪不怪，自从那次天霞见到达库以后，就对达库产生了一种爱意。当然了，这里还得向各位阿哥多说几句。

咱们前书也说过，祖大寿爷爷、父亲和叔叔等一家九口曾经被明朝皇帝抓起来，要被开刀问斩，是明安贝勒联络蒙古各部贝勒、王爷联合上奏，救下了祖大寿的爷爷等人，所以祖大寿一家对明安贝勒非常感激，跟明安贝勒家的关系相当好，并把自家祖传的功夫教给他们。明安贝勒也把草原的骏马送给祖家，两家越处越近。

从祖家的家传中可以看到，祖大寿、祖大乐他们哥们儿不止一次去过科尔沁，而且去的时候常常带着自己的亲戚和家将去。每次到了那里，明安贝勒都是杀猪宰羊，盛情款待，并且为他们表演赛马，和祖家人一起打猎。

祖大寿去的时候常带着他的宝贝女儿天霞和月霞。天霞和月霞从小就在草原练功，对草原非常熟悉，也非常喜欢草原的生活。明安贝勒也把天霞和月霞当成自己的小孙女，喜爱不够。天霞和月霞身上穿的好几套蒙古衣裳、帽子和佩饰，都是明安贝勒送的。特别是天霞，她不像月霞那么爱动，所以她每次去了，都围在明安贝勒身边，贝勒爷长贝勒爷短地叫着，跟明安贝勒非常亲。明安贝勒也格外疼爱天霞，把一些好东西和稀罕物都留给天霞。有时候天霞不在，明安贝勒就派人把东西送到祖家。

天霞和月霞在草原练功的那几年，也曾见过达库两次，但由于当时双方都太小，而且祖大寿对女儿们看管又很严，只是知道让女儿练功，更何况达库在额莫塔嬷死了以后，一直跟娜仁奶奶生活在一起，所以这俩孩子根本没有机会接触。达库虽然见过天霞和月霞两次，但脑子里没留下什么印象。尽管如此，天霞对达库的身世及情况打小就清楚。天霞是个非常有心计的姑娘，虽然她比达库还小两岁，可想的却非常多，她不知不觉地对达库产生了一种特殊的感情。可小达库就像一张白纸似的什么也没有，更没有天霞的那些想法。也许他俩真是有缘，当天霞和达库长大以后，老天不仅让这两个孩子再次见了面，而且达库又偏偏要拜天霞的父亲祖大寿为师。你说这事巧不巧？

前面说过，天霞和达库见了面，天霞并没有伤害达库，而且暗中保护了他。当听说达库要拜自己的父亲为师时，她非常高兴，马上赋诗一首，让达库按诗索骥，这些咱们在前书已经介绍了。

达库为了提高自己的武艺，根据天霞的赠诗，来到了青岩寺。当时祖天霞因为有军务在身，没能见到达库，但她心里却十分惦记。

她临行前告诉自己的妹妹月霞："过些天咱们这里可能要来一位很重要的客人，到时候你要好生招待招待。"

月霞说："谁呀，还劳烦姐姐你这么挂念。"

天霞说："其实这个人你小时候也见过，在明安贝勒那里，卫齐大人的儿子穆达库。"

天霞这话说得一点没错，月霞确实见过穆达库，因为她小时候也常到明安贝勒家里去，只是没有天霞去的次数多，但由于她的性格不像天霞，什么事都不往心里去，所以她对达库一点儿印象也没有。

虽然对达库没有什么印象，但既然姐姐天霞说话了，月霞只有照办的份儿。于是，月霞在姐姐天霞走了以后，找到自己的叔叔，也就是那位六十多岁的老者，告诉他："如果那位叫穆达库的客人来了，你马上通知我。"

其实这位六十多岁的老者并不是祖大寿的亲哥哥，只是他的一个本家哥哥，但祖大寿对他像对自己的亲哥哥一样好，所以他非常愿意跟祖大寿在一起。老者虽然年纪大了，但他不愿意在家待着，非要跟祖大寿出来。祖大寿不愿意拗着自己的老哥哥,就把他带出来了,让他帮着料理一些军中的杂事。老者也乐得自己每天有点儿事做,忙忙乎乎的挺高兴。

天霞走了以后,她的心却留在了靖东营,记挂着穆达库,也不知穆达库来了没有。

各位阿哥,说书人在这里还得多说几句。天霞自打在科喇沁重见穆达库,心里就非常高兴,当她听达库说要拜自己的父亲为师时,她更是欣喜若狂。她以为父亲也肯定能接受穆达库,因为穆达库不仅是自己家的救命恩人明安贝勒那里的人,而且是自己喜欢的人。她是父亲的宝贝女儿,自己提出的事情,父亲不可能不答应。

于是,她回到家以后,就把这次到喇嘛庙的经过跟父亲学了一遍,并把穆达库要拜父亲为师的事也说了。

哪成想,祖大寿听了以后非常不高兴,说:"丫头,这么大的事你不跟我商量一下,就自作主张。咱们家现在是受朝廷管辖的人,怎么还能跟明安贝勒、跟科喇沁有联系呢?"

天霞说:"父亲,难道你跟科喇沁就没有联系吗?跟明安贝勒就没有联系吗?他们不是咱们家的朋友吗?"

祖大寿说:"那是以前,现在不行了。现在建州部越来越厉害,他们的兵马已经占了辽阳,并且还在西进,大明的江山危在旦夕。这以后的天下归了谁还都不知道呢。孩子,咱们现在跟谁也不能走得太近,但谁也不能得罪呀。孩子,你没在官场上待过,不知道这其中的险恶呀。王化贞把我弄到他身边,他那是重用我吗?他是在监视我呀。孩子,我心里什么都明白,建州部帮了咱们多大的忙,给了咱们多少马匹啊,可我不敢跟他们联系呀。孩子,你说的那个穆达库就是从明安贝勒那里来的,他的父亲卫齐,是努尔哈赤身边的心腹大将。我如果收了他做徒弟,会引起朝廷对我更大的猜忌,就得毁了咱们这个家呀。孩子,咱们可不能吃这个亏呀。"

天霞不再像过去那样,父亲说什么自己听什么,而是坚定地说:"父亲,大明的江山危在旦夕,朝廷根本管不了那么多了,未来的天下,肯定是后金的,咱们怕他何来?"

天霞的话刚一说完,把周围的人都吓坏了。

祖大寿气得啪地把桌子一拍,说:"大胆,一派胡言,你怎么能说这样的话?你这不是犯了天条吗?你要让咱们全家祸灭九族吗?你,

第六章 高山学艺

你，你……你是真气死我了。"

说完，祖大寿竟然咧着大嘴，哇哇地哭上了。大乐听说以后，赶紧跑来劝自己的弟弟，佟氏和月霞也过来把天霞给拽走了。

祖大寿病倒了。天霞身前身后地伺候了两天，又跟父亲承认了错误，请父亲原谅自己一时任性，说了不该说的话。祖大寿这才原谅了女儿。

事情虽然过去了，但祖大寿夫妇的心里却一直不平静。夫人佟氏劝说丈夫："我说老爷呀，要不咱们不给王化贞当什么中军了，回咱们老家种地得了。"

祖大寿摇了摇头，打了个咳声，说："唉，夫人，事情哪那么简单。他们把我拘到这儿来，就是为了要看住我，能轻易放我走吗？别说我现在走不出去，就是走出去了，他们也得想办法把我掐死。夫人啊，说句心里话，孩子说的句句都是实话，我又何尝不想啊。可世道就是这样，明明知道大明朝要完蛋了，我还得处处维护它，真是难死了。"

佟氏说："那你也得为自己考虑考虑呀，要不你就收了科喇沁的那个年轻人。"

祖大寿说："不行，我现在还不能收他。我要是收了他，朝廷肯定知道。不过他是明安贝勒的人，明安贝勒对咱家有救命之恩，我还不能卷他的面子。"

夫人佟氏说："他要是来了怎么办呢？"

祖大寿说："他要是来了，我就把他留下来，收不收他做徒弟以后再定。"这些都是穆达库到达青岩寺以前发生的事。当然，这些事情穆达库是一点儿都不知道的。

祖大寿虽然嘴上没有答应自己的女儿，但心里却非常重视这件事。他有一个习惯。什么习惯呢？就是他只要在靖东营，每天早晨总要到青岩山上父子松下练功。正因如此，天霞才赋诗一首，让达库到青岩山上父子松下寻找自己的父亲。

达库一来到青岩山，天霞就知道了，不过天霞没好意思露面。一来她是一个姑娘家，有些腼腆。二来父亲还没答应收达库做徒弟，但她嘱咐自己的妹妹月霞，要好好招待达库，并且让她安排祖海和祖方先带带达库。别看祖海和祖方年纪不大，却是祖家两个有名的武功高手，就连天霞也挺佩服他俩。达库练功的那些日子，天霞曾偷偷地去看过。看见达库满头汗水、满身伤疤地在那扛石磙子，并且睡在用树枝搭成的小窝棚里。天霞心疼得直掉眼泪。

还有一次，也就是前两天，达库在那顶石板，天霞来了，看见达库光着膀子，一动不动地顶石板。天霞这个心疼啊。她想过去帮达库把石板拿下来，但又觉得不应该。一个是不能暴露自己的身份，再一个练武功就得能吃苦，将来才可能有大出息，自己也是这么过来的。不过她看完以后，马上找到自己的父亲，哭着求父亲收达库为徒，不要再让他那么练了。一旦穆达库有个三长两短，咱们能对得起明安贝勒吗？

月霞也帮着她说："我姐姐说得对。我看这人也挺好，不管多大年纪，都能当他师父，他都认认真真地练。爹，这样的人你上哪儿找啊，您就收下他吧。"

祖大寿想了想，说："算来他练了有八十多天了，练得也差不多了，而且我观察这孩子确实不错，把他带来吧。"

就这样，穆达库被请到了祖大寿的客厅。

再说达库由祖宽陪着在更衣室换完了衣服，这回可就变样了。只见达库头扎壮士英雄巾，身穿绛红色的印着红花百绘图的绢丝上衣，下穿蓝缎子蝶花英雄壮裤，腰扎紫缎子的英雄锻带，俨然是一位明代壮士的打扮，非常英俊、漂亮。

书中暗表，穆达库的这一身衣裳，完全是女仆们按照佟氏的意思给打扮的。佟氏有佟氏的想法，一个是自己的两个姑娘都替这个小客人在她爸爸面前说情，姑娘喜欢的人，当娘的就更应该高看一眼。另外，这位客人是从我们家的恩公明安贝勒那里来的，就是看在明安贝勒的面上，我也应该好好地招待招待人家，所以她让奴才们给达库准备了衣服，把达库当作贵客和亲戚来迎接。

这时，那位六十多岁的老者走过来说："老爷和夫人已经在堂上等着了，快走吧。"

祖宽一听，赶紧领着达库重新来到大堂。刚才达库进这屋的时候，屋里只有几个女仆，可就在他洗澡这么个工夫，屋里已经坐满了人。达库一进屋，屋里人的目光唰的一下都集中到他身上，把达库看得不好意思地低下了头。

祖宽在一旁说话了："达库，你不是要拜见祖将军吗？祖将军来了，你怎么还不好意思了呢？"

达库一听，欣喜若狂，赶紧抬头往上观瞧。只见大堂正面的太师椅上端坐着一位身穿明朝红袍官服的人。此人较为消瘦，长瓜脸，留着五

第六章 高山学艺

缕长髯。达库怎么看怎么觉得眼熟。他突然想起来了，这不是自己刚来时见到的那位白衣打拳人吗？

达库赶紧下拜施礼："穆达库参见祖将军。"

祖大寿起身往前走了一步，搀起穆达库，说："达库，起来吧，咱们是老朋友了，你就不要客气了。来，我给你介绍一下。"说着，祖大寿指着他旁边的一位留着连毛胡子、宽脸庞、大肚子、光头，非常像大肚弥勒佛的人说："这位是我的哥哥祖大乐。"

达库赶紧过去下拜、叩头。祖大乐哈哈大笑，然后把他搀起来，说："快起来，快起来，来了就好，来了就好啊。"大乐说话憨憨的声音，使人感到非常亲切。

祖大寿又给达库介绍第二位。这位也留着一脸的连毛胡子，身体非常彪健。他是祖大寿的弟弟祖大弼。接着，祖大寿又把身边的佟氏以及各位将领给达库一一介绍一遍。穆达库一一拜见。

这些人都介绍完了，祖大寿才把达库领到站在夫人佟氏身后的两位美貌姑娘面前，说："这是我的两个女儿。天霞你已经认识了，这个是月霞。"

达库一见天霞和月霞，赶紧上前施礼，说："多谢二位小姐相帮。"

天霞笑了笑，没好意思吱声。月霞可不管那套，大着嗓门说："嗨，以后咱们就是一家人了，你跟我们还客气什么？"

她这话把天霞说得满脸通红，她悄悄拽了拽妹妹的衣后襟，意思是让妹妹别瞎说。

月霞满不在乎地说："姐姐，怕什么？这有什么呀？"天霞的脸更红了。

佟氏一见赶紧把话头叉开，说："达库，你来了这么长时间了，我们本来早就想见你，可将军一直都很忙，也没抽出时间来，真难为你了。"

祖大寿接着说："是啊，我这些日子确实很忙。不过说实在的，达库，咱们是有缘的。我虽然跟你父亲卫齐大人不怎么熟悉，可他的大名我早就听说过，我非常佩服他。再说我与明安贝勒的关系也非同一般，而且杜木钦德大喇嘛我也认识，所以我没把你当作外人，招待得不周，请多多包涵。"

达库说："祖将军说的是哪里话，您虽然没见我，但有祖海和祖方师父教我练功，也是一样的。二位师父的功夫特别好，而且他们待我像自家人一样，我非常感谢。"

祖大寿说："是啊，别看他们的年纪不大，但个个都是武林高手，在辽东还没有人能超过他们呢。你跟他们两个学，比跟我学还强啊。"

祖大寿说完，哈哈大笑起来。稍后，祖大寿又说："达库，我们祖家有个规矩，从来不收外姓人，武功也不传外姓人。我看在你父亲卫齐大人的面上，也看在明安贝勒的面上。另外，我的两个女儿也非常希望我收你，我就违背家规，收了你。五天以后，你就练满九十天功，那时候，咱们在这里摆上香案，我正式收你为徒。怎么样？"

达库一听，喜出望外，连忙跪地磕头，说："徒儿拜见师父。"

祖大寿说："你忙着磕什么头啊？我不是说五天以后再收你嘛。"

达库连忙说："一样的，一样的。"

达库憨憨的样子把大伙逗得哈哈大笑。

祖大寿又转过身来告诉夫人佟氏："你去厨房安排一下，咱们今天晚上在这好好热闹热闹。你要多准备些好吃的，再多准备些酒。"

佟氏说："放心吧，我早就安排好了。将军，吃全羊席怎么样？"

祖大寿点了点头，说："行。"

在座的各位听了也连声叫好，声音最大的要数坐在祖大寿旁边的祖大乐。他腆着个大肚子，咧着个大嘴，哈哈大笑："好哇，好。弟妹，你想得太周到了，哥哥我呀早就想吃肉了。"

大伙都被他逗笑了。佟氏说："前些日子明安贝勒给咱们送来了50只肥羊，还剩几只。现在战事这么紧，说不定哪天又要打仗，我看咱们今天就吃了吧。"

祖大寿听了心里一沉，说："是呀，别留它，都吃了吧。对了，我再说一下，宴席之后各位都不要走，我和你们有要事相商。"

刚才佟氏为什么说她早就准备好了。我在前书曾经说过，祖大寿主要主持外面的事情，家里的事像吃、喝、拉、撒、睡等一些生活上的事情都由夫人佟氏负责，她曾不止一次地跟祖大寿商量："人家孩子来了这么长时间了，你连个面也不着，或是收，或是不收，你给人家一个痛快话。你躲着不见，这成什么事了？这要是传出去，明安贝勒会怎么想？咱对得起明安贝勒吗？再说我看这孩子也真挺好的，就在那一声不吭地练，就是咱们家也找不出这样的人啊。"

别看祖大寿嘴上没说什么，但心里早就有了数，这才有后面收达库为徒这一举动。

第六章 高山学艺

佟氏一说办全羊席，佣人们马上开始准备。因为祖家人多，所以吃饭专有一个大屋子，佣人们在屋子里摆了不少桌子。祖家人就这点好，吃饭的时候都在一起吃，从来不分主人和佣人，只分长辈和晚辈。长辈和长辈一桌，晚辈和晚辈一桌。酒席摆好以后，祖大寿的叔叔们坐了一桌，大寿和大乐他们哥几个坐了一桌，祖方他们二十几个小兄弟坐了两桌。女眷们坐了一桌。佟氏坐的这张桌上有大乐和大弼的夫人，还有天霞、月霞以及她们的侍女们。

今天佟氏没像往常一样让她两个姑娘分坐在她的两边，而是让她们通通坐到了左边。天霞挨着她坐，天霞的那边坐着月霞。右边空着一个位子。

佟氏招呼祖宽说："祖宽，你过来。"

祖宽走过来问："夫人，什么事儿？"佟氏说："你去把达库请过来，我跟他说两句话。"祖宽遵命把达库叫了过来。

达库一看这桌坐的全是女的，就不好意思了。佟氏站起来把他肩膀一按，说："坐这儿吧，一个大男人家，脸红什么玩意儿？孩子，你不认识我，可我认识你。你小的时候在明安贝勒那里，由一个老嬷嬷看着，对不？"

达库知道她指的是娜仁奶奶，于是就点了点头。

佟氏继续说道："你小的时候可淘气了，愣把人家兔子尾巴给薅下来了，我说得没错吧。"达库被她说得不好意思起来。整个屋里的人都笑了。

就这样，达库在佟氏身边坐了一会儿，佟氏见他有些拘束，又让他回到祖宽、祖方他们那张桌去了。

宴席以后，祖宽吹响了牛角号，这是祖家传承了几百年的召集人的规矩。牛角号一响，只要是懂事的都要赶来。祖方和祖海也把达库拽去参加议事。

达库说："这是你们家族议事，我能参加吗？"

祖方说："我叔爷爷答应收你做他的徒弟了，你就算是我们靖东营的人，当然能参加了。"

就这样，穆达库第一次参加了祖氏家族召开的聚会。

由于商议军情，所以几位夫人和女仆们没参加，天霞和月霞姐俩参加了。

大家坐好以后，祖大寿说："各位兄弟、叔叔大爷、弟弟妹妹们，咱们到这一晃儿已经快半年了,一直很安稳。可前两天听说后金的兵马很快要兵下大凌河,直攻广宁了。这就意味着马上要打大仗了。咱们可得好好商量商量,是跟着王化贞他们一块儿干呢?还是赶紧撤出去?大伙儿拿个主意。"

祖大弼说:"哥哥,这事儿还真得好好商量一下。咱们尽量不去打仗,可王化贞天天盯着你,你能走得了吗?"

大乐说:"不用管他。复宇,大明朝要是好,咱们就跟着他们,要是不好,咱们就赶紧撤。总之,咱们家不能受损失。再说了,人家建州跟咱们也没什么过节儿,更没有什么仇怨,咱们跟人家打什么呀?不能打。"

像祖海、祖方这些人年轻气盛,考虑得不多,都吵吵着要跟后金干一仗。大伙七言八语,说啥的都有。

最后,祖大乐说:"复宇啊,别让大伙这么瞎呛呛了,还是你拿个主意吧。"

族里的不少人也都同意大乐的意见,说:"好,大乐说得对,就让复宇拿主意。"

祖大寿见状也就不再推辞,说:"那我就不客气了。我跟大哥是一个观点,就是咱们必须有自己的安排、自己的计划,能跟则跟,能合则合。不能合、不能跟,咱们溜之大吉,不能跟着王化贞他们这些人白白送死。"

大乐说:"兄弟,这事你就拿砣吧,我们都听你的。"

大寿说:"那就这么定了。天色也不早了,各位回去休息吧。"

祖大寿又把祖宽和天霞留下。达库一看大家都往外走,不知道自己该走还是该留?

正在达库举棋不定的时候,大寿招呼道:"达库哇,你也留下。"

屋子里只剩下祖大寿、祖天霞、祖宽,还有穆达库他们几个人。达库和祖天霞分坐在祖大寿两边,达库那边坐着祖宽,祖大寿又让下人重新沏了热茶,把厅里的油灯拨了拨,大厅里显得非常亮堂。

祖大寿说道:"达库。"

达库马上站起来应道:"师父。"

祖大寿说:"你坐下,听我跟你说。达库,算起来你到我们这来已经快有九十天了,再生疏的人也应当成为熟人了。达库,既然我已经收你为徒,那你以后就跟天霞她们一样,都是我的孩子了。达库,现在战

第六章 高山学艺

283

事这么紧，我没有单独的时间教你练武，所以你只能跟着我在战中学、战中练，事事留心，处处留意，听明白没有？"

达库说："听明白了，师父。"

祖大寿又转过头来对祖天霞说："天霞，明天跟你妹妹把你姨娘她们送回老家去，现在战事吃紧，一旦有什么变故，咱们照顾不过来，把她们送回家以后，你马上回来，然后到王化贞那里找到孙德功，跟他取得联系。王化贞要是有什么行动，你马上通知我。"

天霞说："父亲，您放心吧，孩儿一定办好。"

祖大寿又嘱咐祖宽："你去准备准备，过两天把朝廷拨给咱们的粮饷拉一部分回老家，这块儿留够咱们半年人吃马嚼的就行。动作一定要利索、要快，明白吗？"

祖宽说："明白了，老爷，您就放心吧。"

祖大寿把细节安排好以后，已到半夜。

祖大寿说："天不早了，都回去休息吧。"

天霞随父亲去了。祖宽把达库送到他的住处。

那位六十多岁的看门老者还在等他，一见达库回来了，很高兴，说："达库啊，被我都给你焐好了。你洗洗脚、洗洗脸，赶紧歇着吧。"

达库简单地洗了洗，然后就睡觉了。

次日早晨，雄鸡报晓，达库很早就起来开始练拳。练着练着，那位看门的老者走过来告诉他："达库，七姑娘来了，找你有事儿。"

达库赶紧稳住双脚，把拳势收回来。达库问道："小姐在哪儿？"

老者努了努嘴，告诉他："你看，你往那边看。"达库顺着老者暗示的方向看去，只见天霞牵着两匹马在门口站着。

达库走过去问："小姐找我有事儿吗？"

天霞说："我父亲找你。"

达库一听师父找他，让天霞等他一下，自己回屋换好了衣裳，连饭都没吃，就出来了。两个人骑上马，并排而行。

咱们在前书讲过，从祖家庄来的人都在靖东营的院里住。达库住在前排最东面的屋子，祖大寿住的是后排的屋子。达库和天霞骑马很快绕到了后排，来到了祖大寿的住处。天霞先把达库领到后堂吃了点饭，然后领达库到前厅见到了祖大寿。

祖大寿说："天霞，我这里就不用你管了。你赶紧准备准备，带你姨娘她们走吧，你要早去早回。"

天霞跟父亲告别，又跟达库告别，然后骑上马走了。

这时，有下人拿来一套明朝的官服。祖大寿对穆达库说："达库啊，从今天开始，你就跟着我吧，每天去巡抚大堂听差。你先下去把衣服换上。"

穆达库遵命把衣服换好以后，下人们早已备好了马。祖大寿骑着一匹银鬃马，穆达库骑着一匹枣红马，两人一块儿来到了巡抚大堂。

王化贞一看祖大寿身边换了一个人，自己不认识。他贼眉鼠眼地上下打量着达库，一看这个人比祖宽年轻，而且个子高，也很魁梧，好像在哪儿见过，可一时又想不起来。

说书人在这里跟各位阿哥交代一下，王化贞虽然在喇嘛庙见过达库，就是王化贞管喇嘛庙要人、要银子那次，也就是达库第一次见到天霞的那次，当时王化贞只顾着跟杜木钦德大喇嘛等人交涉，根本没把站在大喇嘛身后的达库放在眼里，所以他对达库基本上没什么印象，但王化贞看到达库心里却有一丝不舒服的感觉，他阴阳怪气地问："祖将军，你身边怎么又换了一个人？他是谁呀？"

祖大寿忙说："祖宽这些日子正忙着押运粮草，他是我的一个远房侄子，以后就由他来跟着我了，他叫祖达库。达库啊，赶紧过来见过王大人。"

达库上前一步给王化贞施礼，说道："见过王大人。"

王化贞嘴上答应着："罢了。"但心里却想：这小子看样儿不是个善茬子，我得小心着他点。

咱们前面说过，王化贞跟朝廷里的大太监魏忠贤关系相当密切。大明朝的时候是宦官说了算，就连皇上都听他们的。他们要是看谁不顺眼，那谁就没好儿了，不是被杀，就是被砍，所以大臣们个个敢怒不敢言，天天小心翼翼地过日子，生怕什么时候不小心，惹这些太监们不高兴，招来杀身之祸。

是福不是祸，是祸躲不过。你越怕事儿，事儿还越找你。魏忠贤为了控制住皇上和大臣们，在朝廷里安插了很多亲信，他们有的身居要职，掌握着朝廷的大权；有的是哪个大臣府里的奴才，但实际上他们是魏忠贤的耳目，是替朝廷，准确地说是替魏忠贤掌握和监视朝臣们的。

王化贞的身边就有两个这样的宦官，他们不光是魏忠贤的亲信，也是王化贞身边两个最得力的干将。由于他们不愿意道自己的姓，实际上他们也没啥姓，从小儿进了宫以后，他们的名字都是宫里给起的。他们

第六章　高山学艺

一个是大葫公公，一个是小葫公公。大伙给他们俩起了个外号，一个叫"大葫芦头"，一个叫"二葫芦头"。因为啥呢？他们俩的头发都不多，稀稀拉拉的。另外他们吃得又太好，脂肪也相当多，胖乎乎，肥嘟噜的，像个大葫芦，所以大伙都管他们叫大葫芦头、二葫芦头。

当王化贞问起达库身份的时候，这两个大小葫公公就站在王化贞的身边。下了堂以后，祖大寿正想领达库回他办公的地方。

在这里还得交代一下，王化贞为了传唤方便，更主要是为了监视祖大寿，在他的中军大帐给祖大寿预备了一处房子，是他平时办公和休息的地方，有时候商议军情晚了，祖大寿就住在这处房子里。

就在这时，大葫芦头、二葫芦头过来了。大葫芦头先说话了："我说祖大将军啊，请留步，我有点事儿想问问你。"

说话的声音怪声怪气的，男不像男，女不像女的，让人听了很不舒服。

祖大寿一看是大葫公公和二葫公公，连忙站住了，说："葫公公，您好，叫我有事吗？"

大葫芦、二葫芦两个人迈着四方步慢慢走到了达库的跟前，围着达库转来转去，上看看、下看看、左看看、右看看，又掐了掐他的脸蛋。

大葫芦说："呦，这孩子真漂亮，多大了？"

达库说："二十。"

大葫芦头又问："哦，正是好时候，你家住什么地方啊？"

达库一下被问住了，不知该怎么回答好。

祖大寿忙接过话茬说："啊，他是我们老家的人，前些日子刚来。这孩子不懂事，也没给公公您行个礼，失礼了。请原谅，请原谅。"大葫芦头也没搭话。

二葫芦头走过去，把达库的手给抓住了，武术界管这叫"掐手"，为的是试试你身上有没有功夫，有几成的功夫。这个二葫芦头也真够糊涂，你掐就掐呗，他使劲掐，而且掐住以后，他还使劲儿掰，他也没想想自己身上那半斤八两。

开始的时候达库没理会，任由他掰扯。因为他看自己的师父都那么尊敬这两位公公，自己就忍着点吧，可后来看他没完没了了，达库挺生气，他一抖手，一下就把二葫芦头给抖了个跟头。

二葫芦头砰的一声倒地上了，摔得哎呀、哎呀地直叫唤。

祖大寿心里明白是怎么回事，但表面上佯装不知。他走过去，把二葫芦头扶了起来，嘴里说道："公公小心，哎呀，怎么还摔了呢？"

二葫芦头起来以后，看了看达库，说道："哎呦，这孩子挺有劲儿。祖将军，祝贺你，你身边又添了一员虎将，这也是皇家之福啊。好，好，好，希望你多为朝廷建功立业。"说完这段话，这俩葫芦头头也不回地就走了。

祖大寿猜到他们不会就此善罢甘休，他悄悄告诉达库："你要事事留心，处处留意，千万不能马虎大意。"

达库那是多机灵的一个人呀，他早都看出了这里的端倪，而且他对王化贞这伙人存有戒心和仇恨，只是碍于现在不是时候，不能宰了他们。达库这次来，特意把祖方给他的那个石碌子式的圆古隆棍子带来了。

他拿着这个棍子到了巡抚衙门往那儿一站，巡抚大堂上上下下的人等，吓得直瞪眼睛："哎呀，祖将军在哪找来一个这样力大无比的人，这人真了不得。咱们还是离他远点吧，小心碰着。"

达库自打跟祖大寿到了巡抚衙门，一刻也没闲着。也许是遗传吧，他像他父亲卫齐一样，每到一个地方，都想找出不同于别处的疑点和难点来。他这种好求真的禀性，济能大喇嘛就很喜欢，知道这孩子将来一定能有出息，遇到什么样的迷魂阵也不会上当。这不，达库到这里来，并不以为这是到了祖大寿的一亩三分地。照一般常人的想法：一个大将军住的地方，还是明朝大巡抚给预备的，还能有错吗？可达库并不这么想，他东瞅瞅西望望，对于每一个地方、每一个人都看得清清楚楚、仔仔细细。

他那天还特别把祖将军的房子跟附近四周的房子比来比去，觉得王化贞给祖将军准备的房子确实不错，也很漂亮。房脊青一色是由青砖瓦铺设，房下长廊抱柱全带有画像，是绘有二十四孝的画廊。廊柱上方雕有虎豹虫蛇，漂亮大气。再看院子，院子中央，围有一个开着莲花的花池，睡莲迎日，群蝶在花丛中上下翻飞，小蜜蜂嗡、嗡地叫着在忙碌地采蜜，庭院里干净、整洁。

从房子的外表装潢来看，可以肯定地说王化贞将这样价值千两银子的行在①赏给祖将军，足见王化贞对祖将军十分器重。你想啊，这是什么地方？这是巡抚衙门啊，何况又是巡抚王化贞亲自选定的房子，当然

---

① 行在：古代用语，即临时休息的地方。

287

漂亮得很了。房子挺大，有办公的屋子、会客的屋子，还有三间卧室。一间是给祖大寿预备的，另两间是给随行的人员预备的。

穆达库前屋、后屋地反复看了几遍，又特别与祖大寿并排的其他房子相比，别无二致，并未发现什么可疑的迹象。达库又好信儿地站在远处仔细观瞧。这一观瞧不要紧，达库发现了一个令人不注意却又值得深思的房屋结构。他发现祖将军的行在和其他房子的高低并不一致。祖大寿的行在显得那么挺拔高耸，而旁边的房子却相对矮了一截。为什么呢？这所房子的房脊怎么这么特殊高呢？虽然旁边的房子也有用砖瓦隆起的脊，但唯独将军这座漂亮的行在与众不凡，难道是它的棚高？为什么要有这么高的棚呢？达库饶有兴趣地边看着房脊，边走进祖大寿住的房间。进屋以后，达库往房上仔细查看，跟平常的天棚一样，也没显出高啊。

此时天到傍晚，到了该吃晚饭的时候了，可达库没有心思用餐。他站在中央，凝望着天棚在默默发呆。为什么从外边看，房脊高出一块呢？是为了通风？为了凉快？还是为了保暖？他越想越觉得蹊跷。达库心想：这是我最尊敬的师父住的地方，我得弄个水落石出。可是，他怎么想也找不出房脊高出的理由。

于是，他又出了房门，围着祖大寿的这个令人生疑的行在，从前头绕到了后头，又从后头绕到了前头。他发现这座房子的西山墙旁有一个小仓房。达库拉开小门，走进了仓房。只见小仓房里除了几件旧家具和一堆柴草，其他什么也没有。达库看了看这些旧家具，没发现什么可疑的地方，又看了看这堆柴草，达库心里就开始嘀咕：这屋里没有灶台，而且将军不用自己生火做饭，放柴火干什么呀？难道这里会有什么猫腻？

达库用手挪开了堆放在墙边的柴草，他惊讶地发现了一个小圆门。门不大，只能低着头进去。达库抑制不住内心的激动，把小圆门上的门钩摘下，然后把门推开。里面是一条通道，挺窄，也挺黑，原来这里是秘密建成的一个夹壁墙。

达库顺着通道往里走，没想到，越往前走，还越亮堂。达库拐了个弯，一直走到尽头。尽头是一处不大的空地，墙上有一个灯台，放着一盏油灯，灯还点着，原来这就是越走越亮的原因。达库借着亮光往四周看了看，除了有一面墙上立有一把小铁梯子，其余什么都没有。达库的好奇心越来越强，这上面是什么地方？我上去看看。

穆达库顺着梯子爬到了最上头。一看，原来这里是房子的天花板。达库猫着腰刚往前走了两步，又立刻站住了。他想起来了，这底下不正是祖将军住的地方吗？达库借着从侧面房山墙上开出的小窟窿里进来的光线看见，里面有两个坐垫，还有烟包什么的。他又往四下仔细观瞧，发现自己脚底下四个角下面都有亮光透进来。达库轻轻地走近一看，是些小窟窿眼儿。窟窿挺小，是喇叭筒形的，下头眼儿小，上头眼儿大。他趴在小窟窿眼儿上往下一看，正看着祖将军办公的屋子。他又在其他的眼里往下看，祖将军住的卧室以及随从们住的地方都被看得一清二楚。达库明白了，这是王化贞为了监视祖将军设的暗哨啊。

观察明白以后，达库又顺原路返回去了，所经过的地方按原样弄好，该扣的地方扣上，该挂的地方挂上。好在四周没人，一切进行得非常顺利。

达库又把巡抚衙门后院的地形地势，以及周围的环境仔仔细细地看了一遍。看完以后，达库又悄悄回到祖大寿住的地方。因为王化贞这两天不分白天夜晚地总是召开军事会议，商议怎么布防的事，所以祖大寿没回靖东营，而是住在了这里。

达库进门以后，看到祖大寿将军正聚精会神地在那读书。达库怕打扰将军，没敢吱声，可事情紧急，自己又不能不说。

没办法，达库只好小声说道："师父，徒儿有事向您禀报。"

祖大寿把手中的书放下，抬起头来，笑着对达库说："是达库啊。来，坐这，有什么事，你就说吧。"

说着，祖大寿站了起来，按了按手，又在地中间走一圈。

穆达库把祖大寿拉到外头，把自己发现天花板上秘密的经过讲了一遍。达库讲得特别仔细，祖大寿也听得非常认真。祖大寿虽读过许多兵书，也很警惕王化贞，但没想到王化贞会对自己做了这么多手脚。他大吃一惊：哎呀，我怎么就没看出来呢。祖大寿挺佩服和感激穆达库。他心想：祖宽在我身边待这么长时间，也没发现这事，我自己也没注意到。达库的心真细，帮我发现了这么大个秘密，这我要是不注意，被王化贞抓住什么小辫子，诬陷我是小事，连累了熊大人那可是大事啊。

咱们在前文书说过，祖大寿性如烈火，脾气暴躁，在听了达库反映的情况之后，他的火噌的一下就上来了。哼，我祖大寿是顶天立地的男子汉，不靠你朝廷的俸禄活着，还没有人敢这样欺负我们老祖家。武将的脑袋到底还是简单，他没想太多，更主要是祖大寿挺傲气，武功也很

第六章 高山学艺

289

高强，周围的人都围着他转，还没有谁敢跟他叫板，所以他谁都不在乎，更没把王化贞放在眼里。祖大寿心里这个气呀，你王化贞不是要整我嘛，好，这回让我抓住你的把柄了。我就问你：你凭什么窥探我？凭什么在我房上设这样的观察点？你要抓我什么把柄？难道我对朝廷还不够忠心吗？你到底要干什么？祖大寿要跟王化贞干上一仗，不行的话就薅着王化贞的脖领子一块儿上金銮殿，让皇上给评评理。

祖大寿刚想拍桌子，去找王化贞算账。祖天霞回来了。你说巧不巧？祖大寿站在那儿，一只手叉着个腰，一只手刚要拍桌子，发脾气。他的宝贝女儿祖天霞回来了。

天霞身佩宝剑，匆匆忙忙地就进来了："父亲，我回来了。"

天霞跟她父亲相当亲，祖大寿也非常疼爱自己的这个女儿。咱们在前文书说过，天霞这姑娘话不多，十分内向，但非常有心计。她早就看出王化贞没安好心，所以常提醒父亲："父亲，你要小心，要不你就别到王化贞跟前去了"。

祖大寿说："唉，孩子，咱不能得罪王化贞，把他得罪了，对熊经略也不好。孩子，放心吧。"

自打祖大寿到了巡抚衙门以后，天霞非常惦念自己的父亲，常陪伴在父亲身边，要是出去办事，她也千叮咛万嘱咐地告诉祖宽："祖宽，你可跟好了我父亲，不能偷懒、不能溜号，知道吗？"

祖宽说："小姐，你就放心吧，我会照顾好老爷的。"

佟氏也非常惦记祖大寿，她常嘱咐天霞："你父亲心粗，遇事想得不细。你要照顾好你父亲，千万别出事啊。"

这次天霞遵父命把姨娘送回老家，反正都是在辽东，离得也不远，而且天霞做事麻利，很快就把姨娘送到了家。因为惦记自己的父亲，所以天霞和几个亲随女仆连脚都没歇，就往回返。那几个女仆的武功也都非常好，都是打小儿就跟天霞在一起练出来的，路上也没耽误。

几个人骑着马，很快就到了靖东营。天霞没看到自己的父亲，就来到巡抚衙门，直接到了自己父亲住的卧室。

刚一进门，就看见父亲怒气冲冲的，铁青着脸，举着手正要往下拍桌子，穆达库傻站在一旁。天霞吓一跳，她以为穆达库这小子可能做错了啥事，惹得父亲不高兴。

她赶紧近前一步，笑着说："父亲，我回来了。"

祖大寿一看自己心爱的女儿回来了，举在半空中的手立刻就停下了。虽然天霞武功好，而且人又聪明，但是因为大明朝怕后金人混进辽东，所以到处设卡，到处是明兵，盘查得很严，过往的行人一旦有个什么不对劲儿或者可疑的地方，不说杀了你，也得把你关起来。祖大寿也非常惦记自己的女儿，这一路上顺利不顺利？遇到啥麻烦没有？现在一看女儿平安地回来了，知道夫人已经到家了，一颗悬着的心也就放下了。

祖大寿笑着说："孩子，回来了。路上还顺利吧？你姨娘她们都还好吗？"

天霞说："都还好，父亲，一切安排好了，您就放心吧。"

说完，天霞像小孩一样走到祖大寿跟前，挽起祖大寿的胳膊，撒娇地说："父亲，你怎么了？谁惹你生气了？是达库得罪你了吗？是不是？"

祖大寿连忙说："不是，不是，不是达库得罪我，刚才达库告诉我个秘密，把我气坏了。丫头你说，王化贞这个王八蛋，我这么帮他，他却把我当贼，监视我，真是岂有此理。"一提起这事，祖大寿就气不打一处来。

达库走过来说："天霞，你回来的正好，好好劝劝我师父，让他老人家别生气了，小心气坏了身子。"

天霞说："你都跟我父亲说什么了，他生这么大的气？"

还没等达库解释，祖大寿在一旁憋不住了，他接过话茬把达库看到的一切跟天霞讲了一遍。

说完以后，祖大寿说："不行，我明天早晨就去找王化贞，我把他薅着到皇上那去，我问问他这是要干什么，我要不把王化贞扳倒，我就不是祖大寿。"说着说着，祖大寿又站了起来。

天霞轻轻地把住父亲的双肩，说："父亲，别生气，你坐下，听我跟你说。"祖大寿那也是响当当的一员武将，是个天不怕、地不怕的主儿，除了自己的父母，别人谁也治不住他，唯有天霞这个宝贝女儿说的话他听。所以，当天霞让他坐下的时候，他一声不吭地一屁股坐下了，但嘴里仍喘着粗气。

天霞不紧不慢地跟达库说："达库啊，你也坐下，咱们都坐下。"

三个人坐下以后，天霞就说："父亲，不必发这么大的火。这个事儿发现得挺好，咱们应当感谢达库。父亲，你想没想，自从咱们到靖东营不久，王巡抚就把你调到他身边做了中军游击。王化贞一直都在监视

第六章　高山学艺

291

你，这你是知道的，也是咱们意料之中的事情，只是不知道他竟然连你的起居都监视，对吧？"

祖大寿寻思来寻思去，然后点点头。对呀，孩子说得对呀，有什么大惊小怪的？王化贞把我挖到他跟前，就是对我们老祖家不放心，包括那个大葫芦头、二葫芦头，说话也阴阳怪气的，他们做出这样的事不奇怪。

想到这儿，祖大寿的火也就消了。他深深打了一个咳声，说："咳！孩子，那你说这事儿怎么办好？咱们就这样不出声？"

天霞说："父亲，你只管保重你自己的身体，在王化贞面前还像往常一样，其他的事儿你就不用管了，有我呢。"

祖大寿一听高兴了，说："好吧，姑娘，我听你的。"

祖天霞又说："我认为这是件好事，咱们正好可以利用暗道抓住王化贞的把柄，然后收拾他，到那时候他就得听咱们的了。"

祖大寿非常高兴，说："天霞，那这事儿就交给你跟达库，我就不管了。你们俩一定要注意安全，早去早回。"

天霞说："您放心吧，我自有安排。天已经很晚了，父亲，您也早点休息吧，我该走了。"

这里要说明一下，因为天霞也是王化贞巡抚里的参将，所以在巡抚衙门有她自己的房子。达库把天霞送到房间门口，然后才回去休息。

次日一早，吃过早饭，祖大寿陪王化贞出外巡查兵营，这些咱们暂且不说。

祖大寿他们走后，天霞和达库便开始商议对策。计策想好了以后，两人相约天一黑就行动。因为祖大寿白天不在屋里待着，所以暗探也不会来。到了晚上，天霞首先穿好了夜行衣，从自己的屋子出来，达库在一旁给她放哨。他们躲过巡逻的兵丁，进了仓房。

咱们在前面早就说了，天霞的轻功相当的好，上天棚对她来说那是不费吹灰之力。只见她用脚尖在梯子上一点，噌的一下就到了天花板上。上来以后，天霞一撒目，见天花板上都是些木头棱子，就选了一块靠近房脊的木板，趴在了上面，整个过程进行得相当快，而且一点儿声音都没有。

咱们再说说穆达库，天霞上去以后，达库就在一个破桌子的后面猫了起来。头一宿什么事也没有，就这么过去了。第二宿仍然没事。到了第三天，吃完了晚饭，天霞又悄悄地藏到了天花板上，达库同样在桌子后面蹲着,手里拿着他那根大粗石棍子。达库还用马鬃做了一个大网,藏在了身后。

到了三更天的时候,四周静悄悄的,一片漆黑。突然,达库隐约听见了唰、唰、唰的脚步声,脚步很急,也很快。接着,小仓房的门就被打开了。达库心里一阵激动,果然来人了,但达库一声没出,继续蹲在那里一动不动。只见这个人直奔柴草堆而去,把柴草挪开,推门进去,然后又把小门关上。

达库心里这个高兴啊:"好哇,你来得好,等你出来的时候,我就抓住你,这回你可跑不了了。"达库继续一动不动地在那儿等着。

再说这小子顺着梯子上到了天花板上。估计这小子也会点轻功,所以动作非常轻。但由于天霞在暗处,那小子在明处,所以自打他从梯子那头一上来,天霞就看见他了,而且看得非常清楚。可他冷丁从亮处到黑的地方,眼睛还没适应过来,而且天霞又待在房基上,所以他根本没看见天霞。只见他一副贼眉鼠眼的样子,蹑手蹑脚地、窝着个腰在各个有窟窿眼儿的地方停下来,一只耳朵紧贴着窟窿眼儿,听听下面有没有什么动静。天霞故意用脚把房梁板蹬了一下,只听嘎巴一声,房梁板折了。那小子吓得一激灵,马上坐了起来,仰脖往上看了看,什么也没看见,不过凭他的功力,他能听出来这是有人蹬夹板的声音。他知道坏了,自己已经被人家发现了。他赶紧缩着身子,弯着腰,噌、噌、噌几步就窜到了楼梯口,快步下了梯子。

天霞轻轻一跃,落到了天棚上,紧随其后也下了梯子。

再说自从这小子进去以后,穆达库就在门口把网给下上了,自己则蹲在那儿等着。过了不一会儿,听到一声响声,达库估摸是那小子出来了。他立刻屏住呼吸,紧紧抓住手里的绳子。

按理说那个人不应该只顾着往外跑,应该好好观察一下,因为他进来的时候把门关上了,可现在门却开着。可他顾不上这些了,一心只想着往外跑,别让人给抓住。他猫着个身子,低着个头,哈腰钻出了小门。

他的前脚刚一落地,就觉得有样东西糊到了自己身上,接着就听有人说:"小子,你往哪儿跑?"然后,自己被整个装在了一个大网里。网越收越紧,他根本挣扎不动。

就在这个时候,祖天霞赶来了,两个人一起把他给抓住了。

天霞说:"趁现在没人,赶紧把他带到我父亲那去。"

第六章 高山学艺

达库说:"好嘞。"

说完,达库把绳子紧了紧,使劲一悠,把这小子悠到了自己的背上。这小子被勒得直叫唤。两个人也没理他。穆达库又把自己的石棍子拿了起来。俩人很快就回到了祖大寿住的地方。

其实祖大寿这时心里也很紧张,一想到两个孩子在外头连着两个晚上也没抓到贼,今天已经是第三宿了,还不知道结果会怎么样,所以祖大寿也是忐忑不安的。为了吸引探子的注意,他还特意弄出点动静。就在他为孩子们着急的时候,祖天霞和穆达库进来了。进来以后,达库一扭身,把他身上背的人扔到了地上。那小子被摔得哎呀,哎呀直叫唤。祖大寿把油灯拨了拨,屋里比原来亮多了。达库把网打开,让这小子钻了出来。

这小子被吓得哆嗦成一团,蜷缩在那里不敢动弹。

祖大寿坐在椅子上大声问道:"你是哪里来的贼人,竟敢窥探于我?"

那小子吓得跪在那儿,一个劲儿地磕头,一句话也说不出来。

祖天霞见状把宝剑抽了出来,指着他的鼻子说:"你快说,你是谁?你要是不说,我就先割了你的耳朵,再割你的肉,我一块儿一块儿地活活将你割死。你说不说?"

这小子对祖大寿非常了解,知道他们家的人手都非常黑,是出了名的杀人不眨眼。自己这次被人家抓住了,不招肯定是过不去。

于是,这小子一五一十地说了:"我并不是巡抚衙门的兵丁,是王化贞让大葫芦头、二葫芦头用重金雇来的。他们给我们的任务就是天天上二层阁上监视祖将军,了解祖将军平时都跟谁有联系,说些什么,有没有反明的言论,这些言论跟经略大人有没有关,或者是祖大寿身边都有什么人,这些人都是打哪儿来的,是干什么的,总之是能听多少就听多少。如果真打探出来什么情况,除了每天必给的银子外,还有重赏。"

祖大寿又问:"你盯我盯了多长时间了?"

他说:"自从把你拨到巡抚衙门以后,我们就来了。我们一共兄弟五人,轮换着来。我们有时白天来,有时晚上来,只要将军您在这儿,我们就来。"

祖大寿一听心里冰凉,原来朝廷对自己早就不信任,自己还有什么奔头。

这时天已经完全亮了,再有半个时辰,就到了巡抚大堂点卯的时候了。祖大寿让达库把这个人绑好以后，拴在了桌子腿儿上。

天霞和达库轮流吃早饭，天霞随父亲上堂点卯。

王化贞说："各位将军、各位大人，你们今天有没有事？要是没有事的话本巡抚我想早点退堂，我准备带几个人到下面寻访一下，可能回来要晚一些。"

这时，站在一旁的祖大寿走过来，双手抱拳说："巡抚大人，末将有事。"

王化贞问："复宇，你有什么事？请说吧。"

祖大寿说："请巡抚大人跟我到末将的屋子去一趟，我有事跟巡抚大人密谈。"

王化贞觉得挺奇怪，咱俩平时关系又不好，你跟我有什么秘密可谈呀？但又一想：祖大寿不是胡说八道的人，他肯定是有事不想让大伙知道。

于是王化贞说："那好吧，本府随你去，其他人等全都退堂。"

就这样，祖大寿在前面领路，王化贞紧随其后，他身后还有两员武将护卫着他，这两个小子后面跟着的是祖天霞。一行人很快就到了祖大寿的屋子。

祖大寿让王化贞坐在了正位的太师椅上。他自己站在一边，他的旁边是祖天霞。王化贞身后是他的两个护卫。

没等王化贞说话，祖大寿就说："把贼人带上来。"

这句话把王化贞造一愣。他马上问道："贼人？什么贼人？"

祖大寿也没回话。就见穆达库把一个穿黑衣服的人连推带搡地从门外推了进来，到了王化贞坐着的书案前。

黑衣人一看王化贞坐在那里，扑通一下就跪下了，嘴里说道："巡抚大人，小的冤枉，冤枉啊。"

站在旁边的祖大寿就问他："你冤枉？你有何冤枉？说出来，让巡抚大人为你做主。你说说，你是在什么地方被抓住的？"

王化贞故作镇定地站了起来，看了看桌案前头的那个趴在地上朝地磕头的小子，说："抬起头来，我看看你是谁？"

王化贞装模作样看了半天，问："你是哪里的贼人？敢到巡抚衙门干坏事，你要从实招来。"

这小子说啥呀？他也不敢说啊。他要是说了不就把王化贞装进去了吗？

第六章 高山学艺

295

他只能磕头如捣蒜一样:"大人,我该死,我该死。你杀了我吧。"其他什么也不说。

祖大寿看着王化贞在演戏,肺都要气炸了。他强压怒火,说:"大人,他是监视我的人。"

接着,祖大寿就把这几天发生的事情,一五一十地说了一遍。

说完以后,祖大寿问那小子:"你说,是不是这么回事儿?在大人面前,你老老实实地回答。"

这小子一听,自己也没啥可说的了,事实就是这样,也瞒不过去了,干脆说了得了。

于是他说:"大人,是这么回事。我正在上头办事,让他们给抓住了。"

王化贞还装着奇怪呢:"办事?办什么事?谁让你上去的?你怎么这么大胆?堂堂的巡抚衙门怎么会出现这样的怪事?真是岂有此理。"

然后告诉自己身后的两个人:"把他给我押回去审问。"

那两个人都是王化贞的心腹,明白王化贞的意思,上前把这小子拎起来,想找地方杀人灭口。

那祖大寿能让吗?他走过去一挡,说:"事情到现在还没弄清楚,他哪儿都不能去。"

祖大寿武功多强啊,另外又是中军参将,那俩人不敢跟祖大寿动粗。

祖大寿又说:"请问巡抚大人,我祖大寿光明磊落,没做过任何越轨之事,为什么对我采取这样的手段?"

王化贞又装糊涂,说:"这事我不知道,我不知道啊。这不是我干的事。"

祖大寿说:"那是谁干的?"

王化贞头上渗出了汗珠,不知如何回答。他让手下人赶紧把葫大人请来,请葫大人解释解释这到底是怎么回事。

不大一会儿,大葫芦头、二葫芦头都来了。这两个小子还真够意思,把责任都揽过去了。

大葫芦头先说:"这事是我们办的。魏大人说了,为了使朝廷内部不混进后金的奸细,对朝廷的每位官员都要审查,这也是例行公事,所以祖大人你不要委屈,只要你一心为了朝廷,不做亏心事,你就不用怕。"

这话可把祖大寿给气坏了，这大葫芦头不但把王化贞给开脱出去了，而且还公开地、堂堂正正地把责任揽过去了，是魏大人魏忠贤让我们这么干的，而且是为了朝廷，你能怎么地吧？

不过大葫芦头还是把这小子踹了两脚，骂道："你个混蛋，我让你们监视那些不轨之人，谁让你监视祖大人了？啊？"

那个人抬头刚想要分辩，刚说了一个"你……"

大葫芦头照他脸上又踹一脚，踹得那人顺鼻子淌血，哎呀、哎呀地直叫换。

大葫芦头还说："混蛋，不识好人，祖大人那是多好的一个人啊，对朝廷忠心耿耿，你却去监视祖大人，说，是谁让你这么干的？你个混账东西，真气死我了，我绝轻饶不了你。"

说完，又转过来对祖大寿说："复宇，出了这样的事，我也非常气愤。他不识好歹，乱作主张，得罪了大人，要杀要剐您看着办吧。"

祖大人一时不知说什么好。

王化贞见状赶紧出来打圆场，咧着大嘴说："我说复宇啊，你也别往心里去了。刚才葫公公已经说了，这是朝廷的意思，不是特意冲你去的，是这小子自己胡来，你要愿意杀他就杀了他。依我看杀了他也没啥意思，他也就是一个小蚂蚁，不值得你跟他一般见识。你就宽宏大量一点吧，再说他也是为了朝廷。好了，我还要出去一趟，我先走了。"

说完，又转身对大葫芦头和二葫芦头说："二位公公大人，以后这样的事不要在我巡抚衙门里出现。这些人都是我非常相信的人，一心一意地为着朝廷，我感激还来不及呢。"

说完，王化贞领着他身边的人走了。

王化贞走后，大葫芦头对祖大寿自然是一番安慰，又命令兵丁把那小子拉出去杀掉。那人吓得跪着爬到祖大寿跟前，拽住祖大寿的大腿，哀求祖大寿饶他一命。祖大寿心想：事情已经非常明白了，这是王化贞和大葫芦头他们安排的，杀他也没什么用，就是把这个人杀了，他们还会派另外一个人监视我。

于是，祖大寿说道："行了，别杀他了，把他放了得了。"

那小子一听，立刻"砰、砰、砰"地给祖大寿磕头："谢将军不杀之恩。大将军，你人真好，老天爷会保佑你们祖家的。"

祖天霞厌烦地说："去、去、去，你赶紧走吧。"就这样，把这小子给放了。

第六章 高山学艺

297

大葫芦头、二葫芦头又好言好语安慰祖大寿一番，然后两个人也走了。

第二天，王化贞为了安抚祖大寿，平息祖大寿心中的怒火，特意摆了酒宴，给祖大寿压惊。大葫芦头、二葫芦头也一起参加。酒席宴上，几个人又是给他敬酒，又是给他夹菜，一个劲儿地安慰他。另外，王化贞还重新给祖大寿安排了一个更幽静、更漂亮的住处，即使他们费尽了心机讨好祖大寿，也没能安抚住祖大寿。他对王化贞更加不信任，跟他更加离心，也更想离开王化贞了。

祖大寿当时没杀那个人，这下还真做对了。两天以后，穆达库正在外面巡视，迎面碰着了那小子。这小子偷偷地跟穆达库说，有要事要见祖将军。穆达库知道他肯定有事，就把他领到了祖大寿的屋子。当时祖大寿和祖天霞都在。

那小子进屋就磕头："谢祖将军不杀之恩。"

祖大寿说："行了，事情都已经过去了，你起来吧。"

那个人说："将军，我告诉你，这些事全都是巡抚大人安排的，还有大葫芦、二葫芦，是他们安排我们监视你的。"

这到底是怎么回事呢？原来，那天这小子回到家以后，越寻思越觉得对不住祖大寿，于是悄悄又回来了，结果半路碰到了达库。这个人见到祖大寿以后，立刻匍匐在地、痛哭流涕地说："大将军，感谢你不杀之恩。我长这么大还没碰到过像您这样的人。您不但不杀我，还放了我。我真是感激不尽。祖将军，我家里还有一个八十岁的老母，我也是被生活所迫，不得不做出这样伤天害理的事情。祖将军，我对不起您啊。"

祖大寿说："算了，这件事虽然和你有关，但你也是受人指使，情有可原。我这里还有些散碎银两，你拿回去，和你的老娘好好度日去吧。日后还有什么需要我祖大寿帮忙的时候，你就来找我。好了，你走吧。"

这小子哭着说："大将军，您的大恩大德我们几代也报不完啊。我老娘让我把这个东西交给您，这东西本来是葫公公还有王大人他们让我毁掉的，我老娘说：'祖大将军是你的大恩人，这样的好人太少了，咱得帮他。'她让我赶紧把这东西交给您。"

说着，这个人从自己怀里掏出一个小纸包，纸包纸裹的非常紧。把纸包打开，里面露出叠得很工整的一张毛头纸，挺厚。这个人把纸拿出来呈给祖大寿。天霞把纸接过来，交给了自己的父亲。

祖大寿接过纸，先没看，而是跟那个人说："你起来吧，别跪着了。"这个人规规矩矩地站在一边。

祖大寿把这张纸慢慢打开，上面写着"契约"两个字。祖大寿把纸放在桌子上，天霞也凑了过来。只见纸张上用毛笔写着：兹雇佣×××人监察祖大寿等人不轨之行，日巡银百两，若获真凭实据另赏银百两，特立此据，以功请来。立约人：×××，监护人：大葫公公、二葫公公，下面落款盖的是王化贞的巡抚大印。大明天启元年某月。

祖大寿、天霞他们一看挺高兴。王化贞和葫公公他们硬说监视祖大寿和他们没关系，是这个人自己胡来。事实上，是王化贞他们亲自雇佣让他来监察祖大寿的，而且日巡赏银百两，一天一百两，如果真要获得什么证据，还另赏银百两。

天霞很兴奋地说："父亲，这太好了，我们终于抓到他们的狐狸尾巴了。"

祖大寿也非常高兴，说："谢谢你了，把这个契约给我用用，行吗？"

那个人说："当然行了，我就是给您送来的。"

祖大寿说："谢谢你，也谢谢你的母亲"。

说着，又让天霞取些银两，给了这个人，说："领着你的母亲远走高飞，找个安静的地方生活去吧。"

这个人又一次磕头表示感谢，达库把他送出了屋子。

达库回来以后，对祖大寿说："师父，这回咱们把证据抓到手了，看他们还怎么抵赖？"

祖大寿摆了摆手，说："达库，此事先不要声张。"

达库不明白其中的道理，奇怪地问："为什么？师父，这是揭露王化贞和葫芦头的最好证据，为什么不说？难道师父您怕他们吗？祖家怕他们吗？"

天霞也说："是啊，父亲，咱们为什么不能说？"

祖大寿解释说："孩子，你们都年轻，有些事还不懂。人心隔肚皮，要多长几个心眼儿才行啊。孩子，就是没看见这个契约，我也知道这是王化贞和大葫芦头、二葫芦头他们干的。那个人跟咱们家一无怨二无仇的，要是没有人指使，他天天跑这来监视我干吗？这不是秃子头上的虱子——明摆着的吗。孩子，为了咱们家族的利益，咱们能忍则忍、能让

第六章 高山学艺

299

就让，到了实在不能忍、不能让的时候，咱们再想办法，这就是祖家的治事之道。明白吗？天霞，你把这份契约好好保存起来，没事的时候拿出来看看，体会人心是多么的叵测，活着是多么的艰难。我要休息了，你们下去吧。"

达库在一旁听着，觉得师父讲的这番话有着非常深奥的哲理，受到了很大的教育和启发。天霞也非常尊敬自己的父亲，知道父亲讲的话很有道理。于是，二人跟祖大寿告别，各自回房间去了。

按照祖大寿平时的那个火爆脾气，他一定会闹起来，但他却没有。为什么呢？因为祖大寿也是一个粗中有细的人。他虽然脾气暴躁，但是遇到一些重要的事情，也会冷静地去思考，这也是为什么老祖家能行走天下这么多年的原因。

议事的时候，祖大寿见到了王化贞、大葫芦头和二葫芦头。这几个人见到祖大寿，脸上也都讪不搭的。

王化贞破例站起身来，边走边说："复宇来了、复宇来了。复宇，你咋来这么早呢？天霞也来了？好啊，请进，请进。"

旁边的大葫芦头、二葫芦头也都点头哈腰、满脸堆笑。祖大寿自从到中军大帐任职以来，还头一次受到巡抚大人和二位公公这么重视。把祖大寿他们几个人让进去以后，王化贞让祖大寿坐在自己的桌案旁。祖大寿没坐，因为他平时都是站着的。

王化贞还在套着近乎："复宇啊，不要客气，今天咱们在一起合计点儿军务上的事情。你请坐，你请坐。"

坐下以后，有人献上了茶。

王化贞说："复宇啊，昨天我回去以后，一宿都没睡好，在咱们巡抚衙门里怎么能出这样的事呢？真是奇怪了，这是有人在故意破坏咱们之间的关系啊。复宇，你千万不要上他们的当啊。也怪我事情太多，没早发现这事儿，让你受委屈了，我向你道歉。"

旁边的大葫芦头、二葫芦头也附和着说："是呀，是呀。我们俩也挺痛心的，觉得对不住你，但愿祖将军从大局出发，心胸开阔一些，把这事儿忘了。"

祖大寿说："唉，事情都过去了，还提它干吗，我早就忘了。我堂堂男子汉大丈夫，根本不在乎这些奸佞小人。大人，还是商量咱们的大事要紧。说吧，您今天找我什么事儿？"

王化贞满脸堆笑地说："复宇，我刚刚接到密报，从锦州以南到山海关这一带的流民很多。很多流民因为没有吃的,到处行抢,还有不少的盗贼滥杀无辜,社会治安很乱。从广宁到山海关山到京师的路上,送公文的人经常被劫杀,很多驿站的人都不敢传送公文。朝廷的兵马因为驻守前沿,抵御后金的兵马,无暇顾及此事,所以咱们当务之急是如何解决社会治安问题,另外咱们也不能和朝廷断了联系。"

大葫芦头说:"巡抚大人,还有件事情,魏大人的生辰快到了,咱们给魏大人的礼物还没送去呢,你看怎么办好?"

二葫芦头又说:"巡抚大人,现在在锦西、觉花岛一带出现了一伙儿匪盗。一个叫'勾魂鬼栾无常',他们叫'烂无常',一个叫'小金龙鲍国芳'。这两个人杀人越货,抢劫朝廷的粮食,现在闹得挺厉害,朝廷让我们马上派人去镇压。"

王化贞说:"你们说得对,我也正要找你们商量此事。复宇,我想请你带领祖家的兵马去扫清匪患,打通去京师的路。另外,我还想请你护送两位公公去京师给魏大人拜寿,你看怎么样啊?"

祖大寿心想:怪不得你对我这么客气,原来你是要让我替你去杀人啊。说他们是贼人,什么贼人?那些人都是被你们逼反的,我怎么能去杀他们呢。再说了,两军交战,难免有死伤,我也不能让我的家人去送死啊,但嘴上又不能说出来,怎么办呢?

祖大寿脑袋转得也挺快,他马上说:"大人,你说得对,是应该平定匪患,这是大事。再说咱们哪能跟朝廷断了联系呢,不能断。大人,扫清匪患和护送二位公公的事你就交给我吧。"

王化贞和大葫芦头、二葫芦头一看祖大寿答应得挺痛快,都非常高兴。

祖大寿又说:"不过大人,我靖东营里的人现在不多,遵照你的吩咐,有些人去了大凌河一带的哨卡,还有些人运粮去了,所以我身边没多少人。大人,我想请您再抽调一些人马给我,增加一下我的力量,怎么样?"

王化贞心想:是啊,我把他的家人派出去了不少,剩下的那点人确实不够,是得给他再拨一部分人马。就这样,王化贞同意拨一千人马,交由祖大寿统一指挥。事情就这么定下来了,这是天启二年九月间的事情。

各位阿哥可能要问了,祖大寿不是不愿意去吗,那他为什么答应得这么痛快呢?原来祖大寿有他自己的想法:自从祖家军到靖东营以来,祖大寿就一直陪伴在王化贞身边，根本没有机会单独出去，所以他看到的只是王化贞想让他看的，而王化贞不想让他看的他根本看不着。这次王化贞让他带兵单独行动，正是一个好机会，他也没有理由不答应，所以祖大寿很痛快地把这事应承下来了。

就在祖大寿决定先带天霞和达库出去探听情况的时候，祖宽派人飞马告急："觉花岛一带有匪患抢粮，请速派人支援。"

各位阿哥，说书人在这里不能不多介绍几句，祖氏家族的名气之所以大，不单是因为他们家族的历史悠久、人丁兴旺、武术高强，还因为他们家每代都有像祖大寿这样的人中豪杰，他们这些人不仅武功盖世，而且善于谋略，乐于助人。还有一个秘密，就是老祖家人不仅在旱路上是英雄，土话讲他们不单是旱鸭子，而且水上的功夫也很厉害，他们家是水陆齐通。如果你在陆地上跟祖家人打仗，你赢不了他，就是到了江河上，你也同样赢不了祖家。这个秘密很多人都不知道，也就上了不少当。

各位阿哥可能要问了，祖家人的水上功夫怎么这么强呢？那是因为他们家有很多年的水上历史。祖家祖先刚到辽东的时候，就把家安到了大凌河的出海口一带，由于他们的后代一出生就是在海边长大的，况且祖家又是武术世家，这就使得祖家的后代人练就了一身的水上功夫，这也是他们家族辉煌的又一个原因。

咱们在前书介绍过：老祖家自元代以来，在那哈初手下的时候就非常有名。改朝换代以后，祖氏家族归附了大明朝，成为大明朝的臣民。辽东一带的镖局，那时候叫"旗子局"，就是他们家最先搞起来的。后来由于朝廷对镖局管得挺严，押镖的买卖也不好干。于是，祖家的祖上就把镖局关了，举家搬迁，继续往北走。后来他们走到大凌河上游的一个支流。祖家人发现这个地方不错，不仅土质肥沃，而且鱼虾挺多，一打听，才知道这里叫西水河，离广宁不太远，就在广宁的西边，朝阳的东边，紧挨着清河门，周围还有几个小码头，出行挺便利的。祖家的祖上挺喜欢这地方，就在岸边选了一处空地，盖了房子，安顿下来，自己取名"永平"，喻永远平安之意。咱们以后书里提到的"永平府"指的就是这里，而中国历史上记载的"永平府"是在山海关，直隶河北的那个"永平"。

随着祖家人口的繁衍，房子越盖越多，外来的人也越来越多，但主要还是祖家人。祖家人依仗自己的势力，占了大片的土地，收抚了几个小码头，很快成为当地的富豪。祖家人又盖起了城墙，有东西南北四个城门，城门上都有哨兵把守，如果庄外有人来，站在城门上的哨兵离很远就能看见，所以土匪要想偷袭也很不容易。

说书人在这里说明一下，当年熊廷弼拜访的就是这里，至于祖家在宁远建了宅邸，而且规模比任何一处庄子都大，这一点熊大人早有耳闻，只是由于祖家老太爷当时没住在那里，所以熊大人没去。

咱们再回过头来说说清水河。这清水河的东岸有座山，山不是很高，但由于周围都是平原，所以显得挺高。这座山叫望海山，在当时挺出名。这里离大凌河有二百多里地，但只要爬到山上就可以远远地看到大凌河，雾茫茫、蓝瓦瓦的一片，海鸟、海鸥在天空中飞翔，山上的树不太多，野兽也不多。那次熊廷弼来，祖大寿还领他到过望海山。

王化贞知道祖大寿一家人的本事，所以笑着脸来求他，请他出兵打通去京师的路。祖大寿自己心中也有数，知道这事对自己来说是小菜一碟，所以就答应了他。第二天，祖大寿带着自己的女儿、徒弟达库和祖家的一部分兵马就出发了。

他为什么这么急呢？因为他惦着祖宽那边。祖宽护送的粮食原本是朝廷拨给他们祖家军的，只是祖大寿没急着领回来，暂时放在了朝廷的粮囤子里，只等用的时候凭朝廷的文书去领粮。当后金的兵马占领了沈阳，很快就要打到广宁的时候，祖大寿才着起急来，他怕一旦打起仗来，没办法把粮食弄出来，所以就赶紧让祖宽把粮食领回来，运回永平老家一部分，因为家人大都在那里。但这事儿一定要悄悄地进行，不能让外人知道。

各位阿哥可能要问了，那不是朝廷拨给祖家军的吗，为什么还不让拉呢？

阿哥们不要着急，听我说书人给你们解释，要说粮食是朝廷分给祖家军的，那不假，但你不能把粮食拉回家去呀。而且，虽然朝廷把粮食分给你们了，但是现在战事吃紧，你不能不顾国家的安危，不管别的队伍怎么样，有没有粮吃，只顾把你自己那份儿拿走，那也不行。如果每个朝中大臣都忙自己的事情，国家的事谁来管。祖大寿怕王化贞抓住自己的把柄，说自己假公济私，所以对祖宽遇到匪患的事，他一字也不敢提，但心里却心急如焚。

第二天一早，他们就骑马出发了。他们去哪儿了呢？他们去了觉花岛（今辽宁省菊花岛）。

第六章 高山学艺

各位阿哥，说书人在这里还得再介绍一下，大明朝在辽东一带的粮库原来设在锦州、锦西、前卫、前所等地。随着后金兵马的不断西进，他们觉得这些地方不安全，要是后金的人化装进来，把粮库一把火给烧了，那损失可就大了。

大学士孙承宗向皇上建议说："粮食应该存放到一个安全的地方，但不能放在关内，关内离辽东太远，一旦急需的话，粮食运不到，就麻烦了，所以粮食还得放在辽东这块儿，但要放在一个可靠的地方。"

皇上觉得这个主意不错，准了孙承宗的折子，并命孙承宗选址。孙承宗选来选去，选中了辽东湾里的一个岛子——觉花岛。

为什么要选在岛上呢？因为当时的后金兵都骑马，擅长野战，是旱鸭子。这个觉花岛是在距宁远十五海里的海上，要想上岛必须坐船。明朝抓住了后金兵的这个弱点，就把粮库建在了岛上。他们在岛上建了很多粮囤子，把很多粮食，大约有二十万石都藏在了那儿，并派兵马把守。他们认为只要守住了海岸线，粮食在岛上就是安全的，于是朝廷还派了一支队伍驻扎在宁远。这也是祖大寿为什么不把粮食放到宁远府邸，而是运回永平老家的原因之一，他就是怕被这些人发现。

祖大寿领着自己的女儿和达库赶到海边的时候遇到了祖宽。

祖宽向祖大寿禀报："将军，岛上守粮的仓官被海盗杀了，领头的是小金龙鲍国芳和勾魂鬼烂无常。他们领着一伙人霸占了岛子，谁都靠不上前。听说小金龙和勾魂鬼都是海上的匪盗，水上功夫非常好。没办法，我这才急着把将军请来。"

祖大寿和天霞等人都听过宁远这一带匪患闹得挺厉害，而且听说过小金龙和勾魂鬼的名字。祖大寿一下子就明白了，怪不得祖宽回去求援，原来是这两个家伙把觉花岛给占了，看来一场海战是难以避免了。

为了不引起匪患的注意，他们没回宁远的宅子，因为土匪都知道那是祖大寿将军的家，而是在海边的山崖下搭起了帐篷。祖大寿扮东家，祖天霞是小姐，祖宽是管账的，达库是护院的。他们还租了些渔船，除了跟随他们来的祖家兵，又雇了一些当地的渔民。他们每天和这些人一起出海打鱼，暗地里却观察着"小金龙"和"勾魂鬼"那些人的动向，以便找机会剿灭他们。

实际上，穆达库就是从这时候才开始出名的。当然了，这里也有祖家父女的功劳。到底是怎么回事呢？听我说书人给您细细说来。

话说祖大寿等一行人在宁远入海口这块发现了不少新建的宅子，都是用木板钉成的，上面苫了些蒿草，木板房外边还夹有山墙。达库和天霞数了数，能有七八处这样的房子。房子外边有一条用石头铺成的小道，一直通到海边的船码头。达库打听了一下，在这个船码头看船的就是"小金龙"鲍国芳。这个宅子就是他为了看守和占据觉花岛所建的。

　　各位阿哥可能要问了，觉花岛有朝廷的官兵把守，他鲍国芳算哪根葱啊？

　　原来这小金龙鲍国芳靠的是他的老丈人仇福。这个仇福原来是山海关总兵官赵率教手下的一名游击。当时，辽东总兵官手下的兵力非常紧张，所以常向山海关的总兵官求援。这不，前两年驻扎在觉花岛的一名游击被匪患给杀了，觉花岛没人管了。辽东经略知道以后赶紧写信给赵率教，请赵率教派人守护觉花岛。就这样，赵率教把他手下的一名叫仇福的游击给派去了。仇福来了以后，觉花岛的治安还真比以前好了一些。

　　可仇福有个女儿，嫁给了一个叫鲍国芳的家伙。这个鲍国芳是个无赖之徒，终日饮酒作乐，好赌好色。他趁着后金西进、辽东大乱的时候，组织了几个人，可干什么呢？有个人就给他出主意："你咋不找你老丈人呢？到你老丈人那儿去。"于是，鲍国芳跑到仇福那里想谋个官差。仇福说什么也没同意。

　　当时由于后金跟明朝打仗，所以辽东一带的流民非常多。流民们没有吃的，到处要饭。因为觉花岛是囤粮食的地方，很多流民就跑到了觉花岛。他们今天一伙儿、明天一伙儿。这些人来了以后，今天抢这个，明天抢那个，闹得挺凶，把仇福弄得也没办法。

　　鲍国芳就说了："岳父大人，你不用犯愁，我来帮你想办法。"

　　仇福说："我一个朝廷命官都拿他们没辙，你又能有什么好办法？"

　　小金龙鲍国芳说："岳父大人请放心，不出三天，我就让这些人都听我的。"

　　仇福说："那你试试吧，你要是把这些流民都制伏了，我就给你个差事做。"

　　于是，鲍国芳就开始张罗起来，他先分给一些流民少量的粮食，又给他们少许的银两，让他们买些衣服。流民们有吃的、有穿的了，也就不那么闹了，局势开始好转，治安也不那么乱了。仇福一看鲍国芳这小子还真行，还真能做点儿事，就放手让他干了。开始的时候鲍国芳还尽心尽力地做事，可时间长了，这小子就现出原形了，不是今天把这家的

第六章　高山学艺

媳妇祸害了，就是明天把那家的姑娘抢来了。

仇福这时候也管不住自己的这个姑爷了，因为他手底下的人很多都被鲍国芳收买了，成了鲍国芳的人。仇福俨然成了一个光杆司令，没人听他的话了。仇福气得直跟女儿和女婿发脾气，可鲍国芳依旧我行我素，根本不理他那个茬儿。仇福没办法，只好天天喝酒、睡大觉，觉花岛就成了鲍国芳的天下。可鲍国芳嫌在岛上待着辛苦，整天海风吹着，吃啥也不方便。于是，鲍国芳就命人在海边盖了几处房子，带着自己的亲随和大部分匪徒住在了岸上，只派少部分人住在岛上看守粮食。岸上和岛上的情况就不一样了，这里不仅交通便利，好东西也多呀，喜欢什么就可以去抢。鲍国芳他们这些人天天过着肥吃肥喝、花天酒地的日子。

情况了解清楚以后，祖大寿把祖天霞和穆达库等人召集到一起。

祖大寿吩咐道："祖宽，从现在开始你去守住粮库，其他的事什么也不用管。记住，没有我的命令任何人不许动一粒粮食，明白吗？"

祖宽说："明白，将军您就放心吧。"

祖宽得令，马上组织人马化装坐船住进了觉花岛。

祖大寿又跟穆达库说："达库，你的任务就是想办法对付鲍国芳。怎么样，你敢不敢？"

达库说："这有什么不敢？敢！"

祖大寿说："那就好，只是我还不知道你的水性如何？"

达库笑了笑，自信地说："师父，放心吧，我从小就喜欢在水里扑腾，水性好着呢。"

祖大寿拍了拍达库的肩膀，说："那就好，孩子，记住，遇事要细心，有什么难处再来找我。"

祖大寿又对自己的女儿说："天霞，现在这里的情况很复杂，什么人都有。你要做的就是安抚逃难来的这些流民，给他们一些粮食，把他们安抚下来，让他们不要受鲍国芳的唆使，不要跟他们搅和到一起。只要把民匪分清了，咱们就好办了。另外，天霞和我去找仇福，这个混蛋给朝廷丢脸，我一定要惩治他。"

咱们先说说祖大寿父女。这爷俩根据渔民的密报，当天晚上就找到了仇福的住处。仇福也住在小狼河东边，跟他的姑爷鲍国芳住在一个寨子里，鲍国芳给他单独盖了个小屋。寨子里有被鲍国芳收编的朝廷百十号人马保护着，实际上就是看着他，把他软禁起来了。仇福没办法，自己出不去，又找不到帮手，只好任鲍国芳摆布。每天在屋里一待，也不出屋，吃的、用的都有人送来。他吃饱了睡、睡完了吃，也挺好，只是忘记了守护觉花岛的责任，辜负了朝廷对他的信任。

就在这天晚上，祖大寿父女带着几个亲随直接来到了仇福住的木屋附近。这是一个独立的小院，旁边有几所小房子，是给他手下兵丁住的。那些守护的兵丁以为朝廷都在忙着抵御后金的兵马，根本不会派人到这里来，所以就没在意。

就这样，祖大寿穿了一件渔民常穿的蓑衣，腰上系了一根草绳，头发蓬松着，胡子挺长，根本不像朝廷里的官员。天霞头上系着头巾，穿着小夹袄，腰里扎着袋子，穿着小洒鞋，一副渔家女的打扮。祖大寿还特意拄着个歪脖拐杖，实际上这是一把利剑，就是达库刚到医巫闾山青岩寺边父子松下的时候，看见的祖大寿常使的那把宝剑。

父女俩一步一步地走进仇福住的院子。那些把门的兵丁以为他俩是打鱼的，也没在意，只是说："哎，你们走错地方了，找打是怎么的？快走，离这远点，上那边去。"

祖大寿根本没听，还在往前走。

这时走过来一个兵丁，问："你们是不是想找吃的？找吃的我这有，我给你。"

祖大寿说："我不要，我想见仇大人。"

那个人说："仇大人睡觉呢，不能见。"

祖大寿说："仇大人是我的老哥们儿，我们认识，我今天是特地来拜访他的。"

把门的兵丁一听是仇大人的老哥们儿，而且他们这里好长时间没人来了，确实挺寂寞的，现在来个朋友看仇大人，挺好个事儿。

于是，有人进去禀报。仇福一听纳闷了：我这里有朋友吗？不记得。既然来人说是我的朋友，那就让他们进来吧。就这样，兵丁就把祖大寿这对渔家父女领进去，然后就出去了。

仇福刚刚吃饱喝足，睡了一觉，被兵丁招呼醒了以后，躺在炕上抻了个懒腰，问道："谁呀？谁找我呀？"

说罢，睁开眼睛瞅了瞅祖大寿父女，站在地上的两个人他不认识。

仇福问："你们是谁？我的老朋友？我怎么没印象。你们找我有什么事吗？"

祖大寿没答话，而是转圈看了看，只见炕上铺着厚厚的被褥，旁边放个桌子，桌子上还有个酒瓶，一只吃剩的烧鸡、一副筷子，酒杯已经倒了，看样子刚喝完酒。地上放着个洗脸盆，里面的水挺浑浊，脸盆沿儿上搭了条毛巾，一头在水里浸着，一头搭在外边，水滴顺着毛巾滴到了地上。

祖大寿一脸严肃地说："仇福，你睁眼看看我是谁？"

仇福一听祖大寿的口气和语调就觉得不对劲儿。他急忙坐起来，瞪着大眼睛上下打量着祖大寿父女，可还是不认识。

他着急了，说话的声音也变了，说："我不认识你们，你们到底是什么人？"

祖大寿把炕桌啪地一拍，说："我是辽东巡抚衙门的中军游击祖大寿。"

祖大寿为了证实自己，还从自己的内衣口袋里把腰牌拿了出来，上面写着：辽东巡抚中军游击祖大寿，下头盖着辽东巡抚王化贞的大印。

仇福也有这样的腰牌，所以他认识。祖大寿这一嗓子可把仇福给吓坏了，都吓出屁来了。

各位阿哥可能要问了，仇福也是员武将，也任游击之职，跟祖大寿是同级，他有必要那么怕祖大寿吗？其实这跟祖大寿在朝廷里的官职没多大关系，主要是祖大寿家族的势力大，而且祖大寿的大名在辽东一带是如雷贯耳，谁不知道祖大寿啊，不仅武功高强，而且疾恶如仇，杀人无数。

仇福听祖大寿的口气，感到他找自己好像不是什么好事，所以仇福吓得赶紧光着脚丫子从炕上出溜到祖大寿跟前，双脚一并就跪地上了，嘴里说道："小弟不知兄台驾到，未曾远迎，请兄台恕罪。"

祖大寿把手一挥，说："你别跟我整那些没用的。仇福，我问你，你知罪不知罪？"

仇福磕头如小鸡叼米似的，说："知罪，知罪。"

祖大寿继续说："你玩忽职守，任人唯亲。我是受巡抚大人和经略大人之命前来惩治于你的。"

仇福一听，吓得都缩成一个蛋了。

祖大寿像抓小鸡似的掐住他的脖子，把他提溜起来，命令道："起来，把衣服穿上。"

仇福连忙答应着，赶紧上炕穿好自己的官服。

祖大寿又吩咐道："把你的人马都召集起来。"

仇福现在都不知道怎么办好了，反正是祖大寿让他干什么，他就干什么。

于是，仇福来到院子里，大声喊道："所有的兵将都给我过来，赶快过来，集合了。"

各位阿哥你们想啊，他的那些兵将哪像祖家军治军那么严谨啊，这些人都懒散惯了，所以叫了好半天，人才算到齐了。

祖大寿非常生气地说道："仇福，你看看觉花岛现在成了什么样子？你整天就知道吃喝玩乐，对朝廷的事不闻不问，你辜负了朝廷对你的信任。"

说到这儿，祖大寿对站在前面的几个官兵说道："现在我命令你们把仇福给我捆起来。"

这几个兵丁吓一跳，你看看我，我看看你，都不知道怎么回事，谁也不敢动手。

祖天霞上前一步，把宝剑一亮，说："中军游击祖大人代表巡抚王大人，命令你们把仇福捆起来。"

兵丁们这才醒过腔来，急忙围上去，把仇福五花大绑地捆了起来。天霞又命人找来几个铜锣，让他们敲着锣，押着仇福，在宁远城满街地转悠。

此时祖家人已经把祖大寿的中军游击的官服拿出来，请祖大寿换上，祖天霞也把自己的官服穿上，到了街中心的一棵柳树下，祖大寿示意游街的队伍停下来。于是，看热闹的人们逐渐地围拢了过来。

祖大寿站在了一个木头墩儿上，抱拳说道："各位父老乡亲，仇福他辜负朝廷对他的信任，给朝廷造成了很大的损失。我受巡抚大人之命，前来惩处于他。"

仇福也双手抱拳，痛哭流涕地说："各位乡亲，我有罪，我上对不起朝廷，下对不起百姓啊。"

仇福被祖大寿用自己的宝剑给杀了，头挂在了树上。祖大寿还告诉仇福手下的百十号兵丁，愿意受朝廷管辖的，就留下来，不愿意干的可以脱掉兵服，走人。

祖大寿把仇福一杀，脑袋一挂，就把那些想抢粮的流民给镇住了。这些人一看祖大寿的那个威风劲儿，就知道这粮以后是抢不成了，趁着人家还没追究，赶紧蹽吧。

小金龙鲍国芳听说祖家兵来了，而且一看自己的老丈人仇福都被杀

第六章　高山学艺

了，就知道这下完了。小金龙鲍国芳他们还真不怕朝廷派来的官员，那些人给点儿银子就能打发走，可祖大寿不是这样的人，一来祖家家境殷实，势力强大；二来祖大寿铁面无私，疾恶如仇。你只要做了坏事，犯到他手上，他一定取你颈上人头，绝不含糊。正因如此，祖家人的名声非常好，人们都很敬畏祖家人。所以当这小金龙鲍国芳一听说祖大寿来了，吓得不知跑哪儿去了。

各位阿哥，咱们再说说小英雄穆达库。话说达库接受祖大寿交给的任务以后，就去寻找小金龙鲍国芳和勾魂鬼栾无常的下落。经过调查了解，达库知道这伙匪患共有二百多人，小金龙鲍国芳是老大，勾魂鬼栾无常是老二。可老大鲍国芳整天就知道吃喝玩乐，不太管事，所以具体这二百多匪徒就由勾魂鬼栾无常来管理。小金龙鲍国芳和他老丈人住在宁远，而勾魂鬼栾无常带的这些人没住在宁远，而是在觉花岛的东南角单修建了一些房子，住在了那里。他们这些人平时要是有事就坐船出来，没事他们就在岛上待着。每当他们出来的时候就乱抢一气，不管见到什么都抢，包括青壮年和妇女，抢来以后运回岛上。

这边达库把情况了解清楚，那边祖大寿把仇福的事也解决了。两人一碰面，达库跟祖大寿说："师父，我想今天夜里去会会岛上的这个栾无常。"

祖大寿说："好，咱们一块儿去。"

到了晚上，几个人换好了夜行服，带着二十多个祖家兵，开着帆船，秘密地来到了觉花岛。他们把船系在了离土匪们不远的船码头上，然后上岸，在匪患们住的屋子外面悄悄查看了一下。他们发现这些屋子都是用板子和席子围成的，很不结实，一踹就开，而且外面没有围墙。

祖大寿说："咱们一人守一个屋子。"达库和天霞都点头表示同意。

也该着这些人命绝。按理说仇福被祖大寿杀了，信儿早传到岛上去了。他们应该有所准备、有所防范，可他们根本没往这上面想。他们以为祖大寿只是受命来治仇福的罪，跟他们没关系，而且他们又在岛上，要是有人来的话，看岛的人也早就报告了，所以这些人根本没在意，照旧是喝酒的喝酒，睡觉的睡觉，耍钱的耍钱，连玩儿带吃的，干什么的都有，就连兵刃也都没放在跟前。那几个负责巡逻的人见他们这边玩铆得这么热闹，也凑过来玩儿两把。所以祖大寿等人上岸以后非常轻松地就把剩下的两个岗哨给端了，根本没有人发现。

祖大寿他们几个一人瞄准了一间屋子以后就冲了进去，进去以后也不说话，抡刀就砍，达库则抡起了棍子就砸。达库这回可过了瘾了，他自从到了靖东营，手脚还真没放开过，特别是跟祖海、祖方学过功夫以后，自己还从没用过呢。只见他进屋以后一阵劈里啪啦地乱砸，石头棍子砸到人脑袋上的噗噗声一个接着一个，有的人还没喊出声来，脑袋就已经被砸扁了，有的人被砸成了肉酱。你想想，二百多斤的大棍子砸到身上那能有好儿吗。总之，达库这回是过足了瘾。

咱们再说说天霞那边，天霞那也是巾帼不让须眉，一点也不含糊，只见她手起剑落，一刺一个。有的人想跑，那能跑过天霞吗，天霞的轻功在辽东都是闻名的。你这边刚想迈腿，她那边噌、噌、噌几步就上去了，紧接着脑袋唰地一下就下来了，简直是太快了。

咱们再说说这个勾魂鬼栾无常，此时他正躺在屋子里，一边举着酒杯喝着小酒，一边吃着下酒菜，身边有两个穿着暴露的女人伺候着。他在这正美呢，就听见外头噼嚓啪嚓的声音和哎呀、妈呀不是好声地叫唤。栾无常知道出事了，因为他大哥鲍国芳的手下已经给他送来了信，说祖大寿来了，让他小心点儿。他以为祖大寿要想制伏岸上的那些人，怎么也得两三天。另外，祖大寿就是来，也得是白天来。要知道，海上无风三尺浪。他一个大将军，能冒着生命危险黑灯瞎火的夜里往这来嘛，所以他没听鲍国芳的话，依旧喝酒行乐。知道他在这正舒服着哪，就听到外边噼嚓啪嚓的声音。栾无常的武功很高，一听就知道这是兵刃互相碰撞发出的声音。栾无常激灵一下坐了起来，推开身边的女人，从墙上摘下自己的兵刃——一对护手双钩，把后窗户一脚踹开，翻身跳了出去。

祖大寿他们三个冲进去的时候，屋里早就没了栾无常的踪影，只剩下两个吓得哆嗦成一团的女人。达库仔细查看了一下屋子，发现了打开的窗户。他急忙跑到窗户跟前往外观瞧，什么也没看见。

天霞抓过一个女人问道："说，这是谁住的屋？"

女人说道："报告姑奶奶，这是我们二爷栾无常住的屋子。"

达库问道："他去哪儿了？"

那个女人说："他刚刚从这儿跳下去跑了。"

达库一听，急忙翻身跳过窗户，要往下跳，被祖大寿一把给拽住了。

祖大寿说："达库，等等。"

说完，祖大寿和天霞也跳出了窗户，只见离后窗户不远处是一道立

第六章　高山学艺

陡立陡的悬崖，下面黑漆漆的，什么也看不见。

祖大寿说："达库，这下面是怎么个情况，咱们一点也不知道，不能轻易地往下跳。走，跟我来。"

说完，祖大寿领着达库和天霞绕到了屋子前面。然后，他们借着月光，顺着门前的小道来到了悬崖的下面。几个人这才看清了，原来这堵悬崖虽然陡，但并不算太高，而且下面是沙滩，挺软乎。功夫好的人要是从上面跳下来，不至于摔伤。栾无常就是仗着他熟悉这里的地形地势，才从上面跳下来，然后划船跑了的。

祖大寿望着空荡荡的海岸边，气得直跺脚。达库责怪自己太没用，没能宰了这个土匪头目，被他给跑了。突然，胆大心细的天霞发现海上有条船在上下摇摆，船上有个人正在划船。大寿一看就知道了：勾魂鬼栾无常要跑。天霞和达库见岸上有不少渔船，于是，他们就找了一条上面有桨的船，几个人把船推下了水。

天霞说："父亲，你不用去了，我和达库去就行了。"

达库也说："是啊，师父，杀鸡焉用宰牛刀。您就在这里等着听我们的好消息吧。"

祖大寿一想他们说得也对，这点事自己就放不开手，以后还怎么让他们上疆场杀敌。

于是，祖大寿嘱咐道："你们俩要小心啊。"

天霞说："放心吧，父亲。"

达库也说："放心吧，师父。"

达库和天霞坐上了船，朝栾无常逃跑的方向追去。

说来也怪，这栾无常也算是海里的一条蛟龙，游泳、潜水无所不能，更不用说划船了，可这天也不知道是怎么了，也许是吓的，也许是浪太大，反正不管他怎么使劲儿，这船就是不往前走道，走一走就又绕回来了，所以他划了半天，船根本没走出多远。

这下可给天霞和达库机会了，两个人猛劲儿地划着桨，很快就撵上了栾无常划的这条小船。天霞把自己手里的桨一扔，首先跳了上去，达库也紧随其后。

栾无常一看跳上来两个人，马上把手里的桨一扔，一纵身，跳进海里，然后潜到水底下不出来了。要知道，此时是黑天，而且浪又大，所以天霞和达库根本就看不着人，只能听见水浪声哗、哗的，但天霞和达库俩人都是有水上功夫的人，他俩心中都有数，栾无常早晚得出来。于是，两个人背靠背地注视着海面。

突然，达库发现前面海面上闪出了一个黑点。他连忙招呼天霞："天霞，你看。"

天霞顺着达库手指的方向看去，是有一个小黑点正拼命往岸边游呢。

达库说："我去追，你从侧面绕过去，咱俩前后兜住他。"

天霞点头答应道："好。"

达库说了一声："我走了。"然后一个猛子扎到海里。

其实勾魂鬼栾无常的水性很不错，要不我们怎么说他是海里的一条蛟龙呢。可由于他常年沉迷于酒色，而且又畏惧祖家的势力和功夫，再加上他没有思想准备，所以心里有些发慌。达库的水性本没有栾无常好，手里又拿了一根二百多斤的大棍子，可不知道小达库哪来的那么大的胆识，不要命地往前撵，很快就撵上了栾无常。

达库高喊一声："贼人休走。"

勾魂鬼栾无常听到喊声马上转过身来。他脚底下踩着水，手里举着双钩。此时达库也脚踩着水，身子浮出水面，手里拿着一根二百多斤重的大石棍子。两个人就这么面面相峙。栾无常看不清达库手里拿的到底是个什么家伙。是什么玩意儿呢？像棍子还不像棍子，因为它比一般的棍子都要粗，不过看样子这家伙一定挺厉害，我的双钩肯定挡不住，还是赶紧溜吧。于是栾无常虚晃一招，手往上一举，脚往下一蹬，在水里来个鸭子翻身，一转身又钻到海里去了。

小达库赶紧撵过去，举起棍子"啪"地往下一打，没打着。达库又赶紧潜到水里撵，结果还是没撵上，栾无常跑了。达库又返回水面，脚踩着水，手提着棍子四下观瞧，根本没有栾无常的影子。达库没办法，只好往岸边游去。

单说这时候天霞一边划着船，一边查看达库这边的动向。达库一棍子没打着栾无常，让他给跑了。天霞在这边看得清清楚楚。达库往岸边游的时候，她就注意观察着海面。突然，他发现在达库的后方出现了一个黑点，正悄悄接近达库。天霞意识到达库有危险，拼命地划船向黑点靠近。在离黑点不到十米远的地方，天霞放下船桨，拿起宝剑，一个猛子扎进了海里，向黑影方向游去。栾无常没想到，自己眼前突然冒出一个人来，吓了他一跳，定睛一看，是个女的，栾无常就没在意，心想：一个女人能有多大能耐。于是，拿起了手中的护手双钩，跟祖天霞就打

第六章　高山学艺

了起来。

　　再说达库游到了岸上，回头一看，水里打起来了，他马上又往回跑。勾魂鬼栾无常一看达库又回来了，知道自己占不着便宜了，就想抽身逃跑。

　　这边达库一边往海里跑，一边喊道："天霞，我来了。"

　　天霞听见达库的喊声，斗志更高，越战越勇。勾魂鬼栾无常见自己一时无法脱身，内心非常焦急。突然，他想出一招毒计，只见他打着打着，猛然一闪身，把左手的双钩交到了右手，然后把左手伸向了自己的腰部。他的腰间挂着一个小暗器桶，里面装着三支毒箭，带弹簧的，只要他一按桶上的销子，这三支毒箭就会一排齐发出去，站在对面的人必死无疑。

　　只见栾无常把左手往左腰间一按，啪！啪！啪！三支毒箭从暗器桶中射出。祖天霞那不是一般人啊，耳朵非常尖，虽然什么也没看见，但她马上听出栾无常使用暗器的声音。于是天霞马上把手中的宝剑停下来，身子往旁边一扭。可惜呀，天霞的动作再快，也没快过栾无常的毒箭。天霞被栾无常发来的第三只毒箭射中了，毒箭扎在了她的右胳膊上。天霞只觉得胳膊一麻，就再也抬不起来了，但好在剑还没扔。

　　正往她这跑的达库虽然没看见天霞中了毒箭，但他从天霞的举动就看出事情有些不对劲儿，也猜出天霞可能是中了暗器。眼看天霞有危险，达库不顾一切地扑过去，举起大棒照着勾魂鬼栾无常就是一棍子。勾魂鬼栾无常这时正回手拿过双钩准备再给天霞来一下子，可达库的棍子到了。栾无常知道自己不是达库的个儿，没办法，他只好收回兵刃，沉入海里跑了。

　　达库一见天霞受伤了，也来不及撵贼人了，冲过去一把把要晕倒的天霞就给抱住了，然后达库抱着天霞跑到了岸上，找了一个干净的地方，把天霞放了下来。天霞这时已经完全昏迷了。达库见天霞伤在了胳膊上，他也顾不得什么男女授受不亲了，马上用匕首把天霞的衣服豁开，把毒箭薅了出来。

　　天霞疼得"啊"地大叫了一声。好在这支毒箭刚射进去，毒气没有扩散，而且箭上没有箭刺。达库又趴在天霞的胳膊上，对着伤口大口地吸着毒血。达库吸了几口以后，觉得差不多了，就起身擦了嘴，然后把身上的衣服撕下一条，给天霞把胳膊系上，又拿出自己身上带的金疮药给天霞敷上。

咱们再说说在岸上等候女儿的祖大寿。达库和天霞下水以后，祖大寿知道自己女儿和达库的功夫，觉得两个人对付一个人应该没问题，就又四处查看了一下，看有没有漏网的残匪。等他回来的时候，远远地看见达库抱着女儿往岸上跑，他知道出事了。于是祖大寿急忙朝达库他们俩跑去。达库给天霞盖完了衣服，看见了跑向自己的师父。

达库拼命地喊："师父，快来救天霞呀。天霞负伤了，快来救她呀。"

祖大寿跑到了天霞身边查看伤情。

达库说："师父，你先在这里照看天霞，我去找那贼人。"

说罢，达库提着棍子进到海里，寻找勾魂鬼栾无常。

话说勾魂鬼栾无常把天霞伤了以后，潜入水里跑了。跑了一会儿见没人追过来，他又悄悄探出头来查看动静。他一看达库抱着天霞上岸了，心想：我现在先不能上去，我要是上去还得被他们抓住，莫不如我先找一个地方藏起来，等他们走了我再跑。因为海里浪挺高，他稍微露点脑袋，远处也看不见，他还能观察到岸上的情况。于是，他在海里找了一个浅滩猫了下来。

达库仔细地搜查着海面，每一个细节他都不放过。突然，他发现离他不远的海面上好像有什么东西，一会儿露一下，一会儿露一下的。他明白了：好哇，你小子躲在那儿呀。你能躲过去吗？达库看准了方向，用潜泳的办法慢慢接近栾无常。

栾无常光顾着盯岸上的人了，不知道什么时候达库已经摸到了自己身边。这时后边的一个大浪打来，把栾无常打了一个趔趄。他马上站稳身形。突然，前面又冒起一股水柱，还没等他明白过来，达库已经站在他跟前了。栾无常大吃一惊，马上转过身来想跑。

达库上前一步，高声喝道："贼人休走。"紧接着，达库举起大棍子啪地一下打下去。

勾魂鬼栾无常也挺机灵，像个泥鳅似的往旁边一躲，没打着。海水溅起一丈多高的浪花。达库心想：不行，这大棍子拿起来太不方便，我不如把棍子先沉到海里去，等办完事再回来取。于是，达库放下手里的棍子，拿出了腿上别着的两把匕首，上前跟栾无常就打到了一起。栾无常哪是达库的对手啊，他本无心恋战，老想着跑。可小达库不是这样啊，这家伙把自己最喜爱和尊敬的天霞给打伤了，像割了他心头肉一样，他非常生气，劲头儿也特别大。几个回合以后，达库用匕首刺穿了

第六章 高山学艺

315

栾无常的心脏。栾无常死在了海里,海水一片殷红。尸首随着海浪不知漂到哪儿去了。

达库回到自己刚才放棍子的地方,摸了半天,找到了棍子,回去见到了自己的师父。

达库关切地问道:"师父,天霞怎么样了?"

祖大寿说:"刚才郎中给天霞吃下了解毒药,又在她的伤口上敷上了解毒散,她现在已经睡着了。"

达库望着沉睡的天霞,既心疼,又气愤。

他恨恨地说:"师父,今天光顾着收拾栾无常,让鲍国芳给跑了。一会儿你照顾天霞,我去找他。要不是他们,天霞也不会受这么重的伤,不能便宜了这家伙。"

祖大寿说:"你上哪儿去找啊?"

达库说:"我自有办法。"

达库究竟有什么办法,能找到小金龙鲍国芳?各位阿哥不要着急,听我说书人慢慢道来。

达库到了岸上以后,首先来到了鲍国芳原来待的地方,找到他的手下,打听鲍国芳的去向。

达库说:"鲍国芳跑哪儿去了,你们这里肯定有人知道,说出来,我重重有赏。要是知情不报被我查出来,看我怎么收拾你。"

达库这一恩威并施还真管用,马上就有人偷偷告诉他鲍国芳可能投奔的地方。原来小金龙鲍国芳在离这七八里远的地方有个相好的。那女人的丈夫在一次出海的时候遇到了台风,船翻了,她丈夫再也没回来,这女人成了寡妇。没办法,她只好以给人加工海鲜为生,挣些零花钱。由于这女人模样长得比较俊俏,而且能说会道,鲍国芳就相中了,常接济她一些粮食和银两。一来二去的,两个人就好上了。

达库把情况了解清楚以后,就命人领他来到了那女人住的地方。这间屋子跟其他在海边盖的屋子一样,都是小木板房,没有什么特殊的地方。

达库刚要破门而入,门突然一下开了,从里面走出一个漂亮的女子。只见她三十不到的年纪,大眼睛,长头发,手里端着一盆脏水,身上还系着个小围裙。那女人差点跟达库撞了个满怀,吓一跳,但她毕竟跟鲍国芳在一起待了很长时间,也算见了些世面。她一看达库的模样也不像是歹人,便以为达库也是让她加工海鲜的客人呢,忙回过神来招呼道:"呦,哪来的小伙子跑我这儿来了。咋的,饿了?那就请屋里坐。告诉你吧,你到我这儿算是来对了,我做的鱼呀还没人能比呢。你等着,我给你做鱼去。"说罢,泼掉盆里的脏水,转身就往屋里走。

达库一把抓住她的胳膊,说:"我问你,鲍国芳在哪儿?"

这女人哪架住达库这一抓呀,胳膊被抓得生疼。

她疼得哎呀、哎呀直叫唤,一听达库说要找小金龙,没好气儿地说道:"你这是干什么呀,不就是找小金龙吗,至于这样吗?疼死我了。"

达库把他的石头棍子拿出来,邦当往地上一放,震得地直晃,然后说:"少废话,快说,鲍国芳在哪儿?"

那女人一看达库的表情,就知道事情不好。她马上用手指指里屋,小声地说:"刚吃完饭,睡了。"

达库二话不说,拎起棍子把门帘一掀就闯进屋去了。

只见屋里桌子上点着一盏大油灯,木板床上铺着一个狼皮褥子,褥子上躺着一个人。这人下身穿着裤子,上身只穿着件汗褡,头枕着手,侧面躺着睡觉呢。你还别说,睡得还挺实沉,达库和那个女人的对话也没把他惊醒。

达库上前一步把鲍国芳就给提溜起来了:"起来,起来,鲍国芳,你好大胆,跑到这儿来了。我是大明朝巡抚衙门祖将军护卫穆达库,受祖大寿将军之命前来捉拿于你。"

鲍国芳睡得正香呢,被达库给薅起来了。

他激灵一下醒了,马上明白过来,扑通一下跪在了地上,说:"原来是大人啊。大人,我知道我犯了罪,早就要弃暗投明,这回你来得正好,我愿意跟你回去听候祖将军发落。"

咱们前书说过,鲍国芳这个人游手好闲,是个社会油子,从来不吃亏。那天他老丈人一死,他就知道自己要完了。于是他赶紧通知栾无常,告诉他:"祖大寿来了,咱们赶紧溜吧。"

哪知道栾无常根本没拿祖大寿当回事儿,不仅不走,还叫嚣:"我管你是祖大寿还是李大寿,有什么了不起的。再说我勾魂鬼也不是吃素的,既然来了,我就不客气了。"没想到,他的魂儿让鬼给勾走了,死在了海里。

鲍国芳给栾无常送完了信,就溜到了相好的家里,一边儿喝着小酒,一边儿吃着海鲜,一边儿琢磨着:我老这么躲着也不是个办法,这得躲到哪一天是个头啊,不如我干脆来个负荆请罪,直接到祖大寿那

第六章 高山学艺

儿，任他怎么处罚都行，想着想着就睡着了。当达库把他提溜起来以后，他反而不慌了。达库让他穿好衣服，跟自己去觉花岛面见祖将军。

鲍国芳见到了祖大寿以后，扑通一下就跪下来，请祖大寿饶命，并说自己愿意率部归降祖大寿。祖大寿通过这些日子的摸查，知道鲍国芳还真有点能力，就是没往正道上走，要是有个好人带带他，还真是一个有用之材。眼下正是用人之际，多一个人就多一份力量，何况鲍国芳手下还真有不少人，要是归到自己的帐下，还真是一件不错的事。

于是祖大寿说："浪子回头金不换。你要是真心归降朝廷，我可以接受你。你说说吧，你都能干什么？"

鲍国芳说："我可以把我手下所有的人都交给您，除了已经受降的这些人，南边五里远的地方，我还有百八十个兄弟，我把他们也都交给您管，您只要管我们顿饱饭就行。祖将军，我们久慕您的大名，知道你跟其他官员不一样。将军，如果您信得着我，我向您保证，我们一定听您的话，守住觉花岛，不让粮食被海盗抢走，报答将军的不杀之恩。"

祖大寿一听鲍国芳讲得还真头头是道，而且他正有此意，于是点头答应道："好吧，我回巡抚衙门向巡抚大人禀报一声，在朝廷没派人来之前，你先替我们管着。你一定要严格管理你的部下，不许喝酒赌博，不许抢夺财物，不许欺压民女。要是有半点差错，我要了你的狗头，听明白了吗？"

鲍国芳忙点头说："听明白了，听明白了。将军您就放心吧，我鲍国芳要是违背将军您的话，您就千刀万剐了我。"

就这样，没用半个月的工夫，祖大寿就把觉花岛的事情解决了。

祖大寿又马上把祖宽叫来，让他马上把粮食装船，运到岸上，然后装车悄悄运回永平老家。

各位阿哥可能要问了，祖大寿家在宁远不是有宅子吗，为什么还要舍近求远把粮食运到永平呢？各位阿哥不要急，听我说书人细细道来。再早的时候，祖家人看宁远这块儿离海边近，鱼肥水美的，鱼呀、虾呀、螃蟹呀，各种海产品应有尽有，而且空气好，所以就挺愿意在这里生活，特别是老太爷、老夫人，可自打这个觉花岛闹匪患以来，宁远这块儿就不太平了，因为祖家是大户，所以三天两头就受到匪患们的骚扰。

阿哥们又要问了，祖家不是有祖家军吗，还怕这些匪患吗？他们来了，祖家军跟他们干不就完了吗？阿哥们，你们忘了吗，祖家军的大部分都让祖大寿带到靖东营去了,剩下的这些祖家兵虽然能跟那些匪患斗一阵子,但也架不住他们老来呀,而且来的又不是一伙儿。打仗难免有死伤,今天死一个,后天伤两个。渐渐地,祖家有些招架不住了。祖大寿一看老太爷、老夫人以及家人的生活已经无法保持平静了,而自己的靖东营离宁远又远,根本照顾不过来,于是,就让大乐把老太爷、老夫人等家人送回了永平府,宁远这块儿只留下几个看家护院的,这也就是祖大寿为什么让祖宽把粮食运回永平的原因。

咱们再回过来,达库把天霞背到船上,和祖大寿一同把天霞运回了宁远的府邸。等他们折腾完了,天已经放亮了。祖大寿又让达库带着家院砍伐木头,做一辆大轱辘的带篷子的轿车。

一上午的工夫,轿车就做出来了。虽然做工比较粗糙,但挺结实。达库又让看家的奴才抱来许多柴草,铺到了车上,上面又铺上一些被褥。祖宽那边也把粮食装好了,一共是十车。

祖大寿嘱咐祖宽:"祖宽,一会儿让小姐跟你一起回永平府吧,这里虽然宽敞,但还有匪患没除,不安全,而且家人大都没在这里。天霞身上的毒血虽然被达库吸了出来,但伤口挺深,必须找郎中继续治疗,否则伤口恶化,后果不堪设想。祖宽,这一路上你一定要照顾好小姐。"

祖宽说:"老爷您就放心吧,我会把小姐安全地送回家,交给夫人的。"

达库一听师父让祖宽把天霞送到夫人那里去,心里就犯开了嘀咕。因为他知道,从宁远到永平府,至少得要三天的时间,而天霞眼下有伤在身,不宜颠簸。前些日子我师父捎信儿说,他们已经到了大城子。大城子离这儿也就一百多里路,如果大车快点走,一天多的时间就到了。为什么不去大城子找自己的师父呢?

于是,穆达库很诚恳地对祖大寿说:"师父,我不同意把天霞送回老家。永平府离这儿太远,而且这一路上颠簸、劳顿,天霞能受得了吗?我想把天霞送到大城子,我师父现在就在那里。大城子离这儿近,况且我师父手里有喇嘛庙祖传的金疮药,治天霞的箭伤没问题。师父,还是把天霞送到我师父那里去吧。"

达库这么一说,祖宽挺高兴。祖宽一想对呀,杜木钦德大喇嘛和济能大喇嘛是心地非常善良的人,自己就是他们救下来的,而且上了他们的金疮药,伤口很快就痊愈了。要是把小姐送到大城子,不仅路途近,小姐的生命也有保证了,所以祖宽也跟祖大寿说:"老爷,达库讲得对

第六章 高山学艺

319

呀，还是把小姐送到大城子去吧。"

其实杜木钦德大喇嘛和济能大喇嘛他们到大城子的消息祖大寿也听说了，而且就在天霞刚受伤的时候祖大寿心里也有过这个想法，只是考虑再三，觉得有些不妥。

为什么呢？各位阿哥可能不知道，祖大寿这个人一直是个保持中立的人。他虽然现在在明朝做官，他不想得罪后金。但又不想过多地亲近后金，其实他不是不知道科喇沁离他们比较近，女儿的伤势又比较重，但巡抚王化贞及一些朝廷官员都怀疑明安贝勒及杜木钦德大喇嘛他们倾向于建州部，他怕这事传出去，被王化贞他们抓住把柄，说他私通后金，所以他没有提出去大城子。现在达库把话挑开了，祖宽也一再同意达库的想法，祖大寿也确实为女儿的伤势着急。他想：如果王化贞通过这事整我，我不是没理由。往小了说，我是为了给我女儿治伤，往大了说，我是为了保护朝廷的一员大将，这有什么错？何错之有？对，就这么办。

祖大寿理直气壮地说："好，咱们就上大城子。我也正想会一会我的老朋友，只是给你师父他们添麻烦了。"

达库说："师父你这是想哪儿去了，天霞又不是外人。"

祖大寿赶紧命令祖宽他们烧火做饭。大家吃饱喝足以后，马上收拾行囊，直奔大城子。

多亏了小金龙鲍国芳他身边的人熟悉道路，领着他们抄了条近道，这样不仅能省出小半天的时间，而且路挺好走，车还不怎么颠簸，祖大寿非常高兴。

他们快马加鞭，在第二天晌午的时候，就到了大城子的喇嘛庙。为了避免唐突，达库先进去跟大家打个招呼。

达库刚走进寺院，院子里的僧人就看见他了。他们围过来，关切地问道："哎呀，达库，你怎么回来了？"

达库回答道："回来找我师父，他在吗？"

僧人们回答："在，在。"有的僧人自告奋勇地领达库去找他师父。

此刻杜木钦德大喇嘛、济能大喇嘛、元吉喇嘛和僧人们正在佛堂做法事呢。

一位喇嘛悄声走过去，向大师们禀报说："达库回来了。"

杜木钦德大喇嘛和几位大喇嘛一听说达库回来了，非常高兴，马上站起身，从佛堂走了出来。

达库一见自己的师父、大师伯还有师叔们都来了，忙跪下磕头，说："徒儿叩见师父、大师伯和三师叔。"

杜木钦德大喇嘛他们从佛堂台阶一级一级地走下来，到了达库身边，亲切地问道："达库，好久不见了，你好啊？"

达库马上说："我好，我好，师父们好。"

几位师父异口同声地说："我们好，我们好。"

元吉喇嘛问道："达库，你怎么来了？"

济能大喇嘛也问他："是啊，达库，你怎么来了？"达库马上说："师父，我把祖将军领来了。"杜木钦德大喇嘛一听祖大寿来了，又惊又喜，马上说："达库，那还愣着干什么？还不快点儿领我们去迎接祖大将军。"说着，杜木钦德大喇嘛在前，济能和元吉跟在后头，几个人急忙走出了庙门。

这时祖大寿已经下了马，旁边的跟随把马拉到一边。

祖大寿往前迈了两步，走过去，双手抱拳，俯着身子说："大师父们好，祖大寿这厢有礼了。"

杜木钦德大喇嘛大声说道："祖将军您大驾光临，令小寺生辉呀，祖将军请。"

祖大寿跟随大喇嘛他们进了寺院。元吉喇嘛一看后面还有百十号明兵和马匹、车辆，就安排自己的徒弟把这些车辆和兵丁领到后院去安歇。

杜木钦德大喇嘛和济能、元吉陪着祖大寿到客厅坐下。

达库又上前禀报说："师父，我还有一件事要求师父帮忙。"

杜木钦德大喇嘛问道："什么事呀？"

达库说："师父，祖将军的女儿受了重伤，还在外面的车上呢。"

杜木钦德大喇嘛和济能大喇嘛一听，急忙说："嗨，这孩子，你怎么不早说呢？快点把小姐接进来，让我们看看。"

济能大喇嘛说："我去看看。"

元吉喇嘛说："我去安排房间。"

说着话，两人一起走出了禅堂。

达库领着自己的师父济能大喇嘛直接到了天霞乘坐的轿车跟前。达库撩开轿门，请师父给天霞看看伤情。济能大喇嘛简单看了一下，然后命众人把祖天霞抬到后院。这时达库向自己的师父大概讲讲天霞受伤的情况。那边元吉喇嘛已经把房间给安排好了，天霞被抬进屋子，躺在了

第六章 高山学艺

床上。

这么一折腾，天霞醒了。她刚想要起身向济能大喇嘛问候，济能摆手示意让天霞躺下。济能喇嘛说道："祖大小姐不必客气，既然来到本寺，就把这里当成你自己的家一样。放心吧，我们一定尽全力为你疗伤。你现在应该安心静养，尽量少说话。"然后转向达库，说："达库，你到我的房间，在我几案下头的抽屉里有个小药盒，你把它拿来。"达库很痛快地答应着，出了屋门。

自从杜木钦德大喇嘛他们离开科喇沁北部的喇嘛庙来到这里，达库还是头一次来，对这里的一切还不熟悉，所以一个小喇嘛领着他来到济能大喇嘛的屋子。屋里的摆设跟原来一样，达库很快找到了那个小药盒，把它交给了自己的师父。济能大喇嘛把药盒打开，从里面拿出来一个小药瓶，里头装着百粒金丹。这百粒金丹相当厉害，只要身上有红伤的人吃上它，马上就可以不疼。

济能大喇嘛把百粒金丹拿出来，走到天霞跟前，说："小姐，你把嘴张开，把药吃进去。"天霞听话地把嘴张开。济能把几粒丹药放到她的嘴里，嘱咐道："把金丹压到舌头底下，再闭上眼睛休息一会儿。"

这时，杜木钦德大喇嘛也陪着祖大寿来到了天霞的房间。俩人站在一旁静静地看着济能大喇嘛给天霞吃药。天霞把药刚吃到嘴里，就觉得嘴里有一股非常清香的味儿。不大一会儿，原来又疼又麻的右臂就不疼了，身上也觉得轻松了许多，不知不觉地就睡过去了，睡得非常香。说实在的，天霞自受伤以后，一直没睡着觉。

杜木钦德大喇嘛又让元吉喇嘛请两位前来进香的女施主服侍天霞。

杜木钦德大喇嘛安慰祖大寿说："祖将军你放心，我们庙里藏有百年金疮药，受了红伤的人，只要服上我们的药很快就会好的，只是要请令千金在我们这里多将养些日子。"

祖大寿说："那就有劳大师父了。大师父，来日方长，日后我一定报答。"

杜木钦德大喇嘛摆摆手说："将军不必如此客气，出家人以慈悲为怀，救人一命胜造七极浮屠。善哉，善哉。"说完，杜木钦德大喇嘛又拿出了他们庙藏的灵丹妙药，亲自给天霞擦洗。天霞疼醒了。

杜木钦德大喇嘛边擦洗伤口边说道："小姐，忍一会儿，很快就会好的。"

天霞的脸上淌下了豆大的汗珠，但天霞咬着牙说："大师父，不要紧，你擦吧，我能挺得住。"

说实话，虽然杜木钦德大喇嘛的药可以止疼，但经过近两天的颠簸和折腾，天霞的伤口已经有些化脓感染。杜木钦德大喇嘛需要把那些腐肉都刮下来，然后才能上药。天霞疼得满脑门是汗，但她愣是没叫一声，就那么挺着。在场的人都非常佩服天霞。腐肉刮干净以后，杜木钦德大喇嘛又给她敷上拔毒生肌散，然后包好。

两天以后换药的时候，伤口已经不淌脓水了。看着女儿一天比一天好，祖大寿心里非常高兴，也特别感激杜木钦德大喇嘛和济能大喇嘛。由于祖大寿有公事在身，而且有那么多粮食在外面的车上放着，太显眼了，为了不引起麻烦，祖大寿决定让祖宽护送天霞和粮食先走一步。

祖大寿跟杜木钦德大喇嘛说："大师父，小女的伤口现在已经好多了，我们就不在这儿叨扰了，恳请大师父再给我们一些药，让小女带回家去疗伤。"杜木钦德大喇嘛见挽留不住，只好拿出了自己的药，包了十几包，给祖天霞带上，并嘱咐让她两三天换一次药。

就在祖天霞疗伤治病的时候，祖大寿给巡抚王化贞写了一封信，向辽东巡抚禀告说他平服了觉花岛的匪盗，还说由于自己的女儿天霞受了重伤，只好来到了喇嘛庙，请这里的高僧给女儿疗伤，来不及回去复命，请巡抚大人见谅。另外，还请巡抚大人转告二位葫公公，由于路上的大部分匪患已被剿灭，请二位公公速带进京的礼品赶到大城子，并由靖东营的祖方护送前来。估计巡抚大人早已经收到信了，明后天，最多也就是后天，葫公公他们就会到了，所以祖大寿在送走了天霞和祖宽以后，就等着葫公公他们的到来。

两天以后，祖方护送着大葫芦头、二葫芦头一行人等来到了喇嘛庙。达库一看自己的小师父来了，非常亲近，双方寒暄了几句。祖方交了差以后，骑上马回去复命了。

祖大寿给双方做了介绍，由于二位公公的到来，喇嘛庙里又是一番热闹。晚席宴上，大葫公公喝多了，他为了显示自己对魏忠贤的忠心，当众从背上解下了一个宝匣。这小匣能有二尺来高，用黄绫子包着。

大葫公公用他那男不男、女不女的腔调说道："你们天天就知道吃斋念佛，哪见过这样的宝贝？今天我就让你们开开眼界。"说着话，大葫公公就把宝匣拿过来，把黄绫子一层一层地打开。

这是一个彩缎镶漆的小木匣，里面是用木头做的，外面包着一层彩缎。这木匣很有意思，上面有三条缎带。大葫公公把缎带一个一个地解开，把匣子掀开，露出了一个用黄绫子包着的包裹。大葫公公把包裹拿出来，把黄绫子布打开，露出了一个用白玉雕刻出来的南极仙翁，也就是寿星佬。只见这个南极仙翁大额头、挂着拐杖、笑眯眯的，一副慈祥的面孔，令人感到非常亲切。这块白玉也很特别，说它白但还不完全白，白里透着一种红色，还带有蓝色的光芒，一看就知道这是一块非常稀有珍贵的宝玉石。

祖大寿并没有太注意，只是坐在那里看了几眼。大葫公公吹嘘道："这块玉是玑玉，出在医巫闾山，非常难得，是万两银子也买不着的东西呀。我们打算把它孝敬给魏大人，怎么样啊？"在座的人齐声称好。

小葫公公比大葫公公稍微清醒一些，他看周围的人太多，因为这里不光有寺院的人，还有一些帮工等，就让大葫芦头赶紧把宝物收起来，免得出差错。大葫芦头一边往起收还一边嚷嚷："这是我们给魏大人的寿礼，谁敢打它的主意？不要命了？"

单讲事情偏偏就出了。第二天早晨，刚黎明的时候，也就是丑时的时候，葫公公那屋就炸了。因为他们的屋子挨着祖大寿住的屋子，所以祖大寿最先听到。

祖大寿赶紧起来，跑到葫公公的屋子问："公公何事？"

杜木钦德大喇嘛他们也都听到了，都跑出来了。

大葫芦头、二葫芦头坐在地上擦着满脸的泪水，说："哎呀，了不得了，来贼人了，宝玉丢了。"

大家一听非常吃惊，简直都不敢相信。啊，宝玉丢了？玉仙翁丢了，庙里怎么能丢东西呢？祖大寿一听吓坏了，这宝物是王大人孝敬给魏忠贤的寿诞贺礼，要是真丢了，那罪过可不轻，这还得了。祖大寿也急得不知所措。济能大喇嘛觉得奇怪，寺院建了也有一百多年了，从没听说过有谁丢东西，这是怎么回事呢？济能大喇嘛安慰二位公公："二位公公不要着急，你们好好想想，宝玉昨天晚上在什么地方放着，什么时候发现没有的？怎么发现的？"济能大喇嘛话一出口，把大家的慌乱情绪稍稍稳定了一下。

这两个葫公公挠着脑袋，仔细回忆昨天晚上的事情。他们只记得头天晚上喝完了酒，回来就睡着了。今天早晨醒来，就发现宝玉没了，至于什么时候丢的，他们根本不知道。两个葫公公急得像热锅上的蚂蚁。二葫公公气急败坏地说："祖大寿，这件事和你有关，是你把我们引到喇嘛庙里来的。这喇嘛庙是个贼窝，你和他们串通好了盗走了我的玉仙翁。"

杜木钦德大喇嘛听了以后忙上前解释说："两位公公，我想这事一定事出有因。这个寺院有一百多年的历史，从来没出现过如此鸡鸣狗盗之事。我老衲可以用我的人头担保，这绝不是我们寺院的人做的事情。"

济能大喇嘛也说："两位公公，我也用人头担保，这绝不是我们喇嘛庙里的人干的。"

见二位大师态度如此坚决，二位葫公公一时也无话可说，屋子里静了下来。

祖大寿说："二位公公别着急，咱们把昨天晚上的经过再演习一遍，看看这里面有没有什么破绽。"

两位葫公公说："好吧，昨天晚上吃完了酒席，我们就把玉仙翁背回到这个屋里。"两位葫公公在前面领着，边走边演示，一行人在后面跟着。

大葫公公接着说："回到屋里以后，我就把玉仙翁放到床边上了。"

祖大寿问他："什么时候发现没的？"

二葫公公说："我早晨起来小解，就发现玉仙翁不见了。"

二葫公公指着一张靠近窗户的床说："大公公睡那个床，玉仙翁就放他床边上。"

祖大寿一声没出，就围着这张床仔细观察起来。只见这张床正好挨着窗户，东西就放在窗户下面。

济能大喇嘛突然发现，在靠近插销的窗棂纸上有一个小窟窿，很清楚，是外面的贼人伸进了手，拨开了窗户上的插销，打开了窗户，拿走了宝玉。杜木钦德大喇嘛又发现在窗棂缝那块儿塞着一张纸条，大喇嘛走过去把纸条拿过来，打开一看，里面是用小楷写的，非常工整的四句诗："兄弟同根生，奔走镇辽东，冤仇系沧海，寻宝到九门。"

达库看了纸条上的字，立刻就明白了。他跟祖大寿说："师父，看来这是咱们平定觉花岛结下的梁子，是栾无常的兄弟们给他报仇来了。"

祖大寿看了字条，觉得达库说得有道理，于是对两位葫公公说："二位公公不要着急。冤有仇、债有主，我们知道是谁偷走了玉仙翁。公公，也怪你不应该在众人面前把宝物亮出，让贼人给盯上了。"

大葫公公不愿意了，大声说道："祖大寿，你要嫁祸于我吗？我们和这个什么鬼、什么常的无仇无怨，他干吗找我们的麻烦？这都是你们干的好事。废话少说，你快点儿给我找回玉仙翁，否则你们脱不了

第六章 高山学艺

325

干系。"

祖大寿说:"你放心吧,我们一定能找到玉仙翁,只是不知道这九门在什么地方?"

济能大喇嘛说:"我知道,这个九门指的是长城第九道隘口,我去过。那里有个九门庙,住着我们出家人。"

祖大寿说:"谢谢大喇嘛的指点。我跟达库今天晚上就走,我们一定找到贼人,夺回玉仙翁。"

说罢,祖大寿抬腿就想走,边走还边说:"达库,咱们现在就走,防备夜长梦多,让这小子跑了。"

达库答应着:"好,师父。"

两个人刚想出门,不想大小葫公公交换了一下眼色,然后走过去,一人掐一个膀子,把祖大寿就给按那块儿了:"好哇祖大寿,你想趁这机会跑了,把我们俩扔在这儿,休想。不行,你不能走。这乱子是你惹出来的,我们要绑着你到京师去见魏大人,听候魏大人的发落。"

祖大寿说:"二位公公、二位公公,不要这样。我祖大寿是堂堂正正的朝廷命官,怎么是那种卑鄙小人呢?你们放心,我去去就来。"这两个公公可能是吓傻了,不管祖大寿说什么,他们就是不放,大葫公公还从自己的怀里掏出个绳子,把祖大寿给捆上了。

杜木钦德大喇嘛等人见事情僵到这了,连忙过来劝解。可任凭人们好话说了一千遍,两个葫公公就是不听,甚至毫无道理地大骂众喇嘛:"你们别跑这儿充好人,还不知道你们和这些贼人是不是一伙的呢,这都不好说。"

他这话可把杜木钦德大喇嘛气坏了,脸上红一阵白一阵的,嘴里直念佛号:"阿弥陀佛,阿弥陀佛。"

祖大寿也没办法,直说好话:"公公,请相信我。我用我们祖家的千号人作担保,我不会跑的。"

两个葫公公干脆不听,把脑袋摇得像拨浪鼓似的,说:"说什么我们也不能放你走。"

祖大寿说:"我要是不去,我徒儿他一个人怎么能办这么大的事呢?眼看魏大人的生日就要到了,不能耽误时间了,请二位公公放了我,我立刻去抓贼人。"两位葫公公还是不答应。

站在一旁的达库气坏了,恨不得用自己的小拳头拍死这两个人,可为了不连累师父和喇嘛庙,达库强压怒火,对祖大寿说:"师父,放心吧。我一定能找到玉仙翁，把贼人抓回来。"达库的话语使祖大寿非常感动，杜木钦德大喇嘛他们也非常高兴。

济能说："达库，此去路途凶险，还是我陪你去吧。"

达库不同意，说："师父，不用劳您大驾，我一个人去就行了。"

济能大喇嘛说："我知道你行，但多一个人就多一份力量，况且往九门去的这条路我熟悉，也免得耽误时间。"

旁边的杜木钦德大喇嘛也笑着说："是啊，达库，你师父说得对，就让他跟你去吧。"

达库和济能大喇嘛准备了些干粮和盘缠，当天晚上就出发了。一路上因为有济能大喇嘛带路，没走冤枉道儿，直接就到了山海关。因为隘口在两座山中间的那条道上，所以他们得完全在山里走。一望无际的深山老林，根本没有人家。达库心里想，多亏我济能师父来了，要是我自己来，还不得迷糊在这儿。

他们就这样马不停蹄地连夜赶路，困急了就在山里的大树旁一依，打个盹儿再走。一直走了三天三夜，他们终于来到了九门。

济能大喇嘛指着半山腰的一处庙宇说："看没看到，那座山上有个小庙，那里的老僧人我非常熟悉，我领你去找他。"他们爬到半山腰。只见这座庙宇挺简陋，是用石头搭建的，上头盖着树枝。前边是佛堂，一个年近八十的老和尚正在佛堂里诵经。

济能大喇嘛手打佛号施礼问候，老僧人一见济能大喇嘛忙起身迎接。济能大喇嘛把自己的来意说了，老僧人把他所了解的情况统统告诉了二人。

济能大喇嘛和达库拜别了这位老和尚，然后下了山。他们走了能有不到半天的时辰到了九门口。穿过一片树林，看见隘口附近确实有几个用石头堆起来的棚子，上头都用树枝盖着，还不时有人进出。

济能说："达库，肯定就是这个地方。"

达库说："师父，你在这里等着，我去收拾他们。"

济能大喇嘛说："还是我跟你去吧。"

达库说："不用，师父，这几个人我能对付得了，咱们不是讲好了的吗？"

济能大喇嘛一看达库这孩子也挺犟，另外他也有意让达库锻炼锻炼，于是说："那好吧，我在外头给你看着。你如果打不过他们，就往师父这边来。"

第六章 高山学艺

达库说:"好吧。"

这时候天色已经有些晚了,两个人虽然走了几天了,很困、很累、也很饿,但是为了早一天找到玉仙翁,也就顾不了那么多了。达库没带他的石棍子,那太不方便了。怎么办呢?他想用自己的拳头,用老祖家教给他的武术,对付这些匪盗。

达库大步流星地走到石棚子前面站住,大声喊道:"里面的人听着,哪位拿走了我的玉仙翁,赶快交出来。"就听里面噼里扑棱地一阵慌乱。

不大一会儿,从石棚子里走出四个人来,个个手里都拿着兵刃。为首的那个人个头挺高,也挺膀,只见他举着手里的大棒,杀气腾腾地问道:"你是谁?凭什么让我交出玉仙翁?"

达库说:"我叫穆达库,是祖大寿将军的护卫。勾魂鬼栾无常就是死在我的手上。冤有头、债有主,你们不是找我嘛,我来了。"

那个人一听,说道:"啊,原来是你害死了我哥哥。"

达库说:"对,是我杀了你哥哥。你哥哥那是罪有应得。他杀了多少无辜的人,祸害了多少百姓,即使我不杀他,朝廷也饶不了他,百姓们也饶不了他。"

栾无常的弟弟说道:"你少在那说废话,还我哥哥命来。"说着举起手里的大刀朝达库就扑过来了。

站在他身旁的一个小子一把拦住了他,说道:"二哥,大哥的仇我来报。"说完,举棒上前奔达库就抡过来了。

只见达库不慌不忙,用左手往上一托,托住了将要落到自己头顶的棍子,别看达库没怎么用劲儿,要知道,达库那是搬石头的手,非常有劲儿,只听"喀嚓"一声,棍子折了。

这小子一愣神,达库的右手就已经抡起来,说了句:"你找死。"一个大巴掌,就拍到了他的脑瓜顶上,一下子就把他的头砸到脖腔子里去了。这家伙都没来得及哼哼两声,立刻倒在地上,死了。

站在旁边的两个小子一见急了,举着大刀,大声喊道:"好哇,你小子活腻歪了。"说罢,大刀冲达库砍了下来。

达库闪身一纵,躲过大刀。大刀砍在了地上,把地砍得直冒火星子。达库又一个闪身,转到了两个人的身后,照着这两个人的后背,啪、啪两巴掌,嘴里说道:"给我趴下吧。"

两个人立刻瘫在地上,起不来了,嘴里还哎呀、妈呀地直叫唤。

各位阿哥一定要问:"他们俩怎么了?"还是说书人我告诉你们吧:

"他们俩的脊柱被打脱节了。"达库一看他们俩这样也挺遭罪的,还不如早点儿死了好,于是走过去,又啪、啪两下子,把这两人也拍死了。就这样,出来的四个人一共被达库拍死了仨,剩下的这小子没想到达库这么厉害,连续拍死自己三个弟兄。

栾无常的弟弟气得暴跳如雷,喊道:"好哇,你个胆大的贼人,竟敢杀了我三个弟兄。兄弟们,给我上。"

此时穆达库正想举巴掌再接着拍他,没成想从周围的石棚子蹿出来好几十人,这些人嘴里喊着:"为大哥报仇啊,不能让他跑了哇。"

不大一会儿,这些人就把达库围上了。达库一看他们人太多了,跑肯定是跑不掉了。达库一不做二不休,从地上掀出两块大石板子,一手抓一块,学着祖海的样子,蹿起来、跳下去。这些人本来都是乌合之众,哪有达库那么壮的身体和力气呀。没用多长时间,地上的血浆都快淌成河了,躺着的人也快摞成摞了,那些胆小的吓得抱着脑袋就往后跑。

站在树后的济能大喇嘛刚开始看自己的徒儿用小巴掌拍死那三个人的时候,还是又喜又惊,喜的是达库离开自己不到半年,变化就这么大,看来这祖家人还真是了不得呀,达库如果继续跟着老祖家学,那将来一定能成为大英雄。但他又很惊讶,佛家人一向以慈悲为怀,不杀生,可达库杀起人来一点儿都不在乎,拍死一个不算,接着又拍死了俩,这怎么能是出家人的行为,济能大喇嘛想要阻拦,但已经来不及了。没办法,他只能闭着眼睛,嘴里直念佛号。

哪成想,那小子一声吆喝,从树林里跑出好几十号人。济能大喇嘛怕自己的徒弟吃亏,正想上前营救。他这脚还没迈出去,就见达库手舞两块大石板,一阵跳跃蹿腾,把这群贼人砸倒了一片。

济能大喇嘛一看这样下去还得了,连忙大喊一声:"达库住手。"

这时达库正盯着最开始的那小子。他觉得就是这小子喊来的这些人,他才是罪魁祸首,冤有头,债有主,账应该算在这小子身上。达库举起手里的石板刚想砸向他,济能大喇嘛在旁边高喊了一声。

达库一听自己的师父说话了,连忙收起了石板,闪至一旁。

那小子一见自己没死,连忙跪在地上,爬到济能大喇嘛跟前,叩头如捣蒜似的说:"多谢师父救命之恩,多谢师父救命之恩。"

济能大喇嘛根本没理他,而是走到达库身边,对达库说:"达库啊,先别拍他,我有几句话要问他。孩子,咱们是来找玉仙翁的,如果你把

第六章 高山学艺

人都拍死了,咱们上哪儿找玉仙翁啊?"

达库猛然觉醒,他马上不好意思地说:"对,师父,你说得对。你看我,光想着收拾这帮贼人了,把玉仙翁的事儿给忘了。"

达库转向这小子,问道:"快说,玉仙翁现在在什么地方?你要是不说,我现在就拍死你。"

这小子连忙磕头,说:"爷爷息怒,爷爷息怒。你说的那个玉仙翁在我手里,我现在就给你取去。爷爷,你要是饶了我的命,让我干什么都行。"

看来这小子也真是吓坏了,他根本没想到穆达库的手会这么黑、这么狠。对一般习武的人来讲,如果跟对方没什么深仇大恨,不会一下子就将对方置于死地,顶多是杀一儆百,或者杀几个,把局面控制住以后,就不再杀了。可穆达库根本不是这样,他越杀越有劲儿,越杀越觉得过瘾,简直是个杀人狂。所以这小子都吓瘫了。你问他啥,他都老老实实地回答,一点儿都不敢隐瞒。

这小子说完,爬起来刚要走,被达库一声大喝给镇住了:"站住,你往哪儿跑。"

这小子连忙说:"爷爷,我哪儿敢跑,我是要给你取玉仙翁去。"

济能大喇嘛走过来,安抚他说:"先不急,我问你,你叫什么名字?你们这里一共有多少人?"

这小子回答:"回大师父话,我叫蓝天海,外号叫小阎罗。勾魂鬼栾无常是我的亲哥哥,我们就在离这儿不远的屯子里住。因为朝廷的军队抢走了我们的马匹和粮食,而且这几年天灾又多,庄稼长不起来,我们的地也没法种了,我和我哥哥就带着剩下的一百多人,干起了打家劫舍的营生。"

济能大喇嘛问他:"被你偷去的东西放在什么地方?"

蓝天海说:"就在我的石棚子里放着,我现在就领你们去取。"

达库说:"好吧,你头前带路。告诉你,不许耍滑头,你要是胆敢欺骗我们,我会让你死无全尸,听见了吗?"

蓝天海吓得扑通一下跪下了,一个劲儿地说:"我怎么敢欺骗小爷爷您呢,你就是再借我两个胆儿我也不敢啊。"

济能大喇嘛说:"你快起来吧,只要你老老实实的,不要耍滑头,我保证他不杀你。"

蓝天海一听,高兴地给济能大喇嘛磕头,说:"谢谢活菩萨、谢谢活菩萨。"

就这样，蓝天海在前，济能大喇嘛和达库跟在后面，几个人来到了左面的石棚子里。

石棚子里已经空无一人，里面除了摆放着不少酒肉，还有一些抢来的银两。屋地下有一张床，床上铺着豹皮。

济能大喇嘛转圈看了一眼，没发现自己要找的东西，就对蓝天海说："我们的东西在哪儿？赶紧拿出来。"

蓝天海说："我马上给你们拿。"

说完，脱鞋上床，推开天棚上的一块天花板，从里面拽出一个小木箱。济能大喇嘛和达库一眼就认出来了，正是他们丢失的那个小木箱。

济能大喇嘛把小木箱放到床上，打开箱子，捧出了一个黄缎子包的东西。济能大喇嘛小心翼翼地把黄缎子布一层一层揭开，露出来里面的东西。济能大喇嘛和达库一看非常高兴，真是老天保佑，正是那天葫公公给大家看的玉仙翁。

济能大喇嘛把玉仙翁按原来的样子包好，放在绣匣里，然后交给达库，说："达库啊，你把他背在身上，千万要看好，别丢了。"

达库说："放心吧，师父。我在，盒子在。"达库用缎子把宝物紧紧地绑在自己的前胸。

蓝天海扑通一下又跪下了，说："好心的大师父还有我的小爷爷，我把东西已经还给你们了，你们就放了我吧。"说着砰、砰、砰地直磕头。

达库说话了："忙什么，我们还没问完话呢，你就想溜？"

蓝天海哭哭咧咧地说："小爷爷，我哪儿敢啊。小爷爷，你们就问吧，我一定把我知道的全说出来，绝没有半点儿隐瞒。"

济能大喇嘛说："你们为什么要干这个可恨的勾当？"

蓝天海说："我方才说了，朝廷的官兵把我们的东西都抢光了。我们实在是活不下去了。不瞒爷爷说，我上有八十岁的老母，下有两个孩子。我大哥也有两个孩子，我大嫂因为家里太穷，离开了我们。我跟我哥哥一商量，就把周围屯子里的人组织到了一起，一共能有二百多号人，我们就拉起了杆子。后来这里的绺子越来越多，绺子之间经常打仗，谁能打，谁就赢，结果是穷的越穷，富的越富。我哥哥不愿意在家里受欺负，就领着一百多人到海边儿去了。我为了照顾我的老母亲和一双儿女，就带着剩下的这些人在家里维持生计。后来我哥哥的名声大

第六章 高山学艺

331

了，功夫也越发厉害了，死在他手下的人不计其数，大家都叫他勾魂鬼。我母亲怕他罪孽太深，一直让我捎信给他，劝他少杀人，可他就是不听。直到前两天传来噩耗，说我的哥哥死于非命。我老母亲知道信儿后，哭得死去活来，她命我赶紧去找我的大哥。我到了觉花岛以后，根本没找到我哥哥的尸首。我哥哥的手下人告诉我，打死我哥哥的人就是祖大寿身边的护卫，名叫穆达库。于是我就怀恨在心，发誓要给我哥哥报仇。可我哥哥的那伙人让你们给打散了，剩下的几个人不敢跟我们干。我身边的这几个人根本不是你们的对手，我们合计来合计去，决定先在严家港一带隐蔽下来，找个适当的机会，杀了你，为我哥哥报仇。但你们的兵马很厉害，我们一直找不到机会。后来我们跟着你们一直到了科喇沁。那天我们突然发现从广宁那边来了一辆马车，看架势就不是一般人。我们秘密潜入喇嘛庙，藏到了房脊上。酒席宴上，我听那个叫葫公公的显摆说，要进京去给魏大人送贺礼，还拿出了这个玉仙翁。后来我们商量了一下，觉得这是个机会，盗走玉仙翁，给你们找些麻烦。如果你们敢去九龙口找我们，九龙口是我们的天下，收拾你们更方便。如果你们不敢去，玉仙翁就归我们了。为了让你们能找到我们，我还特意留了字条。没想到，在我的家门口也没能收拾得了你。我认了，仇我也不报了。小爷爷、大师父，请二位看在我上有老、下有小的份儿上，放了我吧。我和我的老母亲还有一双儿女会感激你们一辈子的。"

蓝天海一股脑儿地把话说完，达库一听，这个小阎罗蓝天海跟他哥哥不一样，还是个挺孝顺的人。因为达库从小就没了母亲，所以他对有母亲的人格外羡慕。达库的心软了，他看了一眼济能大喇嘛。

济能大喇嘛那是得道的高僧，一向以慈悲为怀，今天他看到达库杀人不眨眼，心里很难过，现在一看达库这个表情，他很高兴，说："达库，这事你说了算。"

达库说："如果我们放了你，你还能不能接着害人？"

蓝天海马上说："小爷爷、大师父，你们放心，我们回去以后绝不再行抢害人。不瞒二位说，我们也不想干这事，可我们实在是没法子。"

达库说："没法子也不能害人。"

蓝天海一边点头一边说："是、是、是，我们以后自食其力，绝不害人。"

达库说："我暂且相信了你。告诉你，人活在世上就要做个堂堂正正的人，不要干偷鸡摸狗的事情。谁家没有爹娘儿女，占人家便宜、夺

鳌拜巴图鲁

人家东西，早晚是要遭报应的。你回家以后，要好好侍奉你的母亲，把儿女抚养大，领着你的那些弟兄们种点地。"

说着，达库从自己怀里掏出两个小银元宝，递给蓝天海，说："这个给你，你回去好好过日子吧。"

小阎罗蓝天海没想到这位小爷爷不仅放了自己，还给银两，他对自己做过的事情感到追悔莫及，一个劲儿地磕头，并且说："谢二位不杀之恩，将来爷爷有用得着我的时候，我一定竭尽全力，在所不辞。"

济能大喇嘛把他扶起来，说："你起来吧。老僧我还有一事相求。"

蓝天海一听，赶紧说："大师您有什么盼咐尽管说。"

济能大喇嘛说："你把你的这些弟兄都掩埋起来吧，别让他们的尸骨露在外面，来世也得不到安生。"

小阎罗蓝天海一听，马上从石棚子里找出锹镐，掩埋同伙的尸体。

再说济能大喇嘛带着达库没在这里陪着小阎罗蓝天海，而是飞速地往回赶。他们俩恨不能一步赶回科喇沁，把这个天大的喜讯告诉祖大将军和寺院的众位僧人，洗刷众人蒙受的不白之冤。他们俩晓行夜宿，很快就赶回了科喇沁，见到了杜木钦德大喇嘛。杜木钦德大喇嘛马上陪着自己的二师弟和达库一块儿来到葫公公两人住的地方。此时祖大寿还被捆绑在那里，两位公公横眉怒目地坐在一边。

杜木钦德大喇嘛手打佛号，面带微笑地说："阿弥陀佛，老僧给二位公公道喜了。"

大葫芦头瞥了杜木钦德大喇嘛一眼，一声没出。二葫芦头接过话茬，阴阳怪气地问："我们俩在这愁还愁不过来呢，能有什么喜事呀？"

杜木钦德大喇嘛微笑着说道："托佛爷的福，玉仙翁找到了。"

其实这两个葫公公这两天也非常着急，他们虽然是魏忠贤的亲信，可魏忠贤是一个翻脸无情的人，你要是做事不随他的心意，或者做错了事，他要么杀了你，要么把你废掉。

什么叫废掉？就是不让你在宫里待了，撵到宫外，自己出去打食吃。你想啊，这些太监在宫里被服待惯了，一个个手不能提篮，肩不能挑担，什么也不能干。另外他们也不能娶妻生子、传宗接代，被撵出宫以后就是个废物，要想活下来是非常不容易的，所以太监们都非常害怕做错事被撵到宫外。

现在一看东西找回来了，两个葫公公当然非常高兴，马上站起身，说："好哇，好哇，找回来好哇！快拿来让我们看看。"

第六章　高山学艺

穆达库把身上背的黄绫包解下来,交给两个公公。两位公公如获至宝,马上把黄缎子布打开,把系盒子的三个扣襻解开,把里面的黄缎子包裹拿出来,打开一看,俩人乐坏了,眼泪都流出来了,嘴里一个劲儿地叨咕着:"是、是、是它,是这个宝贝。哎呀,我的宝贝,可把你找到了。你把咱家都吓坏了。"

穆达库走到祖大寿跟前,眼含热泪,跪下给自己的师父磕头,说:"师父,徒儿回来了,您受苦了。"

祖大寿这时心里也非常高兴。自打徒弟和济能大喇嘛走了以后,他心里一直担心,怕他们找不到玉仙翁。他早做好了准备,如果真找不着玉仙翁,自己就陪着两位公公进京面见魏忠贤,他愿意怎么惩处我,我都受着,大不了就是一死,大将军死有何惧。现在看见玉仙翁找回来了,祖大寿当然很激动了,他双眼含泪说:"达库啊,谢谢你,谢谢你们。你们辛苦了。"

由于达库和济能大喇嘛找到了丢失的宝物,杜木钦德大喇嘛决定全寺举行三天祝祭日,以感谢佛祖的圣恩。

由于祖大寿有任务在身,所以就不能参加祭祀了,他决定第二天一早就走。众位大师一再挽留。祖大寿说:"多谢各位,我还是早点把玉仙翁送到京师,也免得夜长梦多,复宇就不再叨扰各位了。"众喇嘛一想也确实是这么回事,就不再挽留。

在欢送晚宴上,两个公公吃完饭回去休息,屋里就剩下杜木钦德大喇嘛、济能大喇嘛和祖大寿、小达库。杜木钦德大喇嘛命小僧拿出自己最好的江南香茶泡上。

杜木钦德大喇嘛说:"祖将军,我见你印堂发暗,左侧眉宇间有暗光在闪动,近期可能要有灾祸,请将军千万要小心。"

祖大寿满不在乎地说:"多谢大师父提醒,托大师父的福,我的灾祸已经过去了,现在没事了。"

第二天天刚亮,两位公公坐着轿车,祖大寿和穆达库俩人骑着马,随从们跟在后面,护送两位公公向西而行。

众位喇嘛一再嘱咐达库:"达库啊,一路上你要多保重,好好照顾你师父。"

达库跳下马,叩头拜别几位大师父,一行人很快离开了科喇沁。

咱们闲话不多说,祖大寿他们这一路上走得挺顺利,很快就到了山海关。山海关总兵官又给配备了一些兵马,护送他们到了京师。两位公公带着礼物叩见魏忠贤。因为魏忠贤的生日宴举办的不是一天两天，要十天半个月才能完，所以两位葫公公要在那里待上几日。可祖大寿有军务在身，急于返回广宁，在得到两位公公的允许后，祖大寿带着达库从京师返回，回到广宁，向王化贞交了差。

王化贞听完祖大寿的禀报，没说好，也没说不好，什么也没说。祖大寿觉得巡抚大人的表情跟平常有些不一样，但也没找出有什么不一样的，只是有一种感觉。

王化贞沉思了片刻，然后说："复宇，今天晚上你到我大堂来一下，我有事跟你商量，你就不必带其他人了（意思是穆达库就不用来了）。"

祖大寿一向是光明磊落之人，他以为巡抚可能是有什么机密之事要找自己商量吧，这完全有可能，因为自己是中军游击，所以他就没当回事儿，点头答应下来。

到了晚上，祖大寿一个人到巡抚大堂去见王化贞。达库要跟他一起去，祖大寿拦着没让。

祖大寿说："巡抚大人可能找我商量军情要务，你就不用去了，好好儿在家等着我。"

就这样，达库遵师父之命没有跟去。祖大寿一个人骑马从靖东营来到巡抚衙门。下了马以后，马夫把马牵到马圈。

祖大寿大步流星地进了巡抚衙门，迎面碰见巡抚大堂的主事，他问道："巡抚大人在不在大堂？"

主事板着个脸回答道："我不知道，你自己进去看吧。"说完就走了。

祖大寿望着主事的背影，有些丈二和尚摸不着头脑，心想：他今天是怎么了？出什么事了吗？想着想着，祖大寿已经来到大堂。进到大堂以后他发现，大堂两旁站着两排衙役，一排四个，一共八个人，一个个虎视眈眈地瞅着他，表情非常严肃。

祖大寿更加感到奇怪了：哎呀，今天要商量什么事呀？怎么还有衙役站着呢？他边看边往里走，进到里面一看，巡抚不在。

这时大堂右边的门帘掀开了，打里面走出来两名护卫。这两个人都是巡抚大人的心腹爱将，跟祖大寿也都很熟。接着，王化贞也出来了。

只见王化贞来到座位上坐下以后，把惊堂木一拍，大声喊道："祖大寿，你知罪不知罪？"

这一嗓子把祖大寿给弄糊涂了，自己也没做什么对不起朝廷的事

第六章 高山学艺

335

情，有什么罪呀？难道我运粮的事被他们发现了？不能啊。这事除了我的家人知道，外人也不知道啊。难道他在诈我？对，他肯定是在诈我。

祖大寿马上回答道："回禀大人，我不知道我犯了什么罪，大人您不是让我来商量事情的嘛。"

王化贞不答话，又拍了一下桌子，喊道："衙役们，把祖大寿给我绑起来。"

话音刚落，旁边的四个衙役喊着堂威过来，七手八脚地用铁链子把祖大寿就锁上了。

锁上以后，王化贞又说："祖大寿，你犯了杀头之罪，你知道吗？"

祖大寿说："大人，我不知道，您不妨直接说出来，我听听。"

王化贞命几个衙役把祖大寿带到一边站着，又喊了一声："带贼人。"

就见两个衙役押进一个人走了进来。祖大寿一看吓了一大跳，来人是谁呀？是祖宽。祖宽被五花大绑地推了进来。

祖宽一看祖大寿在这里，马上说了一句："大人，我冤枉。"

王化贞大声喊道："你还敢抵赖。众衙役，给我狠狠地打。"

两旁衙役拿着大板杖啪、啪地把祖宽一顿打。祖宽像血葫芦似的躺在地上。

祖大寿望着自己的家人遭受折磨，气得青筋暴露，大声说道："巡抚大人，我的家人到底犯了什么罪？你凭什么要这般审问我的家人？"

王化贞不慌不忙地让旁边的书记官拿出册子，数落起祖宽的罪状。

原来王化贞一直对祖大寿不放心，所以他不仅派人秘密监视祖大寿，也派人跟踪祖大寿身边的人。祖宽从觉花岛运走了十车粮食，王化贞是一清二楚。按理说这事也是祖大寿不对，国家正在用兵之时、用粮之际，你祖大寿竟敢不通过巡抚衙门，私自把部将派出去，把这么多的粮食运回你自己的老家，这本身就是违反朝刚的事。

祖大寿一看人家都知道了，自己也瞒不了了，于是装作满不在乎地说："我以为是什么事呢，原来是这事呀。启禀大人，这事我知道。我说大人，我的家将拿了粮食是不假，但这都是经过巡抚大人您亲自批给我们的，是我们老祖家，包括我们靖东营的人该得的。我们除了领自己该得的粮饷之外，其余的我们一点儿没多拿，这难道也有罪吗？"

王化贞气得面红耳赤，说："好大胆，你还敢在这强词夺理，你说你没多占一粒粮食，谁可以证明？你利用剿匪之便，偷运粮食。你假公济私，罪不可赦。来人啊，把祖大寿和祖宽给我关起来。"

几个衙役不由分说，把祖大寿就给推进了牢房。祖宽由于被打得不能行走，衙役们只好把他抬进了牢房。

各位阿哥，这到底是怎么一回事呢？书中暗表，那天祖大寿和祖宽分手以后，祖宽一面押运粮食，一面护送着天霞往永平府走，一路上很顺利，也没遇到什么麻烦。祖宽心里不禁暗暗高兴，想到自己不仅能安全地完成老爷交给的任务，还可以跟家人待上几天，心里就美滋滋的。没想到，他们的活动早在巡抚王化贞的掌握之中。

王化贞非常狡诈，他总想把祖大寿拉到自己这边儿来，所以就把祖大寿调到自己身边，以便更多地接触祖大寿，拉拢祖大寿。哪成想，祖大寿根本不买自己的账，而且老祖家的兵将没把他放在眼里。王化贞非常懊恼，他恨透了祖大寿，就想抓住祖大寿点儿把柄，把祖大寿制伏。把祖大寿降伏了，祖家的这些人也就不敢起刺儿了，自然而然地就都归到了他的名下。所以他盯祖大寿盯得非常紧，以便找到祖大寿的毛病。当王化贞听到探子的密报，知道祖宽押运粮草的事情以后，他乐得心花怒放。于是，他秘密派出自己的部将，化装成强盗，跟踪祖宽，准备找个适当的机会，给他们来个一网打尽。

祖宽只知道王化贞狡诈、奸险，但没想到他做事会这么绝，另外他以为王化贞不会知道这事，所以他也没太防备，每天只顾赶着车往前走。离祖家庄还有二十多里地的时候，王化贞派的人一下从树两边钻了出来，把祖宽他们就围上了。祖宽一看有强盗抢粮，领着庄丁跟这些人就打到了一起。祖宽手持单刀砍杀了十几个强盗。但由于包围他们的人太多了，能有二百多人，祖宽他们也就四五十人，有些寡不敌众，而且祖宽又惦记受了重伤的天霞，有些顾及不过来。他抽空跟几个庄丁说："你们保护小姐先走。"几个庄丁赶着天霞乘坐的轿车，拼命杀出一条血路，冲出了包围圈。

祖宽为了掩护天霞安全地撤离，又返回来跟抢粮人打到了一起。尽管对方死伤不少，但祖宽终因寡不敌众，还是被人家抓住了，他押运的粮食也被抢了。祖宽被五花大绑地押到了广宁，关到了巡抚衙门的大牢里。

到了巡抚大牢祖宽才知道，原来抢粮人是巡抚王化贞派出的秘密监视祖家的人，为的就是想抓住祖大寿的把的，将祖大寿置于死地，所以任凭巡抚衙役们怎样严刑拷打，祖宽一口咬定不是我们家大人私吞公粮，我们拉的是朝廷分拨给我们祖家兵的俸禄粮。王化贞根本不听祖宽的话，就是猛打，逼迫他承认是奉祖大寿的指派，私占朝廷库粮，以便给祖大寿定罪。

祖宽没有被王化贞的淫威和酷刑给制服，依旧威武不屈。王化贞一看用硬的办法不行，又用上了软招子。他派人给祖宽送来了银两，还派来两名美女伺候他，并且许诺如果他愿意，巡抚大人还将给他提级，让他当明朝的官员，可是祖宽仍然没吃他这一套。王化贞愁坏了，不知道该如何是好。

虽然王化贞一再封锁消息，但祖大寿被抓的消息还是被辽东经略熊廷弼知道了。因为祖大寿没有架子，对人和蔼，所以他在巡抚衙门里的声誉很好，人们对他都非常尊敬。在王化贞身边有一个叫孙德功的，是员参将，很得王化贞的器重，关于这一点咱们在前书已经提到了。这个叫孙德功的能够到巡抚衙门当差，还多亏了熊廷弼的推荐。这到底是怎么一回事呢？

原来呀，王化贞刚调到辽东当巡抚的时候，身边没有几个人。那时候熊廷弼和王化贞的关系还挺好。

王化贞就跟熊廷弼说："我对辽东的情况一点儿也不熟悉，你那里有没有合适的人给我推荐一个。"

熊廷弼想了想，说："我可以给你推荐一个人，此人就是前任巡抚衙门的参将，名叫孙德功。因为此人对辽东情况比较熟悉，所以受到前任巡抚的喜爱。后来因剿匪不力，被罚到大营里做门将。依我看你还是把他调回来，他会告诉你很多关于辽东的民情、军事等各方面的情况。"

王化贞听信了熊廷弼的话，就把孙德功收在自己身边，做了一名参将。

因为孙德功办事得力，王化贞挺赏识他，一来二去，王化贞还真离不开他了，孙德功成了王化贞身边的重要谋士。但孙德功心中有数。他知道王化贞很奸诈，现在只不过是利用自己而已，所以他的心里还是向着熊廷弼的，常把巡抚衙门内部的情况偷偷传递给熊廷弼。当孙德功听说祖大寿被王化贞关押起来以后，马上派心腹通知熊大人。

熊廷弼知道信儿后感到非常震惊，起初他还有些不相信，认为王化贞不敢这么做。在得到证实以后，熊廷弼感到问题很严重。于是，他立刻骑上马，来到巡抚衙门，见到王化贞。王化贞对于熊廷弼的到来也感到很惊讶，因为熊廷弼已经好久没主动到巡抚衙门里来了，王化贞连忙起身迎接。

俩人落座以后，王化贞问："经略大人这么忙，为了何事到巡抚衙门来呀？"

熊廷弼是武将出身，说话喜欢直来直去，他直接说："巡抚大人，我问你一件事，现在正是用人之际，在没有确凿证据的情况下，你为什么把祖大寿抓起来了？如果祖家兵为这事闹起来的话，这个责任谁负？又如何能完成朝廷交给咱们抵御后金的重任？"

开始的时候王化贞还想抵赖不承认，说："没这事儿，哪有这事儿？不要听信谣言，没这事儿。"

后来一看熊廷弼讲得头头是道儿，有鼻子有眼儿，知道自己瞒不住，也就承认了，他说："是，我是把祖大寿关起来了，那是因为祖大寿罪不可恕。"

接着，他把祖大寿私自运粮的事讲了一遍。

熊廷弼沉思了片刻，说："王大人，咱们每个人都享有朝廷给的俸禄，这你是知道的。祖大寿把朝廷给他们家的粮食运回去，这本身没有什么错，错就错在不应该在军务正忙的时候运粮。但王大人你想没想过，祖家上上下下几百口人没有粮食吃，他们这些在靖东营的人能安心服役吗？能甘心为朝廷效力吗？王大人，依我看还是把祖大寿先放出来，让他戴罪立功。你看怎么样？"

王化贞一意孤行，干脆不听，说："熊大人，你不要管了，我是巡抚，粮饷的事情归我管，你管好你的这些武将就行了。"

一句话，差点把熊廷弼的鼻子给气歪了。熊廷弼站起身来拂袖而去。

王化贞就这么一直关着祖大寿，一气儿关了一个多月。你想，纸能包住火吗？这事儿能不露馅吗？穆达库自从那天送走了自己的师父，一直等师父回来，可师父一天没回来、两天没回来、三天还没回来，一直等了十多天，祖大寿也没回来。达库急坏了，怎么回事呢？师父出啥事了？于是达库四处托人打听。后来，还是一位在巡抚衙门当差的衙役透露给他点消息，说祖大寿和祖宽都被王化贞给关起来了。达库一听急了，马上回靖东营找自己的小师父祖海，结果祖海不在。原来王化贞这小子也够狡猾的，他以押运粮草的名义把祖海早给支走了，祖海现在没在兵营。达库又跑到医巫闾山石头营那儿去拜见自己的另一个师父祖方，结果祖方也不在，被王化贞派到内蒙取什么兵刃、皮张去了，况且

第六章 高山学艺

339

已经走了好几天了。

达库一下子不知道该怎么办才好。小师父们不在，天霞不在，月霞听说姐姐受了伤，回去看她姐姐去了，现在也不在。这可怎么办呢？找谁商量呢？达库急坏了，他心想：我要是靠我的棍子打进巡抚衙门，这也不行，自己一个人哪能敌得过王化贞的六万人马，救不出师父不说，反倒把事情闹大了。怎么办？后来他实在没办法了，干脆直接找王化贞要人去，可他连着去了五六天，都没见着王化贞。把门的根本不让他进，不是说王大人有事出去了，就是说王大人正在商议军务，没时间见他。

一天晚上，达库心情烦闷，在屋子里待不住，就来到了外面。尽管映入他眼帘的尽是碧绿的苍松翠柏，但达库一点心情也没有。不知不觉地，他来到了医巫闾山青岩寺这块儿的父子松下。正走着，迎面碰见一个骑马人。骑马人头戴毡帽，帽檐压得很低，使人无法看清他的长相。

此人来到达库近前下了马，压低声音问："请问小兄弟，你是不是穆达库啊？"

达库上下打量来人，见此人有些眼熟，但一时又想不起在哪儿见过，便问道："是呀，我是穆达库。你是谁？"

这个人笑着说："你不用管我是谁。我问你，你现在是不是要救祖将军？"

达库奇怪地问："你怎么知道？"

来人笑着说："你不用管我是怎么知道的。我告诉你，明天晚上的这个时间，有人在这里等你，到时候你问他就行了。"说完那人就走了。

达库又往前紧撵了几步：问："请问恩公您尊姓大名？"

那个人笑了笑，挥挥手说："你只要知道我是你们的朋友就行了。"

来人走了，达库还站在那儿琢磨：这人是谁呢？他怎么知道我要救我师父呢？又有谁要找我呢？能不能是王化贞派来的人呢？唉，不管它了，愿咋咋地，明天来了就知道了。拿定主意以后，达库就回去了。

第二天天一擦黑，达库按照约定的时间，来到了父子松下。等了没多长时间，在父子松北边的一片松林里，传出了一个声音："达库，你过来，你过来。"

达库听声音非常耳熟，是谁呢？达库循声音走了过去。走到近前，达库看见在茂密的林子里有一个头戴草帽，身披蓑衣，渔夫模样的人站在那里，因为附近有很多小河，来这河里打鱼的人挺多，所以他这身打扮不会引起人们的注意。

达库上下打量了半天,只见来人岁数挺大,头戴一顶大草帽,留着两缕黑胡须,浓眉大眼的。达库只是觉得眼熟,但没认出他是谁。

那个人笑着一把把达库拉进密林,说了句:"傻小子,快进来,别让人看见。"说完拉着达库的衣袖把他往密林里边拽。说来也奇怪,达库一点儿也没反抗,竟鬼使神差地跟他走。

又往里走了走,外面已经看不见里面的情况了,来人才站下,把头上戴的大草帽摘了下去,蓑衣也解开放到了一边,露出明代平民百姓穿的浅灰色、绣黑边的袍子,腰上还系了一条蓝色的带子。

达库认出来了,高兴地一把拥抱住了来人,说:"叔叔,怎么是你呀?"

来人哈哈大笑,说:"是呀,你没想到吧?达库,你好啊?"

各位阿哥,你们猜来人是谁呢?他是后金的一位著名大将,精通蒙、汉、满语,姓赫舍里,名希福。

各位阿哥可能还记得,穆达库曾经夜探莺莺阁,在莺莺阁门口碰到皇太极、扈尔汉还有希福等几位大将,就是他们几位英雄从明兵的手里抢出来已经受了重伤的达库,并把他送到医巫闾山疗养,达库跟他们几位非常熟悉,况且这几个人跟自己的阿玛关系都相当好,所以达库见到希福感到格外亲。

达库一下就把希福的手给拽住了,说道:"叔叔,你什么时候来的?哎呀,你来得太好了,我正有事要你们帮忙。"

希福明知故问:"帮什么忙啊?"

达库说:"我想请你们救我师父。"

希福问:"你师父是谁呀?"

达库回答说:"祖大寿,祖大将军啊。"

希福又问:"他怎么了?"

达库急切地说:"怎么,你不知道吗?我师父让王化贞给抓去了,已经将近三个月了。叔叔,您能不能想法救救我师父,现在唯有叔叔你们能救我师父了。"

希福哈哈大笑,拍了达库的肩膀一下,说:"达库,你不要急,实话告诉你,我就是为这事来的。"

达库一听高兴了,问希福:"怎么,你有我师父的消息吗?"

希福点点头说:"是的,达库,你不要愁,祖大将军不会有事的。"

第六章 高山学艺

小达库一听高兴了，继续问希福："王化贞能放我师父吗？他可坏了，恨不得把我师父除掉才好呢。"

希福笑着说："孩子，告诉你，过不了几天，你师父就会回到你身边的。"

达库说："真的吗？那太好了。叔叔，我想等我跟师父学完艺，就上你们那边去。我看不上明朝的这些官员，一个个的就会整人，太可恨了。"

希福说："达库啊，你先好好跟祖家人学，到那边的事到时候再说。"

达库说："那我到时候怎么找你们啊？"

希福说道："你要想见我们的时候，就把松枝撅折了，摆成三角形放到咱们现在见面的这个地方，记住没有？"

达库点头答应说："记住了。"

突然，达库像想起什么似的，说："叔叔，我昨天见到的那个人是谁？我怎么好像在哪儿见过他呢？"

希福笑了笑，说："你当然见过他。他是王化贞手下的参将，名叫孙德功，现在是我们的线人。"

达库这才如梦方醒，怪不得自己瞅他面熟，原来是他呀。

各位阿哥可能要问了，祖大寿在巡抚衙门当差，孙德功也在巡抚衙门当差。达库天天跟着祖大寿，怎么会不认识孙德功呢？原来呀，达库除了在科喇沁的喇嘛庙见过一次孙德功，再往后就没见过。自从祖大寿被调到巡抚衙门以后，孙德功就被王化贞派出去招募新兵了，所以达库在巡抚衙门里只是听说过这个人，但一直没见过面。

希福接着说："达库，天不早了，我得赶紧走了，明天我还要回沈阳呢。达库，等祖将军回来，你要好好地跟祖将军学功夫，听见了吗？"

达库郑重地点了点头，达库还想跟希福叔叔多说说话，可希福早已经走了。

达库一看希福走了，他自己也从密林里悄悄钻出来。达库现在的心里敞亮多了，因为他知道希福叔叔决不会骗他，希福叔叔说师父能回来，那就一定能回来。

达库跑回靖东营，痛痛快快地睡了一宿觉。

第二天他就把大伙儿召集到一起，悄悄告诉他们："我师父有救了，过些天他就能回来。"

大伙儿都感到挺奇怪，问他："你是怎么知道的?"

达库为了不暴露自己跟后金的关系，没把自己见过希福的事告诉大家，只是说："咱们祖家军这么厉害，我想王化贞他不敢把我师父怎么样。"

大伙儿觉得达库说得有道理，也就不再嚷嚷着要去找王化贞要人了。大家静候祖大寿将军归来。

第六章 高山学艺

## 第七章　祖氏佳婿

各位阿哥，这个时候已经到了年终的时候，也就是阴历的十一月间。

再说希福回到了建州，见到罕王努尔哈赤，又见了八贝勒皇太极，他把自己所探到的情况一一向罕王爷父子禀报。罕王爷听了以后非常焦虑，因为他从心里敬重和喜欢祖大寿，另外他也想把祖家给拉过来，如果祖家归顺了自己，对大明朝也是一个很大的威胁。于是，努尔哈赤一面命令大军抓紧时间备战，准备进攻广宁，给王化贞以压力，使王化贞在战将稀缺的情况下，不得不放了祖大寿，一面派希福等人到明朝那边散布一些风言风语，说王化贞为了一己之利，给祖大寿小鞋儿穿。还说王化贞为了扩大自己的势力，借私占粮食的名义把祖大寿关起来了。这些话传到祖大寿的耳朵里，祖大寿能不伤心嘛。祖大寿渐渐地对大明朝失去了信心。

这时候正是天启初年阴历的十一月份，此时后金正处于一个非常有利的地位，前一段时间他们陆续攻占了沈阳、辽阳，现在又大兵压境，直逼广宁。广宁是辽东巡抚衙门所在地，你想王化贞能不害怕嘛。从这一年的十月到十二月期间，后金军渐渐占领了广宁周边的很多村镇，很多汉人都归附了后金，也有一部分汉人惧怕后金，逃到了大凌河、锦州一带，当时社会非常乱。

王化贞怕广宁失守，就把他所掌握的六万兵马都集中到广宁城里，他还让熊廷弼把他的兵马也调来守护广宁。熊廷弼说："我不能把兵力都集中到一块儿，万一后金的兵马突然把咱们围住，想撤都来不及，我不能这样做。"所以熊廷弼把自己的兵马放在宁远一带。王化贞见熊廷弼不听自己的，非常生气，但他又奈何不了熊廷弼，于是就把气撒到祖大寿身上，找茬把祖大寿抓进监狱，其目的是向熊廷弼施压。

这时后金又造出舆论，说努尔哈赤要派出十万大军，马踏广宁。熊廷弼就去巡抚衙门面见王化贞，对王化贞说："王大人，现在形势吃紧，后金要马踏广宁，很快就要打到巡抚衙门了，你还想继续关着祖大寿吗？祖大寿的靖东营就在广宁城里，一旦他们和后金军里应外合，你该做何安排？"这几句话使王化贞心里一震。他心想：对呀，眼瞅着后金就要打过来了，万一我把祖家军惹翻了，他们和后金连到一起，那不够我呛嘛，看来现在还真不能得罪他。

王化贞想好以后，亲自到狱里面见祖大寿。王化贞一出现，祖大寿就知道他想干什么。祖大寿干脆坐在那里理都不理他。王化贞好说歹说，旁边的众随从又连推带拥地把祖大寿请出了监狱。王化贞当晚在巡抚衙门备下酒宴，给祖大寿压惊。哪成想祖大寿一点不领情，王化贞刚把酒宴摆好，祖大寿话都没说，站起身来，拂袖而去。

祖大寿回到靖东营。他的那些老部下，包括大乐、大弼，还有祖方他们这些人一看自己的主帅回来了，都非常高兴。大家又杀猪又宰羊，欢欢喜喜地在一起喝酒、吃肉、唱歌、跳舞庆祝，热闹的场面不必细说。酒宴一直持续到第二天凌晨才散。

祖大寿从此对王化贞更加痛恨，跟他也就顶着干了，常常是王化贞说东他单说西，王化贞说南他单说北。好在当时后金的兵马已经快逼近广宁，王化贞整日如坐针毡，非常害怕。他怕万一哪一天努尔哈赤的后金兵真的马踏广宁，他身边也没有什么能指挥打仗的人了，所以对祖大寿也就睁一只眼闭一只眼，不跟他计较。为了壮大声势，他还把他所管辖的六万多兵马全都聚到了城里，他以为努尔哈赤看了就不一定敢动弹了。熊廷弼对他的部署嗤之以鼻，曾劝他不能这样用兵，万一后金兵包抄广宁，就得把这些兵马连窝端了，可王化贞根本不听。熊廷弼没办法，只能由他去了。

果不其然，在转过年也就是天启二年正月的时候，后金兵真的打来了。王化贞就用自己的六万兵马抵抗。说实在的，这六万人真要拼命打的话还真能抵挡一阵子，可因为王化贞平时不会用人，胡乱猜疑，该相信的不信，不该相信的他瞎信，引起了一些忠臣的不满，这其中就有祖大寿。当他派人去靖东营找祖大寿出兵的时候才知道，祖大寿早提前两天领着自己的军队走了。

王化贞气得咬牙切齿，大骂祖大寿："好你个祖大寿，关键时刻你敢跑，把我一个人扔这块儿了。等打完了仗，我一定上奏朝廷把你全家都问斩。"

祖大寿走了，他也不能在这儿等死啊，王化贞又赶紧找经略熊廷弼。没想到，熊廷弼也不听他调遣，依旧领着兵马在宁远一带驻扎，王化贞急坏了。这时候后金的兵马离广宁也就十里地了，吃顿饭的工夫也就到了。

第七章　祖氏佳婿

王化贞没办法，找来参将孙德功。咱们在前书说过，孙德功是后金安排在王化贞身边的眼线。

孙德功说："巡抚大人你放心，有我领着这六万兵马镇守广宁，后金兵是不会打进来的。"

王化贞以为真的没事，就回屋喝着酒、吃着菜、看着兵书，优哉游哉去了。

就在这时候，外面传来一阵吵嚷声，心腹小校来报："大人不好了，孙德功已经打开城门，把后金兵迎进来了。"

王化贞还不相信，说："什么？你说什么？这不可能。"

又进来了两个亲信说："大人快跑，再不跑咱们都成俘虏了。"

其中的一个小校急了，没等王化贞起身，箭步过去，把他扛在自己的身上，扭头就往外跑。等他们骑着马跑到城外的时候，后金兵已经占据了广宁，辽东巡抚衙门成了努尔哈赤的临时指挥所。

王化贞骑着马，带着他的六万多大军落荒而逃。他始终都没想明白，我这么多兵马怎么还没打就败了呢？王化贞带着自己的溃兵跑到了宁远，见到了熊廷弼。熊廷弼一看广宁失守，为了保存自己的实力，他也带着自己的兵将和王化贞的大军一起撤。就这样，这两个辽东最大的官员，带着数以十万计的溃兵和近百万的难民撤到了山海关以里。

广宁丢失的败报传到北京，朝野上下一片震惊。朝臣们个个都认为就是因为熊廷弼和王化贞俩人不和，才丢了广宁城，于是纷纷上奏朝廷。天子大怒，下旨抓了王化贞和熊廷弼。宦官魏忠贤因为跟王化贞关系甚好，在皇上面前替王化贞开脱责任，说为什么广宁城丢了，就是因为统兵元帅熊廷弼没有发挥自己的作用，而且在后金兵攻占广宁后，他没有坚守宁远，而是领兵逃进关内。如果要惩治的话，应当先惩治熊廷弼。就这样，皇上下旨把熊廷弼斩首，而且把人头装在小木笼里，传首九边。

广宁失守以后，熊廷弼被杀，王化贞被罢了官、免了职，几年以后也被杀了。谁保留下来了呢？就是祖大寿，他什么事也没有。当努尔哈赤的后金兵攻占广宁的时候，祖大寿领着他的军队和一部分难民先撤到了觉花岛，所以王化贞派人找祖大寿没找着，也就是说祖大寿在这场广宁之战中没受任何损失。到了觉花岛以后，祖大寿就把觉花岛给占了。

再说后金占了广宁以后，罕王努尔哈赤带着他的兵将和儿子们准备渡过大凌河，向锦州进发。因为宁远是南下的门户，所以必须先拿下宁远，而觉花岛离宁远仅仅十五海里，况且觉花岛又储存着大量的物资和粮食，如果能把占据觉花岛的祖大寿劝降过来，那是最好不过的。

于是，努尔哈赤派大将希福带着自己的亲笔信去找明安贝勒，希望他能出面做做祖大寿的工作，劝说祖大寿和后金合兵，一起打进山海关。这时的明安贝勒早已经归顺了努尔哈赤。在后来建起的蒙八旗中，就有明安贝勒他们这一支。

话说明安贝勒接到希福转来的信后，心想：我不能到那儿就跟复宇说你不要再跟明朝连在一起了，还是归附后金吧，这样说太直了，万一复宇不同意，给我个卷沿儿怎么办？我该怎么说呢？明安贝勒想来想去，突然想起了一件事。对，我就以这个名义去觉花岛。

咱们在前书说过，祖大寿和明安贝勒的关系不是一年两年了，他们的交情很深。祖大寿家的人和孩子们都跟明安贝勒很好，而且都愿意到他那儿去。到那儿以后，明安贝勒非常热情大方，不仅天天请他们吃手扒肉，而且教他们骑马。老祖家虽然也有马，毕竟有限，明安贝勒即使给他们一些，也是屈指可数的。到了草原就不一样了，草原上的马有的是，随便到哪都有马骑。在草原上骑马驰骋，是练武人最向往的。所以说老祖家的人从上到下都爱到草原去，爱到科尔沁部去。再加上明安贝勒对人又非常好，所以大家都特别敬重明安贝勒。祖大寿的双胞胎女儿小时候隔三差五就往明安贝勒那里去，把明安贝勒当成自己的亲爷爷。明安贝勒对待这姐妹俩也像对自己的亲孙女一样，所以天霞、月霞都跟明安贝勒非常亲。

单说天霞这个姑娘，性格很内向，深得明安贝勒的喜欢。长到十二三岁的时候，老贝勒爷就曾经问她："天霞，以后我给你找一个草原的英雄，你要不要？"由于天霞还小，不懂什么，也就不做回答。这时候达库还没到科喇沁，不认识天霞。可天霞却知道达库，因为她常听明安贝勒讲关于卫齐大人的事情，也知道卫齐大人的儿子达库聪明机灵，不仅马骑得好，武功还高强，草原的人都很喜欢他。这些故事天霞都爱听，而且总是听不够。

后来天霞渐渐大了，到了少女情窦初开的年龄，不少的达官贵人、商贾富甲以及他们的子弟前来提亲，但都被天霞拒绝了。由于天霞和月霞从小失去母亲，所以祖大寿除了在学武的问题上对她们俩要求严厉，其他事情都由着这姐俩的性子，从不逼迫她们。

一天，天霞的姨娘佟氏跟祖大寿说："老爷，辽西巡抚衙门有个参

第七章　祖氏佳婿

347

将看上了咱们天霞,托人前来提亲,你看怎么办?"

祖大寿说:"这倒是个好事,不过明朝的这些官员太放纵,天霞嫁过去不见得吃香。我看这事你还是跟天霞透透,看看她愿意不愿意?"

吃过晚饭,佟氏就把天霞叫到自己的屋里。佟氏说:"天霞呀,咱娘俩好长时间没在一起说话了。来,陪娘说会儿话。"

天霞和月霞跟佟氏的感情相当好,虽然佟氏不是她们的亲娘,但挺疼爱她们,所以天霞一听姨娘要跟自己说说话,很爽快地答应了。

说话的时候,佟氏有意无意地把话题往这位参将身上提,夸这位参将如何有学识,如何有气魄,如何有胆量,把天霞都给夸迷糊了。

天霞心想:姨娘今天是怎么了?干啥老提参将大人?他和咱家有啥关系?但姑娘毕竟岁数大了,而且又聪明,她马上明白了姨娘的意思。于是,天霞问道:"姨娘,您就直说吧,你找我来有什么事?"

佟氏说:"孩儿啊,这个参将大人看上你了,他家托人来求亲。你爹说得听听你的意见,你答应不答应啊?"

天霞一听急了,马上说:"姨娘,我现在还不想嫁人,你把他回了吧。"

佟氏一看女儿不同意,自己也没办法。这事就撂下了。

有一次,天霞去看望明安贝勒。明安贝勒半开玩笑地说:"丫头,你也不小了,我给你保个媒行不行?"

天霞笑着说:"爷爷,您老说什么呢?净开我玩笑。"

明安贝勒说:"不是开玩笑,我说的是正经的。真的,我给你找一个小英雄,怎么样啊?"

天霞没说话。

明安贝勒接着说:"我给你介绍的这个小英雄就是你最爱听的小达库。怎么样?你喜欢不喜欢啊?"

天霞听了以后,没说行,也没说不行,只是脸一红,头一低,咧着嘴笑笑。明安贝勒爷一眼看出来天霞这姑娘心里还真有达库。

天霞回到家以后,佟氏就问她:"天霞,你明安爷爷的身体怎么样啊?你们爷俩都聊什么了?"

天霞就跟父亲和姨娘简单讲了讲明安贝勒的情况。末了的时候,天霞说:"姨娘,明安爷爷跟我开了个玩笑。"

佟氏问:"开什么玩笑?"

天霞捂着脸,羞答答地说:"不说了,不说了。"

佟氏说:"这孩子,明安爷爷跟你说什么了?怎么还不跟我们说呢?"

天霞虽然是个内向的人,但性格非常像她爸爸,特别侃快,从来不扭扭捏捏的,听姨娘这么一问,干脆就说了:"贝勒爷要给我保媒。"

这句话把祖大寿夫妇俩逗笑了。

佟氏好奇地问:"丫头,他要给你介绍谁呀?"

天霞说:"他要把达库介绍给我。"

佟氏问:"哪个达库?"

天霞说:"就是建州部的那个卫齐大人的儿子,现在在科喇沁跟济能大喇嘛学武。"

她话刚说到这儿,祖大寿马上把脸就撂下了,态度坚决地说:"不行,坚决不行。你的婚姻由我和你姨娘做主,听见没有?"

天霞长这么大还头一次见父亲这么严厉地跟自己说话,天霞委屈地哭了,说:"父亲,你怎么了?为什么这样?这话又不是我说的,是明安爷爷说的。"

佟氏一看天霞哭了,也觉得祖大寿的话有些说重了。马上责怪祖大寿说:"你看你,这也不是孩子的事。这是贝勒爷惦记咱们家,关心天霞,那有什么坏处?再说了,卫齐大人和他夫人那是多好的人。只可怜他夫人死得太早。我听说这孩子挺有出息、挺不错的。要我说,一般人家的姑娘还不一定能配得上人家呢。"

祖大寿也觉得自己的话重了点,怕天霞委屈出病来,态度缓和了一些,说:"孩子,爹说话有点冲,你别往心里去。我不是对你,也不是对你明安爷爷。说来咱们家从你太爷爷那辈开始,就一不靠官府、二不靠旁人。咱们靠的是自己的力量才发展成现在这个样子,不容易啊。孩子,明安贝勒我是非常敬重的,他跟咱们家关系也挺好。可问题是,明安贝勒现在跟建州的关系很密切,朝廷对明安贝勒的做法特别不满。我怕咱们跟明安贝勒走得太近了,对咱们家族的发展不利。何况卫齐是努尔哈赤身边的红人,咱们要是跟这样的人联上亲,朝廷会怎么看咱们?我身为大明朝的官员,能不考虑这些吗?天霞,你也不小了,也该为家族的事情考虑考虑了。"

祖大寿这话讲完以后,天霞和佟氏明白了祖大寿为啥脸色突然变了,天霞也不再怪自己的父亲,这事也就算过去了。

那天在喇嘛庙见到达库,天霞的心不知怎么的就是一动,后来达库

第七章 祖氏佳婿

349

说要跟她父亲学武,天霞心里非常高兴,但又不好明说,只是作诗一首,让达库去广宁寻找她的父亲祖大寿。说实在的,要不是碰着天霞,达库还真不一定马上投奔祖家。

咱们再说说希福到了科尔沁部,把努尔哈赤的意思跟明安贝勒说了。明安贝勒就琢磨,我怎么跟祖大寿说呢?老贝勒爷想来想去,最后想出个办法。什么办法?给天霞和达库保媒。只要祖大寿愿意跟卫齐大人轧亲家,那就是愿意跟后金建立关系,如果关系建立了,下一步就好说了。

明安贝勒爷想清楚以后,就跟孔果尔贝勒说:"我过两天到觉花岛拜访祖大寿去。"

孔果尔贝勒问:"您去见祖大寿有什么事吗?"

明安贝勒说:"我去给达库提亲。"

孔果尔贝勒也特别喜欢达库,另外他跟祖家也非常熟悉,就问明安贝勒:"您想给祖家的哪个姑娘做媒呀?"

明安贝勒回答说:"天霞姑娘。我看天霞姑娘性格沉稳,把她许配给达库,一定能压一压他那火爆脾气。"

孔果尔贝勒也挺同意父亲的想法,他迎合道:"好,父亲,您想得对,是应该有个人管管达库了。"

于是,孔果尔贝勒马上安排马匹车辆,由管家乌力吉亲自带几个随从护送老贝勒爷南下。

一路顺利,明安贝勒很快就到了宁远,来到祖家的府邸。乌力吉跟祖家的家人讲明:"我家贝勒爷有要事要见祖大将军。"

祖家的人马上坐船到觉花岛禀明此事。祖大寿一听很吃惊:明安贝勒为什么这个时候来了?因为自从他躲到觉花岛以后,跟外边没有任何联系,他想在这儿先躲几天,观察一下形势,再决定下一步该怎么办。没成想,偏在这个时候,明安贝勒爷找上门来了。祖大寿脑袋那也是非常聪明的。他马上明白了,贝勒爷肯定是为了后金的事而来的,他在给后金做说客。祖大寿让家丁划船把老贝勒爷接到觉花岛,并设宴款待贝勒爷。现在的岛上,只有祖海、祖方和达库几个大将,像大乐、大弼他们都回老家去了。

达库见着贝勒爷和乌力吉等人当然很高兴,他已经好长时间没见着他们了。明安贝勒见达库已经都出息成大人了,自然更加高兴。明安贝勒一再感谢祖大寿:"多谢大将军您把他培养得这么好,我替他死去的父母向您表示感谢。"

祖大寿说:"贝勒爷您说哪去了,达库是我的徒弟,我也非常喜欢他。他聪明、能干,又能吃苦,现在已经成了我离不开的左膀右臂了。"

客套话说完以后,明安贝勒爷就把自己的来意讲了。他说:"第一,我要给达库做媒,聘你的女儿天霞,不知你能不能赏我老头子这个脸。"

其实祖大寿早就猜出明安贝勒这次来不外乎两件事:一是为女儿的婚事,因为女儿过去曾经跟他提过这件事,再一个就是为努尔哈赤当说客。说实话,现在的祖大寿已经不是前几年的祖大寿了。前些年明安贝勒给天霞保媒,让她跟达库成亲,祖大寿是不同意的。因为那时候他没见过达库,只知道他父亲是建州部的人,是努尔哈赤的爱将。他不敢跟女真人联亲,怕明朝有想法,所以当着女儿的面,他表明了自己的态度。现在事过境迁,已经过了两年多的时间,形势变化很大。如今的努尔哈赤不仅做了汗王,建都沈阳,而且很快就要率军往宁远挺进,后金的前程不可限量。所以祖大寿觉得现在和建州部打交道已经不是什么坏事了,这是一个想法。更主要的是,祖大寿过去对卫齐的儿子穆达库一点儿印象没有,虽然从女儿的口中曾多次听到关于穆达库的故事,但也没有太深的印象。可自从穆达库到了广宁以后,在青岩山父子松下跟祖大寿见了面,通过几个月的观察了解,祖大寿发现达库不仅勤奋好学,忠厚正直,乐于助人,还非常聪明。达库办的每一件事都使祖大寿非常满意,特别是这次随祖大寿到觉花岛剿灭海盗,达库救了自己的女儿,使他万分感激。他被王化贞抓走以后,达库又不顾自己的安危,营救自己,使他非常感动,觉得达库像自己的亲儿子一样,所以祖大寿现在对达库完全是两种看法了。他心里对老贝勒爷提出的事情是完全同意的,但他又不好马上答应下来,只是说:"贝勒爷,您说哪去了?达库这孩子人不错,勇敢、聪明、正直,肯于助人,而且肯吃苦,我很喜欢他。天霞能嫁给像达库这样的英雄是她的福气,也是我们老祖家的荣耀,我非常愿意。只是这事我还要跟夫人和女儿商量一下,听听她们的意见。您说对吧?"

明安贝勒听了非常高兴,连忙说:"对,对,你说得对,是应该跟夫人和孩子商量一下。"

稍停顿一会儿,明安贝勒接着说:"复宇啊,其实我这次来是有两件事,我刚讲了一件,还有一件事,不知当讲不当讲?"

祖大寿说:"老贝勒爷您说哪去了?有什么当讲不当讲的。咱们两

第七章 祖氏佳婿

家像一家人一样，有什么话您尽管讲，不要客气，说吧，什么事？"

祖大寿的一席话使明安贝勒很感动。

明安贝勒说："复宇，谢谢你这么信得过我。说实在的，我这次来是为了天霞和达库的婚事这不假，我看这两个孩子确实挺好，是天生的一对儿。他们两个要是能成为夫妻，肯定是国家的栋梁。还有一件事，我估计复宇你也会猜个八九不离十，不瞒你说复宇，我现在最敬重的就是赫图阿拉的这些英雄们，他们是真正的豪杰，不是我夸海口，未来的天下肯定会是后金的。复宇，看在咱们这么多年交情的份上，我提醒你一句，大明朝气数已尽，别再帮他们干了。"

明安贝勒爷的一席话确实打动了祖大寿的心。是啊，我这么帮他们，他们也不领我的情，还怀疑我，为此自己吃了很多苦。要不是后金大兵压境，王化贞也不能把自己放出来。所以祖大寿现在对努尔哈赤也心存感激。

明安贝勒又说："我这次来就是受罕王爷之托，向你表明心意，罕王爷希望你能和后金合作，共同建设辽东，不知你意下如何？"

祖大寿想了想，说："贝勒爷，您说的这些都对，未来的天下肯定是努尔哈赤的，这是明摆着的事。但是，贝勒爷，恕我直言，我是个汉人，是大明朝的臣民。我要是背弃朝廷，投靠努尔哈赤，我会觉得对不起自己的祖宗，没法向父母交代，也没法向儿孙们交代。贝勒爷，多谢您提醒，您的好意我心领了，但现在我只能是走一步看一步，听天由命了。"

明安贝勒明白了，祖大寿现在还不愿意归顺后金。不过，人各有志，这也不是强求的事儿。

于是，明安贝勒说："复宇，各人有各人的志向，我只是随便说说，你也不要为难。不过复宇，我惦记的倒是达库的婚事。不管怎么说，达库是在我们草原长大的，他阿玛为我们草原做了很多事，所以他的婚事我老头子一定要管。"

祖大寿说："贝勒爷，达库现在是我的弟子，他叫我师父，他的婚事不仅您要管，就是我这个当师父的也要管。"

明安贝勒听了哈哈大笑，说："好啊，咱俩一起管。"

祖大寿也笑了，说："这事就这么定了。"稍加停顿，祖大寿又说："我说贝勒爷，我看这仗一时半会儿还打不到这儿来，趁我现在没啥事，您何不跟我到我的新庄子住上几日，我代表我们全家欢迎您。"

明安贝勒听了祖大寿的一番话，非常高兴。他从兜里掏出来一个鼻烟壶。这是一个用翡翠做的鼻烟壶，看样子年头也不短了，蹭得锃亮，上面刻着骏马，特别好看。明安贝勒把鼻烟壶打开，往大拇手指肚上倒了点鼻烟，用鼻子吸了吸，然后把鼻烟壶盖好，揣到怀里。

明安贝勒说："好啊，你现在的这个庄子我还真没去过，我也很想见见我的老哥哥和老嫂子，我有好多年没看见他们两个了。行，我跟你去开开眼界。不过，复宇，我还要先去几个地方拜见我的一些老朋友，好多年没见了，我还真想他们啊。"

祖大寿答应道："好，贝勒爷，等您会完了老朋友，就到我那里去。"

明安贝勒爽快地说："一言为定。"

次日，祖大寿就送走了明安贝勒爷。回到岛上以后，祖大寿就忙着安排岛中的事。祖大寿自从来到觉花岛，相比之下和原来在靖东营里确实不一样。那时候是百事缠身，何况有王化贞、大葫芦、二葫芦他们这些人搅得他头疼得很，后来甚至把他抓进狱中。现在这些烦恼、愤恨全都没了，祖大寿是不是就轻松了呢？不是，人生在世，不论你有多快乐、多开心，总会有一些烦恼伴随着你。对于这一点，祖大寿是深有体会的。自从到了觉花岛，确实平静多了，更让他感到欣慰的是，小金龙鲍国芳这个人还真有信誉，他带着一些人一心一意地为祖大寿护岛、巡岛、守岛，把岛子保护得挺好，朝廷的库粮一点儿也没受损失。祖大寿感到很满意。

鲍国芳还特别向祖大寿讲了一件事："大人，现在岛上表面上看平静，但暗地里却不是这样，还有很多匪徒、流寇，包括一些饥民惦记着咱们手里的粮食，就因为我们看得紧，他们才没法下手。"

祖大寿问："你估计岛上还能有多少匪徒、多少流寇？"

鲍国芳说："那可太多了，有的是三五个人，有的是十几、二十几个人，还有百八十号人的。据我初步了解，一共能有五伙儿。一伙儿是刘家哥们儿，人倒不多，大概有三五个人吧。听说他们是从锦州那边儿来的，专门干撬门别锁、打家劫舍的勾当。前两天他们想进岛偷粮，被我发现了，他们吓得溜走了。还有一伙儿叫'老猫'的，听说是从山东那边儿来的，大概有五个人。这伙儿人手非常黑，不但抢着你，而且连命都不给你留下。第三伙儿叫'蝎虎子'，这伙儿人平时跟平民百姓一样，说话都有暗号，外人根本看不出来。前些日子他们在锦州杀了七户

第七章　祖氏佳婿

353

人家，抢走了全部钱财。还有一伙儿，听说是老谭家人，他们声势最大、人也最多。他们把辽东很多伙儿匪患都聚到了一起，而且把有些难民收留下来，使其成为他们的帮手。这伙人来无影去无踪，自称打遍辽东无敌手。大将军，这些人每天都划着船在岛周围转悠，表面上是打鱼，实际上是在窥探觉花岛。说实在的，还是大将军您有着八面的威风，他们都知道这个地方是大将军您的地盘，所以没敢动弹，如果换作另外一个人，恐怕觉花岛早让人搅和得乱七八糟的了。"

祖大寿听了以后，感到觉花岛这块儿真得好好守护，千万不能马虎大意。这里是朝廷的粮库，自己身为朝廷命官，要为朝廷着想，绝不能丢了粮食。祖大寿做事非常细心，想得也非常周到。正因如此，熊廷弼才这么赏识他、器重他。

要说祖大寿也是够操心的，在了解了岛上海匪的情况以后，祖大寿又把祖宽叫来，打听一下老家的情况，因为那里有上至八十多岁的祖老太爷，下至儿子、女儿、孙男弟女一大帮，还有祖家这些年攒下的财产。大概从前年开始，也就是天启元年左右，祖老太爷就把权力也就是家族的大管家，让他的二儿子祖大寿当，虽然后来祖大寿被熊廷弼三顾茅庐给请了出来，到了靖东营，但祖老太爷仍然把家族的大权交给他，并一再说："孩子，你走你的，但家族的事你还是要管。"

祖大寿很为难，说："爹，我不在家，还是让大弼管吧。"

祖老太爷说："那不要紧，大事由你定，小事让大弼他们做主。"

就这样，凡是遇到大的事情，庄子的人总是派人飞马来报，请示以后，再飞马回去按祖大寿的意思来办。也正是由于祖大寿的睿智、勤奋和操劳，才使老祖家在这么慌乱的情况下没受一点儿损失，所以说祖大寿这个人还是很有能力的。

见主人打听家里的情况，祖宽说："老爷，前些天打发回去的人到现在没有信儿，我估计一定是有什么事给耽搁了。老爷，你放心吧，不会有什么事。"

祖大寿想来想去，觉得还是有些不对劲儿。于是，他决定先把靖东营里大部分人带到岸上住。祖大寿马上派人伐树、盖房，没几天的工夫，十几间房子就盖起来了。祖家军的人又在附近开垦了一些荒地，种上蔬菜。另外，祖大寿把剩下的一小部分人和鲍国芳这些人安排到一起，轮换巡逻护岛。

祖大寿还给祖宽和鲍国芳做了分工，他说："祖宽，你是主将，兵马暂时还是由你来管。"

祖宽说："放心吧，将军，我知道了。"

祖大寿又对鲍国芳说："国芳啊，你这次护岛有功，我代表朝廷感谢你。"

鲍国芳说："能为朝廷效力，国芳死不足惜。"

祖大寿接着说："现在我任命你为觉花岛护岛副将，跟祖宽一起守护这个岛。"

鲍国芳抱拳施礼，说："多谢大人栽培，国芳一定尽心尽力，死而后已。"

祖大寿把事情安排完了以后，命人杀了一口猪，又打上来不少鱼，大家一起吃了一顿晚宴。

酒席宴上，祖大寿举着杯再次向众位将士表示感谢，他说："现在朝廷有难，希望大家齐心协力，精诚团结，努力护岛，不使国家的粮食被贼寇得到一粒。我在这里谢谢各位了。"

众将士齐声回答："请大将军放心，我们一定精诚团结，齐心守岛。"

一切安排妥当以后，祖大寿带着达库和身边的几个人悄悄离开觉花岛，回到永平府，也就是祖家庄。

祖家庄建得非常有气派，庄子外面都用木头围成大围墙，四个角都有岗楼，里面有家丁、有哨卡，所以说一般的匪徒不敢来骚扰。另外，周围四里八乡的人都知道祖家不仅势力大，而且对周围的百姓非常友好，所以都不好意思跟祖家动武或者不敢来抢祖家。祖家人有一个最大的特点，就是如果遇到穷人或者流民，你没粮他给你粮，你没钱、没吃、没穿的，他可以给你银两，让你上外头去买去，但他不收留你在他的庄子里住，所以庄子里都是祖家自己人，没有外人，这一点也挺有意思。当然了，正因为老祖家人性好，所以祖家人走到哪儿，哪块儿就热闹。祖家在这一带也很有声望。许多穷人进不了祖家庄，就在外面搭棚子住。渐渐地，祖家庄周围又建起个小屯子。

话说祖大寿带着穆达库等四个家将往祖家庄走，一路上心事重重的，不知道老爷子现在身体怎么样了？女儿们怎么样了？怎么一点儿消息都没有？想到这些，祖大寿总觉得心里闷得慌，右眼皮还一阵阵直跳。

祖大寿有心事在怀，根本无暇顾及道路两侧的风景。马跑得非常

第七章 祖氏佳婿

355

快,很快就看见祖家庄从山洼里显现出来了。祖大寿告诉身边的一个随从:"你回去禀告老太爷,说我回来了。"随从得令,用腿把马肚子使劲儿一夹,手在马屁股上啪、啪拍了两下,这马非常懂事,咴儿、咴儿地叫了两声,扬开四蹄跑了。

祖大寿和达库他们几个人也很快地来到庄前。护庄的家丁早就打开了庄门,迎接主人的归来。祖大寿打马进了庄子,路过几趟平房,来到庄子中间一幢房舍跟前。这是一个很大的大院套,非常气派。院墙是用青砖砌成的,上面盖着青瓦,南面开有正门。正门两边有两个侧门,门前边有石阶,石阶两边有上马石、下马石。祖大寿看见在大门前的台阶下站了两个人,走近一看,这不是哥哥大乐嘛。大乐的身边有管家在陪着。

祖大寿赶紧催马走了几步,到跟前呼的一声把马勒住。

管家马上走过来说:"主人回来了,主人您好。"

说完把马缰绳拽住了。祖大寿下了马。

大乐走过来说:"复宇啊,我正想捎信让你回来一趟,没想到,信还没捎,你就回来了,回来得好,回来得好。"

大乐陪着祖大寿,小达库和随从们在后面跟着,从右边门进了院子。

一路走着,祖大寿就问大乐:"大哥,家里可好?"

大乐吞吞吐吐地说:"复宇啊,你走这么长时间,路上挺辛苦,先歇歇,有些话咱们以后再唠。"

祖大寿觉得他话里有话,忙问:"怎么了?出什么事了吗?快告诉我,庄里出了什么事?"

大乐这人也非常直率,一想这事也瞒不住,不如说了吧。他打了个咳声,说:"唉,他们都不让我说,怕你上火,可这也不是瞒的事,你早晚得知道。"

祖大寿忙问:"啥事呀?哥哥你倒是快说呀。"

大乐接着说:"老爷子身子不舒服,在屋里躺着呢。"

祖大寿一听忙问:"啥时候的事?"

大乐说:"都十来天了,我们一直没敢告诉你。"

祖大寿说:"那赶紧看看去呀。"

就这样,大乐领着祖大寿他们进了院子,先经过祖家各种作坊及下人们住的前大院儿,又经过大乐、大弼兄弟俩各自的院子,最后来到里面一个明堂瓦亮、很气派的院子。

这个院子跟前面几个院子一样，也是一个四合院儿，只是装饰上比前面的几个院子更讲究、更漂亮。迎面七间大正房，清一色用青砖建成，前廊的五根大柱子上都刷着红漆，前廊前头是台阶，正房两侧都有厢房。东侧有个走廊，进去是客厅，是接待客人的地方，顺着客厅再往东走有一个屋是伙房，它左边还有一间房是梳洗用的，就是老太爷、老夫人平时穿的衣裳、被褥，都由下人们在那间屋里洗，然后在那间屋里晾。

院子里收拾得挺整洁、干净，还养着各种花鸟，地上用鹅卵石铺成一条小道，直通老主人住的正房。院子中间还有一座假山，假山虽不大，却非常新颖别致，这可能和祖家人过去押镖经常去江南一带有关，院子里还养着八哥儿、鹦鹉一类的鸟，有的鸟经过训练已经会说一些"您好""大人好""大人长寿"之类的话。

祖大寿无心观赏这些美景，而是急着要去看自己的父母，他回过头来跟管家说："你把达库他们安排一下。"

管家回答："是，老爷"。

祖大寿回头对达库说："达库啊，我进去拜见老人家，你先在这里等着。"

达库说："师父您忙去吧。"

就这样，大乐领着弟弟从右侧的小圆角门进去，走过长廊，越过花坛，进到了老人家的卧室。

走进外屋一看，屋里规规矩矩地站着一排人，都是祖家的佣人，在等主人吩咐。

佣人们看见少主人回来了，个个施礼问候："主人您回来了，主人您好。"祖大寿只是点点头没说什么，掀开门帘又进了一个屋子，这屋里全是女眷，除了大乐、大弼的夫人，还有自己的两位夫人佟氏和邢氏。她们一看祖大寿回来了，马上都站了起来。天霞、月霞和她们的一帮姊妹全都围过来了，小声而又亲切地跟祖大寿打招呼。祖大寿冲她们点了点头，还是没说话。

佟氏悄悄走了过来，祖大寿问："老人家现在怎么样？"

佟氏悄悄说："好多了。"祖大寿听了以后，大步迈进，但是脚步很轻，进了内室。一掀门帘，见祖老太爷正头朝外，微闭着眼睛，似睡不睡地躺在炕上，自己的母亲祖老夫人在给老人擦脸，大弼一声不吭地站

第七章　祖氏佳婿

在老人身边，旁边还有几个丫鬟伺候着。

祖老夫人听见动静一回头，看见了儿子，她高兴地说："复宇你回来了！复宇，你一路可好啊？"

祖大寿说："挺好，母亲您好。"说完，给老人磕头施礼。

祖老太爷的耳朵相当好，听见夫人说话，马上把眼睛睁开了，问："是复宇回来了吗？快把我扶起来，让我看看。"

跟在祖大寿身后的大弼赶忙上炕把老太爷轻轻扶起来。

老夫人在一旁指挥着说："慢点、慢点，别使劲、别着急。"

老人家起来以后，大弼又把他转过半圈，后背靠墙、接着，又把棉被倚在了后面。

老人家看见祖大寿回来了，笑了，说："复宇啊，你回来了，为父我好想你呀！"

祖大寿赶紧跪下给父亲磕头施礼，说："儿子不孝，让父亲惦记了。"

然后站起身来，拉着父亲的手，关切地询问："父亲，您怎么了？好点儿了吗？您有病我一点儿也不知道。"

大乐和大弼俩人说："我们知道你军务繁忙，就没告诉你。"

祖大寿埋怨地说："不管我怎么忙，父亲有病，你也应该告诉我呀。"

兄弟俩还想解释，祖老太爷接过话题，说："别怪他们，是我不让他们告诉你的，我不想让你为我分心。好了，不说这些了，都过去了。复宇，听说你们到了觉花岛，那里好吗？我的那些孩子们怎么样？吃得习不习惯？睡得好不好哇？"

祖大寿一字一句地说："老人家您就放心吧。他们现在吃得好，睡得也好，您就不要惦记了。父亲，您身子骨一向挺好，怎么突然得这么重的病？"

祖老太爷瞪了一眼站在地上的大乐和大弼，说："唉，都是让他们给我气的。"

大乐和大弼着急了，要跟祖大寿解释。

祖老夫人怕老头儿说起来再生气，就不让老头儿说了，可老头儿根本不听，自顾自地说："有些事他们总瞒着我。不用说别的，复宇，就说你吧，我听说前两天你坐了大牢。唉，他们谁都不告诉我呀。我一看他们的脸色就知道出事了，后来我问来问去，才追问出来。儿啊，这些年咱们家一直不愿意和朝廷打交道，要不是熊大人亲自到咱们家来，我说什么也不能放你们走啊。自打你们走了以后，我就整天提心吊胆的，生怕你们出啥事。儿子，咱们老祖家清清白白、堂堂正正地做人，啥时候犯过朝廷的王法啊？他们凭什么抓你坐牢？我想不开，就这么上了一股火。这回好了，你回来了，我就没事了。儿子，你咋样？身子骨好不？"

祖大寿说："爹，没事，我身子骨挺好，您放心吧。"

祖老太爷不信，亲自扒开儿子的衣服前后地查看。

祖老夫人说："哎呀行了，别管他了，你就保重你自己吧。"

这时，厨房的女佣端上来一个铜盘，铜盘上放着一个景德镇大瓷碗，碗旁边放着一个小铜勺。

女佣说："老夫人，参汤热好了。"旁边站着的一个丫头端过铜盘上的瓷碗，想用勺喂老人家。祖大寿看见了，忙把瓷碗接过来，用勺喂自己的父亲。

老太爷边喝边说："这还不算完呢，还有一件事，把我气得差点动了家法。"说着"咳、咳、咳"地咳嗽起来。祖大寿紧忙把汤碗放到铜盘上，上炕给老太爷捶背。

这时候，祖老夫人也帮着给祖老太爷捶背。祖大寿、大乐、大弼的媳妇听见老太爷又咳嗽了，也都鱼贯而入。大家忙乎了半天，好不容易老头儿才不咳嗽了。祖大寿把老太爷轻轻地扶躺在炕上，又给他盖好了被子。不大一会儿，祖老太爷睡着了。老夫人摆了摆手，招呼屋子里站着的哥儿几个。几个人立刻明白了，跟着老夫人悄悄地走了出去。

大家搀扶老夫人在太师椅上坐下，他们哥仁在两侧的楠木靠椅上坐下，几个人的夫人站在一旁，老夫人见状让她们几个也坐了下来。

客厅里的摆设相当雅致。几案上供着铜制的观音、如来等佛像。佛像前头摆着供果、香炉，香炉里上着香，离老远就能闻到这屋扑鼻的香味。

大家坐好以后，老夫人打了个咳声，然后说："复宇，你说咱们家今年怎么这么不顺当，连着出事，先是天霞受了伤，接着你和祖宽都下了狱，弄得我这心天天烦得要命。"

祖大寿马上说："娘，我们这不都出来了嘛，没事了。"

老夫人说："这还不算，还有事儿呢，咱们家又出了个败家子，惹出了乱子。"

第七章 祖氏佳婿

359

这时大弼站起来了，说："娘，这都是孩儿的错。"

老太太生气地说："算了，别说了，事都已经发生了，你说这些还有什么用？"佟氏在旁边劝解道："娘，您别生气，保重身子要紧。"

祖大寿忙问："怎么回事？"佟氏就把事情的经过向祖大寿讲了一遍。

原来是这么回事：前些日子，老太爷想出去转转，老夫人一想，让老太爷出去走走，活动活动筋骨也好，就同意了。因为祖老太爷这个人心肠好，好施舍，所以祖家庄的庄外住着不少投奔祖家的穷苦人，这些人家有河北的，有山西的，有山东的，什么地方的都有。只要老太爷一出门，就随身携带着一些散碎银子，让随从把碎银子分发给那些穷人。老太爷又要出门了，就让管家领着他到银窖里挑些碎银子。平时都是管家下到窖里去给他拿上来，今天也不知道这老头儿是怎么了，一定要自己去银窖选银子。于是，老太爷从自己的里怀拿出银窖的钥匙，打开窖门。管家一边在前面打着灯笼给老太爷照亮，一边搀扶着老太爷。主仆二人一前一后顺着梯子下了窖。

银窖是半圆形的，能有一人多高，用石头垒的，挺结实，里面一共堆放着九个箱子。老人家进去以后，一个一个地查看。突然，他发现靠墙角两只盛放碎银子的箱子盖打开了。

老人大吃一惊，快步来到箱子近前，问："这是怎么回事？"

管家也是一惊，并紧随其后来到箱子近前，把灯笼举得挺高给主人照亮。只见两个箱子的箱子盖已经掀开，里头包银子的红绸子布已经打开，箱子里头是空的。

老人当时就有点头晕，半天才说出话来："这是怎么回事？银子怎么没了？"管家也吓坏了。他知道，虽然这两只箱子装的都是散碎银子，但一只箱子至少能装五百两，两个箱子就是一千两啊。管家都吓哆嗦了。

祖老太爷命令管家："你去把那管账的兔崽子祖臣给我叫来。"

祖臣是祖大弼的侄子，在祖家是管账的，银窖的钥匙除了老太爷手里有一把，再就是他有一把，别人谁也没有。

老太爷走一路骂一路，回到了客厅。回去以后就让管家把全家人都招呼去了，祖臣没来。老太爷又命人去找祖臣，可找了半天也没找着，家里人谁也没看见祖臣。祖臣不知上哪去了，失踪了。老太爷当时就气得背过气去。老夫人赶紧让人去请郎中，郎中来了以后给扎了两针，才缓过来。临走前郎中又给老太爷开了几服汤药。

醒来以后,老太爷就让大弼查这到底是怎么回事,并让大乐把祖大寿找回来。因为祖大寿是管家人啊,家里出了这么大的事,这管家人得知道啊。可祖大寿当时正在大牢里,根本回不来。大乐又不敢跟老爷子讲,怕老太爷急火攻心,加重病情。后来老太爷追得实在太紧,大乐只好悄悄跟老夫人说实话了。

大乐说:"娘,我兄弟回不来了,他被巡抚大人给抓到大牢里去了。"

老夫人一听吓坏了,忙追问是怎么回事。可大乐也不知道自己兄弟到底是因为什么被抓起来的,就没法告诉老夫人。没办法,最后只好由祖大寿的夫人佟氏出面,把实情告诉了老太爷。老太爷一听立刻病情加重,躺在炕上起不来了。

佟氏这么一说,祖大寿才知道原来自己离家这段时间,家里出了这么多的事。他非常后悔自己光顾着忙觉花岛的事情,无暇顾及家里,让老父亲上这么大的火,遭这么大的罪。可现在说什么也都没有用了,必须想办法把这些事解决掉。祖大寿现在也顾不上把明安贝勒爷给达库求亲的事禀告给两位老人,只想赶快找到祖臣。可祖臣上什么地方去了呢?

祖大寿想了半天,然后说:"如果咱们这么盲目地找祖臣,就等于在大海里捞针,太难了。你们了没了解,祖臣平时都跟哪些人有联系?他最近有没有什么反常的举动?"

大乐想了想说:"复宇,你说这话我倒想起来了。自广宁失守以后,咱们这儿确实不像头半年那么太平,现在乱多了。据说离咱们这儿不远的大青山上就有一个大土匪窝,领头的是谭氏兄弟。老大叫谭虎,老二叫谭豹。他们这伙人烧杀抢掠,打家劫舍,可厉害了。"

大弼说:"祖臣能不能跟他们勾搭到一起了呢?"

就在这时,天霞和月霞姐俩进来了。这两个丫头一进来,屋里的气氛马上就变了。

月霞跑到祖大寿身边,一下就把大寿的胳膊给抱住了,撒娇地说:"父亲,你可回来了,我们都想你了。"

坐在旁边的佟氏瞪了她一眼,装作生气的样子说:"我们谈正事呢,你瞎闹什么?"

祖大寿回过身,笑着拍了拍月霞的脑袋,然后瞅了瞅天霞,问:

"孩子，恢复得怎么样了？"

天霞挥动了一下自己的胳膊，说："您看，没事，全好了。父亲，我正想上您那儿去呢，您怎么来了？"

祖大寿说："家里这么长时间没消息，我不放心，回来看看，谁成想出了这么多事。唉！"

佟氏在一旁说话了："老爷，事情既然已经出了，你上火也没有用。要我说呀，你也走了一路了，还是先休息休息吧。"

老夫人也挺心疼儿子，说："是呀，复宇，你媳妇说得对，这也不是着急的事。"

祖大寿一想夫人说得在理，是呀，这事光在这儿呛呛不行，还得出去仔细寻访才对。他突然想起了达库还在前厅坐着呢。于是，祖大寿站起来说："看我这记性，我新收的徒弟还在前厅呢。"

因为老太太早就听到自己的儿媳佟氏说过达库是怎么回事，自己心爱的孙女天霞也多次讲过穆达库是怎么从科喇沁来到靖东营，又是怎么跟祖海、祖学武，另外大乐和大弼都在靖东营待过，对达库的印象都相当好，都在老太太面前夸他，夸他人老实、又忠厚，所以老太太一听这个小贵客来了，马上说："复宇，你也真是，怎么不把他领进来呢？快去把他领来。"

天霞一听达库来了，乐得心花怒放，真想出去亲自到前厅去接达库，可又不好意思。

月霞是个爽朗活泼的姑娘，她知道自己的姐姐喜欢穆达库，就要去接达库。祖大寿拦住了她，说："不用了，这孩子头一次到咱家来，什么都不熟悉，还是我去吧。"就这样，祖大寿亲自来到前厅。

这时候达库还规规矩矩地在前厅坐着呢，见师父来了，马上站起来，说："师父。"

祖大寿说："刚才我只顾忙家里的事，让你等了这么半天。达库，我告诉你，你在这里，就像在自己家一样，不要客气，听到没有？"

达库说："知道了，师父。"

祖大寿说："知道就好，走，达库，我领你去见老夫人。"

祖大寿领着达库来到客厅，见到祖老夫人。

祖大寿说："达库啊，过来，见过我的母亲。"

达库急忙走上前去，跪地磕了三个头，说："瓜尔佳氏穆达库给您老人家磕头了，祝您老人家长寿。"

老太太非常高兴，说："快快起来，快快起来。来，让我看看。"

达库站了起来，走到老太太跟前。老太太扒着他的肩膀，半仰着脸，上上下下地打量着达库。

看完以后，老太太说："瞧这身板，这么壮实，好！孩子，我听说是你救了我的孙女，谢谢你呀。"

说着，老太太瞅了瞅站在旁边的天霞，说："天霞，客人来了，怎么不说话呢？"

天霞低着头，羞红着脸，娇嗔地说："奶奶，你一直在说，我怎么说呀？"

老太太疼爱地轻轻拍了天霞一下子，说："小丫头，怎么又成了奶奶不对了。"说完，老太太又拍着达库的肩膀说："孩子，你不但救了我的孙女，还救了我的儿子，你是我们全家的大恩人哪。"

达库忙说："奶奶，别这么说，没什么的。"

老太太摇了摇头，说："要不是你求建州部的人帮忙，我儿子能出来吗？唉，不说这些了。复宇啊，你们还没吃饭呢吧？"

祖大寿说："一到家就听说父亲病了，哪有心思吃饭啊。"

祖老夫人说："这回没事了，你回来了，你父亲的病就能好一半儿。走，达库，咱们先去吃饭，吃完饭给你爷爷磕头去，他到现在还没看见你呢。"

老太太哈哈笑着，带头往餐房走去，在座的各位也都起身跟在后面。因为这些人达库都认识，也就无须别人介绍，达库借此机会跟各位一一见礼。在长廊里，天霞有意放慢脚步，这样就和走在众人后面的达库走到了一起。

达库大大方方地走到了天霞的身边，说："小姐，好些天没见，我们大家都挺惦记你的，你的伤好了没有？"

天霞脸上挂着幸福的喜悦和甜蜜，说道："好了，全好了。"

几个人来到后厅的餐房。这个餐房挺大，也挺漂亮，是专门给来看望老太爷的客人预备的。平时如果没有客人，祖老太爷、祖老夫人就在他们的小客厅里吃饭。今天因为来的人多，祖老太太就把他们都留到自己屋里。就这样，连儿子带媳妇，再加上孙男弟女的坐了一大屋子。

老太太吩咐佟氏去准备饭食，然后走到达库的身边，拍拍他的肩膀，说："孩子，我今天家事太多，没好好招待你，你就多担待担待吧。"

第七章　祖氏佳婿

达库说:"老夫人不要客气。"

老夫人又告诉他的几个儿子说:"你们在这儿陪达库吃吧,我去看看你爹。"

祖大寿赶紧过来搀扶自己的老娘,并把老娘送回到上间,然后才回来跟大家一块儿吃这顿饭。

吃完了饭,祖大寿对两个兄弟还有天霞和达库说:"一会儿都到我那儿去,咱们一起商议商议。"就这样,月霞陪着她的姨娘回到上房守护着爷爷。

祖大寿兄弟还有天霞和达库,一起来到祖大寿临走前住过的屋子。佣人们一见主人回来了,都高兴地上前迎接。客厅里很干净,一点灰尘都没有。祖大寿刚一进屋,屋子里的八哥儿先说话了:"复宇好,复宇好。"

大家坐好以后,佣人们献上了龙井新茶。几个人一边喝着茶,一边就呛呛开了,有的说先找祖臣,有的说先去大青山剿匪,还有的说先给老太爷看病。

天霞说:"父亲,前两天我和月霞出去探访了一下,和我大爷讲的差不多,大青山附近确实有一伙儿土匪,听说有二三百人,为首的是谭氏兄弟和刘氏兄弟,他们这伙儿势力挺大,闹得也挺凶。他们这一闹,不少零散的土匪也都跟他们聚到了一起,而且我听说祖臣跟一个外号叫'扫一方'的人关系挺密切的。这个'扫一方'奸淫掳掠、杀人放火、鱼肉百姓、横行乡里、无恶不作,是个十足的恶棍。"

达库坐在天霞的旁边,认真地听大伙七嘴八舌地说着。天霞又跟他详细地说了说。达库明白了,原来祖家出事了。达库这个人有个特点,就是对什么事都特别留心。他在科喇沁是这样,到了广宁巡抚衙门还是这样,所以才发现的地道和天棚顶上的暗哨。现在达库一听天霞讲到大青山,他猛然想起来了,自己跟祖方在石头营子练石头功的时候,听旁边的人唠起过大青山,所以他对大青山有些印象,知道大青山山势陡峭,易守难攻,曾经有不少匪患藏匿在那里。

达库正在想着,祖大寿说话了:"现在时间比较紧,咱们别这么瞎呛呛了,一个一个地说。达库啊,你知不知道是怎么回事了?"

达库说:"师父,我知道了,刚才天霞都跟我讲了。"

祖大寿说:"你说该怎么办?"

达库欲言又止。

天霞在一旁鼓励他说："我爹让你说，你就说吧，有啥不好意思的？"

达库看了看天霞，然后鼓起勇气说："师父，我过去在靖东营的时候就听几位师父跟我说起过大青山，这个地方在蒙古地界，骑马用不了两天的时间就能到。依我看，咱们先把大青山的这伙儿土匪收拾了，别的事等下再说。"

达库说的这些话，非常对天霞的心思。她接过达库的话题，说："对，我也是这意思。"

祖大粥听了以后直晃脑袋，说："老太爷找的是祖臣，另外银子在祖臣身上，我看还是先想办法找祖臣。"

天霞说："祖海和祖方不是已经去找了吗？咱们也不能把精力都放在他身上啊。"

祖大乐在一旁说："大青山的匪徒那么多，路又那么远，咱们能打得过他们吗？万一有点儿闪失怎么办？哎呀，复宇，我的脑袋都乱成一锅粥了，理不出个头绪来，还是你看着办吧。"

祖大寿接过话题说："既然事已经出了，咱们就得想办法解决它。我想了一下，也觉得达库说得对。咱们是应该去一趟大青山，那里有谭氏兄弟，还有扫一方，他们是祸害的根苗，而且这些人打的旗号是要吃富户，我估计祖臣的失踪就跟这些人有关。达库不是说了吗，咱们这里离他们也就两天的路程，也不算太远。我想好了，先不找祖臣，也不管银子的事。咱们先发兵大青山，抓住那些匪首，通过他们一定会问出一些事来，哪怕和咱们祖家庄没关，也要把他们这些害人精除掉，还百姓一个太平的日子。你们说行不行？"

祖大乐、祖大粥这些天也没想出啥办法，另外他们非常佩服祖大寿有头脑、有智慧，所以当祖大寿讲完以后，大乐和大粥俩人都直点头。

大乐又咧开嘴、腆着肚子哈哈大笑，说："好哇，兄弟，就按你说的办，到大青山，抄他们的老窝去。"

那边的大粥也说："哥哥，就按你说的做。"

祖大寿又说："既然大伙儿都同意，我就不客气了。大哥、大粥，你们俩在家照看爹娘。天霞、达库，你们俩跟我去，另外我再带五十个人。"

大乐说："复宇，你就带那么点儿人，行吗？"

祖大寿说："行，人多了反而不方便。"

第七章　祖氏佳婿

第二天，祖大寿在祖家兵里挑选了五十名精壮、会武功的汉子，骑着马，在夜色中，神不知鬼不觉地离开了祖家庄。一共走了两宿一天，在第三天的上午，他们就接近了大青山，并躲在一个柳树林子里观察动静。

这时虽然是晚秋时节，但树上还有些树叶，这样看大青山那面既看得清楚又不容易暴露，结果没有什么异常情况。到了晚上，祖家军又往前走了走，这样离大青山更近了。因为天霞到这里来过，所以她对这里的情况比较熟悉。她直接把队伍领到大青山附近的一个大山凹里，那里有片桦树林子。桦树林里有些新搭的窝棚，窝棚顶上的烟囱冒着烟，还有些马匹在树上拴着。祖大寿断定：这里肯定有人。

于是，祖大寿命令："今天晚上咱们就剿灭这伙儿匪徒，下手要狠，还要速战速决，不给匪徒以喘息之机，听明白了吗？"

祖家军压低声音齐声回答："听明白了。"

祖大寿说："好。现在我做一下分工：我先冲进去，达库、天霞，你们带人随后跟上。"

达库说："师父，你是主帅，你应该指挥全局，怎么能先冲呢？先冲的应该是我呀。"

天霞也说："应该是我。"

达库说："你也不行，你刚受过伤，身子还很虚弱，怎么能行呢？你不像我，看。"说着，达库把自己的袖子撸起来，露出两个长满肌肉的胳膊，然后又把别在身后的两个小石棒槌拿了出来。这是祖方特意送给他的，因为他带着原来那个大长棍子不方便，而且太显眼。别看这两个小棒槌不长，也就一尺半一个，但都是石头的，也挺沉，要是碰到身上或者砸到脑袋上，那也够呛啊。

达库举起他的两个石棒槌给师父和天霞看，然后说："我就用我的小棒槌一拍一个，保证让他们一个也跑不了。"

祖大寿想了想，觉得达库说得有道理，另外看了看自己带来的这些将士，也就达库的本事最大了。于是祖大寿说："达库，就按你说的办。但是咱们还要再安排两个瞭望哨，如果发现新情况，就学狗叫或用哨声通知大家。"

分工明确以后，大家开始分头做准备。有人把马拴到了树上，有人检查兵器，有人简单整理了一下行装。

准备妥当，达库带一伙儿人悄悄靠近紧挨山口这块儿的几个窝棚。

趁两个哨兵脸对脸正唠嗑的工夫，达库噌的一下蹿过去，把手里的两个小棒槌一抡，一边一下，照这两个人的后脑勺就拍了下去。只听噗、噗两声，两个人的脑壳当时就被砸漏了。

巡逻哨被端掉以后，达库带头冲进窝棚，借着月光，抡起小石棒槌噼哧啪嚓、噼哧啪嚓地就是一顿猛打，大部分人都被他给打死了，剩下的那些人被他带来的祖家兵给打死了。紧接着，他们又冲进第二个窝棚。收拾第二个窝棚里的人没有第一个那么顺利，有人没被一下子打死，发出了求救声。

在第三个窝棚里住的人听见声音以后，起身要跑。祖大寿一看事儿不好，马上冲过去，大声一喊："我是辽东巡抚中军游击祖大寿，你们快快受降。"

这些匪徒一听祖大寿来了，都非常害怕。为什么呀？因为祖大寿在辽东一带那是赫赫有名啊，谁不知道啊！要是跟祖大寿硬拼那还能有好。于是这些人赶紧投降。

祖大寿这个人有个特点，打仗的时候，如果你投降了，归顺他了，他不但不杀你，保你一条命，他还给你饭吃。他的这个特点很多人都知道，土匪当然更知道了，所以他这么一喊，剩下的这些人纷纷跪地求饶。就这样，除了前两个窝棚里死了有四十多人之外，其余的全都投降了祖大寿。

这些人还把住在离他们不远的四五十个绺子也叫了过来，总共加在一起能有一百七十多人。达库一打听，这谭氏兄弟没死，刘氏兄弟也没死，只有那个作恶多端的"扫一方"被达库在第一个窝棚里就给拍死了。祖大寿命祖家兵把这些人召集到一起，然后告诉他们："你们如果想继续当兵为朝廷卖命，就留下来；如果想回家，我发给你们盘缠让你们回家。"这些人大部分都是因为没家没业、无牵无挂、没有生活来源才上山当土匪的，就是回家也生活不下去，所以他们谁也不愿意离开这里。祖大寿命达库把他们组织到一起，一一登记在案。

祖大寿又把谭氏兄弟和刘氏兄弟叫到自己跟前，问他们："有一个叫祖臣的人你们认识不认识？"

谭虎说："认识，让我们三当家的给押到后窨里头了，不光他一个，还有两个人。"

祖大寿问："后窨在什么地方？"

谭豹说："就在后山坡。"

第七章　祖氏佳婿

367

达库说:"走,领我们看看去。"

谭豹哥俩爽快地答应着,领祖大寿、天霞、达库他们来到了后山坡的一个松林里。

说实话,要不是谭氏兄弟领着,祖大寿他们还真找不着这里。由于地窖是在后山,所以这里的人根本不知道前面发生的事。守窖的喽啰没想到大当家的来了,而且领来这么多陌生人,不知道怎么回事。

谭豹说:"看什么看,这是祖大寿、祖将军,不认识啊?"

守窖的喽啰一听祖大寿来了,吓得立刻慌了神,赶紧点头哈腰地说:"久闻大名、久闻大名。"

达库一挥手,说:"少啰嗦,快把窖门打开。"

一个年岁大点儿的从自己的里怀里掏出一把钥匙,把窖门打开。谭虎在前面带路,领祖大寿他们就下窖里去了。

祖大寿他们到窖里一看,这里不仅有很多金银财宝,还锁着三个人。一个是祖臣,另外两个人是祖海和祖方。祖大寿一问才知道,原来祖海和祖方出来寻找祖臣,来到了大青山,被"扫一方"知道了。他就逼着祖臣把他们哥俩给骗过来,要不然就把他交给祖家人发落。祖臣害怕把他交给祖家,要是交给祖家,老爷子还能轻饶了他呀,另外他也知道"扫一方"这个人非常恶毒,生吃人心肝,扒活人的皮,杀个人比杀只鸡还容易,他也不敢不听他的话。于是,祖臣就出去装作恰巧碰到祖海和祖方。祖海和祖方也没想到会这么轻易地找到祖臣,两人非常高兴,看见他就说:"二哥,你上哪去了?家里人都急坏了,快跟我们回家吧。"

祖臣说:"好吧,我去把衣服取来。"

祖臣和祖海、祖方过去都是非常要好的兄弟,根本没想到祖臣会害他俩,一心只想把祖臣带回家,免得家里人惦记。所以俩人也没多想,跟着祖臣一块儿去取衣服。三个人走到一片桦树林子,祖臣突然快走几步。祖海和祖方还没明白怎么回事呢,就从树上落下一个大网,把祖海、祖方给罩里了。说实话,要是凭本事,这些人根本抓不住祖海和祖方。

祖海和祖方被抓住以后气得大骂祖臣:"你个混蛋、败类,真给老祖家丢脸。"

祖臣哭哭咧咧地说:"这事不怨我、不怨我,我也是没办法。"

这到底是怎么一回事呢?原来自从祖臣的夫人去世以后,祖臣天天喝酒、赌博，结果输了很多银子。银子都输给谁了呢？输给了"扫一方"。

各位阿哥要问了，这个"扫一方"不是胡子头吗，祖臣怎么跟他整到一起去了呢？

各位阿哥听我说书人慢慢地告诉你，你们别看这个"扫一方"是个胡子头，但他常以闲客的身份出现在街面上，喝个酒、耍个钱什么的。一开始祖臣跟他耍钱的时候总是赢，所以祖臣就挺愿意跟他玩儿，可玩儿着玩儿着就开始输了。祖臣不甘心，总想把输的银子赢回来，结果越输越多。这个"扫一方"可不像一般的赌徒，谁要是欠了他的赌资不还，他不是要人家的一只手，就是要人家的一只耳朵，弄得这些赌徒见了他都像见了阎王爷一样，魂儿都吓没了。祖臣还不上欠的债，又怕"扫一方"饶不了自己，没办法，只好偷银窖的银子还债。开始的时候祖臣只偷个二三两、三四两，见没人发现，就十两、二十两地偷，还是没人发现，到后来他竟上百两、上百两地偷，直到偷完两箱银子。祖臣知道自己闯大祸了，因为祖臣知道"扫一方"是个无底洞，而且他知道祖老太爷要是知道了绝饶不了自己，等待自己的不是被杀头，就是被绞死、活埋。于是祖臣就想躲开"扫一方"。那"扫一方"能干吗，好不容易找着这棵大摇钱树，能让他跑了吗。"扫一方"就把祖臣抓住捆起来，关到了地窖里。

多亏祖大寿他们及时相救，否则祖臣他们几个人还不知道会遭多少罪呢。祖大寿又命祖家兵把窖里所有的财物都搬出来。嗬，这里面好东西还真不少，有金银财宝、翡翠玛瑙，还有布匹衣服。祖大寿让祖家兵把这些东西都整理好放在马背上，另外又让那些归降的人把死尸全都掩埋好，然后才带着队伍返回祖家庄。

祖家人根本没想到祖大寿他们这么快就回来了，而且事情办得这么顺利。祖老夫人乐得拄着拐杖出来迎接自己的祖家兵，祖大乐、祖大弼以及他们的夫人也都出来迎接。祖家堡子相当热闹，像过年一样。祖大寿命人找了一处房舍给这些归降过来的人住下，并告诫他们一定要规规矩矩、老老实实地待着，否则军法从事。这些人大多是贫苦人家出身，只是由于生活所迫，才上山当的绺子。他们见祖大寿这么仁义，不仅不杀他们，还管他们饭吃，给他们衣穿，所以都非常愿意跟祖大寿一起干，听祖大寿调遣。

再说祖大寿随母亲、大乐和大弼进到内室叩见祖老太爷，把这一喜

第七章 祖氏佳婿

讯告诉他老人家。这时祖老太爷的心情已经好了很多，因为儿子复宇回来了，现在又听说祖臣找到了，而且把大青山的土匪全都剿了。老人家一高兴，喝了一大碗姜汤水，出了一身热汗，身子立刻轻松了许多。可以这么讲，原来有九分病，现在就剩一分了。老人家要来自己的拐杖下了地，来到院中。祖大寿把缴回的银子拿给自己的老爹看，老太爷非常高兴，但老人家分文不要，并告诉祖大寿要把这些银子交给朝廷。

祖老太爷又来到祖臣跟前。祖臣这一路上都被捆着扔在马背上。不知是累了，还是被吓昏过去了，反正祖臣趴在地上一声不出。

老人家气愤地说："这个逆子，给老祖宗丢尽了脸。来人，把他给我乱棍打死。"

老人话一出口，把屋里的人吓够呛，呼啦啦跪下好多人，大家纷纷磕头、求情，说："求老太爷饶命。老太爷，念他还是个孩子，就饶他一命吧。"

其实老人家虽然嘴上这么说，但到动真章儿的时候他也舍不得。老人没有出声，半天才说："复宇啊，你是一家之主，这事就交给你了。"说完，老人背着手走了。

老太爷走了之后，祖大寿就让管家把铜锣敲响。敲铜锣是祖家的规矩，只要铜锣一响，祖家所有在家的人都要到议事厅议事。

铜锣响后约有一刻钟的工夫，祖家男女老少就都来了。大家坐好以后，祖大寿让管家把祖家的祖宗牌取出来供上。祖家的祖宗牌是一张用布做成的大图，上面绣着历代先人的名字。祖大寿带头焚香磕头，后面按辈分依次下跪磕头。

磕完头，祖大寿命人把祖臣带上来。还没等祖大寿说话，祖大弼就跪下了，他说："祖臣这孩子命挺苦，年轻轻的媳妇就没了，也没人管他了，所以干了不少违反家规的事情。现在他已经知道自己错了，并且有悔改之心，请阖祖饶他一命吧。"大家也都跪地求情。

祖大寿见状说道："死罪可免，活罪难逃，打他五十鞭子。"

就这样，有人在神案前铺上一个褥子，把祖臣按到褥子上。两个小伙子拿着牛皮编成的鞭子站在两边，你打一下，我打一下，一共打了五十大鞭，把祖臣打得皮开肉绽，血肉模糊，最后连声都出不来了。

祖大寿命人把祖臣抬到他自己的屋里，并命祖宽把郎中请来，还让佟氏从自己房中拿出三百两银子给祖臣治病用，这件事就这么过去了。不过这件事不仅对祖臣是个教训，对全族的人也是一个警示。

咱们再说说小达库，自打他从大青山回来以后，就一刻也没闲着地帮他的两个小师父祖海、祖方治疗伤病。因为祖海、祖方不仅遭到毒打，而且由于这几天在地牢里待着，见不着日头，全身生了不少疥疮，刺挠得他俩吃不好饭、睡不好觉，整天坐立不安的，就在那咔、咔地挠，挠得整个大腿根儿、屁股蛋子和两边肋条全坏了，直淌血溜子。祖家人看了非常心疼，却束手无策。

达库猛然想起他在草原的时候曾跟娜仁奶奶学过一种治疗疥疮的方法。于是，他跑到草甸子里，找到一种不知名的小草，采回来洗了洗，捣碎以后敷在疥疮上。没想到，这个土办法还真挺好使，祖海、祖方立刻感到身上不那么奇痒难耐了。大伙一见这招儿挺好使，纷纷帮着采摘草药。他们把采回来的草药捣碎了，全都糊在祖海和祖方的身上。过了能有小半个时辰，这俩小子不折腾了。

这时，守庄的家丁来报，说有一队人马正朝庄子走来，里面好像还有些穿袈裟的和尚。祖大寿急忙带人出去查看，果然见从远处走来一队人马，能有十多个人，这些人个个骑着马，马队后面还有两辆大车。待马队稍稍走近一些，祖大寿看清楚了，是明安贝勒和杜木钦德大喇嘛还有济能大喇嘛他们来了。

祖大寿非常高兴，赶紧走过去迎接，并双手抱拳说："欢迎各位大驾光临。欢迎，欢迎啊。"

穆达库上前要给介绍，哪知明安贝勒爷自己给介绍上了："我先说，这两位你们可能都认识，他们的名声如雷贯耳。这位是科喇沁喇嘛庙的杜木钦德大喇嘛这位是济能大喇嘛，也是小达库的师父。"

两位大师手打佛号："阿弥陀佛，贫僧叨扰了。"

祖大寿和大乐向两位大师抱拳致意。

天霞和月霞给老贝勒爷施礼问候："老贝勒爷来了，天霞、月霞向您行礼了。"天霞又给杜木钦德大喇嘛和济能大喇嘛施礼问候。

一行人说着话走进了祖家的会客厅。

他们几个人唠了一会闲嗑，明安贝勒说："咱们还是言归正传吧。我说复宇，达库和天霞的婚事你打算什么时候办？我还要喝他们俩的喜酒呢。"

祖大寿说："贝勒爷，是这么回事，前段时间我们家老太爷生了一场病，我回来以后还没来得及跟他老人家商量。这不，您就来了。您来得正好，您去跟他说。贝勒爷，您也知道，我们家是汉人，达库是女真人，我们家还没有一个跟外族人通婚，我怕老爷子有想法。我在这正愁呢，贝勒爷您就来了。贝勒爷这事就交给您了，您出面他肯定会同意的。"

明安贝勒说："我说复宇，你怎么什么事都交给我？连你们家里的事也让我老头子出面。"

祖大寿笑着说："能者多劳嘛，谁让穆达库是您的孙子呢，何况天霞也是您的干孙女。他们俩的事您不管谁管？"

明安贝勒想了想，说："好吧，这事就交给我吧。"

说实话，祖大寿是挺傲慢个人，他佩服的人还真不多，但明安贝勒是其中之一。

祖大寿安排大粥和大乐他们陪着客人，他自己先去后院儿见了自己的母亲祖老夫人，把他和明安贝勒在觉花岛商议的事情告诉了祖老夫人。祖老夫人也同意他们的想法。

祖大寿又到前厅请明安贝勒到后院儿见自己的母亲。明安贝勒非常爽快地答应了，别看明安贝勒是个七八十岁的老头儿，但走起路来还挺利索。在祖大寿的引领下，他很快来到了祖老夫人的屋里。祖老夫人一见明安贝勒爷来了特别高兴，连忙出来迎接："哎呀，贝勒爷，您老来了，快请进屋，快请进屋。"

坐好以后，还没等祖老太太说话，明安贝勒就把他为达库提亲的事又讲了一遍。祖老夫人说："贝勒爷，您说的这事我完全同意。这样吧，咱们一块儿到我们老太爷那儿去，您亲自跟他说。"明安贝勒表示同意，几个人又来到了祖老太爷住的上房。

此时祖老太爷正半躺在上房的里屋歇着呢，祖老夫人告诉他明安贝勒爷来了。祖老太爷那也是世面上的人，也特别佩服明安贝勒爷，一听明安贝勒爷来到自己的府上，马上起身说："快快有请，快快有请。不，还是我过去吧。"

因为他们都在一个屋里，只是中间隔着一个木板墙，所以明安贝勒在这边听得很清楚，他马上说："老哥哥，哪能让你过来，还是兄弟我过去吧。"就这样，明安贝勒进了里屋。

此时的祖老太爷已经下了地。两个老人家见了面，十分亲近，紧紧地拥抱在一起，这个叫一声"老哥哥"，那个叫一声"老弟弟"。

明安贝勒说："老哥哥，我听说你这两天身子不爽，怎么样了？"

祖老太爷说："托您的福，没事啦。贝勒爷，我早就说过您啥时候到我这来住些日子,我这里有山有水,还有狍子、野鸡、飞龙,河里的鱼也挺肥。咱们老哥俩打个猎、网个鱼什么的,多好哇。"

说实话,祖老太爷这几天的心里是格外敞亮,虽然祖臣犯了错误,但那毕竟是自己的孙子,教育教育,让他知道自己错了就行了。关键是人回来了,就比什么都强。所以祖臣被打以后,他偷着问老太太:"打得狠不狠啊?上的药行不行啊?要是不行,你拿点儿银子到外头再请个郎中。"总之祖老太爷的精神比以前好多了,病也去了一大半儿。今天他又见到了众人敬慕的明安贝勒爷,心里更加高兴,两个人越说越热乎。

明安贝勒拿出自己的鼻烟壶,抽了几口,然后说:"老哥哥,我得向您报喜呀。"

祖老太爷一愣神,说:"哎,我有什么喜呀?我还有喜?老兄弟,你净跟我开玩笑。"

明安贝勒说:"老哥哥,我不是跟你开玩笑,你听我跟你说说你这几喜:一喜,前些日子你的宝贝孙女受了伤,多悬啊,但现在没事了。可以说是你们把她从阎王爷那里抢回来的,有这事吧?"

祖老太爷和祖老夫人点点头。祖老太爷说:"对,是有这事,说起来这还得感谢老兄弟你呢,是你培养的穆达库救了我孙女。要是没有穆达库,我孙女也许就没命了。"

明安贝勒说:"不管怎么说,孩子的命保住了,难道这不是你们家一喜吗?"

祖老太爷点头应道:"对,这算一喜。"

明安贝勒接着说:"还有一喜,你儿子复宇从大牢里出来,这算不算喜事呀?"

祖老太爷想了想,点头应道:"对,这也算是件喜事。哎呀,这帮孩子始终瞒着我,怕我着急上火。"

祖老夫人在一旁说:"老贝勒爷呀,后来我才知道,是人家建州部那边发兵,朝廷这才把我儿子放出来,这事多亏了建州部啊。"

明安贝勒说:"不管怎么说,复宇放出来了,这算是件喜事吧。告诉你,你们家还有喜事呢。"

祖老太太、祖老太爷一想:我们还有什么喜事?没有喜事了,再就是祖臣出事,但那是丢脸的事,不能算是喜事呀。

望着老两口满脸疑惑的表情,明安贝勒哈哈大笑地说:"老哥哥,

第七章 祖氏佳婿

复宇受朝廷之命，平乱了觉花岛和九门口的匪徒，连朝廷都知道了，这难道不是一大喜吗？"

祖老太爷一想，连声说："对、对、对，这算一喜，算一喜。"

明安贝勒说："老哥哥，你们家是喜上加喜啊。"

明安贝勒的一席话说得祖老夫妇非常高兴，不住地点头称赞。

明安贝勒接着说："现在我还有一喜要送给你们，不知你们要不要？"

祖老太爷说："看你这话说的，虽然我是汉人，你是蒙古人，但咱们比亲兄弟还亲，你送给我的喜事，我哪能不要呢。"

明安贝勒说："我今天给你再报一喜，这也是咱们两家的喜。"

祖老太爷就问："咱们两家的喜？什么喜呀？"

明安贝勒就说："我问你，你喜欢不喜欢天霞？"

祖老太爷说："那还用说，天霞是我的宝贝孙女儿，我当然喜欢她了。"

明安贝勒说："她都多大了，你还不张罗给她找个人家。"

祖老太爷说："谁说我不给她找啊，这事我也挺着急的，可这丫头也不知怎么回事，那么多来求亲的，她一个也看不上。"

说完，祖老太爷对坐在旁边的祖老夫人说："抽空你去问问那丫头，到底是怎么回事？"

祖老太太笑了笑，然后说："人家天霞呀，心里早就有人了。"

祖老太爷问："谁呀？我怎么不知道？"

明安贝勒说："老哥哥，我这次就是为这事儿来的。我想让你家天霞嫁给达库，你同意不同意呀？"

明安贝勒突然提出的这个事，祖老太爷事先根本没考虑，不过达库的事情他以前也听说过，特别是这次达库救了他的孙女，又救了他的儿子，所以他从心里感激达库。如果天霞能嫁给这样一个好人，他是非常同意的，但唯一一点不太可心的就是达库是个女真人。

于是，祖老太爷说："我的好兄弟，你说的这个达库虽然我跟他不熟，但我知道那是个好孩子，不错，只可惜他是个女真人。也不知道这汉人和女真人合婚到底好不好？"

明安贝勒说："嗨，老哥哥，不要想那么多，什么蒙人、汉人，那都是朝廷的事。咱们都是辽东人，只要咱们抱成团，齐心协力，互相之间你帮我、我帮你，才是最重要的。老哥哥，你说我说得对不对？"

祖老太爷考虑了一会儿，觉得明安贝勒说得有道理，说："老兄弟，你什么都别说了，我听你的。"

说完，祖老太爷又招呼祖大寿，说："复宇，达库不是你徒弟嘛，你什么意思啊？"

祖大寿站起来，说："父亲，您老说得对，达库确实是一个好孩子，我同意他跟天霞匹配成婚。"

祖老太爷说："既然你们都挺喜欢这孩子，那你什么时候把他带来，让我看看吧。"

祖大寿听罢，忙冲门外招呼了一声："达库，来，快进来见见祖师爷。"

在门外等候多时的达库一听，忙撩开门帘走进屋内，扑通一下，跪在了祖老太爷面前，说："老太爷在上，达库给您老人家磕头了，祝您老人家身体健康，万寿无疆。"

祖大寿介绍说："父亲，这位就是建州部卫齐大将军之子穆达库，就是他救了咱们的天霞。"

祖老太爷微笑着点了点头，说："起来吧，达库，别跪着说话了。"

达库谢过祖老太爷，起身站在一旁。

祖老太爷说道："达库，我早就听说过你的名字，在我耳朵里都灌满了。过来，到我身边来，让我好好看看。"

达库来到祖老太爷跟前。祖老太爷看着达库，一下就被达库的威武气势给震住了。这孩子，身材魁梧，四方大脸，双眉倒竖，给人一副不怒自威的感觉，显出了武人的习气，没想到，世上还有这样的人。

祖老太爷像跟达库有缘似的，一边摸着达库，一边前后左右上上下下仔细地看了又看，一边看还一边赞不绝口地说："嗨，这孩子，长得这个厚诚。不错，我喜欢。"说罢转身冲明安贝勒说："我说兄弟，这门亲事我应了，你们说什么时候办吧。"

在场的人都惊愕地你瞅瞅我，我瞅瞅你，还是祖大寿反应快，说："父亲，我认为早办比晚办好。辽东现在战事吃紧，再说办完了喜事，也算了却咱们的一桩心事。"

明安贝勒接过话题说："我也是这么打算的。老哥哥，恕弟弟冒昧，没等你点头，我已经让管家预备了聘礼，估计他们明天就能到了。"

祖老太爷笑着指着明安贝勒说："就你性急。"

屋里的几个人都笑了。

第七章 祖氏佳婿

祖老太爷高兴地捻着胡须,说:"我说夫人,咱们今天晚上是不是得好好儿庆祝庆祝啊。"

祖老夫人也非常高兴,马上说:"老爷,吃鳊鱼宴怎么样?"

什么是鳊鱼宴?就是全部用鳊鱼做的宴席。因为大凌河河面虽然不太宽,但水挺深,鱼也挺多,尤其是鳊花鱼最多。鳊花鱼呈椭圆形,肚囊挺大。它是深水鱼,吃水底下的草根,喜欢静,吃饱了就在那儿一待,也不动弹,所以养得很肥。当地有那么一句话叫"鳊花肚囊,虫虫嘴,鲤鱼尾巴",是说这些地方的肉最香。老祖家自从搬到这里以后,就养成了一个习惯,一到逢年过节或有贵客临门的时候,就到西水河里捞鳊花鱼,做鳊鱼宴。有的鳊花鱼十几斤重,也有的二十几斤重。他们用鳊花鱼做饺子、做包子、做烤鱼、做鱼羹,用母鳊花鱼肚子里面的鱼籽做羹汤,营养价值相当高,而且便于消化。

老太爷点头应道:"好,就做鳊鱼宴。"

祖大寿马上安排人网鱼。

这时,下人进来传报:"科喇沁喇嘛庙的喇嘛求见,他们是为穆达库公子的婚事来的。"

祖老太爷对于两位喇嘛的到来特别高兴,连忙说:"有请,有请。"

就这样,杜木钦德大喇嘛、济能大喇嘛被请进了客厅。

寒暄过后,杜木钦德大喇嘛说:"达库在我们寺院待了很长时间,不错,是个好孩子,明安贝勒为他做媒,我们一百个赞成。我和我师弟前来,一是为你们两家道喜,二是为你们诵经祈福。"

祖老太爷非常高兴,摆酒设宴为客人接风洗尘。宴后,祖大寿又请了一位算卦先生给两位新人挑选黄道吉日,怎么这么凑巧,日子就选在了第三天。日子选定以后,祖家上下开始分头做准备。

这天晚上的宴席吃得真是热闹,是佟氏和大乐的夫人亲自下厨指导做的,宴席一直吃到月上中天。大家在宴席上如何高兴,在这里我们就不多说了。

第二天,乌力吉赶着骆驼十头、骏马百匹、草原黄牛一百头、白羊五十只,除此以外还有山鸡、野鸡、野兔、鹌鹑、飞龙等聘礼来到了祖家,明安贝勒代表达库的家人过聘礼。

第三天一早,祖家就为达库和天霞举办了婚礼。由于时间紧迫,婚礼也没怎么大办。虽然没怎么大办,但来的人也不少。你想啊,祖家是什么人啊,那是很有影响的呀,附近的商贾、豪绅听到信儿后没有不来的，包括一些蒙古人也骑马赶来祝贺，所以婚礼办得挺热闹。

要不怎么说巧呢，傍晚时分，祖家又来了三位客人，是从京师来的，骑着快马，求见祖大寿。客人被请进来以后，其中一个人拿出一份公函交给祖大寿。祖大寿接过公函一看，上面写着：祖大寿亲启。祖大寿把公函打开，原来是内阁大学士孙承宗亲笔写给祖大寿的。信里是什么意思呢？意思是自从广宁失守以后，辽东的治安状况甚为堪忧，土匪猖獗，到处是啼饥号寒之声。另外，后金的兵马又节节西进，现已临近大凌河。为了抵御后金的兵马，朝廷准备在宁远一带筑城防守。由于你忠勇可嘉，为朝廷做了很多有功之事，所以特请你即日进京商议退兵之事。落款是孙承宗。

孙承宗是谁呀？是熹宗皇帝的老师，兵部尚书兼大学士，在朝廷里是一位举足轻重的人物，由于王化贞和熊廷弼被双双免职，就由孙承宗统管着辽东的军务。孙承宗的话，祖大寿能不听吗，当然得听了。所以，祖大寿一点儿也不敢耽误。次日一早，他就带着达库和天霞告别了自己的家人，先返回觉花岛。安排料理完觉花岛的事情，祖大寿又带着达库和天霞及众随从直奔京师，去接受新的任务。

从这时候开始，达库和后金就联系到一起了，而且成为后金的重要一员。

各位阿哥，说书人我现在讲的是天启二年的事，此时的熊廷弼和王化贞因为丢失广宁，已被朝廷问罪。而熊廷弼为了显示他大英雄的气概，把责任都揽到了自己身上，这也正中了魏忠贤的下怀。魏忠贤为了救自己的心腹王化贞，早就想抓熊廷弼做垫背的了。魏忠贤为啥这么恨熊廷弼呢？因为熊廷弼性情耿直，他自从进京以后从来没给魏忠贤送过礼，进过贡。那时候，哪一个王公大臣、边关大将进京以后不是先拜见魏忠贤，给魏忠贤送礼，再进朝拜见皇上啊。而他熊廷弼每次见到魏忠贤都是眼睛一横，肩膀一抖，从鼻眼儿里哼哼两声，明显是没瞧起他魏忠贤。这让不可一世的魏忠贤大为恼火，心里曾暗暗发誓：一定要找机会给熊廷弼好看。现在除掉眼中钉的机会来了，魏忠贤哪肯轻易放过，马上跑到熹宗皇帝面前进言，说后金兵是熊廷弼给引进来的。熹宗已经被后金兵吓破了胆儿。有一次他正坐在寝宫喝茶，内侍来报："启禀万岁，边关急报，女真兵又南进了四十里。"他当时吓得把手里的茶杯就掉在了地上，茶水洒了一地。

魏忠贤凭着他那三寸不烂之舌，在熹宗面前进献谗言，说什么：

第七章　祖氏佳婿

"广宁失守不怨王化贞,王化贞是忠于朝廷的,大兵压境的时候他还在指挥兵马打仗。可他熊廷弼干什么去了?他熊廷弼为了保存自己的实力,把他的兵马都退到了山海关。陛下您想,后金兵个个勇猛善战,又有孙德功做内应,王化贞的队伍能打过他们吗,这才使后金兵拿下广宁。陛下,养兵千日,用兵一时,关键的时候军队不为朝廷效力,这样的将军不杀,还留着他干啥?"

熹宗皇帝一听气坏了,连说:"对,对,熊廷弼该杀,该杀。"

魏忠贤还一个劲儿地说:"陛下,一般的杀都不足以平民愤。"

熹宗问:"依爱卿的意思要怎么个杀法呢?"

魏忠贤说:"依老奴之意,把他的脑袋砍下装到匣子里,让所有守边的将士都看一看,以示警诫。"

一向没有主见的熹宗皇帝采纳了魏忠贤的建议,这才有熊廷弼死后首级被传习九边一事。

不过话说回来了,熊廷弼在如何对待后金兵的问题上,是有一定的过错,但也不能全怪他。熊廷弼考虑的也有一些道理。从当时的形势看,如果熊廷弼的队伍硬跟后金兵抗衡,可以抵挡一阵子,但也挺不了多久。因为大明的队伍都是临时现凑到一起的乌合之众,什么人都有,根本没有什么战斗力,哪能跟女真的八旗铁骑抗衡啊。女真兵马经过长期的野战,练就一身强健的体魄和耐力。当时不是有那么一句话,叫"一男顶十虎"吗,说的就是女真兵。面对如此强大的兵力,熊廷弼想先保存实力,以守为攻,你女真兵进来了,我就退,躲开你的锋芒,然后找机会,出其不意地给你一下子。可王化贞跟他的想法不一样,王化贞就主张硬顶。这两个人一个是经略,一个是巡抚,两个人说不到一块儿,说说就干起来了。他俩要是老干仗,下头的人还能抱成团吗?当然不能啊,下面的人像一盘散沙一样,所以当女真兵西进的时候,王化贞占据的广宁城自然而然地就被后金军占领了。

熊廷弼被杀以后,辽东没了主帅,后金兵马继续西进,如入无人之境。此事惊动了朝廷,熹宗那里天天有急报,报:"后金兵马已经打过了七里河。"报:"后金兵马已经接近锦州。"眼瞅着后金兵就要逼近山海关了。这还得了。一向不理朝政的熹宗皇帝每日如坐针毡,掂量着到底该派谁去主理辽东的军务。谁能担此重任呢?也没有谁能行啊?此时朝里没有一个大将主动请缨。这可怎么办?军中不可一日无帅啊。熹宗皇帝非常着急。

各位阿哥，我们在这里说一下，其实熹宗身边就有一位真正热爱大明朝、效忠大明朝的大忠臣。谁呀？孙承宗。

孙承宗（1563—1638年），字稚绳，号恺阳，大家都叫他恺阳先生，直隶保定高阳（今河北省）人。孙承宗自幼好学，博览群书，尤喜兵法，是明朝著名的文士。这个人人缘儿挺好，还非常正直，朝中的臣子大都很敬佩他。

孙承宗在十六岁那年，也就是万历六年的时候考中了秀才，三十二岁的时候考中了举人。万历三十二年（1604年），孙承宗以四十二岁的年龄考中了进士。熹宗即位的时候，他在熹宗身边做主庶子，也就是皇上的老师，给皇上讲历史，讲文学，讲如何治国安邦平天下。由于孙承宗很会讲课，所以每当他给熹宗讲课的时候，这位天启皇帝都很愿意听，也很尊重他。孙承宗对魏忠贤的品行很了解，也知道魏忠贤在朝内的势力非常大。所以在明朝很多人都愿意做阉人、当宦官，只有当上了宦官，才能出人头地。这是大明时期一个非常突出的特点。

眼看着大明的江山日渐衰落，后金的兵马就要打来，魏忠贤还每天鼓捣着皇上炼仙丹，玩女人，不理朝政。孙承宗恨死了魏忠贤，但苦于皇上宠信魏忠贤，孙承宗一时拿他还没什么办法。

单说这天，孙承宗正在给熹宗皇上讲孔子的《论语》。内侍来报："启禀皇上，魏大人求见。"熹宗一听，马上用眼睛瞅了一下孙承宗，意思是别讲了，魏大人要见我。

孙承宗马上会意，拿起自己的书卷，深施一礼，说了句："老臣告退。"

熹宗也觉得有些不够礼貌，就说："老恩师，魏大人是自己人，你留下来和朕一起听听无妨。"

孙承宗一想，皇帝让听就听听吧，看他魏忠贤的葫芦里卖的是什么药，说了句："遵旨。"然后站立一旁。熹宗皇帝赐座。

魏忠贤进来以后，给皇帝施礼后就说："陛下，眼看后金大军压境，我军却无大帅统领辽东，怎么办啊？"由于他是被阉割的人，所以说话细声细气，有些像女人的声音。

熹宗叹了口气，说："是啊，魏爱卿说得对，朕现在也正愁这事儿。你们说，派谁去辽东好呢？"熹宗边说边搓搓手，在龙椅前面来回踱着步。

孙承宗想了想，说："陛下，我想起两个人，一个是我朝大将，万历二十年的进士，现任兵部左侍郎，叫王在晋。"

熹宗问："另外一个人呢？"

孙承宗说："陛下，另外一个人是万历四十七年的进士，此人虽出身微贱，但却胆大心细，熟知兵法，此人名叫袁崇焕。陛下，老臣曾经和他谈过，发现他对治辽有些办法。陛下，老臣恳请陛下把袁大人招入朝中，委以重任，请陛下明示。"

熹宗听了非常高兴，连声说好，并且说："老恩师，即刻召见袁崇焕入朝，朕要委以重任。"

魏忠贤对袁崇焕一点儿也不了解，但他见孙承宗推荐袁崇焕，就以为袁崇焕一定给孙承宗什么好处了，否则孙承宗干嘛要推荐袁崇焕。他这叫以小人之心度君子之腹。因为他就是这样的人，谁给他好处了，他就认为谁是好人，就向皇上推荐谁，现在他也这样想孙大人，所以心里有些不痛快。但他突然又想起孙承宗刚才还推荐了一个人，那个人就是王在晋，对于王在晋这个人他还是很熟悉的。

于是魏忠贤马上接过话茬说："陛下，微臣认为，孙大人刚才提到的那个王大人可担当此任。"

熹宗皇帝一听连魏爱卿都同意了，那这个人就更应该用了，于是说道："好啊，既然爱卿们都保举他，那就让他去吧。不过事不宜迟，要越快越好。"

两位大人领旨下去了。

各位阿哥，刚才说书人说过，凡是魏忠贤推举的人，肯定都给过他好处。那么这个王在晋王大人也给过他好处吗？各位阿哥不要急，听我说书人在这里多唠叨几句。

王在晋（？—1643年），字明初，明朝江苏太仓人。万历二十年进士，后官做到江西布政使、山东巡抚、兵部侍郎、南京兵部尚书。王在晋这个人争强好胜，他在南京做兵部尚书的时候总是不满足，总想到疆场上有一番作为，而且他知道朝廷最关心的是辽东的安危，所以他就想到皇上身边去做官，陪伴在皇上左右。可怎么才能到皇上身边去呢？他身边有几个谋士看出了他的心思，就给他出主意，说："皇上现在最听魏大人的，你把魏大人打点明白了，魏大人自然就会在圣上面前保举你的。"于是，王在晋花了不少银子，买了很多价值不菲的翡翠、玉石和玛瑙，送给了魏忠贤。魏忠贤见到王在晋送的礼物后特别高兴，觉得王在晋这个人确实可交，这样的人怎么能让他在南京待着呢。

有一天，魏忠贤在外面的窑子里找了几个没开苞的姑娘，把她们偷偷地带进宫里，供熹宗赏玩。熹宗皇帝非常高兴。见时机成熟，魏忠贤就把王在晋的事说了，说王在晋如何如何想为皇上分忧，想为朝廷效力，又是如何有谋略，奴才以为，这样的人应该委以重任。熹宗皇帝的心思只在几位美人身上，对魏忠贤的话根本没往心里去，也不愿意听。魏忠贤又在一旁说个没完没了。熹宗皇帝不耐烦地说了句："这事你看着办吧。"然后领着几位美人进后宫去了。

这次孙承宗在熹宗面前推荐王在晋，也正合魏忠贤的心意，所以他马上表示赞成，并一个劲儿地说王在晋的好话。熹宗皇帝很快下旨，任王在晋代替熊廷弼为兵部尚书兼右副都御使，并赏给他蟒袍、玉带和尚方宝剑，让他经略辽东、蓟镇、天津、登、莱诸地。这就是说，不光辽东归他管，就连天津、山东等地都归他管了。就这样，王在晋接替熊廷弼做了辽东的经略。

熹宗又命孙承宗任兵部尚书兼大学士，主管辽东的军务，孙承宗成为辽东的军事第一人。王在晋就在他手下当差。袁崇焕也被调到京师，在孙承宗手下做主事。什么叫主事？就是下到军队里去搞调查，并把调查的情况记录下来，然后向上面禀告。

孙承宗是个办事认真、讲究效率的人。自受皇命以后，他亲赴河北、陕西踏查，了解各关隘、崖口的情况。孙承宗还多次委派袁崇焕到山海关一带巡查。由于袁崇焕胸怀谋略，是个主战派，所以他跟孙承宗能说到一块儿这样就更激发了袁崇焕的爱国激情，连家都不顾了，还是他的手下帮他把夫人接到京师的。就这样，袁崇焕到山海关一带一个关隘一个关隘地检查，把情况汇总以后向孙承宗禀报。后来他为什么能成为努尔哈赤的一个最重要的对手呢，就是因为他对辽东的情况太了解了。

孙承宗还不满足，他还惦记另外一个人，谁呢？死去的熊廷弼熊大人。孙承宗和熊廷弼的关系相当好。孙承宗在给熹宗皇帝讲课的时候，熊廷弼就和他有来往。熊廷弼每次回京师面圣的时候，都要抽空去拜见孙承宗，所以孙承宗从熊廷弼那里了解了很多辽东的情况，就连祖大寿的情况，孙承宗也都是从熊廷弼那里听到的，得知祖家在辽东的势力，孙承宗就嘱咐熊廷弼："一定要亲自到祖家拜访，争取祖家，请他们出山……"熊廷弼按照孙承宗的意思，多次去过祖家，并在皇帝面前保举祖家。熹宗皇帝得知辽东还有这么一家忠心为国的臣民，非常高兴，立

第七章　祖氏佳婿

381

即准了熊廷弼的奏折,将祖家兵改编成了靖东营。

孙承宗也非常关心祖家人,怕他们惹麻烦,所以常打听祖家的事。熊廷弼就把祖家的一些事情讲给孙大人听,并且告诉孙大人:"大人请放心,祖家人很懂礼数,不会乱来的,而且他们都是很正直的人。"

后来祖大寿护送大葫芦头、二葫芦头进京给魏忠贤送寿礼,祖大寿曾拜见孙承宗。孙承宗打心眼儿里喜欢这个性情耿直、忠勇可嘉的大将军,现在国家到了生死存亡的紧要关头,孙承宗自然就想起了祖大寿,于是修书一封,让祖大寿进京商议国事。

他给祖大寿的信是这样写的:"复宇吾弟,叩拜,叩拜。多日未见,念甚,念甚。近有国家要务,尤其是辽东军务,要与诸好友面议,望复宇弟择日进京。落款是:承宗顿首。大明熹宗××年××月××日。"写好以后,命尚书府的御用快使把信给祖大将军送去,不得有误,违令者,斩。小校得令,立刻启程,连夜赶往辽东,面见祖大寿。

说实话,此时祖大寿的心情是极为复杂的,和自己肝胆相照、情同手足的熊廷弼熊大人被杀,这令他非常伤心难过,同时也打心里怨恨朝廷,觉得皇上不分好坏、不分忠奸,听信宦官的一面之词,致死了一代忠良,实在是令人心寒。但接到孙大人的来信,还是命手下立刻准备行囊出发,并告诉送信的小校:"请转告孙大人,我一定尽快赶到京师。"小校听到回话,跟大寿拜别,回京师复命。

在这里还要说几句,祖大寿想得很周到,在广宁没丢之前,祖大寿就让祖方他们悄悄把在靖东营的家口送回了清河门附近的永平府。

祖大寿随即往京师赶去,到了京师,祖大寿直接打马到了孙府。把门的门丁进去通报,孙承宗一听非常高兴,命手下人赶紧请祖将军。

孙承宗这些日子就盼着祖大寿的到来。说来这里也是有原因的。孙承宗自从被熹宗封为兵部尚书,统管辽东的军务以后,大明朝节节败退,后金兵越战越勇。孙承宗曾经在熹宗面前推荐过山东巡抚王在晋,现在王在晋已经走马上任了,但他面对后金兵强大的战斗力也是无可奈何。说来王在晋也挺有雄心壮志的,他早年在山东待了好多年,总觉得在那里发挥不了自己的作用,英雄无用武之地,现在朝廷把自己调到了辽东,面对后金,他可以把学到的十八般武艺都拿出来了。哪知道他错了,他把事情看得太简单了,他根本不知道后金的骑兵有多厉害,马队冲过来锐不可当,一踩一片啊。要知道,后金马队的马蹄子下面都钉有铁掌,不用说被马蹄子踩上,就是被马蹄子踢一下也没好啊,成千上万的马队一过来，像大浪一样，黑压压地就拍过来了。谁见过这阵势啊，别说是见着啊，就是听声音都吓得尿裤子了。王在晋哪知道这情况啊，他只是看了一些兵书，况且他没有实战经验，指挥不当，所以他手下的兵马死伤太多了，可以说就像煮饺子一样，扔进去就完。眼看大势已去，王在晋这个后悔呀，你说自己放着好好的日子不过，揽下这活计干啥，遭这么大的罪，现在怎么办吧？

开始的时候，孙承宗对于这些情况并不知情，也没想到后果会这么严重，眼见王在晋当上辽东巡抚以后。大明兵马是一蹶不振，节节败退，后金的兵马眼看就要打到宁远了，要是挡不住，三五天就能打到山海关。要是山海关再被占了，京师就难保了。孙承宗非常着急，他恨不能把辽东重要的将士都召集到一起商量应敌之策。孙承宗马上把祖大寿和袁崇焕他们都叫来了。袁崇焕不是在京师吗，不，袁崇焕原来是在京师，后来王在晋当了兵部尚书兼管辽东的军务以后，当时的袁崇焕也非常惦记辽东的战况，多次提出要领兵抗金，战死疆场。他的这种决心使朝廷很感动。孙承宗也知道袁崇焕虽然出身微贱，远远赶不上王在晋的资历和影响，但他比王在晋更有谋略，是个大将之才，应该重用，所以孙承宗就向王在晋推荐袁崇焕。王在晋一想：这是孙大人推荐的，要吧，就把袁崇焕留了下来，任佥事之职。

袁崇焕到了辽东以后，任劳任怨，尽职尽责，但对如何守辽一事，袁崇焕与王在晋发生了激烈的争论。王在晋认为应该在山海关外八里的地方修一座城设防。袁崇焕则认为应该在山海关外二百里地的宁远修城设防，二人相持不下。由于王在晋是辽东经略，主管辽东的军务，正二品，而袁崇焕只是一个佥事，官居正五品，人微言轻，所以王在晋对袁崇焕的意见根本听不进去。袁崇焕没办法，只好越级奏报，给当时的首辅、宰相叶向高写了一封信，阐述自己的观点。叶向高看过信后，就把大学士孙承宗请来，两人一起商议这件事情。

叶向高说："你看，我也不知道辽东到底是怎么个情况，我也拿不定主意呀，孙大人你看怎么办？"

孙承宗说："要不我去一趟看看吧。"

叶向高想了想说："那也行。"

于是，孙承宗亲自赶往辽东，沿途考察地形地势。这是天启二年六月十五日发生的事情。

考察后，孙承宗认为袁崇焕说得很有道理，确实应该在宁远修城设防,但王在晋是袁崇焕的上司,必须征得他的同意才行啊。于是,孙承宗就跟王在晋进行推心置腹地谈话,苦口婆心地劝导,共谈了七天七夜。孙承宗的意思是广宁现在已经失守,应该把一线设在宁远,不能再往后退了,再退就到山海关了。山海关离京师太近,山海关要是丢了,京师就岌岌可危了。哪成想,王在晋是个老顽固,根本听不进不同的意见,他通过这些日子跟女真兵的接触,完全没了往日的嚣张气焰。他提出:不能守,守不住,要守就在山海关守,那里地势险要,有一将当关、众将难敌之优势,等等,任凭孙承宗怎么说也不行。

孙承宗没办法,只好回来了。回来以后,孙承宗借给天启帝讲课的机会,就跟天启帝说了,意思是说王在晋这个人没有胆略,不可重用。天启帝采信了孙承宗的建议,将王在晋调离辽东,到南京任兵部尚书。这是天启二年八月发生的事情。

王在晋调走以后,辽东经略的位置就空下来了。怎么办呢,朝廷没有什么人可派了,孙承宗就自请督师兼辽东经略。天启皇帝舍不得让他走,他走了就没人给自己讲课了,但又没有办法,只好派孙承宗前往。

孙承宗到了辽东以后,马上召集袁崇焕、祖大寿等人,命祖大寿修筑宁远城,并且按照袁崇焕的想法,修一条从山海关到宁远二百华里长的防线。祖大寿从天启三年到天启四年,用了近一年的时间,将宁远城修筑完好。外城墙修建得非常结实、坚固。

宁远城修筑以后,孙承宗又命人将辽东的流民召集到一起,让他们开荒种地、经商贸易。一时间,流民四集,就连明朝很多的商贾也都聚集到了这里。宁远城一派繁荣景象,俨然成了关外的一座人间乐园。

在天启五年的时候,孙承宗又决定将原来的防线再次向前延伸,就是说再从宁远向前延伸二百华里,到达锦州。这样一来,加上先前所修的二百华里,一共是四百华里,形成了一条以锦州为前矛、宁远为中坚、山海关为后盾的坚固防线。

罕王爷努尔哈赤一看袁崇焕建了这么一个结实、易守难攻的城池,又有十几万兵马在城里守着,只好暂时先放弃南进的想法,但努尔哈赤也没闲着,他积极跟科尔沁部联系,抓紧跟蒙古联姻。

努尔哈赤在天启五年二月的时候,给自己的儿子皇太极在科尔沁部娶了赛桑贝勒的女儿小博尔济吉特氏,也就是后来历史上有名的孝庄文皇后。三月份的时候,努尔哈赤又把自己的宫殿由辽阳迁都到了沈阳。

从天启二年开始,一直到天启六年,一连四年的功夫,后金八旗兵没有南进一步，这是孙承宗的功劳，袁崇焕的功劳，也是祖大寿的功劳。朝廷非常满意，嘉奖守关将领，任袁崇焕为辽东巡抚，主管辽东各方面事务。这是自王化贞被革职以来辽东的首位巡抚。

努尔哈赤听到信后，就跟他身边的人商量，包括多尔衮、多铎、皇太极这些人，在座的将领群情激奋，大家一致认为：不能再等了，继续等下去的话这个袁蛮子就更厉害了。咱们应该趁他羽翼未满，趁早出击，把他赶出宁远。就这样，努尔哈赤亲自率领十三个儿子和十多万兵马，对外号称二十万大军，大举进攻宁远城，这是大明天启六年，后金天命十一年正月发生的事情。

宁远城的守卫辽东巡抚袁崇焕不是白给的，他早就想到努尔哈赤不会停滞不前，他还得南进，所以袁崇焕悄悄派人从京师运回了十多门红衣大炮。这种火炮适合远距离作战，比原来明朝的火炮威力大多了，而且可以旋转。大炮运到宁远城以后，袁崇焕命人把它们分别架到了城墙的四个角上，并且加紧训练炮手。虽然有了坚固的防线和城池，但明朝也战胜不了后金勇猛的八旗军。孙承宗又选派了五位出色的将领来担任辽东地区的守城将领。这五位将领，分别是袁崇焕、马世龙、满桂、赵率教和祖大寿。

袁崇焕当上辽东巡抚以后，祖大寿成了他身边的一位重要参将，祖大寿就给他出主意说："巡抚大人，咱们光有坚固的城墙和大炮还不行，咱们还得想办法把城外的百姓都聚到城里去，让城外没人。他努尔哈赤的八旗兵来了以后，他可以一天有粮，两天有粮，他不能总有粮。没有粮食给养，看他这仗还怎么打。"袁崇焕觉得祖大寿说得有道理，就按照祖大寿的说法，让祖大寿领着兵马把整个宁远城外围方圆几十里的所有住户以及骡马牛羊和粮食都运进了城里，宁远城装不下了，他又把一部分人迁往辽东南部一带，远离宁远城，让宁远城周围空无一人，这就断了后金八旗兵来了以后的衣食所有。

当努尔哈赤带着后金兵来了以后，在宁远城外根本就找不到人，更找不到粮食，没办法，后金兵只好吃他们自己带的那点儿粮食，那哪够啊。努尔哈赤非常着急，率领着后金兵拼命地攻城，他想速战速决。努尔哈赤根本没想到袁崇焕已经做了充分的准备，他以为凭着他们的人海战术就能把宁远城拿下来，那他可小瞧袁崇焕了。当后金兵冲上来以后，还没等他们靠近城墙，袁崇焕就下令兵将们开炮。隆隆的炮弹飞出去，威力相当大，后金兵立刻死伤一大片。另外，袁崇焕还让炮手们看

第七章　祖氏佳婿

385

哪块儿有绫罗伞盖，或有后金兵护卫，哪里就一定有后金的王爷或者贝勒，你们就冲哪儿开炮。

开始的时候努尔哈赤的几个儿子，包括皇太极，他们都说："父汗，杀鸡焉用宰牛刀，你不要过去，我们几个带些人去就行了。"努尔哈赤也就没到跟前，离老远看着。他的几个儿子则分别领着几路人马攻城。袁崇焕身先士卒，率领城中兵民拼死抵抗。几个回合下来，宁远城丝毫无损不说，后金兵却死伤无数。努尔哈赤气坏了，他亲自带着后金兵往前冲，并且让每个人都佩戴上盾牌，以抵挡炮火的攻击。努尔哈赤不信自己攻不下宁远城。

由于事先袁崇焕交代过，所以当努尔哈赤一出现，几门大炮一起冲他开火，努尔哈赤当时就被震昏过去了。众位王爷、贝勒赶紧把罕王抬到了后面，鸣金收兵。

努尔哈赤一看攻不下宁远，就命武纳格率部攻打觉华岛，烧毁了明兵大批粮草军械。后来，努尔哈赤率领着残兵败将退回到沈阳。

到了沈阳以后，努尔哈赤的伤势越来越重。为了让罕王爷养好伤，众贝勒一商量决定把他送到嫒鸡堡，也就是清河沿儿那，用温泉水冲洗疗伤。就这样，罕王爷到了沈阳嫒鸡堡。到了天启六年，也就是后金天命十一年八月十一日这天，天刚刚亮的时候，一代枭雄努尔哈赤去世了。享年六十八岁。

努尔哈赤去世以后，他的几个儿子商议，推举智勇双全的八贝勒皇太极继承汗位。就这样，皇太极在拜过祖宗牌位以后，戴孝继位。努尔哈赤葬在沈阳天柱山，也就是历史上有名的福陵。大妃阿巴亥被逼自缢殉葬，一同殉葬的还有努尔哈赤的两个庶妃，一个是阿济根，一个是代音札。

努尔哈赤一死，说实在的，后金当时的局面很乱。因为努尔哈赤有十几个儿子，他们都拥有自己的兵力，而且势均力敌。由谁来继承汗位，争议很大。好在势力较强、威望也较高的努尔哈赤的二儿子大贝勒代善出来主持了大局。努尔哈赤的大儿子褚英在后金建国的头一年遭兄弟们的暗算，已经被努尔哈赤处死了。这样一来，代善就成了大贝勒。代善大贝勒联络了二贝勒阿敏、三贝勒莽古尔泰、济尔哈朗等众兄弟，大家一致拥立努尔哈赤生前非常器重、德才兼备、智勇双全的八儿子皇太极，也就是人们常说的八贝勒继承汗位。就这样，皇太极于次年，也就是明天启七年正式继承汗位，年号天聪，当时皇太极刚刚三十六岁。

皇太极称帝后封其母孟古格格为孝慈昭宪纯德真顺承天育圣武皇后。

皇太极之所以得到他父汗努尔哈赤的赏识，主要是因为皇太极从小就特别聪明、神勇，善骑射。他从小就跟罕王爷住到一起，跟自己的父亲学到了很多治军的办法和良策，所以他进步得很快。满族传统说部《雪妃娘娘和包鲁嘎汗》一书中就介绍了他年轻的时候，努尔哈赤怎么喜欢他、怎么把他培养成清太宗的一些生活琐事。

皇太极继承汗位以后，跪在祖宗牌前发誓：一定要与众兄弟团结一致，拿下宁远，抓住袁崇焕，把他千刀万剐，给父汗报仇。皇太极的话使众兄弟很受感动。大家异口同声地表示要为自己的父汗和兄弟们报仇。

这时又有探子来报："守宁远城的明军正在加紧修筑栈道。"什么叫栈道？就是运输粮食与给养的道路。古时候不像现在，那时候哪有路啊，都是些小泥道，要是下个雨、下个雪什么的，道路湿滑泥泞，走起来非常不方便。袁崇焕就把明兵分派到各个路段，把路修好，这样的话，一旦有个什么情况，兵力就能很快集中到一起。

袁崇焕爱兵如子，有魄力，也有威信，所以现在的明兵非常抱团，也非常有力量。这还不算，袁崇焕又在锦州附近，大凌河一带修建了上百个望火楼子，只要其中一个楼子上的人发现了后金兵的踪影，就把火把点着，附近望火楼子里的人看见以后，也同样点着火把。就这样，一个传一个，方圆几十里的人很快就都知道了，相当于传报军情。

不管袁崇焕如何防范，皇太极心意已决，他果断决定："大举进兵，围攻宁远和锦州。"

代善和众兄弟说："汗王，现在袁崇焕的势力挺强，而且他有充分的准备，如果咱们仅凭一时的义气用事，免不了要受到重创。"

皇太极报仇心切，决意出兵。就这样，他亲自带领七万兵马围攻宁远和锦州，结果大败。

皇太极一看由于自己的一意孤行，损失了这么多的兵马，非常惭愧。代善等几位兄弟见状安慰皇太极："你也不要太难过了，胜败乃兵家常事。为父汗报仇之事还应从长计议。"

于是，在天聪元年（1627年）的旧历二月初三这天，皇太极请来了自己的兄弟代善、济尔哈朗、多尔衮，多铎，还有自己的儿子豪格、岳托、阿济格、杜度、希福等人。皇太极为了壮大自己的力量，还特意请来了明安贝勒。明安贝勒这时已经完全归附了后金。大家一起开了一个重要的军事会议,会议的宗旨就是战胜袁崇焕,铲除伐明中的绊脚石,为罕王爷报仇。皇太极非常会用人,他首先就请明安贝勒谈谈自己的想法。明安贝勒对努尔哈赤的去世非常痛心,他跟努尔哈赤的关系很好,而且他自己的女儿嫁给了努尔哈赤,后来孔果尔的女儿,也就是他的孙女也嫁给了努尔哈赤,这样一来他们的关系就更近了。现在孙女刚刚二十多岁,就成了寡妇,你说明安贝勒的心里能好受吗?当然不好受了,所以明安贝勒也非常恨袁崇焕。

我们在前面说过,明安贝勒现在已经归附后金,是皇太极的臣子。皇太极请他先发言,说明对他很器重。

明安贝勒站起身来深施一礼,皇太极说:"老王爷不要客气,有什么话尽管说。"

明安贝勒说:"汗王,依臣之见,咱们现在不能偃旗息鼓,要大造舆论,提出复仇的口号,让大明的人看看,咱们后金不会因为老罕王的晏驾,就会声威大消。"明安贝勒的几句话把在座人的精神真给振奋起来了。

济尔哈朗首先站起来说:"老王爷你说得对,你说咱们该怎么办?"

明安贝勒说:"依我之见,袁崇焕现在也是打肿脸充胖子,可以说他是麻杆打狼——两头害怕。他虽然现在得胜,但他也知道咱们的力量很强,他更知道汗王不会善罢甘休,一定会兴师讨伐,所以他也加倍小心。既然这样,汗王,咱们何不给他来个三管齐下?"

皇太极问:"怎么个三管齐下?"

明安贝勒说:"一、汗王你发告示,讲清咱们是仁义之师,争取更多的民众,瓦解和涣散他们的军心。二、由代善、多尔衮、阿济格、杜度各点三千兵马南下,把宁远和锦州周围的城池都拿下来,这样一来,锦州和宁远就成了两座孤城。他袁崇焕孤掌难鸣,拿下城池是早晚的事。三、我和希福大人去做一件更重要的事情。"

说到这儿,明安贝勒就不说了,在座的人都挺纳闷。

皇太极就问:"你们俩要做什么去呢?"

明安贝勒笑了,说:"汗王爷,现在还是不说为妙,等我们做完了,一定向汗王爷如实禀告。"

希福也说:"是的,罕王爷,我和明安贝勒暂时出去一段时间。你们放心,我们一定会给你们带来好消息的。"

大家都知道,明安贝勒是个很有智谋的人,点子非常多。希福大人也是有名的智多星。这两个人凑到一起,快赶上诸葛亮了。他俩现在不说,一定是没到时候。

皇太极深知明安贝勒和希福大人的为人,他微微点了点头,说:"好,既然你们不想说,本王也就不多问了,我们敬候佳音。"

晚上,皇太极招待他们吃了鹿脯宴。鹿胸脯的肉又肥又嫩、不糙、不柴,可以煎、烤,还可以凉拌,凉拌的时候放上辣椒、盐、葱、蒜、野菜等,用冰镇上,非常好吃。大家在一起吃得非常尽兴。

天聪三年,皇太极颁旨,大意是:"朕承王命,兴师伐明,拒者戮,降者勿扰,俘获之人父母妻子勿使离散,勿淫人妇女,勿褫人衣服,勿毁坏庐舍器皿,勿伐果木,勿酗酒,违者罪无赦。"

意思是说,我是受老罕王之命,兴师讨伐大明朝,谁要是挡道,我就杀了谁。你要是归降了我,我们也不打扰你,不离散你们的家人,也不抢夺你们的财物,你愿意干啥就干啥。谁敢不听命令,我们就杀了谁。这样的告示连续发了三年,山海关内外的百姓家喻户晓,就连大明天子也看到了这样的告示。另外,皇太极亲率大军攻下了宁远、锦州周围的遵化、永平、滦州、迁安等地,使大明朝受到很大损失。

咱们再着重讲一讲明安贝勒。前面咱们提过,明安贝勒说他跟希福大人要去办点特殊的事情,而且不跟大家讲,什么事呢?就是劝降祖大寿的事。因为祖大寿是辽东人,很多辽东将士都信服祖大寿,袁崇焕现在主要靠的也是老祖家。这就是袁崇焕的聪明所在。前几任巡抚就没意识到这一点,因此他们就没能抵挡住后金的进攻。如果把祖大寿争取过来,说实在的,大明朝在辽东的根就没了一半,所以明安贝勒和希福大人都想把祖大寿争取过来。

说到袁崇焕,咱们就不能不再提熊廷弼熊大人。各位阿哥都知道,祖大寿能从老家出来投靠大明,建立了靖东营,都是熊廷弼的功劳,要是没有他,祖家人也不一定能投靠朝廷。但自从祖家人从军以后,开始的时候熊廷弼对祖大寿还可以,两个人经常在一起交流,但后期熊廷弼就有些瞧不起祖大寿了,他认为祖大寿是个乡野之人,没经过什么正规训练,有时做起事来心胸比较狭窄,所以熊廷弼跟祖大寿的联系就少了,就是王在晋当了巡抚以后也没怎么重视祖大寿,更没把祖大寿放在眼里,但唯独袁崇焕来了以后不是这样的。

自从孙承宗把袁崇焕和祖大寿聚到一起以后,他们三个还挺抱团。袁崇焕很钦佩孙承宗,他跟祖大寿也挺投缘,而且他重用祖大寿,祖大

第七章 祖氏佳婿

寿成了他的心腹之人。袁崇焕经常把祖大寿请到自己的睡房,两人彻夜长谈,并床而睡。祖大寿非常感激袁崇焕,也特别佩服袁崇焕的爱国之情,所以他俩是惺惺相惜,越处越好。别看祖大寿没参加过什么考举,是从下面上来的,但他脑子非常够用,能算计,从来不吃亏,这是受他们家祖宗代代影响的结果。袁崇焕也知道祖大寿可以为自己所用,必须拉住老祖家。就拿修筑宁远城来说吧,当时大明朝跟后金打仗打得也挺穷,哪来那么多银子,都是祖大寿跟他的哥哥们帮助筹集张罗的,祖家不仅出人,还出钱、出物,所以宁远城有一多半是老祖家用银子堆起来的。袁崇焕不管多忙,也要去看望祖老太爷,还派兵士帮助保护祖家。

祖大寿是个讲义气的人,既然朝廷和袁大人这么器重自己,那自己也得对得起他们,尽自己的力量支持他们。但是大乐和大弼包括祖老太爷怕他落得像熊廷弼一样的下场,多次派人或写信叫他回家,但祖大寿都没往心里去。大乐只好自己先回去了。

明安贝勒和希福大人都知道,袁崇焕现在也非常怕祖大寿被后金拉拢过去,他也要想办法拉住祖大寿。如果袁崇焕知道后金想瓦解他们之间的关系,他就该有防备了,所以明安贝勒没在众人面前说出来,怕走漏了消息,就连皇太极问他都没讲。明安贝勒跟希福两个人商量如何劝降祖大寿,另外这不只是祖大寿一个人的事,达库现在也在祖大寿那里,他要是心随了大明,不就跟他的阿玛卫齐大人唱对台戏了吗?明安贝勒心想:我身为科尔沁的王爷,卫齐大人是我们的恩人,他的孩子就是我的孩子,我得对得起卫齐大人,保护好达库。于是,明安贝勒就跟希福商量俩人一块儿去劝说祖大寿。

希福说:"老王爷,这事只靠咱俩是不行的。现在袁崇焕的力量正强,士气正高,祖家人非常相信他。咱们必须请汗王派兵,烧一把火,这样才好办。"

明安贝勒问:"你是什么意思呢?"

希福说:"你想啊,咱们现在要去见祖大寿,可祖大寿正在宁远城里待着,咱俩根本进不去,即使见着祖大寿,祖大寿能听咱们的吗?老王爷,我的意思是咱们先别跟祖大寿正面接触,咱们到他的老家找祖老太爷。祖老太爷是个讲义气、见过世面的人,只要咱们把成败利害给他讲清楚了,他会考虑的。祖老太爷要是被说动了,事情就好办多了。"

明安贝勒一听挺高兴,说:"希福大人,你这个点子好,我老头子就听你的了。"

就这样，俩人先进了宫，求见汗王。皇太极一听明安贝勒和希福求见，赶紧命人把他们俩请进来。

明安贝勒和希福进来以后，施礼问候。

皇太极马上说："两位爱卿不必多礼，赐座。"

俩人坐到一旁，侍卫献上了茶。

皇太极问："老王爷、希福大人，你们见朕有什么事呀？"

明安贝勒说："就让希福跟汗王爷说吧。我年岁大了，怕说不清楚。"

希福答应道："那我就说了。汗王，我跟老王爷一块儿商量了一下，袁崇焕的势力之所以这么大，主要靠的是祖家。他的宁远城能够建成，绝大部分的银子也都是祖家拿的。我们要是把祖家人争取过来，他袁崇焕的力量就会削弱一大半儿。"

皇太极考虑了一下，觉得他说得有道理，于是问："你打算怎么办呢？"

希福说："我和贝勒爷打算去一趟祖家，把祖家人争取过来。"

皇太极又问："祖家人会听你们的吗？"

希福说："所以我们才来求见汗王，我们想请汗王您帮我们点一把火。"

皇太极接着问："怎么点火？"

希福说："我们想请汗王发兵，攻占大凌河一带，具体时间我们再定。"

皇太极笑了，说："朕正想跟众位将军商量，准备发兵蒙古，把西部那些没有归降的部落都收过来呢。这样吧，把朕的侄子岳托贝勒给你们，具体事宜你们自己商量，怎么样？"

明安贝勒和希福一听，高兴了，连说："好、好、好，多谢汗王。"

岳托是谁呢？是皇太极的二哥代善的长子。岳托自幼习武，使着一杆大枪，随祖父努尔哈赤四处征讨，幼年就具备了征战的素质，所以说别看岳托年轻，但是勇猛善战，具有较高的军事指挥才能，大明朝的官兵都非常怕他。

皇太极说："我现在就把岳托给你们叫来，有什么事情你们自己商议。"

于是，皇太极叫侍卫把岳托传来。

岳托来了以后，先见过自己的小叔叔、汗王皇太极。实际皇太极比岳托大不了几岁。

见过以后，皇太极说："岳托，本王有件事要交给你办，具体怎么做你听明安贝勒和希福大人的。"岳托得令。

明安贝勒和希福几个人跟皇太极告辞，走出了汗王殿。

几个人来到了希福的府上商议具体行动方案。明安贝勒先请岳托调集三千兵马，驻扎到广宁。

各位都知道，广宁原来是王化贞的巡抚衙门，现在已经被后金给占了。明安贝勒告诉岳托："你到了广宁以后，沿着西河（大凌河的一个支流）沿线向西推进，并且要大造声势，就说后金大军要一直攻到山海关，辽东所有的城镇都要归我后金所有。顺我者昌，逆我者亡。"

希福嘱咐道："话虽这么说，但你们千万不可伤害百姓，也不可抢掠民财。"

岳托说："二位大人放心，我尽快调集兵马，赶往广宁。"

一切商量好了以后，岳托和明安贝勒及希福大人告别，回到自己的府上，告诉家里人一声，又到汗王皇太极那里领了兵马。第二天，就浩浩荡荡地出发了。

岳托领兵向西河口进发，遵照希福和明安贝勒的安排，沿途大造声势。一传十，十传百，辽东所有的百姓和明朝的官员都知道了，弄得人心惶惶的，不少人都逃走了，有的屯子干脆都没人了。

再说明安贝勒和希福大人俩人前往祖家庄，因为这俩人都很出名，他们怕被人认出来，所以都化了装。明安贝勒和希福大人都化装成蒙古富人，带了一些随从和五辆轿车，一色都是科尔沁的高头大马，每一辆轿车有两匹马拉着，一共十匹马，赶车的手上还架着驯好的鹰，非常威风。

各位阿哥，说起这驯鹰可有讲究了，不是什么人都能驯的，那得是专门的鹰把式。把鹰抓回来以后，把它放在专门驯鹰的粗绳子上，然后有人不断地用棍子敲打着绳子，这样鹰就不能睡觉了，这叫"熬鹰"。一连几天下来，鹰的野性就被消磨得没多少了，这时再开始驯化。最初驯化的时候，人们给它戴上特制的眼罩，不让它看见东西，然后喂它一些小动物的肉，使它消除对人的恐惧和敌意，逐渐跟驯鹰人友好起来，明白驯鹰人的意思，听驯鹰人的指挥。

经过一段时间以后，把鹰放出去捕抓猎物。这鹰要是驯好了，一年可以捕捉数百只猎物。难怪有人说，一匹好马难换一只好鹰，可见它的身价有多贵重。放出去的鹰抓回来野鸡、山兔,猎人拢起一堆火,把野物放到火上一烤,香味四溢。因为大明朝怕蒙古人和后金合到一起,尽量笼络蒙古人,对他们的态度也比较友好,所以他们这一路走得还比较顺当,没受到什么刁难。一行人就这样边吃着野味,边欣赏着沿途的风光,一路向西,沿着永宁之路去拜访祖家。

咱们再讲讲永平的祖家庄,现在像炸了锅一样,可热闹了。为什么这么热闹呢?因为岳托带着的后金兵从广宁出发,越过了望海山,直到西河沿,把沿途所有的村庄、城镇全都给攻占了。大明的兵马溃退逃跑。清河门地处大凌河以北,西河沿以西。清河门这块儿也挺大,住有三五百口人,有蒙古人、有汉人,但主要还是祖家的人多。这里出皮张、出粮食,是一个很富庶的地方,要不当初祖家怎么单选这块儿安家呢。在它的南边,离清河沿十八里地的地方就是永平堡子,就是咱们前书所说的祖大寿的老窝——祖老太爷待的地方。这里不仅是鱼米之乡,而且还有好多的造坊、作坊、烧锅,烧酒的都是祖家人,他们家烧出来的酒运往关外各地,南运到锦州,东运到广宁,西运到赤峰、科喇沁,北边很多的蒙古人都愿意买清河沿出的祖家烧酒。祖家烧酒都是用高粱烧出来的,醇香可口,清澈透明,度数相当高。这里来往的客商相当多。

可这两天就不一样了,听说后金兵马已经占了西河沿,离清河门也就三四十里地了,大乐和大弼就坐不住了。祖老太爷看这俩人一个嘴上都起泡了,另一个也是眼睛通红,就问他们是怎么回事,开始的时候大乐和大弼还不敢如实告诉,后来实在没办法了,只得实话实说。大乐说:"爹,不好了,后金兵马很快就打过来了。复宇现在正在宁远守城,离咱们又太远,咱们怎么办啊?"

祖老太爷一听也很着急,说:"那怎么办,咱们要是降了后金,朝廷能放过你弟弟吗?"

大乐说:"话是这么说,可咱们要是不降,又能怎么办?就咱们家这点家丁也打不过后金兵啊。这可怎么办?"

就在祖家人手足无措的时候,守门的家丁来报:"明安贝勒爷驾到。"

祖家人一听非常高兴。祖家人都知道明安贝勒已经归降了后金,现在这个节骨眼儿上,明安贝勒来到府上,一定跟后金兵的到来有关。

祖老太爷连说:"有请、有请,有请明安贝勒。"大乐和大弼走出屋门迎接明安贝勒一行人。

明安贝勒走进屋来,见过自己的老哥哥。祖家有个习惯,从来不说祖老太爷的岁数,总是说高龄、高龄,但明安贝勒知道祖老太爷比他大,所以明安贝勒大礼参拜。祖老太爷非常高兴,马上让自己的两个儿子把明安贝勒搀起来,请到炕上坐下。

明安贝勒又把希福大人介绍给祖老太爷,希福曾经见过祖老太爷,过来给祖老太爷施礼。祖家人就是这样,他不管你是大明的人,后金的人,还是蒙古人,只要你对我投桃,我就对你还李。你们怎么打是你们的事,但到我家来就是我的客人,所以祖老太爷一见希福大人来了,马上起身迎接,并请希福就座。希福没坐到炕上,而是坐到了旁边的凳子上。

佣人们献上茶,祖老太爷问:"明安兄弟,是什么风把老弟你吹到我这来了呢?听说你去那边了,有这事吗?"

明安贝勒当然明白祖老太爷说的"那边"是什么意思,所以他一点儿也没隐瞒,面露喜色地说:"是啊,老哥哥,人往高处走,水往低处流,谁不想有个好前程。眼下大明败局已定,天下早晚都是后金的。老哥哥,有句话不知当讲不当讲?"

祖老太爷说:"什么话?你说吧。"

明安贝勒接着说:"老哥哥,识时务者为俊杰。说实在的,我喜欢天霞这孩子,聪明,能干,马术又好,又有礼貌,所以我把我恩人的孩子达库介绍给她,那孩子你见着了吧?"

祖老太爷说:"见着了,见着了,是个好孩子。"

明安贝勒说:"是啊,老哥哥,咱们凡事得为孩子们着想,不能把路走绝了。老哥哥,新继承汗位的皇太极正准备派岳托贝勒率兵西进,很快就要打到这里,这样一来,您的家业不就都在战火中毁了嘛。我把您家里的情况跟汗王说了,汗王当即决定大军暂不西进,驻扎在西河沿北边清河门那儿,派我前来见见我的老哥哥,希望你们躲过这一劫。老哥哥,我和我希福兄弟就是为这个来的,老哥哥,你是跟我们一块儿回到建州呢,还是怎么办?老哥哥,时间不多了,你快拿主意吧。"

大乐马上说:"贝勒爷,请你无论如何要帮帮我们,我们这么多年的家业也不能说没就没呀。"

祖老太爷也非常着急,说:"是啊,明安,咱们之间是多少年的老朋友了,你看我们该怎么办好?唉,都怪我那儿子不听话呀,前些日子我都把他招呼回来了，我劝他别帮大明干了，回来吧，可我这个儿子讲义气，不愿意辜负朝廷和几位大人对他的信任，非要去宁远跟袁崇焕一起守城。说实话，我对后金的印象挺好，他们那些人英勇善战，不欺压百姓，哪像大明朝的这些官员，就知道捞银子。可怎么办呢，我岁数大了，说话不管用了，孩子们也不听我的了。我也听说岳托大将军的兵马很快就要打过来了，我这正着急呢。"

希福趁机说："老哥哥，识时务者为俊杰。汗王是仁义之人，如果你们投奔后金，他会不计前嫌，善待你们的。老哥哥，好好想想吧。"

听了俩人的一番话，祖老太爷若有所思地点了点头。

这期间，祖老夫人已经安排下人们备办酒席。酒席宴菜做好以后，祖老太爷、祖老太太、大乐、大弼等人陪着明安贝勒和希福大人，几个人边吃边聊，祖老太爷一直举棋不定。

明安贝勒是个有身份的人，说话非常有分寸，见祖老太爷面露难色的样子，就向希福使了个眼色，意思是不要逼得太紧，给他们一段时间考虑。希福大人会意地点了点头，俩人话题一转，与祖家人唠开了家常。

就在这时，天霞、月霞姐妹俩听说明安贝勒来了，也都赶来看望贝勒爷。这俩丫头是明安贝勒看着长大的，她们跟明安贝勒的感情很深，明安贝勒也非常喜欢这姐妹俩。天霞和月霞姐妹热情地给明安贝勒和希福大人施礼。明安贝勒亲切地拉着姐妹俩的手，把姐妹俩拉到自己的身旁，询问她们的近况。天霞和月霞像对自己的爷爷一样，回答明安贝勒的问话。天霞也关切地询问明安贝勒怎么有时间到自己家来，明安贝勒就把当前的形势简单地跟天霞说了说，并让天霞好好考虑考虑。

天霞说："明安爷爷，这没啥好想的，达库在哪儿，我就在哪儿。"

月霞说："我跟我姐姐在一起。"

明安贝勒说："那你爷爷他们怎么办呢？"

天霞又说："我爷爷主要是惦记我父亲，他怕朝廷加罪于我父亲，所以不敢到后金那边去。不过，我大爷和我叔叔的心都是向着后金的，说实话，我父亲的心也向着后金。要不这样，我动员我爷爷他们先回老家躲一躲，省得朝廷里的那些官员老缠着我们家，今天要这个，明天要那个，我们家都成了朝廷的给养库了。"

希福马上说："是啊，再这样下去的话，你们家很快就会被掏空的。闺女，你这就动员你爷爷他们别在这待着了，回到你们关里家的永平堡

第七章　祖氏佳婿

子去。放心，有我和明安贝勒在，你家的财产就不会受损失的。"

宴席上大家你一句、我一句就这么闲聊着，由于是战乱时期，大家也没心情喝酒，酒席宴很快就散了。

明安贝勒和希福大人由大乐陪同到客房去休息。把二位大人安顿下来以后，大乐就回到了祖老太爷的房间。这时天霞和月霞已经来到了爷爷的房间。

大家坐好以后，大乐继续劝说祖老太爷，意思就是大明的天下要保不住了，未来肯定是后金的，咱们不如趁早跟着明安贝勒一起到后金去。大弼也是这个意思。

天霞同意二人的意见，说："叔叔、大爷，我同意你们说的，将来的天下肯定是后金的，大明的日子就要到头了。实话告诉你们吧，我既然已经嫁给了达库，就不能背叛他。我生是达库的人，死是达库的鬼。达库要是想回到后金，我就一定跟着他。所以爷爷，你们一定要赶紧想出对策，不能再这样下去了。咱们家这些日子光拿出的东西不算，就说人都死了多少了。"

她的话一说，祖老太爷没出声，觉得小孙女说得有道理。

祖老夫人却不同意，她说："孩子，你们怎么这么糊涂呢？我何尝不是这个想法，但你爹现在还在他们手里。咱们走了，你爹怎么办？再说这事还没跟你爹商量，他这个人是个死心眼儿，他是不到黄河心不死，不撞南墙不回头，他已经答应了朝廷，是不会轻易食言的。"

就在这时候，有人传报："明安贝勒到。"

明安贝勒又来干什么？原来明安贝勒和希福大人回到客房以后，休息了一会儿，俩人一商量，祖家人肯定不能睡，干脆咱俩也别睡了，不如趁热打铁，继续劝劝祖老太爷。就这样，俩人来到了祖老太爷的房门外。

透过窗户，见屋里油灯闪亮。下人一见二位前来，马上通报。祖老太爷听说明安贝勒和希福大人来了，非常高兴，马上让大乐、大弼把二人接了进去。

明安贝勒和希福大人进屋一看，屋里确实如他们所料，一家人根本没睡，已经三更天了，屋里还这么热闹。祖老太爷让大乐给明安贝勒和希福大人让座。明安贝勒也没客气，和希福大人上了炕。明安贝勒坐在了祖老太爷的旁边，希福坐在了下手。

明安贝勒先说："老哥哥，我这次来，给你们全家添麻烦了，对不起了。"

祖老太爷说:"你这是说哪去了,你这是帮助我们来了。你要是不惦记我,能大老远地跑一趟吗?好兄弟,我们商量来商量去,到现在也没最后定下来,现在我也不知道怎么办好。说实话,我的心里也倾向后金,就碍着当初熊廷弼熊大人亲自到我的府上,大明天子又有旨,我就同意让复宇他们去帮着朝廷,成立了靖东营,一直到现在。我的话已经说出去了,就如同泼出去的水,收不回来了。老兄弟,你说我们该怎么办。俗话说得好,当局者迷,旁观者清。你这个旁观者帮我们拿拿主意。希福大人,请你也不要把我们当外人,帮我们出出主意,看我们该怎么办好?"

希福大人想了想,说:"祖老太爷,我有个想法,你们看行不行?一、我代表后金,也代表我们的汗王皇太极向你们保证,后金绝不伤害祖家人,也绝不抢你们家的一财一物。但是有一句话要告诉你们,我们绝不希望你们再把银两和财物拿给大明。一来大明的兵马都是乌合之众,根本无法跟我们后金对抗,所以你们的银两拿出去收不回来,等于打了水漂。二来,你们往外拿银子,等于帮助他们跟后金对着干,所以我们不希望你们再给他们提供银两和财物,你们能不能保证?"

祖老太爷说:"这可不好说,我们家就在他的眼皮子底下,他找不着别人,就盯上我们了,我们不给也不行啊。"

希福说:"对呀,所以我们说要保护好你家的财物啊。要不你们先回关里的老家去,把值钱的东西都尽量带走。告诉你们实话吧,我们的岳托贝勒就是因为你们家在这里,所以才把兵马暂时驻扎在清河门,没打过来。"

祖老太爷非常感激地说:"谢谢,谢谢,请二位大人替我谢谢岳托贝勒,也谢谢你们的汗王爷。"

希福接着说:"我们汗王说了,如果你们想回关里的家,我们会派人护送你们。如果大乐和大弼想跟我和贝勒爷走,我们也会给你们一个很重要的职务。我们汗王还要在沈阳皇宫给达库和天霞举办婚礼。"

明安贝勒点了点头,接过话说:"希福大人说的也是我要说的,老哥哥,你听明白了吧?"

祖老太爷听了以后很高兴,但是没有说什么。

大乐说话了:"希福大人,我们同意你的建议,我和我弟弟大弼这就送我父亲回老家去。"

第七章 祖氏佳婿

希福说:"等仗打完了,你们还可以回来。咱们很快就会见面的。"

大乐接着说:"因为我家里还有些事,我和我弟弟暂时还不能过你们那边去,等时机成熟了,我们再投奔你们,二位看这样行不行?"

明安贝勒说:"行,行,一切由你们定。"

大乐又问:"天霞,你的意思呢?"

天霞说:"大爷,我已经嫁给了达库,我就是达库的人,达库到哪儿我到哪儿。"

大乐又问月霞:"月霞,你的意思呢?"

月霞从小就跟她姐姐在一起,俩人从来没分开过,她姐姐走到哪儿,她跟到哪儿,只是大了以后,天霞有过几次单独行动。月霞见大爷问自己,马上说:"我跟姐姐在一起,姐姐去哪儿我去哪儿。"

大乐说:"那好吧,你就跟着天霞吧。"

明安贝勒和希福没想到事情会办得这么顺利,之前他们还都捏着一把汗,不知道这事能不能成。没想到,祖家人这么通情达理,完全同意了明安贝勒和希福的建议。

大乐又说:"老王爷,这事得告诉复宇一声啊,要不要把他们招呼回来?"

明安贝勒说:"当然,你们应该派家人把复宇将军和达库叫回来,这是你们全家人的事啊,当然得跟复宇商量了,听听他的意见,但要越快越好,不能拖。"

大乐说:"我这就派人把复宇叫回来。"

还是老夫人想得周到,制止道:"大乐啊,这事不要派下人去,他们说不清楚,还是你去吧。你就说我有病了,让他赶紧回来。"

第二天,大乐带着三四个家人,骑马就奔了宁远城。这边由明安贝勒和希福大人帮着大弼开始归置准备带走的东西,所有值钱的东西都装上箱,像房子、铁匠炉、皮革坊、烧锅铺这些带不走的东西都留下来,由后金兵负责看管。

好在这时候后金的兵马还没开始攻打宁远城,暂时都在广宁那块儿等着,这是皇太极和明安贝勒他们事先商量好了的。宁远城这边的守将袁崇焕等人还挺纳闷,怎么后金兵这些日子没动静了呢?不管那套,只要他们不来,我们就忙我们自己的。他们天天忙着屯田、增兵、修筑城墙、备办粮草。

再说大乐他们骑着马很快就到了宁远城,在城门口一通报说祖大寿的家人来找祖大寿,把门的官兵立刻放行,并有兵丁领着大乐等人去找祖大寿。

祖大寿见大乐来了很惊讶,忙问大乐:"哥哥,你怎么来了?是不是家里出了什么事?"

祖大乐说:"母亲病了,让你赶快回去一趟。"

祖大寿焦急地问道:"家里前些日子来信还说母亲身体挺好,怎么一下就病了呢?"

大乐说:"我怎么知道?人吃五谷杂粮还能保证不生病吗?别问了,快跟我回去吧。"

祖大寿一想既然是大哥亲自来了,就说明母亲的病一定挺重,自己不能不回去看看,万一母亲有个三长两短,后悔都晚了。祖大寿赶紧跟袁崇焕告假。

袁崇焕一听,说:"既然令堂病了,你就赶紧回去看看吧,要不要派几个郎中跟你回去?"

祖大寿说:"不用了,家里已经为母亲请了郎中,就不劳大人费心了。"

就这样,祖大寿领着达库和几个随从,当晚就骑马随大乐等人往家赶。

虽然祖大寿跟袁崇焕告假说自己的母亲病了,但祖大寿是多聪明的一个人啊,他从大乐的神态和说话的语气,就知道绝不是自己的母亲病了,而是家里出了什么事。家里能有什么事呢?又这么急?难道跟后金有关?因为前些日子他听小校报:"岳托贝勒已经点齐三千兵马,准备从广宁出发西进。"而且皇太极又放出话来:"谁要是挡着后金兵马前进的道路,杀无赦。"自己家离广宁那么近,能没危险吗?所以他心里也挺惦记家里的,但他又不能多问,怕万一被朝廷知道就麻烦了。

这一路上大乐也不说话,只是马不停蹄地催马往家赶。

祖大寿问他:"大哥,家里出了什么事?"

大乐也不搭腔,只是说:"到了你就知道了。"

都快到家门口了,祖大寿问:"大哥,都到这儿了,你就别瞒着我了,快说,到底是怎么回事啊?是不是后金来人了?"

大乐一看弟弟已经猜到了,他也知道弟弟的脾气非常急躁,就点头应道:"是的,二弟,明安贝勒和罕王身边的谋士希福大人来了。二弟,此处人多眼杂,咱们还是进屋再说吧。"

第七章　祖氏佳婿

兄弟俩说的话被走在一旁的达库听得是清清楚楚、真真切切，达库一听明安贝勒来了，欣喜若狂，高兴得都要跳起来了。他按捺不住激动的心情，紧跟在祖大寿的后面就进了屋。

进屋以后，祖大寿先给祖老太爷和祖老夫人问安。祖老太爷让大寿坐下说话。

大寿问道："父亲，母亲，前方战事吃紧，你们把孩儿叫回来有什么事吗？是不是后金要打祖家庄？"

祖老太爷喝道："混账，要是想打咱们祖家，汗王就不会派人来了。"

说完转身对下人说："去把明安贝勒和希福大人请来。"

此时明安贝勒和希福正在祖家的另一间屋里谋划下一步的行动计划。听说祖老太爷有请，俩人连忙起身，跟着祖家下人，一前一后地来到祖老太爷的屋里。进屋以后，明安贝勒和希福大人与祖老太爷相互抱拳施礼。

说实话，祖大寿在自己家里看见了明安贝勒和后金谋士，他的表情有些不自然，因为他跟明安贝勒非常熟悉，他们的关系也相当好，他以前曾经多次带着家人到明安贝勒的牧场去游玩，明安贝勒对他像对自己的儿子一样亲，就连祖大寿现在骑的马还是孔果尔贝勒的管家乌力吉给他送来的，所以他对明安贝勒和科尔沁草原有一种特殊的感情。但他认为明安贝勒不应该归附后金，更不该在这种非常时期擅自做主把后金的人领到自己家里，这要是被朝廷的人知道了，自己和家人还能有好吗？不过祖大寿还是很尊敬明安贝勒，他没露出任何的不愉快，而是连忙起身抱拳施礼，说道："贝勒爷，多日不见，您老好啊！"

明安贝勒看见祖大寿回来了，非常高兴，连忙回礼，并且一把拉住祖大寿的手，亲切地说道："是复宇回来了。哎呀，复宇，你也好啊！"

祖大寿说："我也好，我也好啊。贝勒爷，没想到，您老有空到府上来，欢迎，欢迎啊！"

接着，明安贝勒又把希福介绍给祖大寿。祖大寿与希福大人相互施礼。

寒暄过后，祖大寿把一直站在自己身后的达库拉了过来，故作神秘地说："贝勒爷，你看我把谁带来了？"

其实明安贝勒打一进屋就看见达库了，只不过出于礼貌，他得先跟祖老太爷和祖大寿等人打招呼。场面上的事都过去了，而且祖大寿也把达库给亮了相。

达库礼貌地给明安贝勒施礼："贝勒爷好！"

明安贝勒笑眯眯地一把把达库搂进自己的怀里，说道："我的小达库，爷爷多长时间没看见你了，让爷爷好好看看。呦，又长高了，长胖了。"

一边儿说着，还一边儿像拍孩子似的拍着达库厚厚的肩膀。

宾主坐好以后，女仆们上了茶。祖老太爷先说话了："复宇啊，我想你早就能猜到我为什么叫你回来，是吧？"

祖大寿说："是的，父亲，我知道肯定是为咱们家里的事。"然后转过身问希福："希福大人，是不是岳托贝勒要打到我们家这儿了？"

希福大人说："是的，我和明安贝勒就是为这事来的，不过汗王特意嘱咐岳托贝勒不要攻占永平堡子，让你们家先安排一下。将军，不瞒你说，这块儿过不了几天就是我们后金的啦，只是先把宁远和锦州给你们留下，不知将军你有何打算？"

祖大寿不假思索，说："明安贝勒、希福大人，说实话，我知道岳托贝勒已经领兵过来了，但是我的兵马都在宁远城，根本抽不出人往这派兵，袁大人说了要死守宁远，所以我只能看着我们祖家庄被你们占领，在这里我也想请我的家人原谅。现在既然二位大人征求我的意见，我就想同二位商量商量，看你们能不能让我把我的家人送到关内的老家去。"

大乐一听笑了，说："兄弟，你和我想到一块儿去了。我也是这么想的，我还怕你不同意呢。"

明安贝勒说："复宇，看来你是个聪明人。实不相瞒，岳托贝勒的大军就驻扎在离这三十里外的西河沿。我们汗王就是想等你们家人搬走了以后再发兵，这样就伤不了你们祖家的人，所以你们应尽快把细软财物都拉走，拉不走的可以放到这儿，我们会派兵保护的。你要相信，我们建州部是不会动你们祖家一根毫毛的。"

大乐在一旁直点头称是，说："贝勒爷讲得对，咱们躲开这是非之地，让他们抓不着影子。"

明安贝勒拿出水烟袋，装了一袋烟，然后用铁钎子往里插了插，点着以后，呼、呼地抽了几口。因为明安贝勒跟祖家的关系非常近，他们之间的关系已经是莫逆之交了，所以他和祖家人说话也不用遮遮掩掩的。

第七章　祖氏佳婿

明安贝勒对祖老太爷说:"老哥哥,有些话我说了你们可能不爱听,但我还是要说。你们记住,大明的气数已尽,别看他们现在招兵买马,张罗得挺欢,但那无异于以卵击石,咱们不用往远了说,就说山海关以北乃至辽东,不出三年就得属于后金的。咱们把话说到这儿,可能两三年以后,后金的兵马会在你们老家跟你们相遇。"

明安贝勒的话说得一点儿不差。四年后,后金兵马就打过了山海关。

祖大寿听了明安贝勒的话觉得非常刺耳,脸上有些挂不住。但是,明安贝勒的话虽然听起来难听、不顺耳,简直令人无地自容,可是自己又没啥话说,说啥?人家讲得确实对呀,后金的势力越来越大,大明朝每日里都在苟延残喘、拼死挣扎,况且自家的庄子现在就在人家后金的嘴边上,人家只要一张嘴就能把祖家吞掉,只不过人家现在给自己一个面子,暂时还没张这个嘴,可是以后怎么样,就很难说了。祖大寿越想越觉得窝囊。

这时候,明安贝勒把凳子搬过来,坐到祖大寿跟前,说:"复宇啊,你也是我看着长大的,我对你像对自己的晚辈一样疼爱,我也敬重你是位大英雄,像你们老祖家的人。复宇,我想问问,你对未来是如何打算的?"

祖大寿说:"我吃着朝廷的俸禄,受着大明的皇恩,我就要誓死保卫大明。"

明安贝勒笑着说:"复宇,我知道你是个耿直、正义的人,为了大明你可以舍生取义。但是,你不能白白送死呀,那样不值得啊。复宇,你好好想想,有多少英雄豪杰死在大明的手里,又有多少忠臣良将惨遭灭门,可大明的皇上一点儿也不感到痛心。咱们不用说别人,就说熊廷弼大人,你说他死得冤不冤?孙承宗孙大人不也是因为受排挤,没办法,才告老还乡的吗。复宇,大明皇帝重用奸党,大宦官魏忠贤把持朝政,你说,在这样的朝廷里干,能有忠臣的好儿吗?"

明安贝勒的话字字都说到祖大寿的心里去了,其实祖大寿也是这么想的,只是没有说出来。可他又一想,我如果跟明安贝勒一块儿说朝廷的不是,我还算什么朝廷的命官,所以自己不能说,只能打掉牙往肚子里咽。

明安贝勒继续劝道:"复宇,你干脆把祖家兵一块儿带走,或者找个地方待上一待,不受他们制约,要不你干脆也像我一样过来得了。你也知道，汗王非常爱惜人才，你要是过来，他一定会重用你的。咱们一起干，好不好？"

祖大寿这个人有一股为朋友两肋插刀的劲头，讲义气，他总觉得自己已经答应效忠朝廷了，就不能说话不算数，另外他老想自己是汉人，大明朝是汉人的天下，皇上再怎么坏，再怎么昏庸，也是我们汉人的天子，我对天子要尽忠，就绝不能投靠后金，不能把女真人当成自己的主子，那样做我就是背叛了自己的祖宗，就是唾沫星子也能把我淹死呀，我宁死也不能投降。祖大寿总抱着这样的想法，所以这些年虽然建州部对他也相当不错，他跟建州部的有些人关系相当好，但总隔着心，现在一听明安贝勒说这些话，他马上就站起来了，说："贝勒爷，请不要说了。我身为大明的臣子，岂能跪倒在女真人的脚下，那样的话我上对不起祖宗，下对不起儿孙，我就是死也不会投靠女真人的。"

坐在炕上的祖老太爷见儿子说话一点儿也不留余地，大声喝道："复宇，你说什么呢？好赖不知的家伙。明安贝勒爷是我的兄弟，他到这来是为了咱们家好，也是为了你好，你胡说八道什么？"

大乐一看父亲生气了，害怕了，他也知道弟弟的脾气，犯起倔来就是十头老牛都拉不回来。他赶紧过来，按住弟弟的肩膀，说："兄弟，急什么？有话好好说，好好说，坐下，坐下。"硬把祖大寿给按坐下了。

祖大寿也觉得自己的态度有些生硬，也就不出声了。一旁坐着的希福那是多精明个人呀，他一看气氛有些紧张，马上站起身来说道："祖大将军，请息怒。明安贝勒也是一片好心，他的意思是大明皇帝昏庸无道，滥杀无辜，请你千万要当心。再说了，明安贝勒也没有别的意思，他只是帮你分析分析形势。祖将军，路就在你面前摆着，何去何从，你自己掂量着办吧。"

希福大人说的话挺简单，但比明安贝勒说的话都有分量。是啊，你祖大寿要是愿意继续跟着大明走你就走，我们也不会死拉着你不放的。当然，你非要走的话，到时候就不要怪我们手下无情了。

就在他们互相争论的时候，门开了，谁进来了呢？祖老夫人进来了。其实，原来祖老夫人在屋子里，但不知什么时候出去了。她去干什么了？到后堂备办酒席去了。要说这当妈的想得就是细，自己的儿子回来了，到现在饭还没有吃，另外有贵客来临，所以她趁大家伙儿没注意，悄声地出去安排了。她这一进来，随着进来一帮人，其中就有这三兄弟的夫人。

第七章　祖氏佳婿

老夫人说道:"行了,别唠了,复宇回来光顾着说话了,都这时候了饭还没有吃呢。再说了,大乐、复宇也还没有吃饭呢,还有二位贵客在此,我让几个媳妇亲自下灶做点儿饭,又杀了一只羊,咱们今天吃羊肉席。"

接着老太太回过身,对几个媳妇说:"今天不去大饭堂了,就在这儿吃。"

祖家人很讲究,平时吃饭都是分桌吃。什么叫分桌吃?就是他们有很多灶,祖老太爷和祖老夫人有自己单独的灶,专有厨子做饭,想吃什么自己点,做好以后端过来,然后在自己的屋子吃。大乐一家人也有自己的灶房,大弼、祖大寿他们那几房也同样如此。要是来客人了,或者族里有事要办大宴的时候,大家就聚到一起,到专有的一处房舍吃饭,里面很宽敞,能摆下几十张桌子。

这次老太太不想去大饭堂吃饭,就吩咐下人把饭桌摆到自己屋里,好在人也不算多,两桌就能坐下。老太太这一发话,屋里的气氛立刻就变了,大家一起动手,摆桌子的摆桌子,上菜的上菜,一阵忙乎。菜上齐以后,众人坐好。祖老太爷、明安贝勒、希福、大乐、祖大寿、大弼、达库、天霞、月霞在一个桌上,祖老夫人领着几个儿媳妇和孙男弟女的在另一个桌上。

就在大家上酒席的时候,明安贝勒趁大家不注意,悄悄拉了一下达库的手,达库跟他来到屋外。明安贝勒仔细端详着达库,说:"我看看你胖没胖?哎呀,想坏我了。"说着照达库的脸蛋子拍了几下。

达库拉着明安贝勒的手,说:"爷爷,我可想你了。"明安贝勒一边拉着达库的手,一边环顾了一下周围,见周围无人,他小声地说:"达库,家里人也想你。汗王让我捎信告诉你,到时候了,该回家了。"

达库说:"爷爷,我的事还没办完,我怎么能走呢?汗王让我做祖将军的工作,可他不听劝,还继续跟着大明,我怎么办啊?"

明安贝勒说:"这事不能着急,你先跟在祖将军身边保护他,不能让他出什么意外,过些日子希福大人会找你,有些事到那时再定,这次你什么都不用做。"两个人说完,又一前一后地进了屋。

进屋以后,菜刚好要摆完了。祖老太爷招呼明安贝勒:"老兄弟,来上炕,挨着我坐。"明安贝勒走过去,坐到炕沿上。达库帮助明安贝勒脱掉了靴子。明安贝勒到了炕里头。这是一铺长条炕,桌子是三个小长条桌连起来的。菜摆了满满一桌子。

祖老太爷的旁边坐着大乐、祖大寿、大弼，那边坐着明安贝勒爷，明安贝勒爷旁边坐着达库。达库本来不想上炕，可明安贝勒硬是把达库拽上去。明安贝勒说："来，达库，坐我跟前，我都多长时间没看见你了。"达库没办法，只好坐到明安贝勒身边，达库的旁边坐着希福大人。这是上头的那一排。

下头的那排坐着天霞、月霞，正好围坐了一圈。天霞、月霞和希福正把两头。女眷们那桌是地桌，以祖老夫人为首，另坐了六位夫人，一共是七位。地上站满了下人，屋里非常热闹。大家推杯换盏，互相寒暄。祖老太爷请大家尽情地吃喝，祖大寿他们给明安贝勒和希福大人不停地夹菜，非常热情。

饭吃完了，天色已经黑了，明月升空，星斗满天。

祖大寿跟明安贝勒告别说："贝勒爷，非常感谢您和希福大人亲自到我家，为我们家的事操心。我军中还有事，就先走了，有些事烦劳二位大人和我父亲商量决定吧。"

一切都安排完了，祖大寿又把达库叫了过来，说："达库，军务紧急，我得赶紧回去了。你在这里再待两天，帮助你大爷和叔叔们把家里安顿好，把明安贝勒和希福大人送走，你再和天霞护送二位夫人（指的是佟氏和邢氏）和剩下的祖家人回宁远。"

坐在旁边的月霞听到以后着急了，说："爹爹，我呢？我去哪儿呀？"

祖大寿说："你愿意跟谁走你自己定。"

月霞说："我跟我姐姐到你那儿去。"

祖大寿说："行，你就跟着天霞一起走吧。"

祖大寿这个人对军队上的事非常认真，他料理完家里的事情，马上吩咐随从整理行装准备回营。祖老太爷、祖老夫人见天已黑了，就劝他等明天天亮再走，可祖大寿怕袁崇焕有想法，坚持要走。大家觉得祖大寿说得也有道理。大乐马上帮助弟弟把东西收拾好。佟氏和邢氏也过来帮助祖大寿打点行装。大乐又挑选了祖家家丁七十多人，护送祖大寿回营。祖大寿怕目标太大，引起别人的注意，只要了十人跟随。就这样，祖大寿告别了家人和明安贝勒及希福大人，骑上马，很快就消失在夜色之中。

因为天色已晚，众人各自回屋休息。祖老太爷请明安贝勒跟自己一块儿睡。于是，祖老夫人马上让丫鬟把内暖阁再加一套被褥，那里原来

第七章　祖氏佳婿

405

是祖老太爷自己住的地方，暖阁外面住着希福大人和达库。西上房下屋的暖阁里，住着祖老夫人及贴身丫鬟。

　　第二天清早吃完了早饭，明安贝勒和希福热心地帮助大乐安排家事。咱们在前边也讲了，祖家现在住的这个永平堡子原来是一片荒野，自从祖家来了以后，经过近二十年的苦心经营，已经成了有城墙、商铺和作坊的堡子，光祖家就有五十多间房子，除了各支住的以外，还有一个大院套，里面有十间房子，是远近闻名的祖家烧锅。祖家的酒坊已经有几十年的历史了，祖家酿的酒非常出名，遍布辽东，有的已经运到京师，甚至朝鲜，很多人都愿意喝辽东祖家酿的高粱酒。另外，祖家的木匠铺也很大，祖家的铁匠炉也是一个四合院儿的房子。除此以外，还有酱菜铺、成衣铺，所有的一切生活用品都可以自给自足，像一个国家一样，谁也控制不了他们。另外还有一个小院儿，是专门做炮仗的地方。

　　各位阿哥要问了，祖家做炮仗干啥呀？听我说书人告诉你吧：那个时候辽东这地方的人几乎家家都打猎，很多人都是猎户出身，当然祖家也不例外，但祖家有一点跟他们不一样，是什么呢？就是祖家人不光打猎，他们还有自己的队伍，有队伍就得有枪，有枪就需要子弹，为了保证有充足的枪和子弹，祖家就自己做火药枪，自己做子弹，他们做出来的火药枪还挺厉害，现在一下子就要把这些东西都搬走，也确实是一件令人头疼的事，大乐直犯愁。全仗希福和明安贝勒给大乐出主意。

　　希福说："这些东西你就不要动了，你把院门锁好就行。我们的兵将不会动你一点东西，会给你好好保护的。"

　　祖老太爷和他的儿子们全都明白，后金兵马要是来了，完全可以把祖家财产占为己有，可人家没这么做，还帮着把这些财产保护起来，祖家人非常感激建州部，所以祖老太爷告诉他的孩子们："大乐、大粥，一切你们就听明安贝勒爷的安排吧。大乐，你把所有的钥匙和账本都拿来，都交给明安贝勒，让他安排。"

　　明安贝勒爷推辞说："大哥，这是你们的家务事，还是你们自己办吧。"

　　祖老太爷说："兄弟，你就别客气了，你们这么相信我，这么帮助我，我还跟你们藏什么心眼。说实在的，要是你们的兵马来了，硬把我们的家产都夺了去，我还能有什么办法，可你们没这么做。我懂你们的意思，你们让我躲起来，主要是防备袁崇焕。放心吧，我是不会站在他们那边的。"

大乐一听自己的父亲既然这么说了，心里就有数了，于是叫出自己的夫人，让她把自己屋里所有的账房、仓房的钥匙和账本都拿来。祖老夫人也把在自己屋里炕柜上放着的一个小匣拿出来，把匣子拉开，里面有一把大长白金钥匙。祖老太爷接过钥匙，放到明安贝勒手里，说："兄弟，你就别客气了。"

说实在的，明安贝勒经营部落几十年，把部落管理得井井有条，不仅在本部落有威信，就是整个科尔沁草原也都知道明安贝勒的大名，料理祖家这点事儿就跟玩儿似的。见此情景，明安贝勒也就不客气了，帮着大乐和大弼兄弟一起清理家产，哪些带走，哪些留下，留下的由哪些人负责看管，一件件、一桩桩，安排得头头是道。

大乐又拿出一串钥匙，这串钥匙是祖家粮囤子的钥匙。那时候的粮食都放在用席子围成的粮囤子里，上面再苫上席子，一个挨一个的，外圈再用土坯搭建的围墙圈起来。围墙外面有五间平房，是专门给看粮食的人住的。大乐和明安贝勒、希福大人一起把粮囤子全都封上。

咱们前书说过，祖大寿曾经命祖宽把朝廷分给祖家兵的粮食从觉花岛运回了老家，就为这事王化贞还挑他毛病来着。这些咱们在前书都讲过，所以祖家现在粮囤子里的粮食是真多呀，并排摆着三排粮囤子，每个粮囤子之间的间隔也就两三米远，共排出三四里地。各位阿哥，祖家有这么多粮食，大明朝能不眼馋吗，能不想要吗？当然想要了。所以每当辽东的明兵缺粮、缺饷的时候，负责军队给养的官员就找到祖家，希望祖家能帮助朝廷解决一下燃眉之急，并承诺打完了仗会加倍奉还。祖老太爷明知道他说的都是糊弄人的空话，可是不给还不行，自己的儿子在朝廷里当差，不能得罪这些人，所以每当明兵所谓的来借粮、借饷的时候，祖老太爷都没办法，只能让他们拉两囤子苞谷或者给几百两银子了事。对于这件事，后金早有耳闻。皇太极当然不想让这些财产被大明拿走。明兵的给养一多，就更有能力和后金对峙，只有断了他的后路，才有利于后金长驱直入，拿下京师。

俗话说：人是铁，饭是钢，一顿不吃饿得慌。更何况是战争期间，粮食尤为重要。各位都知道，军队要是断了粮食，士兵哪还有劲儿去打仗啊，所以必须保证粮食的供给。袁崇焕为什么极力跟祖家搞好关系呢？主要也是为了控制这些粮食。

咱们在前书讲过，天命十一年正月，努尔哈赤亲率诸王大臣和自己的儿子们，统领十三万大军，号称二十万，猛攻宁远。当时明兵的主力

第七章 祖氏佳婿

407

已经撤到山海关内,袁崇焕率士卒不足两万,英勇抵抗,独守宁远城。后金兵大败,努尔哈赤也被炮弹炸伤了身体,到清河养伤,八月份的时候病逝,那年正是大明的天启六年。说实在的,努尔哈赤受伤的时候,把代善、皇太极等人都恨坏了,恨不能立刻宰了袁崇焕。就在他们撤退的时候,顺便把觉花岛就占了,并且屠杀了岛上七千余名明兵和七千余名商民,焚烧了八万多石粮食和两千余艘船只。宁远之战,努尔哈赤虽然受到重创,但觉花岛却被他们给占了。夺下觉花岛,就等于夺下明兵的饭碗,明兵全指望这些粮食活着呢。袁崇焕虽然在宁远之战取得了胜利,但由于丢了觉花岛,所以损失也很大。袁崇焕没了粮食,就把眼睛盯在祖家身上。他好言好语奉迎祖大寿,心里盘算着如何找机会跟祖大寿摊牌。

事也凑巧,就在这个时候,祖大乐到宁远把祖大寿叫回了家。祖大寿到家以后见到了明安贝勒他们。明安贝勒就把罕王的打算跟祖家人摊牌,告诉祖家人:"我们后金有粮食,我们不用你们的,但我们也不能让这些粮食被大明朝得了,我们派兵马给你看着,你什么时候用就什么时候用,尽管来拿。"祖老太爷和他的儿子们当然愿意这么做,包括祖大寿也同意他们这种做法,双方一拍即合。

就这样,大乐领着明安贝勒和希福大人走出了祖老太爷的房门,直奔后院儿而去。后院儿的房子跟老太爷的房子呈丁字形,这个房子单有一个门,是铁门,外面夹壁墙上还有铁栏杆。大乐用钥匙把外面的铁门打开,里面又是一道铁门,这道铁门是三把钥匙一块儿插进去打开的。铁门打开以后,里面是一条地道,顺着地道走进去,里面又是一道铁门,这道门也是用三把钥匙一起开的锁。铁门打开了,这是一个长方形的地室,里面并排摆着两排,共八个大柜。大柜都是镶在地底下的,搬不走。每个柜上有两把锁,八个大柜共有十六把锁。

大乐指着左边这排柜的前两个说:"这两个装的是金子,其余六个柜装的都是银元宝。"接着,大乐领着他俩绕过这八个大柜,来到一面间壁墙前。墙上挂着一幅山水画。大乐把画掀起来,墙上出现了一块像木檩子一样的小方木。大乐用手按了一下小方木,只听"吱扭"一声,门那么大的一块墙体转动了,露出了一道缝儿,原来墙上有一道暗门。暗门打开以后,里面是一个铁架。架子上一个格一个格的,共三层格,底下这层格里放着金银首饰、玉石玛瑙、细软首饰什么的,上两层格里放的都是银票。银票最早出现在明朝,当时主要是为了便于交际,而且藏到身上不易被人发现，要不你背着几百两乃至上万两的银子到处走，多沉啊，再说也容易被强盗盯上啊，所以自明朝以来市面上就出现了银票，为的就是方便，但一般老百姓是不用的。

明安贝勒看了看这些东西，然后说："这么多东西要想带走，只凭你们祖家这些家丁是不行的，要不我们派兵把你们送回河北？"

大乐非常侃快地说："贝勒爷，我和我家老爷子商量过了，我们只带走银票，便于我们回老家以后用用什么的，细软首饰我们就不带了，反正现在也用不着，外面的那些元宝我们也不带了，都由你们替我们保管起来。我们哥俩代我们家老爷子谢谢二位大人了。"说完，他们哥俩都跪下了。

明安贝勒和希福大人赶紧拉起祖家哥俩，说："这是干什么？快起来，快起来。"

大乐说："贝勒爷、希福大人，这些东西是我们祖家几辈人攒下的家底，现在全都留到这了，希望你们一定替我们保管好。贝勒爷、希福大人，求你们了。"说完，哥俩一个劲儿地磕头。

明安贝勒和希福大人把这哥俩搀起来，说："放心吧，东西我们一定替你们保管好，等你们回来的时候，我们将完璧归赵。"

就这样忙乎了一天多，明安贝勒把祖家的情况基本上掌握了。祖大乐也是一点都不保留，和盘托出。

明安贝勒和希福大人又帮着大乐把祖家的人员安排了一下，哪些人走，哪些人留，都一一做了登记，多余的那些人愿意留下的就留下，愿意走的就走，愿意随后金的，就留下来，等岳托贝勒的兵马。祖家庄原来两千多人的队伍就由达库和天霞、月霞，还有祖大寿的两个夫人（佟氏和邢氏）带着一起回宁远，跟那里的祖家军会合。

第三天，大乐和大弼遵照明安贝勒的意思带着几十个家丁，套好了十几辆大车，拉着祖老太爷和祖老夫人，离开永平府，回河北的老家去了。

达库和天霞、月霞送走了爷爷、奶奶、大伯和叔叔，率领祖家的兵马，保护着两位姨娘，大车小辆地奔宁远去了。

祖家人走了以后，明安贝勒也没闲着，他连夜赶到了沈阳，把情况向皇太极做了禀报。皇太极听了非常高兴，连说："你们做得很好，很好。贝勒爷，你辛苦了。"

咱们不说皇太极如何高兴，再说跟明安贝勒一起去的希福大人。希

**第七章 祖氏佳婿**

409

福也是受皇太极之命,陪伴老贝勒一块儿到永平堡子去劝说祖家。祖家人走了以后,明安贝勒回来了,希福大人却没回来,他遵照皇太极的旨意留在了岳托大将军的身边,做他的谋士,共同商量伐明事宜。各位都知道,岳托也是一位重要的武将,是皇太极的二哥代善的儿子。他能征善战,深得皇太极的信任。

希福到了岳托身边以后,岳托特别尊敬他。后金兵就这点好,非常抱团,互相之间都像亲兄弟一样。岳托虚心地问:"叔叔,你看大军什么时候开始行动?"

希福说:"明天拂晓,将军就可以领兵西进,先占领永平堡子。将军,祖家大多数财产没有带走,我和明安贝勒已经答应祖家,一定替他们好好保护起来,不会有一点差错。"

岳托说:"叔叔,放心吧,我一定能做到。"

希福说:"那就好。将军,我还有一事,要与将军商量。"

岳托说:"叔叔有什么事尽管说,我岳托照办就是了。"

希福大人微微一笑,说:"这我可不敢当。将军,我估计祖老太爷和祖老夫人他们走不太远,咱们要不要派人护送一下。我怕袁崇焕听着信儿后派人把他们追回来。"

岳托说:"不怕,他要是敢来,我就把他们杀了。"

希福说:"不,咱们就是吓唬他们一下,把他们吓走就行了,杀他们是以后的事。"

岳托说:"行,就按叔叔说的,我派人送送他们。"

就这样,岳托选出五六十人,先去追赶祖家的人,其余人跟随岳托贝勒很快就过了西河,占领了永平堡子。很快,清河门一带全都归了后金。接着,大军又直奔朝阳。这条路正是祖老太爷他们回老家的必经之路。

咱们再说说祖大乐,他自从和明安贝勒、希福大人告别以后,护送着自己的老父亲、老母亲及各家的家眷等,除了人坐的,还装了一路上所用的给养,并且带了几头牛、几只羊,以备路上所需,大车小辆的一共有二十多辆车,所以走得挺慢。

这一天他们正走着,突然前面出现了一彪人马,为首的一员大将手拿一把青龙偃月刀,旁边还有两员大将,手里各拿一杆大枪,后面的兵丁足有四五百人,打的是大明的旗号,中间那杆旗上写着"赵"字,旁边两杆旗上一个写着"左"字,一个写着"朱"字。中间那个人举着手里的大刀，大声断喝："你们是哪儿的？干什么去？"紧接着，兵丁就围上来了，围了一圈。祖家人一看走不了了，就把车停下了。

大乐一看这是明朝的官兵来了，知道是遇到麻烦了，但又不能不上前说话，他悄悄告诉大弼："大弼，我去看看怎么回事，你把父亲的马牵好，别惊了他们。"大弼赶紧派手下人把几辆马车看好。

大乐骑马过去，双手一抱拳，说道："大将军好，我们是祖家的人，回河北老家探家。我兄弟是祖大寿。"

中间拿刀的那位说："我知道你们是祖大寿的家人。我奉巡抚大人之命，特来告诉你们，不许你们离开辽东。你们为什么要走啊？是不是祖大寿让你们走的？祖大寿在不在？"

大乐赶紧说："各位军爷息怒。我兄弟已经回宁远去了。军爷，我们看这里太乱，老打仗，就想先回老家避避，不信你看，我们什么都没拿。各位军爷需要什么，请尽管开口。"

这三位大将骑马过来，围着这二十几辆大车转圈地看。

看完以后，中间的那位说："没有巡抚大人的命令谁也不许走，都回去。现在正是与后金交战的时候，你们这么一走，岂不闹得人心惶惶，还怎么和后金打仗。回去，都回去，谁也不许走。"大乐一看没招了，还是回去吧。

就在这个时候从南边跑来几匹马，马上有几员小将，其中一人高声喝道："谁这么大胆，敢拦我的家人，真是狗胆包天。"

谁来了？达库、天霞，还有月霞，他们仨三个带着几个祖家兵来了。

到了跟前，达库没管那套，大棍子一轮，把明兵就撂倒了十几个。明兵一看达库来了，就害怕了，因为这些明兵认识达库，知道他是祖大寿的护卫，武功不得了。再说他们原本就不想得罪祖家人，但大人让他们来，他们也不敢不来。这些人没等大人说话，立刻闪出一条道来。达库和天霞、月霞带着祖家兵就把祖家的二十几辆车给保护起来了。

穆达库的出现把明朝的几员大将吓一跳，他怎么来了呢？

书中暗表，明安贝勒帮着大乐把家安排完以后，大乐护送自己的父母往朝阳那条道上走。达库和天霞、月霞护送两位姨娘回宁远。

正走着，达库脑袋突然一激灵，说："不对，天霞，咱们先不能回去。你想没想过，大伯他们护送爷爷、奶奶他们回关里，也没带多少人，万一碰到明兵怎么办？我看咱们至少应该把他们送到朝阳、科喇沁

第七章 祖氏佳婿

那边再回来。"

天霞想了想，说："你说得对，我也有些不放心，走，看看去。"

月霞说："对是对，可姨娘她们怎么办呢？"

达库想了想，说："这么办吧，让姨娘和队伍先到前面的桦树林子里等着咱们，咱们几个去追赶大伯他们，我估计他们现在走不太远。"

天霞、月霞异口同声地说："好吧，听你的。"

就这样，天霞选出几个武功好的祖家兵，和达库、月霞一起打马往朝阳方向而去。祖家兵和两位夫人则先到前面的桦树林子里暂时休息，等待达库他们几个回来。

果不其然，走出约一个时辰，就看见前面有一队人马包围着一些车辆，一看就是祖家的人。几个人赶紧冲了过去，穆达库铁棍子一抡，打倒了几个明兵。祖家兵一拥而上，冲进了包围圈，把祖家的车辆给保护起来了。

穆达库骑在马上，他的右侧是天霞，左侧是月霞。明朝的这三员大将正想把祖家人带到宁远去，没想到，穆达库和祖天霞、祖月霞来了，而且来势凶猛，一下就把自己的手下给撂倒了十几个。

中间的那位拿刀的大将急了，大喝一声："大胆，穆达库，你敢打倒我的部下，你还要不要命了？"穆达库、天霞一看来人认识，谁呀？明朝有名的大将——赵率教。这真是仇人相见，分外眼红。

不知各位阿哥还记不记得，达库刚到科喇沁喇嘛庙的时候，寺庙的后院里有一些木板房，并且有一些官兵往里运东西。小达库出于好奇，夜里悄悄起来查看，结果在木板房底下发现了地道。实际上，那些木板房都是赵率教安排盖的，所以达库早就知道赵率教，并且对他挺有气，但那时候相互还没成对立面。后来达库跟了祖大寿，曾经见过赵率教几次，只是没说过话。赵率教虽然也见过达库，但他只是跟祖大寿来往，根本没把达库放在眼里。刚才达库这一露面，赵率教才发现，这小子功夫不错呀，有两下子。赵率教就在那里上下打量着达库。

各位阿哥要问了，赵率教怎么来了呢？在这里说书人我还得向各位交代几句，要说袁崇焕这个人还真是精明，自从觉花岛的粮食被后金焚毁以后，他把眼睛就盯在了祖家人身上，并且盘算着怎么把祖家的粮食和银子弄到手，要是有祖家这个财神爷做后盾，就能和后金打上一阵子，守宁远城就多一份保障。于是，他想找机会跟祖大寿摊牌。

偏巧这时候，祖大乐去了，而且把祖大寿叫走了，说是老夫人有病了。袁崇焕心里明白，祖家二老的身体相当好，特别是祖老夫人，她的身体比老太爷的身体还好，根本不会一下子得这么重的病。袁崇焕猜想，祖大乐找祖大寿不外乎三件事：一、很可能是后金来人，找到祖家，要拆我的台。二、他们商量对策，因为这些年从王化贞开始到熊廷弼离任，辽东守军没有不用祖家粮饷的，现在觉花岛的粮食没了，祖家肯定怕朝廷再向他们家伸手，所以要商量对策。三、是最危险的也是我最担心的事情，就是有可能他们和后金勾结到一起了，全家要逃走，让我抓不着人，也就借不着东西，把我饿死在宁远。但袁崇焕没有把这层窗户纸捅破，而是将计就计地说："既然老夫人有病，复宇，你就赶紧回去看看吧。"

祖大寿走后，袁崇焕就把自己的两员心腹副将朱梅和左辅找来了。这两个人的武功不是很高，但他们的心跟袁崇焕是在一起的。

袁崇焕告诉他们俩："你们偷偷跟着祖大寿，看他都干些什么，有什么举动，要是他们想逃走，就把他们统统给我抓回来。"

左辅和朱梅问："他们家老爷子我们也抓吗？"

袁崇焕说："抓，不管是谁，都给我抓。"另外又给他俩下了一道死命令："这事要是办不成，我饶不了你们。"

这俩人吓得赶紧答应："是，是，是，大将军放心吧，我们一定办好。"

袁崇焕一看他们俩唯唯诺诺的样子，又泄气了。他心想：这也不行啊，祖家兵那么厉害，就凭左辅和朱梅那两下子，不用说祖大乐和祖大弼，就是祖家兵他们也打不过呀，能抓回人来吗？于是，他又让左辅和朱梅把赵率教给请来了。

现在的赵率教正奉旨辅助袁崇焕镇守宁远，听说元帅有请，赵率教能不来吗，当然得来了。他马上安排手下继续修筑西门工事，自己则随左辅和朱梅来到巡抚衙门，来见袁崇焕。袁崇焕把自己的想法一五一十地跟赵率教说了，赵率教说："放心吧，大人，我让他们一个都跑不了。"

就这样，赵率教率兵连夜追赶祖家人。走到半道，远远地看见祖大寿率手下正往自己这边来。赵率教一看，赶紧命兵马隐蔽到林子里。祖大寿只顾骑马往回赶，根本没注意躲到林子里的赵率教等人。

赵率教他们躲过祖大寿以后继续往永平方向走，这时候天已经亮了，远远地看见往朝阳方向有一个车队。赵率教看阵势就断定这是老祖

第七章　祖氏佳婿

家人，看来元帅猜对了，他们这是要跑。于是，他带着左辅和朱梅打马冲了过去，一下就把祖家车队给围住了。

就在他们刚要动手的时候，达库带着天霞、月霞赶到了。

赵率教一看穆达库和祖大寿的两个女儿怒气冲冲地瞪眼瞅着他们，赵率教说："不得放肆，我受辽东巡抚袁大人之命，前来带祖家人回去，尔等赶紧躲开。"说完，他命明兵冲上去，把祖家人围起来。他这么一喊，左辅和朱梅领兵拼命地往上冲。

眼看形势非常危急，达库大喝一声："谁敢动弹！谁想过去，先问问我手里的棍子答应不答应。"

站在旁边的天霞也说："再比试一下我们姐妹的双剑。你们是一块儿上，还是一个一个来。你们要是能赢得了我们，你们爱拿啥拿啥，我们连眼皮都不会眨一下。你们要是赢不了，哼哼。"那意思很明显，要是赢不了她们，别说拿东西，恐怕小命都难保。

明兵们一看这阵势，立刻呆住了，谁也不敢动，两边就这么僵住了。见此情形，赵率教就琢磨了：看眼下的情形，要是打起来必然是一场血战，要是把两位姑娘给伤了，祖大寿那里我怎么交代？就凭他那脾气，还不得宰了我呀。再说真要是打起来，我也不一定能占到啥便宜，我现在的这些兵马都是袁大人刚刚招募来的，还不到二十天，一个个的手无缚鸡之力，根本没打过仗。另外他也知道，左辅原来是个文官，后改做武将不久。朱梅虽是武将，但职务太低，武功也不怎么高，更不是穆达库的对手，再加上祖家姐俩，就凭自己一个人跟他们打，那等于以卵击石，而且仇都记到自己的头上，我何苦呢。赵率教也挺聪明，他也知道大明朝挺不了多长时间了，况且自己和祖家一无仇，二无恨的，祖家也没坑过自己，自己何苦得罪人呢。可要是不动手，袁大人那里也没法交差呀。

于是，赵率教想用话安抚三位小将："天霞小姐、月霞小姐，咱们本是一家人，不要搞得这么剑拔弩张的，没必要啊。达库，咱们现在都奉命镇守宁远，都是巡抚袁大人手下的爱将，共保大明天子。再说我和你师父的关系又很好，我怎么能跟你们动手呢？算了，算了，别打了，免得伤了和气。达库，我奉袁大人之命来请祖家人回去，要不你们也一起去，把事情跟袁大人解释清楚。巡抚大人要是知道祖家人没带什么财产，只是回家避难，我相信，他是会放他们走的，他要是不放，我都不答应。怎么样？达库，二位小姐，跟我回去吧。"

达库多聪明啊,他马上想到赵率教使的是缓兵之计,你想把我们先骗回去,然后再收拾我们。达库想了想,说:"赵将军,我们可以回去,但老太爷他们不能回去。你要是同意,就这么办。你要是不同意,那就让我的棍子跟你说话。"

赵率教面露难色地说:"达库,不是我不同意,是袁大人不让祖家人走,你让我怎么办?"

达库说:"袁大人不让祖家人走,是怕祖家带走财产。现在大人你也看见了,祖家什么东西也没带,只是回老家避难,有什么好怕的。如果大人把情况跟袁大人说清楚了,我想袁大人是不会怪罪于你的,还望大人高抬贵手,放他们一马。"

赵率教一想也确实是这么回事,人家也没把财产转移走,只是回老家避避难,有啥不让人家走的,况且自己还打不过,何不送个顺水人情。于是,赵率教说道:"好吧,你们走吧。"

他们俩说得挺好,哪成想,站在旁边的左辅和朱梅不干了。他俩想:那能行吗?我俩这事要是办不好,脑袋就没了。

俩人赶紧阻止道:"赵将军,不能放他们走。巡抚大人知道了,我们就没命了。"赵率教见有人阻拦,没敢再说什么。他是不说话了,可站在对面的月霞不干了,打马就冲到了左辅的跟前。左辅还没看见,因为赵率教个子比他高,他正仰脸看着赵率教,跟赵率教说话呢。哪知道月霞骑马过来了。

月霞到了左辅跟前以后,一勒马的缰绳,马站住了。月霞把右手拿的宝剑归到了左手,伸手把左辅像提小鸡似的在马上就薅下来了,嘴里还说着:"你胡说八道什么?你想怎么的?"然后啪的一下,扔地上了,并且用剑指着他:"你再说一遍,不用巡抚杀你,姑奶奶就把你收拾了。"左辅被摔个仰八叉,刚一起身,见剑尖正指着自己的鼻子尖,吓得没敢再说什么。

就在这时候,西面有铜锣声响,一支马队正朝这面飞驰而来,中间一杆大旗写着一个"岳"字,原来是后金兵杀过来了。赵率教一看不好,赶紧掉头先跑。明兵一看主帅都跑了,自己在这还待个啥劲儿呀,也赶紧蹽吧。天霞赶过来,对地上躺着的左辅说:"快起来,赶紧跑吧,要不你小命就没了。"左辅一听,赶紧从地上爬起来,连谢字都忘说了,拽过一匹马,骑上就跑了。

后金兵很快就到了,由于希福大人事先有话,让他们不要随便杀

第七章 祖氏佳婿

人，所以后金兵只是追赶了一阵子，看明兵跑远了，他们也就不追了。

　　希福大人骑马走过来，双手一抱拳，说："大乐，大弼，前面没有什么危险了，你们赶紧护送老爷子走吧，祝你们一路顺风。"大乐抱拳表示感谢，然后和马车队一起上路了。

　　达库和天霞、月霞拜见希福大人。希福说："我断定赵率教回去以后不会说太多，他怕丢自己的名声。你们回去以后也不要多说，这事儿就算过去了。"达库和希福等人告别，往宁远方向走了。

　　达库他们回到宁远城，见到祖大寿。一切正像希福预想的那样，赵率教回去以后什么也没说，左辅和朱梅更怕受到巡抚大人的责怪，不敢说出真相。几个人异口同声地说："路上根本没看见祖家的人。"袁崇焕没想到这几个人会合起伙来骗自己，事情就这么过去了。

　　祖大寿后来从自己的姑娘和达库的嘴里知道了事情的真相，还挺感激赵率教，觉得他挺仗义、讲情面，所以跟赵率教的关系就更近了一些。当然这些都是后话。

　　话说袁崇焕这个人疑心相当大，他总是不相信祖大寿，总觉得祖大寿有什么秘密没告诉自己，所以他总拿话套祖大寿，可祖大寿却一声不吭，闭口不谈这件事。袁崇焕就想：你祖大寿不告诉我，难道赵率教、左辅、朱梅他们也没看见什么吗？都是瞎子？不可能啊。祖家人明明走的是那条道，怎么他们就没碰着呢？难道祖家人飞了吗？没飞，怎么就没碰着呢？

　　虽然袁崇焕没听左辅和朱梅俩人讲见到祖家人，但袁崇焕不相信。袁崇焕多次把左辅和朱梅叫到自己的屋里询问，软的硬的都用了，他们俩就是不承认，就说没碰见祖家人。袁崇焕也没办法，后来袁崇焕考虑到这俩人是自己的心腹，不会骗自己，野甸子这么大，祖家人在哪条路上走的也说不定，也许真的就没碰到，自己也不要逼太急了，物极必反，这俩人要真的跟自己不一条心怎么办，还是别问了。虽然袁崇焕再没提这件事，但他知道赵率教是久经沙场之人，自己的这些想法，他也会想到。要是说左辅和朱梅没看见祖家人，他信，但要是说赵率教没看见祖家人，他说什么也不信。他认为祖家人肯定给赵率教什么好处了，或许赵率教让祖大寿给收买过去了。哎呀，要真是那样，自己可就危险了。于是，袁崇焕下令把赵率教调到离宁远十多里地的一个据点把守。另外，他想：祖大寿也不可靠，他这次回家的事对我隐瞒，证明他跟自己不是一条心，不能太相信他，我不能让宁远有跟自己不是一条心的人，要是那样的话就会再次有广宁那样的事情发生，我可不能做那样的傻事，凡事要想到前头，宁可我负人，不能人负我。想到这儿，他把祖大寿和祖家兵也撵到了城外，让他们在离城十多里地的地方随便找个地方住下来。他还找借口说："复宇，咱们的兵马不能都驻扎在城里，太挤。另外，万一后金兵马来了也不便于疏散，你带着祖家兵到城外找一个制高点，能攻能守，别跟城里的兵马混到一起，一旦打起仗来，施展不开，不利于对敌。"祖大寿明白袁崇焕这是在怀疑自己，好，我还乐意离开你，让你做孤家寡人。祖大寿什么也没说，就把自己的祖家兵带出城了。

祖家兵来到宁远城外，在通往锦州方向的一个小山坡上驻扎了下来。袁崇焕怕祖大寿离开自己的视线，更方便和后金来往，就把左辅和朱梅派去了，住在祖大寿的营帐，随时与他保持联系，包括上下通达信息，都有左辅和朱梅来完成。就这样，一直过了一年多，直到熹宗病逝，熹宗的儿子崇祯即位。

袁崇焕非常聪明，他知道朝中已经没有几位像他一样有能力的大将了，而且朝廷也离不开他，所以他很傲慢。崇祯即位以后，魏忠贤被杀，还杀了不少他的同党，好多人都敢站出来说话了。袁崇焕更加得到了崇祯皇帝的器重，把辽东的一切军政大权都交给了袁崇焕。袁崇焕在皇帝面前起誓发愿：誓死保卫辽东，保卫大明朝。别看袁崇焕在皇帝面前这样，可他对其他大臣及部下却不是这样，谁也瞧不起，还谁都怀疑，他这样能团结人吗？当然不能。

就在这时，大明皇帝听到了一件令他非常生气的事，什么事呢？就是努尔哈赤去世的时候，袁崇焕为了笼络建州部，派人前去吊唁。皇太极挺高兴，以为袁崇焕真挺体谅人，还挺感激袁崇焕。其实袁崇焕是项庄舞剑，意在沛公，他的目的是什么呢？他是想借此笼络后金，使他们不再继续进攻大明，为自己武装队伍、积蓄力量赢得时间。但是他做这件事的时候魏忠贤还没死，这件事不知怎么就传到了魏忠贤的耳朵里。魏忠贤就在熹宗面前奏本，说："袁崇焕跟后金有联系，努尔哈赤死了，他还派人前去吊唁。"熹宗没说什么，但是作为太子的崇祯听后就有了想法，他心想：袁崇焕这是怎么回事？他为什么派人去吊唁？是不是为了买后金的好儿？另外袁崇焕还有一个缺点，就是傲慢，你如果公开跟朝廷讲你做这些事情是出于什么目的，为了什么，你都讲清楚也行，可他还不讲，自己就这么干，这样的话朝廷更加怀疑他。他还多次跟皇太

第七章　祖氏佳婿

417

极秘密通信。后来皇太极一看袁崇焕跟自己还不错,就把兵力用到了蒙古,用到了兴安岭上,辽东就消停了一阵子。在崇祯当了皇帝以后,当别的臣子向他提起这件事的时候,崇祯就想:袁崇焕做这些事为什么不向朝廷禀报?是为了买后金的好儿?还是你采取的策略?你要是采取策略,为什么不告诉朕呢?再一个,就是袁崇焕特别霸道,只要是他看不上的人,他就想办法除掉。其中有一个人,是明朝的一员大将,叫毛文龙。

说起这个毛文龙,说书人再跟各位阿哥多说几句。毛文龙,字镇南,浙江仁和(今浙江省杭州)人。万历四年(1576年)正月十一出生于杭州府钱塘县的松盛里。毛文龙早年丧父,寄居在舅舅沈光祚的家里。毛文龙这个人挺有意思,他年轻的时候生活非常贫困,行走江湖,以给人测字算命为生。后来他来到关外,混了二十多年。朋友见他每日的温饱都成问题,便劝他从军。毛文龙一想这也是个办法,便参加了乡试。因为他平时会些武术,在乡试的时候就及格了。从军以后,由于他讲义气,又会见机行事,混得就挺好。后来,他率部驻扎在鸭绿江近海的一个叫皮岛的岛子上。皮岛也称东江,东西十五里,南北十里,在朝鲜和辽东之间,与鸭绿江口的獐子岛、鹿岛构成三足鼎立之势。因当时大明朝正是用人之际,人招集得越多,给的粮饷也就越多。另外,朝廷对防范后金有功的人给予重奖。毛文龙就靠这个冒领粮饷,此外他也虚报战功,得到了朝廷不少的赏赐,这样他就有能力发展自己的势力。毛文龙的力量壮大以后,朝廷授予他总兵官之职,由此他成为明朝一员出名的大将。

袁崇焕被调到宁远以后,皇上赐予他尚方宝剑,而且把所有的兵权都归袁崇焕一个人掌管。袁崇焕看不惯毛文龙的做法,更主要的是毛文龙受到朝廷的几次表扬以后不知天高地厚,谁也看不起,也不听袁崇焕的调遣。袁崇焕记在心里,暗想:你毛文龙要是听我的话,我就留着你,要是不听话,我就找机会宰了你。另外他也想杀鸡给猴看,因为祖大寿现在也跟他离心离德,包括赵率教、满桂好像也跟他不是一条心了。袁崇焕想通过杀毛文龙给那些人看看,你们谁再敢给我藏心眼儿,我就像对待毛文龙一样,杀了你。由于袁崇焕有皇上给的尚方宝剑,所以想杀谁非常方便。

有这么一天,袁崇焕以阅兵为由到了皮岛。毛文龙对袁崇焕的到来根本不在乎,以为只要对巡抚大人以礼相待,他还能怎么样。毛文龙摆上宴席，跟袁崇焕推杯换盏。就在毛文龙喝醉了酒，吹嘘自己功劳的时候，袁崇焕把桌子一拍，脸色一变，大喝一声："来人，把毛文龙给我拿下。"话音刚一落地，上来几个人摘下毛文龙的顶戴花翎，把毛文龙五花大绑地就绑上了。

毛文龙还不知道怎么回事呢，问袁崇焕："你为什么绑我？我犯了什么罪？"

袁崇焕说："毛文龙，你知罪不知罪？"

毛文龙说："我不知罪。"

于是，袁崇焕宣布了毛文龙十二条罪状，罪罪该斩。

毛文龙吓坏了，求袁崇焕饶命。袁崇焕说："毛文龙，你一个穷秀才出身，现在你官至左都督，挂平辽将军印，你不好好为国效劳，却欺骗朝廷，中饱私囊。你说，我能饶你吗？"毛文龙低着头不说话。

袁崇焕又问毛文龙手下的那些大将："你们说，这样的人能留吗？"下面那些人谁敢说啥呀，都说不能留。

于是袁崇焕请出皇上赐予的尚方宝剑，面向京城方向磕个头，然后说："万岁，毛文龙这样的败类不能留，我现在就替您把他斩了。"就这样，袁崇焕把毛文龙杀了。这是崇祯二年六月份的事。

毛文龙一死，轰动了整个辽东，很多大将为之动容，觉得袁崇焕这个人真狠，翻脸不认人，这样的人千万不能得罪，很多人都对他敬而远之。

这件事传到了京城，文武百官也议论纷纷，很多朝臣对袁崇焕也有看法。说实话，崇祯皇帝对毛文龙的印象还是不错的，知道他是个讲义气的人，为朝廷立下许多战功，是个难得的将才，虽然有种种的不是，但罪不至死，而且毛文龙驻守的东江镇，在朝鲜降后的崇祯初年，是朝廷唯一能在敌人腹背起牵制作用的重镇。

毛文龙一死，辽东的形势急转而下，东江镇不久就被后金攻下。毛文龙的许多部下纷纷投靠了后金。这让崇祯皇帝对袁崇焕杀毛文龙一事非常不满，认为袁崇焕骄纵过度，现在战事这么急，临阵杀将，是不利之事，你为什么不事先向朕禀报呢？你草菅人命，这哪行呢？这以后谁还敢保我呀？但既然人已经被他杀了，我再说什么都没用了，况且现在也没有一个能代替袁崇焕掌管辽东事务的人。唉，算了。崇祯嘴上虽然没说什么，但心里却对袁崇焕有些不满，这也为袁崇焕的日后之死埋下了祸根。

第七章　祖氏佳婿

有一件更为严重的事情，是导致袁崇焕悲剧的直接原因。什么事呢？就是崇祯皇帝是个自小儿在宫廷里长大的太子爷，虽然有点抱负，但却继承了他父皇唯唯诺诺、胆胆怯怯的秉性，他早被长城以外的建州人给吓坏了，认为建州部的人都是魔鬼，心狠手黑，咱们大明朝根本不是他们的对手。另一方面，崇祯从小儿就受到一种思想的影响，认为大明朝的官员擅于玩弄权术，吃着朝廷的俸禄却不为朝廷卖命，不报皇恩，都有自己的小算盘。所以他对大臣们总是抱有怀疑的态度，对谁都不信任，就是对袁崇焕也不例外。他总认为袁崇焕这么拼命干，说是为了朝廷，实际是在排除异己，发展自己的力量。所以自从熹宗去世以后，他即位当了皇帝，对身边的人有他自己的想法，他想：我可不能像我的父皇一样，让自己身边的人给耍了。我得保护好自己的江山，对这些人我要秘密查访。崇祯虽然不像熹宗那样宠信宦官，但他也有自己的心腹，他把这些人偷偷派往各地，秘密私访，了解每个朝臣的情况，这些人每天都在干什么？是不是干了什么违背朝廷意愿的事情？是不是有什么不可告人的勾当？

袁崇焕现在正执掌辽东巡抚之大任，所有的权力都掌握在他一个人手上，他现在又杀了毛文龙，所以朝廷里有很多人都非常怕他，怨声也相当大。崇祯皇帝收到了很多对他不利的奏折。为了查明事情的真伪，崇祯皇帝就秘密地派出自己的心腹之人，乔装改扮，到辽东私访。这些人到辽东以后，还真了解了不少情况。他们回到宫里，就向崇祯皇帝禀报。崇祯皇帝越听越多，越听越有气，就又派人接着了解。崇祯皇帝的这些做法被后金的探子打听到了。

咱们前书也说过，努尔哈赤曾经往大明朝派出不少探子，了解各方面的情况，包括卫齐、扈尔汗、希福都曾经化装出去过。皇太极继位以来也继承了他阿玛的这一做法。崇祯皇帝派人打探自己大臣的事情，当然瞒不过后金探子的眼睛，所以这些情况早都密报到了皇太极那里。皇太极那是个聪明绝顶的人，而且善于用巧计，这一点远远超过了他的父汗努尔哈赤。说实在的，皇太极自从继承汗位以来，和他的兄弟们最想做的一件事，就是报父汗被炮轰之仇。另外，袁崇焕是后金进取京师的拦路虎，要是把袁崇焕除掉了，后金夺取京师的道路上就没什么障碍了，所以皇太极不能放过这一机会。

有这么一件事，正好给后金创造了一个有利的时机。一天，希福带着几个手下人乔装改扮，有的戴顶破草帽子，有的穿件灰色上衣、短裤，有的光着脚，趿拉双大鞋，在大明的地界上秘密调查辽东的兵力部署等情况。

眼看天近晌午了，几个人就走进了路边的一个小吃店，打算吃口饭接着赶路。由于他们的身份特殊，所以为了安全起见，几个人就找了个靠窗户的位置坐了下来，这里既可以看见大路上过往的行人，也可以防备万一屋里发生变故，可以跳窗逃跑。饭菜刚端上来，希福就发现从前卫方向走过来几个人，这几个人有的骑马，有的骑驴，正优哉游哉地往这面走着。

各位阿哥要问了，为什么骑驴，而不骑马呢？是不是他没有马呀？错了。他不是没马，他是特意骑的驴。因为驴有一个特点，就是走路非常稳，人骑在上面不颠屁股。驴还有一个特点，就是它要是到了一个它觉得不安全的地方，就会嗷嗷地大叫，所以胆子小的人往往都骑驴。

希福坐在那里观察这几个人，只见这几个人有的穿着长袍，戴着眼镜，手里拿着几本书，像个教书先生；有的戴着大花镜，梳着长头发，扛着个算卦的幌子；有的背着个药箱，戴着瓜皮帽，一看就是个江湖郎中；有的挑着货担，拿着个拨浪鼓，一路走来，一路高声叫卖，只不过叫声有些尖细。

这几个人路过小店的时候停了下来，有的下了马，有的下了驴，走到门口瞅了瞅，那意思是想进来吃点饭，可进小店瞧了一圈后，互相使了个眼色，走了。希福眼睛多尖啊，他一下就发现这几个人不对劲儿，很可疑。为什么呢？因为一般情况下，路过这里的人不管饿不饿，都会停下脚，打个尖，歇一会儿，或者喝点水，然后接着走，可这几个人明显是嫌这里太简陋，不愿意在这里吃。另外这几个人走路的样子都非常做作，跟正常人不一样。还有，那个教书先生模样的人虽然没说话，板着个脸，但眼睛却四下撒目着，贼眉鼠眼的样子。

希福向同行的人使了个眼色，小声说道："赶紧吃饭，跟上这几个人。"几个人明白了希福的意思，赶紧吃完了饭，结了账，匆忙走出了小店。

由于那几个人有的骑着毛驴，有的挑着货担，所以走得比较慢，而希福他们几个人常年走惯了山路，走这点儿路对他们来讲是小菜一碟，所以很快就撵上了他们，并远远地跟在后面。

过了一条山道，来到一个山坡前，山上五颜六色的野花开得正鲜艳，山风一吹飘来阵阵花香，沁人心脾，小蜜蜂嗡、嗡、嗡地忙着采

第七章　祖氏佳婿

421

蜜。这种场面对那些在江湖上闯荡的人来说，早习以为常了。可这几个人不一样，他们完全被这样新奇的景致给吸引住了。几个人一合计，先别走了，歇一会儿，看看这里的风光。于是几个人下了毛驴，有的躺在草地上舒展着筋骨，有的来到道边儿的花丛中采摘野花。希福他们几个见机会来了，立刻快步走上前去，把他们一个一个都按倒了。

把这几个人抓住以后，就拉到了路边的树林里去了。这几个人哪见过这架势，一个个吓坏了，哆哆嗦嗦地一个劲儿地磕头，嘴里还叨咕着："好汉饶命，好汉饶命。各位好汉爷，你们要是缺银子，我这有，都给你们，只要你们能饶了我们这条命。"

希福说："我们不要你们的银子。我问你，你们是干啥的？"

其中一个人回答："我是教书的。"

希福问："教书的？我怎么看你一点也不像教书人的样子？"

说完，希福照他嘴巴子上一掐然后一薅，把那个人薅得嗷的一声直叫唤。他为啥掐他嘴巴子？因为他嘴巴子上的胡子是粘的。希福这么一掐一薅，把他粘上去的胡子薅掉了，他能不疼吗？

希福问他："你到底是干什么的？快说，要是不说我宰了你。"旁边有人上前搜了他们的身，在自称是教书人的怀里搜出一封书函，上写："凡所有关卡人等一路放行。钦此。崇祯二年。"原来是崇祯皇帝写的圣旨。

这几个人一看自己露馅了，吓得赶紧把实话说了："我们是宫里的太监，奉圣命调查袁大人。"

希福等人听了欣喜若狂，原来这几个人跟他们事先分析的一样，真是崇祯皇帝派出的密探。这真是踏破铁鞋无觅处，得来全不费工夫。罕王想要的人被希福等人就这么轻易抓到了。

希福等人不敢耽误片刻工夫，押着这几个太监来到一个小树林前。希福让大家等在这里，自己则站在高处唱起了渔歌。由于四野空旷，所以声音挺大。唱着唱着，在小树林里走出来几个人，都抬着小轿。小轿不大，两个人抬一顶。希福他们让这几个太监坐到小轿里，然后把门一扣，就走了。

希福又化装成一个员外的模样。就这样，他们朝行夜宿，尽量躲开人们的视线。好在这时候辽东大部分地方都被后金所占，明兵只是孤立地占有几个城镇，所以希福他们回沈阳的路还是很通畅的。

回到沈阳以后，希福把情况向皇太极做了禀报。皇太极非常高兴，命内务府给几个太监安排了住处。

希福故意让这几个人知道自己是被后金的人整来了,现在被关押在一个很秘密的地方,还想让他们知道袁崇焕和后金秘密来往,并且私定合约,想要投降后金,后金准备重赏袁崇焕,等等。这几个太监知道以后吓坏了,没想到辽东巡抚袁崇焕原来是后金的人啊,怪不得他对手下人这么狠,这还得了,这事得赶紧告诉皇上,要不大明朝迟早得毁在袁崇焕的手上。几个太监决定想办法逃出去。

这天天刚蒙蒙亮的时候,有一个太监突然发现看押他们的后金兵可能是因为太困了,竟然抱着刀睡着了,另一个靠在他身上也睡着了。他们觉得机会来了,找东西把门撬开,撒腿就往外跑。刚跑出没多远,就听后边有人喊:"不好了,奸细跑了,快追呀。"接着,后金兵追了出来。

这几个小子吓得恨不能借两条腿,拼命地往外跑。后金兵在后面紧追不舍,但始终都没撵上他们几个。就这样,他们几个跑一阵儿,藏一阵儿,跑一阵儿,又躲一阵儿,受尽了惊吓,最后终于跑回了京师,见到了崇祯皇上。几个人见到皇上以后,话也不说,跪在地上痛哭流涕。崇祯皇上问:"你们是怎么回事?哭什么呀?谁欺负你们了?说出来朕给你们做主。"几个人就把怎么遇到了后金的人,怎么被抓,怎么在那里听到袁大人和后金秘密勾结,私定合约,并准备联合起来攻打大明,他们又是怎么拼命跑出来的经过说了一遍。

要说崇祯的脑袋真是够简单的,他怎么就没想到这是皇太极使的反间计呢?否则的话,就凭他们几个太监,怎么能跑出戒备森严的沈阳城呢?没想到,崇祯皇帝还真就信了。崇祯帝本来对袁崇焕就有想法,现在听太监们这么一讲,他能不有气嘛。他的火腾的一下就上来了,好你个袁崇焕,你吃着朝廷的俸禄,却跟皇太极勾搭到一起了,你这不是吃里扒外吗?崇祯马上下旨宣袁崇焕进宫。为了不惊动袁崇焕,崇祯还让他把身边的大将祖大寿也带来,一块儿进宫商议要事。他怎么没叫赵率教呢?

各位阿哥,在这里不能不说明一下,由于赵率教和袁崇焕俩人的关系不和,朝廷没办法,就把赵率教调到了关内。关内哪里呢?就是祖大寿他老父亲逃难回到的老家永平。后来大清的兵马进了关,赵率教为了守住遵化城,与清兵交战,被流箭射死。崇祯皇帝痛失爱将,还丢了遵化城,心情能好吗?这时几个太监回来向他禀报,说袁崇焕已经投靠了

第七章 祖氏佳婿

423

后金，所以崇祯皇帝火上加火，更加恨袁崇焕了，下决心要收拾他。

袁崇焕和祖大寿一块儿进宫叩见皇上。崇祯皇上铁青着脸，恨不能马上下旨把袁崇焕抓起来，但念其保大明这么多年，立了不少战功，而且是前朝老臣，所以他强压心中的怒火，赐袁崇焕和祖大寿座。袁崇焕和祖大寿坐下以后，崇祯皇上打了个咳声，说："现在时局不稳，后金来势凶猛。二位爱卿，你们说朕用不用跟后金示弱？或者跟他们议和？"实际崇祯这话是在套袁崇焕，试探袁崇焕，目的是看袁崇焕怎么个态度。哪知道袁崇焕马上跪地磕头，口呼万岁："万岁，使不得，千万不能跟他们谈议和之事，咱们宁死也不能屈服。"

崇祯皇帝做梦也没想到袁崇焕会说出这样的话。说实话，袁崇焕这个人是聪明反被聪明误，其实他不是想投靠皇太极，他也不是软骨头，但他却正往议和这条路上走呢。因为自打他入朝以来就知道，大明的皇帝一个个都是软骨头，被女真兵给吓坏了，脑瓜皮相当薄。先帝熹宗皇帝就是这样，愿意听好话。比如说他正喝茶，要是有人提起后金兵，他吓得碗都能掉地下摔碎了。现在的崇祯皇上跟他的父皇一样，也是个胆小鬼，所以袁崇焕心里想：议和的事不能告诉皇上，弄不好他再怀疑我要投降后金怎么办？再说了，我不是给皇上增加负担吗，行啊，我做臣子的就替皇上多分担点儿吧，这些事就别告诉他了，等将来凯旋之时再跟皇上把事情讲清楚，所以他就没跟崇祯皇上讲他跟后金如何来往的一些细节。例如，罕王努尔哈赤去世的时候，他还差人前去吊丧；皇太极即位的时候他也去了，表面上他是表示慰问，实际上他是打探后金内部的虚实。还有，皇太极曾派官员接待袁崇焕的来使，又派使臣前往宁远，而且袁崇焕和皇太极有书信往来，等等。其实这都是袁崇焕同后金表面"议和"，实则想了解后金实情，拖住后金而修城备战，建立关（山海关）、宁（宁远）、锦（州）军事防线而采取的措施。所以今天他一听崇祯皇上说要和后金议和之事，马上就想到：这可不行，我议和是假的，你要是议和那可就来真的了，那可就糟了，大明的江山就没了，我们就成了后金的子民了，千万不能跟他们真议和，咱们必须把辽东的土地再夺回来，所以当崇祯皇帝提出议和的时候，袁崇焕马上表示反对。

可是崇祯皇帝不知道他的这些想法，一听袁崇焕反对自己议和，马上就想到：好你个袁崇焕，你表面上反对朕跟后金议和，而你自己却偷偷地跟他们来往。你以为朕不知道，你个欺君罔上的东西，到现在你还在隐瞒、欺骗朕，看来你真的是站在皇太极那边了。

崇祯皇帝气得把桌子啪地一拍，说："大胆袁崇焕，竟敢胡言乱语，欺骗寡人。来人，把袁崇焕给我拿下。"站在大殿两旁的侍卫马上过来摘下袁崇焕的官帽，然后把他五花大绑，送进了大牢。

祖大寿见此情景马上跪地磕头，说："万岁，请手下留情。巡抚大人乃大明忠臣，对皇上丝毫没有二心，请万岁爷明察。"

崇祯看着跪在地上的祖大寿，把袖子一抖，说："祖大寿，你和袁崇焕是不是一伙儿的，朕现在还不知道，先让你活两天，待朕一经查实，将你一并拿下，退下。"说完，一甩袖子走了，众太监和侍卫护拥在后面。

祖大寿一看皇上走了，根本没人理他，这里就剩他自己了。祖大寿心想：皇上，你怎么是非不分呢？袁大人是有过错，但对大明却忠心耿耿。眼下大敌当前，您怎么就不能顾全大局呢？要是在这个时候斩杀了袁大人，陛下失去的不仅是一员大将，而是已经岌岌可危的大明江山啊。祖大寿仰天长叹，心生怨恨和不平。

祖大寿回到宁远城外的祖家营。各位阿哥可能还记得，袁崇焕不相信祖大寿，让他把祖家兵带到城外驻扎，所以这里的消息比较闭塞，将士们对袁崇焕被抓一事还不知道。祖大寿到了祖家营，把手下爱将都聚集到一起。这些人一看大帅的脸色不好，忙问大帅发生了什么事，是不是哪里不舒服？祖大寿低着头，也不说话，过了半天，才说出句："走，不干了。"大家都不明白他说的是什么意思，但大帅有令，下头人不能不执行。就这样，祖大寿命令祖宽把祖家兵集合起来，一共能有三千多人。祖家军原来只有一千多人，现在怎么那么多人呢？原来是袁崇焕被抓的消息很快传到了宁远城，有些人为了活命，就跑到祖大寿这里，包括左辅和朱梅他们俩，也都跑到祖大寿跟前，要求跟随祖大寿，做祖大将军麾下一员，但这些人没跟祖家兵掺和在一起，而是单独待在一边。就这样，祖家军一下就增加了近两千人。他们把能拿走的东西全拿走了，就连鸡鸭猪牛这些牲口也拉走了，一共拉走一百多辆车的东西。收拾好了以后，祖大寿命令队伍连夜开拔。

可是往哪儿去呢？谁也不知道。祖宽小心翼翼地走上前去问道："大帅，咱们往哪儿走啊？"祖大寿一瞪眼，说了句："混蛋，你说往哪儿走？往家走呗。"祖宽吓得再也没敢吱声。

就这样，队伍往已经被岳托大将军接管的永平堡子走去。这一路

第七章 祖氏佳婿

上，祖大寿的心情非常不好，话也不说，饭也不吃。大帅没精神，兵士们也都垂头丧气，一个个真像没娘的孩子一样。

走了一宿了，队伍还在继续往前走。快到晌午了，队伍还没停下来。祖宽一看，来到祖大寿跟前，说："启禀大帅，您看是不是让大家歇歇脚，吃点东西呀？"

祖大寿说："不能停，一会儿你派人去找点吃的，再把咱们带的都给他们分下去，让他们边走边吃。"就这样，队伍在天黑以后赶到了永平堡子。

岳托大将军现在没在这里，把这块儿占下以后，他就走了，只留下一些兵马在这里守护。祖大寿命祖宽先把这些人安顿下来，至于下一步怎么办，连祖大寿自己都不知道。

咱们再说说京师那边，崇祯皇上自从关押了袁崇焕以后，祖大寿一顿暴叫，离开了京师，朝廷就乱了套了。辽东现在的主帅被抓起来了，祖大寿又反了，另外祖大寿是个野性十足的人，他要是反了事情就难办了，他可不像袁崇焕这些人懂道理，他目不识丁，没有文化，说句不好听的，真像土匪一样，你对他好，他跟着你干；你要是对他不好，那可就是一大祸害。有人赶紧去找孙承宗商议。孙承宗听到信儿后，急忙来到皇宫见皇上，打听事情的究竟。崇祯就把自己抓了袁崇焕，祖大寿一气反了的经过跟孙承宗简单学了一遍。

孙承宗就跟崇祯皇上说："臣以为陛下这事做得有些操之过急了。陛下，据老臣所知，袁崇焕一心为了朝廷，怎么能做出反叛之事，说他和皇太极勾搭连环，我想可能事出有因。陛下，您想想，您抓了袁崇焕，那么谁来主持辽东的事务呢？又有谁去和后金对峙呢？"虽然孙承宗说的句句都是实在话，可崇祯却根本不听孙承宗的谏言。崇祯皇上挥了挥手，说："老爱卿，朕已经查明了他的罪证，你就不要再说了。"孙承宗也知道崇祯皇帝那是金口玉言，怎么能说更改就更改呢。算了，我也这么大岁数了，还能有几天活头，犟也犟不过，何况现在不是跟皇上顶嘴的时候，现在最要紧的是想办法稳住这混乱的局面，要是再这么乱下去，朝廷就要玩完了。唉，也可能袁崇焕命里有此一劫吧，自己什么也别说了。

于是，孙承宗说道："陛下，老臣还有一事禀奏。老臣以为，朝廷现在得拉住祖大寿。祖大寿是个乡野之人，地方势力强大。先帝通过招安把他拉过来，他要是反了可不好办啊。陛下，现在皇太极就想把他拉过去，所以咱们千万要安抚好祖大寿，稳住他，让他为咱们卖命。咱们抵抗后金的大将已经没有几个了，总兵之职没有人能担当了。后金的兵马要是打过来，咱们怎么办啊？"

孙承宗的这几句话还挺管用，崇祯一下醒过神来。对呀，袁崇焕现在在大牢里，谁领兵抗金啊，这确实是个问题。我也不能上前线领兵抗敌去呀，你孙承宗已经七十多岁了，也不能再上阵了，那怎么办？袁崇焕现在也不敢再用了，崇祯皇帝就着急了，说："老爱卿，你替朕想个办法呀。"

孙承宗想了想，说："陛下，臣以为现在最可怕的并不是袁崇焕，而是'辽东一只虎'祖大寿。这个祖大寿是员猛将，另外祖家兵强马壮，在辽东非常有影响，他要是煽动人们起来闹事，恐怕朝廷都拿他没办法。陛下，到那时候可是悔之晚矣呀！"

崇祯皇上说："那怎么办啊？"

孙承宗说："现在最要紧的是赶紧派人找到祖大寿，跟他说好话，把他劝回来，把总兵官之职让他来当，让他来领兵抗金。"

崇祯皇上说："好，朕现在就下谕旨，召他进京见驾。"

孙承宗说："那不行，袁大人就是被陛下的一道谕旨叫进京来的。陛下要是再下谕旨，祖大寿可能不会信。"

崇祯皇上说："那怎么办？"

孙承宗说："臣陪陛下一块儿到大牢去看袁大人，让袁崇焕给祖大寿写一封信，让袁大人劝服祖大人。祖大人也许会听。"崇祯皇上摇了摇头，表示自己不能去求袁崇焕。

孙承宗接着说："现在只有这一个办法，没有别的法子。祖大寿相信的是袁大人，除了他，别人的话他不见得听，弄不好还会适得其反。"

崇祯皇上左思右想，自己也实在没有什么好的办法，为了自己的江山社稷，只好屈尊，由孙承宗陪同，去大牢看望袁崇焕。

崇祯皇上来到大牢，只见袁崇焕头发蓬松，手上戴着一个大木枷，脖子上戴着一副大铁链子，闭着眼睛坐在那里。法司刚想喊，崇祯皇上摆了一下手。法司赶紧后退到一旁。

孙承宗上前几步，亲切地招呼道："元素，元素，你看谁来看你来了？"

袁崇焕微微地睁开眼睛，看见站在自己面前的竟然是大明天子崇祯皇上。袁崇焕吓得赶紧起身，想跪下给崇祯皇上磕头，但由于他双手戴枷，很不方便。孙承宗上前扶了他一把。

崇祯皇上说："老爱卿，起来吧，一切都免了。"

袁崇焕见到了崇祯皇上眼睛一红，泪水止不住往下淌，他冤枉啊！袁崇焕跪地不起，口呼："吾皇万岁，万万岁。"然后，袁崇焕上指天，下指地，说："陛下，我袁崇焕对陛下忠贞不二，请陛下明察。陛下，我现在身陷囹圄，辽东没有统帅，大明的天下由谁来保？陛下，得赶紧想办法对付后金啊。陛下。"说完，袁崇焕连连磕头。

袁崇焕的一番肺腑之言并没有感动崇祯皇上。崇祯心想：你的罪证朕已查清，你休想用甜言蜜语蒙骗朕。崇祯皇上一句话也没说，还是站在一边的孙承宗说了几句宽慰的话。孙承宗说："元素啊，元素，你放心，事情是会调查清楚的，不要着急。元素，现在皇上有一件事想要你帮忙。"

袁崇焕说："臣愿为陛下鞠躬尽瘁，死而后已。"

孙承宗接着说："复宇听说你被抓，一气之下领兵离开了宁远，回到了永平。元素，现在最怕的就是复宇造反。他要是反了，那可是什么事都能干得出来的。所以，元素，这件事只能请你帮忙，你写封信，跟复宇说清你的事情，就说朝廷会还你一个公道。另外，你再告诉复宇，要从大局出发，赶紧回到宁远，带兵抗金。"

袁崇焕虽然觉得委屈，但他毕竟是大明的忠臣，不能眼看着朝廷有难，自己不去帮忙，再说自己通敌的事朝廷早晚会查清的，既然孙大人让我给复宇写信，那我就写吧。于是，太监们拿来笔墨砚台，铺在袁崇焕的面前。袁崇焕戴着枷，拿着笔梢，笔中间已经不好拿了，按照孙承宗的意思，给祖大寿唰、唰、唰、唰写了一封亲笔信。意思很简单，他告诉祖大寿，自己现在受些冤枉，不过没关系，事情早晚会查清楚的。你也不要耍小孩儿脾气，赶紧回来，我还有事要跟你商量。袁崇焕为了让祖大寿相信，撒谎说自己有事找祖大寿商量，这样祖大寿接到信后就有可能回来。

崇祯皇上拿到信后，连句话都没跟袁崇焕说，扭头就走了。袁崇焕还在后面磕头谢恩，说："吾皇万岁，万万岁。"孙承宗安慰了袁崇焕几句，跟着崇祯皇上走了。孙承宗得到这封信后，派侍卫骑快马到辽东去见祖大寿，并告诉他们，一定要找到祖大寿，把信亲手交给他，千万不能有任何闪失。

话说祖大寿回到了家，家里空荡荡的，他触景生情，想起自己的父亲、母亲和兄弟们已经被迫回老家去了，家里人都走光了，这里现在由人家后金的兵马给代管着，这一切还不都是因为自己在朝廷当差造成的嘛。我们很多将军奋勇杀敌，没死在战场上，却被自己的主子杀的杀、抓的抓。想到这里，他心里非常难受，心想：算了，干脆我把家产都分下去，我们也散伙吧。

他先撵的谁呢？先撵的达库。他把达库叫过来，说："达库啊，你原来就是后金的人，是明安贝勒推荐你跟我学武来的。现在武艺也学成了，你就走吧，认祖归宗吧，在那里你会飞黄腾达的。我的闺女天霞已经嫁给了你，她要是愿意跟你去就跟你去吧，我也不留她了。"他的这几句话，把达库造一愣。达库心想：岳父怎么突然提起这件事来了呢？原来这里是有原因的。我们在前面不是说了嘛，祖大寿这些日子脾气坏得很，每天不是喝酒，就是睡觉，再不就是骂人。

有这么一天，他正蒙头睡的时候，天霞过来把他的被子掀开，说："父亲，你整天不是喝酒，就是睡觉，还像个大将军的样子吗？"

祖大寿是个脾气非常暴躁的人，一般情况下谁敢掀他的被子，更何况他的心情又不好，但祖大寿非常宠爱自己的女儿，他一看天霞来了，就没说什么，而是坐了起来，低着头，叹了口气，说："孩子，我何尝愿意这样啊，可我现在怎么办好啊？"

站在一旁的月霞说："父亲，我姐姐现在身怀有孕，反应得厉害，饭也吃不下，你看咋办啊？"

祖大寿叹了口气，说："唉，傻孩子，我有什么办法呀？"

天霞说："父亲，你每天心情烦闷，我们看着也揪心。你的心情要是好一些，我的病也就好了。"

祖大寿望着消瘦不少却又懂事的女儿，眼圈一红，他把达库叫过来，说："达库，你去街上走一趟，找位好的郎中，给天霞诊诊脉，吃些药。"说完，又安慰自己的女儿说："好了，天霞，你也回去休息吧。我没事，你就不用惦记了。"

天霞和月霞跟着达库回到自己的房间。达库安排好天霞，就遵照岳父的吩咐，到街上找郎中去了。

现在的祖家庄可不再是那个有卖柴米油盐的，有卖皮张百货的，有唱戏的，有耍猴的，有做各种小吃的，也有经营四个幌子的馆子的，还有各种作坊匠铺，热闹非常的祖家庄了，现在这些买卖全都关门了。因为光顾这些买卖的大都是祖家的人，祖家的人大部分都走了，庄外的很

第七章 祖氏佳婿

429

多人家也都走了，只剩下岳托留下的后金兵，他们的东西还卖给谁呀，所以这些商铺的东家大部摘幌关门、上锁歇业了。

达库在十字街上找了半天，也没见一个看病的郎中，后来他好不容易在一个不起眼的旮旯里看到了一个膏药幌子，达库走了过去，只见一位女掌柜在柜台里面坐着。

女掌柜上下打量着达库，问："这位客官，怎么看着眼生啊？"

达库非常客气地说："我是外地的客商，路过此地，进来看看。"

那位女掌柜说："这位客官，您打算用点什么药吗？"

达库说："不，我不用药，我有事想麻烦您。请问您这里有没有坐堂先生？"

女掌柜一听高兴了，说："啊，原来您要找坐堂先生，有啊。这位客官，不瞒您说，别看我们小店不大，却五脏俱全。我们老两口在这里行医已经三十多年了，我家掌柜的姓鲍，人送外号'鲍神医'，我叫'鲍二娘'。我家掌柜的最近身体欠安，正在里面躺着呢。客官，您稍等，我这就去叫他。"说完，鲍二娘走进了后屋。

不大一会儿，从后门走出来一个中等身材，面庞清秀，脸色有些灰暗，约有五十多岁的男人，他身后跟着鲍二娘。鲍二娘介绍说："就是这位客官想要请郎中。这位客官，这就是我家先生。"达库赶紧起身施礼。

那个鲍神医一边还礼一边说："客官不要客气，您请坐。"达库和那位鲍神医都坐下来。

鲍神医问达库："请问客官，你哪里不舒服啊？"

达库赶忙解释说："不，不，不，不是我看病，是我家夫人。我家夫人身怀有孕，身子有些不爽，我想请先生过去给看看。"

没想到，达库的话音刚一落地，鲍神医没等答话，鲍二娘在一旁把话茬就接过去了："咳，我当是什么大不了的事呢，原来是闹小病啊，这事交给我了。"达库面露疑惑地瞅瞅鲍二娘。

鲍二娘笑了，说："怎么，信不着我？实话告诉你吧，这方圆十里八里没有不知道我的，这么说吧，这附近二十岁以内的年轻人都是我给接生的。"女掌柜的说着说着，还自豪地伸出了双手。

达库深施一礼，说："那就有劳鲍二娘了。"

鲍二娘关心地问："是谁家的媳妇有喜了？说来听听，告诉你，只要是这街上的，我保准认识。"

达库笑着说:"你可能认识,是祖家的人。"

女掌柜的一听高兴了,说:"老祖家谁不认识啊。他们家大掌柜的叫祖大乐,对我们家可好了,逢年过节总是派人给我们老两口送来吃喝,那可是我们家的大恩人啊,只是不知道他们家哪位夫人有喜了?"

达库说:"是大小姐天霞。"

鲍二娘一听非常高兴,说:"啊,是天霞小姐呀,她有喜了?哎呀,那太好了。大小姐可是好人啊,听说她嫁给了一位小英雄。怎么,怀孕了?哎呀,那可是好事啊。"鲍二娘高兴得手舞足蹈。

鲍神医在一旁催促道:"快走吧,别耽搁了,小姐还等着呢。"

鲍二娘一拍大腿,说:"你看我,光顾着高兴了,都忘了大事了,我这就跟你走。嗨,再等等,我先拿上几服保胎的药。"说完,女掌柜的进到药房,抓了几样药,放进一个竹编的小箱子,然后提上箱子,跟达库匆匆离开了药堂。

一路上,这位女郎中唠唠叨叨地说了一路祖家不少好处。说祖家怎么接济他们,怎么帮助他们,怎么收留逃难的人,祖家人从不仗势欺人,等等。女郎中突然停下脚步,问达库:"你是他家什么人?我过去怎么没见过你。"达库想说自己就是天霞的夫君,但又有些不好意思张口。女郎中领会错了,把话接过来说:"啊,我知道了,你是祖家新来的下人,对不对?"达库笑了笑,没说什么。

他们俩就这么说着唠着,很快就到了祖家大院儿。过去祖家有自己的护院家丁,现在门口站的全是后金的兵马。守门的兵丁都认识达库,马上给达库打开了院儿门。达库也没时间跟他们客气,领着女郎中进了院子,进去以后顺着小路往右拐,是一排青砖瓦房。

各位阿哥,说书人我在这里给各位阿哥介绍一下祖家的住房,祖家人虽然住在一个大院儿里,但大院儿里又分成一个小院儿一个小院儿的,一个小院儿里住着一家人家。祖大寿的院子挨着大乐的院子,天霞和月霞的闺房在最里头,离祖大寿的夫人们的房子挺近,现在祖大寿又娶了一房夫人邢氏。

咱们先讲讲大夫人祁氏的房子。虽然祁氏已经不在了,但是房间的布局仍按照祁氏活着时候的样子摆设,一点儿没变,每天照样有女仆打扫。房子的后面是一个长廊,上面雕刻着一些花草,过了这个长廊就是个大院儿,里面有假山、有池塘,池塘里有金鱼,从这个院儿过去并列有两座一模一样的房子,这就是大乐给祖家的两个宝贝姑娘天霞和月霞

第七章 祖氏佳婿

准备的闺房。

达库领着女郎中从祁氏的房子拐过来，在长廊里就看见了月霞，她可能是在为姐姐的事在指挥着奴才们干这干那。

女郎中眼睛好使，一下就看见了月霞，大老远就打招呼："二小姐，你好啊。"

月霞闻声抬头，看见了女郎中。她先小声吩咐了奴才们几句，然后笑着走过来，问候道："鲍大娘，你好。"并随手接过女郎中手里的药匣。

女郎中一边笑着回答："来了，来看看大小姐。"一边很随便地把药匣交给了月霞。达库一看，就知道她们的关系确实挺近。

月霞一手拿着药匣，一手挎着女郎中，两个人一起向天霞的房间走去，达库跟在后面。女郎中边走还边询问大小姐的近况怎么样，等等，她们还唠得挺全。

几个人说话间就来到了天霞的屋门口。门外伺候的丫头赶紧掀开门帘，把她们迎进来。进到屋里以后，天霞刚好从内室走出，只见天霞已近有些发胖，腹部隆起，穿着天青色的上衣，白绢子内衣，衣服上还绣着几朵牡丹花，鬓发上插着花饰，显得那么端庄而美丽。过去天霞穿的都是女侠的衣服，这样的装扮还是头一回，达库感到有些惊讶，眼睛都看直了。

天霞没理会达库的表情，而是笑着迎接客人："鲍大娘来了，鲍大娘请坐。"女郎中坐下以后，急切地问天霞："大小姐，你觉得怎么样？嗨，大小姐，我不知道你有喜了，我要是知道我早就来了。"天霞见达库在跟前，有些不好意思，就把鲍大娘让进了内室。达库一想这都是女人的事，自己不便跟进去，就在外面的客厅坐了下来。

由于达库只是新婚之夜在这里住过一宿，第二天一早就和天霞跟着祖大寿走了，也没来得及仔细察看屋里究竟什么样儿，都有些什么东西，所以他对屋里的一切还是感到比较陌生。趁鲍大娘进里屋给天霞查病的工夫，达库才有空欣赏天霞精心布置的闺房。只见客厅里的摆设非常清新雅致，满屋摆着各式各样的绢花，地上有一个小圆茶几，茶几上铺着一个绣花的桌罩，四圈都有金丝绒的彩穗，两侧摆放着两把绣花小凳。怎么还是绣花凳子呢？就是小圆凳上用绣花的绢丝包着，而且带着穗，非常漂亮。地上铺着从南方买来的毛绒花地毯。地毯上绣的是一位富家小姐手拿彩扇在捕抓蝴蝶，旁边有几位丫鬟陪同。

旁边的一个小桌上摆着香炉，香炉里的香正烧着，缕缕清香飘进人的心房，使人神清气爽。侧面的墙上挂着两柄宝剑，达库认识，这是天霞的宝剑。房梁上还吊着四个鸟笼子，里面分别养着金丝、画眉、八哥儿和鹦鹉，啼叫声此起彼伏，婉转动人。八哥儿见达库进来了，马上说道："你好，你好。"达库听见问候，走了过去，冲着八哥儿亲切地打招呼："你好，小八哥儿。"他这一举动把屋里的奴才们都逗笑了。

达库仔细地欣赏着屋里的一切，突然，他发现宝剑旁边的墙上挂着一串佛珠。达库走近一看，不觉微微一震。为什么呀？因为达库非常熟悉这东西，他的师父济能大喇嘛就常年佩戴这东西，珠串上不仅有佛珠，还有一块水晶石，如果你拿到阳光底下看，就能看见里面不是有观世音的像，就是有如来佛的像。

在这里给各位阿哥多介绍几句，和尚或喇嘛戴的佛珠是不一样大的，它们有大有小，小的像小手指甲那么大，大的甚至比小野鸡的蛋还大。佛珠大小是随着和尚或喇嘛修行的年头而不断更换的，你修行的年头越多，佩戴的佛珠就越大。佛珠越大，价值就越大，有的佛珠甚至价值连城。达库一看这串佛珠比大拇手指头还大，就知道使用这串佛珠的僧人不是一般的小和尚或小喇嘛。达库感到非常吃惊和亲切。

达库看着看着，突然觉得自己好像在哪见过这串佛珠。他走上前去摘下佛珠，拿在手里仔细观瞧，只见珠串上的水晶石上有一个字，什么字呢？就是咱们现在的一元钱、两元钱的"元"字。达库感到非常惊讶，这不是元吉师父的佛珠吗，怎么到这儿来了呢？

原来，就在杜木钦德大喇嘛和济能大喇嘛等人为赶去祖家参加达库和天霞的婚礼，从喇嘛庙走后不久，王化贞为了跟后金交战，把广宁附近的大部分建筑都给焚毁了，人也赶走了，当然喇嘛庙也在劫难逃。接着，王化贞就丢了广宁被朝廷问罪。这都是一连串发生的事。杜木钦德大喇嘛和济能大喇嘛回到科喇沁以后，望着已经存在了几百年的文化古迹，在眨眼之时就被烧成一片废墟的喇嘛庙，大喇嘛心疼得痛哭流涕，泣不成声，一连几天几夜茶饭不思，默默地坐在废墟前守候着，一动不动。后来大家一看这么下去大喇嘛恐性命难保，一起恳求大喇嘛离开这里。起初大喇嘛任由大家怎么劝说，一直不予理会。大家伙儿没办法，只好跟大喇嘛一起守在这里。后来大喇嘛一看这样下去自己一个人死了不要紧，连累全寺的喇嘛跟自己一起殉葬，这不是出家人应该做的事情。于是，大喇嘛在众人的劝说下，带着全寺的喇嘛往西走去，他想去

第七章　祖氏佳婿

433

大城子那边的喇嘛庙看看是否可以安身。大喇嘛他们走了以后,跟达库一直没有联系,达库曾多方打探也全无音信。今天在这里突然见到师叔元吉喇嘛的东西,达库感到喜出望外。他手拿佛珠,转身就要走进屋去一问究竟。

就在这时,女郎中鲍妈妈已经给天霞看完病出来了。

达库只好暂时放下心中的疑惑,问女郎中鲍妈妈:"怎么样?"

鲍妈妈说:"没啥事,大小姐身子挺好,孩子的胎位也挺正,母子都好。哎呀,对不起,我刚才不知道,原来你就是大小姐的官人啊。老妇我真是有眼无珠啊,我给你赔礼了。"说完,跪下来就要磕头。

达库慌忙过来,把女郎中扶起来,边扶边说:"老妈妈千万不要这样,快起来,快起来。"

天霞也在一旁说话了:"鲍妈妈,你这说哪儿去了?怎么能让你给他赔礼呢?你帮了我们祖家很多忙,我们都很感激你和我鲍大爷呢。"说完,天霞拿出一锭银子,放到鲍妈妈手里。

鲍妈妈推托道:"大小姐,我不能收你的银子。我们家欠你们的太多了,不能再要你们的银子了。"

天霞说:"鲍妈妈,你就不要客气了,收起来吧,权当我们给鲍大爷尽点儿孝心。"鲍妈妈千恩万谢。姐妹俩一直把女郎中送出院子。

天霞和月霞回来以后,达库就问天霞:"鲍妈妈怎么说的?"还没等天霞回话,月霞把话接过来了:"鲍妈妈说姐姐就快要临产了,可眼下兵荒马乱的,咱们家又是后金兵给把守着,万一哪天打起来怎么办啊?"

达库一时也没了主意,说:"是啊,怎么办啊?"要说这女人生孩子可是大事,既是喜事,也是祸事。要是生得顺利,全家人皆大欢喜;要是难产,那可就不是大人死,就是孩子亡啊,会要人命的呀。现在有剖腹产,那时候哪有啊,那时候女人生孩子,就是到鬼门关上走一回呀,所以说在过去有多少女人是死在生孩子这上的呀。

达库焦急地说:"是啊,这儿太乱了,不能在这儿生,可宁远咱们也回不去了,到什么地方去呢?"几个人都想不出天霞到底到哪儿去生这个孩子。

达库安慰天霞说:"天霞,你放心吧,到时候我一定会给你找一个安全的地方,你就好好养你的身子就行了。"

天霞笑了笑,起身就要回屋。达库突然叫住了她:"天霞,你等等。"

天霞回过身来，说："有事吗？"

达库问："这串佛珠你是在哪儿弄来的？"

天霞一看达库手拿的佛珠就是自己墙上挂的那串，解释说："这是一个僧人送给我的。"

达库说："僧人是谁？你认识他吗？"

天霞说："不认识。"

达库说："那他为啥送给你呢？"

天霞说："这还是上个月的事。一天，我闲着没事，到外面转转。那时候爷爷他们还没有走，在十字口那块儿，有一个衣衫褴褛的游僧站在那里在卖自己的僧袍和一串佛珠。"

达库问："是个什么样的人？"

天霞答："个头不太高，挺瘦的。"达库心想：元吉师父个头倒是不太高，但元吉师父不瘦，是个小圆胖子啊。

天霞继续说："一件旧僧袍哪有人买呀，所以他喊了半天也没人搭话。我看他挺可怜，就走了过去。他一看见我，就恳求我买下他的僧袍。他见我不想买，就又请我买下他的佛珠，并说这串佛珠是他前三代的师父传下来的，要不是因为等银子救命，他是不会拿出来的。我见他说得可怜，就让丫鬟给他一锭银子，买下了佛珠。"

达库问："你问没问他是哪个喇嘛庙的？"

天霞说："没有。"

达库又问："他的法号叫什么你知道吗？"

天霞说："不知道。我让丫鬟给完他银子，什么也没问。怎么，达库，你认识这串佛珠？"

达库点了点头，说："是的，天霞，这串佛珠有可能是我科喇沁喇嘛庙的元吉师叔的。我估计我师叔他们有难了，否则他们是不会卖这串佛珠的。天霞，你还知道什么？"

天霞说："我给完他银子他就走了，也没问他住在什么地方啊。"

达库问："他是往哪个方向走的？"

天霞说："当时人挺多，我也没注意这事啊。"突然，天霞猛地想起了什么，说："对了，当时已经是下半晌了，我还让那个游僧到家里吃饭。那个游僧好像说他还要赶四十多里地的路，就不打扰了，说完就走了。"达库一听，心想：这就够了，不就是方圆四十里地嘛，我一定能找到他们。

第七章　祖氏佳婿

到了晚上，吃完晚饭，达库告诉祖宽："祖宽，我出去办点事儿，很快就回来，你不要告诉任何人。"

祖宽说："用不用带几个人去？"

达库说："不用，我一个人就行。"

祖宽说："那你可要小心啊。"

达库说："你放心吧。"说完，达库趁黑夜走了。

达库到哪去呢？就是那次明安贝勒和希福大人到祖家庄劝降祖大寿，在吃饭的时候，希福秘密告诉他的一个地方。达库知道，自己要想找到师父他们，只有找后金的人帮忙才行。咱们在前面多次讲过，扈尔汉、额亦都、希福他们这些人多次秘密到大明各地刺探情报，掌握各方面信息，对大明的情况比较了解。

由于永平府一带的百姓大都搬走了，所以现在这里到了晚上一片漆黑，只是偶尔有后金的骑兵在街上巡逻。达库按照希福指的路，过了几个胡同，来到一座小山坡旁。小山坡上长着一棵歪脖松树，挺粗大，非常显眼，离老远就能看到。

达库要找的就是这棵松树。这棵松树挺有意思，下面非常直，到了上头就歪歪了，由于松树的年头多了，松结挺大。达库顺小道儿到了松树旁，然后围着松树看了一圈，也没见哪有什么希福大人说的铜铃。达库又继续往上看，上头分成两个杈，一高一矮，高的那根先是平伸出去，到前头又往下探去。达库摸到了分杈那，突然传出晃啷一声铜铃响。达库按照希福大人嘱咐，拿过铜铃，使劲儿摇晃了几下，然后放回原处。等了一会儿，周围也没有什么动静，更没有人出现。达库感到很奇怪，往四下看了看，周围什么也没有。达库心想：这是怎么回事？希福大人不是说只要我摇晃铜铃，就会有人来接应我吗。我铜铃摇完了，却怎么没人呢？达库又往远处看看，突然发现不远处出现了一个亮点，借着月光他仔细看，原来那里好像有一座茅草房，亮光是从茅草房的窗户里发出的。达库原来没发现那里有房子，是因为那里原来没亮灯，灯是达库摇完铜铃之后才亮的。达库猜想：可能那个茅草房就是监视这个铜铃的地方。

果不其然，不大一会儿，茅草房的门开了，从里面走出一个人，提着一盏灯笼。此人来到达库跟前，瞅了瞅达库，说了句："跟我走。"

达库跟在来人的后头，下了山坡，来到茅草房。茅草房内还有一个人，达库进去以后对那人抱拳施礼，把自己的意思说了。那人问清达库姓甚名谁后，说道："我现在就领你去见希福大人。"

达库跟那人走了挺远一段山道，来到一座兵营，见到了希福大人。希福大人见达库到来非常高兴，把达库迎进帐去。进去以后，达库就把天霞怎么买到师叔佛珠的事学了一遍。

达库又说："希福大人，我师叔他们一定遇到难处了，否则他是绝不会卖佛珠的。大人，请您帮我找到我师父他们。"

希福笑了笑，拍着达库的肩膀，说："达库，你放心，我一定帮你找到你师父。"

达库说："那就太谢谢您了。"

希福说："达库，其实我对这件事早有耳闻，你师父他们确实是被王化贞他们给赶出来了，不光他们，就是附近寺院的人也都被赶出来了。前些日子我们的探子发现，大明新修了两条路，一条是从沈阳奔承德再到京师去的北线，一条是从沈阳到辽阳、锦州、三十家子再奔承德的南线路，现在南线这条路被我们占了，他们就抓了不少人，逼着这些人给他们修北线，可能你师父他们就在这些人当中。"

达库一听就急了，说道："大人，那怎么办啊？得想法救我师父他们啊。"

希福大人说道："达库，别急，我们已经决定派兵马救出这些人，让他们修不成北线。"

达库又说："大人，天霞说我师父他们在离我们庄子四十多里地的地方，你看咱们是不是派人去打探打探消息。"

希福想了想，说："在你们屯子北边四十多里地的地方是阜新，但没听说那边有什么动静，不过离你们屯子四十多里地的南边是义县，那里正是大明修筑南线的必经之路。嗯，这些人可能就在义县附近。好，达库，你提供的消息太及时了。"

达库说："大人，你们准备什么时候动身？我想跟你们一起去。"

希福大人说："达库，这事不能急，等我们把一切准备妥当后，再去也不迟。达库，据我们所知，大明很多的将领都跑了，唯独北边领着修路的这个人还在继续为大明卖命。这个人叫马世龙，是袁崇焕手下的一员大将。他武功高强，有万夫不当之勇，就是他抓了一千多人，逼着这些人为他们修路，把我们北进的道路给挡住了。"

达库说："把岳托贝勒的兵马派去不就行了吗？"

希福说："哎，杀鸡焉用牛刀？我告诉你吧达库，我已经派人调查过，马世龙这个人爱喝酒，脾气大，是个有勇无谋的人。咱们只需想些策略，就可将他轻松拿下，为我所用。"

达库说："希福大人，难道你有什么好办法吗？"

希福说："我和岳托大将军早就想好了，准备找两个人，这两个人就是刚降过来的，袁崇焕身边的两个心腹，一个叫左辅，一个叫朱梅。想当初袁崇焕信不着你师父，派他俩盯梢，被岳托贝勒抓住了。他们俩回去以后被袁崇焕多次审问。后来袁崇焕被抓入狱，他们俩一想，与其这样提心吊胆地过日子，还不如干脆降了。就这样，他俩降了岳托贝勒，在岳托贝勒的帐下听令，这俩人现在急于立功。马世龙现在还不知道他们俩已经降了我们，所以我就想派这俩人去见马世龙。马世龙也知道左辅和朱梅是袁崇焕的亲信，他也轻易不敢把这两人怎么样。他们俩到那儿以后，想办法拢住马世龙，等候岳托大将军的到来。到那时候，你再找你师父也不迟呀。"

达库一听非常高兴，马上点头答应。

希福又说："达库，你既然来了，就别急着回去了，咱们在一起商量商量，怎么早点擒住马世龙。对了，达库，还有一件非常重要的事，临来前，汗王爷口传圣谕。"达库一听，马上跪地接旨。

希福大人接着说道："汗王口谕：命你早点儿返回后金。"

达库磕头："臣领旨。"

达库起身后跟希福大人商量："希福大人，我还有一件事，内人马上就要生了，可这里没有好郎中，宁远我们也回不去了，您看我领天霞去沈阳生产怎么样？"

希福说："好啊，这是好事啊，我回去马上安排。"

希福安排达库先住下，他来到岳托贝勒帐下把情况通禀一番，岳托听了也很高兴，马上传令降将左辅、朱梅来见。

话说这左辅和朱梅自打降过来以后，每天好吃好喝的，什么事儿也没有，就那么待着。皇太极像养大爷似的，把他俩养起来了。开始的时候他俩没往心里去，觉得还挺美，可时间长了，这俩人心里就犯开了嘀咕："汗王爷不重用咱俩，可也不杀咱，就这么把咱俩养起来了，他是不是还信不着咱们？咱们怎么做才能让他们相信呢？"朱梅跟左辅说："大哥，咱俩还是立两次功吧，这样汗王爷就会相信咱们。"其实左辅也是这个想法。于是，他们就想法接近岳托，想请岳托贝勒在汗王面前美言，准许他们到前线杀敌立功，但始终没有机会。他们俩每天就这么不愁吃、不愁穿地待着,哪也去不了,对外面的情况也不知道,就像聋子、瞎子一样。

就在这天,两个人躺在炕上正闲心难忍的时候,兵丁进来传报:"左将军、朱将军,岳托贝勒有请。"他俩一听,扑棱一下从炕上爬起来,这可好了,岳托大将军终于召见咱们了。俩人高兴地赶紧下地穿鞋,跟着兵丁来到中军大帐,拜见岳托大将军。岳托热情地说:"左将军,朱将军,请不要客气。"俩人起身以后,规规矩矩地站在岳托贝勒的右侧。岳托贝勒的左侧坐着希福大人。

岳托招呼侍卫:"来人,给左将军和朱将军拿两把椅子。"两旁的侍卫搬来椅子请左辅和朱梅二位坐下。

左辅和朱梅坐下以后,岳托大将军说:"左将军、朱将军,本将军找你们来是有事跟你们商量。"

两人一听,赶紧站起来,双手一抱拳,说:"请将军吩咐。"

岳托摆了摆手,请二人坐下说话,然后岳托继续说:"本将军想收服马世龙,你们看怎么样啊?"

左辅和朱梅一听高兴了,说:"那太好了,将军,我们早盼着这一天了。将军,有什么吩咐您就交给我们俩去办吧。"

岳托说:"好,那就请希福大人把具体情况跟你们说一下。"

希福接过话题说道:"你们知道马世龙有什么嗜好吗?"

左辅说:"他这个人不好女人,也不好钱财。他喜好什么呢?对了,他爱喝酒,是个大酒包。"

朱梅也说:"对,他就爱喝酒。他打仗的时候都带着酒葫芦,喝好了以后抡起大斧子一顿捶,谁也挡不住。大家都叫他'马大酒包'。"

希福说:"你们现在要想办法进到马世龙的大营里去,控制住马世龙,然后和岳托贝勒里应外合,将这股明兵拿下。怎么样?有难处吗?有难处不妨直说,罕王爷是不会怪罪你们的。"

左辅和朱梅站起身来,冲岳托一抱拳,说:"大将军,自从我俩来到将军帐下,将军待我们恩重如山,我们无以为报。请将军放心,我们一定竭尽全力,不负将军厚望。"

希福说:"好,你们可敢签军令状?"

左辅和朱梅本来挺乐和,而且他俩确实想为后金做点事,但一看人家让签军令状,心里不免有些突突。俩人你瞅瞅我,我瞅瞅你,一时不知如何是好。还是左辅来得快,他心想:既然自己都已经投降人家了,

第七章 祖氏佳婿

就听人家的得了,让咱干啥就干啥呗。于是,左辅扑通一下就跪下了,说道:"将军在上,我们生是后金的人,死是后金的鬼,誓死效忠罕王爷,这军令状我们签。"

左辅和朱梅签完军令状,谦恭地出了大帐。希福把他俩送出挺远,路上又给他俩出了不少主意。希福还让下面人预备了一车酒、一车猪、羊、一车粮食,还有一车衣物等,让他俩以朝廷大将高捷、何克刚的名义到北线犒劳修路的将士们。高捷和何克刚都是朝廷重臣,势力非常大,但现在不知去向。左辅和朱梅就以这俩人的名义前去,估计马世龙不会怀疑。希福又安排达库跟他俩一同前去。

事不宜迟,达库带着天霞和月霞,跟左辅和朱梅他们很快就启程了。他们打着高捷和何克刚的大旗,一路上没遇到什么麻烦,很快就到了义县北边,离义县有十多里地的马世龙的兵营。马世龙让手下的兵丁都住在外围,民工住在里面,为的是看着那些修路的民工,防止他们逃跑。

因为这里交通闭塞,跟外界基本上没什么联系,而且祖大寿自打从京师回来以后也没到这里来,所以马世龙只知道袁大人进京面见圣上,可能是当今皇上想了解一下辽东的御敌情况,并不知道袁崇焕被抓的事。

这一天,马世龙正坐在中军大帐,想着这些天来路修得很顺利,心情比较舒畅,只是有一点让他有些发愁,什么呢?就是他已经好多天没见着荤腥了,而且粮食快要没了,一想到这么多人要是没有吃的,路还怎么修啊?他就有些着急。

这时,守门的兵丁来报:"报,将军,义县方向来了一队人马。"马世龙抬了抬眼皮,命兵丁再探。过了一会儿,兵丁又进来通报:"报,高捷、何克刚大人派人前来慰问。"

一听有人来慰问,马世龙顿时喜出望外,马上就来了精神,更使他高兴的是伴着微风飘来阵阵的酒香。马世龙已经有日子没喝酒了,酒虫子在肚子里都闹上了。这个马世龙光顾着高兴了,他也没想想,这一路上都是后金的兵马,这些人带了这么多吃的是怎么来的?

不大一会儿,门开了,左辅和朱梅两人进来,给马世龙叩头见礼。马世龙认识他们俩,知道他们俩是袁大人的左膀右臂,有时候自己去见袁大人,赶上袁大人不在或没空,就由左辅和朱梅来接待自己,所以他根本没想到左辅和朱梅会归降后金。现在一看二人跪在自己面前,马世龙马上走过去搀起二人，嘴里说道："二位将军快快请起，快快请起，你们来了就好。哎呀，我正盼着你们呢。"左辅会说呀，马上说："马将军，袁大人现在正在京师，暂时回不来。袁大人捎话回来，让我们抓紧时间修筑城墙，以防后金兵马的进攻。这不，何大人和高大人派我们二人送来粮食和猪羊犒劳犒劳将士们。"马世龙挺高兴，让手下人收下这些给养。

左辅和朱梅又把穆达库和祖天霞介绍给马世龙。马世龙知道天霞是祖大寿的爱女，不仅武功高强，而且年轻貌美，另外他也知道穆达库文武双全，力大无穷，立过不少功，所以他见着这俩人也非常高兴，说了很多赞扬逢迎的话，达库以礼相待。天霞没说话，只是礼貌地点了点头。

到了晚上，兵营里杀猪宰羊，大摆酒席。左辅、朱梅、达库、天霞和月霞几个人陪着马世龙在他的中军大帐，轮班给马世龙敬酒。马世龙这回可过了瘾了，喝得酩酊大醉，躺在了大帐。

到了后半夜的时候，马世龙的部下大多都喝醉了。达库走到城外的树林里，接应早已秘密隐藏在那里的岳托贝勒和希福大人带来的兵马。就这样，后金兵没费吹灰之力，把马世龙的手下捆了个结结实实。大明兵士酒醉不醒，后金兵没办法，只好把他们抬到大院，扔到了地上。这一扔，才把他们从醉梦中惊醒，懵懵懂懂地看着眼前发生的一切。

岳托带着部下冲进马世龙的大帐，马世龙睡得正香。后金兵叫了几声没叫醒。岳托来气了，把后金兵一把推到一边，夺过他手里的长矛，照着马世龙的肚皮，啪、啪、啪地拍了几下。马世龙一下就被打醒了，他睁眼一看，眼前站着的几个人不认识。马世龙刚想发火，岳托用大刀一指，说道："别动，后金元帅岳托在此。"马世龙一愣，再一看周围，自己的手下一个个都被缴了械，左辅和朱梅以及穆达库他们几个也都站在一边一声不吭，马世龙知道自己这下完了。岳托一声令下："把他给我捆上。"过来几个后金兵七手八脚地把马世龙就捆上了。

马世龙这人心眼儿转得还挺快，他一看形势不好，马上跪下磕头，说："岳将军，我愿意归降后金，只要能保住我这条老命，我什么都听你们的。"

马世龙的部下一看连自己的主帅都降了，要是不投降，也真是没有出路，上哪儿去呀，没吃没喝的。没办法，这两千多号人也都随马世龙归降了后金，所有的兵刃、马匹都被收缴了。

第七章　祖氏佳婿

441

达库在一座营房里找到了已经奄奄一息的杜木钦德大喇嘛。杜木钦德大喇嘛的嘴唇干裂，起了很多大泡。达库跪在旁边连喊几声，他都没有反应。达库接过元吉喇嘛手里的水碗，给大喇嘛饮了几口水。过了一会儿，大喇嘛轻轻地咳嗽了几声，长出了一口气。达库赶紧命人把大喇嘛抬到他们带来的轿车上。

找到了杜木钦德大喇嘛，达库的心里也就踏实了。他来不及多想，就和后金将士们一起准备返程。

这边岳托和希福一商量，俘虏了马世龙，不如再到祖家庄把祖大寿也一起收服了，让他也归附后金。于是，马世龙和他身边的几个谋士被带到轿车里，准备先把他们押解到祖家庄，等收服祖大寿以后，将他们一起带回沈阳。就这样，他们又往永平堡子赶。

此时天已经黑了，这些人也没在意，因为他们对这条道儿太熟悉了，而且料到路上也不会有明兵堵截，所以他们一路上浩浩荡荡地往永平堡子走去。

单讲马世龙在马车上被这么一颠簸，酒劲儿完全醒了，他心想：真窝囊，我怎么上这么大的当呢？他这时候骂谁呢？骂左辅和朱梅。这两个王八蛋，背叛自己的祖宗，投靠后金。唉，也怪自己贪杯，中了后金设下的圈套。他心里一个劲儿地懊悔。

跟他一起被抓的还有几个人，其中有的人想降，有的人不想降，不想降的说："大帅，我观察了一阵儿，我发现他们看管得不严，咱们不如找机会逃出去吧。"

马世龙摇了摇头，说："这附近都是岳托的人，咱们往哪儿跑啊？要是跑不出去，再被他们抓住，那还不得成了他的刀下鬼呀。"

那人又说了："大帅你看，这外头都是林子，只要咱们逃进树林，他们就抓不着。大帅，你记不记得，从这往朝阳方向走，是何将军的据点，咱们投奔何将军去。"

马世龙听了又气又急，把头摇得像拨浪鼓似的，说道："他们就是何克刚派来的，咱们才上这么大的当，现在你又要投奔他去，你什么意思？"

那人急忙劝慰道："大帅息怒。大帅你是急糊涂了。你想想，前些日子咱们还看见何将军，他还抱怨说朝廷给的粮饷不够，他怎么可能会给咱们送粮米和猪羊。左辅和朱梅肯定是打着他们的旗号来骗咱们的。大帅，咱们上当了。"

马世龙一想，对呀，他说得没错呀，前些日子何克刚带着队伍从这里路过往朝阳去，根本没在宁远，怎么可能从义县那边过来呢？唉，也怪自己贪小便宜，吃了这么大的亏。可怎么能逃出去呢？

有人出主意说："大帅，咱们就说刚才吃多了，肚子坏了，让他们停车，下去方便。你就装作走不动路，我们几个搀着你，到林子里以后再想办法。"

马世龙一想这个办法也行，同意了他们的意见。

他手下人就喊："来人啊，快来人，我们将军病了。"

负责押送的后金兵一听，勒马就站住了，问道："怎么回事？"

车里的人说："禀报军爷，可能我们将军刚才吃得太油腻了，肚子吃坏了，想拉稀，怎么办？也不能拉到车里呀。"

这时候马世龙就装模作样地哎呀、哎呀地直叫唤。

后金兵赶紧把情况禀报给希福大人，希福一听人家肚子坏了，也不能不让拉呀，再说他们也跑不到哪儿去，就说："让他去吧，你们派两个人看着点。"

于是，几个人搀着马世龙从车上下来。马世龙还假装猫着个腰，手捂着个肚子，嘴里还一个劲儿地说："哎哟，疼死我了，疼死我了。"一瘸一拐地下了沟，进了树林子。后金兵在树林外面等着。

过了半天，也不见马世龙他们出来。希福觉得事情不妙，让手下人赶紧进林子里去找。里面都是些荆棘丛生的野藤子，树也非常密，找了半天也没见到人影。希福把这一情况告诉给了岳托。那时候被抓的俘虏跑了是常有的事，根本就不在乎，更何况马世龙也不是什么大的将军，只不过是个游击。

于是，岳托说道："跑就跑吧，看他们能跑到哪儿去，早晚都得是我们建州的刀下之鬼。"但是希福却不这样认为，他说："岳大将军，马世龙跑了对咱们不利呀。他很可能跑到朝阳见高捷和何克刚他们，万一他们带着兵马偷袭永平府，咱们就危险了。"岳托一想：对呀，我们带着这么多俘虏，还有些民工，行走不便，他们有可能来抢人。于是，岳托命人连夜把民工召集到一起，愿意留下的就留下，不愿意留下的就全让他们走了，那些老道、和尚也都给放了。

单说达库见到了杜木钦德大喇嘛，又见到了元吉喇嘛。杜木钦德大喇嘛苏醒以后，看见达库回来了，他眼里淌着热泪，说："达库，没想到咱们在这里见面了。达库，你好啊？"

达库回答道:"我好,大师伯,我师父他好吗?怎么没看见我师父呢?"

杜木钦德大喇嘛叹了口气,说道:"都怪我,让你师父受累了。"

元吉喇嘛接过话题说道:"你师父给你大师伯采药去了。你大师伯的病挺重,这又没有他用的药,没办法,你师父只好亲自上山。你大师伯能活到现在,多亏了你师父啊。"

他们在这正说着话呢,济能大喇嘛回来了,只见他破衣喽嗖的,背着一筐草药,腰里还别着一把镰刀。见到达库,济能大喇嘛非常高兴,赶紧放下肩上的箩筐。达库过去给济能大喇嘛就跪下了,抱着济能大喇嘛的大腿,眼泪刷刷地流了下来。

济能大喇嘛把达库搀了起来,说道:"孩子,咱们团聚了,这是好事,哭什么?来,起来。"

达库听话地止住了哭声,站了起来。济能大喇嘛接着说:"达库,你来得正好,你大师伯的病情很重,单靠我这些草药只能维持生命,根本治不了病,你赶紧想办法给你大师伯找个好郎中。"

达库说:"好的,师父,你放心吧。"说完,达库让天霞、月霞过来拜见自己的师父、师叔伯。他们几个人都见过天霞,也知道这是祖大寿的两个爱女,武术高强,为人也很仗义,当然他的几个师父都很高兴了。

咱们话就不多说了,队伍按岳托贝勒的意思前往祖家庄。

为了不引起祖大寿的误会,岳托命队伍在离祖家庄有近十里地的地方停下来,他自己则带着希福大人、达库、天霞等几个心腹前往庄子。刚到村口,就见祖大寿早已等在了那里。达库急忙上前引见,祖大寿先见过岳托贝勒,又见过希福。这就接上了咱们在前书所讲的袁崇焕曾经写封信,这封信是明朝崇祯皇帝怕祖大寿造反,逼着在监狱里的袁崇焕给祖大寿写的信。孙承宗派人飞马赶到辽东,找到祖大寿。

就在达库他们办这些事的时候,正好袁崇焕的信到了,当时祖大寿担心袁大人被杀,心情挺不好。就在这时候京师来信,祖大寿看见了袁崇焕的这封信,眼泪哗哗地往下淌。说实在的,自从袁崇焕被抓,他一怒之下领兵走了,回到永平以后,他整个人都变了,每天不是喝酒、睡觉,就是蒙着个被哭,脾气也变得非常暴躁。就连达库、天霞、月霞、祖宽等人见了都非常担心,他们真怕大帅再生出一场病来。现在得知袁大人的事情很快就会查清楚,而且袁大人写信让自己回去,共同商量抵抗后金的事,祖大寿心里挺高兴,他觉得大明皇帝还真是一个好皇帝。

祖大寿完全没了刚才失魂落魄的样子,恨不能马上赶到京师见到袁大人。这时候达库和天霞他们出去办事还没回来,祖大寿等得着急,每天都骑马到大门外去瞧看。

这天他在这儿正看着,就看前面来了一标人马。祖宽眼尖,一眼就看见了希福大人旁边的达库和天霞,急忙告诉老爷。祖大寿看见自己的女儿、女婿回来了很高兴,可又看见俩人旁边的岳托等人,一看着装就知道这些人是后金的官员,祖大寿心里微微一怔,脸上露出不快的表情。他不知道这些人干啥来了,但现在正处在两军交战的时候,对方没带一兵一卒前来拜访显然不像是下战书,倒像是劝降,这要是被朝廷知道,不得对自己有想法呀,所以他没有半点表示欢迎的意思。达库急忙上前引见,岳托抱拳施礼,祖大寿面无表情地应付一下,转身进了屋。岳托等人有些尴尬地站在那里。天霞见爹爹如此对待客人,面子上有些过不去,她和达库急忙上前搭话,热情地请岳托等人进屋。气氛这才有些缓和。

进屋以后,祖大寿没等众人开口,就虎着脸、开门见山地说道:"岳将军,我是个粗人,说话喜欢直来直去。不知将军前来有何贵干啊?"

说实话,岳托的性子就够直的了,没想到,这祖大寿比他还直,客人来了,他一句客气话都没有,就直入主题。屋里其他的人也没料到祖大寿会说出这样的话来,一下子都愣住了。

只见岳托并不气恼,他微微一笑,说道:"祖将军,两国交兵还不斩来使呢,何况我们本无恶意。你怎么也不请我们坐呀!"

祖大寿被岳托贝勒的几句话说得有些不好意思,而且他也意识到自己刚才的言语有些唐突,他的脸一红,但没表示出歉意,只是说了句:"请。"然后自己就先坐下了。

岳托贝勒微微一笑,坐了下来,真诚地说道:"祖将军,末将此次前来是为将军您来的。"祖大寿疑惑地看着岳托。

岳托贝勒停顿片刻,接着说:"祖将军,现在的形势难道你没看出来吗?大明皇帝昏庸无能,后金的兵马很快就要杀进长城,打到京师,你跟着干还有什么意思。人往高处走,水往低处流。祖将军,你还是跟我们走吧,跟我们一块儿到沈阳去,汗王会重用你的。"

祖大寿气得一拍桌子,站了起来,斩钉截铁地说道:"不,我宁死也不会投靠你们的。我是大明的子民,是汉人,我要保护我们自己的皇帝。"

希福说:"祖将军,你不为自己想,也要想想你的孩子、你的家人。天霞现在已经身怀六甲,你让她到哪里去生产?"

祖大寿说:"我是朝廷命官,不能只顾儿女情长这点事,天霞也不是小孩子了。我相信,她自己的事情她会处理好的。"说完,祖大寿对达库和天霞说:"达库,落叶归根,既然你不愿意跟我到京师,我也不勉强你。天霞,为父现在不能照顾你了,你自己要多保重。我马上要去京师,就不留你们了。咱们就此告别吧。"

就这样,祖大寿留下了祖方照看祖家庄,他和祖宽打马直奔京师。达库、天霞、月霞跟父亲分别。

达库一看岳父心意已决,自己也不好多说什么,只是既然岳父不肯跟后金合作,这里很快就会打起来,自己的师父和大师伯他们没个落脚的地方,另外大师伯的病情也很严重,耽误不得。于是,达库跟希福商量:"希福大人,我大师伯的病很严重,得找个地方给他看看病。"

希福说:"让他们跟我们一起回沈阳吧,到沈阳给你师伯找个好郎中。"

达库说:"那太好了。"达库、天霞、月霞决定跟希福大人去盛京面见皇太极。岳托为了防备何克刚报仇,领着兵马继续驻扎。

咱们先说说祖大寿,话说祖大寿领着祖宽很快就赶到了京师,见到了孙承宗。孙承宗看见祖大寿来了非常高兴,设盛宴款待,又领他晋见了崇祯皇上。崇祯皇上赐宴,赏蟒袍玉带。祖大寿一再提出想到狱里见见袁崇焕,但孙承宗没答应,崇祯皇上也没答应。祖大寿没办法,只好听任圣命。孙承宗又好言相劝,让他赶紧回到辽东,把溃散的明兵重新组织起来,保护朝廷。祖大寿没办法,又回到了辽东。

后来,袁崇焕在崇祯三年的时候被崇祯皇上下旨给杀了。他死的时候受的是磔刑。什么叫磔刑呢?就是分尸,刽子手把被处死人的肉一片一片地割下来,老百姓付钱买去,然后就酒生吃。至于袁崇焕被割了多少刀,历史上无记载,我们也不得而知,反正袁崇焕死得挺惨。他的家人也被流徙到三千里以外。祖大寿痛哭流涕,悲痛万分,恨自己当初冥顽不化,不听岳托和希福大人的劝告。当然这些都是后话。

祖大寿回到辽东以后,他先把祖家兵囤积到锦州,后来他觉得在锦州住着也不行,又把兵马往前挪了挪,挪到了大凌河附近。接着,他又领兵修建了大凌河城。祖大寿准备在这里和后金兵对峙，抵御后金的入侵。

咱们再回过头来讲讲穆达库。穆达库和天霞、月霞等人，由希福等人陪同，保护着三位大喇嘛，回到了沈阳，朝见了皇太极。皇太极非常高兴，下殿亲自迎接，因为在皇太极的心目中，卫齐曾经为赫图阿拉做出了卓越的贡献，是个大功臣。卫齐的儿子穆达库他也多次见过，他很欣赏穆达库，更主要的是穆达库在祖大寿跟前待了这么多年，去过几次京师，对长城及京师一带的情况非常熟悉，皇太极现在就想找这样的人，所以他曾经跟希福讲过多次："你无论如何也要把达库接回来。"另外，皇太极跟明安贝勒讲过多次："贝勒爷，你要想法儿把达库给收回来。近朱者赤，近墨者黑。他是咱们的人，不能让他总在大明待着，时间长了他该忘本了，所以你要想办法把他接回来。"

现在穆达库回来了，那等于是宝贝疙瘩回来了。另外，祖天霞的名字在辽东也是赫赫有名的，人家姑娘不仅武功好，长得漂亮，又是祖大寿的掌上明珠，而且她的妹妹月霞也跟来了，这等于后金又增添了三员虎将，皇太极能不高兴嘛，当然高兴了，所以皇太极亲自迎接。

穆达库把自己的师父和师叔伯一一地给皇太极介绍。由于杜木钦德大喇嘛病情严重，不宜颠簸，一路上是由后金兵轮换着抬着回来的。皇太极连忙起身迎接。济能大喇嘛和元吉喇嘛给皇太极施礼问安。皇太极命人给他们安排最好的馆驿住下。

第二天，皇太极摆盛宴庆祝岳托贝勒得胜，众位大臣一块儿陪同，达库和天霞、月霞也来了。这时候由于天霞要临产了，皇太极就让她住到了汗王宫里，准备由太医给接产，其实不光皇太极需要穆达库，还有一位女人也非常盼望他回来，谁呀？努尔哈赤的福晋、孔果尔贝勒的女儿乌嫩呗，她嫁给努尔哈赤的时候刚十三岁，达库还去送她了呢。皇太极继位以后，她被封为太福晋。你想啊，她这么年轻，就成了寡妇，每天伴着孤灯残影，寂寞无聊，于是她就把自己的母亲接来，跟她住到了一起。这娘俩一听说达库来了，都非常高兴，但是由于太福晋的地位高贵，何况她又死了丈夫，是个寡妇，所以不能随便相见。太福晋跟皇太极一再请求，皇太极不好太驳她的面子，就在设宴的时候安排他们见了面。宴会非常热烈、隆重。当时有些人都想见识见识达库的武功，更想见见天霞的武功，但由于天霞现在身怀六甲，行动不便，皇太极就没让她给大家表演，而是让达库显露一下身手。

第七章　祖氏佳婿

达库表演什么呢？皇太极知道达库水上功夫不错，曾经在水里救过天霞，另外后金的这些人都是马上的英雄，水里的功夫那是差远了。于是，皇太极就让达库表演一下水上的功夫。正好王宫里有个人工湖，湖挺大，水也挺深。皇太极就让达库在那里表演。皇太极和众位王爷、贝勒、将军及福晋们都坐在湖边的亭子里观瞧。天霞挺着个大肚子也来了。

只见穆达库穿着一身紧身衣出现在众人面前。他先给皇太极施礼，又给太妃及各位福晋见礼，然后起身向众位抱拳施礼。礼毕，达库稳步来到湖边，深吸了一口气。接着，一纵身，跳进湖里不见了。

过了半天，也没见达库出来。皇太极着急了，说："怎么不见达库上来呢？他会不会出什么事啊？"

站在一旁的济能大喇嘛说："汗王爷，不要着急，达库不会有事的。"

坐在亭子里的太福晋也着急了，说道："他倒是出来喘喘气呀，别在底下憋坏了。"

天霞笑着说："多谢太福晋惦记，达库不会有事的。"

皇太极瞅了瞅自己身边的武将，突然有了一个想法，说："谁要是能擒住穆达库，本王有赏，但有一点，不许伤害他。"

当时皇太极身边有几个出名的将领，圣旨一下，有的人就心动了。一位从明朝降过来的大将心想：你穆达库有什么能耐，你不就是能待在水里嘛，我是在江南长大的，深习水性，我还怕你吗。于是，他抢先钻进水里，想要擒拿达库，在皇太极面前露露脸，可是他在水里踅摸了半天，直到把脸都憋青了，别说抓住达库，就连达库的影儿都没见着。没办法，他只好从水里钻出来，一边儿往湖边走，一边儿嘟囔着："他根本没在水里待，肯定是在下面偷着跑了。"

大伙儿也挺奇怪，是啊，明明看见他进水里的，怎么会不见了呢？大伙儿正奇怪着呢，只听呼啦一声，从水里钻出一个人来，把那个大将吓了一跳。人们定睛一看，这不正是穆达库吗？达库说道："这位将军，你说我没在水里，我这不是来了吗。怎么样？用不用再找一次？"那小子一看人家达库将军确实是在水里待着，根本不像他说的那样从水下溜走了，只得甘拜下风，说："达库将军，我服了，我服了。"

这时，又走过来一位后金大将，对达库一抱拳，说："达库将军，咱俩比试一下如何？"

达库说:"行,怎么比试?"

那个人说:"咱俩摔跤,谁要能把对方摔到水里,就算谁赢。"

达库说:"好,就依将军。"

就这样,两个人踩着水就打到了一起,打了足有半个时辰,谁也没把谁打进水里,围观的众人一阵阵地叫好儿。打着打着,后金大将突然一记重拳,照达库的面部打来。这拳要是被打中,达库非得被搁进水里不可。眼看达库无处躲闪,很多人不由得为达库捏了一把汗。突然,达库身子往下一缩,那人的拳头一下打空了。就在他一愣神的工夫,达库突然一起身,把他薅进水里,然后用手在他的腋窝那块儿胳肢了几下,那人一下就被呛了几口水。起来后,那人说:"达库,你这算什么能耐?这不能算。"达库笑了笑,说:"汗王只说把对方弄进水里,并没规定怎么弄,再说我也把你弄进水里了,要不你问汗王算不算?"皇太极笑了笑,没出声。那个人没办法,只能认栽。大伙儿都佩服达库勇敢、机智又懂水性。接着,又有四五位将军站出来跟他比试,但没有能比得过他的。

达库又说:"你们把我的眼睛蒙上,然后你们往水里扔一样东西,不论是什么都行,我都能给你们找出来。"大家不信,七言八语地说:"把眼睛蒙上还能找着东西,你是在吹吧。"有人出主意:"他不是说无论什么东西他都能找出来吗,那就放一个大点的,让他拿拿试试。"于是,有人把达库的眼睛就给蒙上了,又让七八个壮汉抬着一块巨石,悄声地放到湖里,大家都屏住呼吸,一声不出地看着达库。皇太极坐在御辇上,不动声色地看着达库。太福晋见此情景非常着急,心想:糟了,糟了,达库啊,达库,你怎么把话说得那么大呀,你刚到后金,汗王还没封你个一官半职,你要是栽到这儿可怎么办啊?你这不是自找苦吃吗?太福晋急得不由得抓住了一旁站着的天霞的手。天霞安慰她说:"太福晋,不要着急,没事的。"

希福告诉达库说:"达库,现在就看你的了。"

达库说:"放心吧,希福大人。"

皇太极不放心地说:"达库,你要小心,他们放的可不是一般的小东西呀。"

达库向皇太极磕了一个头,说:"汗王,您就放心吧。"说罢,达库一个后空翻,直接跃进了湖里。

大家都屏住呼吸,看着水面,好半天没有动静。皇太极命御舟在一旁待命,万一情况不好,赶紧下去救人。

第七章 祖氏佳婿

过了约有小半个时辰，达库也没上来。有人说："达库啊，别逞能了，要是不行就赶紧上来吧，咱们汗王宽宏大量，不会怪罪你的，你快出来吧。"

水面上还是一点儿动静也没有。

岸上的人也没办法，只好等着。

又过了一会儿，水面上开始出现了波动。接着，就像翻花了一样，渐渐地，一块巨石出现了，巨石越来越大，直至整块巨石完全露出了水面。原来达库把巨石放在自己的背上，双脚踩水，把巨石背上来了。达库还喊："汗王，我背的对不对呀？他们放的是不是这家伙呀？"还没等皇太极回话，大伙七嘴八舌地喊道："对，对，就是它，就是它。"接着，众人一起鼓掌。达库见状，一扭身，巨石掉进了湖里。

达库回到岸上，跪在皇太极面前，说："汗王，奴才献丑了。"

皇太极没想到达库会有这么大的力气，就问他："达库，你这是练的什么功啊？"

达库说："奴才自小练就大力神功，能举起千斤重物。"众人无不啧啧称赞。

有人说："穆将军不仅力大过人，还能在水里待这么长时间，这不是神龟嘛。"

又有人说："可不是嘛，这是神龟降临啊。"

希福大人禀奏："汗王，天神恩赐，派神龟降到咱们女真的土地。"

皇太极非常高兴，想了想，说："希福说得好。达库，你到本王身边，是给本王做基石来了，是我后金的栋梁之才，你就叫'鳌拜'吧。"

达库还没醒过腔来，希福大人在一旁提醒，说："达库，汗王赐名，你还不赶紧谢恩。"

达库马上跪地磕头，说："谢汗王。"

穆达库从此改名鳌拜。"鳌"是巨龟、神龟之意。

皇太极又重赏达库，并把他留在自己身边，任"巴雅喇中达"。"巴雅喇"，是侍卫，"中达"，是侍卫的头。皇太极走到哪儿都带着他。

天霞就住在太福晋的宫里，准备临产。

达库的声望也就是鳌拜的声望一天比一天高，没有不尊敬他的，没有不佩服他的。杜木钦德大喇嘛、元吉喇嘛、济能大喇嘛也被皇太极接到沈阳汗王宫，并派御医给杜木钦德大喇嘛治病。

杜木钦德大喇嘛病好了以后，将养了一段日子，皇太极又拨数千两银子，由鳌拜亲自护送，岳托派兵督阵，在赤峰西山口那块儿重建喇嘛庙，形式仍然按科喇沁喇嘛庙的形式，寺庙大概建了五年。

天聪七年，喇嘛庙建成。开光那天，天空出现一片彩云，杜木钦德大喇嘛突然撒手圆寂，尸首埋在庙后面的墓地里。鳌拜只要一有空闲，就去拜祭自己的大师伯。

次年，明安贝勒辞世，根据他生前的遗愿，尸体葬在了赤峰杜木钦德大喇嘛的棺椁旁。立碑。

# 第七章 祖氏佳婿

## 第八章　一代枭雄

　　咱们前章说到了穆达库回到后金，在御花园的人工湖里表演水上功夫，一下子就出了名，皇太极给他赐号"鳌拜"。龙生九子，其中一子就是"鳌"。"鳌"最有力量、最凶猛，也最勇敢，皇太极赐给达库这个名字，寓意就是让他做后金的顶梁柱。要知道，在后金国里，皇太极是继承了汗位的，汗王的话谁敢不听，小达库的名声一下子就起来了，没有不佩服的，也没有不羡慕的。说实在的，能把巨石从水里顶出来那可不易呀，不是一般人能做到的。其实早在达库没回去之前，希福大人就跟大家讲了，说咱们又要增加力量了，这个小英雄力大无穷，他的师父那是出了名的济能大喇嘛，他的阿玛是长期住在科尔沁草原的卫齐大将军，人家不单单会女真语，会汉语，蒙语说得也相当好，另外武术也特别厉害，在明朝祖大寿将军手下立了很多战功。希福大人这么一讲，大家都盼着想见见穆达库，看看他到底有什么能耐，莫不是有什么三头六臂？刚才一见穆达库，高高的个子，身材魁梧，后来的表演也确实不错，所以有些人对达库就挺服气的。但还有几个人想会会这个新来的穆达库，说是不服气吧，也不全是，说是服气吧，还有些不服气。其中都有谁呢？

　　第一个就是索尼。索尼，赫舍里氏，满洲正黄旗，索尼的大爷就是希福大人，他是希福大人的侄子。索尼这年刚刚三十岁，这小伙子打仗挺勇猛，也是后金有名的英雄，他首先就想会会鳌拜。

　　再一个就是遏必隆。遏必隆，纽祜禄氏，满洲镶黄旗。你别小看这个遏必隆，他可是罕王爷努尔哈赤身边的心腹爱将额亦都的第十六个儿子，额亦都的五夫人所生。遏必隆始终跟他的阿玛在一起，在罕王努尔哈赤时代立了不少战功，也是位大英雄。遏必隆的岁数稍微大一些，说话的工夫已经快四十岁了。遏必隆一看穆达库来了罕王就赐名，心里就有些不服气。

　　还有一位，也是后金有名的一员大将，名叫苏克萨哈。这个苏克萨哈，姓那拉氏，满洲正白旗。苏克萨哈长得可谓一表人才，细高个，白净脸，他的岁数比索尼和遏必隆都要小，今年刚二十八岁，前年刚娶的媳妇，还没有孩子。苏克萨哈不仅长得漂亮，武功也不错，另外因为他是叶赫部的后裔，所以有些傲气。各位阿哥可能都知道，皇太极的额莫就是叶赫部的，所以这个苏克萨哈在当时，在皇太极的面前威望都很高。皇太极跟自己额莫家族的人也有一种格外亲近的感觉，特别是一想到额莫年轻轻的就去世了，也没享什么福，心里就觉得不是滋味，所以他对额莫家的人格外照顾。苏克萨哈仗着和汗王的这层关系，另外他的武功也确实不错，所以在他的眼里真正佩服的人不多。这个苏克萨哈平时非常傲慢，有一句土话叫："见着凡人不说话"。意思是见着一般人都不搭理，他就是这么个主儿。这次见到穆达库，皇太极马上赐名"鳌拜"，意思就是说他最厉害、最有力量，我们谁也比不过，再一看希福大人他们对穆达库也是佩服得五体投地，他就有点不是心思。说起来不管是索尼也好，遏必隆也好，还都没有他这样的嫉妒心。苏克萨哈这个人就见不得别人比自己强，他就想哪天找个茬，跟鳌拜好好比试比试。他心想：我就不相信，你穆达库就是有点力气呗，你还有什么能耐？你只不过是普普通通的一个东海窝集人的后代，靠费英东大人的推举，才到罕王跟前的，你阿玛是帮着罕王爷联络蒙古人，有一些功劳，仅此而已，你还有什么？你哪有我们家族有名啊！我们家族是赫赫有名的叶赫部，是老罕王爷的亲家。

　　咱们在这里先不说苏克萨哈是怎样的心情，回头还接着讲穆达库，也就是现在的鳌拜。鳌拜现在真像一块大石头，扑通一下砸到水里，引起一连串的涟漪。没用几天的工夫，鳌拜的名字就传遍了整个沈阳城，可以说是家喻户晓、人人皆知，大家都想见见这个被汗王赐名的鳌拜。

　　话说这是皇太极在位的天聪四年，也正是大明朝崇祯三年，庚午年，这一年的春天，鳌拜领着自己的夫人天霞，还有天霞的妹妹月霞，一起回到了沈阳城。就在他们临走的时候，祖大寿得到明朝皇上的急令，上京师去了，因为走得急，所以祖大寿只带走祖宽和一小部分祖家兵。剩下的这些人有的跟达库去了沈阳，有的则留下来看家。跟达库走的人里除了他的夫人天霞、天霞的妹妹月霞，还有一位令穆达库非常敬重的人，那就是他的小师父祖方。你别看祖方长得胖胖乎乎的，个头还不高，那可是有名的大力士啊。祖方为什么没跟祖大寿走，而是跟达库、天霞他们到沈阳去了呢？那是因为出了点儿岔子，什么岔子呢？唉，别提了，提起来就让人心堵得慌。各位阿哥就说了，你倒是说说到底是怎么回事呀，你不说我们也不知道啊。

第八章　一代枭雄

各位阿哥别急,听我说书人慢慢地说给你们听:自打后金占了广宁以后,不但大明的人注意老祖家的粮仓,很多流寇也都惦记他家的东西,都想趁乱发点儿小财,特别是抢点儿粮食,但由于祖家兵马强壮,他们都不敢轻易下手。后来祖大寿被袁崇焕的一封书信叫走,带走了一些人,祖老太爷也被送到永平老家,又带走了一些人,祖家剩下的家丁也就不多了,就在达库他们准备走还没走的时候,一天晚上,一伙流寇突然来抢祖家的粮囤子,被当时带兵巡逻的祖方给撞上了。当时祖方领着祖家兵巡逻到庄东头,突然听到前面传来轻微的脚步声。祖方觉得不对劲儿,赶紧压低嗓门命令家丁们不要出声,家丁们迅速闪到了旁边一堵院墙的后头。过了一会儿,前面隐隐约约出现了一队人马,因为是半夜,对方又穿着夜行服,脸上蒙着黑布,所以也看不清来者是什么人,只能借月光看出个大概,但有一点可以肯定,既然是偷偷摸摸来的,肯定就不是什么好人。祖家兵一个个屏住呼吸,握紧手里的武器,只等对方来到跟前。当贼人离他们只有几十米远的时候,祖方一声令下,祖家兵冲上去就是一顿乱砍。贼人们没想到会突然杀出一伙儿人来,所以根本没有准备,结果这伙儿贼人没坚持多久,就被祖方他们给打跑了。但那伙儿贼人也挺狠的,就在祖家兵追赶他们的时候,他们用毒箭来射杀祖方他们。祖方因躲闪不及,右臂被射中了一箭,由于当时祖方光顾着撵他们,也没太注意,等贼人跑远以后,毒性开始发作,祖方才知道自己受了伤。开始的时候祖方的半个身子发木,不能动弹,过了一会儿,头又开始晕,接着,他就人事不知,扑通一下,倒在了地上。

大家赶紧把祖方抬进了屋里,放到炕上。有人去请达库。达库来了以后,一看祖方的神态,就知道他中了毒箭。达库知道,如果不及时把毒排出去,自己的小师父就有生命危险。达库狠了狠心,一使劲儿,把毒箭就拔了出来,血一下涌出不少。达库又赶紧对准伤口大口大口地猛吸,吸一口,吐一口,再吸一口,再吐一口,就这样边吸边吐。开始吸出来的血都是黑紫色的,渐渐地,血液变红了。希福大人又把自己身上带的解毒药给祖方敷在伤口上,即使这样,祖方依旧昏迷不醒。这可怎么办?

希福大人想了想,说:"这样下去也不是办法,还是把他带回沈阳治伤吧。"就这样,祖方跟他们一起回到了沈阳。其中还有一个人也跟他们一起回去了,谁呢?天霞、月霞的弟弟,叫可法。

各位阿哥可能奇怪了，这之前也没听说天霞姐俩有弟弟呀，什么时候出来个弟弟呢？原来呀，这个弟弟是祖大寿的二夫人佟氏所生，在他六岁的时候就被祖大寿送到了承德的私塾，在那里学习汉文化，一共学了五年，现在已经回来两年了。当初他们把孩子送走的时候，孩子哇哇哭着不干，祖老太爷、祖老夫人含着眼泪，包括他的母亲佟氏也是含着眼泪，但是祖大寿没管那套，把他硬塞到轿里，然后告诉赶车的把式："快走。"马车哗、哗、哗地把孩子拉走了。孩子刚走的时候，祖老太爷、祖老夫人因为想孙子，每天都叨叨，埋怨祖大寿心太狠，把孩子送那么远的地方。时间长了，老两口也就不那么想了，也就不叨叨了。

咱们前书讲了，大乐他们把祖老太爷和祖老夫人送回了老家，这个小可法随着他的两个姐姐和姐夫到了沈阳，所以祖家现在在沈阳的人也不少。希福大人安排人给他们专挑了一个大的院落让祖家人居住，里面非常宽敞，主、仆、男、女各有各的住处，可以讲这就是沈阳城的祖府。

天霞因为是达库的夫人，也就是鳌拜的夫人，又因为她身怀六甲，所以太福晋就把天霞接到她那里去住。

这个太福晋是科尔沁部孔果尔贝勒的爱女乌嫩公主，她嫁给罕王努尔哈赤的时候十三岁，是大明朝万历四十三年发生的事，现在已经进入了崇祯三年，算起来已经整整十五个年头了。努尔哈赤也已经去世四五年了。我们在前面说过，咪咪的这个姑娘小时候长得就非常漂亮，嫁给努尔哈赤以后，得到努尔哈赤的宠爱，越发光艳照人、风姿绰约。她虽然已经二十八岁了，但看起来就像二十岁一样，非常年轻。可不知什么原因，这位侧福晋在十年里一直都没怀孕，至于什么原因，这咱就不好说了，反正她膝下无子女，罕王爷走了以后，她更加孤单，每日里空守闺房，天天以泪洗面。好在皇太极还挺孝顺，对阿玛的福晋们都非常尊敬。就拿太福晋来说，皇太极当时已经是四十岁的人了，年纪比太福晋还大，但他对太福晋仍然像对自己的额莫一样尊敬。

在这里还不能不讲一个人：那就是皇太极的侧福晋坦娜[①]，也就是后来的孝庄文皇后。皇太极称帝后有两个皇后，一个是他在万历四十二年娶的蒙古科尔沁王爷莽古思的爱女，大家都叫她小公主、小公主的博尔济吉特氏。小公主出嫁的时候也是十三岁左右，但由于小公主从小儿

---

[①] 坦娜，蒙古语，即珠。

第八章　一代枭雄

就被莽古思贝勒和大妃宠爱得厉害，她自己本身也娇惯得很，又不善解人意，更不会讨皇太极的喜欢，所以虽然她长得非常漂亮，但总是得不到皇太极的宠爱，并不是说没有恩爱，小公主自打嫁过来以后也生了两个女儿了。大女儿十三四，小女儿六岁。

　　天启五年，后金天命十年的时候，皇太极又与蒙古科尔沁部联姻，娶了赛桑贝勒的女儿，名叫坦娜的一个姑娘。赛桑贝勒跟莽古思贝勒是亲戚，属于科尔沁部的另一个部落。赛桑贝勒的女儿说起来跟小公主差一辈儿，是小公主的侄女辈，也就是说皇太极先娶了科尔沁部莽古思贝勒的女儿，这是姑姑辈。这回又娶了赛桑贝勒的女儿，这个是侄女辈，这个小辈儿的她就是后来著名的孝庄文皇后，只不过当时还没被封为皇后，只是一个侧福晋。据说这个侧福晋坦娜从小就长得漂亮可爱，长大后更是貌美如花，堪称绝代佳人，更使皇太极高兴的是她聪明绝顶，处事沉稳果敢，经常给皇太极出出点子，有时她出的主意皇太极还挺满意。就这样，皇太极非常喜欢这个新娶的侧福晋。咪咪的女儿，也就是努尔哈赤的福晋在努尔哈赤去世以后，天天以泪洗面。皇太极的这位侧福晋坦娜看着心疼，就跟皇太极进言："汗王，咱们得多关心关心太福晋呀，女人家的心都窄，一旦寻了短见，可是件丢脸的事，你也会落得个骂名的。"

　　一句话提醒了皇太极，皇太极问："那怎么办啊？"

　　坦娜很有办法，说："您把她额莫接来呀，让她陪着太福晋。太福晋有伴了，心情自然就会好一些，您也算是尽了孝道。孔果尔贝勒他们全家也会感激您的。"皇太极觉得坦娜的主意挺好，就采纳了她的建议，把太福晋的额莫接进宫里。在这之前，后宫里从来不允许外面的人长期居住，即使是皇亲国戚、嫔妃们的阿玛、额莫也不行，如果他们想看自己的女儿或亲人，只能待一两天，然后就得回去。这回皇太极破例，给太福晋的额莫也就是咪咪专门辟出了房子，让她陪伴太福晋，有的时候孔果尔贝勒也来看女儿。有自己的额莫陪着，太福晋的心情好多了，眼泪自然也就少了。

　　这回老祖家的人来了，特别是天霞和月霞来了。月霞从小儿跟她姐姐几乎就形影不离，姐姐走到哪儿她跟到哪儿，所以这回天霞要到太福晋那里住，月霞也要跟着姐姐一块儿去。天霞一想：妹妹从小儿就没离开过自己，何况自己现在也真需要有个亲人在身边，就派人禀明太福晋。太福晋听说月霞也要进宫，非常高兴，说："来吧，我也乐得多有几个伴儿。"就这样，天霞和月霞都住到了太福晋的宫里。月霞是个非常活泼的姑娘，歌唱得好，舞跳得也好，给太福晋带去了不少的欢乐，她还常教太福晋她们些剑法什么的，使太福晋的生活过得非常充实。

话说这一年的天气非常奇怪。冬天的雪下得特大，到了第二年春天雪还在下。这是过去多少年都没有的事情，已经快到清明了，这雪还下个不停。漫山遍野一片白茫茫，连个道儿都没有了，到哪儿去都得骑马，再不就用滑雪板。

有这么一天，坦娜就跟皇太极说："汗王，咱们这两年在和大明朝的交战中节节胜利。去年，鳌拜领路，您又收复了奥木托这些蒙古部落。再者，大明朝的顶梁柱祖大寿身边的人，包括他的两个爱女、女婿，都让汗王您给拉过来了。祖大寿现在是孤掌难鸣，没多大蹦头儿了。这都是值得庆贺的喜事，所以我想在汗王率大军南下之前摆个宴席，一来为汗王您祝贺，二来给鳌拜创造一个显露能力、树立威信的机会，汗王您看怎么样？"

皇太极想了想，觉得坦娜出的这个主意确实不错，自己虽然继承汗位当上了汗王，但兄弟姐妹这么多，免不了有不服气的。如果把大家请到一起吃顿饭，自己再多说些抬举哥哥们、安慰众王爷、贝勒的话，一来可以联络联络感情，二来可以笼络一下部下，那将对自己是非常有利的事情。另外，鳌拜虽然人到自己这边来了，但他毕竟生在蒙古、长在蒙古，没在后金待过，跟后金的人接触不多。再说了，祖大寿对他像亲生儿子一样，又把自己的宝贝女儿嫁给了他，他难道真的跟祖大寿不一条心吗？他真的肯归顺我后金吗？大明能不拉他吗？嗯，现在看来把鳌拜完完全全地争取过来，让他死心塌地为自己卖命，也是当下最需要做的事情。

于是，皇太极马上答应道："好，坦娜，就按你说的，摆酒祝贺。不过坦娜，你打算请大家吃什么呀？"

坦娜说："前些天乌力吉给宫里送来了一百只狍子，呼尔哈部又送来了五十条大黄鱼，我想咱们就办一个黄鱼和狍子宴，汗王您看行不行？"

皇太极一听非常高兴，马上说："当然行了，一切由坦娜安排。"

其实呀，更使皇太极高兴的不只是上述原因，还有一个更重要的原因，那就是早在崇祯元年的时候，祖大寿就已经被崇祯皇上封为辽东前锋总兵，掌握着辽东主要的兵马大权。眼下他又积极筹措粮饷、调集兵

第八章　一代枭雄

马,准备在大凌河城外修筑一个能够抵御后金进攻的大的工事,并且已经在热火朝天地干着呢。祖大寿这个人就这样,你敬他三尺,他敬你一丈。他总觉得袁大人在狱中还给自己修书,劝导自己要效忠朝廷,保护好万岁爷,这说明袁大人很看重自己。自己一定要好好干,对得起袁大人,不辜负袁大人对自己的期望。所以祖大寿自从进驻大凌河以后,就积极组织人力修筑工事,他们在城外挖了几道战壕,每道战壕都有三四米深,他还命有实战经验的将军在城内训练兵马。祖大寿就不信,后金军能过了他的大凌河城。

皇太极心里明明知道,眼下最难啃的骨头就是祖大寿了,祖大寿已经成为他进驻中原的一个重要障碍。皇太极每天就想着怎么除掉这个眼中钉。皇太极也知道祖大寿是个讲义气的人,就多次给他写信,做他的工作。为了争取祖大寿,皇太极还在占领祖大寿的家乡后,没有没收他们的财产,而是原封不动给他们保留了下来,包括他家的佣人、奴才,还有牲畜什么的,一点儿都没动,就是为了安抚、争取和感化祖大寿。皇太极是下了狠了,一定要踏平大凌河城,挥师南下,直逼北京城。他的这个心思对于他身边的侧福晋坦娜来说那是再清楚不过了,所以坦娜要摆大宴,主要就是想笼络和安抚祖大寿的两位千金祖天霞和祖月霞,也为了更好地争取穆达库,使他们感激皇太极,一心归顺后金,并帮着劝说祖大寿早点过来。皇太极考虑坦娜出的这个主意太合自己的心意了,所以马上答应,并让坦娜亲自督办,这事就这么定下来了。

坦娜受命以后,就把希福找来商量。坦娜告诉他:"这场大宴一定要办成功,而且要有一个名义,希福大人,你想想,咱们以什么名义举办这次宴会好呢?"

希福那是非常聪明的人,啥事儿不明白呀,他考虑了一下,说:"我倒有一个想法,不知行不行?"

坦娜问:"什么想法?"

希福说:"咱们就以汗王给鳌拜赐名的名义摆宴。另外,鳌拜武功高强,有些个王爷、贝勒和大臣都想跟他比试比试。依我看,咱们就来一个兄弟打擂,摆一场'阿浑擂',大家以武会友,以武来建立兄弟之情,您看怎么样?"

坦娜一听非常高兴:"好啊,希福大人,你想得好,就以这个名义。为庆贺汗王赐名,摆阿浑擂,以武会友。"

大宴的日子到了,这一天,沈阳的后宫"长春苑"非常热闹,号炮声声，锣鼓喧天，彩旗飘飘。庭院里搭起了很多帐篷，帐篷里摆了二十多桌。因为今天特殊，所有的八旗将领凡是在家的都可以参加，另外后宫的人也可以前来观阵，因为上次鳌拜献艺的时候有的来了，有的没来。来的人回去以后把鳌拜一顿赞美，把那些没来的人馋得心里直痒痒，当听说汗王要为鳌拜摆擂的时候，都争着抢着要去看，包括后宫的那些福晋们也都想去，这样一来人当然要多了。皇太极、大福晋、侧福晋坦娜坐在正面，他们的几个孩子站在身后，其他王爷的福晋和孩子包括努尔哈赤的几个福晋坐在西边儿，她们每个人身后都有自己的侍女和奴才伺候着。东边儿坐的是诸王爷、贝勒及大臣们和他的亲眷子弟，孔果尔贝勒、咪咪、乌力吉也都来了。

各位阿哥可能要问了，乌力吉是一个管家，他来干什么？这种地方能有他的座位吗？哎，各位阿哥，这你们就不知道了，咱们现在可不能小看了乌力吉，这个乌力吉现在不仅是科尔沁部的大管家，孔果尔贝勒的小女儿，也就是太福晋的妹妹嫁给了乌力吉，所以说乌力吉不是一般的管家，他是孔果尔贝勒的姑爷，太福晋的妹夫。在皇太极的旁边，还有一张桌子，这是皇太极和坦娜特别让希福安排的，给谁呢？给他们尊贵的客人，祖大寿的两位爱女祖天霞、祖月霞，还有伤势稍微有些好转，但身体还很虚弱的祖方小师父及祖家其他的人。擂台就摆在正当间儿，是临时用木头搭建起来的，上面铺了一百张熊皮连到一起的熊毯，黑茸茸的，在太阳的照射下闪出一道道亮光，非常好看。

希福大人主持宴会仪式，先是祝贺穆达库受汗王赐名，后举行擂台赛。

在一阵鼓乐声中，走出来一位小英雄，谁呢？就是本次擂台赛主要人物——鳌拜。只见他身穿用鱼鳞片做成的铠甲，头戴英雄壮帽的脚穿小鹿皮靴，身上什么都没带。鳌拜上来以后，先给汗王皇太极施大礼，然后抱拳向周围行了一个环礼。什么是环礼？就是绕一圈行礼。

礼毕，鳌拜说道："末将承蒙汗王宠爱，赐我鳌拜大名，末将感激不尽。我鳌拜一定做皇上忠实的奴才，绝不辜负汗王对我的厚爱。"

说实话，现在的穆达库也就是鳌拜，那是名声大震啊，谁不羡慕，谁不另眼相看，这是汗王皇太极自即位以来头一次给人赐名，可以看出皇太极对穆达库是多么重视，所以才引起满朝上下的众位英雄们对达库另眼相看。这还不算，达库自从到了沈阳以后，又有好几件喜事落在他的身上。一个是他的夫人天霞住进了宫里，住在了太福晋的身边。另

第八章 一代枭雄

外，他的阿玛，咱们都知道卫齐大人当初是随着他的阿玛和费英东一起带着一拨人归附罕王努尔哈赤的，后来卫奇齐受命到了科尔沁部，他们带来的那拨人就留在了赫图阿拉。卫齐去世以后，这几百号人就由希福大人代管，现在这些人随努尔哈赤一起来到了辽阳，就住在沈阳城东郊。这次穆达库回到沈阳，希福就把代管的这部分大权全都交给了穆达库，也就是鳌拜。所以鳌拜现在是瓜尔佳氏部落的族长，继承他阿玛的衣钵，任甲拉章京、鳌拜甲拉章京、鳌拜甲拉额真，这都是他。不久前，希福还领着他去过一次，大家见着自己的头人那个高兴啊。男男女女的围着鳌拜，而且把他们祖传下来的宝剑、大印，还有战袍，由族中长老跪着交给了鳌拜。鳌拜接过以后，焚香磕头，重新供在西墙之上。为此，他们还杀了一头梅花鹿，摆宴庆贺。这又是一喜，所以说鳌拜自从回到后金以后是喜事连连，喜上加喜。

这次鳌拜要摆擂，来看他的人就更多了。大伙儿一看，鳌拜长得确实挺威武，有气魄，但就是不知道他的劲儿到底有多大，很多人都拭目以待。

只见鳌拜先冲台下抱了一下拳，然后说道："哪位将军想上来会会俺鳌拜？"话音刚落，上来一个身材比鳌拜还要魁梧的人，这人上来以后也不答话，冲鳌拜就过去了，他想把鳌拜拦腰抱住，然后摔倒在地。哪成想，他把鳌拜抱住以后，再想摔的时候却怎么也动不了，直到最后脸都憋紫了，鳌拜也纹丝没动。无奈，他把手放开了，围着鳌拜转圈地看，看鳌拜是不是把脚钉在了擂台上，因为到目前为止，还没有几个人不被他摔趴下。鳌拜见此情景，笑着抬起了脚，让他看。这位将军一看鳌拜确实没做手脚，只好甘拜下风，满脸通红地走下台去。台下的人不由得笑成一团，就连汗王皇太极也被他们俩给逗乐了。

接着，又上来两个武士，这两个人一看就有一定的武术功底。鳌拜让这两人推自己，只要把自己推动了，就算他们赢。结果，这两个人推了半天也没推动。接着又上来几个人，大家一起推，还是没推动。鳌拜就像一个石柱子，深深地钉在地底下一样。台上的几个人一个个面红耳赤，尴尬地站在那里。

就在这时，从台下跳上来一个人，谁呢？遏必隆。咱们讲过，遏必隆那可是个英雄啊，他是额亦都的第十六个儿子，长得像小老虎一样，非常有劲儿。遏必隆上台以后，给这几个人解了围。他让这六七个人先下去，他来会会这位小英雄。

遏必隆走到鳌拜跟前，说道："鳌拜，咱俩不这么比，咱俩比棍。"什么叫比棍？就是两个人都坐在地上，腿伸开，互相蹬住对方的脚，中间有一个木棍，双方分别掐着棍子的一头，然后用力往自己这边拽。如果是势均力敌的话，棍子会在原地一点不动，如果哪一方力量要是弱的话，棍子就会被对方给拽过去，被拽过去的这方就算输了。这也是过去北方人比武的一种方法。比棍全看脚力、腕力和臂力。比棍的时候双方都把棍握得非常紧，用尽全力往自己这边拉，而且不能分神，稍微放松一点，木棍就会被对方给拽过去，所以说你只要比上棍了，就总得闷着这个劲儿，半个时辰、一个时辰地闷，要是没有耐力的话，你就坚持不了多久。遏必隆就有这个本事，他曾经跟好几个大力士比过，每次都是他赢了，所以他觉得自己一定能赢鳌拜。

鳌拜一见遏必隆上来了，就知道这家伙不是个善茬，但鳌拜一点惧怕的意思也没有，而是上前一步，客气地跟遏必隆打招呼："阿浑，承让了。"阿浑是大哥的意思，因为遏必隆比他大，所以鳌拜管遏必隆叫大哥。

遏必隆虽然没把鳌拜放在眼里，但嘴上却挺客气，说道："兄弟，不要客气。"说完，俩人都坐到地上，摆开了架势，准备开始比赛。这时候，希福把铜锣举起来，敲了两下，然后高声喊道："比棍开始。"

鳌拜憋足了劲儿，把木棍往自己这边拉，遏必隆抓住木棍的另一端也拼命往他那边拉，俩人就在那较上劲儿了。皇太极和众位将军就瞪着眼睛瞅。皇太极心想：遏必隆可厉害，那是下山的猛虎啊，鳌拜能是他的对手吗？本王就亲眼见过他跟牤牛较劲儿，他把牤牛推得都站不住，直往后退，你鳌拜还能比牤牛有劲儿吗？鳌拜呀，鳌拜，这可不是你自己顶石头，这回是人家跟你较劲儿，你得小心了。

旁边的太福晋也知道遏必隆劲儿大呀，心里直犯嘀咕：这下糟了，弄不好鳌拜这不是要丢人吗？太福晋就跟皇太极说："罕王，你跟遏必隆说说，他可不能把我兄弟摔倒哇。"皇太极笑了，说道："太福晋，你放心，谁把谁摔倒还不一定呢。"

皇太极这话还真说对了，半个多时辰以后，遏必隆就有点绷不住了，他心想：哎呀，这小子还真行啊，以前我跟别人比棍，从来都没超过抽袋烟的工夫就能把对方给拽过来，可我跟他都拽了能有一个时辰了，这小子愣没咋地，看来我还真不能小瞧了他。这边儿的遏必隆是这么想的，那边儿的鳌拜心里也一直琢磨：你别看我跟你客气，那是表面的，我手上可是一点儿也不能留情。鳌拜拿出当年祖方教他搬石头的劲头，憋足了劲儿，闷着个头，闭着眼睛，不说话，也不瞅人，就是个拽。其实鳌拜心里也没底，他也没想到遏必隆能有那么大的劲儿，所以他也挺佩服遏必隆的。两个人就这么对峙了能有一个时辰，还是不分高下。渐渐地，遏必隆有些慌了，他心想：这不行啊，鳌拜这么年轻，我跟他老这么顶也顶不起呀，看来我这次真遇到能人了。他这么想着，精神就溜号了，手就稍微松了一下。这时鳌拜在那边儿也琢磨：这么顶下去也不是回事呀，我得想个办法尽快赢了他。

就在这时，鳌拜突然感到遏必隆有些泄劲儿，他马上嗷地大喊一声，说了句："你过来吧。"心里正琢磨事儿的遏必隆被他这么冷丁一喊吓了一跳，结果就忘拽自己的棍了。鳌拜趁机使足了力气，一下就把棍拽了过去，遏必隆也顺势过去了，正好压在了鳌拜的身上。鳌拜伸出大手一下把遏必隆就抱在了怀里，嘴里还一个劲儿地说道："阿浑，对不住了，对不住了。"

全场立刻响起了一片掌声。大家为鳌拜欢呼，为鳌拜叫好，就连皇太极也站起来鼓掌。太福晋高兴地哭了，孔果尔老贝勒和咪咪高兴地搂在了一起。遏必隆不好意思地走下了擂台，来到皇太极跟前，向皇太极表示祝贺："恭喜汗王，贺喜汗王，我后金又增加了一员猛将，有这样的战将在您身边，不愁拿不下大明。"皇太极连说："是啊，是啊。"

就在这时，一个瘦小的身影噌的一下跳上了擂台，身手还挺敏捷。人们一下愣住了，谁也不出声，都静静地看着台上之人。只见来人个头不高，还挺单细的，穿着八旗兵的兵服，脸上还蒙着一块布。大家都不知道这个人是谁。只听来人说道："各位英雄，我倒要看一看，他鳌拜有什么能耐？"听声音像是个女人。可是谁呢？很多人都没看出来。

别人没看出来，皇太极和大福晋却看出来了。皇太极小声对大福晋说："这孩子，她怎么上去了？连遏必隆都不是鳌拜的对手，她更不行了，可别到时候哭鼻子啊。"大福晋一听，赶紧招呼道："孩子，快下来，别胡闹。"

各位阿哥要问了，台上的这位是谁呀？我来告诉你吧，她是皇太极的女儿，名叫巴岱。我前面说过，皇太极跟大福晋一共生了两个女儿，巴岱是他们的大女儿。

皇太极早些年的时候是非常喜爱大福晋的，觉得大福晋哪方面都好，端庄、漂亮，皮肤又白又嫩，可就是由于她从小受到莽古思贝勒和大妃太多的宠爱，再加上她自己本身也娇惯得很，所以有些不会来事儿，话也少，另外她傲气得很。皇太极每次到她这来，她也没有太多亲近的意思；皇太极要是不来，她也不出声，更不会派奴才去请。皇太极本来是一个很幽默、很乐观的人，愿意他心爱的人能跟他一样有说有笑，可大福晋却偏偏不是这样，所以弄得皇太极也没心情。但自打坦娜来了以后，皇太极感觉自己的生活一下子变了，坦娜不仅年轻、漂亮，性格开朗而且聪明机灵，把皇太极的心全都给争取过去了。两个人每天恩恩爱爱，缠绵不够，自然就冷落了大福晋。尽管这样，皇太极对于他们的两个女儿还是非常疼爱的，只要一有空儿，皇太极就把这两个姑娘叫到自己的跟前，教她们武术，教她们做人，小巴岱也非常爱她的父汗。当时教巴岱武功的还有扈尔汉，扈尔汉的武功不错，特别是他的轻功非常好，能飞檐走壁，更能从这棵树上蹿到另外一棵树上，来去相当容易。巴岱的灵巧劲儿就非常像扈尔汉。

皇太极知道自己的孩子非常像自己，要强，从来不服输，所以皇太极并没责怪女儿鲁莽，只是笑着看着台上的小巴岱。大福晋叫巴岱下来，皇太极阻拦道："让她去吧。"

鳌拜一看上来一个小孩，个儿不高。你想，一个十三岁的姑娘，长得又苗条，虽然穿的是八旗将士的衣裳，但是显得非常肥大，可能是从别人那里借来的，还蒙着个脸。

鳌拜觉得很奇怪，俯着身子看了看，不认识。鳌拜就问她："你是谁？"

巴岱说道："你甭管我是谁。鳌拜大哥，我非常佩服你，我想跟你比试比试。"

鳌拜上下打量着巴岱，奇怪地问道："你要跟我比试？你行吗？"

巴岱把头一仰，不服气地说："没比你怎么就知道我不行？"

鳌拜一听这小家伙儿的口气还挺大，无奈地点了点头，说："行，比就比。你说吧，怎么比？我听你的。"

巴岱说："你抓我。你要是能抓住我，就算你赢。"

鳌拜心里想：这算什么比武啊？我还真没比过这个呢。鳌拜问巴岱："就比这个？"

巴岱说："对，就比这个，你只要能抓住我就行。"

说实在的，鳌拜打过多少次擂，可以说什么样的功夫都比过，可要是比抓人这还是头一次。可既然对方提出来了，你就得应着，否则你就算输了。鳌拜没办法，只得点头答应。台下看热闹的人有的见鳌拜应得有些勉强，不仅暗暗窃喜，以为鳌拜这下输定了。但是，这些人就没想想，这鳌拜长在什么地方？那是生活在草原啊，大草原里有的是蛐蛐、蚂蚱、麻雀、鹌鹑等这些小飞虫、小动物。那小鹌鹑跑得多快呀，在草棵子里窜来窜去，人还没等到近前，它扑棱一下就飞了。那麻雀也挺厉害，眼睛尖，飞得也快。蝈蝈，噌、噌、噌、噌蹦得也挺快，鳌拜跟太福晋当年玩儿的就是抓这些个小动物，有时还在草棵子里捉迷藏，练就了一身灵巧矫捷的本领，所以说这个事还能难住在草原长大的人吗？

各位阿哥可能要问了，那鳌拜为什么在应战的时候还那么勉强呢？我来告诉你吧，那是鳌拜觉得抓人不是在台上比的功夫，只是小孩儿玩儿的游戏，所以他不愿意比，不是不敢比。可小巴岱不知道啊，她没到过草原，她以为她阿玛教她那点儿功夫就挺了不起了，还有她扈尔汉叔叔教给她的能耐，一定能赢得了鳌拜，所以她对自己信心十足。只是咪咪和太福晋他们这些人并没有替鳌拜担心，而且偷偷交换了一下眼神，彼此心领神会。他们这时也知道台上站的就是巴岱了，谁也没有说穿。只是因为鳌拜及祖家人刚到宫里，对宫里的一切都不熟悉，所以不认识巴岱。

好了，咱们闲言少叙，接着说说台上的巴岱和鳌拜吧。

再说鳌拜看了看巴岱，说道："你能不能把那块布拿下来？"

小巴岱说："我不拿，你尽管抓我，你只要能抓住我就行，你抓吧。"

巴岱说话的声音尖细、温柔，非常好听。鳌拜这时也听出来了这是个姑娘，就说道："你下去吧，哪天大哥哥领你玩儿这个，我现在正在比武呢。"

希福大人也过来了，说："哎，小英雄、小英雄，你下去吧，哪天让鳌拜大哥领你捉迷藏，好不好？下去吧，这里还要打擂呢。"

小巴岱把小脑袋一歪，说："希福大人，既然是打擂，那就是说谁都可以上来，我为什么就不能跟他比？"

希福一听小巴岱说得也有道理，再说他见汗王坐在那得意地笑着，并没有责备的意思，希福就知道了，汗王这是同意自己的姑娘在这表现，我又为何拦着呢，于是希福就不出声地下去了。

鳌拜一看希福大人都没把她劝下去，就问巴岱："好吧，我抓，我要是抓住你怎么办？"

鳌拜巴图鲁

464

巴岱说:"抓住我我就认输,我拜你为师。"

鳌拜说:"好,咱们一言为定。"

鳌拜数了三个数,就开始抓巴岱。这小巴岱也真行,非常机灵,像泥鳅一样,在台上钻来钻去。鳌拜有几次差点抓住她,但都被她躲过去了。台下的人为巴岱连连叫好,就连皇太极也为自己的女儿鼓掌助威。鳌拜这时也挺佩服小巴岱的,他心想:这丫头身手挺机灵,我要是不想点儿办法还真抓不着她。

于是,鳌拜站稳脚跟,说道:"不行,我抓不着你,抓不着你。"小巴岱一听,非常高兴,也就放松了警惕。鳌拜趁她不注意,转过身形,一下蹿到巴岱的眼前,还没等巴岱明白过来,鳌拜就像水中捞月一样,噌的一下把巴岱抱在了怀里。

开始的时候,巴岱还在那极力挣脱:"放我下来,快放我下来!"要说这鳌拜也还是年轻,没想太多,他为了显示自己这得来不易的胜利,竟抱着巴岱在台上绕了一周。要不说美人爱英雄呢,这话一点不假。巴岱开始的时候还有些不好意思,可后来她竟双手搂住鳌拜的脖子,美滋滋的,任由鳌拜抱着她在台上走来走去。台下的人见此情景,越发鼓掌欢笑。

皇太极有些坐不住了,忙站起来招呼自己的女儿:"巴岱,成何体统,快下来。"

鳌拜猛地回过神来,他忙松开自己的双手,巴岱一下蹿到了地上,并把脸上蒙着的粉红色绢布拿了下来,走下台去,来到皇太极跟前,像犯了错误的孩子一样,低着头,小声叫道:"父汗。"然后就不出声了。大福晋走过来,把巴岱拉到自己的身边。

鳌拜这才看见自己抓住的真的是位容貌秀美的姑娘,而且是汗王的女儿。鳌拜马上半跪在地上,弯腰施礼,说道:"奴才斗胆得罪了汗王,奴才甘愿受罚。"

皇太极说:"鳌拜,起来吧,本王恕你无罪。"

鳌拜又施一礼,说道:"谢汗王。"

鳌拜谢过皇太极以后,擂台赛继续进行。这时,台上又上来一位英雄,瘦高的个儿,长得挺白净,看岁数和鳌拜也差不了多少。他上身穿着黑色的英雄衣,外罩小坎肩,下身穿英雄壮裤,也是黑色的,黑缎子的,脚上穿着一双小虎头靴,扎着腿带。只见他走上来对鳌拜抱拳施礼,然后说道:"鳌拜,咱俩比一场怎么样啊?"大家一看谁上去了?苏

第八章 一代枭雄

465

克萨哈。

　　苏克萨哈，那是叶赫部的小英雄啊。我们在前面介绍过，皇太极的额莫孟古格格是叶赫部贝勒纳林布禄的妹妹，苏克萨哈是叶赫部的后裔，是孟古格格的娘家人啊。另外苏克萨哈也是一员猛将，有一身的功夫，力气也大，马术、剑术都非常厉害，深得皇太极赏识。你别看苏克萨哈年岁不大，才二十八九岁，比鳌拜大几岁，但因为他有组织才能，又能领兵打仗，所以他的正白旗很强，其他几个旗的势力都赶不上他。

　　皇太极一看苏克萨哈上来了，非常高兴。他心想：这回你有多大本事就都拿出来吧。想到这儿，皇太极冲苏克萨哈点了点头，并使了个眼色。苏克萨哈见自己已经得到了汗王的认可，更加斗志昂扬，连神态与以前都不一样了。

　　再说鳌拜见苏克萨哈上来打擂，非常谦恭地抱拳施礼，说道："这位英雄哥哥，你想怎么比？"

　　苏克萨哈说："咱们不比棍，咱们比摔跤，怎么样？"

　　鳌拜说："就依哥哥。"希福大人喊了声："预备，开始。"话音刚落，俩人就摔到了一起。

　　各位阿哥可要知道，这是俩什么人啊？这俩一个是猛虎，一个是蛟龙啊。你说这俩人到一起了，能不热闹嘛。苏克萨哈这个人咱们在前面讲过，大高个儿，白净脸，长得非常漂亮，是个美男子，另外也特别机灵，有力气，但他有一个毛病，就是啥事都好出风头。他总觉得当今汗王的额莫就是自己家族的人，再说自己也力大过人，勇猛无比，自然就高人一等。汗王给达库赐名，他心里挺不舒服。他总觉得汗王第一个赐名的人应该是我，怎么还没给我赐名，就给他穆达库赐名了呢？他穆达库算什么东西，只不过是从科尔沁来的草莽之人，有点儿力气而已，他哪有自己的身世显贵呀，所以他憋了一肚子火，早就想跟鳌拜比试比试。眼下机会来了，自己决不能错过。可比什么呢？就比摔跤。为什么要比摔跤呢？他是这么想的：你鳌拜不是有劲儿嘛，我就跟你比摔跤，摔跤是最能显示人的力量的，我要是比赢了，你鳌拜以后就再也翻不了身了，所以当巴岱在台上的时候，苏克萨哈就撺掇索尼一起上台打擂。

　　索尼虽然比苏克萨哈大不了几岁，但他比较有心计。索尼心想：既然汗王给穆达库赐名，就说明汗王挺器重他，再说早就听说科尔沁有个穆达库，是个有名的大力士，既然人家现在回来了，咱们何不送个顺水人情给他，别跟人家比了，就是比也不见得能比过，所以当苏克萨哈让他一起上台打擂的时候，索尼没上。苏克萨哈见索尼不去，他自己就蹦上来了。苏克萨哈铆足了劲儿要跟鳌拜一决雌雄。

那鳌拜也不是好惹的。鳌拜从小在草原上长大，摔跤是蒙古人传统的习俗，高手林立，每年的那达慕大会鳌拜都要参加，而且每摔必胜，只是他没跟后金的人摔过跤。

俩人比试了十几个回合以后，苏克萨哈就觉得有些支持不住了，他原本以为自己能把鳌拜按住，没想到，这鳌拜还真是有劲儿，别说把鳌拜按住，就是想扳倒鳌拜都不可能，人家鳌拜那胳膊肘一压、一扳，腿一勾，自己的腿就麻了，根本使不上劲儿。

苏克萨哈心慌了，汗水顺着脸颊往下淌。鳌拜看出苏克萨哈没劲儿了，想给他留个面子，悄声说了句："大哥，别摔了，到此为止吧。"哪知苏克萨哈根本不领他情，像没听见一样，声都没出。其实苏克萨哈不是没听见，而是在打他自己的小算盘。苏克萨哈心想：我不能就这么算了，我要是现在不比了，明眼人一眼就能看出来是他鳌拜让着我，但要是照这样比下去我肯定占不着啥便宜。不行，我得想法赢了他，要不然我怎么下这个台阶？他这一急就忘了比赛前希福大人讲的比赛规则：双方点到为止，不许下黑手，不许行歹毒之事等。这些话他都忘了，他只知道自己无论如何都必须赢了这场擂台赛，绝不能输。想到这儿，苏克萨哈猛地一使劲儿，把被鳌拜抓住的右手抽了出来，照鳌拜的下身就下去了。他想抓鳌拜的下阴，这在武林中是最忌讳的事情。

坐在台下观看的皇太极等人见此情景不由得为鳌拜捏了一把汗，但鳌拜那是什么人啊？他是科尔沁草原济能大喇嘛的高徒啊，而且明安贝勒也经常对他言传身教，摔跤比赛中的注意事项，以及那些心存歹毒人使的招数，鳌拜早就知晓。鳌拜见苏克萨哈的手冲自己的下身抓过来，马上就明白他想干什么。鳌拜立刻一躬身，苏克萨哈的手抓了个空。鳌拜紧接着又往后退了一步，然后伸出自己的右手抓住苏克萨哈伸出来的右手，使劲儿一捏，说了句："对不住了。"只听喀嚓一声，苏克萨哈的手腕子折了。苏克萨哈疼得哎呀大叫一声，一屁股跌坐到了地上。

这时候裁判希福大人走过去，看了看苏克萨哈的手。希福大人随老罕王常年征战，也略通医术，他一看苏克萨哈的手就明白了，苏克萨哈这是想暗算鳌拜没成，反而被人家掰折了手腕子。这真是偷鸡不成反蚀把米。

希福大人命正白旗的人把苏克萨哈背回去，并嘱咐他们赶紧找郎中给苏克萨哈大人疗伤。苏克萨哈走了以后,希福看了看汗王皇太极,意思是还比不比呀?皇太极心里话:"别比了,再比就出人命了。"但嘴上没说,只说了句:"行了,就比到这儿吧。"

希福大人领旨,转向众人,说道:"今天的友谊赛到此结束,鳌拜是今天的擂主。"众人鼓掌欢呼表示祝贺。鳌拜抱拳致谢。

打擂结束以后,众人又来到了太福晋住的明福宫,为什么到这儿来呢?因为宴席就摆在明福宫。把宴席摆在明福宫是有原因的,一来鳌拜是跟太福晋从小儿一起长大的,他们的感情很好;二来太福晋这里好久没有外人来了,只有她的额吉陪伴着她,她感到很寂寞,所以她奏请皇太极准许把宴席设在她的宫里,这样她就能和亲人们在一起热闹热闹。皇太极准许了她的请求。

这明福宫是皇太极为了更好地拉拢蒙古人,命人为太福晋新修缮的一处宫院。院子挺大,相当阔气,也相当美。宴席就设在明福宫的院子里,一共摆了十几桌,有八旗的王爷、贝勒,其中当然包括遏必隆、索尼、苏克萨哈等家族的人。大福晋、坦娜也带着她们的孩子前来,老罕王努尔哈赤的几个福晋也来了,明福宫这天非常热闹。

咱们现在再讲讲太福晋这一桌。坐在这桌的有孔果尔贝勒和咪咪,孔果尔贝勒已不是当年的样子了,也老了,头发都白了,不过他的爱妃咪咪倒还是风韵犹存,咪咪的旁边坐着太福晋,太福晋的旁边坐着天霞、月霞,乌力吉和他的夫人坐在孔果尔贝勒旁边。我们在前面讲了,乌力吉现在是科尔沁部的大总管,咪咪的小女儿就嫁给了乌力吉,乌力吉现在是孔果尔家的人,是太福晋的妹夫,所以他才能跟太福晋坐到一起。但今天也是破例,平常是不可以这么坐的。

这桌上还有谁呢?还有鳌拜。鳌拜现在是香饽饽了,谁都希望鳌拜到自己那块儿坐,但不行啊,鳌拜不能随便坐呀,他得听汗王的。汗王皇太极刚想赐座给鳌拜,太福晋就说:"汗王,让鳌拜在我这儿坐吧,我们多年没见,在一起唠唠。"皇太极见太福晋说话了,自己也不好再说什么了,就这样,鳌拜坐到了太福晋这张桌上,坐在了天霞、月霞的下边。

他们这桌刚坐好,就听那边吵闹道:"不行,不行,我不坐这儿,我要到那边去,我要到那边去。"大伙循声一看,谁呀?小巴岱。小巴岱本来跟她额莫在一起坐着,可她不干,她非要到太福晋这边来。太福晋也挺喜欢巴岱,聪明活泼,招人疼爱,见巴岱要到自己这边来,太福晋高兴地说："过来吧。"太福晋本打算让巴岱坐自己身边，可巴岱直接奔鳌拜那去了。鳌拜的右手边坐的不是月霞嘛，对呀，是月霞呀。

小巴岱过去就拽月霞："你起来，你上那边坐着去，我坐这儿。"巴岱的举动把在座的人给造愣了，月霞也没有防备，一下就被巴岱给薅起来了，月霞那也是娇生惯养的人，长这么大还头一次让人家给薅起来，所以有点不高兴。

旁边的天霞见状马上说："月霞，你起来，让小妹妹坐这吧。"太福晋也在那边招呼道："月霞，来，到我这儿来。"月霞只好坐到太福晋旁边。

小巴岱挨着鳌拜坐下以后，那个亲热劲儿就别提了。她跟鳌拜大哥哥长大哥哥短地叫着，还不停地给鳌拜夹菜，把鳌拜弄得挺不好意思。

太福晋打趣道："巴岱呀巴岱，你怎么不给我夹菜呀？"

巴岱脸一红，有些不好意思，但又马上解释道："奶奶，这些东西您在宫里常吃。我鳌拜大哥没吃过，就让他多吃些吧。"大伙儿听了这个笑哇。巴岱跟鳌拜如何亲近，咱们在这里暂且不讲。

咱们在这里再讲讲最高兴的是谁呢？就是太福晋，太福晋现在最高兴了。各位阿哥都知道，小时候的太福晋生在草原、长在草原，打她呱呱坠地起，她最熟悉的玩伴就是小达库，他俩一起扑蝴蝶、抓蚂蚱、逮蛤蟆，一起到河里去摸鱼。有一次他俩去摸鱼，太福晋不小心，一屁股坐到了水里，弄脏了她最喜爱的新衣服，太福晋心疼得直掉眼泪。小达库为了哄她开心，故意坐到水里，弄湿了自己的衣服，太福晋这才破涕为笑。

这些童年的往事太福晋至今记忆犹新。所以说，面对自己儿时的伙伴，太福晋能不高兴吗？她能不激动吗？只是今非昔比，她不仅不能再和达库在一起玩耍，而且就连见上一面都很难。她只能一个人在这深宫大内，每日里孤灯伴影，等待天明。现在好了，自己的亲人都来到了身边，所以她今天特别高兴。

还有一个人比她想得更多，是谁呢？就是坐在她身边的孔果尔老贝勒的爱妃咪咪。咪咪这两天的心情也非常不平静，自己看着长大的小达库如今长成了男子汉，成了了不起的大英雄，汗王还赐了名，这是一般人不能比的，所以她非常高兴。她又想起了她的老姐姐塔嫩，当年她和塔嫩姐姐一块儿骑马到草原，一块儿坐车去赫图阿拉，她还和塔嫩姐姐做了同样的梦，梦到了"歪脖妈妈"。"歪脖妈妈"给她们每人送来了一个孩子,现在这俩孩子都已经成了栋梁之材、富贵之人。她越想越激动,想着想着,这眼泪就止不住地往下流。

鳌拜看见了,就问咪咪:"婶娘,您怎么了?"

咪咪擦了擦眼泪,笑着说:"孩子,没怎么,我这是高兴。"

鳌拜惭愧地说:"婶娘,孩儿不孝,这么多年没能在您身边孝敬您。"

咪咪说:"孩子,你做得对,婶娘不怪你。好男儿志在四方,我怎么能把你搂在我身边呢?孩子,婶娘今天能在这里见到你,我就很高兴了,我又看见了你的媳妇天霞,还看到了月霞,看到你们都挺好,我真是高兴啊。"

他们正唠着,皇太极过来了。大家见汗王过来了,都连忙起身恭迎。皇太极说:"你们坐,本王找鳌拜有事商量。"皇太极这人就这样,想到什么事情马上就得办,一刻也不耽误。大家都知道汗王的脾气,也就不再挽留。汗王还让祖方一同前去。

看着汗王要领鳌拜和祖方走,天霞就猜到汗王找他俩可能是为自己父亲的事,所以她也站了起来,问道:"敢问汗王,这事是不是跟我父亲有关?如果跟我父亲有关,我想同去。"

皇太极见天霞这么聪明,当然很高兴,但又怕累着天霞,关切地询问:"你的身体能行吗?"

天霞笑了笑,回答说:"谢汗王惦记,不要紧,我没事的。"

太福晋见状,命两个侍女和月霞一起搀着天霞。他们几个随汗王他们来到了后宫。

皇太极赐鳌拜他们几个坐下说话。几个人谢坐。坐好以后,皇太极说:"鳌拜呀,本王找你们来就是想和你们商量商量,你们看,大明的兵马已经驻扎在大凌河上了,而他们的总兵官也就是你们的父帅祖大寿发誓要和咱们决一死战。各位爱卿,你们谁能去做做祖大帅的工作呀?"

鳌拜和天霞等人明白了汗王的意思,汗王这是叫自己去劝降啊,但鳌拜知道,师父虽然很疼爱自己,但要劝降师父自己恐怕没这么大力量。于是,鳌拜瞅了瞅天霞,意思是这事只能你去办。天霞当然明白自己丈夫的意思,把话茬就接过来了,天霞说道:"汗王,我父亲的性格一向这样,讲义气,一条道儿跑到黑,不会拐弯抹角。不过,我倒是想去劝劝父帅,劝他跟我们一样归降后金。"

皇太极非常高兴,说道:"好,天霞,你告诉他,只要他肯归降我们，本王一定给他高官厚禄。"

月霞担心姐姐天霞受不了路上的颠簸，忙站起来，说："姐姐，你身子不方便，还是我去吧。我去跟爹爹说，他要是不答应，我就跪在他面前不起来，看他答应不答应。"

天霞说："妹妹，你想得太简单，父亲是那种人吗？他要是想不通，你就是跪一百天、二百天，他也不会答应。妹妹，我知道你心疼姐姐，但是姐姐不去不行，你要是不放心，咱俩一块儿去。"

这时候祖方也说："我看也只能这一条路，天霞小姐说话主人是会考虑的。"鳌拜也同意祖方的看法，事情就这样定下来了。

第二天，他们简单收拾了一下行囊，就直奔大凌河而去。当然，为了保证天霞不出意外，他们专门选了一辆最好的轿车，月霞带着两名侍女一路侍奉着。鳌拜、祖方和其他随从们骑着马。他们晓行夜宿，很快到了大凌河。

你还别说，这大凌河城的护城工事修得还真挺好。祖大寿这人就是这样，干啥事都非常认真，他不仅把祖家兵都带来了，还把祖家的钱财也带来了，他用这些银两招了很多难民和被打败的兵将，只要是愿意当兵的他都要，所以人还真不少。他给他们换上明兵的衣裳，让他们修筑工事。另外，他又在城外修了三道护城河，城墙垒得挺坚固，马匹、粮草预备得也很足。他还在城楼上安排官兵日夜瞭望守卫，有事随时向中军帐里的祖大寿禀报。

祖大寿一方面加紧备战，一方面笙歌艳舞。为什么呢？祖大寿为什么要这样做呢？原来他为了要造声势，壮军威，振士气，所以他不论每天巡逻也好，还是修筑工事也好，战士们吃的、用的东西，都安排得不错。如此一来，将士们的情绪也都挺高。这是明兵驻扎在大凌河初期时的情形。

单说这天，祖宽正在城楼上观望，就见从北边来了一彪人马，看架势不像是后金的队伍，待这队人马稍走近些，祖宽认出来了，走在最前面的两个人中有一个人是祖方，都是跟自己一起长大的哥们儿，他能认不出来吗？再看他旁边的人，是达库。呵！后边还有辆轿车，不用猜，那肯定是大小姐回来了。祖宽非常高兴，不用传令兵传报，自己噔、噔、噔地下了城楼，跑进中军帐。

祖大寿正在低头绘着工事图，见祖宽没通报就进来了，责怪道："干什么，慌里慌张的，一点规矩也没有。"

第八章 一代枭雄

471

祖宽也顾不上解释，一脸喜悦的表情，向祖大寿禀报："报告大帅，小姐、姑爷他们回来了。"

祖大寿一听，马上放下手中的毛笔，问道："你怎么知道？"

祖宽说："我在城楼上看见了，肯定是他们，没错。"

说实在的，祖大寿能没有父女之情吗？天霞和月霞那是他的两个心肝宝贝呀，虽然那时候让她们跟达库走了，但他也惦记她俩呀，路上遇没遇到土匪？天霞有没有什么闪失？特别是到了后金以后受不受气？人家给不给脸子看？生活得习不习惯？吃的怎么样？住的又怎么样啊？总之，他什么都惦记，所以当他听说自己的宝贝闺女回来了，祖大寿非常高兴，马上走出大帐，噔、噔、噔地上了城楼，手搭凉棚，顺着祖宽手指的方向往远处观瞧。

队伍越来越近，已经看得非常清楚了，是自己的姑爷和家丁，不用问，车里坐的肯定是自己的女儿了。祖大寿马上告诉祖宽："打开城门，把他们接进来。"城门开了，祖宽打马领兵出去迎接鳌拜他们。

这时候，月霞打开轿帘从车里钻出来，见祖宽来接她们，又看见站在城楼上的父帅，月霞非常高兴，转身告诉坐在轿里的天霞："姐姐，咱们到了。"天霞一听，马上要起来。

月霞过去按住她，说道："哎，你别动，等车停下再说。"天霞只好坐下。月霞把天霞按住以后，她自己却跳下了车，向城门跑去。祖宽下马，把一行人迎了进来。守城的兵士把城门关好，咔哒一声，上了锁。

话要简断截说，一行人进了大帐，见到祖大寿。祖大寿看看这个，看看那个，特别是看着自己的女儿们，一个个都非常好，心也就放下了许多。坐下以后，月霞先说话了，她把他们这次去后金，汗王皇太极怎么接待他们，怎么安排他们，怎么给他们辟出一个地方修建了府邸。另外，皇太极还专门把姐姐接到太福晋宫里待产，并吩咐御医为姐姐定期诊脉等都说了一遍。最后，月霞劝祖大寿："爹爹，要不你干脆把人马拉出来跟我们一块儿走吧，别在这儿为大明朝卖命了。"

没成想，月霞的话音刚一落，祖大寿啪地把桌子一拍，满脸通红地站了起来。月霞是个心直口快的人，在她父亲跟前想说啥说啥，从来也不知道拐弯抹角。人家天霞就不这样，天霞知道父亲这个人的脾气，性子直，还爱面子，要想劝降父帅不能直来直去，得想办法，他作为大明朝的一员武将，你当着这么多人的面让他去归降后金，不等于说他没有骨气，不打自败嘛，那他能受得了吗，再说这话传出去也不好听啊，所以祖大寿气得当时就拍了桌子。

月霞见父亲对自己发火，立刻眼圈一红，委屈地说："爹爹，我这都是为你好，为咱们家好，你拍桌子干啥？"说完，扑到祖大寿的怀里掉起了眼泪。

说实话，天霞和月霞这俩闺女是祖大寿的心头肉，祖大寿疼爱得不得了。一见月霞哭了，祖大寿就后悔了。他马上拍着月霞的后背哄道："别哭，别哭，孩子，别哭了，爹爹我一时着急，吓着你了吧。"说完，用手给月霞擦眼泪。

天霞见此情景，把月霞拉到自己跟前，劝慰着妹妹。达库等人跟祖大寿见礼。

稍后，天霞说："爹爹，我累了，想歇会儿。"

祖大寿一听，马上吩咐祖宽："快领小姐到后帐去歇息，走了这么远的路也够累的。"尴尬的局面就这样打开了。

紧接着，下人们忙着备饭。父女几个人的谈话都是一些家长里短的话题，至于他们怎么到的沈阳城，达库怎么被赐名鳌拜，后来又怎么打揎等他们到后金以后的事一字没提，祖大寿也没问。

说实在的，祖大寿对达库一向是非常器重的，不仅因为他武功高强，而且达库是自己的姑爷，可这回见了面，祖大寿跟达库一点儿亲近的意思都没有，相反倒挺冷淡，这让鳌拜没想到。鳌拜知道师父这是对自己有看法，主要是在对待后金的问题上，但怎么能让师父转变对自己的态度呢？达库一时没了主意，他急得吃不好饭、睡不好觉，一天到晚就琢磨这事。不仅他琢磨这件事，他的夫人天霞也和他有同样的想法，他俩想的一样。见天霞每日里愁眉不展的，鳌拜更是心疼，天霞是有孕在身之人，不能受刺激呀，休息不好，这对她的身体多有害呀，真后悔不该让天霞来。可不让她来，她能干吗？唉，这可怎么办好？

其实有心事的不只是他俩，祖大寿也是辗转反侧，夜不能寐。自己自从奉命镇守大凌河，每日里废寝忘食，加紧备战，倒也消停了一阵子，可他知道，这种日子长不了，过不了多久，后金还会打过来，自己要想阻挡住后金西进的步伐，那是螳臂当车不自量力。可自己身为大明朝的官员，皇上将重任放到自己的肩上，那是对自己的信任，这是多么荣幸的一件事呀。我怎么能投降呢？我不能投降，不能给我们老祖家丢脸。我生是大明朝的人，死是大明朝的鬼，绝不干留下千古骂名的事。可是，明知道希望渺茫，无前途可言，可还得硬撑着，所以祖大寿心里也挺难，再加上女儿有孕在身，还为他着急上火的，祖大寿的心里就更不是滋味。这样他就迁怒到达库身上，我把天霞嫁给你，就说明我看中了你的为人。我也知道建州部的人都很仗义，你早晚得回建州部去，所以我让你把我的俩闺女带走了，不让她俩到我这来蹚这个浑水，可你怎么又把她们领回来了呢？你小子真是混蛋透了。祖大寿心里这个气呀。

就这样，几个人各揣心腹事，谁也不说话，一直憋了近两天的时间。

后来，祖宽看出门道儿来了，就悄悄地跟在院子里散步的天霞说："小姐，有什么话你就直接跟将军说吧，你们老这么憋着也不是回事儿呀。"

天霞说："我也知道，可我怎么说呀？"

祖宽说："小姐，小人有句话，不知当说不当说？"

天霞说："祖宽，你从小儿就在我们家，我们早把你当自己的家人看待，有什么话你就说吧。"

祖宽四下看了看，说道："那小人就斗胆说了，说得对不对的，小姐别怪罪。小姐，你这次跟姑爷回来，是不是想劝大帅归降后金？"

天霞心里微微一怔，但转念又一想：既然祖宽看出来了，自己也就没必要隐瞒他了，不如说出来，也好让他帮着拿个主意。于是，天霞点了点头，说道："你说得没错，我是想劝我父帅投奔后金，可看我父帅的样子，这事儿恐怕不好办。"

他们正唠着的时候，不知道祖方打哪儿过来了，听到了俩人的谈话。祖方心直口快，接过话茬说道："祖宽，干脆哪天你备好了车，咱们把老爷骗到车上，直接拉那边去得了。"

始终陪在天霞旁边的月霞说话了："祖方，你说什么呢？我父帅是说骗就骗的人吗？再说他有那么好骗吗？"

祖方说："这也不行，那也不行，那你说咋办？"一句话说得月霞当时就没声了。

这时鳌拜走过来，大家一起把鳌拜围住了，让鳌拜拿主意。鳌拜见大伙儿都知道了，自己也就别瞒了，他想了想，说："这两天我一直在考虑这件事，时间不等人，我决定今天晚上就跟大帅摊牌。天霞，你看怎么样？"

天霞点头同意道："也只能这么办了。"几个人又想了一些具体的细节。

到了晚上，祖大寿听从天霞的安排，一家人在一起吃团圆饭。席间，祖大寿谈笑风生，天霞、月霞和祖宽、祖方他们也是有说有笑，讲的都是他们生活中的趣事，后来又讲到在沈阳城皇太极安排的府邸里生活得怎么怎么好。大家乐乐和和地在一起东扯西拉，什么都讲，什么都唠，唯独不讲什么呢？不讲大凌河，也不讲大明朝，更不讲大明朝和后金怎么交战。

祖大寿也和他们一起说着唠着，显得非常开心。月霞偷着跟姐姐天霞说："我看这事儿有门。"天霞也感觉父亲跟前些天确实不一样了，脸上的阴霾没有了，也跟他们喝酒说笑了，难道父亲真的想通了？祖宽和祖方见自己的主子有笑模样了，心里也非常高兴，不停地给祖大寿倒酒、敬酒。

鳌拜、天霞、月霞还有祖宽、祖方就这样你敬一碗，我敬一碗，天霞没喝酒，天霞喝的是水，但祖大寿是来者不拒，你敬什么我都喝，你敬水我也喝酒，你敬酒我还喝酒。说实话，祖大寿那真是海量啊，大家伙儿就这么敬他，他也没醉。其实鳌拜和祖宽、祖方他们几个人都没怎么喝，他们把酒往嘴里一倒，趁祖大寿不注意，偷着就吐出去了。几个人一直喝到下半夜。

祖大寿喝完杯中酒，放下酒杯，说道："今天这酒喝得也差不多了，走，咱们出去透透风，看看月亮。"祖大寿话一出口，把大伙儿造一愣。大伙儿你看看我，我看看你，不知道大帅哪儿来的这么高的兴致，但大帅说要出去看月亮，那就跟着去吧。

几个人跟着祖大寿来到了外面。此时已经月上西天，正是下弦月。周围一片寂静，只是偶尔从远处传来梆、梆、梆的梆子声和角楼里传来的守城士兵的吆喝声："不要睡觉，小心后金偷袭。"祖大寿仰望黑夜，沉默了许久。众人见大帅不说话，也都不敢吱声。过了有一阵子，祖大寿才摇了摇头，打了个咳声，然后转过身来，看着祖宽说："祖宽，你随我到各处转转。你们几个回屋去吧，我一会儿就回来。"鳌拜、天霞等人见父帅要去巡视，也没往别处想，因为这在父亲身上是常有的事。他们几个还挺高兴，父亲这一晚上都没跟他们红脸，而且他们说什么父亲都听着，看来父亲是回心转意了。几个人看着老将军走了，就又回到了屋里，他们准备等将军回来的时候再接着给他灌点酒，把他灌醉，然后把他弄走。

回屋以后，鳌拜首先发现桌子上不知什么时候放着一封信。鳌拜把

第八章 一代枭雄

信拿了起来,其他人见状也围拢过来,莫名其妙地互相看着,最后把目光投向鳌拜手里的信。

鳌拜把信打开,原来信是祖大寿写的:"达库吾婿,吾女天霞、月霞,尔等此来大凌河,为父我万分高兴。只是为父我心意已决,不能与尔等同行,请吾儿见谅。另,尔等务必在天亮前从东门离开,晚了恐怕就来不及了。切!切!切!……"看罢信,几个人才知道上当了,看来姜还是老的辣,祖大寿根本没有投降之意,而且誓与大凌河共存亡。只是念及骨肉亲情,让他们速速离开。这是怎么回事?父亲为什么让他们离开,而且这么急?几个人你瞅瞅我,我瞅瞅你,谁都不知道其中的缘故。

各位阿哥不用急,听我说书人告诉你们吧,原来朝廷为了能更好地和后金交战,派来了五百刀斧手到大凌河,其任务就是秘密监视祖大寿,若祖大寿有一点儿反叛之意,他们可以就地正法。对于鳌拜等人到大凌河的事情,他们很快就知道了,并且已经有所警觉,正商量着要秘密抓捕达库等人。祖大寿知道信儿后,立刻决定让达库他们赶紧走,但话又不能明说,怎么办呢?恰巧这时天霞说要一家人在一起吃顿饭,祖大寿爽快地答应了,并安排好了一切。吃完了饭,祖大寿借故走开,并给孩子们留下了一张字条。

鳌拜跟天霞、月霞一商量,既然话已说到这个份儿上,再待下去也没什么必要了,赶紧收拾东西走人吧。几个人简单收拾了一下行李,离开了行营,奔东门而去。这一路上确实挺顺利,几个人大大方方,摇摇摆摆地从东门就出去了。他们刚出去,大门吱扭、吱扭砰的一声就关好了。鳌拜、天霞和月霞含泪双膝跪倒,祖方也谁跪下了。几个人冲城门方向磕头,这一离去,以后能否和父亲再见面,都不知道啊。几个人磕完头,上路了。

第二天天亮的时候,鳌拜等一行人就回到沈阳城,见到了皇太极。鳌拜把自己在大凌河看到的情况如实地向皇太极做了禀报。皇太极叹了一口气,敬佩地说:"祖大将军真乃忠义之士呀。"

天聪五年,也就是崇祯四年,六七月份,皇太极亲率大军,带着新造出来的大炮,浩浩荡荡地出发了。到了八月份,大军抵达大凌河城,并把大凌河城围了个水泄不通,可此时大凌河城的工事尚未完工。皇太极亲笔修书给祖大寿,劝祖大寿快点投降。祖大寿不降。

于是,皇太极让炮手点燃了火炮,啪、啪、啪,几十门火炮齐发,大凌河城顿时陷入一片火海，死伤无数。后金兵一连围了十几天，天天炮轰大凌河城，城中兵士和百姓伤亡惨重，可祖大寿还是坚决不降。眼看伤亡越来越大，祖大寿一想这么硬挺也不是办法，就下令率兵突围，其结果是四万多明兵几乎全军覆没。这期间皇太极一直不停地修书给祖大寿，劝其投降，但祖大寿置之不理。后来，大凌河被困的消息被孙承宗知道了，他急忙派宋伟、吴襄两位大将救援，哪知道这两个家伙不和，各顾各，谁也不管谁，结果在长山坡遭遇了后金兵的伏击，被打得七零八落。

这时皇太极也命人在城外挖壕沟，共挖了四道壕沟，并扎营四十五处，使大凌河的守兵完全失去了同外界的联系。突围突不出去，援兵又被打散。没办法，祖大寿只能固守城池，一直在城里坚守了三个月。城里的粮食吃完了，就开始杀马吃；马吃没了，就开始吃平民百姓；平民百姓吃光了，又开始吃军中的老弱病残。老弱病残也吃光了，就该是健壮将士们的互相残杀了。

眼看城池实在守不下去了，祖大寿决定投降。可他身边有一个副将叫何克刚的，这个人挺顽固，他说："不行，我们宁可饿死，也决不能投降。"

祖大寿见何克刚心意已决，只好递眼色给祖宽。祖宽拔剑把何克刚刺死。祖大寿弃城投降。

灰头土脸、垂头丧气的祖大寿跪在了皇太极的面前。

皇太极从马上跳下来，搀扶起祖大寿，说："祖大将军，快快请起。"

祖大寿不好意思地低着头，双手一抱拳，说："降将祖大寿听候汗王发落。"

皇太极说："哪里话，哪里话，兵家征战，胜败乃是常事。既然将军已经归降于我，就是我后金的人，一家人不说两家话。来，祖将军，跟本王一起回沈阳，本王为你摆酒压惊。"

祖大寿深施一礼，说了句："谢汗王。"稍作停顿，祖大寿又说："汗王，罪臣为了感谢汗王的不杀之恩，也为了感谢汗王对我家人的照顾，暂不打算跟汗王回沈阳，我想去趟锦州。锦州是汗王进入京师的重要之地，那里不少兵将是我的旧部，不如我带些人去趟锦州，为汗王做劝降工作。他们要是不听，就把他们拿下。"

皇太极想了想，说："这倒是个好办法。不过他们要是不听你的，

第八章 一代枭雄

477

你会有危险的。"

祖大寿拍了拍胸脯，说："我的命都是汗王给的。为了汗王，臣死不足惜。"大家也觉得祖大寿的这个想法挺好。是呀，要是现在把队伍拉回去，还得回来再接着打锦州，多麻烦啊，不如现在趁热打铁，一鼓作气，一举拿下锦州城。但也有人对祖大寿不放心，不知他葫芦里卖的是什么药，于是就给皇太极使眼色，意思是：汗王，不能放虎归山，万一祖大寿到了锦州以后不跟咱们合作怎么办？说实话，就连鳌拜、祖宽、祖方对祖大寿的话都半信半疑，猜想这可能是大帅想的缓兵之计。

希福走到皇太极身边，悄悄地跟皇太极耳语："汗王，臣以为此事还需从长计议。"其实皇太极早就看出祖大寿的心思，只是没给他点破。皇太极那是啥人？那是运筹帷幄、足智多谋的人，看人看得还能不准。他心里话，我就是硬把你拉回沈阳城，你若心里不降，跟我离心离德，那还不是一回事儿。我不如将计就计，放你回去。你若反悔，等将来有一天我再抓住你，看你还有什么话说。

于是，皇太极跟希福说："随他去吧。"

因为城里已经让火炮轰得乱七八糟，除了死人就是尸体，根本不能住，后金大军就在城外住了下来。皇太极又命希福拿来不少帐篷，给祖大寿的那些残兵败将住。鳌拜又根据祖大寿提供的信息，领着祖宽、祖方，来到三十里外的一个很僻静的堡子，找到了明兵事先藏在那里的十头牛和五十只羊。他们把这些牛、羊全赶了回来，杀牛宰羊，大摆庆功宴。

皇太极还专门把祖大寿请过来，奉祖大寿为上宾。大家边吃边喝。祖大寿信誓旦旦地说："汗王放心，罪臣此去锦州，一定说服那里守城的将士投降大王。"

皇太极说："你打算用什么办法让他们听你的呢？"

书中暗表，皇太极这个人非常有心计，是个走一步看三步的主儿，在他命岳托接管永平的时候，就把祖大寿最喜欢的儿子祖可法送到了沈阳，现在皇太极把祖可法叫了过来，交给祖大寿，说："祖大将军，你看看这是谁呀？"

祖大寿在这里看见自己的宝贝儿子，喜出望外。他爱抚地摸着儿子的头，乐得合不拢嘴。

皇太极说："让可法跟你去锦州。"

祖大寿知道汗王这是在有意试探他，于是说："不，还让他留在汗王身边。如果我祖大寿出尔反尔，我的儿子任凭汗王处置。"

第二天天亮，皇太极领着希福大人等几位大臣，包括岳托将军，他的儿子豪格，众人欢送祖大寿。

祖大寿给皇太极叩头施礼，他说："汗王爷，您就静听我的好消息吧。"说罢，祖大寿一纵身，上了那匹后金专门给他预备的红鬃战马，然后把马鞭子一挥，带着祖宽等人直奔锦州而去。

祖大寿走后，皇太极就命人把大凌河的城壕全都毁了，把城中所有的百姓都赶到沈阳一带，然后他自己率领大军，班师回到沈阳。

皇太极回到了沈阳城以后，等啊等，一连等了十几日，也没等到祖大寿的消息。他派鳌拜和豪格带了两名亲随飞马奔赴锦州城。锦州城外有个小庙，青砖瓦房的建筑，庙前插有两个旗杆，由于年久失修，又赶上连年战乱，庙挺破，庙里的老道都走了。后金的探子发现这地方挺好，就派了两个眼线假扮老道住了进来。他们来到这儿以后，常常到锦州城里去化缘，借此打探城内的动向。

鳌拜等人到了破庙以后，用事先定好的暗号跟庙里的老道接上了头，并说明了来意。老道一刻不敢耽搁，马上进城找到祖宽，说明情况。祖宽也不敢拖延，马上去见祖大寿，结果去了半天才回来，说了句："大帅现在心情不好，谁也不见。"然后就不说话了。鳌拜等人心里咯噔一下，怎么？他变卦了？

各位阿哥，听我说书人把当时的情况简单介绍一下：当时蓟辽一带的巡抚叫邱禾嘉，这个人非常有头脑，对军事方面也很有研究，是万历四十年的举人。天启元年曾参加平定安邦彦叛乱，被选为祁门教谕，翰林侍诏。崇祯元年，崇祯帝读了邱禾嘉呈上的治军方略，感到很满意，便任他为兵部职方主事。崇祯三年，又任命他去关外做监军。当时，永平四城被后金军攻破，邱禾嘉奉命带兵抵御后金兵的南犯。交战中，他临危不乱，奋勇还击，虽两次中箭，仍顽强抵抗，终于收复了永平、遵化、迁安、滦州四座城池，因此升任右佥都御史、蓟辽巡抚，兼辖山海关等处。他这次到任后还有一个秘密的使命，就是监视祖大寿。大凌河城被占了，祖大寿投诚，这些他都知道。后来祖大寿又偷偷地跑回锦州，他也知道。邱禾嘉马上密报给崇祯皇上。崇祯一听吓坏了，因为他知道辽东现在全靠祖大寿，祖大寿要是降了，北边就没有御敌之将了。

崇祯皇上就告诉邱禾嘉："宣祖大寿进京。"

邱禾嘉说："他要是不来怎么办？"

崇祯皇上说："你就说朕想念他。祖大寿是个讲义气的人，他会来的。"还真让崇祯皇上给说中了，祖大寿接旨后，真的跟邱禾嘉去了京师，见了崇祯皇上。崇祯皇上说了一些安抚的话，又赐给他很多金银财宝，祖大寿就回来了。祖大寿自打从京师回来以后，再也不提反明的事了。

祖大寿进京见皇上的事还是被后金的探子知道了，探子就把这一消息告诉了鳌拜、豪格等人，本来鳌拜等人对祖大寿闭门不见一事就有所怀疑，现在得到线报，更加证实了这一事实。豪格气坏了，要马上发兵踏平锦州。

鳌拜说："先别急，此事应禀报汗王。"

于是，几个人连夜飞马赶回沈阳，把详情禀告给皇太极。

皇太极沉思片刻，然后问旁边站着的希福："希福大人，你怎么看？"

希福说："禀汗王，此事必有蹊跷。依我看，咱们还是再派人打探一下，看看到底是什么原因促使祖大寿反悔的。"

皇太极一想希福说得有道理，便点头同意。

见此情景，鳌拜说道："汗王，派我去吧。"

皇太极考虑鳌拜办这点小事简直是易如反掌，就答应了他的请求。

就这样，鳌拜跟祖方两个人当夜来到锦州城外的那个小破庙，找到两位老道，详细地打探锦州城内的情况，原来最近蒙古察哈尔部给锦州城运来了不少粮食和马匹，而且带来不少兵源，再加上他们招募的一些汉人，锦州城里一下子兵丁兴旺，粮草丰盈了起来。也许就是这个原因，使祖大寿又看到了希望，所以才反悔。

了解到这一情况，鳌拜决定连夜奔科喇沁，从科喇沁再去察哈尔，没想到，在从科喇沁去往察哈尔的路上，在一个叫奥木托的部落遇到了大明朝的运粮车。因为这里是蒙古的地盘，所以押运粮草的人没想到在这里能碰上后金的人，更没想到会有人敢来抢他们的粮食，所以就放松了警惕。就在粮车正往前走的时候，鳌拜和祖方两个人猛的一下从草棵里跳了出来，挥舞着大棍子就是一顿抢。鳌拜使的是一根石头棍子，祖方使的是一根大铁棍子，都挺粗。你想啊，一个是铁棍子，一个是石头棍子，那还不打什么什么碎呀。不少的蒙古兵被砸成肉泥，几十辆运粮车也被砸个稀巴烂。鳌拜把领头的人抓过来一问，原来他就是奥木托的首领，奉旨押运粮草到锦州。正如老道所说，这些粮草真的是察哈尔部的林丹汗拿出来支援大明的。林丹汗派人把粮食从察哈尔运到奥木托，奥木托首领再派人运到锦州。事情弄清楚以后，祖方拿出身上带的匕首，把奥木托首领给杀了，然后放火焚烧了他们的粮草。

皇太极得知这一情况以后，非常高兴。他心里话，要想逼迫祖大寿投降，就要先断了他的后路，征服察哈尔，抓住林丹汗。

其实从努尔哈赤开始，一直到皇太极，建州部对蒙古各部一直以来都奉行着顺我者昌，逆我者亡的政策，比如科尔沁部、科喇沁部，更西一点儿的地方像喀尔喀部、扎鲁特部，等等，这些部落都已经被他们征服过来了，只有山西大同那边的蒙古人，也就是察哈尔部一带的人还臣服于大明朝。只要把这部分蒙古人争取过来，事情就好办了。

于是，皇太极重新部署，暂时先放弃锦州，征服察哈尔。在崇祯五年，天聪六年的时候，皇太极率领八旗两万多兵马，还有科尔沁、扎鲁特、喀尔喀等蒙古部落的一共近五六万人，日夜兼程，征讨蒙古察哈尔部。得到消息，林丹汗吓坏了。因为不仅后金大军来势汹汹，而且先锋官是使着一根大粗棍子、神勇无敌的鳌拜将军。林丹汗吓得连夜逃走，跑到了青海，再也没敢回来，后来病死在青海的打草滩，其部下多被歼灭或招抚。

从天聪六年开始，皇太极就率领岳托、济尔哈朗、德格类、萨哈廉、多尔衮、多铎、豪格等将领，在山西大同一带征杀，一直到天聪九年二月，招降了林丹汗之妻囊囊太后所率的一千五百余户，并从她口中得知其子额哲的下落。

四月，岳托率兵抵达额哲住所，迫使额哲率其部众一千余户归降，并献上历代传国玉玺"制诏之宝"，使皇太极完成了漠南蒙古统一的大业。不久，漠北、漠西相继归服。天聪十年，整个北部和内蒙一带全都归附了后金。就在这年的四月份，皇太极在众位大臣和蒙古众王爷的拥赞之下，继了皇帝位，建国号"大清"，年号"崇德"。

皇太极当了皇帝以后，不少大臣们都被重新封了爵。鳌拜被封额真之职。崇德二年，皇太极命武英郡王阿济格出征皮岛，鳌拜从征军中。皮岛在辽东半岛，黄海的尽头。当时皮岛属明朝地界，是明朝养兵、存粮之地。由于皮岛易守难攻，而且明兵炮矢等装备齐全，阿济格与众将很是犯难，派谁做前锋呢？鳌拜主动请缨，率部渡海发动进攻。明兵炮火猛烈，鳌拜躲过炮火的攻击，巧妙迂回，第一个冲向明军阵地，与敌人展开肉搏。你想啊，鳌拜的石头棍子一抡下来，人能挺得住吗？挺不

第八章 一代枭雄

住。大棍子一拍到身上，人立刻就变成肉饼了，可以说被他打死的人没有一千，也有八百。大伙都说鳌拜是杀人的魔王，手中一根棍子英勇无敌。明兵一听到鳌拜的名字没有不害怕的。就这样，皮岛很快被攻克。

捷报传到盛京，皇太极非常高兴，下旨授鳌拜为"三等男"，赐号"巴图鲁"。"巴图鲁"，女真语，翻译为勇士、英雄。大家都叫鳌拜"巴图鲁"，英雄鳌拜。此时鳌拜刚刚三十岁。

崇德六年，在和硕郑亲王济尔哈朗的率领下，大清数万兵马围攻锦州城，先锋官鳌拜命兵士们先绕城挖一些深壕，然后在靠近城池的一侧布置了探哨，他们打算采取长期围困的方式，拿下锦州。锦州守备祖大寿告急。此时的锦州城对于大明来说，是抵挡清军南进的最重要的一道防线了，明朝不惜一切代价也得守住。

明朝皇帝接到祖大寿的告急文书以后，马上召集大臣们商议由谁来解锦州之围，大家把目光放在了明大将洪承畴的身上，此时朝中已无将可派了。洪承畴没办法，只好请缨出战。这个洪承畴跟别人可不一样，虽勇猛善战，具有一定的实战经验，但是挺自私的，遇事只考虑自己的利益。可不管怎么样，由于他的到来，使已濒临绝境的祖大寿和明兵又看到了希望，锦州城的局势开始好转。

皇太极一看锦州城久攻不下，他着急了，亲率大军前来攻城，但由于洪承畴英勇善战、指挥得力，清兵伤亡惨重。

就在这时，济尔哈朗突然想出一条妙计，什么妙计？就是做洪承畴的策反工作，把洪承畴拉到大清这边来。皇太极听了济尔哈朗的建议很高兴，如果洪承畴肯归顺大清，那将是大清国的一大幸事，可派谁去呢？一般人也接近不上洪承畴啊，再说了，就是能接近上洪承畴，他说话人家洪承畴也不一定听啊，策反工作是那么好做的吗？

就在大家一筹莫展的时候，站在众位王爷、贝勒后面的鳌拜突然想起一个人来，谁呢？一个叫章德公的人，那还是鳌拜跟祖大寿镇守广宁时认识的，当时他是王化贞手下的一个小参将。阿哥们可能奇怪了，王化贞手下那么多人，鳌拜怎么对他印象那么深呢？嗨，说来这里还有一段故事呢：

这个叫章德公的原来是三家子那块儿的一个小土匪头，王化贞镇守广宁，大肆招募新兵的时候，这个叫章德公的一看朝廷给的待遇挺好，不仅每月发放银两，还能吃饱，更主要的是能见着女人，这可比自己在大山沟子里待着，每日里为吃喝犯愁，说不上哪天就被后金的人给抓了去要好多了。于是，章德公带着他那一百多号人投靠了官府，他被授予参将之职。

章德公刚来的时候还挺消停，可过了不长时间他就露馅了，哪儿有漂亮女人他就往哪儿盯，后来他恋上了广宁妓院里一个非常有名的妓女，名叫牡丹。

章德公就整天缠着妓女牡丹。有一天章德公正和牡丹鬼混呢，王化贞来了。王化贞怎么来了呢？原来这个牡丹一直是王化贞包养的，只是由于近些日子王化贞进京去了，牡丹小姐这才闲了下来。章德公来到妓院，一眼就发现了闲着无事，正在院子里采花的牡丹，于是就嚷着要牡丹小姐伺候。老鸨告诉章德公："牡丹小姐已经被别人包了。"可章德公哪管那套啊，仍旧吵闹着要牡丹小姐，还说牡丹小姐若是不伺候他，就砸了妓院。老鸨没办法，只好找牡丹小姐商量。牡丹小姐听说来人是官府的人，她也不愿得罪，更主要的是她想挣点儿外快。于是，就接了章德公这个嫖客。章德公自打沾上牡丹以后，就一发不可收拾，天天上牡丹那里去。

哪知好景不长，王化贞回来了。老鸨见王化贞来了，吓坏了，战战兢兢地迎接王化贞。

王化贞一看就不对劲儿，问老鸨："怎么回事？"

老鸨见事已至此，也不敢撒谎，以实相告："有个叫章德公的大人在里面呢。"

王化贞一听气坏了，命手下人："把他给我抓起来。"

手下人一脚踹开房门，把衣裳都没穿的章德公给按在床上一顿胖揍。王化贞让章德公穿上衣服，然后派人把他押回衙门。王化贞当天在牡丹那里住了一宿。

第二天早上回来以后，王化贞就要处罚章德公。按理说你处罚章德公你背着点儿人啊，你偷摸地在哪个地方收拾他一顿就行了呗。他不的，他命人把章德公明目张胆地吊到了巡抚衙门的房梁上，把裤子扒下来，用大板子打。那大板子劈嚓、啪嚓一顿拍呀，打得章德公嗷、嗷直叫唤。叫声惊动了同在巡抚衙门里的一个人，谁呢？祖大寿。

当时祖大寿在离拷打章德公不远的另一个屋里办公，达库跟他在一起。祖大寿听到外面不住好叫唤，就让达库去看个究竟。达库过去一看，原来是几个衙役在拷打一个人，那个人被打得皮开肉绽，已经奄奄一息了。达库就问："怎么回事？"

第八章　一代枭雄

衙役说："不知道，巡抚大人让打的。"

达库一看都不知道怎么回事就把人打成这样，这还了得了，就回去禀告祖大寿。

祖大寿跟着达库来到大堂，问衙役："他犯了什么罪？"

衙役们见是祖大寿，也不敢撒谎，说："不知道，是巡抚大人让打的。"

祖大寿一听急眼了，说："巡抚大人也不能随便打人啊。"

这时王化贞出来了，接过话茬说道："怎么的？我让打的，不行啊？"

祖大寿就问王化贞："请问巡抚大人，他是违犯军令啊？还是私通建州啊？"王化贞还真说不出口，怎么说？说章德公跟他抢窑子娘们？多难听啊。没办法，王化贞只好说："他打碎了我一只花瓶。"

祖大寿说："打碎花瓶固然该打，可差不多就行了。大人，看在我的面子上，就饶了他这一回吧。"王化贞见祖大寿出面讲情，再说章德公已经被打够呛，他也算出了这口气，何不卖个顺水人情给祖大寿。

于是，王化贞说："看在祖将军的面子上，饶了你这回，滚吧。"说罢，王化贞拂袖而去。

章德公躺在地上哪还走得动啊，祖大寿只好命人把章德公抬回了屋。达库和祖宽又给章德公弄来红伤药膏涂上。就这样养了六七天，章德公的伤势才好一些，能下地走动了。章德公伤势刚一好转，就专程拜见祖大寿，谢祖大寿救命之恩。

打这儿以后，章德公跟祖大寿和达库的关系处得挺好，但由于王化贞跟章德公心里已经有了隔阂，所以王化贞常挑章德公的刺儿。章德公没办法，就离开了王化贞，投奔了邱禾嘉，在邱禾嘉手下谋了个差事。由于章德公聪明伶俐，能说会道，又会来事儿，很快就被邱禾嘉发现，并把他弄到自己身边当差。章德公把邱禾嘉伺候得无微不至，邱禾嘉很满意。渐渐地，章德公取得了邱禾嘉对他的信任，成了邱禾嘉身边离不开的人。邱禾嘉到哪里都带着章德公，就连到蓟辽总督洪承畴那里都带着他。就这样，章德公得以接触洪承畴。

洪承畴发现了邱禾嘉身边的章德公，挺喜爱他的聪明劲儿。邱禾嘉为了讨好自己的上司，就把章德公送给了洪承畴。章德公到了洪承畴身边以后，像伺候邱禾嘉一样尽心尽力地伺候洪承畴和他的夫人。洪承畴和夫人都挺喜爱他，所以他自打到了洪承畴那里以后，始终跟在洪承畴身边。鳌拜跟祖大寿守护宁远城的时候还见过他，他还一再感谢祖大将军和达库的救命之恩，只是鳌拜自打到了后金以后跟他没了联系。

于是，鳌拜主动跟皇太极请缨："皇上，臣有一熟人，是洪承畴身边的人，臣想通过他打探一下洪承畴的行踪，然后再做定夺，您看怎么样？"皇太极答应了鳌拜的请求。

由于当时两国交战，粮食非常紧张，粮食比什么都珍贵，鳌拜他们就化装成卖粮食的人，来到洪承畴的府衙外头，高声叫喊："卖粮、卖粮、卖高粱。"洪府的总管就是章德公。章德公一听卖粮的来了，非常高兴。说实在的，由于连年征战，不仅后金粮食紧缺，就是大明的军队也存在着严重的供给不足，所以他们一见到粮食，就像狼见到羊似的，疯狂地掠夺和捕食，实在抢不了的就花点银子买回去。有的时候他们把粮食弄回去也不一定是自己吃，而是囤积起来，等价钱抬起来以后再卖出去，从中渔利。

章德公听见外头喊卖粮，就急忙跑出来问把门的兵丁："卖粮的在哪儿呢？"没等兵丁回答，卖粮人就过来了。这个卖粮人是祖方乔装改扮的。

祖方搭话道："军爷，您想买粮？您要买多少？"

章德公说："你有多少我都包了。什么价啊？"

章德公在这正讲着价，打旁边走过来一个人，对章德公说："大人，那边有人找你。"

章德公扭头问道："谁呀？"

来人说："就在那边，我不认识，他说他认识您。"

章德公感到奇怪，一边儿跟着那个人往胡同里走，嘴里还一边儿嘟囔着："谁呀？怎么还不过来？搞什么鬼？"

祖方跟在他后面。三个人一起拐过院墙，来到一个小胡同，里边一个人也没有，章德公刚想问怎么回事，跟他一起进胡同的两个人，一边儿一个，把匕首顶在了他的后腰部，并且低声喝道："不许说话。"章德公吓得一声也没敢出，乖乖地跟着俩人来到了胡同旁边的一户人家。

进院以后，打屋里走出来一个人，这个人就是鳌拜。

只见鳌拜拍了拍章德公的肩膀，态度温和地说道："坐下，不要怕。"

尽管如此，章德公还是吓得腿肚子直筛糠。他哆哆嗦嗦地看着鳌拜，问道："你们是谁？找我干什么？"

鳌拜说："你看看我是谁？不认识了？"

章德公都吓蒙了，哪还记得鳌拜呀，他看了看鳌拜说："对不起大人，小的看你有些面熟，一时想不起在哪儿见过了。"

鳌拜提醒说："祖将军你可认得？"

章德公说："认得，那我怎么能不认得？"

鳌拜又问道："他身边有个叫穆达库的你还记得吗？"

鳌拜这一提醒，章德公一下想起来了，原来眼前站的这位是自己的恩人穆达库，他马上跪下说："没想到恩人在此，我在这里给您磕头了。"

穆达库把章德公扶起来，说："起来吧，章德公，不必多礼。章德公我告诉你，我现在是大清的人。"

章德公吓一激灵，心想：坏了，穆达库投奔了大清，我落在他们手里还能有好吗？章德公又哆嗦起来。

鳌拜安慰他道："章德公，你不要怕，我们是不会伤害你的。我这次来是想让你帮我办一件事。"

章德公说："什么事啊？"

鳌拜说："帮我们劝降洪承畴。"

章德公一听急忙摇头，说："劝降洪承畴？那不可能。洪承畴死心塌地地效忠大明，别说我呀，就是他亲爹也别想让他有这个念头。"

祖方说："那怎么办？实在不行，我们就想法儿把洪承畴先抓回去。"

章德公把头摇得更厉害了，说："抓洪承畴？那也办不到。他身边的人太多了，别说你们几个，你就是再来个二三百号人也不行啊，你们连他的宅院都进不去呀。"

鳌拜考虑了一会儿，然后说："眼下也只有这么办了，劝降的事以后再说吧。章德公，你就说帮不帮我们吧？"

章德公一看周围的这几个彪形大汉都怒目横眉地瞪着他，他心里明白：我要是不答应，那还能活命啊，再说自己当年被王化贞打个半死，要是没有穆达库他们帮自己疗伤，还说不定成什么样呢？另外我看现在这形势，大明也挺不了几天了。

要不我们怎么说章德公聪明呢，他马上看明白了这盘棋，立刻点头答应道："好，我帮你们。你们让我怎么做我就怎么做。"

站在一旁的索尼就说了："这就对了。我再问你，你要变卦了怎么办？"

章德公马上跪下发誓："各位军爷，我章德公说话算话，如果我出卖了你们，我的家人任凭你们处置。"

鳌拜说道："这样就好。起来吧，咱们一起商量商量。"就这样，他们与章德公定下合约，准备里应外合，抓住洪承畴。

为了使计划完成得更顺利一些，鳌拜还把自己身边的亲随选出来四五个，化装成洪府的人，跟章德公一块儿进到洪府。洪府里的佣人多呀，多几个人也看不出来，另外，这几个人又都跟在章德公身边，更不会引起别人的怀疑。就这样，章德公把几个人安顿好。到了晚上约定的时间，鳌拜等人和守卫洪府的明兵就先打起来了，听到外面的响动，章德公便带着他的亲随，还有鳌拜派来的几个人，一起冲向洪承畴和他夫人住的内宅。因为章德公是洪承畴身边的人，洪家人的吃喝拉撒睡等事都由他管，所以进出内宅随便，谁也不能挡。章德公领着一行人进去以后，把尚未醒过腔来的洪承畴、他的夫人，以及他们的女儿、儿子和佣人们全都绑上，嘴一堵，圈到暖阁里，给看起来了。

然后，章德公拿着刀，跑到外头大喝："大家不要乱，洪将军、洪夫人都在里头呢，你们只管把门看好，保护好洪将军，外头的事情由我来管。"不明真相的护卫们见大管家发话了，也就不再往外冲，而是提着兵器，守在院子里，保护着屋里的人。章德公来到外面，打开府门，把鳌拜等人迎了进来。洪府的护卫们这才明白怎么回事，想要反抗，已经来不及了。

洪承畴被抓住了，祖大寿的脑袋就成空的了，因为洪承畴是崇祯皇帝非常信任的爱臣，是一员文武全才的大将，也是一位非常有智慧的人，所以祖大寿特别崇拜洪承畴。洪承畴让祖大寿怎么做，祖大寿就怎么做。洪承畴被俘以后，祖大寿就没有了靠山。

皇太极下旨进攻锦州，先锋官是谁呢？就是鳌拜，这时候的鳌拜由于战功显赫，已经被皇太极授为"一等梅勒章京"。鳌拜跟他的小师父祖方两人大棍子一抡，大明的兵马一片一片地倒啊，冲过第一道壕沟，又冲过第二道壕沟，接着又冲过第三道壕沟，然后冲进锦州城，一直打到中军帐，鳌拜的石头棍子也没停下来。

祖大寿坐在大帐一动不动。祖方看见主人，马上跑过去，跪下磕头，说："将军，我们来了。"这时祖大寿像傻子似的，一句话也没有。

鳌拜和祖方两个人见状，一人架一只胳膊，把祖大寿从大帐里架了出来，来到皇太极面前。

说实在的，看到祖大寿，皇太极心里这个气呀，你祖大寿说话不算数，出尔反尔。你说到锦州办事，让我们过两天听信儿，结果你到了锦州就跟我们开战，你也不仗义呀！现在你又被我们抓住了，还有什么话说把。皇太极看着祖大寿也不说话。

其实不光皇太极有气，就连祖方都有想法：主子，你哪能这么做呢？人家大清对咱们不薄，你怎么能这么不讲信用呢？

祖大寿跪在地上，羞愧地说："你们给我一刀，杀了我得了。"

皇太极看了看痛哭流涕的祖大寿，下旨："把祖大寿押回去，等候发落。"

回到沈阳以后，祖大寿表示要彻底归降大清朝。皇太极一想：行啊，已经这样了，看在鳌拜的面子上，留他一条命吧。咱们前书不是讲了嘛，祖家在沈阳有个府邸，是皇太极赐的。皇太极就把他安排在那里，让他在那生活，有人看着他，用现在的话说就是被软禁起来了。直到顺治皇帝进京，祖大寿跟着顺治皇帝进了京师，他也没有任何职务。祖大寿在顺治十三年死去。他最大的功劳是什么呢？就是劝他的外甥吴三桂投降大清，但在这里没起多大作用。祖大寿的晚年非常可悲，放着堂堂正正的人不做，最后落这么个下场，什么功劳也没有，郁闷而死。

咱们再说说我们的大英雄鳌拜。鳌拜一连打了几场大胜仗，名声越来越大，由一等"梅勒章京"晋升为"三等昂邦章京"。

崇德八年，皇太极五十二岁，那年皇太极的身体不怎么好，到八月九日的时候，突然病逝。他的儿子福临即位，这就是未来的顺治皇帝。第二年，也就是顺治元年，摄政王多尔衮挂帅，索尼、遏必隆、苏克萨哈、鳌拜，还有豪格等贝勒，各带着一队兵马从各个方向攻打北京城。

当时有很多大明的兵马在保护北京城。多尔衮说："谁先打进北京，就给谁记大功一次。"结果谁先打进北京城了呢？是鳌拜，鳌拜凭着他的大石棍子，最先打进北京。论功行赏的时候，鳌拜的功劳最大，被封为"一等昂邦章京"。

顺治二年，多尔衮率部围剿李自成和张献忠部，谁来担任先锋官？还是鳌拜。鳌拜那大石棍子谁打不过呀。于是，英亲王阿济格做统帅，带领鳌拜等众人征讨李自成，很快把李自成的军队击溃。李自成逃到江西一带。顺治三年，鳌拜随肃亲王豪格等率军进攻张献忠的大西农民军。鳌拜再次充当先锋，他身先士卒，率部猛冲。狭路相逢勇者胜，昔日威风一时的大西军抵挡不住清兵的猛攻，溃不成军，张献忠也于此次战役中被杀。

可以这么说，鳌拜早年无论是在关外与明军的交战中，还是在入关定鼎中原后巩固统治的大小战斗中，出生入死，转战南北，立下了汗马功劳，是当之无愧的大清的开国功臣，但他也杀了不少人。当时跟鳌拜在一起的苏克萨哈对他说："你能不能手下留点情，少杀点儿人。"

鳌拜说："我这个人不讲什么情面，谁敢跟我作对，谁就得成为我的棒下之鬼，到什么时候我都饶不了他。"苏克萨哈听了不再言语。其实鳌拜这话不光是针对大明的将士，实际上也是说给苏克萨哈听呢。

各位阿哥可能还记得，鳌拜刚投奔皇太极的时候，苏克萨哈跟他比武没比过。于是，苏克萨哈使阴招，想抓鳌拜的下阴，结果被鳌拜把他手腕子给掰折了。苏克萨哈养了半年多才养好。打这儿以后，苏克萨哈一直对鳌拜耿耿于怀，暗中跟鳌拜较劲儿。鳌拜也知道苏克萨哈不服他，就话里话外地告诉苏克萨哈，你要是不老实，我也收拾你。鳌拜驰骋疆场、冲锋陷阵，越打越勇。人就是这样，干什么没有瘾还行，这一旦上了瘾，要想收手就不那么容易了。鳌拜现在杀人杀出瘾来了，只要他一上手，就必须把人打死，一点儿活口都不留，所以有的人一提起鳌拜都吓得直哆嗦，就连朝廷里的大臣们都不敢跟他多说话，生怕什么时候不注意，惹恼了鳌拜。

顺治六年，皇太极的爱妃、科尔沁部莽古思贝勒的女儿博尔济吉特氏孝端文皇后驾崩，终年五十一。这一年发生了这样一件事情，这也是导致孝端文皇后去世的主要原因。什么事呢？

咱们前书说过，小公主嫁给皇太极以后生了两个女儿。鳌拜刚到后金的时候，有一个小丫头跑到擂台上非要跟他比武，那个小丫头就是他们的大女儿巴岱，那年她十三岁。小巴岱当时已经懂得男女之间的情事了，打见到鳌拜的那一刻起，她就相中鳌拜了，想要嫁给鳌拜。擂台赛结束后，巴岱就茶饭不思，嘴里一直叨咕着"鳌拜、鳌拜、鳌拜"。

后来这事被大福晋知道了，就劝她："孩子，鳌拜已经是有妻室的人了。你贵为格格，怎么能嫁过去给他做小呢？不行，此事万万不可。"

巴岱痛哭流涕地说："我就要嫁给鳌拜，除了他，我谁也不嫁。"

大福晋一听吓坏了，就把这事跟皇太极说了。皇太极一听，大怒道："荒唐，成何体统？"

大福晋说："汗王，光生气也没用。这孩子每天不吃不喝的，得想个办法呀。"

第八章 一代枭雄

皇太极一想：对呀，是得想个办法。想什么法子能让这丫头死了这条心呢？两口子商量来商量去，决定把巴岱尽快嫁出去，而且越远越好。

说实话，当时有好些个王公贵族喜欢巴岱，巴岱长得好看，又会武术，另外又是汗王的女儿，谁不喜欢啊？其中最痴情的要数苏克萨哈，他一直暗恋着小巴岱。苏克萨哈也曾托索尼向皇太极透露过：能不能把巴岱下嫁给他，但是皇太极想得细呀，苏克萨哈和鳌拜同殿为臣。巴岱要是嫁给苏克萨哈，日后免不了能见到鳌拜，万一这个丫头不守规矩，又跟鳌拜整到一起去，我皇家的脸面何在？不行，万万不行！不能给巴岱在京师找婆家，把她嫁得远远的，躲开鳌拜。

于是，皇太极就把希福找来，让他在科尔沁给巴岱找个婆家。希福大人挑来挑去，挑中了一个科尔沁王爷的儿子。希福大人把这个科尔沁王爷的儿子带到沈阳，让皇太极过一下目。皇太极挺满意，跟小公主一商量，下旨把巴岱嫁了。这事就这么处理了。

说起来这小巴岱也不是一个省油的灯，打小儿就是父汗、母后的掌上明珠，娇生惯养，哪受过这个呀。她自打嫁过去以后，也没跟王爷的儿子在一起生活过。顺治六年，巴岱趁着去庙里进香的机会，让奴才赶着轿车，偷偷跑回了京师。回到京师以后，她没去找她的母后，而是直接到了鳌拜的府上。

说实在的，在这里有些事不能不讲，这时候的鳌拜已经是朝中的重臣，皇上身边的红人了，什么都有了，生活也就没有了节制。现在一看巴岱主动送上门来，岂有推出去的道理，再说自己身边的女人这么多，再多一个也无所谓，况且他原来就挺喜欢巴岱的。于是，鳌拜就把巴岱秘密地留在了另一所宅子里，俩人每天厮混在一起。时间一长，还能不露馅吗？

在这里还需要交代的是：鳌拜自从打跑李自成，斩张献忠于阵前以后，就被顺治皇帝超升为"二等公"，授议政大臣，侍卫内大臣，累加少傅兼太子太傅。鳌拜权力大了，逐渐也就傲慢起来了，而且目空一切，拿谁都不当回事。天霞心里就挺别扭，特别是天霞这时刚好又怀孕了，由于心情不好，再加上惦记自己的父亲，导致小产。这使得鳌拜非常恼火，埋怨天霞说她把自己的儿子给折腾没了，对天霞也就不怎么关心了。当然，这时候的鳌拜已经有点儿看不上天霞了，所以也不到天霞那去。跟姐姐住在一起的月霞对姐夫也挺有气，就叫人打听缘由。派出去的人打听到原来现在有一个叫巴岱的跟大人住在一起，回来就把情况告诉给了月霞。月霞在姐姐满月以后，领着姐姐来到鳌拜和巴岱的住处，找到了巴岱。找到证据以后，月霞就去找庄妃，替姐姐告状。

庄妃听说以后很生气，就把她的姑姑请来，讲明真相。大福晋一听也觉得没有面子，另外又被自己的侄女说。本来自打皇太极去世以后，她在宫里头就不受待见，虽然人们也管她叫太后，但是受到的礼遇明显不一样，不像庄妃，每天有那么多人去拜见，所以太后也挺郁闷，现在又出来这么档子事，太后更感到窝火。于是，她就派人到鳌拜府上，打算把巴岱叫回来。没成想，鳌拜根本不给她面子，坚决不放人。太后连生气带上火，一下就病倒了。身边没有人伺候，又没有人体贴安慰，在顺治六年，孝端文皇后驾崩。

庄妃一看文皇后死了，也就没往下深究，这事儿就这么过去了。后来巴岱一直跟鳌拜住在一块儿。其实鳌拜身边不光有巴岱，传说中他身边的女人多了去了。

就这样，在顺治七年，天霞也由于心情不好，又得了月子病，郁闷而死。月霞一看姐姐死了，自己再待在这里也没啥意思，另外她也认清了宫里的黑暗，离开了皇宫。传说她回到科尔沁，出家当了尼姑。还有人说，常常在山野中见一个穿着绿袍、戴着道冠的女人，模样很像月霞。

顺治七年，多尔衮死了，顺治皇帝福临开始临朝执政。顺治帝在位的十八年，是鳌拜最飞黄腾达的十八年。这十八年里，他享尽了人世间的荣华富贵。顺治十八年，顺治帝驾崩。八岁的爱新觉罗·玄烨继位，年号"康熙"。顺治帝遗诏，由索尼、遏必隆、苏克萨哈、鳌拜为四位辅政大臣，共同辅佐年幼的玄烨。在四位辅政大臣中，鳌拜的地位最低。但由于索尼身体不好，遏必隆生性庸懦，苏克萨哈又是多尔衮的旧部，为朝中大臣所恶，所以鳌拜得以擅权，权力越来越大。

玄烨聪明伶俐，甚得孝庄太皇太后的喜爱，但玄烨年纪太小，尚不能主持朝政，就由四位顾命辅政大臣代管。小皇帝每天只是被众太监簇拥着到皇位上坐一坐，听四位辅政大臣料理朝务，议事完毕就回到后宫。按理说这四个大臣本来可以很好地合作，但事实并非如此。遏必隆和索尼之间倒没啥说道，主要是鳌拜和苏克萨哈他们两个人。苏克萨哈本来就是好出风头的人，鳌拜更是分毫不让，两个人经常为一些事情争得面红耳赤。好在索尼的父亲是希福大人的哥哥，也就是说希福大人是索尼的叔叔，虽然希福大人去世了，但索尼看在叔叔的面子上，有的事情比较向着鳌拜。遏必隆是额亦都的后代，念在上一代的旧交，另外他的年纪比他们都大一些，不太爱管闲事，所以在有些问题上，遏必隆也不太跟他们争。但苏克萨哈对索尼总是站在鳌拜这边儿，帮着鳌拜说话有想法。

这件事太皇太后不是没看出来，时常劝说他们，特别是劝鳌拜和苏克萨哈："你们之间要团结，要一心为朝廷办事。"鳌拜和苏克萨哈表面上遵旨，但心里都较着劲儿，当然最狠最毒的还是鳌拜。

单说在朝廷有个内大臣叫费扬古，这个人的品行很好，但有一个缺点，就是说话有些傲慢。费扬古的眼神不太好，有些近视，在近处看东西还行，离远了就看不清了，所以当鳌拜上朝的时候，别的人一看鳌拜大摇大摆地来了，都赶紧给让道儿，或是跪在地上叩头，而费扬古呢，他就没想着给谁让道儿。他总觉得你是大臣，我也是大臣，最多你的官职比我高，我为什么要让你、跪你呢？另外他眼睛不太好，离远了也看不清楚。

有一天上早朝的时候，费扬古跟鳌拜走了个碰面，他根本没看清来人是谁，等到近前才看清是鳌拜。他瞪眼瞅了鳌拜一眼，也没打招呼，就过去了。鳌拜很生气，心想：大胆，不但不给我让道儿，还敢这样看我，成何体统？费扬古一连几次在鳌拜的面前大摇大摆地过去，都没跟鳌拜打招呼。鳌拜气坏了。这还不算，费扬古的儿子倭赫是康熙皇帝身边的侍卫。这个倭赫跟他的父亲费扬古一样耿直，也看不惯鳌拜居功自傲、飞扬跋扈的样子，所以每当鳌拜去朝见康熙皇帝，康熙皇帝给鳌拜赐座的时候，这个倭赫从不给鳌拜搬凳子。鳌拜为此也是看在眼里，记在心上，他心想：早晚有一天，我收拾你们爷俩。

康熙三年四月的一天，鳌拜接到密报：说倭赫私自骑着御马，拿着御用的弓箭去鹿园射鹿了。鳌拜听说以后，立刻派人将倭赫抓来，而且二话没说，把倭赫就杀了。这使得费扬古非常痛恨鳌拜，也加剧了他们之间的矛盾。

不久后的一天，在费扬古家门外打探情况的探子报：有几个地方官员来拜见费扬古。鳌拜就带着人去了。他去干什么？他去看看这些人给费扬古都带了什么礼物。你想啊，好久不见的朋友见面能不带礼物吗？特别是从远处来的客人，你像从南方来的人一般都带些瓷器、海产品、字画什么的，从北方来的人都带点山珍野味等土特产，所以鳌拜一听说

鳌拜巴图鲁

有人去费扬古家串门,就带人去了,到那儿就把费扬古给抓起来,还把地方官送的青花瓶等礼品也当赃物拿走了。当时的康熙皇帝刚十一岁,是个孩子,接到大臣禀报:"皇上,不好了,鳌拜把费扬古给抓起来了。"

康熙大吃一惊,忙问:"因为什么事抓人?"

大臣们说:"不知道。"

康熙说:"朕去看看。"

康熙帝来到了鳌拜的府邸。鳌拜坐那正审着呢,见康熙来了,也没起身接驾,只是请皇上坐下。康熙见鳌拜如此无礼,心里挺有气。

坐下以后,康熙就问鳌拜:"为什么抓费扬古?"

鳌拜挺傲气地坐在那儿,说了句:"费扬古收受贿赂。"再没理会康熙帝,接着往下审。

康熙皇帝坐在那块,讪不搭的,也觉得没啥意思,起身走了。

不久,就听下头人禀报:费扬古大人和他两个儿子全都让辅政大臣鳌拜给杀了,家产被没收,归了鳌拜的弟弟穆里玛。康熙皇帝一听气坏了,没经过我点头,就把费扬古给杀了,不但杀了他,连他两个儿子也一块给绞死了,他鳌拜哪还把我当皇帝的放在眼里了。康熙帝表面上没说什么,但心里有了要整治鳌拜的决心。

在顺治和康熙两朝,为了八旗子弟的生计,朝廷规定各旗圈出一些土地来耕种,土地的收成归自己旗支配。如果你本旗的地太多,种不过来,你可以把地租出去,租给农户。到了秋天打了粮食,农户给你交租子,你吃租子。一开始圈地的时候,多尔衮凭借他摄政王的权势,将一些好的肥沃的地块圈给了自己的正白旗,而将那些贫瘠的、土质不好的地块圈给了其他几个旗。鳌拜所在的镶黄旗分到的就是这样的土地,这使得鳌拜很不满意,但慑于多尔衮的权势,鳌拜等人是敢怒而不敢言,不过各旗之间还是常常因为争抢土地而发生械斗。多尔衮死了以后,械斗愈演愈烈。到了康熙五年的时候,鳌拜提出这么分地不公平,我们的地都是山旮旯子、石头包子的地方,根本不长庄稼,应该按照八旗排列的顺序分地,把冀东一带像密云啊、怀柔啊、平谷啊这些土质肥沃的地方分给我们镶黄旗。他要求和正白旗换地。开始的时候正白旗的人因为惧怕鳌拜的势力不敢跟他太较真儿,所以能让就让,能忍就忍,每次他要地的时候都给他一些,尽量不惹他。可鳌拜的胃口太大了,得寸进尺,步步紧逼,有好几次都弄出人命来

第八章 一代枭雄

了。那人家正白旗的人能干吗？当然不干了，所以两旗之见常常因为争地打得头破血流。正因如此，鳌拜跟苏克萨哈的矛盾也越来越大，苏克萨哈常常去找康熙皇帝评理。

别看康熙帝是个小孩子，但是他的心里却装着百姓的安危，对于鳌拜这种权倾朝野、飞扬跋扈的人他也看不上。可惜康熙帝当时年纪轻，又不临朝执政，所以也说不了鳌拜，他就去找自己的奶奶，让奶奶给出出主意。

孝庄太皇太后也很无奈，说："唉！玄烨呀，他占就占点儿吧，你别跟他一般见识，奶奶我能说什么呀？"康熙帝没办法，只能听奶奶的，忍气吞声。

为什么太皇太后不能说呢？在这里我们又不能不提到老罕王努尔哈赤的一个妃子，那就是孔果尔贝勒和咪咪的女儿——乌嫩。她嫁给努尔哈赤的时候十三岁，二十多岁的时候努尔哈赤去世。她就开始守寡，到现在还活着。顺治十八年，康熙即位，把她尊为皇曾祖寿康太妃，她是朝里辈分最高的，就连太皇太后见了她都得给她下拜磕头。

这个寿康太妃最偏向的是谁呢？是鳌拜。咱们在前书说了，他们俩从小儿是在一块儿长大的，好得像一家人似的。鳌拜之所以在朝中这么傲慢，这么不可一世，一方面是因为他的功劳大，另一方面就是因为有皇曾祖寿康太妃向着他。

鳌拜的劣迹被反映到太妃那里去，太妃就说了："别听他们瞎说，那是他们小心眼儿，嫉妒他。一个巴掌拍不响，我相信我的鳌拜是一心为了朝廷的。"几句话就给顶回去了，所以说鳌拜也是被这个大保护伞给保护下来的。越是这样，鳌拜就越傲慢，也就越敢杀人，只要是他看不上的人他统统杀掉，弄得朝中大臣人人自危，甚至连太皇太后都怕他，怕他啥？怕他在皇曾祖寿康太妃面前给自己奏本。所以，太皇太后就告诉她的小孙子："玄烨，你忍着点，不但你要忍，奶奶我也得忍啊。"康熙完全听奶奶的，虽然心里难受，但也不敢说什么，这也助长了鳌拜飞扬跋扈的气焰。但是老天有眼，做坏事早晚要得到报应。

单说康熙四年，玄烨十二岁，这一年康熙举行了大婚，娶了赫舍里氏为皇后，这一年还发生了一件事，什么事呢？就是皇曾祖寿康太妃因病而亡，去世了。皇宫里挂着白幡，所有人都穿着孝服，皇上和太皇太后也穿着白衣裳，亲自给皇曾祖寿康太妃送葬，连守了七天。鳌拜全家老少也穿着孝服，给寿康太妃送葬。别看鳌拜平时趾高气扬的，见谁都冷着个脸,但寿康太妃这一走,哭声最大的就是鳌拜。很多人都说:"靠山没了,看他以后怎么办?"自从皇曾祖寿康太妃去世以后,天下就变样了,政局也变了,鳌拜也比以前收敛一些。

康熙六年,小皇帝玄烨已经年满十四岁。辅政大臣索尼上书请皇帝遵循先帝十四岁亲政的先例,开始亲政。此后不久,索尼病故。玄烨开始亲政。年少的玄烨虽然亲政了,但还是无法应付专横跋扈的鳌拜。怎么办呢?

苏克萨哈就想了一个办法,请求解除辅政大臣一职,并且他愿去遵化为顺治帝守墓。如果苏克萨哈卸任了,那么另外两个辅政大臣鳌拜和遏必隆也理应辞职,这样一来就触及了鳌拜的要害。于是,鳌拜就给苏克萨哈网罗了二十四项罪名,把苏克萨哈和他的家人全都杀了,家产也全都给没收了。

其实杀苏克萨哈的时候康熙帝根本不同意,可鳌拜根本不管那事儿,到了朝廷直接就跟康熙说:"苏克萨哈违反朝例,犯有二十四条大罪,必须杀,不杀不行。不光杀他,他们全家都得杀。"

康熙说:"此事还没查清,也不能随便杀人啊。"

康熙帝话音刚落,鳌拜瞪着眼睛就冲过去了,把手在康熙脸前一甩,说:"他的罪过我已查清,不用再调查了,必须马上处理。"说完命令他手下的武士:"把苏克萨哈就地正法。"

就这样,苏克萨哈一家被绞死的绞死、被凌迟的凌迟,一个好好的叶赫家族被弄得七零八落。康熙帝也没敢吱声。这是康熙帝刚亲政的时候鳌拜给他来的下马威。

小皇帝下了朝以后就到孝庄太皇太后那里去了,扑到孝庄太皇太后怀里就呜呜大哭:"奶奶,我对不起祖宗,我不当皇帝了。"

孝庄太皇太后像抱孩子似的抱着他,啪、啪照他屁股拍两下,说:"糊涂,孩子,你说的这是什么话?这么没骨气,遇到点儿困难就想退了?你得拿出你的智慧来,想办法对付他。"康熙帝似懂非懂地回到自己的宫殿,琢磨着奶奶的话。

奶奶让我对付他,我怎么对付他呢?鳌拜武功高强,要想抓他都费劲儿,别说抓他,连他近前都靠不上。怎么办呢?康熙琢磨来琢磨去,想到了一个好办法。

什么好办法?他挑选了一批身强力壮的亲贵子弟,都是些十几岁的孩子,每天在一起练布库,也就是摔跤。鳌拜以为皇上每天和一帮小伙子在一起就是玩儿，所以也没拿他们当回事，反而还挺高兴，因为这样他就可以大权独揽了。

就这样过了几年，在康熙帝十九岁，也就是康熙八年的时候，康熙帝一切准备就绪，宣鳌拜在武英殿见驾。为什么要选在这里呢？因为这里宽绰，便于施展。鳌拜一听皇上要见自己，那就去吧。在殿门口，索额图非常客气地跟鳌拜说："为防止有人对皇上不轨，所有见驾的武将一律将武器上缴。"鳌拜看了看把门的侍卫，心想：就凭你们这几个人，我就是啥都不拿，你们也抓不住我，再说了，一个孩子皇上能拿我满洲第一勇士怎么样？于是，鳌拜痛痛快快地把随身的佩剑交给了把门的侍卫，只身一个人进来见皇上。

见了皇上以后，皇上赐座。鳌拜大大方方地坐下，身子向皇上那方倾斜，这样显得对皇上尊重。康熙帝又赐茶，小布库手扮成的太监赶紧端出事先在开水中煮过的茶杯给鳌拜上茶。鳌拜接过茶杯，茶杯滚烫。鳌拜就想把茶杯扔掉，但他又不能把茶杯扔到皇上那边去，那样显得对皇上不敬，好像是对皇上不满，摔皇上似的，所以他只能把茶杯扔到另一侧，这样他的身子也就倾斜了过来，重心也就移过来了。他哪知道，他坐的凳子有一条腿儿是经过改造的，也就是离皇上远一点的那条腿儿被锯开过，又用胶给粘上了，不知道底细的人根本看不出来。他开始面圣的时候，因为身子向皇上那边倾斜，这条断了的腿儿没吃上劲儿，所以也就没折。现在鳌拜往这边侧身，这条断腿儿当然承受不住了，一下就折了，再加上他身后的内侍用力一推凳子。鳌拜手里的茶杯还没扔出去，就连人带茶杯一起摔倒在地上。

小太监见状，大喊："来人，快来救鳌少保。"太监的话音刚一落，从武英殿后面呼啦啦跑出十几个布库手，搂腰的搂腰，抱腿的抱腿，把鳌拜就按那儿了。紧接着，布库手又用三根牛皮编的大网把鳌拜给罩上了。鳌拜气得大骂，可那有什么办法，手被绑着，身子又被罩着，你就是有天大的本事也使不出来呀。鳌拜就这样被生擒了。

康熙帝当即召集文武大臣，宣布鳌拜三十大罪状，并交给刑部处理。按他的罪行，应该大劈处理。什么是大劈呢？就是用刀把人劈成两半。但康熙帝和奶奶孝庄太皇太后商量以后，觉得鳌拜对大清朝还是有功的，不忍加诛。另外，鳌拜手里还有一把当年罕王努尔哈赤赐给他的保命锁，所以就没有给他大劈执行。怎么办呢？把他禁锢在牢里。鳌拜每天在牢里想的就是自己为大清朝立下了无数的汗马功劳，现在却落得如此下场？他想不通，就是想不通。鳌拜越想越气，最后竟被活活气死。

鳌拜本应该有一个辉煌的人生，却因为自己的专横跋扈、结党营私、排除异己给断送了，落得个惨痛的下场。

# 第八章 一代枭雄

# 后　记

当我翻阅经过数年间笔耕不辍的劳碌，终于完成《鳌拜巴图鲁》书稿的时候，觉得一桩重大的担子终于卸下来了，全身感到无比轻松，心情激动得很。真是时光荏苒，想起我刚接触《鳌拜巴图鲁》这部书稿的时候，我还很小。我富叔富育光先生经常到我家做客，我父亲过去走的地方挺多，很喜欢听一些历史故事，他老人家也愿意收集这方面的轶闻趣事。富叔在与我父母闲聊时，便把他知道的一些满族的英雄史和民俗故事讲给我们听，我们姐妹也经常缠着富叔让他给我们讲故事。近几年，我陆续整理并出版了《恩切布库》《雪妃娘娘和包鲁嘎汗》。这两年，我又在富叔的指导下，开始整理《鳌拜巴图鲁》。鳌拜这个人物非常有特点，性格鲜明，生活所经历的环境又极端复杂，不同于一般的满族英雄人物。他虽然出身于满族镶黄旗，但他从小儿却生长在风吹草低见牛羊的科尔沁草原，许多蒙古王爷、格格、看牛羊的普通王宫的奴才们，都曾扶持和接济过这个满族孩子，说他的血液中有大半是蒙古人的性格和血统，是绝不为过的。他又在著名的明朝将领后归附清朝的祖大寿身边成长锤炼，又曾到过锦州医巫闾山，拜祷过"歪脖妈妈"。所以，在他身上既有满洲人的历史文化痕迹，又有汉文化的深厚传统，既崇信满族固有的萨满教，又虔诚地崇仰佛教。在他身上附和着中华民族的多层文化，确实是一位盖世无双的大英雄。所有这些，也深深地打动了我，使我们姐妹很喜爱这位人物。多少年来，我从孩童时代到长大成人，进入社会发展的盛世，我已经完全进入不惑之年，我始终对鳌拜这位大英雄情有独钟、敬崇有加。多少年来，我就下决心要把富叔讲述的《鳌拜巴图鲁》整理成书。历经两年的时光，我多年以来的心愿终于如愿以偿了。欣逢吉林省文化厅成立满族说部编委会，我有机会将一些书目公诸于世。由于自己的水平有限，整理中难免有缺点和遗误，敬请赐教。

整理者

2011 年 7 月 26 日

## 富育光小传

富育光,满族,1933年5月生,黑龙江省瑷珲县人,1958年毕业于东北人民大学(现吉林大学)中文系,毕业后被分配到中国社会科学院吉林省分院文学研究所,投身于民间口碑文学挖掘、搜集与研究工作。1984年9月,由吉林人民出版社出版了其搜集整理的满族传说故事选《七彩神火》。这是中华人民共和国成立以来,我国最早的一部满族传说故事选,受到国内外好评。1986年2月,由中国民间文艺出版社出版了其与他人合作整理的《康熙的传说》。1989年2月,由中国文联出版社出版了其与他人合作整理的满族传说《风流罕王秘传》。

富育光曾任吉林省民间文艺家协会理事、副理事长,现为吉林省民族研究所研究员、中国社会科学院民族文学研究所萨满文学研究中心顾问、长春师范大学萨满文化研究所名誉所长、吉林省民俗学会名誉理事长;1993年起享受国务院颁发社会科学有突出贡献政府特殊津贴;曾承担和主持国家"八五""九五"萨满教研究课题,参与国家"十五"社会科学基金项目《满族史诗〈乌布西奔妈妈〉研究》;独立或合作出版、发表萨满文化研究专著及论文集六部、民族文化研究编著二十余部、论文七十余篇。

## 王慧新小传

　　**王**慧新，女，汉族，1962年9月生，吉林省长春市人，1983年毕业于长春市机械工业学校，1989年毕业于长春光机学院函授班。本人自幼受外祖父和父母的影响，酷爱文学，在富育光、王宏刚等先生的帮助下，整理满族、汉族民间传说故事，余暇时写小小说等文学作品。1983年，将母亲孙玉清讲述的满族神话传说《白云格格》整理后，收入上海文艺出版社出版的《满族民间故事选》，1991年收入中国文联公司出版的《中国新文艺大系》。从1986年起，在《江城日报》《吉林民间故事》发表《春天的脚步》（散文）和《勇敢的阿浑德》等满族传统民间故事。2001年，协助富育光先生整理中国北方《萨满英雄传说故事集锦》。2003年采录、整理完毕中国满族传统说部《雪妃娘娘和包鲁嘎汗》。2004年4月在《北方民族》发表论文《浅谈萨满神柱文化崇拜》。2009年4月整理完毕并出版满族著名萨满史诗《恩切布库》。

**图书在版编目(CIP)数据**

鳌拜巴图鲁 / 富育光讲述；王慧新整理. -- 长春：吉林人民出版社，2018.8
（满族口头遗产传统说部丛书）
ISBN 978-7-206-15280-1

Ⅰ.①鳌… Ⅱ.①富… ②王… Ⅲ.①满族-民间故事-中国 Ⅳ.①I277.3

中国版本图书馆CIP数据核字(2018)第189180号

# 鳌拜巴图鲁
## AOBAI BATULU

| 丛书主编：谷长春 | 出品人：林 毅 |
| 讲述者：富育光 | 责任编辑：郭 威 |
| 整理者：王慧新 | 装帧设计：张 娜 杨 硕 |

吉林人民出版社出版 发行（长春市人民大街7548号 邮政编码：130022）
印　刷：天津画中画印刷有限公司
开　本：670mm×970mm　1/16
印　张：32.75　　　　字　数：520千字
标准书号：ISBN 978-7-206-15280-1
版　次：2018年8月第1版　印　次：2021年1月第2次印刷
定　价：98.00元

如发现印装质量问题，影响阅读，请与出版社联系调换。